Alai

Roter Mohn

Aus dem Chinesischen von
Karin Hasselblatt

Unionsverlag

Die Originalausgabe erschien 1998
unter dem Titel *Chen'ai luoding* bei Renming wenxue chubanshe
(Literaturverlag des Volkes) in Peking.
Deutsche Erstausgabe

Die Übersetzung aus dem Chinesischen wurde
unterstützt durch die Gesellschaft zur
Förderung der Literatur aus Afrika, Asien
und Lateinamerika e.V. in Zusammenarbeit
mit der Kulturstiftung PRO HELVETIA.

Im Internet
Aktuelle Informationen,
Dokumente, Materialien
www.unionsverlag.com

2. Auflage 2004

Rieterstrasse 18, CH-8027 Zürich
Telefon +41 (0)1 281 14 00, Fax +41 (0)1 281 14 40
mail@unionsverlag.ch

Umschlagfoto: Harvard College Library
Druck und Bindung: Freiburger Graphische Betriebe
ISBN 3-293-00327-3

Erstes Kapitel

1

Wilde Singdrosseln

Es war ein schneebedeckter Morgen. Ich lag im Bett und lauschte dem Singen wilder Drosseln vor dem Fenster, während Mutter sich in einer kupfernen Schale wusch. Sie tauchte ihre hellen, schlanken Hände in die warme Kuhmilch und atmete tief durch, als strengte es sie an, sich die Haut zu verschönern. Dann schnippte sie mit den Fingern gegen den Rand der Schüssel, sodass die Milch sich kräuselte und das Echo im Raum widerhallte. Anschließend rief sie nach Sangye Dolma.

Die Dienerin Sangye Dolma trat mit einer weiteren Kupferschüssel ein. Sie stellte die Schale mit Milch auf den Boden. »Komm her, Dordor«, rief Mutter weich. Es knarrte und knackte, als sich ein kleiner Hund unter dem Schrank hervorwand, einen Purzelbaum schlug und seiner Herrin zuwedelte, bevor er den Kopf in die Milchschale steckte. Die Frau des Fürsten liebte das Geräusch, mit dem jemand von dem bisschen Liebe fast erstickte, das sie spendete. Sie lauschte dem atemlosen Schlecken des kleinen Hundes und wusch sich dabei die Hände in klarem Wasser. Zugleich bat sie die Dienerin Dolma nachzusehen, ob ihr Sohn bereits aufgewacht sei. Da ich gestern Fieber hatte, war meine Mutter die Nacht über in meinem Zimmer geblieben. Ich sagte: »Ama, ich bin wach.«

Sie kam an mein Bett und legte mir ihre feuchte Hand auf die Stirn: »Das Fieber ist gesunken.«

Dann trat sie zur Seite, um ihre sauberen Hände zu betrachten, auf denen gleichwohl die Spuren des Alters nicht zu übersehen waren. Das tat sie jedes Mal, wenn sie sich gewaschen und gekämmt hatte. Nun, da ihre Morgentoilette beendet war, untersuchte sie wiederum ihre Hände nach Zeichen, die die Jahre darauf hinterlassen hatten, und wartete zugleich darauf, dass die Dienerin das Wasser draußen auskippte. Immer war es ein Warten voller Angst und Unruhe. Bei dem berstenden Geräusch, mit dem das Wasser aus der Schüssel über vier Stockwerke auf den Steinfußboden unten klatschte, verkrampfte ihr Körper regelrecht. Es klang schaurig wie das Geräusch zersplitternder Knochen.

Heute jedoch verschluckte tiefer Schnee das Geräusch. Dennoch schrak Mutter zusammen, als hätte es ertönen müssen. Ich hörte den schönen Mund der Dienerin Dolma murmeln: Und wieder ist nicht die Herrin selbst in die Tiefe gestürzt.

»Wie bitte?«, fragte ich.

»Was sagt das kleine Trampeltier?«, fragte Mutter.

Ich antwortete: »Sie sagt, sie habe Magenschmerzen.«

»Wirklich?«, fragte Mutter Dolma.

Ich antwortete an ihrer Stelle: »Es geht schon wieder.«

Mutter öffnete eine Zinndose, nahm mit einem ihrer grazilen Finger Fett heraus und strich es sich auf das Handgelenk, dann cremte sie mit einem Finger der anderen Hand den Rücken der ersten Hand ein. Im Nu breitete sich ein beißender Geruch im Zimmer aus. Diese Hautcreme war aus Murmeltieröl, der Bauchspeicheldrüse von Schweinen und einem geheimnisvollen, im Tempel geweihten indischen Duftstoff gemischt. Die Frau des Fürsten, meine Mutter, kann eine ausgesucht angewiderte Miene aufsetzen. »Das Zeug stinkt entsetzlich«, meinte sie säuerlich.

Sangye Dolma reichte ihr mit beiden Händen ein feines Kästchen, in dem sich der Jadereif für den linken Arm der Frau des Fürsten befand und der elfenbeinerne für den rechten Arm. Mutter legte beide an und drehte sie an ihren Handgelenken. »Ich habe schon wieder abgenommen.«

»Ja«, erwiderte die Dienerin.

Mutter fragte: »Kannst du außer diesem Wort noch etwas sagen?«

»Ja, Herrin.«

Ich erwartete, dass die Frau des Fürsten ihr eine Ohrfeige geben würde, doch das tat sie nicht. Dennoch lief die Wange der Dienerin aus Angst rot an.

Die Frau des Fürsten ging hinunter, um zu frühstücken. Dolma blieb neben meinem Bett stehen, lauschte auf die Schritte, die sich auf der Treppe entfernten, kniff mich unter der Bettdecke und fragte: »Wann habe ich etwas von Bauchschmerzen gesagt? Wann soll ich Bauchschmerzen gehabt haben?«

Ich sagte: »Du hattest keine Bauchschmerzen, aber du hast vor, das Wasser beim nächsten Mal noch wütender auszuschütten.«

Der Satz verfehlte seine Wirkung nicht. Ich reckte meinen Hals, und sie küsste mich. Dann sagte sie: »Wage nicht, der Herrin davon zu erzählen.« Ich streckte meine Hände aus und spürte ihre Brüste wie zwei scheue, kleine Kaninchen. Durch meinen Körper – oder war es mein Kopf? – ging ein Beben. Dolma befreite sich aus meinen Händen und wiederholte: »Wage nicht, der Herrin davon zu erzählen.«

An diesem Morgen spürte ich zum ersten Mal die freudige Erregung, mit der der Körper einer Frau mich erfüllte. Sangye Dolma schimpfte: »Idiot!«

Ich rieb mir die verklebten Augen und fragte: »Also wirklich, wer ist hier ein Idiot ... Idiot?«

»Vollidiot!«

Sie half mir nicht beim Ankleiden, sondern ließ mich mit einem roten Fleck am Arm wie vom Picken eines Vogels sitzen und ging fort. Der Schmerz war neu und aufregend.

Wie blendend der Schnee vor dem Fenster leuchtete! Draußen rannten die Bälger der Leibeigenen herum und jagten den Drosseln hinterher. Ich lag immer noch im Bett zwischen Bärenfellen und Seide und hörte unsere Dienerin über den langen Flur gehen – es schien, als wolle sie sich tatsächlich nicht mehr um mich kümmern. Also stieß ich mit einem Fuß die Decke zur Seite und begann laut zu rufen.

Im Territorium des Fürsten Maichi weiß jeder, dass der Sohn seiner zweiten Ehefrau ein Idiot ist. Dieser Idiot bin ich.

Außer meiner leiblichen Mutter mochten mich alle so, wie ich war. Als intelligenter Junge, wer weiß, wäre ich vielleicht längst ins Jenseits eingegangen, statt hier zu sitzen und bei einer Tasse Tee meinen Gedanken nachzuhängen. Die erste Frau des Fürsten ist an einer Krankheit gestorben. Meine Mutter war von einem Fell- und Medizinhändler gekauft und dem Fürsten geschenkt worden. Der Fürst zeugte mich in ziemlich besoffenem Zustand, sodass ich wohl oder übel als fröhlicher Idiot durchs Leben gehe.

Dennoch gibt es im Umkreis von hunderten von Kilometern niemanden, der mich nicht kennt, was allein daran liegt, dass ich der Sohn des Fürsten bin. Wenn Sie mir nicht glauben, dann spielen Sie doch mal einen Knecht oder den Sohn einfacher Leute und sehen Sie, ob man Sie kennt oder nicht.

Ich bin ein Idiot.

Mein Vater war ein Fürst, der im Auftrag des Kaisers über zehntausende von Menschen regierte.

Darum brach ich in lautes Geheule aus, als die Dienerin nicht kam, um mich anzukleiden.

Wenn die Dienerschaft sich verspätete, musste ich nur ein Bein ausstrecken, um die Seidendecke wie Wasser zu Boden fließen zu lassen. Die chinesischen Seidenstoffe, die von weit jenseits der Berge kommen, sind unglaublich geschmeidig und weich. Seit meiner Kindheit habe ich nie begriffen, warum das Land der Chinesen nicht nur die Quelle der von uns so dringend benötigten Dinge wie Seide, Tee und Salz ist, sondern auch die Quelle der Macht unserer Stammesfürsten. Manche sagten, es liege am Klima. Darauf antwortete ich: »Ach, das Wetter?« Aber ich glaube, das ist bestimmt nicht der einzige Grund. Denn wenn es so wäre, warum hat das Wetter dann mich nicht verändert? Soweit ich weiß, gibt es überall Wetter. Es gibt Nebel und Wind, und wenn der Wind warm wird, verwandelt sich Schnee in Regen. Bei kaltem Wind verwandelt sich Regen wiederum in Schnee. Wetter verwandelt alle Dinge, doch wenn du diesen Wandel beobachtest und dabei zwinkerst, verwandelt sich im selben Augenblick alles wieder in den ursprünglichen Zustand zurück. Andererseits kann niemand niemals zwinkern! Es ist wie beim Darbringen von Opfern. Wenn die Gottheiten, in Rauchschwaden eingehüllt, ihre leuchtend roten Lippen in den goldenen Gesichtern öffnen wollen, um zu lachen oder zu weinen, wird vor dem Tempel mit Sicherheit lautes Trommelschlagen ertönen und dich vor Schreck am ganzen Körper erzittern lassen. Im selben Moment werden die Gottheiten ihre Miene ändern und wieder so ausdruckslos und ernst blicken wie ehedem.

An jenem Morgen schneite es, der erste Schnee in diesem Frühjahr. Nur Frühjahrsschnee fällt so schwer und feucht, dass er nicht sofort wieder vom Wind fortgeblasen wird, nur Frühjahrsschnee bedeckt die Erde so weit und breit, dass er das Licht der ganzen Welt auf sich zu sammeln scheint.

Der Schneeglanz der ganzen Welt sammelte sich auf der Seidendecke meines Bettes. Ich hatte große Angst, dass die Seide zusammen mit dem Licht sich verflüchtigen könnte, und die Trauer eines schweren Abschieds stieg plötzlich in mir hoch. Die Lichtstrahlen stachen mir wie eine Ahle mitten ins Herz, sodass ich laut zu weinen anfing und meine Amme Dechen Motso von draußen hereingestolpert kam. Sie war überhaupt noch nicht alt, tat aber gerne so, als wäre sie es. Sie wurde meine Amme, weil ihr erstes Kind kurz nach der Geburt gestorben war. Ich war damals drei Monate alt, und meine Mutter wartete ungeduldig auf ein Anzeichen in meinem Gesicht, mit dem ich zeigte, dass ich wusste, wer und wo ich war.

Mit einem Monat hatte ich beschlossen, nicht zu lachen. Als ich zwei Monate alt war, schaffte es niemand, mir durch Zurufen und Ansprechen eine Reaktion zu entlocken, und sei es in den Augen.

Mein Vater, der Fürst, befahl seinem Sohn in seinem üblichen Befehlston: »Los, lachen!« Als er keine Reaktion sah, schlug er einen weicheren Ton an und sagte ernst: »Lächle einmal, lächle, hörst du?« In diesem Augenblick sah er wirklich lächerlich aus, und als ich den Mund verzog, tropfte Speichel herunter. Meine Mutter wandte sich weinend ab, als sie sich daran erinnerte, dass mein Vater in der Nacht meiner Empfängnis genauso ausgesehen hatte. Von diesem Augenblick an hatte sie keine Milch mehr. Sie sagte: »Lassen wir das Kind einfach verhungern.«

Nicht sonderlich betroffen, schickte mein Vater den Verwalter mit zehn Silbermünzen und einer Packung Tee zu Dechen Motso, deren Sohn gerade gestorben war. Von dem Geld sollte sie den Mönchen etwas spenden, damit sie eine Zeremonie für das tote Kind vollzögen. Der Verwalter führte den Befehl aus, ging am Morgen fort und brachte am Nachmittag die Amme mit zurück. Als die Hunde am Tor wie verrückt bellten und tobten, sagte der Verwalter zu ihr: »Hilf ihnen, deinen Duft zu erkennen.«

Die Amme holte ein Brot hervor, brach es in Stücke und spuckte auf jedes Teil, bevor sie es den Hunden zuwarf. Sie hörten sofort auf zu bellen und sprangen in die Luft, um das Brot im Flug aufzufangen. Anschließend kamen sie zur Amme gelaufen, hoben ihren Rock mit der Schnauze hoch und rochen an ihren Füßen und Beinen, um sich zu vergewissern, dass der Geruch derselbe war wie der auf dem Brot. Dann erst begannen sie, mit den Schwänzen zu wedeln. Während die Hunde das Brot kauten, führte der Verwalter die Amme zum Tor hinein.

Der Fürst war sehr zufrieden. Zwar stand der Amme die Trauer noch ins Gesicht geschrieben, doch hatte sie so viel Milch, dass sie ihre Kleider durchfeuchtete.

In diesem Augenblick begann ich herzzerreißend zu weinen. Die Frau des Fürsten hatte keine Milch mehr und versuchte immer noch, mit ihren leeren Brüsten dem idiotischen Sohn den Mund zu stopfen. Mein Vater stampfte mit seinem Stock hörbar auf den Boden und sagte: »Weine nicht, nun hast du eine Amme.« Als hätte ich verstanden, hörte ich auf zu weinen. Die Amme nahm mich aus den Armen meiner Mutter entgegen, und ich fand ihre vollen Brüste auf Anhieb. Ihre Milch sprudelte wie aus einer Quelle, warm und süß. Ich schmeckte einen Hauch von Schmerz sowie den Duft wilder Blumen und Gräser weiter Ebenen. Die Milch meiner Mutter dagegen war wie ein Bündel farbenfroher Gedanken, die mein kleines Hirn zum Bersten füllten.

Mein Magen war bald bis zum Rand gefüllt, und als Ausdruck meiner Zufriedenheit entleerte ich meine Blase in den Armen der Amme. Als ich ihre Brust freigab, wandte sie den Kopf zur Seite und weinte. Es war noch nicht lange her, dass die Lamas für ihren kleinen Sohn die Totengebete gelesen, ihn in Rinderfelle gelegt und am Grunde eines tiefen Sees bestattet hatten. »Was für ein Unglück!«, sagte Mutter.

Die Amme antwortete: »Herrin, verzeiht mir dieses eine Mal, ich konnte nicht an mich halten.« Mutter befahl ihr, sich selbst zu ohrfeigen.

Inzwischen war ich dreizehn. In all diesen Jahren hatten meine Amme und die anderen Bediensteten tiefen Einblick in die Geheimnisse der Fürstenfamilie gewonnen und waren längst nicht mehr so gehorsam wie früher. Auch meine Amme hielt mich für blöd und sagte oft in meiner Gegenwart: »Herren, ha! Diener, ha!« Damit stopfte sie sich etwas, das sie gerade zur Hand hatte, in den Mund – etwas Deckenfüllung aus Schafwolle oder die Seidenfäden eines Kleidungsstücks – und spuckte es mit viel Speichel gegen die Wand. Seit ein, zwei Jahren schaffte sie jedoch keinen so hohen Bogen mehr. Darum spielt sie jetzt einfach eine alte Frau. Als ich nun laut zu schreien und zu weinen anfing, kam sie hastig herbeigehumpelt: »Bitte, Junger Herr, lassen Sie das nicht die Herrin hören.«

Dabei weinte ich, weil es mir Spaß machte. »Junger Herr, es schneit!«, sagte die Amme. Was hat der Schnee mit mir zu tun? Aber ich hörte auf zu weinen. Vom Bett aus wirkte das kleine Fenster wie ein Bilderrahmen um den atemberaubend blauen Himmel. Als sie mich hochhob, um mir den Schnee zu zeigen, der schwer auf das Geäst der Bäume drückte, wollte ich wieder anfangen zu weinen.

»Schau, auch die Drosseln kommen aus den Bergen«, sagte die Amme eilig.

»Wirklich?«

»Ja, sie kommen. Hör nur, sie rufen euch Kinder zum Spiel.« Daraufhin ließ ich mich brav anziehen.

Himmel, nun bin ich endlich bei den Drosseln angelangt – du meine Güte, sehen Sie nur den Schweiß auf meiner Stirn. In unserer Gegend hier gibt es nur Wilddrosseln, und wenn es bedeckt ist, weiß niemand, wo sie stecken. Sobald es aber aufklart, kommen sie geflogen und lassen ihren hellen, wohlklingenden Gesang hören. Singdrosseln können nicht gut fliegen, sie gleiten mehr von den Höhen herunter, und in sehr tief gelegenen Gegenden sieht man sie selten. Doch sobald es schneit, ändert sich das, dann finden sie in den Höhen, in denen sie leben, nichts mehr zu fressen und müssen in von Menschen bewohnte Gegenden herunterkommen.

Der Schnee zwingt sie, die Berge zu verlassen.

Als ich mit Mutter beim Frühstück saß, kamen ununterbrochen Leute mit einem Anliegen herein. Als Erster fragte der hinkende Verwalter, ob der Junge Herr nicht lieber warme Stiefel anziehen solle, um im Schnee zu spielen, und wenn der Herr im Haus sei, plädiere er dafür, dass ich die Schuhe wechselte. Mutter antwortete: »Verschwinde, du Krüppel, häng dir die Stiefel um den Hals und verschwinde!« Der Verwalter ging hinaus, ohne sich jedoch die Stiefel um den Hals zu hängen und ohne zu »verschwinden«.

Einen Augenblick später kam er zurückgehumpelt und berichtete, dass die Leprakranke, die man aus der Festung in die Berge gejagt hatte, im Schnee nichts mehr zu essen gefunden und sich an den Abstieg gemacht habe.

Mutter fragte hastig: »Wo ist sie jetzt?«

»Sie ist auf halbem Weg in eine Wildschweinfalle getappt.«

»Kommt sie da wieder heraus?«

»Auf keinen Fall, sie ruft jetzt laut um Hilfe.«

»Dann begrabt sie eben!«

»Lebend?«

»Das ist mir egal. Jedenfalls darf eine Leprakranke auf keinen Fall unser Dorf betreten.«

Danach ging es ans Almosenspenden für den Tempel und ans Verteilen von Saatgut an die Leute, die unser Land bestellten. Im Messingbecken brannte ein Holzkohlenfeuer, und ich war nach kurzer Zeit schweißüberströmt.

Nachdem sie die offiziellen Angelegenheiten erledigt hatte, verschwand normalerweise der müde, erschöpfte Ausdruck vom Gesicht meiner Mutter. Sie schien von innen zu leuchten, als sei ein Licht in ihr entzündet worden. Ich starrte so gebannt in ihr strahlendes Gesicht, dass ich ihre Frage nicht hörte. Das machte sie wütend, und sie wiederholte mit lauter Stimme: »Was, sagtest du, willst du?«

»Die Drosseln rufen nach mir«, antwortete ich.

Da verlor die Frau des Fürsten die Nerven und stampfte wütend hinaus. Ich schlürfte langsam meinen Tee und nahm dabei ganz die Haltung eines wahren Aristokraten ein. Bei der zweiten Tasse Tee hörte ich aus der Heiligen Halle in der oberen Etage Glocken und

Trommeln und wusste, dass die Frau des Fürsten für den Lebensunterhalt der Mönche sorgte. Wäre ich kein Idiot, hätte ich meine Mutter nicht ausgerechnet jetzt so enttäuscht. In den letzten Tagen kostete sie die Rechte des Fürsten so richtig aus. Vater war mit meinem älteren Bruder in die Provinzhauptstadt gegangen, um den Nachbarfürsten Wangpo anzuklagen. Mein Vater hatte kürzlich geträumt, dieser habe einen Korallenstein an sich genommen, der aus meines Vaters Ring gefallen war. Ein Lama sagte, das sei kein guter Traum. Und richtig, kurz darauf betrog uns ein Führer an der Grenze, indem er mit zehn seiner Diener auf das Gebiet von Fürst Wangpo überlief. Als mein Vater Leute mit kostbaren Geschenken hinüberschickte, wurde ihnen die Auslösung der Diener verweigert. Die nächste Delegation führte Goldgeschenke mit sich und bot an, nur den Kopf des Verräters zurückzukaufen und die übrigen Leute sowie das Land dem Fürsten Wangpo zu schenken. Das Gold wurde zurückgeschickt. Dazu kam die Nachricht, wenn Fürst Wangpo einen seiner verdienstvollen Männer umbrächte, würden seine Untergebenen genauso in alle Richtungen davonlaufen wie die von Fürst Maichi.

Nun sah Fürst Maichi keinen anderen Ausweg mehr. Einer Truhe mit Einlegarbeiten aus Silber und Perlen entnahm er ein offizielles, hohes Siegel aus der Qing-Dynastie sowie eine Landkarte und ging damit zur Militärregierung der Provinz Sichuan, die unter der Kontrolle der Republik China stand. Er wollte sich beschweren.

Die Familie Maichi bestand außer mir und meiner Mutter, außer meinem Vater und meinem älteren Halbbruder, der von einer anderen Frau war, noch aus meiner älteren Halbschwester und einem Onkel, der Kaufmann war. Diese beiden lebten in Indien, und später ging meine Schwester in das noch viel weiter entfernte England. Es hieß, das sei ein riesiges Land, und alle sagten, die Sonne gehe dort niemals unter. Ich fragte Vater, ob in großen Ländern immer Tag sei?

Vater lachte: »Kleiner Dummkopf.«

Nun waren sie fortgegangen, und ich war sehr einsam. Deshalb sagte ich: »Die Singdrosseln.«

Damit ging ich die Treppe hinunter. Unten angekommen wurde ich sogleich von den Kindern der Dienerschaft umringt. Vater und Mutter sagten oft zu mir: »Schau, sie sind deine Haustiere.« Ich hatte meinen Fuß kaum auf die Steinplatten im kleinen Innenhof gesetzt, da kamen meine zukünftigen Haustiere schon angelaufen. Sie trugen weder Stiefel noch Lederkleidung und schienen dennoch nicht mehr zu frieren als ich. Sie warteten auf meine Befehle. »Wir gehen Drosseln jagen«, entschied ich.

Ihre Gesichter begannen rot zu glühen.

Ich schwenkte die Arme, stieß einen Schrei aus und rannte mit einer Horde Jungtiere im Gefolge zum Tor hinaus. Damit schreckten wir die Wachhunde auf, die wild zu bellen anfingen und so die freudig erwartungsvolle Stimmung des Morgens noch verstärkten. Was für ein Schnee! Das Land war strahlend weiß und schier unendlich weit. Meine Diener fielen in den aufgeregten Lärm ein. Sie traten den Schnee mit nackten Füßen von sich und sammelten die Taschen voll kalt überfrorener Steine. Die Drosseln reckten ihre dunkelgelben Schwänze hoch in die Luft und hüpften hin und her, um am Fuß der Mauer, wo weniger Schnee lag, etwas zu fressen zu finden.

»Los!«, brüllte ich.

Meine kleinen Diener und ich begannen, hinter den Vögeln herzurennen. Da sie nicht in der Lage sind, besonders hoch zu fliegen, suchten sie hastig Zuflucht im Obstgarten beim Fluss. Wir schlitterten und stolperten durch den knöcheltiefen Schnee den Hügel hinunter. Die Vögel wurden einer nach dem anderen von den Steinen erschlagen. Ihre Körper krümmten sich, und die Köpfe hingen schlaff im tiefen Schnee. Die das Glück hatten, zu überleben, retteten ihren Kopf auf Kosten des Schwanzes und hockten zwischen Steinen und Baumwurzeln, bevor sie uns dann doch in die Hände fielen.

Das waren die Kämpfe, die ich in meiner Kindheit anführte, erfolgreich und vollkommen.

Ich schickte einige meiner Diener nach Hause, um Feuer zu holen, andere ließ ich auf Apfel- und Birnbäume klettern, von denen sie trockene Zweige und Äste abbrachen, während der Mutigste von allen sogar in die Küche ging, um Salz zu stehlen. Die übrigen schließlich blieben zurück, um Schnee zu fegen, denn wir brauchten einen freien Platz, um Feuer darauf zu machen und uns mit einem Dutzend Kumpels darum zu versammeln. Sonam Tserang, der Salzdieb, war so etwas wie meine rechte Hand. Er war am schnellsten und kam als

Erster zurück. Ich nahm das Salz entgegen und wies ihn an, den anderen zu helfen. Noch außer Atem fegte er mit dem Fuß den Schnee zur Seite und war dabei immer noch viel schneller als die anderen. Deshalb ließ ich es ihm auch durchgehen, als er mir eine Ladung Schnee ins Gesicht trat. Selbst Diener haben manchmal das Recht auf bevorzugte Behandlung. Für einen Herrscher ist das so etwas wie ein ehernes Gesetz, eine nützliche Wahrheit. Aus diesem Grund duldete ich ein solches Verhalten mangelnder Unterordnung und musste kichern, als mir der kalte Schnee den Nacken hinunterglitt.

Bald loderte das Feuer. Wir rupften den Drosseln die Federn aus. Sonam Tserang tötete sie dazu nicht erst, sondern rupfte die erbärmlich zappelnden und kreischenden Vögel bei lebendigem Leib, sodass man eine Gänsehaut bekam – nur er gab sich unberührt. Bald stieg vom Feuer der beruhigende Geruch von geröstetem Vogelfleisch auf. Nicht lange, und jeder von uns hatte vier oder mehr Drosseln im Bauch.

2

»Sharü«

Zur gleichen Zeit ließ die Frau des Fürsten, meine Mutter, im ganzen Haus nach mir suchen.

Wäre mein Vater zu Hause gewesen, er hätte mich nicht an solchen Spielen gehindert. Doch in diesen Tagen war Mutter für alles zuständig. Die Diener fanden mich schließlich im Obstgarten. Die Sonne stand hoch am Himmel, sodass der Schnee blendete und man die Augen kaum aufbekam. Ich knabberte an den kleinen Vogelknochen, und meine Hände waren voller Blut. Mit den Kindern der Leibeigenen, deren Gesichter und Hände ebenfalls blutbeschmiert waren, kehrte ich nach Hause zurück, wo die Hunde uns wegen des starken Blutgeruchs besonders lautstark begrüßten. Im Haus angekommen sah ich meine Mutter auf dem oberen Treppenabsatz stehen und mit ernster Miene auf uns herniedersehen. Die kleinen Diener begannen heftig zu zittern. Ich wurde hinaufgebracht, um neben dem Kohlenbecken meine feuchte Kleidung zu trocknen.

Im Hof hörte ich eine Lederpeitsche durch die Luft sausen. Es klang ein bisschen wie das Niederstürzen eines Falken, der seine Beute ergreift. In diesem Augenblick hasste ich meine Mutter, hasste die Frau des Fürsten Maichi. Als habe sie Zahnschmerzen, hielt sie sich die Wange und sagte: »Du hast nicht die Knochen eines Unwürdigen im Leib.«

»Knochen«, das ist bei uns hier kein gewöhnliches Wort, genauso wie der Begriff »Wurzel«.

Das Wort »Wurzel« ist bei uns kurz und knapp: »Nyi.«

Das Wort für »Knochen« dagegen hat einen stolzen Klang: »Sharü.«

Die Welt besteht aus Wasser, Feuer, Wind und Luft. Menschen dagegen sind aus Knochen gemacht oder aus Wurzeln.

Ich hörte meiner Mutter zu, sog die Wärme der frisch angezogenen Kleidung auf und dachte über das Problem der Knochen nach, ohne allerdings zu einem Ergebnis zu kommen – stattdessen spürte ich die Drosseln in meinem Bauch ihre Flügel ausbreiten, hörte die Peitsche auf die Rücken meiner zukünftigen Haustiere niederknallen. Jugendliche Tränen begannen meine Wangen hinunterzulaufen. Die Frau des Fürsten meinte, ihr Sohn zeige Reue, strich mir über den Kopf und sagte: »Denke immer daran, mein Sohn, du kannst auf ihnen reiten wie auf Pferden, kannst sie schlagen wie Hunde, nur darfst du sie nicht als Menschen ansehen.« Sie hielt sich für sehr klug, aber ich denke, selbst kluge Menschen sind manchmal strohdumm. Ich mag zwar ein Idiot sein, doch bin ich anderen zuweilen überlegen. Deshalb konnte ich nicht anders und lachte, noch Tränen in den Augen, laut auf.

Ich hörte den Verwalter, die Amme und die Dienerin fragen: »Was hat der Junge Herr?« Doch ich sah sie nicht. Erst dachte ich, ich hätte die Augen geschlossen. Doch sie waren weit geöffnet, und so schrie ich laut: »Meine Augen sind weg!«

Damit wollte ich sagen, dass ich nichts mehr sehe.

Der Sohn des Fürsten hatte rot geschwollene Augen, und der kleinste Lichtstrahl schmerzte wie das Stechen von Stahlnadeln.

Der auf Heilkunst spezialisierte Lama der Monpa-Nationalität sagte, ich sei vom grellen Licht im Schnee geblendet worden. Er verbrannte einen Wacholderzweig und etwas Medizin und räucherte mich so stark mit Qualm ein, dass man meinen konnte, er wolle für die Drosseln Rache üben. Dann hängte er ehrfürchtig ein Bild vom Buddha der Medizin neben mein Bett. Im Nu wurde ich, der ich eben noch laut geschrien und getobt hatte, vollkommen ruhig.

Als ich aufwachte, brachte mir der Monpa-Lama eine Schale sauberes Wasser. Er schloss das Fenster, ließ mich die Augen weit öffnen und in die Schale sehen.

Ich sah Lichter funkeln wie von Sternen am nächtlichen Himmel. Das Licht ging von Luftblasen aus, die im Wasser nach oben stiegen. Dann sah ich auf dem Grund der Schale dicke Gerstenkörner liegen. Sie waren es, die die glitzernden Luftblasen ausspuckten. Im Nu fühlten meine Augen sich viel kühler an.

Der Monpa-Lama verneigte sich, um dem Buddha der Medizin zu danken. Dann packte er seine Sachen, um in der Heiligen Halle Gebete für mich zu lesen.

Ich nickte kurz ein, wurde aber vom Geräusch mehrerer Kotaus an der Tür wieder geweckt. Die Mutter von Sonam Tserang lag vor der Herrin auf den Knien und flehte um Gnade für ihren unwürdigen Sohn.

Meine Mutter fragte mich: »Siehst du das?«

»Ja.«

»Siehst du es wirklich?«

»Ich sehe es wirklich.«

Nach dieser Bestätigung befahl die Frau des Fürsten: »Bringt den kleinen Bastard hinunter und gebt ihm zwanzig Peitschenhiebe!« Seine Mutter dankte der meinen und ging hinunter. Wie sie so heulte, dachte man, der Sommer sei gekommen und Bienen summten zwischen den Blumen im Kreis herum.

Ach, da ich im Augenblick ans Bett gefesselt bin, lassen Sie mich weiter von den Knochen erzählen. In der Gegend, aus der unsere Religion kommt, sprach man von Knochen als »Kasten«. Sakyamuni kam aus einer besonders noblen Kaste in Indien – das Land der weißen Gewänder. In dem Land, in dem wir die Macht besitzen, China –

das Land der schwarzen Gewänder –, werden »Knochen« mit Türschwellen in Verbindung gebracht. Dieses schwer zu übersetzende Wort meint wahrscheinlich die Höhe der Türschwellen. Wenn dem wirklich so wäre, müsste an der Tür zum Hause des Fürsten eine besonders hohe Schwelle angebracht sein. Meine Mutter kommt aus einer armen Familie. Nachdem sie in die Familie Maichi eingeheiratet hatte, achtete sie sehr auf diese Dinge. Sie wollte das Gehirn des Idioten immer bis zum Rand damit voll stopfen.

Einmal fragte ich sie: »Könnten wir bei so hohen Türschwellen nicht von den Wolken her ein- und ausgehen?

Sie lachte bitter.

»Dann wären wir keine Fürsten, sondern Unsterbliche.« So sprach ihr Sohn, der Idiot, zu ihr. Sie lachte enttäuscht, nur damit ich mich schuldig fühlte, weil aus mir nie etwas werden würde.

Die Festung von Fürst Maichi war in der Tat ein hoher Bau. Mit sieben Stockwerken und einem Dach, dazu einem Kellerverlies, ragte es mehr als sechzig Meter hoch. Die vielen Zimmer und zahllosen Türen waren durch Treppen und Flure miteinander verbunden, so verschachtelt und kompliziert wie der Lauf des Lebens und das menschliche Herz. Das Gebäude stand in einer bergigen Gegend hoch über zwei Flüssen, die dort unten zusammenflossen, sodass man einen guten Blick auf einige dutzend Ansiedlungen an den Ufern hatte.

Die Menschen, die dort wohnten, nannte man »Kaba«. Alle Bewohner gehörten zu demselben »Knochen« oder »Sharü«. Sie bestellten ihre Felder und arbeiteten auf dem Anwesen des Fürsten, wenn er sie brauchte, und sie erfüllten Botendienste zwischen mehr als zweitausend Familien in über dreihundert Ansiedlungen in einem Umkreis von hundertachtzig Kilometern in westöstlicher Richtung und mehr als zweihundert Kilometern in nordsüdlicher Richtung von der Festung aus. Ein Sprichwort der »Kaba« sagt: Wenn dein Hinterteil in Flammen steht, liegt es an der Feder auf dem Brief des Fürsten. Sobald der Gong auf dem Dach des Fürsten erklang zum Zeichen, dass ein Brief fortgebracht werden müsse, musste sich jemand aufs Pferd setzen, selbst wenn seine Mutter gerade im Sterben lag.

In den Bergen und Tälern links und rechts des Flusslaufes sah man eine Ansiedlung neben der anderen. Die Bewohner lebten von Ackerbau und Viehzucht. Ihnen standen Führer unterschiedlicher Ränge vor. Die Führer verwalteten die Ansiedlungen, und die Fürstenfamilie wiederum kontrollierte die Führer. Die Menschen, die von den Führern regiert wurden, waren das einfache Volk. Sie machten den größten Teil der Bevölkerung aus und gehörten alle dem gleichen »Knochen« an. Menschen aus dieser Klasse konnten aufsteigen und ihrem eigenen »Knochen« durch adliges Blut mehr Gewicht verleihen. Sehr viel wahrscheinlicher war aber der Niedergang, und wenn das geschah, war es fast unmöglich, wieder auf die Beine zu kommen. Denn der Fürst zog es vor, möglichst viele freie Bürger zu unfreien Sklaven werden zu lassen. Sklaven waren Haustiere, die man nach Belieben kaufen, verkaufen und zur Arbeit antreiben konnte. Und es ist leicht, freie Menschen in Leibeigene zu verwandeln – man braucht nur Gesetze zu erlassen, gegen die jedermann leicht verstößt, das ist alles. Das ist noch sicherer als die Fallen, die erfahrene Jäger aufstellen.

So auch die Mutter von Sonam Tserang. Sie war die Tochter einfacher Leute und damit selbst eine Frau aus dem Volk. Der Fürst konnte nur über einen Führer Arbeit und Tribut von ihr einfordern. Aber sie bekam ein uneheliches Kind, verstieß damit gegen ein Gesetz und verurteilte so ihren Sohn und sich selbst zu einem Leben als rechtlose Leibeigene.

Ein Gelehrter sagte einmal, der Fürst habe keine Gesetze. Es stimmt, wir hatten kein geschriebenes Gesetz, aber wir hielten uns an Vorschriften, die uns in Fleisch und Blut übergegangen waren. Sie waren wirkungsvoller als so manches Gesetz, das heute niedergeschrieben wird. Ich frage: »Ist das tatsächlich so?« Eine Stimme aus der fernen Vergangenheit antwortet dröhnend: »So ist es, so ist es.«

Jedenfalls waren unsere damaligen Gesetze geeignet, Menschen von Freien zu Leibeigenen werden zu lassen, nicht umgekehrt. Die Künstler, die diese Gesetze schufen, waren Leute mit schweren, adeligen »Knochen«. »Knochen« teilen die Menschen in oben und unten.

Der Fürst.

Unter dem Fürsten die Führer.

Die Führer verwalten das einfache Volk.

Danach kommen die »Kaba« (Boten, keine Kuriere). Zum Schluss die Familienleibeigenen. Und dann gibt es noch Menschen, die ihre

Position beliebig verändern können. Dazu zählen Mönche und Priester, Kunsthandwerker, Magier, gute Unterhaltungskünstler. Diese Leute lässt der Fürst gewähren, solange sie ihm nicht das Gefühl geben, nicht zu wissen, was er mit ihnen tun soll.

Ein Lama sagte einmal zu mir: »Die Tibeter, die in ihren von schneebedeckten Bergen umschlossenen Gebieten leben, können angesichts des Bösen Schwarz und Weiß ebenso wenig unterscheiden wie die stillen Chinesen; und wenn sie nichts zu lachen haben, wirken sie dennoch fröhlich wie die Inder.«

China heißt in unserer Sprache »Gyanag«. Das bedeutet so viel wie »Reich der schwarzen Gewänder«.

Indien heißt »Gyagar«. Das bedeutet »Reich der weißen Gewänder«.

Der Maichi-Fürst bestrafte den Lama später, weil er sich um Fragen Gedanken machte, über die niemand tiefer nachdenken sollte. Ihm wurde die Zunge abgeschnitten, und er starb aus Qual darüber, nicht sprechen zu können. Ich denke darüber so: Die Zeit vor Sakyamuni war die der Propheten, seitdem aber brauchen wir nicht mehr so viel nachzudenken. Wenn Sie sich für einen besonderen Menschen halten, aber nicht als Adeliger geboren wurden, dann werden Sie Lama und zeichnen den Leuten Bilder von ihrer Zukunft. Wenn Sie das Gefühl haben, über das Jetzt und das menschliche Leben etwas zu sagen zu haben, dann tun Sie es schnell. Denn wenn Sie keine Zunge mehr haben, können Sie überhaupt nichts mehr sagen. Sehen Sie doch all die verrotteten Zungen, die einmal etwas sagen wollten.

Einfache Leute haben zuweilen etwas zu sagen, warten aber bis kurz vor ihrem Tod damit. Dies wären geeignete letzte Worte:

– Reich mir etwas Honigwein.
– Bitte leg mir einen kleinen Jadestein in den Mund.
– Es wird gleich Tag.
– Ama, sie sind da.
– Ich finde meinen Fuß nicht.
– Himmel, Himmel.
– Geister, Geister!
und so weiter.

3

Sangye Dolma

Meine Erinnerung setzt an jenem verschneiten Morgen ein, als ich dreizehn Jahre alt war. Der erste Frühjahrsschnee machte mich regelrecht blind. Meine geschwollenen Augen kühlten angenehm ab, als ich die Peitsche auf den Körper von Sonam Tserang niedersausen hörte. Mutter wies die Amme an: »Pass gut auf den Jungen Herrn auf.«

Die schöne Dienerin Dolma wollte gleich hinter meiner Mutter zur Tür hinausgehen. Ich riss mir das Handtuch von den Augen und schrie laut: »Ich will Dolma!«

Ich hatte zwar überhaupt nicht nach Mutter gefragt, doch sie antwortete: »In Ordnung, wir gehen nicht, sondern bleiben hier bei dir.« Wie sollte mein kleines Gehirn verstehen, was wirklich vor sich ging? Ich hielt die warme, weiche Hand von Dolma ganz fest und war im nächsten Augenblick eingeschlafen.

Als ich erwachte, war es Abend. Von der Brücke unterhalb unseres Dorfes drang der lang gezogene, verzweifelte Ruf einer Frau herüber. Die Seele eines Kindes war an diesem Ort verschwunden, an dem die Geister ein- und ausgehen, und die Mutter lockte sie zurück nach Hause. Ich aber sagte zu Dolma, die am Kopfende meines Bettes lehnte: »Dolma, ich will dich, Dolma.« Sie kicherte. Dann kniff sie mich und glitt zu mir unter die Bettdecke.

Es gibt ein Lied, das so geht:

Ein gefallenes Mädchen –
Gleite wie Wasser in meine Arme.
Welch ein Fisch im Wasser –
Schwimm in die Träume des Menschen.
Erschrecke sie nicht,
Den gefallenen Mönch und das schöne Mädchen!

In den Entstehungsmythen unserer Welt sagt eine Gottheit, die irgendwo wohnt: »Ha!«, und sofort ist da die Leere. Der Gott sagt zur Leere wiederum: »Ha!« Und schon sind da Wasser, Feuer und Staub. Beim nächsten geheimnisvollen »Ha!« bläst der Wind, sodass die Welt sich in der Leere dreht. An diesem Tag umfasste ich die Brüste von Sangye Dolma mit beiden Händen und rief ebenfalls aufgeregt: »Ha!«

Dolma brummte vor sich hin: »Mm ... mmh ... mmh ...«

Eine Welt aus Wasser und Feuer, aus Licht und Staub begann sich wirbelnd zu drehen. In jenem Jahr war ich dreizehn, Dolma achtzehn Jahre alt.

Die achtzehnjährige Sangye Dolma legte mich auf sich. In meinem dreizehnjährigen Körper begann es wie Feuer zu brennen.

Sie sagte: »Geh hinein, geh hinein.« Als habe ihr Körper eine Tür. Und tatsächlich spürte ich das dringende Verlangen, irgendwo einzudringen.

Sie sagte: »Idiot. Du Idiot.« Dann umfasste sie mich dort unten und zeigte mir den Weg.

Ich Dreizehnjähriger schrie laut auf und explodierte. Die Welt hörte auf zu existieren.

Am nächsten Morgen schwollen meine Augen, die eigentlich schon geheilt waren, wieder so stark an, dass ich sie nicht öffnen konnte. Dolma wurde rot und flüsterte meiner Mutter etwas ins Ohr. Die Frau des Fürsten sah mich an, musste lachen und gab der schönen Dienerin eine Ohrfeige.

Wiederum kam der Monpa-Lama. Mutter sagte: »Der Herr wird bald zurück sein – nun seht, was ihr mit den Augen des Jungen Herrn gemacht habt.«

»Hat der Junge Herr etwas Unsauberes gesehen?«, fragte der Lama.

Die Frau des Fürsten erwiderte: »Geister? Einige traurige Geister, die Ihr nicht ausgetrieben habt, sind sicher noch da.«

Der Lama schüttelte den Kopf: »Unten hat eine Hündin Junge bekommen, hat der Junge Herr sie sich angesehen?«

Also wurde ich wieder mit dem Qualm verbrannter Wacholderzweige behandelt. Außerdem verabreichte der Lama mir Kräutermedizin in Pulverform. Kurz darauf musste ich pinkeln. Der Lama sagte, es werde wehtun. Und so kam es, dass ich an der Stelle, an der ich mich am Abend zuvor so wohl gefühlt hatte, nun Schmerzen verspürte wie von unzähligen Nadeln.

Der Lama sagte: »Dann stimmt es also, ich habe mich nicht geirrt, der Junge Herr ist erwachsen geworden.«

Als ich mit der Amme allein war, fragte sie: »Was hat das verruchte kleine Weibsstück mit dir gemacht?«

Ich bedeckte meine geschwollenen Augen mit den Händen und lachte. Voll Bitterkeit sagte meine Amme: »Ach, du Idiot, ich hatte gehofft, dass das Leben weniger demütigend sein würde, wenn du erst mal groß bist, und dann tanzt du mir mit so einem Weib auf der Nase herum.« Sie ließ die Feuerzange scheppernd ins Kohlebecken fallen. Ich ignorierte sie – wie gut das Leben es doch mit dem Sohn des Fürsten meinte, man brauchte nur wie ein Gott »Ha!« zu rufen, und schon begann die Welt sich zu drehen. Dann lehrte das Abführmittel des Lama meine Gedärme singen.

Mit weinerlicher Stimme sagte die Amme zum Lama: »Was haben Sie mit dem Magen des Jungen Herrn gemacht?«

Der Lama starrte sie ernst an und ging. Ich musste lachen, und in diesem Augenblick spritzte flüssiger Kot unten aus mir heraus. An diesem Vormittag kam ich von der Bettschüssel nicht herunter. Mutter wollte den Lama zur Rechenschaft ziehen, aber der war fort und machte anderswo Krankenbesuche. Wir kamen zwar für Kost und Logis auf, doch er verdiente sich gern noch etwas hinzu. Am Nachmittag waren meine Augen und mein Magen wieder in Ordnung. Da lobten und priesen alle die Künste des Lama.

Es war ein sonniger Nachmittag. Rasendes Hufgetrappel wurde laut und ließ alle aufhorchen. Die Sonnenstrahlen wirkten wie die straff gespannten Saiten eines Bogens. Mein Vater, Fürst Maichi, der seine Beschwerde bei der Provinzregierung vorgetragen hatte, kehrte aus dem Gebiet der Chinesen zurück.

Er und seine Begleiter hatten knapp zehn Kilometer entfernt ihre Zelte für die Nacht aufgeschlagen und schickten nun einen schnellen, berittenen Boten mit folgender Nachricht hierher: Der Fürst habe einen hohen Beamten der Militärregierung mitgebracht, der morgen mit großen Ehren empfangen werden solle.

Kurz darauf waren einige schnelle Pferde aus unserem Anwesen unterwegs zu nahe gelegenen Festungen. Mutter und ich standen auf einem Balkon unseres Arkadenhauses und blickten den aufwirbelnden Staubwolken nach, die die rasenden Pferde auf den weiten Ebenen hinterließen. Die Arkaden liefen über drei Stockwerke, und man blickte von hier aus Richtung Südosten ins Tal. Die anderen drei Seiten des Gebäudes hatten sieben Stockwerke, und hinten war ein Wachturm angebaut, der auf eine breite Straße wies, die von den Bergen herunterkam. Da der Frühling nahte, gab der Boden aus festgestampftem Lehm unter dem Balkon allmählich nach. Das oberste der drei Stockwerke war das der Familienwache, und von dort aus konnte man Angriffe von vorn besonders gut abwehren. In den zwei Stockwerken darunter wohnten die Hausdiener. Das Flusstal öffnete sich nach Südosten. Von dorther würden Vater und mein großer Bruder morgen zurückkommen. An jenem Tag bot sich mir das gleiche Bild wie sonst: Die Berge schienen immer höher zu werden, bis die Sonne dahinter verschwand. Ein Fluss sprudelte aus den Bergen Richtung Osten und grub ein immer breiteres Bett in das Tal. Wie eine Redensart sagt: Der Kaiser der Han-Chinesen regiert in der Morgensonne, der Dalai-Lama unter der des Nachmittags.

Wir befanden uns in der Mittagssonne ein kleines Stück Richtung Osten. Die Stelle hat eine bestimmte Bedeutung. Sie entschied darüber, dass wir mit dem Kaiser der Chinesen im Osten mehr zu tun hatten als mit unserem eigenen religiösen Führer, dem Dalai-Lama. Die geografischen Gegebenheiten entschieden über unsere politischen Beziehungen.

Wissen Sie, der Grund dafür, dass wir uns so lange halten konnten, liegt darin, dass wir uns über unsere Position immer klar waren. Unser erklärter Feind dagegen, Fürst Wangpo, machte Pilgerreisen nach Lhasa. Als kluge Gefolgsleute ihm rieten, sich auch bei den Chinesen zu zeigen, fragte er zurück: »Wer ist größer, Wangpo oder China?« Und vergaß darüber, dass seine Insignien ebenfalls von Vorfahren aus Peking hergebracht worden waren. Tatsächlich heißt es in einigen Büchern, dass wir schwarzhaarigen Tibeter an einem Wollseil in diese erhabene, hoch gelegene und außergewöhnliche Gegend heruntergekommen sind. Insofern hatte Fürst Wangpo jeden Grund zu der Annahme, dass auch Insignien, Geld und Waffen auf einem blauen Lichtstrahl vom Himmel herunterkommen können.

Mutter sagte: »Die Leute, die mit Fürst Wangpo umzugehen verstehen, sind auf dem Weg, wir werden ihnen morgen entgegengehen. Sie kommen aus meiner Heimat. Himmel, ob ich noch Chinesisch mit ihnen reden kann? Himmel, oh Himmel. Hör mir zu, Sohn, mal sehen, ob es noch geht.«

Ich tippte mir an die Stirn. »Woher soll ich denn wissen, ob das, was du sprichst, Chinesisch ist?«

Aber sie hatte schon angefangen, draufloszuplappern. »Göttin der Barmherzigkeit«, rief sie erleichtert aus, »ich habe es nicht vergessen, ich habe es nicht vergessen.« Sie weinte. An diesem Tag packte sie meinen Kopf wieder fest mit beiden Händen, schüttelte ihn und sagte: »Ich werde dir Chinesisch beibringen, Himmel, so groß schon, warum nur habe ich nicht daran gedacht, dir Chinesisch beizubringen?«

Ich hatte jedoch überhaupt kein Interesse daran. Wieder enttäuschte ich sie in einem Augenblick größter Aufregung. »Schau, ich sehe den gelben Schirm des Lama kommen«, sagte ich wie ein Idiot.

Wir unterhielten zwei Gruppen buddhistischer Mönche. Die einen in der Heiligen Halle in unserer Festung, die anderen im Mondron-Ling-Kloster auf der anderen Seite des Flusses. Jeeka Rinpoche hatte gerade von der großen Zeremonie morgen gehört und eilte herbei. Als er und sein Gefolge über die Holzbrücke kamen, griff plötzlich eine Windbö in den gelben Schirm und riss den Novizen, der ihn trug, in den seichten Fluss. Als er sich aufgerappelt hatte und tropfnass wieder auf der Brücke stand, kicherte die Frau des Fürsten. Hören Sie nur, wie jung ihr Lachen klingt! Als die Prozession den langen Weg über die Steintreppen emporstieg, befahl Mutter, das Tor zu schließen.

Die Beziehungen zwischen dem Fürsten und dem Kloster waren seit einiger Zeit nicht besonders gut. Der Auslöser war, dass Jeeka Rinpoche nach dem Tod meines Großvaters eine Hitze im Kopf spürte und sagte, nur mein Onkel sei der Richtige, um die Nachfolge des Fürsten anzutreten. Doch am Ende wurde mein Vater, nicht mein

Onkel Fürst Maichi. Seither war es still um das Kloster geworden. Mein Vater führte das Amt des Fürsten ordnungsgemäß weiter, er ließ später die Heilige Halle in der Festung erweitern und lud Mönche von anderswoher ein, um nichts mehr mit dem Kloster zu tun zu haben.

Mutter stand inmitten ihrer Leute auf dem Balkon der Festung und sah nach Osten, dem herrschaftlichen Pomp entgegen.

Da schlug der Rinpoche den Kupferring im Maul des Löwen am Tor an. Der humpelnde Verwalter wollte nach unten rufen, damit jemand das Tor öffne. Doch Mutter hielt ihn zurück. Sie fragte mich: »Sollen wir öffnen?«

»Lass sie ein bisschen warten. Wenn sie Geld wollen, sollen sie nicht so drängeln«, antwortete ich.

Der Verwalter, meine Dienerin und alle anderen Hausangestellten lachten. Nur die Amme nicht. Ich weiß, dass für sie Mönche und Gottheiten im Tempel dasselbe waren.

Dolma sagte: »Der Junge Herr ist sehr klug.« Mutter warf ihr einen scharfen Blick zu, worauf die Dienerin verstummte.

»Wie kann man einen Rinpoche so behandeln!«, schimpfte Mutter, raffte ihren langen, gefältelten Rock zusammen und ging huldvoll die Treppe hinunter, um dem Rinpoche selbst die Tür zu öffnen.

Er grüßte höflich. Die Frau des Fürsten erwiderte den Gruß nicht, sondern sagte weich: »Ich sah, wie der Schirm des Rinpoche in den Fluss geweht wurde.«

»Amitabha-Buddha, Herrin, meine Fähigkeiten sind noch unvollkommen.«

Im Flusstal kam Wind auf, der hörbar durch die Luft pfiff.

Mutter bat den Rinpoche nicht herein, sondern sagte: »Es wird stürmisch, kommen Sie morgen mit den Musikern Ihres Klosters, um hier unsere Gäste zu begrüßen.«

Jeeka Rinpoche bekam vor Aufregung kein Wort mehr heraus, er verbeugte sich wieder und wieder vor der Frau des Fürsten. Streng genommen war das gegen die Ordnung. Denn sobald er sein gelbes Gewand und die purpurne Robe trug, war er nicht mehr er selbst, sondern der Vertreter aller Gottheiten und Buddhas auf der Erde – aber das hatte er vollkommen vergessen.

Am nächsten Morgen stand ich mit den zwei Signalschüssen vom Wachtturm auf und zog mich selbst an. Die Amme eilte mit dem Nachttopf herbei, doch ich bekam nichts aus mir heraus. Ich war gestern schon alles losgeworden.

In der Heiligen Halle ertönten Gongs, und über der Festung stieg Qualm von Räucherstäbchen auf. Im Hof und auf dem Platz vor der Festung stand alles voller schweißnasser Pferde. Die Führer waren mit ihren Leuten und Pferden aus allen Richtungen herbeigeeilt. Als Mutter und ich von oben herunterkamen, brach die Menge gerade auf. Mutter ritt auf einem Schimmel inmitten einer Menge rotbrauner Pferde. Sie trug einen handbreiten Silbergürtel um die Taille, mehrere Perlenketten um den Hals, und das frisch geflochtene Haar glänzte auf ihrem Kopf. Ich schlug auf mein Pferd ein, um sie einzuholen. Mutter lachte. Mein Rotfuchs war breit und stark und hatte einen kräftigen Galopp. Als ich zu Mutter aufgeschlossen hatte, jubelten die Leute den beiden prächtigen Pferden zu. In strahlendem Sonnenschein ritt ich neben meiner Mutter die Straße entlang und hörte die Rufe. Ich vermutete, sie wolle bestimmt nicht mit so einem Idioten zusammen sein. Aber nein, sie ritt neben ihrem Sohn her, winkte der jubelnden Menge zu, in der Hand eine Peitsche mit roten Troddeln. In diesem Augenblick ging mein Herz über vor grenzenloser Liebe zu ihr.

Ich galoppierte weit voraus und stellte mir vor, dass alle normalen Kinder sagen: »Ich liebe dich, Ama.« Ich aber sagte, als Mutter zu mir aufschloss: »Sieh nur, Ama, ein Vogel.«

Mutter antwortete: »Idiot, das ist ein Falke.« Mit ihrer freien Hand formte sie eine Kralle wie die des Falken: »So kommt er heruntergeschossen und greift sich Kaninchen oder eine Ziege.«

»Sie können auch tote Fische aus dem Fluss ergreifen.«

»Oder sie stürzen sich auf eine Giftschlange und töten sie.«

Ich wusste, wenn sie von einer Giftschlange sprach, meinte sie den Führer, der uns verraten hatte, ganz zu schweigen von Fürst Wangpo, der sich zu unserem Feind erklärt hatte. Dann wurde Mutter von den Führern nach vorn eskortiert. Ich hielt mein Pferd an und blieb am Straßenrand stehen. Sangye Dolma ging in prächtigen Kleidern zwischen anderen Bediensteten. Heute waren zwar alle Dienerinnen und

Diener herausgeputzt, doch weder ihre Kleidung noch ihre Gesichter strahlten. Ich empfand es als Demütigung für Dolma, mit diesen Menschen zusammen zu sein.

In ihren Augen lag ebenfalls Trauer. Als sie auf mich zukam, gab ich ihr die Zügel in die Hand. Damit schafften ein groß gewachsenes Pferd und ein leicht beschränkter, aber hochgeborener Mann eine Distanz zwischen ihr und den anderen Menschen, die nichts als die Hoffnung auf das nächste Leben hatten. Meine Mutter und ihr Ehrfurcht gebietendes Gefolge waren hinter der nächsten Bergkuppe verschwunden. Ein weites, sonnenbeschienenes Feld breitete sich vor uns aus, oberhalb an den Hängen goldene Wälder, unten funkelte das Wasser im Fluss. Um die Festungen herum stand grüne Wintergerste. An jeder einzelnen, an der wir vorüberkamen, schlossen sich uns mehr Menschen an, und diese immer größere Truppe folgte mir nach, denn niemand wagte, den Herrn zu überholen. Wenn ich mich umdrehte, zogen Männer grüßend den Hut, und schöne Mädchen strahlten mich an. Oh, wie wundervoll, ein Fürst zu sein, Herr über ein winziges Stück Land. Wäre ich nicht ein Unfall meines Vaters nach zu viel Alkoholgenuss, ich würde in einem Moment wie diesem an so etwas wie Vatermord denken. Doch ich sagte nur: »Lass uns anhalten, Dolma, ich habe Durst.«

Dolma drehte sich um und sagte den Leuten hinter uns Bescheid. Sofort rannten einige Männer los, Staub wirbelte um ihre Füße, sie knieten vor meinem Pferd nieder und nestelten verschiedene Flaschen mit Alkohol aus ihrem Gepäck. Dolma schob die mit den unsauberen Flaschen zur Seite. Die Zurückgewiesenen waren so unglücklich, als sei ein lieber Mensch gestorben. Ich löschte meinen Durst aus einer Flasche, die wie ein kleiner Vogel geformt war. Dann wischte ich mir den Mund ab und fragte: »Wer bist du?«

»Ich bin der Silberschmied Chödak«, erwiderte der Mann mit einer Verbeugung aus der schmalen Taille.

»Bist du ein guter Silberschmied?«

»Ich bin kein guter Silberschmied«, antwortete der Mann ruhig. Ich wusste, dass ich ihm eigentlich etwas zum Dank hätte geben müssen, doch sagte ich nur kühl: »Es ist gut, du kannst gehen.«

Dolma sagte: »Du musst dich erkenntlich zeigen, Herr.«

»Wenn er dich weniger angesehen hätte«, erwiderte ich.

Ich wusste, wie verletzbar ein Herrscher war. Ich fand meine gute Laune erst wieder, als Dolma mich kniff. Ich sah zu ihr hinüber, und sie blickte mutig zurück, sodass ich in die Tiefe ihrer Augen stolperte und nicht mehr herauskam.

Lassen Sie mich ein Lied singen:

Ah, sieh nur nach oben,
welch herrlicher Anblick,
dort steht eine Pagode des Sieges.

Ah, sieh nur hinüber,
welch herrlicher Anblick,
dort steht ein tapferer junger Mann mit einem Gewehr.

Ah, sieh nur hinunter,
welch herrlicher Anblick,
dort steht ein schönes junges Mädchen in Samt und Seide.

Ich hob den Kopf, und Dolma fiel ein. Sie sang herzergreifend, melodisch und wohlklingend. Doch hatte ich nicht das Gefühl, dass es um mich ging. Der junge Mann war nicht ich. Dann hätte sie, die Dienerin, der Gunst wegen, die sie mir erwiesen hatte, Samt und Seide tragen müssen. Das Lied war zu Ende. Ich sagte: »Sing es noch einmal.« Sie dachte, es mache mir Freude, und begann von vorn. Ich ließ sie noch einmal singen. Sie sang. Ich hieß sie abermals singen. Diesmal war es nicht so gut. Ich sagte: »Noch einmal.« Tränen liefen ihr die Wangen hinunter. An diesem Tag, ich sagte es bereits, begriff ich, wie gut es ist, ein Herrscher zu sein. Auch begriff ich, wie verletzbar ein Herrscher ist. Ihre Tränen wirkten wie Balsam auf den Schmerz in meiner Seele.

4

Der Ehrengast

Fünf Kilometer von der Festung entfernt schlugen wir die Zelte auf, um unsere Gäste zu begrüßen. Die Männer sollten ihre Reit- und Schießkünste vorführen. Die Lamas der Festung und des Tempels führten Trommelmusik und Maskentänze vor, ein Wettbewerb, auf den sie all ihre Kräfte verwendeten. Um ehrlich zu sein, wir lieben diese Konkurrenz unter den Lamas, denn sonst wären sie allzu unantastbar. Ohne diese Konkurrenz würden sie ständig erzählen, der Buddha sage dies, der Buddha sage jenes, und selbst der Fürst könnte nichts dagegen tun. Aber sobald es Probleme zwischen ihnen gab, kamen sie gelaufen und boten an, für die Familie des Fürsten Gebete zu sprechen. Sie garantierten, dass ihre Gebete wirkungsvoller seien als die der anderen.

Ein ganzes Lamm war gerade im Kochtopf verschwunden, der Tee entfaltete sein Aroma, und in der Ölpfanne entstand ohrenförmiges Gebäck, als wir auf dem Bergrücken eine, zwei, schließlich drei Rauchsäulen emporsteigen sahen, das Zeichen für die Ankunft der Ehrengäste. Innerhalb und außerhalb der Zelte wurden Teppiche ausgebreitet. Auf niedrigen Tischen vor den Teppichen wurden Köstlichkeiten arrangiert, auch die Nudeln, die eben fertig geworden waren. Hören Sie die »Ohren« zischeln?

Einige Hornsignale, eine dicke Staubwolke, schon war unser Reitertrupp davongeprescht. Danach folgte eine Gruppe einfacher Leute mit Katag-Schals aus Seide, darunter einige hervorragende Sänger.

Den Schluss bildeten Mönche, die Seemuscheln und ihre oboenartigen Gyalings in den Händen hielten.

Auf dem Weg hierher würden Vater und der Ehrengast von diesen drei Gruppen begrüßt werden. Wir hörten die Salutschüsse der Reitervorhut. Danach erklangen die Gesänge der gewöhnlichen Leute. Als das ferne Dröhnen der Seemuscheln und das Singen der Gyalings ertönte, konnten wir die Gäste bereits sehen.

Fürst Maichi hielt sein Pferd an, damit alle seinen freudigen Stolz sehen konnten. Doch der Provinzbeamte neben ihm strahlte bei weitem nicht die Würde aus, die wir von ihm erwartet hatten. Es war ein schmaler Mann, der nun seinen Hut abnahm und der Menge zuwinkte. Das unzivilisierte Volk fiel im gelben Gras donnernd auf die Knie. Ein Teppich wurde bis zu den Pferden hin ausgerollt, und zwei Diener knieten sich auf alle viere, um als Absteigehilfe zu dienen. Einer von ihnen war mein persönlicher Knecht Sonam Tserang.

Der knochige Chinese setzte seinen Hut wieder auf, rückte die schwarzrandige Brille zurecht und stieg über den Rücken Sonam Tserangs vom Pferd. Er winkte einige dutzend schmucke Soldaten heran, und als der Fürst zu seiner Frau hinüberging, wurden beide mit militärischen Ehren gegrüßt. Anschließend überreichte Sonderbotschafter Huang Chumin der Frau des Fürsten Geschenke aus Seide, Brokat, Jade und Gold. Die Frau des Fürsten bot ihm eine Schale Wein an und reichte ihm einen gelben Katag. Nun gaben junge Mädchen den chinesischen Soldaten ebenfalls Wein und Katags. Die Lamas begannen zu trommeln und auf ihren Gyalings zu spielen.

Als der Sondergesandte Huang im Zelt Platz genommen hatte, bat mein Vater, mit der Tanzvorführung zu beginnen. »Warten Sie, der Sondergesandte hat noch nicht gedichtet«, sagte der Übersetzer. Da war dieser hochgeborene Chinese also Poet. Bei uns werden Dichter nicht mit einer solch wichtigen Aufgabe betraut. Als ich seine halb geschlossenen Augen gesehen hatte, hielt ich ihn zunächst für trunken von all den Speisen, Getränken und der Schönheit der jungen Mädchen.

Der Sondergesandte Huang saß einen Moment ruhig da, dann öffnete er die Augen und sagte, das Gedicht sei fertig. Voller Begeisterung folgte er der Darbietung der Mädchen, begann während des langatmigen Maskentanzes der Lamas zu gähnen und wurde daraufhin von seinen Soldaten zum Rauchen hinausgeführt. Das sagten sie tatsächlich, dass der Sondergesandte zur Aufmunterung rauchen müsse. Die Begeisterung der Lamas ließ augenblicklich nach, ihre Schritte wurden langsamer. Dabei war es eine sehr seltene Gelegenheit, dass der Rinpoche des Klosters Mondron-Ling winkte und ein gesticktes Porträt von Sakyamuni auf die Tanzfläche getragen wurde.

Mit einem leisen Rascheln verneigten alle Anwesenden sich bis zur Erde, und die Lamas fanden zu ihren Tanzschritten zurück.

Der Fürst sagte zu seiner Frau: »Der Rinpoche legt sich ganz schön ins Zeug.«

Mutter antwortete: »Ja, und es wäre besser gewesen, hätte er das damals schon getan, statt sich für deinen Bruder einzusetzen.«

Vater lachte: »Leider haben nur wenige das begriffen.«

»Und wenn doch, war es zu spät.«

Jeeka Rinpoche, eine kristallgeschliffene Brille auf der Nase, kam zur Begrüßung herüber. Er blickte missmutig. Vater nahm seine weiche, breite Hand und sagte: »Wir werden zu Fürst Wangpo gehen, um mit ihm abzurechnen, und du musst für uns die Schriften lesen, damit wir auf der ganzen Linie erfolgreich sind.« Das Gesicht von Jeeka Rinpoche, der so viele Jahre geschnitten worden war, begann zu strahlen.

Vater fuhr fort: »Morgen werde ich dir Almosen schicken lassen.«

Der Rinpoche legte die Hände vor der Brust zusammen und zog sich zurück.

Im Zelt hatte der Sondergesandte Huang seine Soldaten gegen unsere Mädchen eingetauscht, und seine Augen leuchteten wie die eines nachtaktiven Tieres.

Der letzte Programmpunkt des Tages war ein Fototermin.

Als wir uns um den Sondergesandten gruppiert und hingesetzt hatten, fiel mir auf, dass mein Bruder nicht dabei war. Er eskortierte weiter hinten den Transport der eingekauften Waffen: Gewehre, Maschinenpistolen und Munition.

Die Fotos machte der Übersetzer. Damals hießen Leute, die eine Sprache in die andere verwandelten, bei uns »Thongsi«. Vater nahm mich auf den Schoß, der Sondergesandte Huang saß in der Mitte und Mutter auf der anderen Seite. Dies war das erste Foto in der Geschichte der Fürstenfamilie Maichi. Wenn ich es mir recht überlege, so hielt die Kunst der Fotografie gerade rechtzeitig Einzug, wie um unsere letzten Tage zu dokumentieren. Doch damals sahen wir all das als Vorboten einer noch glorreicheren Zukunft unserer Familie an. So schwungvoll und energiegeladen mein Vater und meine Mutter damals waren, auf den Fotos wirken sie stumpf und leblos wie Menschen, die es bald nicht mehr geben wird. Sehen Sie nur, mein Vater sieht auf dem Foto halb tot aus. Kaum vorstellbar, dass er gerade von dem krankhaften Ehrgeiz besessen war, einen Nachbarn, der uns erniedrigt hatte, fertig zu machen. In gewissem Sinne war er ein Mann, dessen Fäuste dort landeten, wo er es sich vorstellte.

Einige Tage danach traf mein Bruder mit den Waffen und der Munition ein.

Ein Stück Land neben unserer Festung, so groß, dass ein Pferd das andere Ende nicht erreichen konnte, ohne sich völlig zu verausgaben, und das den ganzen Tag unter Staubwolken begraben lag, wurde zum Übungsgelände für unsere Soldaten. Die Soldaten des Sondergesandten Huang wurden die gestrengen Trainer. Sobald einer von ihnen einen Befehl bellte, brüllten unsere Leute zurück, fielen in steifen Gleichschritt und stolzierten im Gänsemarsch einher. Natürlich hatten sie kein klares Ziel vor Augen, sondern riefen nur ihre Parolen, liefen über die staubige Erde bis ans Ende des Feldes, brüllten erneut und marschierten zurück. Das hatte mit Kriegsvorbereitungen, wie wir sie uns vorstellten, nichts zu tun.

Vater wollte den Sondergesandten fragen, was das solle und ob diese Art von Übungen tatsächlich die geeignete Vorbereitung seien, um Fürst Wangpo zu schlagen. Der Sondergesandte Huang ließ ihn jedoch nicht zu Wort kommen: »Glückwunsch, Fürst Maichi, Sie sind der einzige Fürst, der eine wirklich moderne Armee hat. Niemand wird Sie mehr besiegen.«

Vater war nicht überzeugt und fragte Mutter: »Hast du früher schon einmal gesehen, dass man so exerziert?«

»Ich habe es nie anders gesehen«, antwortete Mutter.

Der Sondergesandte Huang lachte. Vater blieb nichts übrig, als ihm zu glauben. Gegenüber einem Verräter als Führer waren wir einfach hilflos. Und Huangs Soldaten hatten noch nicht einmal Schießübungen mit unseren Leuten gemacht. Als die Tage langsam wärmer wurden, waren sie immer noch am Brüllen und Marschieren. Niemand verstand, wieso man vor einem Krieg in Reih und Glied marschieren und die angenehm feuchte Märzluft mit Staubwolken füllen musste. Mein Halbbruder schulterte ein Gewehr und marschierte mit, das Gesicht schweiß- und staubbedeckt. Am Ende konnte auch er nicht mehr an sich halten, kam zu Vater gelaufen und fragte: »Sollten wir nicht langsam Munition bekommen?«

Vater fragte den Sondergesandten Huang. Jeder bekam drei Patronen. Doch das Feuer sollte immer noch nicht eröffnet werden. Der einzige Unterschied war, dass nun zum Marschieren noch Übungen mit dem Bajonett hinzukamen. Einige Tage darauf ging mein Bruder wieder zu Vater. Der sagte dem Sondergesandten Huang, die Zeit der Saat sei gekommen und die Festung immer noch in der Hand von Fürst Wangpo.

»Nur nichts überstürzen«, wandte der Sondergesandte Huang ein. Fürst Maichi wusste, dass er einen Heiligen, den er eingeladen hatte, schlecht wieder fortjagen konnte. Doch er war unsicher geworden und ließ einen Lama kommen, damit dieser für ihn in der Zukunft las. Es hieß, er werde seine Festung verlieren, aber wieder zurückgewinnen und möglicherweise noch eine oder zwei dazu, auf jeden Fall werde er einen Preis bezahlen. Gefragt, ob Menschen sterben würden, verneinte der Lama. Die Frage, ob er Geld ausgeben müsse, wurde ebenfalls verneint. Schließlich fragte der Fürst, was genau geschehen werde, und der Lama sagte, er könne es nicht erkennen.

Da der hauseigene Lama nicht weiterhalf, schickte man nach dem Rinpoche aus dem Tempel. Der kam zu den gleichen Voraussagen. Er sagte, er sehe Blumen wie loderndes Feuer. Doch sei nicht zu sehen, auf welchen »Preis« die Blumen hindeuteten.

Fürst Maichi befahl, dem Sondergesandten Huang zwei neue Mädchen sowie eine Kiste Silber zu geben. Meine Mutter solle das erledigen. Der Fürst sagte zu ihr: »Ich verstehe die Chinesen nicht recht, regele du diese Angelegenheit.« Meiner Mutter gefiel das, und seither genoss sie das Recht, sich als Frau des Fürsten um diese Dinge zu kümmern. Früher hätte sie nicht einmal daran zu denken gewagt, mit jemandem vom Rang des Sondergesandten an einem Tisch zu sitzen.

Am nächsten Tag sagte der Sondergesandte: »Die Mädchen sind in Ordnung, aber das Geld nehmt zurück. Wir helfen euch Ausländern nicht des Geldes wegen, sondern um des friedlichen Zusammenlebens unserer fünf Nationalitäten und um der Republik China willen. Die beiden Mädchen akzeptiere ich, weil es außerhalb Chinas nicht gegen die Regeln der Moral verstößt und um euch Gesicht zu geben.«

Dann fragte er: »Ich hörte, Sie sind Chinesin, gnädige Frau? Wir werden in Zukunft oft auf Sie zählen. Eines Tages wird dies nicht mehr das Territorium von Ausländern, sondern Ihr Lehen sein.«

»Sprechen Sie nicht von Lehen. Wenn Ihre Armee das Geschäft meines Vaters nicht dem Erdboden gleichgemacht hätte, wäre ich niemals hier gelandet.«

Der Sondergesandte antwortete: »Wenn es weiter nichts ist, das kann ich ersetzen.«

»Können Sie auch Menschenleben ersetzen? Meine Eltern, zwei Menschen, sind gestorben.«

Der Versuch des Sondergesandten, eine Verbündete zu finden, war fehlgeschlagen: »Sie sind eine starke Frau, Respekt, Respekt.«

In dieser Angelegenheit war meine Mutter tatsächlich sehr redlich und ehrlich. Sie sagte meinem Vater nur, der Sondergesandte habe das Geld zurückgegeben. Dazu fiel meinem Vater auch nichts weiter ein, er knirschte mit den Zähnen: »Eines Tages werde ich den Kerl umbringen.«

Später sagte der Sondergesandte zu ihm: »Wir sollten uns noch einmal mit Fürst Wangpo zusammensetzen.«

Mit einem Blick in das ernste Gesicht des Sondergesandten Huang befahl Vater: »Schickt einen Boten aus.« Der war schnell zurück. Das Schicksal meinte es offenbar unerwartet gut mit Fürst Maichi. Fürst Wangpo schickte dem »verfluchten Chinesenbeamten« keinen Brief zurück, sondern ein Paar schmucker Stiefel, was ohne Zweifel so viel hieß wie, er solle sich zum Teufel scheren. Da der Sondergesandte die Botschaft nicht verstand, erklärte meine Mutter sie ihm haarklein.

Unser verehrter Gast kochte vor Wut.

Auf dem Übungsgelände fanden jetzt Schießübungen statt. Alle wussten, dass wir bald in den Krieg ziehen würden.

Drei Tage später erreichten bewaffnete Regierungstruppen und einige Hundert Soldaten von uns die Grenze. Es war auf den ersten Blick klar, dass die Schnellfeuergewehre der Provinzregierung den Gegner schachmatt setzen würden. Sie jammerten laut, weil die einfachen Gewehre in ihren Händen keinen einzigen Schuss abgaben. In der Zeit einer Essenspause war die Festung des Verräters wieder eingenommen. Der Führer wusste um seine Fehler, flüchtete und ließ seine Familie zurück, dass sie an seiner Stelle sterbe. Sie waren mit einem Strick aneinander gefesselt und hockten unter einem Walnussbaum vor dem Eingang. Die Sonne ging auf, und der Tau unter ihren Füßen verdunstete allmählich. Als sie sahen, dass die Wachen neben ihnen ihre Schwerter und Gewehre nicht gegen sie richteten, dachten sie, der Fürst werde sie verschonen. Ihre aschfahlen Gesichter bekamen etwas Farbe. Sie wussten nicht, dass bei Fürst Maichi, anders als bei anderen, die einfachen Soldaten nicht töten und gefangen nehmen durften. Seit hunderten von Jahren gibt es in der Tradition der Fürsten Maichi professionelle Henker.

In unserer Gegend gab es schon immer drei Familien, in denen die Ämter jeweils weitergegeben wurden: einmal die des Fürsten, dann die des Henkers, Familie Aryi, und schließlich die des Geschichtsschreibers. Leider wollte der Geschichtsschreiber der dritten Generation die Wahrheit etwas zu genau aufschreiben und wurde vom Fürsten der vierten Generation fallen gelassen, sodass wir heute nicht einmal genau wissen, wie viele Fürstengenerationen es überhaupt gegeben hat. Umso weniger ist von der Familie der Henker bekannt.

Nun, der Henker kam und sah genau wie jemand aus, der Menschen das Leben nimmt: lange Arme, lange Beine, langer Hals. Mein Vater sagte zu denen, die gleich sterben sollten: »Einer von euch ließ euch zurück, damit ihr an seiner Stelle bestraft würdet, und ich werde keine Gnade walten lassen. Wäre der Verräter nicht geflohen, ich hätte euer Leben geschont.«

Die Leute hatten gehofft, der Fürst würde sie laufen lassen, und nun fiel der erwartungsvolle Ausdruck auf ihren Gesichtern in sich zusammen. Ihnen schien klar geworden zu sein, dass sie nicht kriegsgefangen, sondern von ihrem Führer verraten worden waren. Ihre Beine gaben nach, sie knieten nieder und flehten um ihr Leben. Darauf hatte mein Vater gewartet. Auf einen Wink von ihm blitzte das Schwert in der Hand des Henkers, und im nächsten Augenblick rollten mehrere Köpfe über den Boden. Die Gesichter wirkten sehr lebendig. Die kopflosen Körper blieben wie vor Schreck lange aufrecht, bevor sie zur Seite fielen.

Ich blickte zum Himmel, sah aber keine Seelen aufsteigen. Es heißt doch immer, der Mensch habe eine Seele – warum sah ich dann keine? Ich fragte meine Mutter, die mich streng ansah und an die Seite ihres Mannes trat.

Das war der erste Tag des Krieges.

Am zweiten Tag erreichten die Flammen des Kriegsgeschehens das Territorium von Fürst Wangpo.

Der Sondergesandte Huang, der Fürst und seine Frau sahen dem Kriegsgeschehen von einem sicheren Beobachtungsposten aus zu. Ich stand bei ihnen. Mein Bruder und der Zugführer des Sondergesandten leiteten die Aktion. Unsere Leute stießen schnell in ein Tal vor, überquerten den Fluss, der die Gebiete der beiden Fürsten voneinander trennte, und bahnten sich ihren Weg durch tiefes Gestrüpp. Von unserem Beobachtungsposten aus konnten wir sie nicht sehen, hörten aber, wie sich das scharfe Krachen der Gewehrschüsse am blauen Himmel brach. Fürst Wangpos Männer waren viel stärker als am Tag zuvor, denn heute kämpften sie um ihr Heimatland. Doch auch unsere Leute kamen dank starker Feuerkraft langsam, aber stetig voran. Nicht lange, und sie standen am Fuß einer Festung. Aus einem der Gebäude schlugen Flammen hoch in den Himmel. Menschen kamen wie Vögel aus dem Feuer herausgeflogen, wurden noch in der Luft von einer Kugel getroffen und schlugen mit dem Gesicht nach unten schwer am Boden auf.

Bald stand das nächste Gebäude in Flammen.

Der Sondergesandte Huang sah durch ein Fernglas. Als das dritte Gebäude zu brennen anfing, sperrte er seinen Mund weit auf, zeigte bei einem herzhaften Gähnen seine gelben Zähne und ließ sich von einem braven, kleinen Soldaten im Schatten eines Baumes eine Zigarette anzünden. Mein Vater nahm das Fernglas auf. Aber da er mit der Schärfeneinstellung nicht zurechtkam, sah er nichts. Dann spielte ich ein wenig damit herum, sah etwas, das sich bewegte, drehte noch ein bisschen am Fernglas – und plötzlich war der gegenüberliegende Berg genau vor meiner Nase. Ich sah unsere Leute über Bergrücken, Felsen und Gestrüpp kriechen. Aus den Gewehren, die sie bei sich hatten, stieg ab und zu eine kleine Rauchwolke auf.

Jemand fiel hin.

Dann geriet noch einer ins Stolpern, fuchtelte mit den Armen und riss den Mund auf, um schließlich in die lehmige Erde zu beißen. Die beiden drehten sich um und wollten den Hügel hinunterkriechen. In diesem Augenblick stürzte ein Dritter und verlor seine Waffe, die in hohem Bogen fortgeschleudert wurde. Unwillkürlich brüllte ich: »Deine Waffe, du Idiot, hol deine Waffe!«

Aber er lag reglos da und hörte nicht einmal meinen Befehl. Er gehorcht nur den Befehlen meines Bruders, dachte ich. Er ist der zukünftige Fürst Maichi, nicht ich, es sind seine Soldaten, nicht meine. Trauer überwältigte mich. Mein großer Bruder war sehr mutig, immer in vorderster Front der Truppen dabei. Mit dem Gewehr in der Hand kroch er seitwärts voran, und sein silbernes Amulett glänzte in der Sonne. Sobald er das Gewehr hob, riss ein Mann auf einem Baum die Arme auseinander wie Flügel und stürzte zu Boden. Ich schrie aufgeregt: »Getötet, getötet!« Aber im Grunde hatte ich das Gefühl, dass mein Bruder *mir* den Rest gegeben hatte. Fürst Maichi war gleichwohl mehr in Sorge um seinen anderen Sohn. Als ich nach dem Fernglas griff und laut schrie, winkte er ungeduldig ab: »Lasst ihn nach Hause bringen, ich sehe selbst kaum etwas, was soll ein Idiot denn da mitbekommen?«

Ich wollte ihm sagen, dass ich alles sähe, nicht nur die Ereignisse des heutigen Tages, sondern auch die von morgen. Es lag mir auf den Lippen, aber ich traute mich nicht, es auszusprechen, denn ich wusste nicht, was genau ich morgen gesehen hatte. In diesem Augenblick hatten unsere Leute das nächstgelegene Ziel erobert und waren dabei, das nächste Tal anzugreifen.

Am Abend ruhten die Kampfhandlungen. Ein Bote Fürst Wangpos brachte das Ohr des Verräters mit einem großen silbernen Ohrring darin. Als der Stoff darüber zur Seite geschoben wurde, verrutschte das Ohr, und der Silberschmuck klapperte scharf über den kupfernen Teller.

»Der Verräter lebt noch«, sagte Vater.

Der Bote schrie: »Dann bringen Sie doch mich um!«

»Willst du, dass ich meinen Ruf ruiniere?«, fragte Vater.

»Ihr Ruf ist ohnehin nicht gut, Sie haben die Chinesen um militärische Hilfe gebeten, haben die Regeln verletzt – meinen Sie, dass Sie noch einen Ruf zu verlieren haben?«, fragte der Bote und fuhr fort:

»Was ist schon der Mord an einem Boten im Vergleich dazu, Außenstehende in eine Familienfehde hineinzuziehen.«

Tatsächlich achtet man bei uns vor der Eheschließung auf die »Knochen«-Zugehörigkeit, und so sind alle Fürsten miteinander verwandt. Je mehr Ehen geschlossen werden, umso vielfältiger die verwandtschaftlichen Beziehungen. Das gilt auch für die Fürstenfamilien Maichi und Wangpo. Unsere Familien sind väterlicherseits und mütterlicherseits verwandt. Nach diesem Krieg wird es wahrscheinlich wieder eine Hochzeit geben. Schwer zu sagen, was von beidem verlässlicher ist.

Mein Vater sagte: »An deinem Leben bin ich nicht interessiert, aber da ihr mich mit einem Ohr hinters Licht führen wolltet, möchte ich auch ein Ohr von dir, damit du dir merkst, wie ein Untergebener mit dem Fürsten zu reden hat.« Im Licht des Feuers blitzte das Schwert kalt und schmal auf, und ein Ohr fiel auf die lehmige Erde.

Der Sondergesandte Huang trat aus dem Halbschatten heraus und sagte zum jetzt einohrigen Boten: »Ich bin der, dem dein Fürst die Stiefel geschickt hat. Geh und sag ihm, dass ein Paar Fürstenstiefel für den großen Sondergesandten der Provinzregierung ungeeignet ist. Sag ihm, er soll sich ein Beispiel an Fürst Maichi nehmen, der ein vorbildlicher Unterstützer der Regierung ist. Er soll mir noch vor Mitternacht den Kopf des Verräters übersenden – oder ich schicke ihm etwas Schnelleres als die Stiefel und Tödlicheres als ein Schwert.«

Der Bote las in aller Ruhe sein eigenes Ohr vom Boden auf, blies die Erde fort, verneigte sich und zog sich zurück.

Der Verräter wurde geköpft. Fürst Wangpo ließ ausrichten, dass er als der Unterlegene ein Gebiet doppelt so groß wie die Festung des Verräters als Reparation zahlen werde.

Triumphierendes Siegesgebrüll stieg in den nächtlichen Himmel auf. Ein großes Feuer wurde geschürt, ein Weinkrug nach dem anderen geöffnet, und die Menschen führten Freudentänze auf. Ich aber sah in den zunehmenden Mond und dachte an das Mädchen Dolma. An ihren Duft, ihre Hände, ihre Brust.

Mein Bruder, der Held des Krieges, mischte sich mit ausgebreiteten Armen unter die Menge. Der Tanz wurde immer schneller, der Kreis immer kleiner, die Menschen immer ekstatischer. Die Mädchen, deren Hände mein Bruder hielt, schrien spitz. Sie übertrieben ihr Gebaren, als wollten sie allen zeigen, welche Ehre es sei, mit dem grandiosen Held des Tages zu tanzen. Die Menge brüllte nach meinem Bruder. Sein Gesicht wirkte noch eindrucksvoller als sonst, noch imposanter, es leuchtete im Widerschein des lodernden Feuers.

Im Haus hinter der Feuerstelle weinten derweil Verwandte über den Leichen zweier gefallener Soldaten. Weit mehr Leichen der Feinde lagen auf dem weiten Feld. Wolfsrudel regten sich. Die lang gezogenen Rufe der Tiere hallten im Tal wider.

Mein Vater war an diesem siegreichen Abend nicht glücklich. Denn das Erstehen eines neuen Helden konnte doch nur bedeuten, dass der frühere alt geworden war. Selbst wenn dieser neue Held sein eigener Sohn war, konnte er ein Gefühl der Trauer nicht unterdrücken. Zum Glück war diesem Held die sonst bei dieser Spezies so häufige Arroganz überhaupt nicht eigen. Mein Bruder tauchte einfach in den allgemeinen Siegestaumel ein, und das machte Vater noch eifersüchtiger. Das Besondere an der Freude meines Bruders war, dass er – wie ich – nie einen Unterschied zwischen sich und den Untergebenen machte. Sehen Sie nur, da prostet er einem Mann zu und schäkert zugleich mit dessen jüngerer Schwester. Schließlich nimmt er das Mädchen mit in den Wald, und auf dem Weg zurück erweist er mit ernstem Gesicht den gefallenen Soldaten seine Ehre.

Ich hingegen wollte schlafen.

Als die Gefallenen eingeäschert wurden, schlief mein Vater noch seinen Rausch aus.

Ich lag auf dem Rücken eines Pferdes, hörte die Trauergesänge und sah die Menschen vor- und zurückschaukeln. Eine lange Prozession zog die Straße hinunter. Mein Bruder schenkte mir ein Messer, das auf ihn gerichtet gewesen war und das er dem Gegner entwunden hatte – seine Kriegstrophäe. »Es soll dich tapfer machen.«

Ich tastete über die Hand meines Bruders, die Menschen getötet hatte, sie war warm und weich, gar nicht wie eine Hand, die Leben auslöschte. »Hast du diese Menschen wirklich getötet?«, fragte ich. Mein Bruder umklammerte meine Hand so fest, dass ich schmerzhaft das Gesicht verzog. Da glaubte ich ihm, dass er Menschen getötet hatte.

Zweites Kapitel

5

Blumen im Herzen

Als die Truppen zur Festung zurückkehrten, gab es drei Tage lang ein großes Fest bei Fürst Maichi. Unmengen von Rinder- und Schafsknochen blieben davon übrig, die die Diener auf dem Platz vor der Festung zu einem kleinen Hügel auftürmten. Der Fürst wollte sie verbrennen lassen, doch der Verwalter warnte vor hungrigen Wölfen, die durch die Gerüche angezogen werden könnten. Der Fürst lachte: »Das Haus Maichi ist nicht von gestern. So viele gute Schusswaffen – sollen die Wolfsrudel doch kommen!« Dann wandte er sich an den Sondergesandten Huang: »Bleiben Sie doch noch ein paar Tage und erlegen Sie selbst ein paar Wölfe.« Der Sondergesandte rümpfte die Nase und schwieg. Niemand hatte ihn bisher von Rückkehr sprechen hören.

Der Gestank von verbrannten Knochen verpestete die Frühlingsluft. In der Dämmerung kamen hungrige Wölfe den Berg herunter. Sie hatten auf etwas zu fressen gehofft und fanden nur ein Feuer vor, das ihnen nicht einmal das Fett an den Knochen ließ, sondern es zischend verbrannte und in lodernde Flammen aufgehen ließ. Das Fleisch, das menschliche Zähne nicht hatten abreißen können, zerfiel zu Asche. Das Rudel wurde wütend, und mit gewaltigen Stimmen heulten die Tiere in die Dämmerung hinein. Auf der rechten Seite des Platzes brannte das Feuer, während gegenüber zwei Lämmer am Henkerpfahl aufgespießt worden waren und ihren Schmerz im Wechsel mit dem Geheul der Wölfe hinausbrüllten. Ein Wolf nach dem anderen brach vor den Schafen zusammen, als Gewehrsalven durch die Luft krachten, drei Tage hintereinander ging das so. Für Sonderbotschafter Huang wurde es Zeit, aufzubrechen, doch er machte keine Anstalten, sich zu verabschieden. Vater sagte: »Jetzt beginnt für uns die Zeit des Säens, ich werde keine Zeit mehr haben, mich um Sie zu kümmern.«

»Ich bin gern hier«, sagte der Sondergesandte.

Dann schloss er sich unter dem Vorwand ein, die Almosen erbittenden Lamas meiden zu wollen. Regierungssoldaten standen an der Tür Wache. Mein Vater wusste nicht, was er tun sollte. Er wollte meinen Bruder fragen, doch niemand wusste, wo er sich aufhielt. Mich konnte er schlecht fragen, obwohl ich möglicherweise einen guten Rat für ihn gehabt hätte. Verstimmt fragte er meine Mutter: »Du weißt sicher, was in den Köpfen von euch Chinesen so vorgehen könnte. Was mag dieser Mensch jetzt denken?«

»Wie soll ich das wissen?«, fragte Mutter kühl zurück.

Vater fiel auf, wie unangemessen er seine Worte gewählt hatte. Er kratzte sich am Kopf und sagte: »Was will er nur von uns?«

»Hast du wirklich geglaubt, er komme nur, um uns Gutes zu tun? Die Geister zu rufen ist leicht ...!«

Der Fürst überlegte mit seiner Frau, wie sie den Geist wieder loswerden könnten, und sie schmiedeten einen Plan. Mein Vater machte sich auf den Weg zum Quartier des Sondergesandten, gefolgt von Trägern mit mehreren Kisten, in denen sich achttausend Silberdollar befanden. Am Fuß der Eingangsstufen salutierte der Wachsoldat und versperrte dann mit quer gehaltenem Gewehr den Durchgang. Mein Vater wollte ihm gerade eine Ohrfeige geben, als der Übersetzer mit breitem Grinsen die Treppe herunterkam und befahl, die Kisten entgegenzunehmen, den Fürsten aber nicht zum Sondergesandten Huang vorzulassen.

»Warten Sie einen Moment, der Sonderbotschafter schreibt gerade ein Gedicht«, sagte er.

»›Warte einen Moment‹ – soll ich etwa in meinem eigenen Hause warten?«

»Dann gehen Sie in Ihre Gemächer, und ich lasse Sie rufen, sobald der Sondergesandte Zeit hat.«

Zurück in seinen Räumen, schleuderte der Fürst drei Weinbecher zu Boden und warf eine Teeschale nach der Dienerin.

Er stampfte mit dem Fuß auf und schrie: »Der Kerl soll bloß aufpassen!« Von jeher kamen die Menschen in die Festung von Fürst Maichi, wenn sie etwas wollten. Dieser Mensch hier wohnte in einem prächtigen Gästequartier und wagte es, ein Verhalten an den Tag zu legen, dass nicht nur meinen Vater, sondern sogar mich die Wut packte. Mutig stellte ich mich vor meinen Vater hin. Doch er ließ nach seinem ersten Sohn suchen – als ob ich nicht zählte.

Die Diener berichteten, der Junge Herr mache auf dem großen Platz bei einer langen Tanzaufführung über Götter und Geister mit und sei soeben aufgetreten. Vater ließ ausrichten, er solle das Theaterspielen den Mönchen überlassen und herkommen, um die Aufgaben des Fürsten zu erlernen. Diese Anweisung wurde von Stockwerk zu Stockwerk hinunter und weiter auf den Platz überbracht. Auf dem gleichen Weg kam die Antwort herauf, der Kampf zwischen dem Bösen und einer Gottheit erreiche gerade seinen Höhepunkt, außerdem trügen alle Kostüme und Masken, sodass man nicht wisse, wer mein Bruder sei.

»Dann brecht das Stück ab!«, brüllte Fürst Maichi.

Der Lama, der meinem Vater sonst immer gehorchte, wandte ein: »Nein, Sie dürfen es nicht abbrechen, sonst bringen Sie die Götter gegen uns auf!«

»Götter?«

»Das Schauspiel ist das Werk von Göttern, es ist Geschichte und Poesie, man kann es nicht anhalten.«

Es stimmt, uns wird beigebracht, dass Dinge wie Tanzaufführungen, Geschichte und Poesie zu den Sonderrechten der Klasse der Geistlichen gehören. Dieses Recht gibt ihnen das Gefühl, in Übereinstimmung mit dem Willen des Himmels zu handeln. Fürst Maichi blieb nichts weiter übrig, als seine Wut an den einfachen Leuten auszulassen. Er brüllte: »Meint er, um einen Staat zu regieren, reicht es, Krieg führen zu können?«

Beachten Sie bitte, dass er hier von Staat spricht. Doch heißt das nicht, dass er tatsächlich glaubt, Herrscher eines autonomen Staates zu sein. Es hat mit der Sprache zu tun. In unserer Sprache ist das der Begriff, der dem »Fürsten« am nächsten kommt, »Gyalpo«, eine alte Bezeichnung für den König. Daher konnte der Fürst das Wort »Lehen« nicht verwenden, sondern sprach von »Staat«. In diesem Augenblick tat mein Vater mir sehr Leid. Ich berührte ihn am Ärmel, um ihm zu sagen, dass er sich nicht zu sehr aufregen solle. Doch er schüttelte mich ab und brüllte: »Warum gehst du nicht Theater spielen, du wirst wohl kaum einen Staat regieren können!«

Mutter lachte verächtlich: »Wieso glaubst du, dass mein Sohn das nicht kann?«

Dann nahm sie mich mit zum Sondergesandten Huang. Vater rief uns noch hinterher, er glaube nicht, dass wir mehr erreichten als er. Kurz darauf kamen wir zurück und sagten, der Sondergesandte Huang wolle ihn sehen. Vater erschrak, als er den Unheil verkündenden Blick meiner Mutter sah. Er schüttelte energisch seine Ärmel zurecht und machte sich auf den Weg. Das Salutieren der beiden Soldaten am Fuß der Treppe quittierte mein Vater mit einem Brummen. Huang Chumin saß mit aufrechtem Oberkörper da, die Augen halb geschlossen, und war in etwas vertieft, was nur er sah.

Bevor der Fürst etwas sagen konnte, legten die Diener den Finger an die Lippen: »Schsch.«

Der Fürst blieb eine Weile mit hängenden Armen stehen, bevor er fand, dass das zu ehrfürchtig sei, und er sich wütend auf den Teppich plumpsen ließ.

Der Sondergesandte Huang hatte ein weißes Blatt Papier vor sich, das in seinem Atem leicht zu beben schien. Er schlug die Augen auf, ergriff einen Pinsel und begann wie besessen zu schreiben. Sein Stirnhaar schimmerte feucht von Schweißperlen. Dann warf er den Stift von sich, stieß einen langen Seufzer aus und ließ sich in sein Leopardenkissen sinken. Nach einer Weile lächelte er den Fürsten kraftlos an und sagte: »Da ich kein Geld habe, schenke ich Ihnen ein Gedicht.«

Er breitete das mit Tusche durchtränkte Papier auf dem Teppich aus und trug vor:

Fahnen flattern im Frühlingswind,
aus dem Jadezelt regnen Pfeile auf das Feindeslager hinunter.
Maichis Garnison im Himmel ist geschützt,
das Gebiet Wangpos jenseits des Schnees wird erobert werden.

Fürst Maichi verstand nichts von Gedichten, schon gar nicht, wenn sie nicht in seiner Muttersprache verfasst waren. Dennoch verbeugte er sich, dankte und nahm sich sofort vor, das Werk hier im Gästezimmer aufzuhängen, damit alle Besucher wüssten, dass die jetzige Regierung, wie früher der Kaiser, die Sippe der Maichis unterstützte. Im Gästezimmer befand sich bereits eine Tafel, die ihnen von einem Qing-Kaiser persönlich überreicht worden war und deren Inschrift lautete: »Ausländer überzeugen und assimilieren«.

Der Sondergesandte Huang saß genau unter den vier golden glänzenden Schriftzeichen. Im Raum hing der durchdringende, stickige Geruch indischer Räucherstäbchen.

»Wie kann ich der Regierung und dem Sondergesandten danken?«, fragte Fürst Maichi.

Der Sondergesandte Huang antwortete: »Ich selbst verlange gar nichts von dir und die Regierung auch nur eine Kleinigkeit.« Er ließ eine Tasche bringen. Der Sondergesandte war eine schmale Gestalt mit kleinen Händen und sehr langen Fingern. Mit ihnen nestelte er ein Bündel gräulicher Samenkapseln aus der Tasche. Meinem Vater war diese Sorte unbekannt. Der Sondergesandte öffnete seine Hand und ließ die Samenkapseln, eine nach der anderen, in die Tasche zurückgleiten. Auf die Frage, um was es sich handele, antwortete der Sondergesandte mit der Gegenfrage, ob wir die Ernte eines Jahres jeweils vollständig aufbrauchten? Beim Thema »Getreide« wurde die Stimmung sofort freundlicher. Vater sagte, jedes Jahr verrotte ein Teil in den Lagern.

»Ich weiß, man riecht es in der ganzen Festung.« Da wurde mir plötzlich klar, woher der süßliche Geruch rührte, der die Festung in jedem Frühjahr durchströmte. Der Sondergesandte Huang fragte weiter: »Haben Sie auch so viel Silber wie Nahrung? So viel, dass es niemanden kümmern würde, wenn es langsam in Lagern verrottete?«

»Silber haben wir bestimmt nicht im Überfluss, es verrottet nicht.«

»Gut, wir wollen auch gar kein Silber von Ihnen. Ihr sollt diese

Pflanze anbauen, und wir kaufen euch die Ernte ab. Bebauen Sie ein Gebiet von der Größe der Festungen, die Sie gerade eingenommen haben.«

Da fiel dem Fürsten seine Frage wieder ein: »Was ist es?«

»Es ist das Opium, das ich oft rauche – äußerst wertvoll.«

Fürst Maichi stieß einen tiefen Seufzer aus und willigte erleichtert ein.

Der Sondergesandte Huang brach auf. »Wir sehen uns im Herbst.«

Zum Abschied schenkte er der Frau des Fürsten eine kunstvoll geschnitzte Opiumpfeife. Mutter war irritiert und fragte die Dienerin Dolma: »Warum schenkt er sie nicht dem Fürsten?«

Dolma antwortete: »Vielleicht hat er sich in Sie verliebt, schließlich sind Sie auch eine Chinesin.«

Statt sich über die anmaßende Dienerin zu ärgern, äußerte die Frau des Fürsten ihre eigenen Bedenken: »Ich fürchte, dass der Fürst genau das vermutet.«

Dolma kicherte.

Die Frau des Fürsten war nicht mehr die Jüngste. Abgesehen von ihrer extravaganten Kleidung war sie als Frau nicht mehr sehr attraktiv. Es hieß, sie sei als junge Frau sehr schön gewesen, doch jetzt war sie nicht mehr jung. Ich hatte gehört, meine Schwester sei auch sehr schön, hatte aber keine Vorstellung, wie sie aussah. Sie ging vor langer Zeit mit einem Onkel nach Lhasa, von dort nach Kalkutta, und dann segelte sie in einem wunderschönen Haus über das Meer nach England. Jedes Jahr bekamen wir ein oder zwei Briefe von ihr, die immer monatelang unterwegs waren. Da niemand von uns Englisch verstand, konnten wir nur die Fotos bewundern, die sie mitschickte. Darauf trug meine weit fort in der Fremde lebende Schwester merkwürdige Kleidung. Um ehrlich zu sein, war ihr Geschmack inzwischen so anders als der unsrige, dass es mir schwer fiel, zu entscheiden, ob sie gut aussah oder nicht. Ich fragte meinen Bruder: »Ist unsere Schwester schön?«

»Natürlich ist sie schön«, antwortete er, und als er meinen ungläubigen Blick sah, lachte er: »Himmel, ich weiß es auch nicht, ich sage es nur, weil alle es sagen.« Wir lachten laut wegen unserer Schwester im fernen Ausland.

Niemand konnte ihre Briefe lesen, und so wusste auch niemand, dass sie in ihren langen Briefen vor allem um die Erlaubnis bat, in England bleiben zu dürfen. Sie fürchtete, ganz plötzlich zurückgeholt und an den Sohn irgendeines Fürsten verheiratet zu werden, der später vielleicht selbst Fürst wurde, vielleicht aber auch nicht. Entsprechend argumentierte sie in jedem Brief. Jeder war die Fortsetzung des vorherigen. Die Menschen aus der Familie des Fürsten halten sich selbst immer für sehr wichtig, und auch meine Schwester schien zu glauben, dass die Familie Maichi ohne sie aufgeschmissen wäre. Ich war der Einzige in der Familie, der sich nicht so wichtig nahm. Meine Schwester wusste nicht, dass niemand ihre Briefe je las und nur die Fotos sorgfältig in ihrem Zimmer aufgehängt wurden. Der Raum wurde hin und wieder gereinigt. So wirkte er nicht wie das Zimmer einer Lebenden, sondern wie ein Raum zur Ahnenverehrung.

Wegen des Krieges wurde mit der Aussaat einige Tage später begonnen als sonst. Doch hatte das auch sein Gutes, denn auf diese Weise entgingen die Sämlinge einem Frost. Ein böses Ereignis hatte zu einem guten Ergebnis geführt. Es hieß aber auch, seit meiner frühesten Erinnerung seien die Dinge immer weniger in den gewöhnlichen Bahnen verlaufen. Im Zentrum des Territoriums von Fürst Maichi, rund um seine Festung, wurde Opium angebaut.

Mein Vater, mein Bruder und ich überwachten die Feldarbeiten zu Pferde. Lassen Sie uns einen Blick auf diese Szene werfen: Ein Kind treibt zwei Ochsen, die vor einen Pflug gespannt sind und ihn mit Kopf und Schultern voranziehen. Die Spitzen des Pfluges sind mit diesem glänzenden Eisen veredelt, das besonders kostbar und hart ist und mit dem das Gerät sich durch die schwarze Frühlingserde wühlt wie durch einen Ozean. Der Junge am Pflug brüllt abwechselnd die Namen der Ochsen und die der Frauen hinter sich, die die Saat ausstreuen. Die Frauen recken ihre Arme hoch in die Luft und lassen die Körner wie Frühlingsregen leise zu Boden rieseln.

Die feuchte Erde duftete süß. Die Pausen am Feldrand wurden mit ausgelassenen Spielen gefüllt. Die Frauen warfen einen Jungen zu Boden, hoben ihm das lange Gewand über den Kopf und beschmierten das Ding, das keine Ruhe geben wollte, mit Ochsendung. Die Jungen ihrerseits waren auf die Blusen der Mädchen fixiert und wollten unter dem strahlend blauen Himmel die schönen Brüste sehen. Es hieß von diesen Spielen während der Frühjahrsarbeit auf dem Feld, dass sie nicht nur Spaß machten, sondern auch die Fruchtbarkeit des Bodens erhöhten. Fürst Maichi erklärte seinen Söhnen, dass Mann und Frau diese Sache früher auf freiem Feld taten.

Vater befahl, einen großen Topf auf dem Feld aufzubauen, Tee zu kochen, besonders viel Butter und von dem damals knappen Salz hineinzugeben. »Sie sollen Tee trinken und Kräfte sammeln.«

Zwei kreischende Mädchen rannten an unseren Pferden vorbei, ihre Brüste hüpften wie junge Tauben. Als die jungen Männer, die hinter ihnen her waren, vor unseren Pferden niederknien wollten, winkte mein Bruder mit der Peitsche: »Keine Umstände, ihnen nach!«

Sobald die Zeit des Säens vorüber war, wurden Menschen, Sonne und Erde schlapp und träge. Selbst das Wasser im Fluss und das Gras auf den Bergen wirkten träge, als beides langsam grün wurde.

Alle waren gespannt, was aus den Setzlingen des Sondergesandten Huang werden würde. Selbst die im Überfluss lebende Familie des Fürsten interessierte sich auf einmal für Landwirtschaft. Jeden Tag zog die ganze Familie, gefolgt von einer Prozession aus Mägden, Stallburschen, dem Verwalter und Abgesandten der anderen Festungen weit hinaus, um das Land zu begutachten. Der Mohn zog uns noch vor der Blüte magisch an. Unzählige Male grub ich mit den Fingern in der losen Erde, um zu sehen, wie weit die Setzlinge waren. Es war das erste Mal, dass sie mich nicht als Idiot abtaten. Denn Leute, die normal im Kopf waren, mochten neugierig sein, trauten sich aber nicht nachzusehen. Das konnte nur ich wagen. Sie rissen mir die zarten Pflänzchen aus der Hand, sobald ich sie ausgegraben hatte, und wunderten sich immer wieder lautstark, dass aus so kleinen Samen dermaßen starke Stängel werden konnten. Eines Tages brachen die dicken Halme dann durch den Boden. Jeder zarte Schössling entfaltete sich zu einem Paar dicker, weicher Blätter, die an die Hände eines Säuglings erinnerten.

Zwei, drei Monate waren schnell vorüber. Dann kam die Mohnblüte. Das Lehen von Fürst Maichi erstrahlte im Rot der großen Blüten. Wir alle waren fasziniert von dieser Pflanze, die wir bis dahin nicht gekannt hatten. Wie wunderschön! Doch Mutter klagte über

Kopfschmerzen und legte sich in Scheiben geschnittenen Knoblauch auf die Schläfen. Knoblauch ist eines unserer wirkungsvollsten Medikamente, gekocht wirkt er gut gegen Durchfall, roh auf die Schläfen gelegt gegen Migräne. Die Frau des Fürsten pflegte alle wissen zu lassen, wie sehr sie an Heimweh und Migräne litt und strahlte etwas Abweisendes, Unfreundliches aus.

An einem herrlichen Sommertag machten alle sich für einen Ausflug zurecht. Sie aber stand mit Knoblauch an den Schläfen im oberen Stockwerk hinter dem geschwungenen Geländer. Das fröhliche Durcheinander von Stallknechten, Dienerinnen, ja sogar dem Henker, drang von draußen zu ihr herauf. Als Mutter merkte, dass niemand sich um sie kümmerte, quengelte sie laut: »Dolma soll mir Gesellschaft leisten!«

Ich aber saß auf dem Pferd und schrie: »Dolma, steig auf und halt mich fest.«

Sangye Dolma blickte den Fürsten an.

»Der Junge Herr befiehlt dir aufzusteigen, also steig auf«, sagte Vater.

Da saß Dolma auf und hielt mich von hinten umfangen. Sie duftete am ganzen Körper. Inmitten eines Ozeans feuerroter Mohnblüten lehnte ich meinen Kopf zwischen ihre Brüste. Wir waren umgeben vom Duft der Pflanzen und vom strengen Geruch der Pferde. Die schöne Dienerin presste ihren vollen Leib gegen meinen Rücken, und ihr feuchter, heißer Atem weckte in mir ein Verlangen, das schier unerträglich war. Rote Mohnblüten schienen sich wie ein Flächenbrand in mir auszubreiten.

In der Ferne versuchten einige Mädchen im Gebüsch, die Aufmerksamkeit auf sich zu ziehen. Mein Bruder nahm die Zügel und wollte einen Seitenweg einschlagen, doch Vater hielt ihn zurück: »An der Tratra-Festung wird man uns offiziell begrüßen wollen.«

Mein Bruder nahm sein Gewehr und schoss nach den Vögeln am Himmel. Der Schuss echote noch lange in der Weite des Tals. Über uns der azurblaue Himmel, nur einige weiße Wolken hingen träge in den Bäumen am Berg. Mein Bruder mit angelegtem Gewehr gab ein majestätisches Bild ab, und er konnte nicht anders, als immer wieder abzudrücken. Der Hall des ersten Schusses war kaum verklungen, als schon der nächste sich entlud. Patronenhülsen sprangen auf den Boden und schimmerten im Sonnenlicht.

Weit vorn kam der Führer der Tratra-Festung mit seinen Leuten zum Tor heraus. Wir waren noch nicht ganz an den Einstellplätzen für die Pferde angelangt, als die Diener sich verbeugten und uns die Zügel abnehmen wollten. In diesem Augenblick riss mein Bruder das Gewehr herum und richtete es auf eine Stelle vor den Füßen des Führers. Zischend prallte die Kugel vom Boden ab und bohrte sich von unten in den Stiefel des Führers. Die Wucht des Geschosses schien den Führer hoch in die Luft zu schleudern, ja wahrscheinlich war er sein ganzes Leben nicht so hoch gesprungen, und das so graziös, wie auch seine Landung es war.

Mein Bruder saß ab, klopfte seinem Pferd den Hals und sagte: »Der Schuss ging versehentlich los, was für ein Schreck für den Führer.«

Der Führer von Tratra sah auf seine Füße hinunter, die unversehrt waren und seinen mächtigen Leib immer noch tragen konnten – nur seine schönen Stiefel waren mit Erde verschmiert. Der Führer wischte sich den Schweiß vom Kopf. Sein Lächeln geriet hinter schlecht kaschiertem Ärger zu einer unschönen Grimasse. Als ihm bewusst wurde, wie durchschaubar er war, fiel er plötzlich vor Vater auf die Knie: »Was hat Tratra getan, dass der Junge Herr mich so behandelt? Sagen Sie ihm einfach, er solle mich töten!«

Die Frau des Führers, Yangzom, wusste nicht, dass es sich um ein Spiel handelte, schrie auf und fiel zu Boden. Die Schönheit der Frau wurde durch den Schrecken auf ihrem Gesicht noch betont und faszinierte Fürst Maichi. Er trat auf sie zu und sagte: »Keine Angst, sie machen nur Spaß«, und wie um seinen Worten Nachdruck zu verleihen, lachte er laut. Die allgemeine Anspannung löste sich etwas. Der Führer von Tratra kam mithilfe des jungen Fürsten wieder auf die Beine. Er wischte sich den kalten Schweiß ab: »Als ich Euch kommen sah, habe ich einen Begrüßungstrunk vorbereitet. Der Fürst soll entscheiden, ob wir ihn draußen oder drinnen nehmen.«

Vater erwiderte: »Lassen Sie draußen anrichten, in der Nähe der Blüten.«

So nahmen wir die Getränke mit Blick auf die unvergleichlich schöne Mohnblüte ein. Dem Führer war nicht entgangen, dass Vater ständig seine Frau anstarrte, doch dem einflussreichen Fürsten gegenüber war er machtlos. Ihm blieb nur, seiner Frau zu sagen: »Hattest du nicht Kopfschmerzen? Ruh dich doch ein wenig aus.«

»Leidet Ihre Frau auch so oft unter Kopfschmerzen? Sie sieht gar nicht danach aus – meine Frau hat häufig Kopfschmerzen«, der Fürst wandte sich an die Frau des Führers. »Haben Sie Kopfschmerzen?«

Yangzom lächelte und schwieg.

Der Fürst blickte ihr strahlend in die Augen und schwieg ebenfalls. »Mein Kopf tut nicht mehr weh«, sagte die Frau. »Nach dem Schuss aus dem Gewehr des jungen Fürsten waren die Schmerzen plötzlich weg.« Der Führer kochte vor Wut, beherrschte sich jedoch und hob den Kopf, sodass nur die Wolken am Himmel das Weiße seiner Augen sehen konnten.

Der Fürst beschwichtigte: »Ärgern Sie sich nicht, Tratra-Führer, sehen Sie doch nur, was für eine wunderschöne Frau Sie haben.«

»Möchte der Fürst vielleicht ein wenig ausruhen? Sie wirken nicht mehr ganz nüchtern«, fragte der Führer.

Der Fürst lachte laut. »Es sind andere, die hier nicht mehr ganz klar im Kopf sind.« Sein Lachen ließ die anderen erschauern. Auch der Führer ließ seinen Kopf sinken.

Der erste Sommer des Wachstums und der Blüte der Mohnpflanze auf unserem Territorium löste ein merkwürdiges Phänomen aus: Vater und Bruder waren von stärkerem sexuellem Verlangen getrieben als je zuvor. Auch mein Verlangen, das mit Frühlingsbeginn erwacht war, explodierte in diesem Sommer, dessen leuchtend rote Blüten den Menschen keine Ruhe ließen. Bei jenem Bankett stürzte die Frau des Führers den Fürsten in große Verwirrung, und auch mir wurde von den knallroten Blüten ringsum und den Brüsten der Dienerin Dolma ganz wirr im Kopf.

Der Führer von Tratra trank in großen Zügen. Obwohl es in meinem Kopf brummte, hörte ich ihn fragen: »Diese Blumen tun fast in den Augen weh. Wozu brauchen Sie so viele davon?«

»Das verstehen Sie nicht. Wenn Sie es verstünden, wären Sie Fürst und nicht ich. Das sind keine Blumen, das ist reines Silber, verstehen

Sie?« Der Fürst fuhr fort: »Natürlich verstehen Sie das nicht, holen Sie einfach die Frauen her, und lassen Sie sie nachschenken.«

Mein Bruder war längst dorthin gegangen, wo es Mädchen gab. Ich klammerte mich an Dolma. Als wir das Bankett des Führers verließen, gaben wir uns alle Mühe, den Schritt zu verhalten, doch nachdem wir eine niedrige Mauer hinter uns gelassen hatten, rannten wir Hand in Hand los, mitten hinein in das leuchtend rote Blumenmeer. Der intensive Duft ließ meinen Kopf wieder anschwellen. Wir rannten und rannten, bis ich schließlich stolperte und fiel. Da lag ich im Schatten der Blumen und murmelte wie eine Zauberformel: »Dolma, oh, Dolma, Dolma.«

Mein Stöhnen schien magische Kräfte zu haben, denn Dolma fiel neben mir zu Boden. Sie kicherte, hob ihren Rock und deckte ihn sich übers Gesicht. Ich sah das Maul eines Raubtieres zwischen ihren Beinen und rief erneut: »Dolma, Dolma.«

Sie schloss ihre Beine, das Maul der Bestie verschlang mich. Ich drang in einen Raum aus Helligkeit und Dunkelheit ein und meinte darin wie verrückt nach etwas suchen zu müssen. Ihr Körper erschien für mich Heranreifenden viel zu groß. Aus den abgebrochenen Mohnhalmen um uns herum trat weiße Flüssigkeit aus und bedeckte unsere Köpfe und das Gesicht. Sie schienen zu ejakulieren wie ich. Dolma kicherte, zog mich von ihrem Körper herunter und ließ mich einen Kranz von Blumen auf ihren Bauch um den Nabel herum legen. Sangye Dolma war nicht meine Geliebte, sondern meine Lehrerin. Als ich sie Schwester nannte, nahm sie mein Gesicht in beide Hände, weinte und sagte: »Guter kleiner Bruder, kleiner Bruder.«

Für den Führer von Tratra war dies ein ärgerlicher Tag.

Der Fürst hatte ein Auge auf seine Frau geworfen, und wir konnten nur vermuten, wie der Führer sich dabei fühlte. Jedenfalls würde dieser loyale, aber dickköpfige Mann alles andere tun, als seine Frau auf ein Pferd zu setzen und sie zur Festung des Fürsten zu schicken.

Etwa zwei Wochen später streifte er mit seinem Verwalter durch die endlosen Mohnfelder. Die Blüten, die die Menschen in Unruhe versetzten, hatten sich inzwischen verändert: In ihrer Mitte erschienen kleine, grüne Kapseln. Der Verwalter fragte mit der Pistole in der Hand: »Was plant der Führer in dieser Angelegenheit zu unternehmen?«

Der Führer verstand, worauf er anspielte, aber da er sich auch keinen Rat wusste, wies er auf die Kapseln in den Mohnblüten und fragte: »Kann man die wirklich in Silber verwandeln?«

»Wenn der Fürst es sagt, wird es wohl möglich sein.«

»Ich glaube, der Fürst ist ein bisschen verrückt«, sagte der Führer. »Kein normaler Mensch würde so viele Pflanzen anbauen, die man nicht einmal essen kann. Er ist verrückt.«

»Und Sie wollen nichts gegen diesen Verrückten unternehmen? Sie könnten zum Beispiel versuchen, ihn loszuwerden.« Der Verwalter des Tratra-Führers wog seine Pistole in der Hand. »Er wollte Ihnen Ihre Frau wegnehmen, und Sie waren nicht bereit, ihn gewähren zu lassen – was also wollen Sie tun?«

»Wollen Sie mich zur Rebellion anstiften? Auf keinen Fall, nein!«

»Dann bleibt Ihnen nur der Tod. Bei einer Rebellion hätte ich Ihnen zur Seite gestanden, aber so ... Der Fürst hat befohlen, Sie zu töten.«

Der Tratra-Führer wollte etwas erwidern, da schoss sein Verwalter Dorje Tsering ihm in die Brust. Aus seinem offenen Mund sprudelte tiefrotes Blut. Um nicht zu stürzen, suchte er Halt an einem dicken Bündel Mohnblumen. Doch sie hielten nicht stand und fielen zusammen mit dem Führer um.

Dorje Tsering rannte zur Festung des Fürsten und schrie: »Rebellion auf Tratra! Rebellion auf Tratra!« Der Führer lag mit dem Bündel Mohn auf der feuchten Erde, den Mund voll Schlamm, er streckte seine Beine aus und starb. Hinter dem Mörder ertönte Gewehrfeuer. Eine Meute von Verfolgern schoss auf Dorje Tsering. Schließlich erreichte der Mann, der seinen eigenen Herrn getötet hatte, die Festung. Seine Verfolger hielten sichere Distanz. Im Nu schauten Gewehrläufe aus den Schießscharten. Der Fürst rief mit erhobener Stimme: »Euer Führer hat rebelliert und wurde von einem meiner loyalen Gefolgsleute erledigt, wollt ihr auch rebellieren?« Schnell zerstreute sich die Menge.

Nach einer Reihe heftiger Regenschauer war die rote Mohnblüte vorbei. Als die Herbstsonne wieder herauskam, waren in den Feldern statt roter Blüten nur noch grüne Kapseln zu sehen. Sobald der Regen aufhörte, traf mein Vater sich mit Yangzom, der Frau des erschossenen Führers, in den Feldern zum Rendezvous. Der Mörder des Tratra-Führers, Dorje Tsering, betonte wiederholt, er müsse zu seiner Festung zurückkehren. Tatsächlich wollte er damit den Fürsten drängen, sein Versprechen einzulösen. Schließlich wurde es dem Fürsten zu viel, und er lachte: »Du bist ganz schön mutig. Meinst du, die Menschen in der Festung glauben dir, dass der Tratra-Führer rebelliert hat? Niemand glaubt das, denn alle wissen, dass seine Familie seit vielen Generationen die Führung der Tratra innehatte. Hast du es so eilig zurückzukehren, damit diese Leute dich umbringen können?« Nachdem der Fürst dies Dorje Tsering zu bedenken gegeben hatte, ging er zu einem weiteren Rendezvous mit Yangzom ins Feld.

Während Vater sich mit einer anderen Frau traf, wurde Mutter immer überheblicher.

Von der Festung aus sahen die Mohnfelder unvorstellbar üppig aus. Diese Pflanze, die wir noch nie angebaut hatten, entzündete in den Menschen eine ihnen innewohnende Verrücktheit. Vielleicht hat der Fürst sich unter dem Einfluss dieser geheimnisvollen Macht Hals über Kopf in die schöne und zugleich einfältige Yangzom verliebt. Und Yangzom, die soeben ihren Mann beerdigt hatte, gebärdete sich ebenso toll. Jeden Tag kurz nach Sonnenaufgang verließen beide ihre jeweiligen gemauerten Behausungen. Inmitten des wahnsinnigen Mohns fielen sie einander in die Arme. Der Wind strich über die Pflanzen hin, die sich wie Geliebte unter dem Himmel umeinander wanden. Jeder wusste, dass mein Vater und Yangzom irgendwo dort draußen ihre tollen Liebesspiele trieben. Mutter stand am Fenster, blickte auf die eng ineinander verschlungenen Mohnpflanzen und fasste sich an die Brust, als habe sie starke Schmerzen. Die Geliebte des Fürsten spielte die Maultrommel aus Bambus, deren Klänge sich wie Seidenfäden weit in die Höhe wanden. Die Frau des Fürsten befahl, dorthin zu schießen, woher die Klänge kamen. Doch niemand wagte das Gewehr in die Richtung des Fürsten zu richten. Da schoss die Frau des Fürsten selbst. Doch die Kugel konnte das ferne Ziel nicht erreichen und fiel auf halbem Weg wie der Kot eines Vogels vom Himmel.

Ihr Ärger ließ die Knoblauchscheiben an ihren Schläfen trocknen und herunterfallen. Ein zweites Mittel gegen den Kopfschmerz war indischer Schnupftabak. Doch Mutters Art und Weise, das gelbe Pulver zu schnupfen, unterschied sich von der anderer Leute. Die streuten es sich auf den Daumennagel und zogen es dann ein, während sie sich erst einen goldenen Fingerhut über den kleinen Finger stülpte, den Schnupftabak darauf streute, die Hand zur Nase hob und eine Weile die Augenbrauen zusammenzog. Erst dann nahm sie plötzlich einen tiefen Zug, hob ihr hochrotes Gesicht nach oben, der Mund stand weit offen, sie stampfte mit dem Fuß auf, nickte und ließ ein oder zwei kräftige Nieser hören. Nachdem sie ihr Nasenschleim und Speichel fortgewischt hatte, fragte Dolma: »Geht es der gnädigen Frau etwas besser?« Sonst beantwortete die gnädige Frau eine solche Frage immer ruhig: »Viel besser.« Dieses Mal schrie sie schrill: »Wie kommst du darauf, dass es mir *so* gut gehen könnte? Unmöglich! Ich habe eine Mordswut!«

Den Dienerinnen an ihrer Seite fehlten die Worte.

Ich sagte: »Vater hat jemanden beauftragt, den Führer von Tratra zu töten, es ist nicht der Fehler der Frau.« Mutter brach in Tränen aus und sagte: »Idiot, Idiot, du hoffnungsloser Idiot.« Sie weinte und rotzte auf die Stiefel des hinkenden Verwalters. Ihr Weinen verebbte langsam und wurde leise wie das Summen einer Fliege unter der Decke. Es war wirklich kein schöner Anblick, und so sahen alle aus dem Fenster auf die weiten Mohnfelder an den Hängen.

Dort hielt Fürst Maichi die Frau seines Herzens fest in den Armen und drang in sie ein. Die letzten Mohnpflanzen um sie herum brachen. Mein Vater, der die Liebe wieder entdeckt hatte, spürte die Erde sich unter ihm bewegen, als die Frau in Ekstase aufschrie. Ihr Schrei drang bis in die Festung, wo das Echo zwischen den dicken Mauern widerhallte. Alle hielten sich die Ohren zu. Nur meine arme Mutter presste mit beiden Händen ihren Kopf zusammen, als sei dieser verzückte, wilde Schrei eine scharfe Axt, die ihren Schädel zu spalten drohte. Zum Glück waren den Kräften des Fürsten trotz aller Verrücktheit Grenzen gesetzt. Nicht lange, und im aufgewühlten Teil des Mohnfeldes kehrte Ruhe ein. Eine sanfte Brise strich über das dichte Grün des Feldes und vereinigte sich mit dem rhythmischen Atem des rundum zufriedenen Fürsten und seiner neuen Liebe.

Auch Mutter erholte sich. Dolma pulte die letzten Knoblauchscheiben von ihren Schläfen. Nun konnte Mutter sich in aller Ruhe in der Kupferschale das Gesicht waschen. Dazu brauchte sie an diesem Tag länger als sonst. Während sie die Waschlotion auftrug, befahl Mutter, den Kommandeur der Familienwache herzubestellen.

Dieser wollte gerade eintreten, als Mutter sagte: »Sie brauchen nicht hereinzukommen, bleiben Sie einfach da stehen.« Dem Wachmann blieb nur, mit einem Fuß im Zimmer und einem Fuß draußen, stehen zu bleiben: »Ich erwarte Ihre Befehle, Herrin.«

Die Frau des Fürsten wies ihn an, Dorje Tsering, der seinen eigenen Führer getötet hatte, ein Gewehr zu geben. »Wenn er seinen Herrn getötet hat, kann er auch dessen Frau erledigen!«

Der Wachmann schlug die Hacken zusammen: »Jawohl!« Das hatten unsere Leute von der Truppe des Sondergesandten gelernt.

»Langsam«, sagte die Frau des Fürsten. »Wenn er diese Frau erledigt hat, dann musst du ihn erledigen!«

6

Töten

»Ama, lass mich gehen«, sagte ich. »Sie fürchten Vater, sie werden Yangzom nicht töten.«

Mutter lächelte breit und schimpfte: »Du Idiot!«

In diesem Augenblick trat mein Bruder ein und fragte: »Was hat er denn nun schon wieder gemacht?«

Das Verhältnis zwischen meinem Bruder, mir und meiner Mutter ist immer gut gewesen. Mutter antwortete: »Dein Bruder hatte wieder einmal einen dummen Einfall. Ich habe ihn ausgeschimpft.«

Er sah mich mit klugen, mitleidigen Augen an. Dieser Blick war Gift für mich. Zum Glück war ich durch meine Dummheit nicht verletzbar. Ein Idiot liebt oder hasst nicht, sondern sieht nur die nackten Tatsachen. Auf diese Weise ist seine verletzliche Seele von einer schützenden Mauer umgeben.

Als der zukünftige Fürst über den Kopf seines kleinen Bruders strich, wich ich aus. Während er mit Mutter sprach, stand ich hinter Dolma und spielte mit den Troddeln des seidenen Gürtels, den sie um die Hüfte geschlungen hatte. Nach kurzer Zeit ließ eine Welle der Wollust jenen Körperteil von mir anschwellen, der erst kürzlich die Freuden der Liebe entdeckt hatte. Ich schmiegte mich eng an Dolmas Bein, bis die am ganzen Körper duftende Dienerin einen leisen Schrei ausstieß.

Ohne uns zu beachten, sprach Mutter ernsthaft mit dem Jungen Herrn: »Sieh ihn dir an, wenn wir einmal nicht mehr da sind, musst du dich gut um ihn kümmern.«

Mein Bruder nickte, winkte mich heran und flüsterte mir ins Ohr: »Du hast Mädchen auch gern, nicht wahr?«

Da ich nicht wusste, ob er eine bejahende oder eine verneinende Antwort wünschte, schwieg ich.

»Mir scheint, du magst sie.«

Da baute ich mich mitten im Zimmer auf und deklamierte laut: »Ich – mag – Dol – ma!«

Er lachte, und da wusste ich, dass er das Zeug zum Führer hatte. Sein Lachen wirkte so ansteckend, dass Mutter und Dolma einfielen. Auch ich lachte. Es war ein fröhliches Lachen, wie von einer flackernden Flamme, das die Stille der Mittagszeit zerriss. Das Lachen war kaum verebbt, und wir wollten unser Gespräch fortsetzen, als ein Schuss fiel.

Er klang so merkwürdig, als habe jemand mit aller Kraft einen kupfernen Gong angeschlagen.

»Krach!« So tönte es.

Mutter zitterte, als sei ihr kalt.

»Krach!« Noch einmal.

In der Festung begann hektisches Umherlaufen und lautes Rufen. Man hörte das scharfe Klicken von Gewehrsicherungen. Schließlich war da das Ächzen großer hölzerner Radwerke, mit dem die Familienwache Kanonen im Turm in Stellung brachte. Dann erst legte sich wieder Stille über die im sonnigen Herbstlicht daliegende Festung. Unser Festungsturm wirkte majestätischer und Ehrfurcht gebietender denn je.

Nachdem mein Bruder alles vorbereitet hatte, standen wir beide neben den zwei kupfernen Kanonen und sahen in die Richtung, aus der die Schüsse gekommen waren. Ich wusste, was es mit den Schüssen auf sich hatte. Dennoch sagte ich zu meinem Bruder: »Wer wagt es, hier zu schießen – töte ihn!« Wir blickten auf friedliche Felder, der üppige Mohn dehnte sich unendlich, und am Ufer des Flusses, der sich ostwärts in der Ferne verlor, wuschen Frauen weißes Leinen. Auf den Dächern der Kaba-Festung unter uns wurden Filz gewalkt und Leder gegerbt. Mein Bruder schreckte mich aus meiner Versunkenheit auf, indem er plötzlich fragte: »Traust du dich zu töten?« Ich löste meinen Blick von der weiten Landschaft, sah meinen Bruder an und nickte. Er ist ein guter Bruder, und ich hoffte, eines Tages so mutig zu werden wie er. Er drückte mir ein Gewehr in die Hand: »Töte, wen immer du willst, keine Angst.« Mit dem Gewehr in der Hand sah ich plötzlich alles überdeutlich, sah den Mohn und alle Geschäftigkeit um mich herum. Wenn Sie mich jedoch fragen, *was* genau ich sah, so könnte ich es Ihnen nicht sagen. Und doch sah ich alles. Ich gab einen Schuss ab, und der Kommandeur der Familienwache im Hause Maichi zog den Leichnam von Dorje Tsering an den Füßen aus dem Mohnfeld heraus. Ich schoss in eine andere Richtung und hatte das Gefühl, dass ich besser war als jeder professionelle Schütze. Ein Schuss, Vater brüllte wie ein Bär und kam aus seinem Liebesnest gesprungen. An der einen Hand hielt er seine neue Frau, in der anderen seinen gelben Gürtel, den er nicht mehr hatte festbinden können. So rannte er durch das grüne Meer aus Mohn. Mein Bruder umfasste meinen Arm mit solcher Gewalt, dass die restlichen Schüsse sich Richtung Himmel lösten. Wir gingen hinunter ins Mohnfeld, wo Vater seinen Gürtel inzwischen zugebunden hatte. Er stellte keine Fragen, sondern haute meinem Bruder eine runter, weil er annahm, dass sein Nachfolger geschossen hatte. Mein Bruder lächelte mir zu. Es war nicht das Lächeln eines zu Unrecht Geschlagenen, sondern das eines intelligenten Menschen, der etwas Dummes getan hatte.

»Es war nicht mein Bruder, ich habe geschossen«, sagte ich.

Mein Vater blickte sehr ernst erst auf mich, dann auf meinen Bruder. Der nickte. Vater ließ die Frau los, griff jählings nach der Pistole an der Hüfte meines Bruders, entsicherte sie und drückte sie mir in die Hand. Ich schwenkte meinen Arm, und der auf dem Boden liegende Dorje Tsering winkte uns mit seiner leblosen Hand zu.

Yangzom sah ihren früheren Verwalter an, und ein Schrei drang aus ihrem schönen Mund.

Ich schoss noch einmal. Der tote Verräter des Führers winkte der früheren Frau des Führers noch einmal zu, doch die hatte leider die Hände vor die Augen geschlagen und sah es nicht.

Vater lachte hohl, tätschelte mir den Kopf und sagte zur Frau: »Haha, wenn selbst mein idiotischer Sohn ein so guter Schütze ist – um wie viel mehr mein Erstgeborener.« So stellte er uns seiner neuen Braut vor. Er fuhr fort: »Seht, wenn Yangzom mir noch einen Sohn schenkt, dann seid ihr drei unschlagbar!« Damit wiederum hatte er uns Yangzom als Mitglied der Familie vorgestellt. Gleichzeitig nahm er mir die Pistole aus der Hand und befestigte sie wieder am Gürtel meines Bruders. Fliegen bedeckten die Leiche. »Ich wollte ihn zum Führer von Tratra machen. Wer hat ihn getötet?«, fragte Fürst Maichi.

Der Kommandeur unserer Familienwache hockte sich nieder. »Er wollte das Feuer auf unseren Herrn eröffnen, da blieb mir nichts anderes übrig, als ihn zu erledigen.«

»Woher hat er nur das Gewehr?« Vater kratzte sich am Kopf.

Ich lachte einfältig. Mein Bruder und der Kommandeur der Schutztruppe schwiegen. »Was lachst du so blöde, weißt du etwas?«, fragte Vater.

An diesem Tag spielte ich so etwas wie eine Hauptrolle. Da mich alle für töricht hielten, wollte ich sie nicht enttäuschen. Deshalb erzählte ich ihnen, dass die Frau des Fürsten hinter allem stecke. Je mehr ich erzählte, desto stärker schwitzte ich, nicht aus Angst, sondern weil die Angelegenheit tatsächlich sehr kompliziert war. Es ist einfach anstrengend, mit dem Verstand eines Idioten die Winkelzüge eines intelligenten Menschen nachzuvollziehen. In meinen Augen ähneln intelligente Menschen den überängstlichen Murmeltieren in den Bergen, die sich nach dem Fressen nicht zum Schlafen niederlegen, sondern hier eine Höhle graben und dorthin pinkeln, um zahllose falsche Spuren für die Jäger zu legen. Aber am Ende ist dann doch alles umsonst. Es mag an der Sonne gelegen haben, dass während meines

Vortrags meinem Vater, Yangzom und am meisten dem Kommandeur der Familienwache heiß wurde, und mir fiel auf, dass bei Vater und Yangzom der Schweiß zwischen den zusammengekniffenen Augenbrauen hervortrat, den Nasenrücken entlanglief und in den Sand tropfte. Dem Kommandeur der Schutztruppe trat der Schweiß am Haaransatz auf die Stirn, überschwemmte und zerzauste seine Augenbrauen.

In meiner Geschichte sollten zwei Menschen sterben, ein Mann und eine Frau. Aber bislang war nur ein Mann tot. Sein Mund stand offen, als wüsste er nicht, wie ihm geschieht. Mein Bruder warf ihm eine grüne Mohnkapsel in den offenen Mund, sodass er etwas besser aussah.

»In Ordnung!«, sagte Vater plötzlich. Dann wandte er sich an seine Geliebte: »Wie die Dinge liegen, nehme ich dich am besten mit in die Festung, damit nicht noch jemand auf die Idee kommt, dich zu töten.«

So zog die Mutter so verhasste Yangzom wie selbstverständlich bei uns ein. Es wurde großes Aufheben darum gemacht, dass sie mit dem Fürsten in einem Bett schlief. Manche sagten, ich, der Idiot, sei für Vater die Rechtfertigung, die andere Frau mit nach Hause zu nehmen. Aber ich habe das alles längst vergessen. Und warum sollte Fürst Maichi eine Ausrede brauchen, um sich eine Frau ins Bett zu holen? Die das glaubten, waren noch dümmer als ich. Als wir zur Festung zurückgingen, den Toten hinter uns herziehend, polterte dessen Kopf mit einem hässlichen Geräusch über die Straße.

Die Frau des Fürsten erschien mit Lama, Verwalter und Dienerinnen auf dem Balkon. Sie trug ein leuchtend kirschrotes Gewand, dessen weiße Ärmel im Wind flatterten. Von oben beobachtete Mutter, wie mein Vater die neue Braut nach Hause führte. Sie selbst war damals von einem reichen Mann ihrer verarmten chinesischen Familie abgekauft und meinem Vater geschenkt worden. Bei so unterschiedlichem Status war es erstaunlich genug, dass er so lange Gefallen an ihr gefunden hatte. Doch in Liebesdingen überraschte Fürst Maichi seine Umgebung immer wieder. Nach dem Tod seiner ersten Frau waren in einem nicht abreißenden Strom Menschen gekommen, um ihm eine neue Partnerin zu vermitteln, doch er hatte stets abgelehnt. So vermutete man, dass er noch zu sehr an seiner ersten Frau hing. Doch dann verkündete er die Heirat mit meiner Mutter, einer Ausländerin ohne Herkunft. »Eine Chinesin, seht her«, sagten die Leute. »Es wird nicht lange dauern, und er hält um die Hand der Tochter eines Fürsten an.« Denn in unserer Gegend – bei den Fürsten Wangpo, Lha Shopa, Rongong, Gyalka und den früheren Maichi – war es üblich, dem einen die eigene Schwester zur Frau zu geben und im Gegenzug selbst die Schwester eines anderen zu heiraten. Das wurde umso öfter so gehandhabt, je weiter die Fürsten voneinander entfernt lebten. Die Maichi-Fürsten sind auf diese Weise verwandt mit drei anderen Fürsten entlang des Dadu-Flusses, zweien von den Hochebenen westlich und nördlich des Berges Tsechong und mit einigen, die keine Fürsten mehr sind, sondern der Guomindang als Grenztruppe dienen und damit zwar nicht mehr so viel Macht haben wie früher, aber nach wie vor über Land und Leute verfügen. Sie waren nahe oder ferne Verwandte, und mochten sie gelegentlich auch aneinander geraten, so galt es bei einer Hochzeit doch als ausgemachte Sache, lieber mit dem Feind zusammenzugehen als mit jemandem niederen »Knochens«. Vater aber brach mit diesen Regeln. Und so sahen die Menschen von Anfang an voraus, dass die Beziehung zwischen Fürst Maichi und einer Chinesin nie von Dauer sein könne. Viele Fürsten und die Bewohner ihrer weiten Territorien meinten, Fürst Maichi locke lediglich der Reiz des Neuen. So kam es, dass nie ein Bote von Fürst Maichi an die Tür eines anderen Fürsten klopfte, um ein Heiratsanliegen seines Herrn vorzubringen. Ich bin das Kind der neuen Frau und des Fürsten. Als ich zwei Jahre alt war, zweifelten sie an meinem Verstand, und als ich drei oder vier Jahre alt war, wussten sie mit Sicherheit, dass ich ein Idiot war.

Daraus schöpften einige wieder Hoffnung – doch vergebens. Ihnen kam lediglich zu Ohren, dass die Frau des Fürsten nicht mehr so sanftmütig war wie früher und dass der Fürst es gelegentlich mit Dienerinnen trieb. Doch flößte ihnen das auch keine neue Hoffnung ein. Tatsächlich waren die Frauen, die damit gerechnet hatten, dass Fürst Maichi um ihre Hand anhalten würde, inzwischen verheiratet. Dass die Leute sich noch um die Gefühle des Fürsten Maichi Gedanken machten, war schiere Gewohnheit – die nämlich, die Verblendung eines intelligenten Mannes zu studieren.

Mutter hatte immer gewusst, dass dieser Tag kommen würde. Er war unvermeidlich im Leben einer Frau. Sie hatte eigens besonders prächtige Kleidung angelegt – aus der einst verarmten Frau war eine schöne, vornehme Dame geworden. Mit jedem Schritt, den sie den Fürsten die neue Braut heranführen sah, rückte die zweite, trostlose Hälfte ihres Lebens näher. Dolma sagte mir, sie habe die Herrin ununterbrochen murmeln hören: »Ich sehe es, ich sehe es ganz genau.«

Unterdessen hatte die Prozession die Festung erreicht. Viele hoben den Kopf, um die glanzvolle Gestalt auf dem Balkon zu bewundern. Mutters Schönheit war überwältigend, während die der neuen Braut meines Vaters in den Männern die Lust weckte, sie zu besitzen. Yangzom war von der Schönheit meiner Mutter nicht minder beeindruckt und flehte Vater an: »Bitte, lass mich frei, ich will nach Hause.«

»Dann gehen Sie doch«, sagte mein Bruder. »Am Wegesrand warten viele Leute nur darauf, Sie umzubringen.«

Yangzom erschrak: »Unmöglich, warum sollten sie mich töten?«

Mein Bruder lachte und sagte zu der schönen Frau, die in seinem Alter war und doch zur Generation seiner Eltern gehören wollte: »Und wie das möglich ist, denn jetzt glauben sie, dass Sie den Führer von Tratra haben töten lassen, um die Frau des Fürsten zu werden.«

»Wenn du die Frau oben auf dem Balkon fürchtest«, sagte Vater, »dann sorge ich dafür, dass sie dir nichts tut.«

Inzwischen hatten die beiden Henker, Vater und Sohn Aryi, die Leiche bereits kopfüber am Henkerpfahl aufgehängt. Ein Ochsenhorn wurde geblasen, und von nah und fern strömten die Menschen zusammen, bis der Platz vor der Festung gedrängt voll war. Sie hörten Vater verkünden, wie der Kerl den treuen Tratra-Führer ermordet habe, um selbst die Führung zu übernehmen, und wie er, der Fürst, das Vorhaben vereitelt und den Attentäter seiner gerechten Strafe zugeführt habe. Damit wusste das Volk, dass schon wieder das Gebiet eines Führers zum Gebiet unter direkter Verwaltung des Fürsten geschlagen wurde. Aber was hatte das schon mit den einfachen Leuten zu tun? Sie defilierten an dem Toten vorbei und spuckten ihm, wie es das Gesetz verlangte, in sein ausdrucksloses Gesicht. So würde er für immer in die Hölle eingehen, ohne je wiedergeboren zu werden. Sie spuckten so viel, dass die Fliegen auf dem geschwollenen Gesicht des Toten im Speichel ertranken.

Mutter sah von oben zu.

Vater war sehr stolz. Er hatte Mutters sorgfältig ausgeheckten Plan in seinen eigenen Vorteil verwandelt. Und als sei ihm das noch nicht genug, befahl er dem Diener Sonam Tserang: »Geh und frag die Herrin, welchen Fluch sie über diesen Attentäter sprechen möchte.«

Sie sagte jedoch nichts, sondern nahm einen Jadestein aus ihrem Gürtel, spuckte darauf und gab ihm den. Der Diener kam heruntergelaufen und warf den Stein auf die Leiche. Die Menge staunte, dass sie ausgerechnet Jade dafür nahm.

Sie aber wandte sich um und ging wieder hinein.

Alle sahen sie von dem großen Balkon im dritten Stock hineingehen und hörten ihre schrille Stimme in den düsteren Korridoren widerhallen, als sie nach ihrer persönlichen Dienerin rief: »Dolma! Sangye Dolma!« Dann entschwand auch Dolma in ihrem hellgrünen Gewand unseren Blicken.

Vater wies Yangzom ein Zimmer im Ostflügel des dritten Stockwerks zu, das nach Süden ausgerichtet war. So konnten sie immer zusammen wohnen und das Bett teilen. Bis dahin hatte noch kein Fürst Maichi je das Schlafzimmer regelmäßig mit einer Frau geteilt, zu schweigen das Bett.

Sehen wir uns das Bett des Fürsten an: Es ist ein in die Wand eingelassener riesiger Schrank, der im schwach einfallenden Licht besonders tief wirkt. Ich habe Vater einmal gefragt: »Sind da Ungeheuer drin?«

Statt einer Antwort lächelte er harmlos und sagte: »Was bist du doch für ein Idiot!«

Ich war überzeugt, dass es etwas Grauenvolles darin gab.

Mitten in der Nacht ertönte lautes Heulen im Hof. Fürst Maichi warf sich etwas über, während Yangzom aus Angst vor den düsteren Schatten einfach aus dem Bett kullerte. Der Fürst räusperte sich vernehmlich, und schon gingen in der Festung Laternen an, draußen entzündete jemand ein Feuer.

Diener leuchteten ihm, als er auf den Balkon im dritten Stock trat.

Der Fürst rief den Menschen unten im Hof zu: »Ich bin Maichi, seht genau her!« Schemenhaft waren unten drei kniende Gestalten zu erkennen. Es waren die Frau und zwei Söhne des von uns getöteten Dorje Tsering. Hinter ihnen schaukelte der kopfüber am Holzpfahl aufgehängte Leichnam leicht im Wind.

»Ihr hättet eigentlich alle getötet werden sollen«, sagte Vater dröhnend, »doch seid ihr um euer Leben gerannt. Wenn ihr euch aber in drei Tagen noch auf meinem Territorium aufhaltet, dann glaubt nicht, dass ich noch Erbarmen mit euch kenne!« Die raue Stimme des Fürsten hallte laut von den Mauern wider.

Von unten drang eine jungenhafte Stimme herauf: »Fürst, sie sollen nochmals Ihr Gesicht beleuchten, ich möchte es mir einprägen!«

»Fürchtest du, irgendwann einmal den Falschen zu ermorden? In Ordnung, sieh genau hin!«

»Danke, ich habe genug gesehen!«

Vater lachte von oben herunter: »Sohn, wenn ich sterben will, bevor du bei mir warst, darf ich das?«

Niemand antwortete. Die Mutter und ihre zwei Söhne waren bereits in der Dunkelheit verschwunden.

Als Vater sich umwandte, sah er, dass Mutter ihn von ihrem höher gelegenen Balkon aus beobachtet hatte. Es gefiel ihr, dass Vater zu ihr aufsehen musste. Sie lehnte sich über das schimmernde Holzgeländer und fragte: »Warum hast du sie nicht getötet?«

Vater hätte zurückfragen können: Hältst du mich für so hartherzig? Doch er sagte nur: »Himmel, ich will einfach nur schlafen.«

Mutter beharrte: »Ich habe gehört, wie sie dich verflucht haben.«

Inzwischen hatte Vater seine Ruhe wieder gefunden: »Erwartest du, dass dein Erzfeind dir ein Lied vorsingt?«

»Warum so gereizt?«, fragte Mutter. »Kann eine Frau dich – den Fürsten – dermaßen aus der Fassung bringen? Wie soll das werden, wenn du zehn Frauen hast?« Sie sprach in so vertraulichem Ton, dass es Vater die Sprache verschlug. Die Fackeln wurden nach und nach gelöscht, bis die Festung wieder in tiefes Dunkel getaucht war. Mutters helles Lachen klang durch die Nacht. »Der Herr sollte sich in sein Gemach zurückziehen«, sagte sie. »Seine Konkubine könnte sich in dem großen Bett fürchten.«

Vater erwiderte: »Du solltest auch hineingehen. Es ist windig da oben, und so robust bist du nicht.«

Mutter wusste, was er damit sagen wollte. Wenn sie nicht so oft über ihre kleinen Leiden geklagt hätte, würde er so eine Bemerkung nicht machen. Sie wandte fälschlicherweise das chinesische Schönheitsideal auf alle Menschen an. Doch gab sie so leicht auch nicht auf: »Wen kümmert es schon, wenn ich sterbe? Fürst Maichi mag es an allem fehlen, aber bestimmt nicht an Frauen. Nichts leichter als das – ob mit Geld gekauft oder mit Waffengewalt erobert.«

»Ach, hör auf, ich habe keine Lust mehr«, sagte Vater.

»Dann geh in dein Zimmer, mal sehen, was die Nacht noch zu bieten hat.«

Als Vater im Bett lag, sah er immer noch das übermächtige, kalte Gesicht wie einen silbernen Teller vor sich und knirschte mit den Zähnen: »Sie ist eine Hexe geworden!«

Yangzom schmiegte sich an ihn: »Ich habe Angst, halt mich ganz fest!«

»Du bist die dritte Frau von Fürst Maichi, hab keine Angst.«

Das warme Fleisch der Frau wirkte beruhigend auf den Fürsten. Er sprach zwar von einer großartigen Hochzeitsfeier, dachte bei sich aber mehr an den Familienbesitz des Tratra-Führers, der in seine eigenen Schatzkammern eingehen würde. Die Tratra-Führer waren seit vielen Generationen die loyalsten unter allen Führern gewesen. Dennoch hatte ihm dieser seine so schöne Frau genauso wenig zugestanden wie seinen reichen Silbervorrat – das hatte dem Fürsten schon immer schlaflose Nächte bereitet. Wenn der Führer von sich aus mit dem Fürsten geteilt hätte, wäre es nicht so weit gekommen. Fürst Maichi seufzte tief, als er über die unersättliche Gier des Menschen nachdachte.

Die Frau in seinen Armen war eingeschlafen. Die zarten Rundungen ihrer Brüste leuchteten in der Dunkelheit. Sie war wirklich eine einfältige Frau. Denn wer auch nur einen Funken Verstand im Kopf hatte, konnte nach den Ereignissen der letzten Tage kein Auge zutun. Sie aber drehte sich um und schien im nächsten Augenblick schon im Land der Träume zu sein. Mit ihrem ruhigen, tiefen Atem verbreitete sich das tierische, erregende Fluidum, das die männliche Begierde weckte. Der Fürst wusste, dass er als Mann nach einer solch wilden Eskapade nicht mehr viel zu erwarten hatte. Also wollte er seine letzte Gelegenheit nutzen und die Frau aufwecken, um sich mit ihr auf den Wellen der Ekstase treiben zu lassen.

In diesem Augenblick klatschte die zweite Frau oben in die Hände. »Es brennt! Es brennt!«, rief sie freudig erregt.

Der Fürst seufzte bei dem Gedanken an die engherzige Frau und beschloss bei sich, am folgenden Tag die Lamas aus den Sutras lesen und böse Geister austreiben zu lassen, damit sie nicht verrückt würde. Aber dann schrien immer mehr Leute und rannten herum. Der gewaltige Steinbau begann in der Dunkelheit zu schwanken, was einem ein äußerst mulmiges Gefühl einjagen konnte.

Der Fürst riss die Augen weit auf, sah aber nur einen roten Schein am Fenster. Er argwöhnte, jemand habe die Festung in Brand gesetzt. Obwohl sich schnell zeigte, dass seine Furcht unbegründet war, spürte er deutlich allgegenwärtigen Hass.

Die Bewohner der Festung hatten schon geschlafen und sprangen nun wieder auf. Nur Mutter hatte die ganze Zeit oben im schwachen Sternenlicht gestanden, ohne zu Bett zu gehen. Die ganze Festung war auf den Beinen, oben der Fürst mit Familie, Lamas und der Verwalter, unten die Wachtrupps und Diener. Nur die dritte Frau des Fürsten zog sich die Decke über den Kopf und hatte sich in der Mitte des großen Bettes zusammengerollt. Die drei Menschen, die gerade öffentlich Rache geschworen hatten und dann davongelaufen waren, hatten die Festung ihres Führers in Brand gesetzt. Nun vernichteten die Flammen alles, was in den Besitz von Fürst Maichi übergegangen war. Das Feuer erleuchtete die kalte Nacht und prasselte laut. Je weiter sein Glanz sich über die dunklen Mohnfelder ausbreitete, in umso hellerem Licht erstrahlte die majestätische Festung von Fürst Maichi. Wir von der Familie standen an erhöhter Stelle und sahen mit ernster Miene zu, wie der gerade dazugewonnene Besitz sich in Asche verwandelte. Der Wind blies immer kältere Luft vom Fluss herauf. Zwischen dem heißen Feuer vor uns und dem kalten Wind hinter uns kamen uns alle möglichen merkwürdigen Gedanken.

Immer wenn aus noch einem Fenster der Tratra-Festung Flammen schlugen, grölte die Dienerschaft begeistert. Ich hörte die Stimmen meiner Amme, von Mägden, die des Silberschmieds und des kleinen Knechts Sonam Tserang. Dolma, die aufgrund unserer besonders engen Bindung meist bei uns wohnte, rannte nach Möglichkeit immer so schnell es ging zu den anderen Dienerinnen.

Der Morgen dämmerte bereits, als das Feuer allmählich zurückging.

Die Frau von Dorje Tsering war ihren Söhnen nicht in die Flucht gefolgt, sondern hatte sich in das von ihr gelegte Feuer gestürzt und war einen schrecklichen Tod gestorben. Als sie mit Verwünschungen auf den Lippen im Feuer explodierte, öffnete sich ihr Bauch wie eine prächtige Blume.

Vater wusste, dass die Söhne ihre kindischen Racheschwüre in die Tat umsetzen würden, und beauftragte Soldaten mit ihrer Verfolgung.

»Du hast sie vor allen Leuten ziehen lassen, lass uns doch jetzt einfach besser aufpassen«, meinte mein Bruder.

Mein Vater schickte die Verfolger ungeachtet dessen los. Doch nach drei Tagen hatten sie die beiden zukünftigen Feinde nicht gefangen. Diese waren mit Sicherheit aus dem Verwaltungsgebiet des Fürsten entwischt, denn man brauchte mindestens drei Tage vom Zentrum des Territoriums bis zu einer Außengrenze.

Von da an waren die verbrannte Frau und ihre Söhne der Albtraum meines Vaters, und nur ein groß angelegtes religiöses Ritual konnte helfen, ihm seine Ruhe zurückzugeben.

Unsere hauseigenen Lamas und die aus dem Mondron-Ling-Kloster versammelten sich und stellten menschliche sowie tierische Abbilder her, um mithilfe magischer Riten alle Verwünschungen und den versteckten Hass gegen den Fürsten auf diese Figuren zu lenken. Zum Schluss wurden die Bilder feierlich am Berg verbrannt. Dazu verwandten sie Sanddorn, von dem es hieß, dass sich mit seiner Feuerkraft alles auf der Welt verbrennen ließe. Nichts würde die zu Asche gebrannten und in alle Winde zerstreuten Knochen je wieder zusammenfügen können.

Inzwischen gelangte der Mohn zur Reife, und über den Feldern hing ein betäubender Duft.

Nachdem er nun wieder in der Gunst des Fürsten stand, vergaß

Jeeka Rinpoche die über Jahre erlittene Isolation und wandte sich an Fürst Maichi: »Mir scheint, das wäre alles nicht passiert, wenn Sie diese Pflanze nicht ausgesät hätten. Die Menschen sind durch sie ganz außer sich!«

Der Rinpoche packte den Arm des Fürsten, doch der zog ihn zurück und steckte die Hand in sein Gewand. »Was ist mit der Pflanze?«, fragte er kühl. »Ist sie nicht schön genug?«

Da begriff Jeeka Rinpoche, dass er wieder einmal den Fehler gebildeter Leute gemacht hatte, die eigene Zunge nicht im Zaum halten zu können. Er legte die Handflächen aneinander und wollte sich zurückziehen. Doch der Fürst hielt ihn fest: »Kommen Sie, wir sehen uns die Pflanzen an.« Dem Rinpoche blieb nichts anderes übrig, als ins Feld zu den betörenden Pflanzen zu gehen.

Dort bot sich inzwischen ein gänzlich verändertes Bild. Die leuchtend roten Blüten waren verwelkt, und auf den Blättern saßen grüne Kugeln. Der Fürst lachte: »Wie die Köpfe Eurer Mönche.« Ein Hieb mit dem Schwert, und die kleinen Früchte rollten über die Erde.

Jeeka Rinpoche schnappte nach Luft und sah an der Schnittstelle weißen Saft austreten. »Es heißt, das Blut von Mönchen mit besonders ausgeprägten übernatürlichen Kräften sehe anders aus als das gewöhnlicher Menschen. Hat es etwa auch diese milchige Farbe?«, fragte der Fürst. Der Rinpoche war sprachlos.

In seiner Verwirrung trat er versehentlich auf eine der Früchte, die unter seinem Fuß zersprang wie ein menschlicher Schädel. Er blickte auf. Am wolkenlosen Himmel zog ein Falke mit weißem Schultergefieder suchend seine Kreise. Er hatte seine Flügel weit ausgebreitet und ließ sich vom Wind zwischen den Bergen tragen, bald höher und bald wieder tiefer. Die Sonne warf seinen vielfach vergrößerten Schatten auf die Erde. Der weißschultrige Falke stieß im Flug spitze Schreie aus.

»Er ruft Wind und Regen herbei«, sagte der Rinpoche.

Auch dies ein Fehler gebildeter Leute – für alles, was sie sehen, haben sie eine Erklärung. Fürst Maichi lachte und sah davon ab, den anderen an dessen gegenwärtige Situation zu erinnern. »Ja, der Falke ist der König des Himmels, bei dessen Anblick Schlangen und Mäuse in ihren Höhlen verschwinden.« Der König der Vögel glitt mit einem kraftvollen Flügelrauschen am Fürsten und an Jeeka Rinpoche vorüber, krallte sich im Gebüsch einen jämmerlich piepsenden Vogel, stieg wieder auf und ließ sich auf einem hoch gelegenen Felsen im Wald nieder.

Später erzählte Fürst Maichi, an diesem Tag habe er dem Rinpoche beigebracht, nicht so von sich eingenommen zu sein.

Ein Neugieriger fragte Jeeka Rinpoche, ob es sich so zugetragen habe. Er antwortete: »Amitabha-Buddha, wir Heiligen haben das Recht, die Dinge, die wir sehen, zu deuten.«

7

Die Erde schwankt

Ich habe gelernt, dass die Erde das stabilste auf der Welt ist. Danach kommt gleich das königliche Recht des Fürsten, der sie regiert. Doch im ersten Jahr, in dem Fürst Maichi auf seinem Land Mohn anbaute, schwankte tatsächlich die Erde. Jeeka Rinpoche war in seinen besten Jahren, und alle Drohungen des Fürsten hatten ihn nicht zum Schweigen gebracht. Nicht weil er den Fürsten nicht respektierte, sondern weil er nicht von der Gewohnheit gebildeter Menschen lassen konnte, zu allem etwas zu sagen zu haben. Als er in seinem Tempel vor Omen saß, die er nicht deuten konnte, brachte ihn das um Appetit und Schlaf. Er kniete auf einem mit Einlegarbeiten aus fünf Pfund Gold verzierten buddhistischen Thron und kam mit sich und seinem Atem zur Ruhe. Sobald sein Geist zentriert war, erschien ihm die golden leuchtende Gestalt des Buddha, und eins seiner fleischigen Augenlider begann zu zittern. Er unterbrach die Meditation und strich mit dem Finger Speichel darauf. Als das Augenlid sich nicht beruhigte, wies er einen seiner Mönche an, ihm ein Goldblättchen aufs Auge zu legen. Doch das Lid zuckte so heftig, dass das Blatt herunterfiel.

Da fragte der Rinpoche, was draußen geschehen sei. Alle Schlangen, die sich in ihre Höhlen zurückgezogen hatten, seien wieder herausgekommen, hieß es. »Und sonst? Ich kann sehen, dass es nicht nur die Schlangen sind.« Er sei weise, wurde er gelobt, Hunde versuchten wie Katzen auf Bäume zu klettern, und vieles, das unter die Erde gehöre, komme hervorgekrochen. Jeeka Rinpoche ging, umringt von den Mönchen, zum Tor des Klosters, um sich mit eigenen Augen von den Ereignissen zu überzeugen.

Das Kloster stand auf einem Felsvorsprung, der wie ein Drachenkopf aussah. Die Augen des Rinpoche erfassten sofort alles, als er am Tor stand. Nicht nur alles, wovon seine Jünger berichtet hatten, sondern auch eine Wolke undefinierbarer Farbe, die sich über die Festung von Fürst Maichi gelegt hatte. Kinder jagten Schlangen, die zu langsam waren. Der Diener Sonam Tserang war ihr Anführer, als sie tote Schlangen aller Farben und Zeichnungen auf ihre Stöcke spießten und singend im sonnigen Herbstlicht über die Felder tanzten:

> Das Fleisch des Yak wurde den Göttern geopfert,
> das Fell des Yak zu Seilen gemacht,
> den Quastenschwanz des Yak
> haben sie an die Nackenhaare von Kurongmenda gehängt,
> Wohlwollen wird erwidert, üble Absichten werden bestraft.
> Dämonen erheben sich von der Erde, König Bende ist tot,
> die schöne Jade zersprungen, in tausend Stücke zersprungen.

Jeeka Rinpoche erschrak. Das Lied war aus der Sage *Vom Pferd und dem Yak,* die vor der Zeit der Fürsten Maichi weithin bekannt gewesen war. Seit es die Maichis gab, sangen die Menschen viele Loblieder, vergaßen aber jene Lieder, die von Geschichte handelten. Nur die gebildeten Lamas konnten sie noch aus alten Büchern heraussuchen. Jeeka Rinpoche, der sich einst der Erforschung der lokalen Historie verschrieben hatte, kannte einige Geschichten. Und nun, ohne dass jemand es ihnen beigebracht hätte, ertönte das lang vergessene Lied plötzlich aus den Kehlen ungebildeter, unwissender Mägde und Diener und wurde zu neuem Leben erweckt. Der Schweiß rann Jeeka Rinpoche herunter. Er befahl, eine Leiter an den Heiligen Turm zu stellen und fand tatsächlich eine Aufzeichnung dieser Geschichte. Ein junger Mönch blies den Staub von dem gelben Seideneinband.

Jeeka Rinpoche wechselte die Robe und machte sich mit dem gelben Bündel unter dem Arm auf den Weg. Er wollte Fürst Maichi berichten und ihn davon überzeugen, dass solch ein Lied nicht ohne Grund im niederen Volk wieder auferstand.

Doch Fürst Maichi war nicht in seiner Festung, und niemand konnte sagen, wann er zurückkehren würde. An ihren besorgten Gesichtern sah er, dass sie die Wahrheit sagten. Jeeka Rinpoche meinte, dann werde er zunächst den Monpa-Lama in der Heiligen Halle aufsuchen.

Als ihm dessen Anliegen vorgetragen wurde, sagte der Monpa-Lama: »Lass ihn hereinkommen, wenn er mich treffen möchte.«

Jeeka Rinpoche saß im Raum des Verwalters im ersten Stock, die Heilige Halle lag im vierten. Angesichts der überheblichen Art des Lama traute sich sogar der Verwalter, einen Blick auf den Rinpoche zu werfen. »Merkst du, wie er mich behandelt?«, fragte Jeeka Rinpoche ruhig. »Aber ich sehe, dass es eine Katastrophe geben wird, daher streite ich nicht mit ihm.« Er ging, als werde er um einer höheren Aufgabe willen die Demütigung hinnehmen, nach oben.

Wo war Fürst Maichi?

Schsch! Das ist ein Geheimnis. Ich lege den Finger an die Lippen, kann mich aber nicht zurückhalten und sage Ihnen, dass er mit seiner neuen Braut in den Feldern einen Ort zum heimlichen Stelldichein sucht.

Nun war das Fernglas, das der Sondergesandte zurückgelassen hatte, von Nutzen. Mit seiner Hilfe sah ich Vater und seine neue Braut durch die Felder rennen. Lassen Sie mich Ihnen jetzt erklären, warum sie unbedingt ins Freie wollten. Die dritte Frau von Fürst Maichi bekam im Bett des Fürsten immer schreckliche Angst und zitterte jedes Mal in Panik am ganzen Körper, wenn der Fürst es mit ihr tun wollte. Wenn er es erzwingen wollte, wehrte sie sich nach Kräften, grub ihre langen Fingernägel in das Fleisch des Mannes und bat um Gnade: »Am Tag, lass es uns bei Tage im Freien tun, ich flehe dich an!«

»Hast du etwas gesehen?«, fragte der Fürst.

Das Gesicht von Yangzom war tränenüberströmt: »Ich habe nichts gesehen, ich habe nur Angst!«

Erstaunt ob seiner eigenen Leidenschaft wunderte der Fürst sich über seine Geduld und Zärtlichkeit, mit der er seine Frau im Arm hielt und tröstete: »Gut, ist ja gut, morgen …«

Aber bei Tag sah es nicht viel besser aus. Ich sah sie im Freien ratlos nach einer Stelle suchen, um sich niederzulegen. Vergessen Sie nicht, dass dieser verzweifelte Mann der Herr der schier endlosen Felder war, in denen er nun kein ruhiges Plätzchen für sich und seine Geliebte finden konnte. Alle infrage kommenden Stellen waren durch Tiere von überall her in Beschlag genommen.

Beim Fluss gab es einen großen, flachen Stein, doch bei näherem Hinsehen krochen Kröten majestätisch darauf herum, die, als der Fürst sie vertreiben wollte, laut quakten und schrien.

Yangzom hatte sich eben an einer Stelle im Feld niedergelegt, als sie mit einem spitzen Schrei wieder aufsprang. Feldmäuse huschten aus ihrem Rock. Schließlich blieb dem Fürsten nur, seine dritte Frau rücklings gegen eine Fichte zu stellen. Als sie ihren Rock angehoben und er seine Hosen gerade heruntergelassen hatte, wurden ihre nackten Leiber von Ameisen und mehreren wütenden Kuckucks angegriffen. Am Ende mussten sie den Versuch eines Beisammenseins im Freien aufgeben. Ich hatte all ihre vergeblichen Bemühungen beobachtet. Es schien keine Hoffnung mehr zu geben, es sei denn, sie legten sich in der Luft nieder. Aber diese Kunst beherrschten sie sicher nicht. Ich habe zwar gehört, dass es so etwas gibt, nicht aber, dass jemand in der Luft eine Frau geliebt hätte. Als ich das kostbare Fernglas einpackte, kehrten Vater und diese Frau enttäuscht und wütend zurück.

Die Kinder der Dienerschaft mit ihren farbigen Schlangen auf den Stöcken sangen auf dem Vorplatz:

König Bende ist tot,
die schöne Jade zersprungen,
in tausend Stücke zersprungen.

Das Verlangen des Fürsten verwandelte sich in Zorn. Die kleinen Leibeigenen, die gesungen hatten, schrien laut unter den Peitschenhieben des Henkers. Das Gesicht des Fürsten war so wutverzerrt, dass Yangzom lauthals lachen musste. Bis dahin hatte ich angenommen, dass Frauen eben Frauen seien und dass es keinen Unterschied zwischen der mit List und Gewalt eroberten Yangzom und meiner gekauften Mutter gab. Das Lachen jetzt bewies, dass sie ein Dämon war. Jeeka Rinpoche sagte später, es gebe zwei Sorten bösartiger Dämonen, einige wüssten um ihre Bestimmung, die anderen nicht, und die dritte Frau sei eindeutig von der zweiten Sorte, daher sollten wir hinter dem Rücken meines Vaters nichts gegen sie unternehmen.

Irgendwann stand mein Bruder Tamding Gömbo neben mir und sagte: »Ich mag schöne Frauen, aber diese macht mir Angst.«

Auf dem Platz vor der Festung sagte Yangzom zum Fürsten: »Herr, sie erfinden diese Lieder gern, lass sie doch singen.«

Mein Bruder und ich gingen zu ihnen hin. Mein Bruder meinte: »Jeeka Rinpoche sagt, das sei ein altes Lied. Die dritte Frau sollte diese niederen Kinder nicht lehren, Lieder für dich zu dichten. Sie verstehen etwas von Schlangenmustern, nicht von der Schönheit des Pfaus.« Die dritte Frau lächelte meinem Bruder zu, sie war nicht wütend.

Meinem Bruder blieb nur, die Kinder mit einer Handbewegung fortzuschicken.

Der Fürst und die dritte Frau durchschritten das mächtige Tor und gingen ins Haus. In diesem Augenblick stimmten die Mägde, die im Hof Tsampa-Mehl kneteten, Getreide wuschen, die Kühe ein zweites Mal molken oder Silber putzten, einen getragenen Gesang an. Wie ein wütender Löwe kam Vater aus seinem Zimmer gerannt, doch da das Lied diesmal nichts mit dem zuvor gesungenen gemein hatte, gab es auch nichts zu beanstanden. Er konnte nur kopfschüttelnd ins Haus zurückkehren.

Der Fürst wies den Verwalter an, Silberschmuck für die dritte Frau anfertigen zu lassen. Der Silberschmied, der mir, als ich auf dem Pferd saß, Wasser zu trinken gegeben hatte, wurde hereingerufen, ein Mann, der seine geschickten Hände stets unter einer ledernen Schürze barg. Ich hatte das Gefühl, wenn die wie ein Bienenkorb so geschäftige Festung einmal zur Ruhe käme, wäre auf der ganzen Welt einzig das Hämmern des Silberschmieds zu hören. Dann spitzten alle die Ohren und lauschten dem Hämmern und seinem Echo.

Ding gong!
Ding gong!
Ding – gong –!

Er lächelte den singenden Mägden zu. Dann setzte er sich in den Schatten der mächtigen hölzernen Pfeiler, die die gewaltige Festung stützten, und sah sehr zufrieden aus. Das dünn gewalzte Silber vor ihm glänzte wie ein schillernder Teich. Er hatte mir einmal seinen Namen gesagt, aber ich konnte mich nicht mehr daran erinnern. Aus irgendeinem Grund war ich sicher, dass Dolma ihn noch wusste. Doch sie kniff mich und sagte: »Idiot!«

»Sag schon.«

»Er hat dir gedient, und du kennst nicht einmal mehr seinen Namen? Wird das bei mir genauso sein?«

Erst als ich das verneinte, sagte sie mir seinen Namen. Er hieß Chödak. Dass Dolma ihn nur einmal gesehen hatte – zumindest erinnerte ich nur einmal – und den Namen noch genau wusste, tat meiner sensiblen Seele weh. Ich wandte mich ab und beachtete Dolma nicht weiter. Als sie aber herüberkam und mit ihrer vollen Brust meinen Kopf streifte, wurde mein steifer Nacken weich. Sie wusste, dass ich weich wurde, und sagte sanft: »Himmel, so ein kleiner Milchbubi und schon eifersüchtig.«

»Ich werde den Kerl umbringen!«

Dolma zog mich an sich und barg meinen Kopf so tief zwischen ihren vollen Brüsten, dass ich schier keine Luft mehr bekam. »Der Junge Herr ist wütend, der Junge Herr meint das nicht ernst, oder?«

Mir gefiel nicht, dass sie meinte, weil sie mir ihren Körper gegeben hatte, könne sie so mit mir sprechen. Schließlich befreite ich mich aus ihren Brüsten, die so weich waren wie reifer Käse, lief knallrot an und sagte wütend: »Ich werde seine silberschmiedenden Hände in heißem Öl weich kochen.« Dolma barg ihr Gesicht in den Händen und wandte sich ab.

Mein dummes Hirn dachte, ich bin zwar nicht der Fürst, aber immerhin sein Sohn und der Bruder des zukünftigen Fürsten. Frauen sind doch für uns leicht zu bekommen.

Alle waren mit sich beschäftigt. Der Fürst lag neben seiner dritten

Frau, die er bekommen, aber keine Gelegenheit zu genießen hatte. Die zweite Frau saß mitten auf dem prächtigen Blumenmuster eines Perserteppichs, um zu meditieren. Ich rief sie an, doch in ihren geöffneten Augen war nur das Weiße zu sehen, so wie die Leere aller Dinge in den heiligen Schriften beschrieben wird. Der Rinpoche öffnete ein gelbes Bündel vor dem Monpa-Lama. Die Kinder der Dienerschaft spielten in den Feldern, ließen bunte Schlangen auf Stöcken tanzen und sangen lang vergessene und plötzlich wieder erstandene Lieder. Seit der Sache mit den Drosseln hielten sie Abstand zu mir, dem Vornehmen und Einsamen. Ich war sehr einsam. Und der Fürst, der zukünftige Fürst, die Frau des Fürsten, sie alle waren genauso einsam, wenn es keinen Krieg gab, keinen Festtag, wenn kein Diener zu bestrafen war. Plötzlich war mir klar, woher die Unrast des Fürsten rührte: Wegen der Revolte in einer unbedeutenden Festung hatte er eine Petition bei der Provinzregierung eingereicht, mit dem Opiumanbau begonnen und seine Soldaten einer neuartigen Ausbildung unterzogen. Wegen einer Frau hatte er einen loyalen Führer töten und die Geistlichen wie Frauen um Zuwendung buhlen lassen. Die Erkenntnis dieser Zusammenhänge konnte meine Einsamkeit nicht vertreiben. All diese tätigen Menschen waren nicht einsam. Niemand wusste über den Verbleib meines Bruders, wenn er nicht in der Festung war. Alle anderen hatten zu tun: Sie mahlten Mehl, molken Kühe, gerbten Leder oder woben Stoffe, und sie konnten sich dabei unterhalten. Der Silberschmied bearbeitete das Silber – *ding gong, ding gong, ding – gong –!* – und lachte mir zu, bevor er sich wieder über die Arbeit beugte. Heute fand ich ihn liebenswert und wunderte mich nicht, dass Dolma seinen Namen behalten hatte.

»Chödak!«, rief ich ihn.

Als Antwort klopfte er mit einem winzigen Hammer eine Melodie. Da vergaß ich meinen Unmut, kehrte in mein Zimmer zurück und schlug dabei mit einem Stein leicht gegen das Treppengeländer. Dolma drehte ihr Gesicht zur Wand, als sie mich sah. Wenn sie einen Idioten brauchte, einen kleinen Jungen, der sie aufmunterte – dann tat ich das eben. »Der Silberschmied ist ein guter Kerl«, sagte ich.

»Natürlich.« Sie sprach immer noch mit mir wie mit einem Idioten. »Ich mag ihn, weil er ein Erwachsener ist, und dich, weil du ein kleiner Junge bist.«

»Dir gefällt nicht, dass ich adlig bin, aber dass er ein Silberschmied ist, gefällt dir?«

Sie sah mich wachsam an: »Ja«, und senkte verschämt den Kopf.

Wir liebten uns zwischen den farbenprächtigen Blumen des Teppichs. Dann ordnete sie ihre Kleidung und seufzte: »Eines Tages wird der Herr mich einem Diener geben wollen, bitte, Junger Herr, gebt mich dann dem Silberschmied.«

Es gab mir einen Stich, doch ich nickte zustimmend.

Das Mädchen, das so viel größer war als ich, sagte: »Du wirst zwar nie Herr werden, aber solange du so denkst, waren meine Bemühungen nicht umsonst.«

»Ich halte Wort«, sagte ich.

Dolma tätschelte mir den Kopf: »Du kannst den Fürsten nicht aus seinem Amt verdrängen.«

Einen Augenblick kam mir wirklich der Gedanke der Usurpation. Doch als mir einfiel, dass ich nur ein Idiot war, zerplatzte die Idee wie eine Blase auf Quellwasser. Überlegen Sie mal, wie soll ein Idiot Fürst über zigtausend Menschen, wie kann er der König der Welt sein? Himmel, und wie kann ein Idiot auch nur einen solchen Gedanken haben! Vermutlich war es eine Frau, die den Gedanken in mir geweckt hatte.

Ich überlege, was an dem Tag noch alles geschah. Richtig. Es war der Tag, an dem Jeeka Rinpoche die kommenden Ereignisse voraussagen wollte, in der Heiligen Halle vom Monpa-Lama jedoch nur die kalte Schulter gezeigt bekam. Er öffnete im Beisein des anderen die Schrift der Tibeter, und vor den Augen der beiden gebildeten Männer erschien der Text der Ballade, die die Kinder gesungen hatten. Im wertvollen Buch des Rinpoche fanden sich nach jedem Satz der Geschichte Anmerkungen, die verschiedene Personen zu verschiedenen Zeiten hinzugefügt hatten. So waren die Geschichten ein gutes Instrument für die Wahrsagerei. Unter dem Liedtext hieß es, dannunddann habe eine jahrelange Seuche gewütet, nachdem das Lied gesungen worden sei. Als die Ballade sich ein anderes Mal großer Beliebtheit erfreute, sei die Dynastie in den Mittleren Reichen gestürzt, wodurch eine Sekte im Gebiet der Schneestadt jegliche Unterstützung verlor und verfiel. Der Monpa-Lama schüttelte den Kopf, wischte sich den Schweiß ab und sagte: »Das kann ich dem Fürsten nicht erzählen. Die Katastrophe ist unausweichlich. Und unausweichliche Dinge auszusprechen, nützt nichts. Haltet Ihr den Fürsten für einen Mann, der wohlmeinende Ratschläge anhört?«

»So hat der Fürst Ihnen all die Jahre vergeblich seine Gunst geschenkt«, sagte der Rinpoche.

Der Monpa-Lama erwiderte: »Kommen Sie doch hierher, und ich übernehme das Kloster!«

Jeeka Rinpoche wäre gerne in das buddhistische Reich Tibet gepilgert oder hätte in einer abgelegenen Berghöhle meditiert. Doch wusste er, dass die Mönche im Kloster ohne ihn nicht überleben konnten. Nur der Rinpoche, der sich tiefer mit den Dingen befasste, hatte begriffen, dass der Mensch mehr als seinen Verstand zum Überleben brauchte. Heute musste er sich einmal nicht für den Lebensunterhalt der Mönche verantwortlich fühlen. In der strahlenden Heiligen Halle zu sitzen und mit dem Monpa-Lama eine Plauderei zu führen, die mehr war als eine Plauderei, dabei fühlte er sich erheblich wohler als im Kloster. Er fürchtete sogar, dass der Monpa-Lama das Gespräch beenden könnte. Benehmen hin oder her, der Lama war ein Mann, der sich mit ihm selbst an Weisheit messen konnte, dachte der Rinpoche bei sich. Um dieser kleinen Freude willen behandelte er den Monpa-Lama sogar mit mehr Unterwürfigkeit als nötig. Er hörte sich vorsichtig fragen: »Was meinen Sie, wie ich dem Fürsten das beibringen soll?«

Der Monpa-Lama schüttelte den Kopf: »Ich weiß es nicht. Das Temperament des Fürsten wird immer unberechenbarer. Trinken Sie noch eine Schale Tee?« Das war der eindeutige Hinweis für Jeeka Rinpoche zu gehen.

Er seufzte: »In Ordnung. Wir wetteifern zwar um die Gunst des Fürsten, aber in dieser Angelegenheit sorge ich mich mehr um die Schwarzhaar-Tibeter und die Söhne und Enkel des Gesar. Ich werde es dem Fürsten sagen und ihm vermitteln, er möge nicht den Zorn des Himmels und der Menschen wecken. Zumindest hoffe ich, dass er dafür nicht meinen Kopf will.« Damit ließ er den heißen Tee stehen, nahm sein Schriftenbündel und ging hinunter.

Der Monpa-Lama wandte sich um und sah die Wandmalereien an. Die größte im Säulengang zeigte die drei Welten Himmel, Erde und Hölle. Jede war wiederum in viele Welten unterteilt, die sich pagodenartig auf dem Körper eines schrecklichen Tieres im Wasser türmten. Wenn das Monster mit den Augen zwinkerte, bebte die Erde, wenn es sich wälzte, wurden Vergangenheit, Gegenwart und Zukunft ausgelöscht. Der Monpa-Lama fand, dass es ein solches Bild in einer Religion gar nicht geben sollte. Wenn man die Welt immer nur als wankend und kurz vor dem Einstürzen denkt, ist es unmöglich, Menschen davon zu überzeugen, dass über allem anderen in den Wolken die Ewigkeit wohnt.

Jeeka Rinpoche trug dem Verwalter sein Anliegen vor: »Bitte sag dem Fürsten, dass ich ihn sehen möchte.«

Der Verwalter war einst der Kommandeur unserer Familienwache gewesen und erst mit seiner Kriegsverletzung, die ihn zum Krüppel machte, Verwalter geworden. Er hatte seinerzeit den höchsten Preis des Kommandeurs der Familienwache erhalten, eine Tigerfell-Schärpe aus Indien. Eine ganz außergewöhnliche Schärpe: Das Fell eines ganzen Tigers war wie eine Rüstung um den Mantel gelegt, sodass der Kopf vorn vor der Brust, der Schwanz hinten herunterhing. In dieser Aufmachung wurde der gutmütigste Mann zum Tiger. Nun war er ein herausragender Verwalter geworden. Ihm war es zu verdanken, dass Vater und Bruder sich auf ihre eigenen Vergnügungstouren begeben konnten.

Der Verwalter sagte: »Himmel, unserem verehrten Gast ist Unrecht angetan worden.«

Dann reichte er höchstpersönlich dem Rinpoche Tee und berührte dessen Hand als spirituellen Gruß mit der Stirn, eine Hand so zart wie Wolken am Himmel. Das kleine Ritual stellte das Selbstwertgefühl des Rinpoche schlagartig wieder her. Er nippte am Tee, indem er das aromatische Getränk einen Moment auf der Zunge verweilen und dann erst die Kehle hinunterrinnen ließ.

»Es wird etwas Schlimmes passieren, nicht wahr?«, sagte der Verwalter.

»So ist es.«

»Der Fürst hört so etwas nicht gern.«

»Ob er zuhört oder nicht, ist seine Sache. Wenn ich nichts sagte, würden die Leute sich hinterher darüber lustig machen, dass ich nicht einmal eine so große Sache vorhersagen kann. Außerdem sind Leute wie ich dazu da, um in Augenblicken wie diesem den Mund aufzumachen.«

Da humpelte der frühere Kommandeur, ganz Verwalter, in vollkommen unmilitärischer Weise zum Fürsten, um Jeeka Rinpoche zu melden. Wenn der Verwalter es nicht höchstpersönlich gewesen wäre, hätte der Fürst den Besucher sicher nicht vorgelassen, denn er lag mit der dritten Frau im Bett.

»Jeeka Rinpoche möchte Sie sprechen«, sagte der Verwalter.

»Will er mich wieder belehren?«

»Er möchte mit Ihnen über die Gründe für all die merkwürdigen Ereignisse sprechen.«

Da fielen dem Fürst die Geistlichen ein, die er im eigenen Haus unterhielt: »Haben unsere Lamas nichts dazu zu sagen?«

Der Verwalter lächelte und achtete darauf, dass der Fürst eine tiefere Bedeutung darin erkennen konnte, die viele Vermutungen und Auslegungen zuließ. Wie sollte er einem sturen Fürsten, dem Herrscher über weite Ländereien, sonst beikommen? Der Fürst verstand die Botschaft: »Ich werde ihn empfangen.« Verwirrt durch sein sexuelles Verlangen und all die merkwürdigen Ereignisse fragte er mit gespielter Leichtigkeit: »Sollte ich Stiefel anziehen?«

»Ja, und Sie sollten ihn draußen persönlich begrüßen.«

Gehorsam zog der Fürst seine Stiefel an und begrüßte den Rinpoche vom Treppenabsatz aus. Der sah lächelnd zu ihm auf.

»Ah, der Lebende Buddha, in was wollen Sie mich unterweisen?«, fragte der Fürst.

Jeeka Rinpoche blieb auf den Stufen stehen, holte tief Luft und sprach: »Um Ihres Landes willen, um des Glückes der Schwarzhaar-Tibeter willen, verzeihen Sie mir, was ich zu sagen habe.«

»Ich höre. Kommen Sie herauf«, erwiderte der Fürst. Er streckte dem anderen seine Hand entgegen, und als die beiden sich berührten, grollte im Osten Donner wie von einem Frühlingsgewitter. Dann erzitterte die Erde wie das Fell einer rindsledernen Trommel, die von einer riesigen, unsichtbaren Hand angeschlagen worden war. Mit der ersten Erschütterung war der Rinpoche die Treppe hinuntergestürzt. Der Fürst sah ihn mit aufgerissenem Mund stumm die Stufen bis ins nächste Stockwerk fallen. Einen Moment war alles still, doch dann setzte das Rütteln eines Siebes wieder ein, sodass der Fürst sich ebenfalls nicht halten konnte und zu Boden stürzte. Gerade hatte er den Mund geöffnet, um etwas zum Rinpoche zu sagen, als er sich nun im Sturz auf die Zunge biss. Er lag auf dem Boden und hatte das Gefühl, die ganze Festung stürze ein. Sie schien ihm bei einem so großen Beben mitnichten wie eine sichere Festung, sondern eher wie ein Haufen Holz, Steine und Lehm. Das Schwanken ging zum Glück schnell vorüber. Der Fürst spuckte Blut, stand auf und sah Jeeka Rinpoche die Treppe heraufkriechen. Plötzlich empfand er den so lange vernachlässigten Mann als sehr loyal. Er reichte ihm die Hand und zog ihn herauf, dann setzten die beiden sich nebeneinander auf den Boden, blickten in die Richtung, aus der die große, geheimnisvolle Kraft gekommen war, hörten Schreckensschreie, die darauf schließen ließen, dass Häuser eingestürzt und Menschen gestorben waren. Eine mächtige Flutwelle hatte die kleine Brücke fortgerissen. Als der Fürst auf seine immer noch hoch aufragende Festung sah, lachte er: »Sie müssen hier bleiben. Die Brücke ist fort, Sie kommen nicht mehr zurück.«

Jeeka Rinpoche wischte sich den Schweiß vom Kopf: »Ich bin umsonst gekommen, es ist bereits geschehen.«

Der Fürst mit seinem staubigen Gesicht nahm die Hand des Rinpoche und brach in lautes Lachen aus. Er lachte, spuckte aus, lachte weiter und spuckte wieder. Er hatte sieben, acht Mal gespuckt, bevor er sich an die Brust griff und stöhnte: »Himmel, ich habe viel dummes Zeug gemacht, oder?«

»Nicht gerade wenig jedenfalls.«

»Ich weiß, was ich getan habe, aber es ist alles wie ein Traum.«

»Jetzt ist es gut.«

»Wirklich? Was soll ich jetzt tun?«

»Den Verletzten helfen und für die Gestorbenen beten.«

Der Fürst erwiderte: »Lass uns hineingehen und ausruhen, meine Frau wird auch zu Tode erschrocken sein.«

Doch Jeeka Rinpoche ging ins Zimmer der zweiten Frau. Meine

Mutter fiel sofort vor ihm auf die Knie. Immer wieder berührte sie mit dem Kopf die prächtigen Stiefel des Rinpoche. Da legte der Fürst seiner lange verschmähten Frau die Hand auf den Kopf: »Steh auf und lass uns etwas Gutes zu essen bringen.« Es klang, als sei er immer in diesem Raum gewesen, als habe er sich nie verirrt. »Himmel«, fuhr er fort, »was für ein Hunger! Ich weiß gar nicht, wann ich das letzte Mal richtig gegessen habe.« Mutter sprach einen Befehl aus, der sofort in die unteren Etagen weitergegeben wurde. Ihre Augen schwammen in Tränen, als sie Jeeka Rinpoche ansah, um ihrer tiefen Dankbarkeit Ausdruck zu verleihen. Sie war überzeugt, den auf ewig verloren geglaubten Ehemann wiedergewonnen zu haben.

Nach dem Beben verschwanden die merkwürdigen Dinge in den Feldern. Die obdachlos Gewordenen und die Angehörigen der Toten konnten der Unterstützung des Fürsten sicher sein. Nicht lange, und der Mohn war reif für die Ernte.

Drittes Kapitel

8

Weißer Traum

Weiß prägt unser Leben durch und durch.

Wer das Gebiet von Fürst Maichi kennt, die Wohnhäuser und Tempel – aus Steinen und Lehm gemauerte Gebäude –, der weiß, wie sehr wir diese reine Farbe lieben. Auf Türsturz und Fensterbänken liegen weiß glänzende Quarzsteine, Fenster und Türen werden rundum in strahlend weißer Farbe bemalt. Hohe Bergwände sind mit Rinderköpfen bemalt, mit Wächtern Buddhas, die in der Lage sind, böse Geister auszutreiben, und Ähnlichem. An Wänden und Schränken in den Häusern springen strahlende Abbilder von Sonne und Mond ins Auge sowie Symbole des Glücks und langen Lebens, alle aus weißem Gerstenmehl gefertigt. Ich dagegen sah ein ganz anderes Weiß.

Dichtes Weiß sickerte aus jeder Mohnfrucht, sammelte sich, bebte und tropfte schließlich herunter. Wenn die Mohnblume ihren weißen Saft hervorbrachte, war es, als weinte die Erde. Die Tränen hingen stumm an den kleinen, grünen Früchten, als wollten sie um keinen Preis herunterfallen. Ein bewegendes Bild. Die Menschen, die mit scharfen Messern früher Gerste geerntet hatten, ritzten nun kleine Wunden in die grünen Kapseln, aus denen der weiße Saft austreten konnte. Wenn die Menschen das nächste Mal in die Felder gingen, trugen sie einen Rindshornbecher in der Hand. Sie strichen den weißen Saft, der sich an der Wunde der grünen Kapsel gesammelt hatte, mit dem Knochenmesser tropfenweise in den Rindshornbecher. So entstand eine neue Wunde an der Frucht, die für den Saft des nächsten Tages sorgte.

Der Sondergesandte Huang schickte Leute, die bei der Verarbeitung des weißen Saftes helfen sollten. Sie bauten unweit der Festung einen Schuppen aus Holz, errichteten einen Dampfkessel und verschlossen das Tor, als wollten sie Kräutermedizin zubereiten. Es genügte, einen Hauch des Duftes einzuatmen, der aus dem Schuppen herausdrang, und man hatte das Gefühl, in den Himmel zu fliegen. Fürst Maichi, der großartige Fürst Maichi, befreite die Menschen mithilfe etwas noch nie da Gewesenen. Das Mittel ließ einen alle Widrigkeiten des irdischen Lebens vergessen.

Inzwischen hatte der Monpa-Lama, der seit einiger Zeit in Ungnade gefallen war, eine Erklärung für die Beben damals, eine andere als Jeeka Rinpoche. Er sagte, dass nur die Götter im Himmel etwas so Wunderbares haben könnten und dass es einzig dem unendlichen Glück des Fürst Maichi zu verdanken sei, dass es zu den Schwarzhaar-Tibetern auf die Erde gekommen sei. Die Erde habe gebebt, weil die Götter über den Verlust der kostbaren Substanz in Wut geraten seien. Der Monpa-Lama ergänzte, dank seines Gebets sei der Zorn der Götter besänftigt worden. Fürst Maichi sog den Duft der betörenden Substanz tief ein und lächelte den Rinpoche an. Der sagte: »Wenn der Fürst dem Monpa-Lama glaubt, so kehre ich zurück, zurück in meinen Tempel.«

»Du meine Güte, der Lebende Buddha wird wieder wütend, Aber ich weiß, dass er es nicht ernst meint. Und selbst wenn – ich werde ihn zurückhalten«, sagte der Fürst, als sei der Rinpoche gar nicht anwesend.

»Was kümmert es mich, auf wen der Fürst hört?« Jeeka Rinpoche sprach ebenfalls so, als sei der andere nicht anwesend: »Mir hat einmal ein Lehrer gesagt, vom Himmel vorherbestimmte Dinge kann man nicht aufhalten.«

Der Fürst lachte: »Seht her, wie klug der Rinpoche ist.«

»Soll der Monpa-Lama bei Ihnen bleiben, ihm vertrauen Sie«, sagte Jeeka Rinpoche.

Der Fürst antwortete nicht und läutete mit einer der hell tönenden Glocken an seiner Seite den Verwalter herbei. Der Verwalter brachte den Rinpoche humpelnd zum Tor hinunter. Plötzlich fragte er: »Sagt, bringt diese Frucht tatsächlich Unglück?«

Jeeka Rinpoche sah den besorgten Blick des Mannes und erwiderte: »Kann es da einen Zweifel geben? Betrüge ich die Menschen? Du brauchst nur das Ende abzuwarten!«

Der Verwalter sagte: »Der Rinpoche soll viele Sutras lesen, um das Haus unseres Herrn zu schützen.« Jeeka Rinpoche winkte und ging fort.

In den weiten Ländereien wurde immer noch Mohn geerntet. Der weiße, dickflüssige Saft wurde zu einer Paste raffiniert. Ein bis dahin völlig unbekannter Geruch lag in der Luft. Mäuse kamen aus ihren Verstecken und drängten in die Räume, in denen das Opium verarbeitet wurde, sie duckten sich auf den Balken, um die Ausdünstungen der berauschten Menschen zu genießen. Mutter ging es gut, sie hatte schon lange keine Kopfschmerzen mehr gehabt, und sie nahm mich mit zum Schuppen, den niemand betreten durfte. Die Leute des Sondergesandten Huang arbeiteten stets hinter verschlossenen Türen. Mutter sagte: »Wenn ihr mich nicht einlasst, wieso hat der Sondergesandte mir dann eine Opiumpfeife geschenkt?« Der Torwächter zögerte und ließ uns dann passieren.

Ich achtete nicht auf die Verarbeitung des Opiums. Mir fielen Fleischstücke auf, die in Reih und Glied vor dem Ofen hingen wie die Singdrosseln von mir und den Dienerkindern. Als ich um ein Stück davon bitten wollte, hörte ich ein Quietschen, und eine Maus fiel vom Balken. Der Mann am Ofen legte die Instrumente in seiner Hand zur Seite und hackte der Maus mit einem kleinen Messer etwas von den Hinterbeinen ab. Ein neuerliches Quietschen, ein weiterer Schnitt, die zuckende Haut der Maus konnte ihr wie ein Mantel abgezogen werden, und nach einem letzten Eingriff mit dem Messer wurden die flatternde Lunge und das zuckende Herz herausgestrichen. Der Mann wendete die Maus kurz in einer Sauce und hängte sie dann zu den anderen Fleischstücken vor den Ofen.

Die Frau des Fürsten warnte: »Erschreckt meinen Sohn nicht!«

Die Männer lachten: »Wollen Sie probieren?«

Die Herrin nickte. Das gewürzte Mäusefleisch zischte, als es gebraten wurde und roch ähnlich wie die Drosseln. Wenn ich nicht zufällig in die Knopfaugen der Mäuse auf dem Balken hinaufgesehen hätte, wer weiß, vielleicht hätte ich auch von dieser Delikatesse der Chinesen gekostet. Ich hatte das Gefühl, ihre spitzen Mäuler nagten meinen Magen an, und zugleich sah ich Mutter ihre weißen Zähne in das Mäusefleisch graben. Sie nahm gar nicht wahr, dass ich sie mit offenem Mund anstarrte, sondern kaute und schnurrte wie eine Katze: »Hervorragend, es schmeckt hervorragend, iss du auch etwas.«

Aber mir war eher zum Kotzen, und ich rannte hinaus. Früher sagten die Leute immer, Chinesen seien ganz fürchterliche Leute. Ich habe das nie geglaubt. Mein Vater sagte immer, ich solle nichts auf das Gerede geben, und fragte mich: »Ist deine Mutter denn Furcht erregend?« Er antwortete selbst: »Sie ist nicht Furcht erregend, hat nur das etwas eigene Temperament ihres Volkes, das ist alles.« Mein Bruder fragte: »Welcher Mensch hat denn keine Macken?« Als meine Schwester aus England zurückkehrte, sagte sie: »Ich weiß nicht, ob sie fürchterlich sind, aber ich mag sie nicht.« Ich sagte: »Sie essen Mäuse.« Meine Schwester sagte: »Sie essen auch Schlangen und alles mögliche merkwürdige Zeug.«

Als Mutter aufgegessen hatte, leckte sie sich zufrieden über die Lippen. Sie kicherte: »Ich habe Opium noch nie probiert, aber da sie es mir heute anbieten, werde ich nicht ablehnen.« Als ich schwieg, fuhr sie fort: »Keine Angst. Opium ist zwar keine gute Sache, aber so schlimm ist es auch wieder nicht.«

»Wenn du es nicht gesagt hättest, wüsste ich gar nicht, dass es schlecht ist.«

»Für arme Menschen ist es schlecht«, sagte sie, »für reiche nicht.« Und, fuhr sie fort, sei die Familie von Fürst Maichi nicht die reichste im Umkreis von mehreren hundert Quadratkilometern? Mutter fasste meinen Arm, und ihre langen Fingernägel bohrten sich mir ins Fleisch. Ich schrie auf wie von einer Maus gebissen. Mutter sah das Entsetzen im Gesicht ihres Sohnes, kniete nieder und schüttelte mich: »Sohn, was hast du gesehen, das dir solche Angst macht?«

Ich weinte und wollte sagen: »Du hast eine Maus gegessen, du hast eine Maus gegessen.« Aber ich schaffte es nur, in den Himmel zu zeigen. Der war vollkommen leer, mit einigen Wolken in der Mitte. Die Wolken hatten einen leuchtenden, weißen Rand und waren zum Zentrum hin dunkler. Sie schienen sich in der Leere ringsum verirrt zu haben und bewegten sich nicht, weil sie nicht wussten, in welche Richtung sie ziehen sollten. Mutter folgte meinem Finger, bemerkte jedoch nichts. Sie konnte sich nicht vorstellen, welche Bedeutung die Wolken haben sollten. Sie kümmerte sich nur um irdische Dinge. Und gerade jetzt bewegten sich die irdischen Mäuse in die Richtung, aus der die köstlichsten Düfte kamen. Ich wollte nichts weiter erklären. Denn wenn Sie auch nur einen Tropfen Herrscherblut in den Adern haben, wissen Sie, dass es von Vorteil ist, möglichst viele Geheimnisse anderer Leute zu kennen. Darum zeigte ich nur in den Himmel. Mutter bekam Angst, zog mich eng an sich und lief immer schneller, sodass wir im nächsten Augenblick schon vor der Festung standen. Auf dem großen Platz davor band der Henker Aryi jemanden an den Pfahl, und als er uns sah, beugte er seinen langen, schlanken Körper zum Gruß: »Junger Herr, Herrin.«

Sofort hörte mein Körper auf zu zittern.

Mutter sagte zum Henker: »Die Aura von Tod, die Sie umgibt, hat die unsauberen Dinge am Körper meines Sohnes verjagt. Ihr Sohn sollte öfter mit dem Jungen Herrn zusammen sein.«

Ich weiß nicht, wann es begann, dass die Henker von Fürst Maichi in jeder Generation Aryi hießen. Wenn sie alle noch lebten, könnte man sie nicht auseinander halten. Aber zum Glück leben immer nur zwei Generationen gleichzeitig. Während der Vater seinen Beruf ausübte und Menschen tötete, wuchs der Sohn heran und erlernte das Handwerk des Henkens. Der tötete, war der Alte Aryi, der lernte, der Kleine Aryi. Man kann sagen, dass die Aryis die gefürchtetsten Menschen auf der Welt sind, und die einsamsten. Manchmal hatte ich den Verdacht, dass Klein Aryi taubstumm war. Deshalb drehte ich mich nach einigen Schritten um und fragte den Henker: »Kann Ihr Sohn sprechen? Wenn nicht, bringen Sie ihm ein paar Sätze bei.«

Der Henker verbeugte sich tief vor mir.

Oben in ihrem Zimmer legte Mutter sich hin. Sie ließ die Dienerin Dolma die Opiumpfeife bringen, die der Sondergesandte Huang ihr geschenkt hatte, und eine kleine Lampe entzünden. Dann kramte sie einen lehmartigen Klumpen Opium aus ihrer Kleidung hervor, knetete ihn zu einem Ball, so groß wie eine Medizinkugel, steckte ihn auf die Pfeife, entzündete sie an der Lampe – und fiel sofort in tiefe Entspannung. Als sie nach geraumer Zeit wieder aufwachte, sagte sie: »Von nun an macht mir nichts mehr Angst«, und sie fügte hinzu: »Das Silbergerät des Sondergesandten ist nicht so schön wie das der Familie Maichi.«

Sie meinte den Silberteller für Rauchutensilien, ein Wasserkännchen und zwei, drei winzige Schürhaken, um die Pfeife zu stopfen.

»Ein Freund von mir«, beeilte Dolma sich zu sagen, »ist sehr gut, er kann Ihnen neues Gerät herstellen.«

»Dein Freund?«, fragte Mutter, »der vom Hof da unten?«

Sangye Dolma nickte und wurde rot.

Es war tiefer Herbst, und die untergehende Sonne tauchte die Welt in goldenes Licht. Je dunkler es im Zimmer wurde, desto heller glänzten die Augen der Frau des Fürsten. Ich musste an die Augen der Mäuse denken, die ich im Schuppen gesehen hatte. Ich umklammerte die Hand Dolmas, doch sie stieß meine Hand so heftig von sich, dass sie gegen meine Brust stieß. Ich schrie auf, aus Schmerz und aus Furcht vor den unstet glänzenden Augen meiner Mutter. Beide Frauen fragten besorgt: »Was hat der Junge Herr?«

Dolma nahm meinen Kopf in ihre warmen, weichen Hände.

Ich stand auf, ging mit den Händen auf dem Rücken langsam zum Fenster und sah die Sterne einen nach dem anderen am Himmel erscheinen. Mit der schwankenden Stimme des Heranwachsenden sagte ich: »Es wird dunkel, machen wir Licht.«

Die Frau des Fürsten befahl Dolma: »Es ist dunkel, mach endlich Licht!«

Ich blieb am Fenster stehen. Auch ohne mich umzudrehen, entnahm ich dem Geruch hinter meinem Rücken, dass Sangye Dolma ein Streichholz angezündet hatte. Es wurde hell. Ich drehte mich um, hielt mein Handgelenk und sagte zu Dolma: »Du kleines Trampeltier, hast mir wehgetan.«

Dolma stiegen die Tränen in die Augen, sie kniete vor mir nieder, nahm meine Hand und blies ihren duftenden Atem darüber. Es kitzelte, und ich musste kichern. Die Dienerin wandte sich an Mutter:

»Herrin, heute macht der Junge Herr seiner Position alle Ehre. Es ist nicht auszuschließen, dass er später Fürst Maichi wird.«

Ihre Worte machten mich froh, obwohl ich wusste, dass ich nie Fürst werden würde. Selbst dann nicht, wenn ich kein Idiot gewesen wäre. Mutter schien auch erfreut. Dennoch schimpfte sie: »Dummes Geschwätz!«

»Was für dummes Geschwätz?« Der Fürst trat ein.

Mutter erwiderte: »Die Kinder reden Unfug.«

Der Fürst bestand darauf, zu erfahren, was für Unfug die Kinder geredet hatten.

Mutter bekam den gleichen schmeichelnden Gesichtsausdruck, den Dolma gerade mir gegenüber gehabt hatte: »Ich sage es nur, wenn du nicht wütend wirst.«

Vater setzte sich auf das Opiumbett meiner Mutter, Hände auf den Knien: »Sprich.«

Die Frau des Fürsten wiederholte den schmeichelhaften Satz, den Dolma über mich gesagt hatte.

Der Fürst lachte laut, winkte mich heran und sagte: »Möchtest du Fürst werden, Sohn?«

Dolma winkte hinter dem Rücken des Fürsten ab, aber ich antwortete dennoch laut: »Jawohl!« So wie die Soldaten ihrem kommandierenden Offizier antworten.

»Gut. Und es war nicht deine Mutter, die dir das eingeredet hat?«

Ich schlug wie ein Soldat die Hacken zusammen: »Nein, sie verbietet mir solche Gedanken!«

Der Fürst warf seiner Frau einen scharfen Blick zu und sagte: »Ich glaube lieber einem dummen Kind, zu viele kluge Leute machen mich ganz nervös«, und zu mir gewandt: »Was du denkst, ist richtig, und dass Mutter dir verbietet, so zu denken, ist auch richtig.«

Mutter befahl Dolma, mich in mein Zimmer zu bringen: »Es ist Zeit für ihn zu schlafen.«

Während sie mich auszog, legte Dolma meine Hand auf ihre Brust, wo es heftig bebte. Sie sagte: »Junger Herr, du hast mich zu Tode erschreckt.« Sie sagte, ich Idiot habe das Glück eines Idioten gehabt. Ich sagte: »Ich bin kein Idiot, Idioten wollen nicht Fürst werden.« Sie drückte mich fest an sich. Später schlief ich mit dem Kopf zwischen ihren Brüsten ein.

In jener Zeit waren meine Träume immer weiß, und so war es auch jetzt. Eine weiße Welle kam auf mich zu, nur konnte ich nicht erkennen, ob der Ausgangspunkt eine weibliche Brust oder die Mohnfrucht war. Die weiße Welle hob mich hoch. Ich schrie auf und erwachte.

»Was ist passiert, Junger Herr?«, fragte Dolma.

»Mäuse! Mäuse!« Ich hatte tatsächlich Mäuse gesehen. Im Mondlicht, das zum Fenster hereinfiel.

Ich habe Angst vor Mäusen.

Seitdem wagte ich nicht mehr, mich allein in der Festung zu bewegen.

9

Krankheiten

Ich habe Angst vor Mäusen. Doch sie sagen, der Junge Herr sei krank. Ich bin aber nicht krank, sondern fürchte nur diese kleinen Dinger mit den leuchtenden Augen und scharfen Zähnen.

Sie bestanden jedoch darauf, dass ich krank sei. Ich konnte nichts dagegen tun. Also umklammerte ich immer, wenn Mutter kam, ganz fest Dolmas Hand. Der Verwalter ließ den kleinen Diener Sonam Tserang und den jungen Henker Aryi am Tor warten. Immer wenn ich das Haus verließ, folgten mir meine Altersgenossen auf den Fersen.

»Der Junge Herr ist noch nicht Fürst und schon gewichtiger als der«, sagte Dolma.

»Ich habe Angst«, sagte ich.

Dolma wurde ungeduldig: »Sieh einer dieses idiotische Kind an.« Dabei blickte sie unverwandt auf den Silberschmied. Der blickte vom Hof aus zu uns herauf. Als ich beobachtete, wie er sich mit dem Hammer auf die eigene Hand schlug, musste ich lachen. Ich hatte lange nicht gelacht, und nur Leute, die lange nicht gelacht haben, wissen, dass Lachen noch besser ist als eine Frau zu besitzen. Ich legte mich auf den Boden und lachte. Die Leute, die mir zusahen, sagten, der Junge Herr ist wirklich krank.

Meiner Krankheit wegen entbrannte zwischen dem Monpa-Lama und Jeeka Rinpoche ein neuer Konkurrenzkampf. Beide behaupteten, mich heilen zu können. Der Monpa-Lama las Sutras und verschrieb Medizin, wobei das größere Gewicht auf den Sutras lag und die Medikamente unterstützend wirken sollten. Es nützte nichts. Als Jeeka Rinpoche an der Reihe war, therapierte er ganz ähnlich, nur lag bei ihm das größere Gewicht auf den Medikamenten, und die Sutras sollten unterstützend wirken. Ich wollte von keinem der beiden behandelt werden – wenn ich denn überhaupt krank war. Wenn ich die Medikamente einnahm, schloss ich die Augen und konnte die Medizin durch den Mund in den Magen und zu den Gedärmen gelangen sehen. Das heißt, sie kamen nicht einmal in die Nähe meiner Furcht vor Mäusen, weil sie immer durch eine Magenwand getrennt daran vorüberglitten. Es war zu lächerlich, wie die beiden ihre Medikamente hüteten. Die rabenschwarzen Tabletten des Monpa-Lama waren sorgfältig in eine schöne Dose verpackt wie kostbare Edelsteine. Jeeka Rinpoche verabreichte Pulver, das in Papier und dann in reichlich gelben Seidenstoff eingewickelt war. Wenn seine dicken Hände Schicht um Schicht der schier endlosen Stoffbahn loswickelten, hatte ich das Gefühl, es müsse am Ende die ganze Welt zum Vorschein kommen – und dann war es doch nur graues Pulver. Der Rinpoche sprach darüber Sutras und tat, als sei es unbezahlbar. Die Stelle der Angst in meinem Bauch musste fast lachen. Als ich das Pulver schluckte, war es, als galoppiere eine Herde wilder Pferde über trockenes Land, mir war schlecht, und ich hatte einen Schleier vor den Augen.

Ich fragte die beiden Fachleute, welche Krankheit ich habe.

Der Monpa-Lama sagte: »Der Junge Herr ist mit etwas Unreinem in Berührung gekommen.« Jeeka Rinpoche war derselben Ansicht.

Es gebe zwei Sorten unreiner Dinge, sagten sie. Eine dreckige und eine böse. Ich wusste nicht, von welcher Sorte sie sprachen, und war zu faul zu fragen. Sonam Tserang ahmte die Stimmen der Ärzte perfekt nach: »Junger Herr, Sie müssen mit etwas Unreinem in Berührung gekommen sein.« Wir schütteten uns aus vor Lachen. Der zukünftige Henker lachte stumm mit. Es war mehr ein scheues Lächeln, während das Gelächter Sonam Tserangs wie Wasser plätscherte, das aus einer Schüssel geschüttet wurde. Sehen Sie, ich bin gern mit den beiden zusammen. »Ich mag euch zwei«, sagte ich, »und wünsche mir, dass ihr mein ganzes Leben lang bei mir bleibt.«

Ich sagte, ich hätte nichts Unreines berührt.

Wenn wir zusammen waren, sprach immer nur ich. Sonam Tserang hatte nichts zu sagen und schwieg deshalb. Der Kleine Aryi hatte sehr viel zu sagen, wusste aber nicht, wie er es herausbringen sollte. Menschen wie er sollten im Tempel die Schriften lernen. Aber er war nun einmal in die Henkerfamilie hineingeboren. Die beiden jungen Diener folgten mir bei meinen Streifzügen durch die herbstlichen Felder. Der Himmel wurde immer höher und blauer, während über allem der Duft des Mohns lag, als sei die ganze Welt besoffen. Plötzlich sagte ich zum Kleinen Aryi: »Nimm mich mit zu dir nach Hause.«

Der Kleine Aryi wurde blass, fiel auf die Knie und erwiderte: »Junger Herr, dort gibt es Dinge, die noch viel schlimmer sind als Mäuse!«

Da wollte ich erst recht hin. Ich bin nicht feige. Früher habe ich auch keine Angst vor Mäusen gehabt, nur Mutter weiß, wieso das jetzt anders ist. Also bestand ich darauf, zum Henker nach Hause zu gehen.

Sonam Tserang fragte den Kleinen Aryi, was es bei ihm zu Hause denn an Schrecklichem gebe.

»Folterinstrumente«, sagte er, »blutbeschmiert.«

»Und sonst?«

Er blickte sich um und sagte: »Kleidung, blutbefleckte Kleidung der Toten.«

»Geh du voran«, sagte ich.

Überraschenderweise war es im Haus des Henkers viel friedlicher als bei anderen Leuten.

Im Hof trockneten medizinische Kräuter. Die Henker waren ihrer besonderen Kenntnis des menschlichen Körpers wegen die wahren Chirurgen dieser Gegend. Die Mutter von Klein Aryi hatte die Ehe mit einem Henker nicht ertragen und war kurz nach der Geburt des Kindes gestorben. Die einzige Frau im Haus war die achtzigjährige Großmutter Klein Aryis. Nachdem ich ihr vorgestellt worden war, sagte sie: »Junger Herr, ich müsste längst gestorben sein. Aber außer mir sorgt niemand für eure beiden Henker. Männer brauchen die Fürsorge von Frauen, ich darf nicht sterben.«

Klein Aryi erklärte ihr, der Junge Herr sei nicht gekommen, um ihr Leben zu fordern.

Sie erwiderte, die Herrscher kämen nie ohne Grund zu ihren Dienern. Und obwohl ihre Augen nicht mehr sehr gut waren, polierte sie eine kupferne Teekanne, bis sie glänzte.

Als Erstes besichtigten wir die Folterinstrumente. Da waren zunächst die Peitschen, solche aus unbearbeitetem und lohgarem Leder, aus Rotang, mit eingewobenen Goldfasern und so weiter. Alles Geräte, die die Fürsten Maichi über Generationen den Henkern überreicht hatten. Dann gab es da Messer in jeder Größe und Form, nicht aus ästhetischen Gründen, sondern passend zu der Größe und den Körperteilen der Menschen, an denen sie zur Anwendung kommen sollten. Breite, dünne waren besonders geeignet für den Hals eines Delinquenten. Mit dem schmalen, langen ließen sich leicht die Rippen durchstoßen, um an die dampfenden Organe darunter zu gelangen, während ein Messer, das krummer war als eine Mondsichel, für das Knie bestimmt war. Dann gab es da noch alle möglichen anderen Instrumente: den Löffel, um die Augen auszuhöhlen, oder eine Zahnklammer, die eigentlich von Zahnschmerzen befreien sollte, mit der ein Mensch aber auch alle Zähne auf einmal verlieren konnte. Geräte dieser Art füllten einen ganzen Raum.

Sonam Tserang gefielen sie. Er sagte zu Klein Aryi: »Das ist toll, ihr könnt umbringen, wen immer ihr wollt.«

»Es fällt schwer, Leute umzubringen«, erwiderte Klein Aryi, »denn sie haben zwar gegen das Gesetz verstoßen, sind aber keine Feinde des Henkers«, und an mich gewandt fügte er leise hinzu: »Außerdem sind unter den Hingerichteten immer auch Unschuldige.«

»Woher weißt du das?«, fragte ich.

Der zukünftige Henker von Fürst Maichi antwortete: »Ich weiß es nicht, ich habe noch niemanden getötet. Aber meine Vorgänger sagen es.« Er wies nach oben: »An den Kleidungsstücken soll man es sehen.«

Die Kleidung der Toten befand sich in der eigens dafür angebauten Dachstube. Als wir am Fuß der hölzernen Stiege standen, die zur Dachkammer hinaufführte, wurde Klein Aryi noch blasser: »Gehen wir lieber nicht hinauf, Junger Herr.« Ich fürchtete mich ebenfalls und nickte zustimmend. Doch Sonam Tserang rief: »Junger Herr! Hast du Angst oder bist du blöd? Wenn wir vor der Tür umdrehen und doch nicht hineingehen, spiele ich nicht mehr mit dir!«

Er hält mich für dumm, aber wie blöd ist er erst! Meint er wirklich, es liege an ihm, ob er mit mir spielt oder nicht? Ich wandte mich an ihn: »Das werde ich mir merken. Und du merk dir, dass du nicht mit mir spielst, sondern mein Diener bist.« Ich freute mich, wie ihm der Mund offen stehen blieb. Klein Aryi stand wie erstarrt neben mir.

Ich verzog das Gesicht, und Klein Aryi kletterte die Stiege empor. Sie führte zu einer Tür, die mit einer Beschwörungsformel des Lama gesichert war. Die Schrift war mit Goldstaub bestreut, der in der Sonne glitzerte. Ich krabbelte hinter Klein Aryi her, bis mein Kopf seine Füße berührte. Er drehte sich um und stellte fest: »Da sind wir. Sollen wir die Tür wirklich öffnen?« Er sagte, vielleicht seien dahinter tatsächlich die Geister Unschuldiger, die entwischen könnten. Unten schimpfte Sonam Tserang, wenn Klein Aryi so weiterrede, führe er selbst sich wie ein Geist auf. Als ich genauer hinsah, hatte ich das Gefühl, Sonam Tserang könnte Recht haben, denn Klein Aryi wirkte tatsächlich wie ein Geist. Jetzt sagte er: »Ich habe keine Angst, sondern fürchte nur, dass dem Jungen Herrn etwas zustoßen könnte.«

Einer von meinen beiden Dienern war mutig, der andere nicht. Der Mutige war hochnäsig, derjenige, der sich mehr um mich sorgte, ein wenig feige. Was blieb mir übrig, als sie beide zu mögen? Das Haus des Henkers lag auf einem Hügel, etwas unterhalb der Festung des Fürsten, doch über den anderen Häusern. Von der Treppe aus konnte ich die weiten Felder überblicken, und da wir Herbst hatten, sah ich Tauben in der Luft kreisen. Wir waren höher als sie. Der Fluss verlor sich in der Ferne.

»Öffnen!«, sagte ich.

Klein Aryi nahm das Schloss an der Tür ab. Ich hörte Sonam Tserang und mich selbst scharf einatmen. Nur Klein Aryi war so ruhig wie zuvor und flüsterte: »Ich habe das Schloss geöffnet.« Die Tür ging quietschend auf, als er sie berührte. Ein kalter Windhauch schlug uns entgegen, und ich, Klein Aryi und Sonam Tserang erschauerten. Wir gingen hinein und blieben in dem Sonnenschein stehen, der durch die geöffnete Tür hereinfiel. Die Kleidungsstücke hingen reglos über waagrechten Stangen aus Zypressenholz – als schliefen dort Menschen im Stehen. Am Hals hatten sie Blutflecken, die bereits eingedunkelt waren. Es war gute Kleidung. Feiertagskleidung. Todeskandidaten pflegen sich herauszuputzen und lassen die gute Kleidung dann blutbefleckt unter den Lebenden zurück. In Erwartung eines eingetrockneten Gesichts schlug ich eine mit Otterfell besetzte Jacke auf, doch mir schimmerte nur feines Satinfutter entgegen. Auch als der mutige Sonam Tserang eins der Kleidungsstücke zur Seite zog, geschah nichts.

Es enttäuschte uns, nichts Außergewöhnlichem begegnet zu sein.

Auf dem Heimweg sahen wir eine menschliche Gestalt auf den Bergen im Osten. Dann erschien im Westen ebenfalls jemand. Meine beiden Diener wollten abwarten und sehen, wer da käme. Sie wussten, dass jeder, der hier vorübergehen wollte, durch die Festung musste. Reiche zahlten dafür Geld, Ärmere gaben Geschenke ab, und gänzlich Mittellose sagten zumindest Dinge, die den Fürst zufrieden stellten.

In der oberen Etage angekommen, reichte Dolma mir Tee, und ich bat sie, meinen beiden Dienern auch etwas einzugießen. Dolma funkelte mich wütend an: »Ich soll Dienern Tee servieren?« Ich beachtete sie nicht, und so musste sie den beiden Tassen hinstellen und Tee eingießen. Ich hörte sie mit den beiden schimpfen: »Ungehöriges Volk, ihr wagt es, mit dem Jungen Herrn zusammen Tee zu trinken? Los, stellt euch an die Tür und trinkt ihn dort!«

In diesem Augenblick bellte draußen der Wachhund.

Dolma sagte: »Ein Fremder.«

»Da kommt dein Bräutigam«, sagte ich.

Sie vergrub den Kopf in ihren Händen.

»Leider nicht der Silberschmied«, fügte ich hinzu.

Jetzt hätte ich gern ihren Gesichtsausdruck gesehen, aber in diesem Augenblick ertönte unten lautes Rufen, mit dem Besuch angekündigt wurde. Ich beugte mich über das Geländer, die beiden Diener links und rechts hinter mir. An diesem Tag trug ich ein Brokatgewand mit aufgesticktem, kreisförmigem Blumenmuster, dazu einen hellroten Gürtel, und die Schwertscheide zierten drei große Türkis- und

Korallenstücke. Der Gast hob den Kopf, sah mich und winkte mir zu. Nacheinander kamen die Mitglieder der Familie Maichi aus ihren Zimmern, erst Vater, dann mein Bruder, dann Mutter. Bei uns war eine Begrüßung dieser Art unüblich, aber da ich wusste, dass er mich grüßte, winkte ich zurück.

Als der Gast die Treppe heraufkam, erwartete ihn schon die ganze Familie.

Der Gast trat ein.

Ich hatte das Gefühl, ein Ungeheuer zu sehen. Der Mensch trug zwar das weite Gewand der Tibeter, doch hatte er blaue Augen, und als er die Mütze abnahm, kamen blonde Haare zum Vorschein. Er war auf dem Weg ins Schwitzen geraten und roch unangenehm. Ich fragte meinen Bruder, ob das ein Ungeheuer sei. »Ein Westler«, flüsterte er mir ins Ohr.

»Dann ist unsere Schwester in einem Land mit solchen Leuten?«

»So etwa.«

Der Mann sprach zwar unsere Sprache, doch es hörte sich trotzdem sehr merkwürdig an. Er saß da und redete und redete, bis Familie Maichi endlich begriffen hatte, dass er in einem seetüchtigen Haus aus England hergekommen war. Dann holte er eine Schlaguhr aus der Tasche, die sein Esel getragen hatte, und überreichte sie Fürst Maichi als Geschenk. Unser Haus stand bis oben voll mit solchen Dingen, aber dieses Stück mit den Emaille-Arbeiten darauf war besonders schön.

Der Mann hatte einen angenehmen Namen: Charles.

Der Fürst nickte: »Er ist unseren Namen ähnlicher als die der Chinesen.«

Der Erste Junge Herr fragte Charles: »Wo wollen Sie hin, wenn Sie unser Territorium durchquert haben?«

Charles zwinkerte mit seinen blauen Augen: »Mein Ziel ist das Gebiet von Fürst Maichi.«

»Was bringen Sie uns Gutes?«, fragte der Fürst.

»Ich folge einem Beschluss Gottes und bringe Ihnen die Frohe Botschaft.«

Dann diskutierten der Fürst und Charles, ob Gott in dieser Gegend eine Chance habe. Der Missionar war voll Vertrauen. Doch Fürst Maichi hegte Zweifel. Er fragte, ob sein Gott Buddha sei.

Charles verneinte, doch wie Buddha bringe sein Gott den leidenden Kreaturen Wohlergehen.

Der Fürst hielt die Unterschiede für geringfügig. Es war wie in den Disputen zwischen dem Monpa-Lama und dem Jeeka Rinpoche, wenn sie ihr Wissen maßen: Sie stritten über die Frage, wie groß das Blatt eines Bodhi-Baumes im Reinen Land des Amitabha-Buddha sei, wie viele erleuchtete Buddhas darauf Platz fänden, und dergleichen mehr. Den Fürsten machten die Dispute der Lamas nicht glücklich, und das weniger weil er ihre Spitzfindigkeiten langweilig fand, sondern weil die Argumentation ihn selbst ungebildet erscheinen ließ. Vater sagte zu dem blonden, blauäugigen Charles: »Sie sind unser Gast und werden zunächst bei uns wohnen.«

Der Duft der indischen Räucherstäbchen, der den Modergeruch aus dem Gästezimmer vertreiben sollte, drang von draußen herein.

Mutter klatschte in die Hände, und der Verwalter humpelte herein, um dem Gast sein Zimmer zu zeigen. Als man sich zerstreuen wollte, sagte ich: »Es gibt noch einen Gast. Er ist nicht mit einem Esel gekommen. Sondern mit einem Maultier.«

Wieder bellten die Wachhunde wie verrückt.

Vater, Mutter und mein Bruder sahen mich mit einem ganz besonderen Blick an. Aber ich ignorierte das Stechen von unzähligen Nadeln, das ich daraufhin am ganzen Körper spürte, und sagte: »Seht, da kommt er.«

10

Die neue Gelugpa-Sekte

Der zweite unangemeldete Gast war ein Lama. Geschickt warf er die Zügel seines Tieres über den dafür vorgesehenen Pflock und lief leichtfüßig die Treppe herauf, sodass seine purpurne Robe wie eine

Fahne im Wind flatterte. Dabei regte sich zurzeit kein Lüftchen. Obwohl alle Zimmertüren im fünften Stock vollkommen identisch aussahen, stieß er diejenige auf, hinter der er erwartet wurde.

Vor uns erschien ein junges, aufgeregtes Gesicht.

Auf der Nasenspitze standen ihm winzige Schweißperlen. Sein Atem ging ein wenig schwer wie der eines Pferdes, das gerade einen Galopp hinter sich hat. Es war offensichtlich, dass alle im Raum sein Gesicht sofort mochten. Ohne Gruß platzte er heraus: »Diesen Ort habe ich gesucht, ja, dies hier ist genau das, was ich suche!«

Der Fürst erhob sich: »Sie kommen von weit her, das sehe ich an Ihren Stiefeln.«

Nun erst verbeugte der Gast sich vor dem Fürst, um ihn zu begrüßen: »Aus der Heiligen Stadt Lhasa.«

Er war ein warmherziger, fröhlicher Mensch: »Geben Sie einem Geistlichen eine Tasse Tee, heißen Tee, auf dem Weg habe ich immer Quellwasser getrunken. Über ein Jahr habe ich nach diesem Ort gesucht. Ich habe so viel Quellwasser getrunken, süßes, bitteres, salziges, nie hat jemand so viel Quellwasser gekostet wie ich.«

Der Fürst unterbrach den Redeschwall: »Sie haben uns Ihren ehrenwerten Namen noch nicht verraten.«

Der Besucher schlug sich mit der flachen Hand vor den Kopf: »Da freue ich mich so sehr, dass ich das vollkommen vergessen habe!« Dann sagte er, er heiße Wangpo Yeshi, das sei ein buddhistischer Name, den sein Lehrer ihm gegeben habe, als er, der Schüler, den Grad des Geshe erreichte.

Mein Bruder sagte: »Sie sind Geshe? Wir haben noch keinen Geshe hier.« Geshe ist der höchste Grad, den ein Mönch erreichen kann, manche sagen, er entspreche dem Doktortitel.

»Seht nur, noch ein gebildeter Mensch bei uns«, sagte der Fürst. »Sie sollten hierbleiben, entweder bei mir im Haus oder im Tempel, ganz wie Sie wünschen.«

Wangpo Yeshi sagte: »Ich möchte hier eine neue Sekte gründen, die Gelugpa-Sekte des ehrenwerten Gründers Tsongkhapa. Sie soll üble Sekten ersetzen, die die religiöse Disziplin vernachlässigen und der Ketzerei verfallen.«

»Von welchen Sekten sprechen Sie?«, wollte der Fürst wissen.

»Die Nyingmapa, die unter Ihrem Schutz stehen«, erwiderte Wangpo Yeshi, »und all die Sekten, die an Zauberei glauben.«

Wieder unterbrach der Fürst ihn und rief den Verwalter: »Bereite den Raum unseres Gastes mit Räucherstäbchen vor.«

Da befahl der Gast ihm vor unser aller Augen: »Lass jemanden mein Maultier füttern. Vielleicht braucht dein Herr es noch, um eine wertvolle frohe Botschaft aus seinem Territorium hinauszuschaffen.«

»So einen überheblichen Lama haben wir überhaupt noch nicht erlebt«, sagte Mutter.

»Ihr Maichis seid noch keine Gönner unserer wunderbaren Sekte, nicht wahr?«, fragte der Lama und zog sich gelassen zurück.

Ich mochte den Mann.

Aber Vater wusste nicht, was er mit diesem Wangpo Yeshi aus der Heiligen Stadt tun sollte.

Als er erschien, war der Monpa-Lama sofort in den Tempel zu Jeeka Rinpoche gegangen. Der Fürst sagte, dieser Wangpo Yeshi müsse tatsächlich etwas Besonderes sein, wenn er es schaffe, Feinde zueinander zu bringen. Daher ließ er nach ihm rufen. Als Wangpo Yeshi kam, legte der Fürst ein kunstvoll gearbeitetes, exquisites Kissen vor ihn hin: »Eigentlich wollte ich Ihnen, nachdem ich die zerrissenen Stiefel gesehen hatte, Schuhe zum Geschenk machen. Aber nun überreiche ich Ihnen doch ein Kissen.«

Wangpo Yeshi erwiderte: »Ich beglückwünsche Fürst Maichi. Sobald Sie Beziehungen zur Heiligen Stadt aufgenommen haben, wird Ihre Familie zu Grundfesten für Generationen werden.«

»Einen leichten Wein werden Sie nicht ausschlagen können«, sagte Vater.

»Doch, das tue ich.«

Vater sagte: »Unsere Lamas lehnen ihn nie ab.«

Die Stirn von Wangpo Yeshi glänzte, als er erwiderte: »Darum bedarf diese Welt dringend unserer neuen Sekte.«

So kam es, dass Wangpo Yeshi bei uns einzog. Der Fürst räumte ihm zwar keine Sonderrechte ein, ließ ihn aber frei lehren. Wangpo Yeshi hatte gehofft, der Fürst werde die alten Sekten davonjagen und ihm großzügig Gläubige zuführen und Land zur Verfügung stellen.

Der fanatische Lama erinnerte sich dabei an seinen eigenen Meister und dachte an seinen Traum von vielen Bekehrungen in einer neuen Gegend.

Allgemein gilt, dass ein Lama einer neuen wie einer alten Sekte, bevor er ein neues Gebiet missioniert, einen entsprechenden Traum haben muss. Wangpo Yeshi hatte nicht lange nach seiner Erlangung des Geshe-Grades einen solchen Traum gehabt. In einer kleinen Mönchsklause im Lössgebiet hatte er ein Tal gesehen, das sich nach Südosten öffnete. Das Tal war wie eine Muschel geformt, und das Strömen des Flusses glich dem rhythmischen Gesang der Mönche, wenn sie Sutras lasen. Er suchte Rat bei seinem Meister. Der Meister, ein politisch interessierter Mensch, hatte gerade Besuch von einem englischen Major. Als er von dem Traum hörte, sagte er: »Du sollst in die fruchtbare Gegend nahe dem Gebiet der Chinesen gehen. Dort sind die Täler und die Herzen der Menschen nach Südosten ausgerichtet.« Wangpo Yeshi kniete nieder und gelobte, in einem solchen Tal viele Tempel seiner Sekte zu errichten. Der Meister gab ihm neun Bücher mit Schriften der Sekte. Als der Engländer hörte, dass er in das Grenzgebiet der Chinesen wolle, um den Glauben zu verbreiten, schenkte er ihm ein Maultier und betonte, es sei ein englisches Maultier. Wangpo Yeshi wusste nicht, ob ein Maultier unbedingt aus England kommen müsse. Aber unterwegs merkte er, dass es ein gutes Maultier war.

»Such dir deine Jünger selbst«, sagte der Fürst.

Wer könnte sein erster Schüler sein? Von den vier Menschen vor ihm schien der Fürst ungeeignet, die Frau des Fürsten wirkte geistesabwesend, dem jüngeren Sohn stand der Mund auf, entweder weil er sich konzentrierte oder weil er blöd war. Nur der ältere Sohn lächelte ihn an. Eines Tages, als mein großer Bruder ausreiten wollte, griff Wangpo Yeshi ihm in die Zügel und sagte zum zukünftigen Fürsten: »In dich setze ich meine Hoffnung. Du bist wie ich von morgen.«

»Sprechen Sie nicht so mit mir«, kam unerwartet die Antwort, »ich glaube nicht an diese Sachen. Weder die von Ihrer noch die einer anderen Sekte.«

Wangpo Yeshi erschrak. Es war das erste Mal in seinem Leben, dass er jemanden mutig sagen hörte, er glaube nicht an die ehrwürdige Lehre Buddhas.

Der Erste Junge Herr saß auf und galoppierte davon.

Nun fiel Wangpo Yeshi auch auf, dass etwas mit der Luft hier nicht stimmte. Ihm stieg der Geruch des Opiums in die Nase, der Schwindel und Benommenheit bereitete – schlimmer als eine teuflische Verführung. Er begann zu verstehen, an was für einen Ort sein Traum ihn geführt hatte. Und bevor er etwas erreicht hatte, konnte er nicht in die Heilige Stadt zurückkehren.

Er seufzte tief und lang, wie es nur Menschen tun, die geübt in Yoga sind.

Wangpo Yeshi hatte nicht bemerkt, dass der Monpa-Lama hinter ihn getreten war, sonst hätte er nicht so tief geseufzt. Der Monpa-Lama lachte laut. Der andere erkannte es sofort als das Lachen eines Mönchs. Er hörte, dass der Monpa-Lama seine innere Stärke demonstrieren wollte, doch im nächsten Atemzug schon war seine Schwäche erkennbar.

»Ich hörte, dass jemand von einer neuen Sekte gekommen sei«, sagte der Monpa-Lama, »und wollte Sie treffen – und nun laufen wir uns hier über den Weg.«

Wangpo Yeshi zitierte einen Klassiker.

Der Monpa-Lama tat dasselbe.

Das erste Zitat bedeutete, jemanden treffen zu wollen, heiße, sich in der Kraft der buddhistischen Lehre messen zu wollen.

Das zweite Zitat bedeutete, wenn alle Kompromisse machten, könnten sie friedlich zusammenleben.

Da sie also nicht auf einen Nenner kamen, wandten sie einander den Rücken zu und gingen beide ihres Weges.

Tags darauf steckte Wangpo Yeshi den Schlüssel des Gästezimmers ein und ging aufs Land hinaus, um zu lehren.

Derweil erzählte Charles der Frau des Fürsten in ihrem Zimmer die Geschichte von jemandem, der in einer Futterkrippe geboren worden sei. Da ich ab und zu hineinging und ein paar Sätze aufschnappte, bekam ich mit, dass der Mensch keinen Vater hatte. »Wie bei Sonam Tserang«, sagte ich. Mutter spuckte mich an.

Eines Tages kam Dolma weinend aus dem Zimmer heraus, und als ich sie fragte, wer sie geärgert habe, stotterte sie: »Er ist tot, die Römer haben ihn getötet.«

Als ich hineinging, wischte auch Mutter sich mit einem Seidentuch die Augen trocken. Charles trug eine siegreiche Miene zur Schau. Auf der Fensterbank lag ein Porträt. Es zeigte einen Menschen ohne Kleidung, man konnte seine hervorstehenden Rippen zählen. Der muss aus der Geschichte sein, die die beiden Frauen zum Weinen gebracht hat, dachte ich. Er war wie ein Schuldiger aufgehängt, durch seine Hände hatte man Nägel geschlagen, sodass Blut heruntertropfte. Ich vermutete, dass er inzwischen fast alles Blut verloren hatte, denn sein Kopf hing ihm so tief auf die Brust, als sei sein Genick gebrochen. Ich musste lachen.

»Herr, er ist unwissend, nicht respektlos«, sagte Charles. »Sei diesem Ahnungslosen gnädig. Ich werde ihn zu deinem Lamm machen.«

»Ich fragte: »Wer ist es, der da blutet?«

»Mein Herr Jesus.«

»Was tut er?«

»Er trägt die Not der Menschen und erlöst sie von allem Leid.«

»Was kann dieser arme Mann denn noch groß für andere tun?«

Charles hob die Schultern und schwieg.

Er hatte die Erlaubnis des Fürsten, in den Bergen und auf den Feldern Steine zu suchen. Er erzählte, dass Wangpo Yeshi in einer Höhle in den Bergen lebe, seine Lehre der Harmonie und strenge Gebote verkünde. Charles sagte: »Ich denke, er ist ein guter Mönch. Aber ihr könnt gute Dinge einfach nicht annehmen. Darum überrascht es mich nicht, dass ihr ihn beleidigt und auslacht. Und darum auch bin ich schon zufrieden, wenn ihr mich Steine sammeln lasst.«

Er trug immer mehr davon zusammen.

Der Monpa-Lama sagte zum Fürsten: »Dieser Mann wird noch all unsere Schätze aus den Bergen wegnehmen.«

»Wenn Sie wissen, wo die Schätze sind«, sagte der Fürst, »dann bewachen Sie sie. Wenn Sie es nicht wissen, machen Sie mich nicht verrückt, indem Sie darüber sprechen.«

Der Monpa-Lama schwieg.

Als der Fürst das Jeeka Rinpoche erzählte, meinte der: »Das sind die Worte eines Hexenmeisters. Er versteht nichts von diesen Dingen.«

Der Fürst erwiderte: »Dann verlasse ich mich doch lieber auf eine nicht zu altmodische, aber auch nicht zu neuartige Sekte wie die Ihre.«

So ganz glaubte der Rinpoche dem Fürsten nicht und sagte leise: »Hauptsache, Sie meinen auch, was Sie sagen.«

Als der erste Schnee fiel, wollte Charles sich auf den Weg machen. Wangpo Yeshi und er waren inzwischen Freunde geworden, und so tauschte er seinen Esel gegen das kräftige Maultier des anderen. Er hatte wieder und wieder unter den Steinen aus den Bergen ausgewählt, packte die schönsten in seine rindslederne Tasche und diese dem Tier auf den Rücken. Der trockene Schnee glich Pulver oder Sand. Charles blickte in die Richtung der Berge, dorthin, wo Wangpo Yeshi in einer Höhle wohnte, und sagte: »Mein Freund konnte sein eigenes großes Tier nicht ernähren, aber ich wünsche ihm, dass er sich und den braven Esel durchbringen kann.«

»Du hast nur mit ihm getauscht, weil der Esel die Steine nicht hätte tragen können«, sagte ich.

Charles lachte: »Der Junge Herr ist ein interessanter Mensch, ich mag dich.«

Er umarmte mich, und ich roch den strengen Viehgeruch an ihm. Er flüsterte mir noch etwas ins Ohr: »Wenn du Fürst wirst, werden wir gute Freunde sein.« Seine blauen Augen lachten. Ich dachte, er sieht nicht, dass ich ein Idiot bin. Und niemand hat es ihm bisher gesagt.

Zum Fürsten sagte Charles beim Abschied: »Ich denke, Sie sollten einen so treuen Menschen nicht zu sehr leiden lassen, das Schicksal wird es Ihnen vergelten.«

Dann streifte er Handschuhe über, klopfte dem Maultier aufs Hinterteil und ritt in den leise fallenden Schnee hinein. Seine hohe Gestalt war unseren Blicken längst entschwunden, als auch das Hufgetrappel allmählich leiser wurde und verstummte. Alle seufzten tief auf, als sei eine schwere Last von ihnen genommen.

Sie sagten, der Sonderbotschafter sollte kommen, am besten, bevor die Berge zugeschneit seien.

Ich aber dachte an Wangpo Yeshi. Plötzlich fand ich den missionierenden Mönch, dessen Lehre niemand hören wollte, faszinierend.

Ganz allein, nur der grasende Esel neben der Berghöhle und der tanzende Schnee davor wie ein malerischer Vorhang. In diesem Augenblick erfüllte mich das Hochgefühl, von der ganzen Welt verlassen zu sein.

11

Silber

Was Silber angeht, so denken Sie nur nicht, dass wir es nur als Geld wertschätzen.

Wer glaubt, dass unsere Liebe zum Silber allein unserer Liebe zu Reichtum entspringt, wird uns nie verstehen. So wenig wie Charles verstanden hat, dass wir seine Religion zurückgewiesen haben. Und dem es einfach unverständlich war, dass wir auch die Lehre des Wangpo Yeshi nicht annahmen. Er fragte: »Wieso zieht ihr eine schlechte Religion einer guten vor? Wenn ihr den Ausländern aus dem Westen genauso wenig vertraut wie die Chinesen, ist die Lehre des Wangpo Yeshi dann nicht genau das Richtige? Ist das nicht die Lehre eures geistigen Führers, des Dalai-Lama?«

Aber sprechen wir lieber vom Silber.

Unser Volk beherrscht schon lange den Abbau von Edelmetallen. Gold und Silber beispielsweise. Das Gelb des Goldes gehört zur Religion – denken Sie an den Goldstaub auf dem Gesicht einer Buddhastatue oder an das seidene Hemd, das ein Mönch unter seiner Robe trägt. Obwohl Gold wertvoller ist als Silber, ziehen wir Silber dem Gold vor. Weißes Silber. Fragen Sie jedoch einen Fürsten nie, ob ein offizielles Mitglied seiner Familie Silber ganz besonders liebe. Wer so eine Frage stellt, wird nicht nur keine Antwort bekommen, die anderen werden sich in Zukunft auch vor ihm in Acht nehmen. Die passende Antwort wäre, wir lieben unser Volk und unser Land.

Ein Vorfahr aus meiner Familie war Gelegenheitsschriftsteller. Er hat einst gesagt, um Herrscher oder König zu werden, müsse man entweder der intelligenteste Mensch der Welt sein – oder ein Idiot. Ich fand diese Ansicht sehr interessant. Denn ich war ein anerkannter Idiot, während mein großer Bruder von klein auf von Lehrern unterrichtet wurde. Er musste ein kluger Mann werden, um nach Vater der neue Fürst Maichi zu werden. Bis heute genieße ich den Vorteil, allgemein für einen Idioten gehalten zu werden. Mein Bruder war immer gut zu mir. Denn er musste sich nicht wie andere Brüder früherer Generationen wegen seiner zukünftigen Rechte vor mir hüten.

Mein Bruder liebt mich, weil ich ein Idiot bin.

Ich liebe ihn, weil ich ein Idiot bin.

Auch Vater sagte, ihm sei in dieser Frage viel Ärger erspart geblieben, unter dem seine Vorgänger zu leiden hatten. Um seinen Bruder, meinen Onkel, den ich nie gesehen habe, zu besänftigen, hatte er große Mengen Silbergeld aufwenden müssen. Er meinte oft: »Meine Söhne werden mir keinen Ärger machen.«

Immer wenn er das sagte, blickte meine Mutter unglücklich drein. Sie wusste zwar, dass ich ein Idiot war, barg jedoch immer auch eine winzige Hoffnung im Herzen, eine Hoffnung wie ein Stachel. Ich glaube, ich sagte bereits, dass mein Vater besoffen war, als er mich zeugte. Der Vorfahr, der über die Kunst des Herrschens geschrieben hatte, war nicht darauf gekommen, dass man auf diese Weise Machtstreitigkeiten in der nächsten Generation verhindern konnte.

An diesem Tag sagte Vater es nochmals.

Mutter bekam wieder ihren gequälten Gesichtsausdruck. Sie strich mir über den Kopf und sagte zum Fürsten: »Der Sohn, den ich dir geboren habe, bereitet dir keine schlaflosen Nächte. Aber wie ist es mit dem Kind der anderen Frau?« Es stimmte, bei uns in der Festung trug Yangzom, die dritte Frau, das Kind des Fürsten. Es gab niemanden, der Yangzom nicht für ein Unglück hielt, hatte sie doch schon einen Mann auf dem Gewissen, und es blieb abzuwarten, wer der Nächste sein würde. Doch nun schädigte sie niemanden mehr, und die Leute bedauerten sie, als der Fürst die Vertraulichkeiten mit ihr einstellte. Sie sei nicht eigentlich böse, es sei vielmehr dem Schicksal zuzuschreiben, dass sie so tief gefallen sei. Nachdem Yangzom sich ein paar Mal übergeben hatte, sagte sie zum Verwalter, sie trage das Kind des Herrn und wolle ihm einen kleinen Fürsten schenken. Zu diesem Zeitpunkt kam der Fürst schon lange nicht mehr zu ihr. Die dritte Frau hatte das Kind in seinem Zimmer empfangen. Die Leute sagten, aus einer so verrückten Liebe, die die beiden fast zu Asche verbrannt hatte, kann nur ein Irrer hervorgehen. Diese Gerüchte nahmen zu, und aus Angst um ihr Kind verließ Yangzom schließlich das Haus nicht mehr.

Nun wird es Zeit, vom Silber zu reden.

Doch müssen wir zunächst über unsere weißen Träume sprechen.

Vor vielen Jahren – wie viele genau, das weiß kein Mensch mehr –, vor mindestens tausend Jahren kamen unsere Vorfahren aus dem fernen Tibet hierher und stießen auf den erbitterten Widerstand der Einheimischen. Die Legende beschreibt diese Leute als geschickt wie Affen und Furcht einflößend wie Leoparden. Außerdem waren sie uns zahlenmäßig weit überlegen. Trotzdem wollten wir die Herrschaft übernehmen, und dazu mussten wir sie zuerst besiegen. Einer meiner Vorfahren hatte einen Traum. Darin forderte ein alter Mann mit silbrigem Bart uns auf, am darauf folgenden Tag Waffen aus Quarzsteinen zu fertigen. Zur gleichen Zeit forderte der silberbärtige alte Mann die widerspenstigen Einwohner auf, uns mit Schneebällen abzuwehren. So errangen wir den Sieg und wurden die Herrscher. Der Mann, dem der alte Mann im Traum erschienen war, wurde unser erster »Gyalpo«, der erste König der Maichis.

Nachdem das tibetische Königreich zusammengebrochen war, vergaßen alle Adligen, die hierher gekommen waren, dass Tibet unsere Heimat war. Ja, wir vergaßen sogar die Sprache unserer Heimat. Was wir jetzt kauderwelschen, ist die Sprache der früheren Bewohner. Natürlich sind Spuren unserer eigenen Sprache darin nicht zu übersehen, aber sie sind gering. Wir waren immer noch Herrscher über unser Territorium und trugen den Fürstentitel, der uns von der Herrscherdynastie der Mittleren Ebenen verliehen worden war.

Quarz hatte eine weitere, ebenfalls sehr wichtige Funktion: Männer trugen ihn zusammen mit einem sichelförmigen, scharfen Stück Metall und etwas Binsengras bei sich, um damit Feuer zu machen. Es gab mir immer ein gutes Gefühl, graues Metall auf weißen Quarz treffen zu sehen. Wenn die Funken sprühten, fühlte ich mich wie weiches Binsengras, bereit, fröhlich in Flammen aufzugehen. Manchmal denke ich, wäre ich der erste Maichi, der die Geburt von Feuer sieht, wäre ich ein großartiger Mann. Nun bin ich natürlich nicht dieser Maichi, also bin ich auch kein großartiger Mann, also ist mein ganzer Gedankengang der eines Idioten. Ich möchte gern wissen, ob ich der blödeste Mensch bin, seit es auf dieser Erde das Geschlecht der Maichis gibt? Sagen Sie nichts, ich weiß es auch so. Ich sage nichts weiter dazu, obwohl ich weiß, dass ich ein Nachfahr des Feuers bin. Warum sonst wäre mir der Anblick von Feuer jedes Mal so vertraut, als sähe ich meinen Großvater und den Großvater meines Großvaters? Als ich diesen Gedanken äußerte, lachten sie alle, Vater, Bruder, der Verwalter, ja sogar die Dienerin Sangye Dolma. Mutter war wütend, lachte aber trotzdem.

Dolma erinnerte mich: »Der Junge Herr sollte in die Heilige Halle zu den Wandbildern gehen.«

Natürlich wusste ich von den Bildern in der Heiligen Halle. Sie erzählten allen Maichi-Fürsten, dass wir vom Wind und von den riesigen Eiern des Roch-Vogels herkommen. Die Bilder erzählen, zu einer Zeit, da es im Himmel und auf der Erde nichts gab, heulte der Wind. Als es nichts gab, erschien ein Gott im Wind, sagte: »Ha!«, und der Wind blies eine Welt hervor, die sich inmitten der Leere um sich selbst drehte. Beim nächsten »Ha!« des Gottes entstanden neue Dinge. Keine Ahnung, was das ewige »Ha!« sollte. Beim letzten »Ha!« kamen aus den riesigen Eiern, die der Roch im Himmel gelegt hatte, neun Fürsten. Sie hielten zusammen und waren durch Heirat miteinander verwandt. Des Landes und des Volkes wegen trennte sie zugleich tiefe Feindschaft. Obwohl die Fürsten sich als Könige bezeichneten, mussten sie vor den großen Herren in Lhasa und Peking niederknien.

Richtig, ich habe noch nicht vom Silber gesprochen.

Dabei dachte ich, ich hätte es schon getan. Silber hat ungefähr den gleichen Nutzen wie Gold und ist wie dieses allgemein beliebt. Da es uns außerdem das Glück verheißende Weiß gebracht hat, mögen wir es ganz besonders. Damit haben wir schon zwei Gründe. Aber fügen wir noch einen dritten hinzu. Silber kann zu allen möglichen Dingen verarbeitet werden. Kleinen wie Ringen, Armbändern, Ohrringen, Messerscheiden, Melkhilfen, Fingerhüten und Zahnklammern. Oder größeren wie Gürteln, Einbänden für Heilige Schriften, Zubehör zum Pferdesattel, Essbestecken, Kultgeräten für Zeremonien in Tempeln und so weiter.

Im Gebiet der Fürsten gab es nicht viel Silbervorkommen, und auf dem Gebiet der Familie Maichi gar keine. Im Fluss war nur ein bisschen Gold zu finden. Der Fürst stellte Leute ab, es aus dem Sand zu waschen, und tauschte das meiste davon in Silber um, das er kistenweise in ein unterirdisches Verlies einschließen ließ. Den Schlüssel zu dem Verlies legte er in einen Schrank mit mehreren Etagen, den Schlüssel zu diesem Schrank trug er selbst am Gürtel. Der Lama hatte Sutras über ihm gelesen, sodass der Schlüssel mit einer bestimmten Stelle seines Körpers verbunden war und es dort zu jucken begann, sobald der Schlüssel nicht mehr an der Hüfte baumelte.

Einer der Gründe dafür, dass der Fürst Jeeka Rinpoche nicht mehr empfing, lag darin, dass der Rinpoche sagte, da er nun so viel Silber habe, solle der Fürst im Fluss nicht mehr nach Gold suchen lassen und so das Fengshui zerstören. Er sagte, Reichtümer im Haus zu haben, zähle nichts, in der Erde erst besitze man sie wirklich. Wenn es sie in der Erde gäbe, sei das Fengshui gut, der Fürst stehe auf festem Grund, und das Land werde zum kostbaren Gut für kommende Generationen. Aber der Fürst schenkte seinen Worten keine Beachtung. Je mehr Silber wir in der Festung hatten, umso intensiver wurde der süßliche Geruch, der von dem jahrelang eingelagerten Silber herrührte. Dennoch waren wir Maichis im Vergleich zu anderen Fürsten niemals reich. Aber das änderte sich jetzt, wir wurden zum reichsten aller Fürstenhäuser. Denn wir hatten große Mengen Mohn angebaut. Die Erntezeit war längst vorüber. Die Leute, die der Sondergesandte Huang zur Verarbeitung des Opiums hergeschickt hatte, machten einen Überschlag, und die Summe, die dabei herauskam, erschreckte uns alle. Nie hätten wir gedacht, dass ein dürrer alter Chinese den Maichis zu so viel Reichtum verhelfen könnte. »Wie kann der Gott des Wohlstands ein magerer alter Mann sein?«, fragte der Fürst.

Sonderbotschafter Huang kam, als wir ihn dringend erwarteten.

An jenem Tag regnete es aus den tiefsten Tiefen des Himmels. Der Winter stand vor der Tür, und das kalte Nass löste sich nur langsam aus den hohen, grauen Wolken. Am Nachmittag verwandelte der Regen sich in Schnee. Der Schnee verwandelte sich auf der Erde wiederum in Wasser. Der Sondergesandte und sein Gefolge kamen durch diesen Schneematsch angeritten. Einzig das Fleckchen Schnee auf dem Filzhut des Sondergesandten schmolz nicht und lag auch noch dort, als sie schon vor der Festung angekommen waren. Der Verwalter wollte mit der Ehrengarde beginnen, doch der Sondergesandte wehrte ab: »Nicht nötig, ich friere mich tot!«

Man führte ihn zum Kohlebecken, wo er sich hinsetzte und zwei Mal kräftig nieste. Als ihm von allen Seiten Erkältungsmedikamente angeboten wurden, schüttelte er den Kopf: »Die Herrin weiß, was ich will, schließlich ist sie Chinesin.«

Die Frau des Fürsten brachte ihm die Rauchgeräte und sagte: »Es sind die Früchte aus Ihren Samen, und sie wurden von Ihren Leuten verarbeitet. Bitte kosten Sie.«

Der Sondergesandte nahm einen tiefen Zug, schloss lange die Augen und sagte endlich: »Gute Ware, sehr gute Ware!«

»Wie viel Silber bekommen wir dafür?«, drängte der Fürst.

Mutter bedeutete Vater, nicht so ungeduldig zu sein, doch der Sondergesandte lachte: »Das ist nicht nötig, Herrin, ich mag die direkte Art des Fürsten. Er wird unvorstellbare Mengen Silber dafür bekommen.«

Wie viel genau, wollte der Fürst wissen.

Der Sondergesandte Huang fragte zurück: »Möchte der Fürst mir zuerst sagen, wie viel er in der Festung hat? Übertreiben Sie nicht und machen Sie erst recht nicht zu geringe Angaben.«

Bevor er antwortete, schickte der Fürst die Umstehenden fort.

Der Sondergesandte strich sich mit einem tiefen Seufzer durch den Bart: »Das ist nicht wenig, aber auch nicht allzu viel. Ich gebe Ihnen genauso viel Silber unter der Bedingung, dass Sie mir für die Hälfte der Hälfte davon moderne Waffen abkaufen, um Ihre Leute aufzurüsten.«

Der Fürst stimmte glücklich zu.

Sonderbotschafter Huang genoss die Speisen und sprach dem

Alkohol zu, bewunderte Tanz und Gesang, und die Frau des Fürsten befahl einer Magd, ihm beim Rauchen und in der Nacht zu Diensten zu sein. Die Familie kam wieder einmal zusammen, und was tat sie? Ja, eine Versammlung einberufen. Nur dass wir nicht sagten, gut, heute gibt es eine Versammlung, und wir werden das und das besprechen. Wir beschlossen, die Silberlager zu vergrößern. Am Abend wurden Kuriere ausgeschickt, um von allen Führern der anderen Festungen Steinmetze und andere Arbeiter zu rekrutieren. Auch die Dienerschaft der Familie wurde herbeigerufen. Der Fürst befahl, die Gefangenen in wenige Verliese zusammenzulegen, um mehr Raum für das zu erwartende Silber zu schaffen. Es wäre in der Tat ein erhebliches Gedränge entstanden, wenn die Gefangenen aus drei Kerkern auf die übrigen Verliese verteilt worden wären. Ein alter Gefangener, der seit über zwei Jahrzehnten einsaß, fragte aufgebracht, ob der jetzige Fürst etwa noch übler sei als der vorherige, unter dem er viele Jahre in einer geräumigen Einzelzelle verbracht habe.

Diese Äußerung wurde sofort nach oben weitergeleitet.

Der Fürst nippte an seinem Wein: »Er soll nicht auf sein Alter pochen. Ich werde ihm beizeiten einen noch viel größeren Raum geben.«

Familie Maichi war im Begriff, Mengen an Silber zu besitzen, von denen andere Fürsten nicht einmal zu träumen wagten. Ja, die Maichis würden wohlhabender werden als die wohlhabendsten Leute in der ganzen Geschichte. Der Delinquent, der von all dem nichts wusste, sagte: »Erzählt mir nichts von morgen. Es ist noch nicht einmal hell, und es geht mir schon schlechter als vor Einbruch der Dunkelheit gestern.«

Da lachte der Fürst: »Er sieht kein Tageslicht? Gut, ruft den Henker, er soll den Gefangenen an einen garantiert weitläufigen Ort bringen.«

Meine Augenlider wurden schwer. Selbst ein dicker Holzpfeiler hätte sie nicht halten können. Es war ein unterhaltsamer Abend, aber ich gähnte pausenlos, sodass Mutter enttäuscht zu mit herübersah. Doch ich hatte nicht einmal Lust, mich zu entschuldigen. Zu diesem Zeitpunkt wollte nicht einmal die Dienerin Dolma mich hinauf ins Bett bringen. Doch sie hatte keine Wahl. Ich verbot ihr fortzugehen, weil ich allein Angst vor Mäusen hatte. »Wieso hast du dann gerade eben nicht an Mäuse gedacht?«, fragte sie und kniff mich.

»Weil ich nicht allein war. Nur wenn ich allein bin, denke ich an Mäuse.«

Sie musste lachen. Ich mochte Dolma. Ich mochte ihren Duft, der an den einer Kuh erinnerte. Der Geruch ging von ihren Hüften und ihrer Brust aus. Darüber sprach ich mit ihr natürlich nicht. Sie würde sich noch etwas darauf einbilden. Ich sagte lediglich, dass sie wegen der bevorstehenden Silbervermehrung nicht so aufgeregt sein müsse wie Vater und die anderen. Denn das Silber gehöre schließlich nicht ihr. Das tat seine Wirkung, sie blieb im Dunkeln lange an meinem Bett stehen, seufzte tief und hielt mich, ohne sich auszuziehen, im Arm, bis ich eingeschlafen war.

Als ich erwachte, war der Gefangene, der sich über die Enge im Kerker beschwert hatte, bereits hingerichtet worden.

Nach einer Exekution herrschte immer eine eigenartige Stimmung bei uns. Oberflächlich betrachtet war alles wie sonst. Der Fürst hustete vor dem Essen, die Frau des Fürsten presste sich die Hand vor die Brust, als gäbe es dort ein Beben und ihr Herz drohe jeden Augenblick herauszuspringen. Mein Bruder pfiff vor dem Essen. An diesem Morgen war es genauso, doch wusste ich, dass alle sich unwohl fühlten. Es machte uns nichts aus, zu töten, doch hinterher ging es uns dann doch schlecht. Wenn Leute sagen, der Fürst töte gern, so stimmt das nicht. Der Fürst muss zuweilen töten. So wie das Volk manchmal keine Wahl hat, ergeht es auch dem Fürsten. Wenn Sie mir nicht glauben, dann überlegen Sie sich, wieso der Fürst eigens einen Henker beschäftigen sollte, wenn er selbst gern tötete. Wenn Sie mir immer noch nicht glauben, dann kommen Sie zum Essen zu uns nach Hause, wenn gerade der Befehl zu einer Exekution ergangen ist. Sie werden feststellen, dass im Vergleich zu sonst viel mehr Wasser getrunken und weniger gegessen wird, dass kaum jemand Fleisch anrührt und mehr symbolisch ein, zwei Stückchen versucht werden.

Nur mein Appetit ist immer ungebrochen, so auch an diesem Morgen.

Ich schmatzte laut beim Essen. Dolma sagte, es höre sich an, als ob jemand durch den Schlamm wate. Mutter fand, ich sei einfach ein

Schwein. Daraufhin wurden meine Essensgeräusche noch lauter. Vater zog die Augenbrauen hoch. »Was erwartest du von einem Idioten?«, fragte Mutter. Vater verschlug es die Sprache. Später schimpfte er ungeduldig: »Wieso ist dieser Chinese noch nicht aufgestanden, lümmeln die immer den ganzen Morgen im Bett herum?«

Mutter war Chinesin und pflegte, wenn nichts zu tun war, länger im Bett zu bleiben, statt gemeinsam mit der Familie zu frühstücken. Sie lachte: »Beruhige dich, wir haben das Silber noch nicht. Statt so früh aufzustehen wie du und deine Unruhe durch Husten zu überspielen, ist es sicher besser, etwas länger zu schlafen.«

Wer nun glaubt, dass der Fürst und seine Frau keine gute Beziehung führen, der irrt. Wenn sie sich nicht gut verstehen, sind sie besonders höflich miteinander, sonst kabbeln sie sich gern in dieser Weise.

Der Fürst sagte: »Siehst du, unsere Sprache ermöglicht es dir, so zu sprechen.« Er meinte damit, dass eine gute Sprache die Menschen zungenfertig mache und dass unsere Sprache eben gut sei.

»Wenn diese Sprache nicht so simpel wäre und wenn du chinesisch verstündest, dann würde ich dir schon zeigen, was eine scharfe Zunge ist«, sagte Mutter.

Die Dienerin Dolma flüsterte mir ins Ohr: »Ob der Junge Herr es glaubt oder nicht, letzte Nacht haben der Alte Herr und seine Frau … es gemacht.«

Ich schluckte ein großes Stück Fleisch hinunter und lachte laut.

Mein Bruder fragte nach dem Grund meiner Heiterkeit, und ich erklärte: »Dolma sagt, sie müsse pinkeln.«

Mutter schimpfte: »Luder!«

»Geh du nur pinkeln, keine Angst«, beruhigte ich Dolma.

Meine gepiesackte Dienerin zog sich zurück, während der Fürst lachte: »Oh oh, mein kleiner Idiot ist groß geworden!« Und er befahl meinem Bruder: »Sieh nach, ob die Arbeiter schon da sind. Es ist Blut geflossen, und es würde kein Glück bringen, heute nicht zu arbeiten.«

Viertes Kapitel

12

Gäste

Aus drei Kerkern unter der Festung wurden zwei große Speicher. Einer für Silber, der andere für Waffen, die der Sondergesandte Huang der Militärregierung der Provinz abgekauft hatte.

Der Sondergesandte nahm große Mengen Opium mit und ließ Ausbildner zurück, die unsere Soldaten trainieren sollten. Das weite Land vor der Festung, groß genug für acht Tonnen Weizensaat, lag eigens zu diesem Zweck brach. Den gesamten Winter über hallte lautes Gebrüll darüber hin und wirbelten Staubwolken auf. Schon vor dem letzten Krieg hatten unsere Soldaten in Reih und Glied exerziert und den Angriff geübt. Diesmal wirkten sie sogar noch überzeugender. Der Fürst hatte eigens Schneider bestellt, die eilig einheitliche Kleidung für die Soldaten nähten, schwarze Überwürfe, der Rand mit Kreuzstichmuster in rot-gelb-blauer tibetischer Wolle verziert, dazu rote Seidengürtel, an denen das Bajonett getragen werden konnte. In den unteren Rängen waren die Ränder mit Leder von Ottern eingefasst, in höheren Rängen mit Leopardenfell, und den Oberkommandierenden Tamding Gömbo, meinen Bruder, schmückte das Fell eines ganzen Bengaltigers. In der gesamten Geschichte hatte kein Fürst je eine so gut ausgerüstete Armee gehabt.

Erst kurz vor Neujahr legte sich der Staub, den die Soldaten auf dem Übungsplatz aufgewühlt hatten.

Nach der Schneeschmelze erschien auf der Straße ein neuer Menschenstrom. Es waren die Fürsten der angrenzenden Gebiete mit einer Armee aus Dienern und ihrer Leibgarde im Gefolge.

Dolma ließ mich raten, was sie wollten. Verwandte besuchen, vermutete ich. Dolma sagte: »Dann hätten sie schon im letzten Jahr kommen können.«

Familie Maichi musste ihre Diener weit hinausschicken, um den gemächlich näher kommenden Gästen einen angemessenen Empfang zu bereiten. Es blieb genug Zeit, die besten Teppiche aus den oberen Gemächern nach unten und die zweitbesten aus dem Treppenhaus in den Hof zu legen bis zu den Pfählen, an denen die Pferde festgemacht wurden. Dort verbeugten sich Diener, bereit, auf allen vieren den Reitern beim Absteigen zu helfen.

Da Fürsten stets einen Pferdetrupp mit sich führten, klangen die Pferdeschellen schon hell durch die klare, kalte Luft herüber, bevor wir die Reiter überhaupt sehen konnten. Familie Maichi schlürfte in aller Ruhe wärmenden Buttertee, eine Schale, zwei Schalen, drei Schalen ... Als sie dann die Gäste begrüßten, glänzten ihre Wangen rot, in scharfem Gegensatz zu den Besuchern, deren Haar grau und die Gesichter staubig waren nach einer langen, anstrengenden Anreise im kalten Winter. Die weit gereisten Fürsten strahlten nichts Würdevolles mehr aus. Wir begegneten unseren Gästen sehr höflich, denn Vater lag daran, dass die Maichis nicht wie eine Familie von Parvenüs wirkte. Aber die Gäste wollten uns unbedingt das Gefühl vermitteln, über allen anderen zu stehen, und brachten ihre Bitten vor, alles in allem nicht mehr als zwei.

Die erste Bitte war sehr einfach: Sie wollten die geheimnisvolle Pflanze haben, die die Maichis so schnell reich gemacht hatte.

Die zweite bestand darin, die eigene Schwester oder Tochter mit dem Sohn der Maichis zu verheiraten, und lief damit auf dasselbe hinaus.

Der einzige Effekt war, dass Familie Maichi, die so bescheiden sein wollte, umso überheblicher wurde. Wir stimmten allen Heiratsanträgen zu. Mein Bruder stellte fröhlich fest: »Wenn wir gerecht teilen, sind das immer noch drei bis vier für jeden.«

»Pfui!«, sagte Vater.

Mein Bruder lachte und ging, um sich mit seinen zwei meistgeliebten Dingen zu beschäftigen: Gewehre und Frauen. Die Sympathie beruhte auf Gegenseitigkeit. Mädchen betrachteten es als höchste Ehre, ihm nah zu sein. Gewehre ebenfalls. Die Leute sagten, Schusswaffen seien der verlängerte Arm des Jungen Herrn, Gewehre ein langer, Pistolen ein kurzer. Interessanterweise glaubten die Leute, ich könne weder schießen, noch verstünde ich etwas von Frauen.

Im Lauf dieses unbeschwerten, fröhlichen Winters machte Familie Maichi sich alle benachbarten Fürsten, die uns einen Besuch abstatteten, zum Feind. Denn keiner von ihnen bekam Samen des geheimnisvollen Mohns.

Von da an breitete sich ein Gerücht blitzschnell von Ost nach West und von Nord nach Süd aus. Obwohl alle Fürsten ihre Titel schon immer den chinesischen Kaisern zu verdanken hatten, hieß es nun, Maichi mache gemeinsame Sache mit den Chinesen. Über Nacht wurde Familie Maichi zur Verräterin der Tibeter.

Unsere ganze Familie, die drei Intelligenten – Vater, Mutter, Bruder – und ich, der Idiot, wir diskutierten darüber, ob die geheimnisvollen Samen den benachbarten Fürsten zur Verfügung gestellt werden sollten. Sie als normale Leute mit normalem Verstand waren strikt dagegen, irgendjemandem auch nur ein einziges Samenkorn zu geben. Ich sagte: »Es ist doch kein Silber.« – »Pah«, erwiderten sie, »das soll kein Silber sein?!« Das hatte ich nicht gemeint, sie hatten mich nicht ausreden lassen. Das hier wächst in der Erde, hatte ich sagen wollen. Es ist nicht wie das Silber in den Verliesen der Festung Maichi unter Verschluss.

Ich endete mit dem Halbsatz: »Der Wind könnte die Samen hinüberwehen.« Aber sie hörten nicht zu, oder besser gesagt, sie taten, als hörten sie die Wahrheit aus meinem Munde nicht.

Die Dienerin Dolma nahm meine Hand, um mich zum Schweigen zu bringen, und fasste mich dann fester, um mit mir hinauszugehen: »Idiot, dir hört sowieso niemand zu.«

»Vögel können diese kleinen Samen auf das benachbarte Feld tragen«, sagte ich, und hob auf dem Bett den Rock Dolmas hoch.

Das Bett quietschte und schwankte, Dolma ging auf meinen Rhythmus ein und rief mich: »Idiot ... Idiot ... I ... di ... ot ...«

Ich weiß nicht, ob ich ein Idiot bin, aber das hier machte mich sehr glücklich. Danach ging es mir viel besser. Ich sagte zu Dolma: »Du hast mir wehgetan.«

Plötzlich fiel sie auf die Knie: »Junger Herr, der Silberschmied hat um meine Hand angehalten.«

Ich brach in Tränen aus und hörte mich in einem lächerlichen Ton flehen: »Aber ich kann ohne dich nicht leben!«

Die normalen Leute zerbrachen sich im Geschäftszimmer den Kopf über Samen, während ich zwischen den Brüsten von Dolma ruhte. Sie sagte, ich sei zwar ein Idiot, aber mich mit ihren Diensten zu Tränen zu rühren, mache sie sehr glücklich. Dann sagte sie, ich wolle sie nur deshalb nicht gehen lassen, weil ich noch keine anderen Frauen gehabt habe. »Du wirst eine neue persönliche Dienerin haben«, sagte sie.

In diesem Augenblick schluchzte ich, als sei ich ihr Sohn: »Aber ich kann ohne dich nicht leben.«

Sie streichelte mir über den Kopf und sagte, sie könne nicht ein Leben lang bei mir bleiben, wenn ich wirklich etwas von Frauen verstünde, werde ich sie nicht mehr wollen. »Ich habe schon eine für dich ausgesucht, sie passt perfekt zu dir.«

Am nächsten Tag sagte ich zu Mutter: »Dolma muss heiraten.«

Mutter fragte, ob die Dienerin etwas zu mir gesagt habe. In mir herrschte große Leere, doch ich sprach im gleichgültigen Ton meines Bruders: »Ich möchte eine Frau, die so ist wie ich.«

Da begann Mutter zu weinen: »Mein idiotischer Sohn, nun verstehst du etwas von Frauen.«

13

Frauen

Sangye Dolma hielt Wort, sie suchte sofort eine persönliche Dienerin für mich. Eine kleine Person, kleines Gesicht, kleine Augen, kleine Hände und Füße. Sie stand mit hängenden Armen vor mir, weinte nicht und lachte nicht. Ihr Körper duftete nicht wie der Sangye Dolmas. Das sagte ich Dolma.

»Warte ein wenig«, sagte die scheidende Dienerin, »wenn sie eine Weile bei dir ist, hat sie ihn auch. Es ist der Duft eines Mannes.«

»Ich mag sie nicht«, sagte ich.

Das Mädchen heiße Tharna, sagte Mutter. Ich dachte nach und kam zu dem Schluss, wenn das der Name eines Mädchens sei, dann nicht der derjenigen, die vor mir stand. Zum Glück sollte sie nur meine persönliche Dienerin sein, nicht meine Frau, so war es nicht der Mühe wert, an ihr herumzukritteln. Ich fragte die kleinfüßige und kleinhändige Person, ob sie Tharna heiße. Sie öffnete plötzlich den Mund. Auch wenn ihre Stimme vor Aufregung zitterte – endlich sprach sie: »Alle finden meinen Namen etwas sonderbar, du auch!«

Sie hatte eine zarte Stimme, die aber – davon war ich überzeugt – in weiter Ferne noch zu hören war. Nur eine ausgebildete Dienerin konnte eine solche Stimme haben. Dabei war sie nichts weiter als die Tochter eines Stallburschen, die ihr bisheriges Leben in einer engen Hütte verbracht hatte. Ihre Mutter war vom Rauch der Feuerstelle erblindet. So hatte das Mädchen, seit es sieben, acht Jahre alt war, immer um Mitternacht aufstehen müssen, um die Tiere zu füttern – bis unser humpelnder Verwalter an ihre Tür klopfte. Es erschien ihr wie ein Traum, als sie zu den heißen Quellen ging, sich wusch, funkelnagelneue Kleider anzog und zu mir kam. Ich hatte kaum ein paar Worte mit ihr gewechselt, da holten Dienerinnen sie zum Bade ab.

Wenn ich Zeit hatte, ging ich immer zu Dolma. Doch ihr Herz war schon weit fort, weit, weit fort. Sie saß hinter dem Geländer im oberen Stockwerk, stickte und summte leise vor sich hin. Kein Liebeslied, und doch schwang tiefe Liebe mit. Es war die Strophe aus einer Ballade:

Ihr Fleisch holte der Vogel, *pick pock*,
Ihr Blut trank der Regen, *platsch plitsch*,
Ihre Knochen zermalmte der Bär, *knirsch knarsch*,
Ihr Haar zerzauste der Wind, *hui hua*.

Wenn sie die Laute des pickenden Vogels, des trinkenden Regens, des kauenden Bären nachahmte, so klang eine innige Sehnsucht mit. Der Hammer des Silberschmieds tanzte den passenden Rhythmus dazu. Im Hause Maichi gab es so viel Silber, dass dem Schmied die Arbeit nicht ausging. Alle fanden, dass seine Arbeiten immer schöner wurden. Fürst Maichi mochte den geschickten und klugen Mann. Dass die Dienerin Dolma ihn heiraten wollte, wunderte ihn daher nicht: »Sie war nicht umsonst so lange unsere Dienerin, guter Blick, gute Wahl!«

Der Fürst ließ dem Silberschmied mitteilen, auch wenn er ihm zugetan sei – wenn er Dolma heirate, werde er vom freien Menschen zum Leibeigenen. Der Silberschmied erwiderte: »Freier, Leibeigener, was macht das für einen Unterschied? So oder so arbeite ich mein Leben lang an diesem Hof.«

Sobald sie vereint waren, würde Dolma nicht mehr die gut duftende Dienerin sein, sondern eine Köchin, deren Gesicht stets mit Öl und Ruß verschmiert ist. »Das ist mein Schicksal«, sagte sie.

So waren dies die besten Tage im Leben Dolmas, meiner Lehrerin in den Dingen zwischen Mann und Frau. Mutter begegnete ihr mit der größten Güte, die eine Frau einer anderen entgegenzubringen im Stande ist, und sagte: »Du wirst noch genug Zeit mit deinem Mann haben, aber die Zeit der Ungebundenheit ist unwiederbringlich.« Sie gab ihr einige Dinge und fuhr fort: »Das gehört dir. Stick dir etwas, das dir gefällt.«

Jeden Morgen, wenn das Hämmern des Silberschmieds im Hof ertönte, setzte Dolma sich auf den Flur, stickte und sang dazu. Sie hatte dann keine Augen mehr für mich. Da dachte mein Idiotenhirn, Frauen sind einfach Mist, sie vergessen dich im Nu. Meine neue Dienerin spielte hinter meinem Rücken mit ihren schlanken Fingern. Ich hustete und hüstelte unentwegt hinter dem Rücken der singenden Dolma, doch sie drehte sich nicht einmal um, sondern summte unbeirrt weiter. *Knirsch knarsch, platsch plitsch,* so ging es unentwegt. Erst als der Silberschmied eines Tages fortging, wandte sie sich mir mit hochrotem Kopf zu und sagte: »Macht die neue Frau dich glücklicher als ich?«

Ich sagte, ich hätte sie noch nicht angerührt.

Sie warf Tharna einen forschenden Blick zu, bevor sie meinen Worten Glauben schenkte, denn ich schwindelte gern. Nicht aber in einer solchen Angelegenheit. Sie begann zu weinen und sagte: »Junger Herr, morgen werde ich fortgehen, der Silberschmied holt gerade das Pferd.« Und sie fügte hinzu: »Ich hoffe, du denkst ab und zu an mich!«

Ich nickte.

Am nächsten Morgen wurde ich vom weinenden Singsang Dolmas aus meinen Träumen gerissen. Als ich aus meinem Zimmer trat, sah ich den Silberschmied in frischer Kleidung die Treppe heraufkommen. Sangye Dolma war vor der Herrin zusammengebrochen und sagte dasselbe, was sie mir gestern gesagt hatte. Mit roten Augenrändern erwiderte die Herrin laut: »Wenn irgendjemand dir Ärger bereitet, komm her und sag es mir.« Dann wandte sie sich an die Diener: »Wann immer Dolma heraufkommen möchte, um mich oder den Jungen Herrn zu sehen, dürft ihr sie nicht aufhalten!«

Die Diener nickten.

Der Silberschmied beugte sich vor, und Dolma kletterte auf seinen Rücken. Ich sah sie die Treppen hinuntergehen. Zwei Diener trugen die Mitgift aus der Hand des Fürsten, zwei Dienerinnen überreichten die Geschenke der Frau des Fürsten. Sangye Dolma badete aus der Sicht der Bediensteten im Wohlwollen des Herrschers.

Dann hob der Silberschmied seine Frau auf das Pferd, saß selbst auf, galoppierte zum Tor hinaus und hinterließ eine immer höher aufsteigende, immer dünner werdende Staubwolke vor dem klaren Winterhimmel. Schon bogen sie ins nächste Tal ein und waren den Blicken entzogen. Die Dienerschaft im Hof schrie und lamentierte laut. Ich hörte heraus, was sie mit ihren sich überschlagenden Stimmen sagen wollten: Ein neues Paar eilt an einen fernen Ort, um diese Sache zu machen. Auch meine beiden Diener hatten sich unter die Menge gemischt. Sonam Tserang riss den Mund weit auf und brüllte laut, während Klein Aryi sich etwas abseits hielt, links des großen Platzes bei dem Pfahl, wo sein Vater oft Menschen folterte. Er war einsam und allein und wusste nicht, dass mir genauso einsam und kalt zu Mute war, nachdem meine Dolma auf dem Pferd entführt worden war. Ich winkte Klein Aryi zu, doch der starrte wie gebannt in die

Richtung, in der das Pferd verschwunden war, und wusste nicht, dass oben in der Festung ein gut gekleideter Junge noch bedauernswerter war als er. Dort, wo das Pferd hingelaufen war, schien die Sonne auf trockenes Gras zwischen einzelnen Zypressen, eine weite und leere Landschaft. So weit und leer wie mein Herz.

Endlich tauchte das Pferd wieder auf, wo es gerade verschwunden war.

Die Menge schrie und brüllte erneut.

Zurückgekehrt, half der Silberschmied seiner reizenden Braut vom Pferd und trug sie in ein dunkles, muffiges Zimmer auf der untersten Ebene der Festung. Die Diener im Hof arbeiteten und stimmten dazu ein Lied an. Auch der Silberschmied kam wieder heraus und begann zu arbeiten. Sein Hämmern klang hell durch die Luft, *ding gong, ding gong, ding – gong –!*

Tharna mit den kleinen Händen und Füßen, Tharna mit der zarten Stimme sprach hinter mir: »Werde ich später auch so die Treppe hinuntergebracht, und wird es auch so ehrenvoll und vornehm sein?«

Und bevor ich noch antworten konnte, fuhr sie fort: »Und wird der Junge Herr dann genauso traurig sein?«

Ich erschrak darüber, wie viel sie verstand, und sagte: »Ich möchte nicht, dass du davon weißt.«

Sie kicherte: »Ich weiß es aber.«

Ich fragte, wer es ihr erzählt habe, etwa ihre Mutter?

»Eine Blinde soll mir das beigebracht haben?« Ihr Ton war nicht der einer Tochter, sondern eher der eines Herrn, der über eine Dienerin spricht.

Am Abend erhielt die Dienerschaft die Erlaubnis, ein großes Feuer im Hof zu entfachen, zu trinken und zu tanzen. Ich lehnte hoch oben über dem Geländer und sah, wie Dolma sich ebenfalls unter die fröhliche Menge mischte. Je später es wurde, umso mehr Sterne leuchteten am Himmel, während auf der Erde hart arbeitende Menschen ihr Vergnügen suchten. Ihnen war sicher warm, anders als mir, der ich hoch oben über dem Geländer lehnte und von Kälteschauern überfallen wurde, dass ich zitterte.

Zurück in meinem Zimmer, war das Kohlenfeuer die einzige Lichtquelle. Ich wärmte mich daran. Tharna schlief schon, ihr nackter

Arm auf der Bettdecke. Ich betrachtete ihren schmalen, glänzenden Hals und ihre Zähne, als sie die Augen aufschlug. Sie schimmerten wie kostbare Edelsteine. Endlich erfüllte mich Verlangen nach ihr, als habe das Feuer es entzündet. »Tharna«, rief ich. Ich hatte das Gefühl, meine Lippen zitterten dabei.

»Mir ist kalt«, sagte die kleine Frau.

Ein weicher, kühler kleiner Körper rollte in meine Arme, kleine Taille, kleiner Hintern, kleine Brüste. Früher war ich ganz und gar in Dolma versunken, und nun bedeckte ich *ihren* gesamten Körper. Ich war vierzehn, in meinem fünfzehnten Lebensjahr, ein ausgewachsener, richtiger Mann. Ich fragte sie, ob ihr noch kalt sei. Sie kicherte, nein, ihr sei sehr heiß. Tatsächlich, ihr Körper war im Nu glühend heiß geworden. In Sangye Dolma war ich oft eingedrungen und hatte das Gefühl gehabt, es doch nicht zu sein. In Tharna kam ich gar nicht hinein. Kurz davor schrie das kleine Trampeltier plötzlich wie am Spieß. Wenn ich zurückweichen wollte, hielt sie mich mit beiden Armen umklammert. So ging es vor, zurück, vor, zurück, vor, zurück, bis die Vögel in den Bergen, am Fluss und auf den Bäumen zu singen begannen und es Morgen wurde. Als Tharna sagte, ich solle keine Rücksicht nehmen, fasste ich mir ein Herz und drang mit Macht ein. Jetzt war sie eine Frau! Ich spürte, wie es ist, eine Frau auszufüllen! Kleine Frauen sind toll! Kleine Frauen sind einfach wundervoll! Ich hatte das Gefühl, in der kleinen Frau zu wachsen. Die Welt schwoll an. Die Erde schwoll an, und Wasser floss herunter. Der Himmel schwoll an und drückte die Sterne zu beiden Seiten auseinander. Dann, *krawumm*, brach die ganze Welt zusammen. In diesem Augenblick wurde es hell. Tharna zog ein weißes Stück Seide mit frischen Blutspuren hervor und schwenkte es vor meinen Augen. Ich wusste, dass das mein Werk war, grinste breit und schlief ein. Ich schlief bis zum Abend, und als ich aufwachte, saß Mutter an meinem Bett. Ihr Lächeln zeigte mir, dass sie wusste, einen Erwachsenen vor sich zu haben, einen Mann, der die Sache zwischen Mann und Frau begriffen hatte. Das war ich zwar schon vorher gewesen. Aber ehrlich gesagt zählte erst dies hier richtig.

Ich streckte eine Hand unter der Bettdecke hervor: »Gib mir etwas zu trinken, bitte.«

Ich merkte, dass meine Stimme sich verändert hatte: Sie war voller und hallte im Brustkorb wider.

Mutter legte mir nicht wie früher die Hand auf den Kopf. Stattdessen wandte sie sich an Tharna: »Er ist aufgewacht und will etwas trinken. Gib ihm am besten einen leichten Wein.«

Tharna brachte Wein, der mir ein ungeahntes Wohlgefühl bereitete, als er meine Kehle hinunterlief. Mutter sprach wieder zu Tharna: »Der Junge Herr gehört nun dir, diene ihm gut. Die Leute sagen, er sei ein Idiot. Aber er ist es nicht in allen Dingen.«

Tharna lächelte verlegen und sagte mit verhaltener, doch gleichwohl gut hörbarer Stimme: »Ich weiß.«

Die Frau des Fürsten holte eine Halskette hervor und legte sie Tharna um. Nachdem Mutter hinausgegangen war, erwartete ich, dass Tharna versichern würde, sie werde selbstverständlich dem Befehl der Frau des Fürsten folgen und mir treu dienen. Doch sie barg ihren Kopf an meiner Brust und sagte: »Bitte sei von nun an gut zu mir.«

Mir blieb nichts anderes übrig, als zu antworten: »Das werde ich.«

Sie hob den Kopf und sah mich an, als schlucke sie etwas hinunter, das sie noch hatte sagen wollen.

»Ich habe es versprochen«, sagte ich, »gibt es sonst noch etwas?«

»Bin ich schön?«

Ich wusste nicht, was ich sagen sollte. Um ehrlich zu sein, ich weiß nicht, wann eine Frau schön ist. Wenn das einen Menschen zum Idioten macht, dann bin ich wirklich einer. Ich weiß nur, ob ich eine Frau begehre oder nicht, kenne nur die Formen, die sich an bestimmten Körperstellen einer Frau befinden. Aber ich weiß nicht, was daran schön oder nicht schön ist. Aber ich weiß, dass ich der Junge Herr bin. Wenn ich Lust hatte, würde ich ihr antworten. Wenn nicht, dann nicht. Also schwieg ich. Ich beschloss aufzustehen und mit den anderen zu essen.

Bevor das Abendessen serviert wurde, tätschelte mein Bruder mir den Kopf, und Vater schenkte mir einen großen Edelstein. Tharna folgte mir wie ein Schatten und kniete, als ich mich setzte, schräg hinter mir nieder. In unserem Speisezimmer stand ein rechteckiger Tisch. Der Fürst und die Herrin saßen an den Kopfenden, mein Bruder und ich zu beiden Seiten. Jeder hatte ein Sitzkissen, im Sommer prächtige persische Teppiche, im Winter Bärenfell. Jeder hatte ein niederes, golden verziertes Lacktischchen vor sich. Seit die Familie Maichi dank Opiumanbau reich geworden war, wurde besseres Geschirr verwendet. Das Besteck war versilbert, den Wein tranken wir aus Korallenbechern. Wir hatten große Mengen Wachs aus China kommen lassen, aus denen eigens eingeladene chinesische Handwerker Kerzen fertigten. Jeder hatte einen Kerzenständer mit mehreren flackernden Kerzen vor sich. Sie verbreiteten Helligkeit und genügten in der Übergangszeit, den Raum mit angenehmer Wärme zu füllen. In den Wandschränken hinter uns waren neben dem Geschirr unzählige merkwürdige Gegenstände untergebracht. Zwei vergoldete Telefonapparate aus England, ein deutscher Fotoapparat, drei amerikanische Radiogeräte, ja sogar ein Mikroskop und einige eckige Taschenlampen mit Griff. Sie waren von keinem Nutzen für uns, und der einzige Grund, sie auszustellen, war, dass andere Fürsten sie nicht hatten. Wenn etwas aus den Schränken verschwand, so bestimmt nicht, weil es einem Diebstahl zum Opfer gefallen war, sondern einzig deshalb, weil ein anderer Fürst es inzwischen ebenfalls besaß. In letzter Zeit waren viele Schlaguhren verschwunden. Uns war zu Ohren gekommen, dass der Missionar Charles, nachdem er uns verlassen hatte, viele weitere Fürstentümer besucht und den Herrschern jeweils das gleiche Geschenk gemacht hatte. Mein Bruder ließ die Zündsätze aus zwei Granaten dort ausstellen, wo vorher die Uhren gestanden hatten. Sie strahlten in lackierten Hülsen mit hübschen Zündschnüren daran.

Wir begannen zu essen.

Es gab nur wenige Gerichte, von denen aber sehr viel, heiß und nahrhaft. Diener trugen sie herein, und unsere hinter uns knienden persönlichen Bediensteten setzten sie uns vor. An diesem Tag kam nach dem Essen Dolma herein. Sie trug eine große Tonschale, rutschte auf den Knien und bediente jeden Einzelnen von uns. Es war ihr erster Tag in der Küche gewesen, und sie hatte ein besonderes Käsegericht für ihre Herrschaft zubereitet. Doch das war nicht die alte Dolma. Ihr Duft war verflogen, und statt Seidengewändern trug sie nun grobes Leinen. Als sie vor mir kniete, sagte sie: »Bitte sehr, Junger Herr.« Selbst ihre Stimme schien alt geworden zu sein und weckte nicht mehr das Wohlgefühl früherer Tage in mir. Gestern war Dolma noch ein Mädchen mit strahlender Kleidung und Parfumduft gewesen. Heute war sie eine einfache Magd, die uns kniend Käse darbot und nach Rauch und Feuer roch. Leise sagte sie: »Junger Herr, bitte sehr.« Ich schwieg traurig. Als sie sich wieder ins Dunkel zurückzog, hatte ich zum ersten Mal im Leben das Gefühl, etwas verloren zu haben, das nie wiederkehren würde. Bis dahin war ich überzeugt gewesen, dass alles, was einmal da war, auch immer dableiben würde.

Wenn Familie Maichi eine Mahlzeit beendet hatte, wurde gegähnt, und man reinigte sich die Zähne. Nun begannen unsere persönlichen Diener zu essen. Tharna ebenfalls, und sie kaute sehr schnell, *mampfmampfmampf*, es klang wie das Knabbern einer Maus. Der Gedanke an Mäuse jagte mir einen Schauer über den Rücken, und ich wäre fast von meinem Kissen gekippt. Als ich mich umwandte, sah ich, dass Tharna, sobald sie sich beobachtet fühlte, nervös wurde und fast den Löffel fallen ließ.

»Keine Angst«, sagte ich. Sie nickte, aber ihr war anzusehen, dass es ihr nicht gefiel, beobachtet zu werden. Ich zeigte auf das Fleisch: »Iss!« Als sie Fleisch aß, hörte es sich ganz anders an als bei Mäusen. Ich wies auf die gekochten Saubohnen auf ihrem Teller: »Nimm noch hiervon!« Sie steckte sich ein paar Bohnen in den Mund, und wie fest sie ihn auch schloss, *mampfmampfmampf*, es klang wie das schnelle Kauen einer Maus. Als ich lachen musste, fiel Tharna vor Schreck tatsächlich der Löffel aus der Hand.

»Ich habe keine Angst mehr vor Mäusen!«, sagte ich laut.

Alle sahen mich verständnislos an. Als hätte ich behauptet, es gebe über uns keinen Himmel mehr. Da wiederholte ich laut: »Ich-ha-be-kei-ne-Angst-mehr-vor-Mäu-sen!«

Weiterhin Schweigen. Ich zeigte auf Tharna: »Sie isst wie eine Maus, *piepspiepspiepspieps, mampfmampfmampf* ...«

Sie wollten mich anscheinend verlegen machen, und wirklich zweifelte ich langsam selbst, ob ich keine Angst mehr vor Mäusen hatte oder vielleicht doch. Vater brach plötzlich in lautes Gelächter aus: »Ich weiß, dass du die Wahrheit gesagt hast, mein Sohn.« Dann flüsterte er für alle gut hörbar seiner Frau zu: »Weißt du, wieso Männer Frauen brauchen? Weil sie richtige Männer aus ihnen machen. Sieh, er hat sich selbst geheilt!«

Zurück im Zimmer, sagte Tharna: »Wie ist der Junge Herr darauf gekommen?«

»Es überkam mich plötzlich. Du bist mir nicht böse?«, fragte ich.

Sie verneinte, ihr Vater, der Stallknecht, habe auch gesagt, dass sie wie eine Maus sei. Immer wenn ein gutes Pferd dem Fürsten übergeben werden sollte und nervös wurde, habe er sie um Mitternacht geschickt, es zu füttern. Denn sie, sagte er, sei wie eine Maus und erschrecke die Tiere nicht.

Wir gingen ins Bett und taten es. Dann zog sie kichernd ihr Nachthemd über. Sie sagte, es sei so schön, warum andere es nicht täten. Ich fragte, welche anderen sie meine. Die Stuten, sagte sie, und ihre Mutter, die wollten es nie tun. Ich wollte weiterfragen, doch da war sie schon zufrieden eingeschlafen. Ich blies das Licht aus. Normalerweise schlief ich immer sofort ein, wenn es dunkel war. Nicht aber an jenem Tag. Ich hörte das Pfeifen des Windes über dem Dach, als fliege ein gewaltiger Vogelschwarm vorüber.

Als Mutter am nächsten Tag die schwarzen Ringe unter meinen Augen sah, fragte sie: »Hast du wieder schlecht geschlafen?«

Ich wusste, was sie meinte, wollte aber nicht, dass sie Tharna verantwortlich machte. Ich hätte nicht einschlafen können, sagte ich, der Wind habe so laut am Dach gerüttelt.

»Und ich dachte, es wäre etwas passiert«, sagte sie und fügte hinzu: »Kind, selbst wenn wir die Fürsten sind, dem Wind können wir nicht Einhalt gebieten.«

»Wusste Dolma nicht, dass es so werden würde?«

Sie lachte. »Ich weiß, dass du nicht das Wetter meinst. Was also soll Dolma nicht gewusst haben?«

»Wusste sie nicht, dass sie so zerrissene Kleidung würde tragen müssen, dass sie so dreckig sein und schlecht riechen würde?«

»Sie wusste es.«

»Warum ging sie trotzdem hinunter?«

Mutters Ton wurde kühl: »Weil sie es tun musste. Jetzt gab es noch einen Mann für sie, wenn sie später gegangen wäre, hätte sie keinen mehr bekommen.«

Mitten in unserem Gespräch kam der Verwalter und meldete die Rückkehr meiner Amme. Dechen Motso war vor einem Jahr mit einer Gruppe von Pilgern nach Tibet aufgebrochen, und um ehrlich zu sein, hatten wir sie vollkommen vergessen. Es ist ungeschickt, zurückzukehren, wenn man schon vergessen wurde. Denn die Vergangenheit wurde in der Erinnerung bereits ausgelöscht. Als sie gerade aufgebrochen war, hatten wir noch oft von ihr gesprochen. Viele meinten, sie werde unterwegs sterben. Wir hatten ihr fünfzig Silberstücke mit auf die Reise geben wollen. Aber ihr reichten fünf. Sie war sehr hartnäckig und erklärte, sie wolle in fünf Tempel gehen und jedem ein Silberstück darbringen, Buddha wolle schließlich das Herz einer alten Frau, nicht ihr Geld. Wieso gerade fünf Tempel, fragten wir, und sie sagte, sie habe im Traum fünf gesehen. Was die Reise angehe, so werde niemand, der ernsthaft Buddha huldige, unterwegs Geld ausgeben, und wenn man noch so reich sei. Das entsprach der Wahrheit. Es hieß, wer unterwegs nicht bettele und Almosen erbitte, unternehme keine echte Pilgerreise. Das ist auch einer der vielen Gründe dafür, dass wir Fürsten uns nie zu einer Pilgerreise nach Lhasa entschließen konnten. Vor langer Zeit hat ein Fürst Maichi es einmal getan – mit dem Ergebnis, dass seine gesamte Gefolgschaft zurückkehrte, nur er nicht. Ein Fürst erträgt einfach keine Schwierigkeiten.

Wir konnten meine Amme Dechen Motso nur deshalb so leicht vergessen, weil wir sie nie besonders gemocht hatten. Umso größer unser Schreck, als sie nun zur Tür hereinkam. Sie hatte nicht nur den Weg über hohe Berge und durch eisige Flüsse geschafft, ihr krummer Rücken hatte sich aufgerichtet, und die Falten in ihrem Gesicht waren geglättet. Vor uns stand nicht mehr die kranke Alte von einst. Herein kam eine aufrechte Frau mit dunkel gegerbter Haut. Als sie mich auf die Wange küsste, lag darin der Geschmack einer langen, weiten Reise.

Hatte sie früher schon eine kräftige Stimme gehabt, so tönte sie jetzt noch lauter: »Herrin, ich habe den Jungen Herrn unglaublich vermisst!«

Die Frau des Fürsten schwieg.

Sie hob erneut an: »Herrin, ich bin zurück. Ich habe nachgerechnet, gestern, kurz bevor ich ankam, ich war genau ein Jahr und vierzehn Tage fort.«

»Ruh dich unten aus«, schlug die Herrin vor. Doch die andere tat, als habe sie nicht gehört. Unter Tränen sagte sie: »Nie hätte ich gedacht, dass seine persönliche Dienerin ihn zum Mann machen würde.«

»Ja, er ist groß geworden, um ihn brauchen wir uns nicht mehr zu sorgen«, sagte die Herrin.

Die Amme widersprach: »Doch, wie alt die Kinder auch sind, sorgen muss man sich immer um sie.« Da sie Tharna sehen wollte, ließ die Herrin sie rufen. Die alte Frau strich ihr erst übers Gesicht, dann über den Körper und sagte schließlich ohne Umschweife: »Sie passt nicht zum Jungen Herrn.«

Die Miene der Herrin verfinsterte sich: »Es ist genug, du kannst gehen.«

Die Amme sperrte erstaunt den Mund auf. Ihr war nicht klar, dass alle vermutet hatten, sie sei auf der Reise gestorben. Und da sie sie vergessen hatten, hätte sie nie zurückkehren dürfen. Doch das wusste sie nicht und sagte: »Ich möchte den Alten Herrn und den Ersten Jungen Herrn sehen, ich habe sie ein Jahr und vierzehn Tage nicht gesehen.«

»Ich denke, das wird nicht nötig sein«, sagte die Herrin.

Die alte Frau ließ nicht locker: »Dann sehe ich nach Sangye Dolma, dem kleinen Trampeltier.«

Ich erzählte ihr, dass Sangye Dolma den Silberschmied Chödak geheiratet hatte.

Die Pilgerreise hatte offenbar nur ihr Äußeres verändert, nicht ihren Charakter. »Das kleine Trampeltier hatte es immer auf den Jungen Herrn abgesehen«, sagte sie, »dann ist sie also tief gefallen.«

Da wurde auch ich ungeduldig. »Du alte Hexe, ab mit dir nach unten!«, brüllte ich.

Die Geschichte dieser unwichtigen Person hätte sehr viel früher zu Ende gehen sollen.

Immer noch kochend vor Wut erließ ich den ersten etwas wichtigeren Befehl in meinem Leben. Ich befahl, die Sachen der Amme nach unten zu bringen. Befahl ihr, sich nie wieder im dritten Stock der Festung oder höher blicken zu lassen. Ich hörte sie unten im Hof weinen. Und erließ den zusätzlichen Befehl, ihr unten ein Zimmer zur Verfügung zu stellen mit einer Kocheinheit, die sie zu nichts anderem nutzen dürfe, als sich selbst etwas zu essen zu bereiten. Der Befehl schien allgemeine Zustimmung zu finden, denn sonst hätten Vater, Mutter oder Bruder ihn einfach widerrufen. Die alte Frau hatte nichts zu tun, und so erzählte sie der arbeitenden Dienerschaft um sie her Geschichten aus meiner Kindheit und von ihrer Pilgerreise. Als ich davon erfuhr, erließ ich eine Ergänzung zum vorhergegangenen Befehl: Sie dürfe nur von der Pilgerfahrt erzählen, keine Geschichten aus der Kindheit des Jungen Herrn. Sie musste gehorchen. Da sie mit jedem Tag mehr graue Haare bekam, dachte ich daran, die Anweisungen zurückzunehmen. Doch als ich sah, dass sie jedes Mal auf meinen Schatten spuckte, wenn er von der Galerie aus in den Hof fiel, ließ ich diesen Gedanken wieder fallen.

Später, als sie so alt war, dass sie vergaß, meinen Schatten zu bespucken, interessierte sie mich schon lange nicht mehr. Von ihrem Tod erfuhr ich erst ein Jahr danach. Dennoch waren alle der Meinung, die Familie Maichi habe sich der Amme des Idioten gegenüber richtig verhalten.

Das fand ich auch.

Das fand ich in klaren Nächten mit Blick auf die Sterne, und das fand ich bei schlechtem Wetter, wenn ich das Tosen des Flusses hörte, das sich in der Ferne verlor. Später vergaß ich sie und dachte vielmehr an den Mönch der neuen Sekte, den der Fürst nicht aufgenommen hatte, Wangpo Yeshi, der mit seinem Esel, den er gegen ein Maultier eingetauscht hatte, und mit Schriften, die er für wertvolle Schätze hielt, in einer Höhle lebte.

Als der Wind drehte, blühten die Weiden am Flussufer, wurden grün, und weiße Weidenkätzchen wehten in alle Richtungen. Ja, der Frühling kam mit Macht, schneller noch, als der Winter gekommen war.

14

Köpfe

Nur ein paar grauer Mohnsamen wegen war Fürst Maichi zum verhassten Feind aller anderen Fürsten geworden.

Einer nach dem anderen biss bei uns auf Granit, und doch versuchte auch der Nächste wieder sein Glück. Die benachbarten Fürsten schlugen vor, eine Allianz mit uns zu bilden und gemeinsam so stark zu werden, dass die anderen Fürsten sich vor uns würden verneigen müssen. Fürst Maichi erwiderte darauf, er wolle sein Volk nur wohlhabend machen, nicht aber über andere Fürsten herrschen. Die Fürsten aus weiter entfernten Gebieten sagten, unsere Territorien lägen so weit auseinander, dass wir nichts zu fürchten hätten, selbst wenn sie stärker würden. Fürst Maichi erwiderte: »Ein Riese überwindet jeden Fluss.«

Zu Beginn des Frühlings sagte Fürst Maichi: »Nun kommt niemand mehr.«

Mein Bruder erinnerte ihn: »Es gibt einen, der sich noch nicht hat blicken lassen.«

Fürst Maichi mühte sich mit seinen Fingern ab – ursprünglich hatte es mit Maichi achtzehn Fürsten gegeben. Dann waren drei durch chinesische Kaiser vernichtet worden. Dann waren aus einem Fürstentum durch den Thronfolgestreit der Brüder drei geworden. Das Territorium eines kinderlosen Fürsten war zwischen seiner Frau und dem Verwalter aufgeteilt worden, sodass es mit Maichi immer noch achtzehn Fürsten gab. Davon waren sechzehn bei uns gewesen. Der Einzige, der sich nicht gezeigt hatte, war Fürst Wangpo, gegen den wir vor kurzem noch Krieg geführt hatten. Vater sagte: »Er ist zu feige.«

»Er wird kommen«, sagte mein Bruder.

»Er wäre kein Tibeter, wenn er einer solchen Kleinigkeit wegen an die Tür seines Feindes klopfte. Selbst die Fürsten, die uns hassen, würden ihn verachten.«

»Himmel, wie konservativ du bist, Vater.«

»Konservativ? Was heißt das?«

»Nichts. Er muss ja nicht mit gebeugtem Rücken vor uns erscheinen, er kommt auch anders an die Samen.«

Vater wurde laut: »Ich habe ihn besiegt! Meinst du, er wird sie mit Gewalt holen wollen? Habe ich ihn denn noch immer nicht in seine Schranken verwiesen?« Tatsächlich wusste Fürst Maichi genau, was sein Sohn sagen wollte. Er spürte den Schmerz der Verzweiflung, als sähe er die kostbaren Samen in alle Winde zerstreut auf den Feldern der anderen üppige Blüten treiben.

Ich konnte seinen Schmerz nachempfinden, schmeckte die Bitternis in seinem Mund, spürte seine Abwehr gegen das Wort »stehlen«. Wir wussten, dass alle Fürsten es tun und wir nichts dagegen unternehmen konnten. Es ist deshalb sinnlos, über Dinge, gegen die wir machtlos sind, zu sprechen, es verstärkt nur unseren Schmerz.

Mein intelligenter Bruder beging bei diesem Problem voll und ganz die Dummheit kluger Leute. Er schaffte es, in einfachen Problemen eine Komplexität zu sehen, auf die niemand sonst gekommen wäre. An diesem Tag verhielt unser zukünftiger Fürst sich nicht anders. Zufrieden stellte er fest: »Sie werden die Samen stehlen.«

Das traf Fürst Maichi wie eine Gewehrkugel. Doch statt einen Wutanfall zu bekommen, fragte er meinen Bruder: »Hast du eine Idee, was wir tun sollen?«

Die hatte mein Bruder. Fürst Maichi solle befehlen, die Samen einzusammeln und erst zur Aussaat wieder zu verteilen. Nun reagierte der Fürst mit beißender Ironie: »Es ist bald Zeit, zu säen, wenn wir die Samen jetzt einsammeln, verlieren wir das Vertrauen der Leute. Außerdem hätten sie längst zugelangt, wenn sie sie hätten stehlen wollen. Die anderen Fürsten haben noch ganz andere Mittel, Bestechung zum Beispiel.«

Der zukünftige Fürst sah den jetzigen sprachlos an.

Angesichts so viel Verlegenheit zeigte seine Frau sich höchst erfreut.

Der Fürst fuhr fort: »Da wir nun daran gedacht haben, sollten wir etwas dagegen unternehmen, damit wir uns zumindest nichts vorzuwerfen haben.«

Mutter lächelte meinem Bruder zu: »Nimm du das in die Hand, dann muss dein Vater sich nicht darum kümmern.«

Der zukünftige Fürst stürzte sich voller Eifer in die Arbeit.

Mit galoppierenden Boten wurden Befehle nach unten weitergegeben und Samen zurückgebracht. Es wurde keine Anstrengung mehr unternommen, herauszufinden, wie viele Samen früher bereits gestohlen oder versteckt worden waren. Der Führer Yingolok sammelte gerade die wertvollen Samen ein, als er einen Dieb erwischte. Es war einer von Fürst Wangpos Leuten. Der Führer ließ fragen, ob er ihn in die Festung bringen solle. Mein Bruder brüllte aufgebracht: »Herbringen? Was denn sonst! Ich wusste, dass sie stehlen würden. Ich wusste, dass sie das vorhatten und nur noch die Gelegenheit abwarteten. Bringt ihn her, lasst den Henker alles vorbereiten, und lasst uns diesen schamlosen Dieb genau ansehen!«

Der Henker Aryi wurde auf den großen Hinrichtungsplatz vor der Festung gerufen.

Rechts auf dem Platz waren die Holzstangen, an denen Pferde angebunden wurden, links der Henkerpfahl, der außer seiner eigentlichen Funktion auch noch die Macht des Fürsten symbolisierte. Auf den Henkerpfahl aus solidem Holz war ein Trichter aufgesetzt, in den bei Bedarf giftige Käfer gesetzt wurden. Bei bestimmten Verbrechen band man den Delinquenten an den Pfeiler und ließ die Tiere heraus. Unterhalb des Trichters war eine eiserne Schelle mit einem Schloss angebracht, die dazu diente, den Gefangenen am Hals zu fixieren. Unterhalb der Schelle ragten zwei waagrechte Arme zur Seite, sodass das Ganze mit dem Trichter von weitem wie eine Vogelscheuche aussah und den ländlichen Charakter der Umgebung unserer Festung unterstrich. Tatsächlich handelte es sich um Eisenstangen, die durch den Pfeiler getrieben worden waren und dem Zweck dienten, dass der Verurteilte die einmal erhobenen Arme nicht wieder sinken ließ. Einige meinten, sie suggerierten, dass der Verurteilte geradewegs ins Paradies eingehe. Nah am Boden gab es noch zwei Metallringe, die zur Fixierung der Füße dienten. Weitere Gegenstände lagen herum: ein metallisch schimmernder großer Stein, ein innen zum Trog ausgehöhltes Stück Tannenholz und eine Reihe kleinerer Geräte. Alles zusammen bildete ein bizarres Stillleben, dessen Zentrum der Henkerpfahl selbst war. Ohne die Gegenwart des Henkers Aryi allerdings hätte der Ort empfindlich an Atmosphäre eingebüßt.

Jetzt kamen sie, vorn der Alte Aryi, hinter ihm Klein Aryi.

Beide staksten mit ihren langen Armen und Beinen wie stolpernde Ziegen, während sie die Hälse reckten wie aufgeschreckte Hirsche. Die Tradition der Henkersfamilie war so lang wie die der Maichis. Über die Jahrhunderte hatten die Maichis sich äußerlich immer voneinander unterschieden, während die Aryis stets gleich aussahen. Sie lebten davon, Menschen zu bestrafen – Auspeitschen, Abhacken von Gliedmaßen und jede Art von Todesstrafe. Viele Menschen taten gern so, als gäbe es die Aryis nicht. Doch es gab sie, und das mit einem äußerst eindrücklichen Schweigen.

Der Henker kam auf den Platz vor der Festung. Der Alte Aryi trug eine große Ledertasche auf dem Rücken, Klein Aryi eine kleine. Ich war bei ihnen zu Hause gewesen, ich wusste, was sich darin befand.

Als Klein Aryi mich sah, lächelte er mir zu, wie Kinder es zu tun pflegen, bevor er sich nach vorn beugte, um seine Arbeit zu tun. In der geöffneten Ledertasche blitzten seine Folterwerkzeuge auf. Der Dieb wurde hergebracht, ein stattlicher Mann, fast so groß wie der Henkerpfahl. Fürst Wangpo schien seinen besten Mann hergeschickt zu haben.

Die Lederpeitsche begann in der Hand des Alten Aryi zu tanzen. Jedes Mal, wenn sie auf den Körper des Mannes traf, krümmte sie sich wie eine Schlange zusammen, um etwas aus ihm herauszureißen, ein Stück Kleidung oder Haut. Der Mann bekam zunächst zwanzig Peitschenhiebe. Da der Alte Aryi nur auf seine Beine zielte, waren sie hinterher völlig nackt und kahl, woran die Leute erkennen konnten, dass es ein Dieb war, der am Pfahl bestraft wurde. Der Mann sah selbst an seinen Beinen herunter: Haut und Kleidung waren fort, das Fleisch darunter unversehrt. »Ich bin Gefolgsmann von Fürst Wangpo! Ich bin kein Dieb, ich wurde hergeschickt, um etwas für den Herrn zu erbitten!«, brüllte er.

Der Erste Junge Herr trat hervor: »Wie hast du denn darum gebeten? Hast du so laut gebrüllt wie jetzt? Oder eher heimlich und in aller Stille gesucht?«

Die Menge hatte Hassgefühle für den Feind immer parat, so wie das Silber in den Lagern immer vorrätig war: sofort verfügbar, sobald es Bedarf gab. Der Erste Junge Herr hatte kaum ausgeredet, als die Menge schon tobte: »Töten! Töten! Bring ihn um!«

Da seufzte der Verurteilte: »Schade, zu schade!«

»Schade um deinen Kopf?«, fragte der Erste Junge Herr.

»Nein, nur schade, dass ich nicht schnell genug war.«

»Der Strafe wärst du ja doch nicht entgangen.«

Der Mann lachte laut: »Meinst du, ich hätte geglaubt, lebend zurückzukehren, wenn ich so etwas mache?«

»Du bist ein wahrer Mann. Was hast du für einen Wunsch, ich werde ihn dir erfüllen.«

»Schick meinen Kopf an meinen Herrn, damit er weiß, dass ich ihm treu bin bis in den Tod. Ich möchte meine Augen erst bei ihm endgültig schließen.«

»So etwas nenne ich einen richtigen Kerl. Wenn du zu mir gehörtest, hätte ich eine hohe Meinung von dir.«

Seine letzte Bitte an meinen Bruder war, seinen Kopf möglichst schnell zurückzuschicken, damit der Glanz in den Augen noch nicht erloschen sei. »Das wäre eines Kriegers nicht würdig«, fügte er hinzu. Der Erste Junge Herr ließ ein Rennpferd kommen. Was dann geschah, war einfach, sehr einfach. Der Henker machte seinen Oberkörper los, während der Mann an den Füßen noch an den Pfahl gefesselt war – das hätte selbst den stärksten Mann in die Knie gezwungen. Da der Henker wusste, dass der Erste Junge Herr den anderen nicht lange leiden sehen wollte, hob er das Schwert, hieb einmal kräftig zu, und der Kopf rollte auf den Boden. Normalerweise blieben abgehackte Köpfe mit dem Gesicht nach unten im Staub liegen. Doch dieser blickte in den Himmel. Seine Augen leuchteten, und auf seinen Lippen lag noch ein leises, ironisches Lächeln. Das Lächeln des Siegers, dachte ich. Doch bevor ich noch genauer hinsehen konnte, hatten sie den Kopf schon in ein rotes Tuch gewickelt und einem Pferd auf den Rücken gebunden, das blitzschnell davongaloppierte. Ich hatte das Gefühl, in dem Lächeln habe etwas Besonderes gelegen. Mein Bruder lachte mich aus: »Was willst du Dummkopf uns denn groß sagen?«

Bevor ich antworten konnte, sagte Mutter: »Sein Idiotenhirn hat durchaus hie und da Recht, woher willst du wissen, dass es diesmal anders ist?«

Mein im Allgemeinen recht friedlicher Bruder erwiderte: »Es war das stolze Lächeln eines loyalen Dieners.«

So sind die klugen Leute, friedlich, aber unnachgiebig. Man kann gut mit ihnen auskommen, aber sie können auch sehr dickköpfig sein.

Zu unserer Überraschung schickte Fürst Wangpo noch einmal Leute, zwei diesmal. Wir behandelten sie wie den Ersten. Als die noch warmen Köpfe mit einem schnellen Pferd fortgebracht wurden, sagte der Erste Junge Herr leise: »Das wird langsam zum Problem.«

Wieder kamen Leute von Fürst Wangpo, diesmal drei. Mein Bruder lachte: »Wangpo benutzt die Köpfe seiner Diener, um uns zum Narren zu halten. Also gut, solange er noch Leute hat, hacken wir Köpfe ab.«

Nur schickten wir diesmal die Köpfe nicht zurück. Wir machten zwar ein Pferd fertig, aber es trug einen Brief bei sich. Die Nachricht war sehr einfach, nach den üblichen Grüßen beglückwünschte Fürst Maichi den Fürsten Wangpo zu so vielen getreuen, mutigen Leibeigenen. Wangpo antwortete nicht, schickte aber jemanden, der die drei Köpfe abholte. Für ihre Körper machten die Lamas eine Zeremonie und verbrannten sie am Flussufer.

Über diesen turbulenten Ereignissen war niemandem aufgefallen, dass die Tage immer wärmer wurden.

Die gerade eingesammelten Samen wurden wieder ausgegeben und in einem noch größeren Gebiet ausgesät.

15

Das verlorene Medikament

Die Familie beschloss, dass ich eine Inspektionsreise durch das Gebiet von Fürst Maichi unternehmen solle.

Damit würde ich meiner Pflicht als erwachsener Sohn des Fürsten Genüge tun.

Vater sagte, meine persönliche Dienerin dürfe nicht dabei sein, sonst aber hätte ich freie Hand. Die kleine Tharna weinte die ganze Nacht. Ich entschied mich für meine zwei Diener Sonam Tserang und Aryi. Verantwortlicher Leiter war der hinkende Verwalter. Die Leibwache bestand aus zwölf Personen, bewaffnet mit einem Maschinengewehr und zehn leichteren Waffen. Weiterhin waren ein Stallbursche dabei, ein Lama, der das Wetter im Auge behielt, ein Schuster zur Reparatur unserer Stiefel, ein Hexenmeister, der unsere Nahrungsmittel auf Gifte untersuchte, ein Musiker und zwei Sänger.

Hätte ich diese Reise nicht gemacht, dann wäre mir die Ausdehnung des Maichi-Territoriums immer verborgen geblieben. Ich hätte nie erahnen können, was es hieß, Fürst zu sein.

An jedem Ort schickten uns die Führer ihr Volk zur Begrüßung entgegen. Aus der Ferne bliesen sie Hörner und trugen Gesänge vor. Kamen wir näher, so knieten sie im Staub, den unsere Pferde aufwirbelten, nieder. Erst wenn ich absaß und huldvoll winkte, erhoben sie sich und wirbelten wiederum große Staubwolken auf. Anfangs war ich daraufhin immer staubbedeckt, meine Diener klopften mir den Rücken und gaben mir zu trinken. Später war ich schlauer und ging gegen den Wind am knienden Volk vorbei, bevor ich ihm bedeutete aufzustehen. Wenn ich absaß, gab ich mein Gewehr Sonam Tserang. Er liebte Waffen so sehr, dass er übers ganze Gesicht strahlte und sein Atem gewichtiger wurde, sobald er mit seinem Gewehr hinter mir stand. Nie nahm er dann von den Speisen, die uns respektvoll gereicht wurden.

Die Begrüßungszeremonie fand immer auf freiem Feld unweit der Festung statt. In einem eigens errichteten Zelt nahmen wir kniefällige Ehrerbietungen, Speisen und Tanzdarbietungen entgegen, und meist wollten uns die Führer noch ihre wichtigsten Gefolgsleute vorstellen. Den Verwalter, die Herren untergeordneter Festungen, Krieger, die sich durch besonderen Mut hervorgetan hatten, einige der Alten, besonders geschickte Handwerker und natürlich die schönsten Mädchen. Ich redete einfach drauflos, in meinen Augen langweiliges, in ihren aber hochinteressantes Zeug. Der hinkende Verwalter fand meine Reden unangemessen für einen Jungen Herrn, denn für das Volk im Territorium des Fürsten seien Segenswünsche, Lob und Ansporn von Seiten der Fürstenfamilie schließlich sehr wichtig. Er ermahnte mich vor allen anderen – weil er mich nicht wirklich versteht, dachte ich. Mit gedämpfter Stimme erwiderte ich daher: »Halt den Mund. Wir leben zwar in derselben Festung, aber Sie verstehen mich kein bisschen.«

Dann wandte ich mich an die vor mir knienden Menschen: »Nehmt mich nicht so ernst. Ich bin nur der idiotische Sohn des Fürsten, wie jeder weiß.«

Sie schwiegen diskret.

Dann rief ich Sonam Tserang und befahl ihm, sich zu setzen und all das aufzuessen, was wir nicht mehr bewältigen konnten: Ganze Hammelkeulen, große Krüge voll Wein und lange Schnüre mit Würsten. Ungewöhnlich waren die in buntes Papier eingewickelten Süßigkeiten aus China, von denen ich Klein Aryi einige zur Seite legen ließ. Nachdem Sonam Tserang aufgegessen hatte, rülpste er zufrieden, nahm sein Gewehr und stand wieder Wache hinter mir. Da er sich weigerte, eine Pause zu machen, forderte ich ihn auf: »Such dir draußen eine Zielscheibe und übe etwas. Nimm Klein Aryi mit, er soll auch ein wenig schießen.«

Die Schießübungen erschöpften ihn völlig, denn er zog bewegliche Ziele der Zielscheibe vor. Nach kurzer Zeit kam Klein Aryi zurück und sagte: »Er ist in die Berge jagen gegangen.«

Ich fragte ihn, warum er nicht mitgegangen sei.

»Das ist mir zu anstrengend«, lachte er.

»Dich machen wohl nur Ziele an, die an den Pfahl gefesselt sind, was?«, spottete ich.

Er lachte immer noch.

Von den Bergen klang das scharfe Krachen meines Gewehrs herüber.

Am Abend schickten die Führer mir jeweils ein junges Dienstmädchen für die Nacht. Es war jedes Mal eine andere, was für eine gewisse Unruhe in den niederen Rängen sorgte. Der Verwalter erfuhr ungefähr die gleiche Behandlung, indem er alle nachhaltig davon überzeugte, der Sohn des Fürsten sei ein Idiot. So betrachteten sie ihn als Repräsentanten des Fürsten und behandelten ihn als würdige, wichtige Persönlichkeit. Er bekam Frauen und andere Geschenke. Er trieb die Idioten-Nummer so weit, dass ich eines Tages fragte: »Hast du Angst vor Aryi?«

»Sein Vater hat Angst vor mir«, erwiderte er.

Ich sagte: »Vielleicht wirst du ihn eines Tages fürchten.«

Bevor er mir noch mehr aus der Nase ziehen konnte, gab ich wieder den Idioten. So eine Inspektionsreise bringt nicht nur eine Menge Spaß, sie hilft auch, schneller erwachsen zu werden. Ich wusste genau, wann ich mich wie der intelligenteste Mensch der Welt verhalten musste, um den Leuten, die mich verachteten, einen gehörigen Schrecken einzujagen. Wenn sie es dann mit der Angst bekamen und mich wie einen denkenden Menschen behandeln wollten, gebärdete ich mich wieder wie ein Idiot. So vergnügte ich mich in meinem Zelt nach Kräften mit den Mädchen, die die Führer mir überließen. Wenn die Leute meinten, der Junge Herr treibe es etwas zu weit, erklärten ihnen meine Gefolgsleute, der Junge Herr sei nur der Sohn des Fürsten und seiner chinesischen Frau, ein Idiot eben. Sonam Tserang stand ungeachtet der Geräusche im Zelt mit geschultertem Gewehr davor und hielt Wache. Er war mir treu ergeben. Auch Klein Aryi war vollkommen loyal. Mit seinem Gesichtsausdruck und seinem Verhalten irritierte er die anderen so sehr, dass sie taten, als gebe es ihn gar nicht. So wusste er immer, was sie redeten. Doch ich fragte ihn nie danach. Wenn wir von einem Führer zum nächsten unterwegs waren, durch lange Täler, über hohe Berge und an Flussufern entlang, wenn uns die Sonne auf den Kopf brannte, die Sänger heiser wurden und die Pferdekarawane sich lang hinzog, dann kam Klein Aryi auf seinem Pferd zu mir, räusperte sich und begann mir zu erzählen, was dieser gesagt und jener gemeint hatte. Er sprach unbewegt und sachlich, ohne jede Gefühlsregung. Ich sagte meinen beiden Dienern häufig, ihr müsst meine besten Freunde werden.

Eines Abends missfiel mir das Mädchen, das der Führer, den wir gerade besuchten, geschickt hatte. Sie wirkte irgendwie gekränkt. Ich fragte sie nach dem Grund, aber sie wollte ihn nicht nennen. Ich fragte sie, ob jemand ihr gesagt habe, dass ich ein Idiot sei. Sie machte einen Schmollmund und sagte: »Auch wenn es nur für eine Nacht ist, soll der Mann, der mich will, mich aufrichtig lieben, und das kann der Junge Herr nicht.«

Ich fragte sie, wieso ich das nicht könne.

Sie wand sich: »Alle sagen, Sie seien ein Idiot.«

In dieser Nacht stand ich vor dem Zelt und befahl meinen Dienern, mit ihr zu schlafen. Sonam Tserang hörte ich wie einen in die Grube gefallenen Bär schnaufen und heulen. Als er herauskam, war der Mond aufgegangen. Dann war Aryi an der Reihe. Von ihm hörte ich einen lauten Plumps wie von einem großen Fisch, der aus dem Wasser gesprungen ist.

Am nächsten Morgen sagte ich zu dem Mädchen: »Die beiden werden dich vermissen.«

Sie kniete nieder und berührte meine Stiefel mit der Stirn.

»Geh und sag ihnen, dass du mit dem Jungen Herrn geschlafen hast«, sagte ich.

Die Angelegenheit könnte den Führer verärgern, dachte ich und verstärkte meine Vorsichtsmaßnahmen. Als serviert wurde, ließ ich unseren Giftmeister die Speisen mit Silberstäbchen und den Wein mit Jade testen, denn beides hätte sich verfärbt, wäre Gift in den Speisen enthalten gewesen. Das traf den Führer so tief, dass sein sorgfältig frisierter Bart zitterte. Schließlich baute er sich vor mir auf und stopfte sich von allen Gerichten so viel in den Mund, dass er fast erstickte. Als er wieder Luft bekam, sagte er: »Sonne und Mond sind meine Zeugen, kein Fürst Maichi hat bisher an meiner Loyalität gezweifelt. Der Junge Herr hätte mich lieber getötet, als das zu tun.«

Ich dachte, dass ich wohl etwas getan hatte, das ich besser gelassen hätte. Aber ich tröstete mich mit dem Gedanken, dass ich ein Idiot bin.

Der hinkende Verwalter sagte: »Es ist mir egal, wie Sie sich anderen gegenüber benehmen, aber Führer Songpa sollten Sie nicht beleidigen.«

»Wieso lasst ihr mich dann einen Giftmeister mitnehmen?«

Der Verwalter wandte sich an den Führer: »Herr, es ist alles meine Schuld. Ich hätte es dem Jungen Herrn klar machen müssen.«

Führer Songpa aß nicht viel. Er glaubte nicht, dass ein Idiot das alles inszeniert haben sollte. Zum Tee nach dem Essen setzte der Verwalter sich zu ihm. Da sie unentwegt zu mir herübersahen, wusste ich, worüber sie sprachen.

»Der Junge Herr ist ein Idiot. Er entstand, nachdem der Fürst getrunken hatte und es mit einer Chinesin machte«, erklärte der Verwalter.

Der Führer erwiderte: »Aber wer garantiert mir, dass im Hintergrund nicht ein kluger Mann heimtückisch die Fäden zieht?«

Da lachte der Verwalter: »Was sagen Sie? Hinter ihm stehe ein kluger Mann? Ich lache mich tot. Sehen Sie sich seine zwei Freunde doch an, den mit dem Gewehr und den, der ein Gesicht wie ein Toter hat, das sind seine Vertrauten, sehen die etwa intelligent aus?«

Da dieser Führer Songpa den Maichis gegenüber immer loyal gewesen war, dachte ich mir, habe ich eigentlich keinen Grund, ihn nicht zu mögen. Ich wollte ihn fröhlich stimmen. So verkündete ich laut: »Wir werden morgen nicht abreisen, sondern einen Tag länger bei Führer Songpa bleiben.« So wollte ich einen Fauxpas wieder gutmachen. Das Gesicht Führer Songpas strahlte, und ich freute mich, ihn mit meinem Beschluss aufgeheitert zu haben.

Doch dann jagte ich ihnen den nächsten Schrecken ein.

»Wir machen morgen eine Treibjagd«, erklärte ich. Da ging ein Brummen und Raunen durch das Zelt, als hätte man in ein Wespennest gestochen.

Klein Aryi flüsterte mir ins Ohr: »Junger Herr, im Frühjahr macht man keine Treibjagd.«

Himmel, nun fiel es mir auch wieder ein. In dieser Jahreszeit ist das Wild entweder trächtig oder nährt seine Jungen, sodass mit jedem erlegten Tier zwei oder mehr Leben vernichtet werden. Darum herrscht im Frühjahr strenges Jagdverbot. Und ich hatte diese grundlegende

Regel einfach vergessen. Normalerweise machte ich mir, wenn die Leute mich einen Idioten nannten, einen Spaß daraus, sie an der Nase herumzuführen. Doch diesmal war ich wirklich ein Idiot gewesen. Und ich musste auf meinem Vorschlag bestehen, sonst wäre ich in Zukunft nicht einmal mehr ein Idiot gewesen.

Bei der Treibjagd merkte ich sofort, dass sie mit mir spielten. Mit all diesen Menschen und Hunden umzingelten wir lediglich ein kurzes, schmales Tal. Und selbst dann entkamen uns noch viele Tiere. Es krachten zwar Schüsse, aber keins der Beutetiere stürzte. Also schoss ich selber zwei Rehböcke und feuerte anschließend in die Büsche.

Die Jagd wurde hastig abgebrochen, und ich befahl, die erbeuteten Tiere den Hunden zum Fraß zu geben.

Auf dem Rückweg fühlte ich mich unwohl.

Führer Songpa ritt neben mir. Nun glaubte er wirklich, dass mit meinem Gehirn etwas nicht stimmte. Er war ein guter Mensch und wollte, dass ich ihm verzieh: »Warum sollte ein alter Mann wie ich Sie so behandeln? Nehmen Sie es sich nicht zu Herzen, Junger Herr.«

Ich wollte sagen, dass ich eben ein Idiot sei. Doch als ich seine aufrichtige Miene sah, schluckte ich den Satz hinunter und sagte nur: »Manchmal bin ich auch anders.«

Der Führer sah, dass es mir ernst war, und fuhr fort: »Ich weiß, ich weiß.« Er wolle mir ein Medikament geben, ich solle es unbedingt annehmen.

Es waren bunte Tabletten, die ein durchreisender Mönch zurückgelassen habe. Sie seien aus dem Wind über einem See und dem Licht über einem magischen Berg gefertigt. Ein geheimnisvolles Rezept. Auf dem weiten Weg fort vom Verwaltungsgebiet des Führers Songpa brannte die Sonne so sehr, dass mir der Schädel brummte wie ein Bienenstock. Aus Langeweile und Neugier nahm ich eine von den Tabletten. Ich erwartete, dass das Licht darin mich durchbohren würde wie ein zweischneidiges Schwert und der Wind sich in meinem Magen erheben und mich zum Himmel tragen würde. Doch mein Mund füllte sich mit Fischgeschmack. Dann schienen sich in meinem Magen Fische zu tummeln, und ich musste mich übergeben. Ich spuckte und spuckte, bis ich bittere Galle schmeckte. Der hinkende Verwalter klopfte mir den Rücken: »Sollte der Junge Herr mit seiner

Vorsicht Recht behalten haben? Hat der alte Kerl den Jungen Herrn doch vergiftet?«

»Was hätte er davon, einen Krüppel und einen Idioten zu vergiften?«, fragte ich, warf die Medikamente aber trotzdem ins Gras am Wegesrand.

Später erfuhr ich, dass es sich tatsächlich um eine kostbare Medizin gehandelt hatte. Hätte ich sie komplett aufgegessen, wäre ich bestimmt geheilt worden. Doch das Schicksal hatte es anders gemeint, ich hatte das wirkungsvolle Heilmittel von Führer Songpa fortgeworfen.

16

Ohrenblüte

Das Territorium Fürst Maichis erstreckte sich über ein riesiges Gebiet.

Zu Beginn des Sommers erreichten wir die Südgrenze, und anschließend wollte ich mich nach Norden wenden. Der Verwalter sagte, wir würden unsere Reise erst zur Erntezeit im Herbst abschließen können.

Gerade befanden wir uns im Grenzgebiet zum Territorium von Fürst Wangpo. Uns erreichte ein Bote von Hause: Der Fürst wollte, dass ich mich etwas länger hier aufhielt. Seine Absicht lag auf der Hand. Er wollte, dass Fürst Wangpo uns – einen idiotischen Jungen Herrn, einen verkrüppelten Verwalter und ihre kleine Leibgarde – angriff. Doch die Gegenseite war auch nicht dumm, sie hatte nicht vor, sich vom unvergleichlich mächtigen Fürst Maichi provozieren zu lassen und ihm so einen Vorwand zum vernichtenden Gegenschlag zu liefern. Wir überschritten sogar absichtlich die Grenze, doch die gegnerischen Soldaten folgten uns lediglich, ohne sich zu zeigen.

Als es an einem Morgen regnete, sagte der hinkende Verwalter:

»Lassen Sie uns heute hier bleiben, sie trauen sich ohnehin nicht, etwas zu tun.« Also machten wir einen Tag Pause und wollten tags darauf nach Norden ziehen.

Der Regen tropfte vor sich hin, die Stallburschen beschlugen die Pferde neu, die Leibgarde reinigte die Waffen. Die beiden Sänger übten ihre Stimmen, der eine hoch, der andere tief. Der Verwalter breitete ein Blatt Papier vor sich aus, um Fürst Maichi in einem langen Brief von den Ereignissen an der Grenze zu berichten. Ich lag auf dem Bett und hörte den Regen auf das Zelt trommeln.

Gegen Mittag hörte es plötzlich auf zu regnen. Aus Langeweile befahl ich, die Pferde fertig zu machen. Als wir wieder an derselben Stelle die Grenze überschritten, kam die Sonne zwischen den Wolken hervor und brannte uns heiß auf den Rücken. Da der Regen unsere Hosen und Schuhe durchweicht hatte, rasteten wir auf einer Wiese, um unsere Stiefel in der Sonne zu trocknen.

Die hinter den Bäumen verborgenen Truppen Fürst Wangpos nahmen uns scharf ins Visier. Zielscheibe zu sein, fühlt sich an, als werde man von einem Insekt gebissen, es pikt und juckt. Sie wagten nicht zu schießen. Da wir wussten, wo sie sich versteckt hielten, hatten wir unsere Maschinengewehre geladen und waren bereit, sie bei der geringsten Bewegung unter einem Kugelhagel zu begraben. Also hatte ich Muße, mir die Landschaft um uns herum anzusehen. In den Bergen macht das nur Sinn, wenn es gerade geregnet hat, denn dann sind die Farben besonders klar, ist das Licht besonders rein. Als wir früher hier vorbeigeritten waren, hatte ich schon die roten Blumen unter den Bäumen bemerkt, doch heute erschienen sie mir besonders schön. Ich zeigte sie dem Verwalter. Der stellte sofort fest: »Das ist unser Mohn.«

Genau so sagte er – »unser Mohn«.

Jetzt sahen wir es alle, es war tatsächlich Mohn. Der Mohn, der Fürst Maichi so viel Reichtum gebracht hatte. Drei Pflanzen waren es, die gerade und aufrecht in der Sonne standen, jede Blüte kräftig leuchtend. Der hinkende Verwalter ließ die Gewehre entsichern, bevor wir uns den Pflanzen näherten. Da schossen die verborgenen Schützen auch schon. *Peng! Peng! Peng! Peng!* Insgesamt vier Mal das Geräusch wie von einem berstenden Gong. Die Männer müssen vor Angst gezittert haben, denn mit vier Schüssen trafen sie nur zwei meiner Leute, einen tödlich, der andere war verletzt. Der Giftmeister lag mit dem Gesicht nach unten auf der Erde, ein Büschel Kräuter in der Hand, ein Sänger sank nieder und hielt sich die blutende Schulter. Ich hatte das Gefühl, es war einen Moment ruhig, bevor meine Leute das Feuer erwiderten. Das Resultat war verblüffend. Eine Salve, und zwischen den Bäumen war es ruhig, man hörte nur die zerfetzten Blätter zu Boden segeln. Die vier Schützen lagen tot unter den Bäumen, zusammengekrümmt, als frören sie.

Ich weiß nicht mehr, wieso wir die Mohnpflanzen nicht einfach ausrissen, sondern die Männer mit ihren Bajonetten danach graben ließen. Was wir fanden, ließ uns nach Luft schnappen. Unter den drei Pflanzen fanden sich drei Holzkisten, darin drei halb verweste menschliche Köpfe. Der Mohn wuchs jeweils aus einem Ohr der Köpfe. Wir brauchten nur an die Hinrichtung der Mohndiebe zu denken und wie wir die Köpfe der Delinquenten an Fürst Wangpo zurückgeschickt hatten, um zu begreifen, was geschehen war. Die Männer hatten sich Samen ins Ohr gesteckt, bevor sie sich erwischen ließen. Fürst Wangpo hatte die Samen aus den Schädeln von Leuten gewonnen, die sich für ihn geopfert hatten!

Und er setzte den Helden mit diesen Blumen, die ihnen aus den Ohren wuchsen, ein Denkmal.

Wir strichen den Plan, nach Norden zu reisen, und kehrten auf dem schnellsten Weg heim. Der Verwalter und ich waren uns einig, dass diese Nachricht alle überraschen würde.

Doch die Reaktion besonders meines Bruders übertraf alle Erwartungen bei weitem.

Dieser intelligente Mann sprang von seinem Stuhl auf und brüllte: »Blumen aus den Köpfen von Toten? Wo gibts denn so was!«

Bis dahin war er mir immer sehr wohl gesinnt gewesen, ja man kann sagen, nie hatten sich zwei Brüder Maichi so gut verstanden wie wir. Doch diesmal war es anders. Mit der größten Verachtung sagte er zu mir: »Was verstehst du Idiot schon?« Dann baute mein großer Bruder sich vor dem Verwalter auf. »Mir scheint, ihr habt einen Albtraum gehabt!«

Mir tat er tatsächlich Leid. Er war der klügste Mensch der Welt. Sein Schwachpunkt war, dass er die größte Angst davor hatte, sich nicht klug genug zu verhalten. Er zeigte sich im Allgemeinen ruhig und gelassen. Das hieß nicht, dass ihm alles egal war, es zeugte vielmehr von seiner Klugheit – die Dinge ließen sich wie nebenbei sauber und angemessen regeln. Als ich ihn jetzt so hasserfüllt sah, wünschte ich tatsächlich, einen Albtraum zu haben. Wenn ich aufwachte, würde ich wieder nahe der Grenze im Süden sein, und der Regen würde immer noch unablässig auf das Zeltdach trommeln.

Aber das hier war Realität. Ich klatschte in die Hände.

Mein Diener Sonam Tserang kam herein und schlug das Bündel auf, das er in Händen trug.

Die Frau des Fürsten hielt sich ein Seidentuch vor die Nase. Tharna wagte das nicht, doch als sich ein übler Geruch im Zimmer ausbreitete, hörte ich sie würgen und spucken. Nun traten alle näher herzu. Mein Bruder wollte beweisen, dass der Samen nachträglich hineingetan worden war, und versuchte, die Pflanze ausreißen. Doch er hob den verwesenden Kopf mit an. Als er die Pflanze schüttelte, schrie die Frau des Fürsten auf. Alle sahen, wie der aufgerissene Kopf zu Boden fiel. Nun war deutlich zu erkennen, dass die haarfeinen Wurzeln tief in die Gehörgänge eingedrungen waren und bis tief ins Schädelinnere reichten.

Vater sah meinen Bruder an: »Das scheint nicht nachträglich eingesetzt worden zu sein, es sieht gewachsen aus.«

Mein Bruder reckte seinen Hals und sagte gequält: »Es sieht so aus.«

Da meldete sich der Monpa-Lama zu Wort, der bisher geschwiegen hatte. Ich nenne ihn Lama, weil er es so wünscht. In Wirklichkeit ist er ein Magier, der etwas von Zauberkunst und Wahrsagerei versteht. Er fragte mich, in welcher Ausrichtung die Schädel vergraben gewesen seien. Richtung Norden, erklärte ich, in Richtung des Gebiets von Fürst Maichi. Ob es unter Bäumen gewesen sei, wollte er noch wissen. Ich bestätigte. Ganz klar, sagte er, uns wurde nicht nur der Samen gestohlen, sie haben auch noch die schlimmsten Verwünschungen gegen uns ausgestoßen. Zu meinem Bruder sagte er: »Sehen Sie mich nicht so an, Erster Junger Herr, ich werde vom Hause Maichi ernährt, bekomme Almosen vom Hause Maichi, ich werde alles aussprechen, was ich weiß.«

Die Frau des Fürsten sagte: »Nur Mut, Lama, sprechen Sie.«

»Was für einen Fluch haben sie gegen uns ausgesprochen?«, fragte der Fürst.

»Ich muss wissen, was mit den Köpfen zusammen vergraben wurde«, erwiderte der Monpa-Lama. »Hat der Zweite Junge Herr alles mitgebracht?«

Selbstverständlich hatten wir nichts liegen gelassen.

Der Monpa-Lama verbrannte Gartenraute, um mit ihrem Duft den üblen Geruch im Zimmer zu vertreiben. Dann ging er fort, um die Dinge zu studieren, die wir mitgebracht hatten. Auch mein Bruder verließ den Raum. Der Fürst fragte den Verwalter, wie das Ganze entdeckt worden sei. Der Verwalter schilderte alles in den leuchtendsten Farben und ließ auch die entscheidende Rolle des Zweiten Jungen Herrn nicht aus. Der Fürst hörte sorgfältig zu, dann sah er zuerst meine Mutter an und musterte dann mich mit einem Blick, den ich noch nie an ihm gesehen hatte. Anschließend seufzte er, als dächte er: Und er ist doch ein Idiot! Tatsächlich sagte er: »Nächstes Jahr bereist du den Norden. Dann gebe ich dir mehr Leute mit.«

»Bedankst du dich nicht beim Vater?«, fragte Mutter.

Ich schwieg.

Da kam der Monpa-Lama wieder herein und berichtete: »Fürst Wangpo hat einen Fluch auf unseren Mohn gelegt. Er soll, wenn er in voller Blüte steht, von hühnereigroßen Hagelkörnern erschlagen werden.«

Der Fürst seufzte tief. »Also gut, er will die Auseinandersetzung, ab heute soll er sie haben.«

Sie begannen mit der offiziellen Besprechung, und ich schlief ein.

Es wurde schon Tag, als ich erwachte. Jemand hatte mich zugedeckt. Da fiel mir noch etwas ein, und ich winkte den Monpa-Lama heran. Er lächelte: »Was hat der Junge Herr nun wieder gesehen?«

Ich erzählte ihm von der Medizin, die Führer Songpa mir gegeben hatte, und dass ich sie weggeworfen habe.

Er schrie alarmiert auf: »Himmel! Was für magische Pillen haben Sie fortgeworfen? Wer kann heute noch Medizin aus Wind und Licht mischen!« Dann fragte er: »Und Sie haben nichts davon gegessen, bevor Sie es weggeworfen haben?«

»Doch.«

»Dann haben Sie sich anschließend übergeben und ein Gefühl von Würmern im Magen gehabt?«

Der Verwalter antwortete: »Nicht Würmer, sondern Fische.«

Der Lama stampfte mit dem Fuß auf und seufzte: »Das ist es, das ist es! Wenn Sie alles ausgespuckt hätten, wären Sie jetzt gesund!« Der Lama war nun einmal Lama und hatte zu allem seine Sichtweise. »Auch gut, auch gut«, sagte er, »das hat nicht funktioniert, aber es hindert uns nicht, gegen Fürst Wangpo vorzugehen.«

Ich fragte Vater: »Wird es Krieg geben?«

Vater nickte.

»Dann ist das der Mohnblütenkrieg«, sagte ich.

Sie sahen mich an, doch niemand notierte meine Bemerkung. Früher, in den Anfängen der Fürsten Maichi, gab es Geschichtsschreiber, die nur dafür da waren, alle Worte und Taten der Fürsten niederzuschreiben. Daher wissen wir heute noch, was welcher Fürst der ersten drei Generationen jeden Tag gemacht, gegessen und gesagt hat. Später gab es einen Geschichtsschreiber, der Dinge niederschrieb, die er nicht hätte notieren sollen. Er wurde vom Fürsten Maichi der vierten Generation getötet. Seitdem gab es keine Geschichtsschreiber mehr. Zuweilen kam mir in meinem Idiotenhirn der Gedanke, dass ich einen Geschichtsschreiber bräuchte, wenn ich Fürst würde. Dann könnte ich hin und wieder in den Büchern nachschlagen, was ich wann gesagt und getan hatte, bestimmt wäre das sehr interessant. Einmal sagte ich zu Sonam Tserang: »Ich werde dich später zu meinem Geschichtsschreiber machen.« Da brüllte dieser Lakai los: »Dann will ich mit Aryi tauschen, er wird Schreiber und ich Henker!«

Ich dachte bei mir, wenn es wirklich einen Geschichtsschreiber gäbe, stünde er jetzt hinter mir und befeuchtete die Mine seines Stifts, um diese wohlklingende Bezeichnung niederzuschreiben: Mohnblütenkrieg.

17

Der Mohnblütenkrieg

Mutter sagte, der Samen einer Pflanze, da sollten wir uns nichts vormachen, gelange weniger durch Diebstahl auf ein anderes Gebiet als mit dem Wind oder auf den Flügeln der Vögel, es sei nur eine Frage der Zeit.

»Sollen wir also tatenlos zusehen, was geschieht?«, fragte Vater.

Natürlich könnten wir das zum Vorwand für einen Krieg gegen Fürst Wangpo nutzen, meinte Mutter, aber es nütze jedenfalls nichts, sich verrückt zu machen. Und sie fügte hinzu, wenn wir einen Krieg um Mohn führten, würden wir Unterstützung vom Sondergesandten Huang bekommen.

Erstaunlicherweise widersprach ihr niemand.

Ebenfalls erstmals schrieb die Frau des Fürsten einen offiziellen Brief, und zwar in chinesischer Sprache. Als sie ihn verschloss, sagte der Überbringer, mein Bruder: »Nicht nötig, ich kann sowieso nicht Chinesisch lesen.«

Mutter erwiderte freundlich: »Darum geht es nicht. Es geht darum, zu zeigen, dass die Familie Maichi die Regeln des Schriftverkehrs versteht.«

Noch bevor der Bote mit der Antwort eingetroffen war, erreichte uns die Nachricht, dass sich an der Grenze im Süden Magier im Dienst von Fürst Wangpo versammelten, um Beschwörungszeremonien gegen Fürst Maichi durchzuführen.

Ein Krieg der besonderen Art nahm seinen Anfang.

Unsere Magier errichteten auf einem kleinen Hügel in der Nähe der Wohnstätte des Henkers einen Altar. Unter der Führung des Monpa-Lama, gekleidet in die farbigsten Gewänder und mit den merkwürdigsten Kopfbedeckungen, waren sie mit unendlich vielen Kultgeräten sowie unzähligen Opfergaben für die Götter und Geister bestückt. Auch sah ich, dass sie sämtliche Waffen zusammentrugen, die seit alters je verwendet worden waren. Von Steinschwert und Steinaxt zu Pfeil und Bogen, von der Steinschleuder zur Schrotflinte; nur unser Maschinengewehr und die Schnellfeuerwaffen fehlten in der Reihe der für die Götter zurechtgelegten Waffen. Der Monpa-Lama erklärte mir, dass die Götter, die er gerufen habe, mit diesen modernen Waffen nicht umzugehen verstünden. Er hielt den Blick auf den Himmel gerichtet, während er sprach. Der Himmel war klar, tiefblau wie ein Ozean, mit leichten Wolken darauf. Ebendiese Wolken behielten die Lamas im Blick, um jederzeit gewahr zu sein, dass sie plötzlich ihre Farbe änderten. Weiße Wolken waren Glück verheißend. Die Zauberer des Feindes taten derweil ihr Möglichstes, damit die Wolken mit Donner gefüllt würden, lange Blitze trügen und unendlich viele große Hagelkörner.

Eines Tages kam tatsächlich eine solche Wolke aus Richtung Süden.

Ein Krieg der Zauberer ist erheblich aufregender als einer mit echten Schwertern und Gewehren.

Als die schwarze Wolke am Horizont erschien, setzte der Monpa-Lama einen gewaltigen Helm auf. Sein Rücken war gespickt mit dreieckigen und runden Fahnen. Als er eine davon herauszog und sie schwenkte, ertönten auf den Bergen alle Krachmacher auf einmal: Schlangenblasrohre, Trommeln, Gyalings und Glocken. Eine Gewehrsalve nach der anderen wurde in den Himmel geschossen. Die dunklen Wolken kamen genau über uns zum Stillstand, drehten und überschlugen sich und waren innen genauso schwarz wie außen, die Farbe der Flüche. Jetzt begann es bedrohlich zu donnern. Doch unsere Zauberer sprachen so viele Beschwörungsformeln, auf unserem Altar häuften sich so viele Gaben, und es gab so viele Waffen, die wie Spielzeug aussahen, gegen Götter und Geister aber äußerst wirkungsvoll waren, dass die düsteren Wolken schließlich abzogen. Die Mohnfelder der Maichis, ihre Festung und die versammelten Menschen waren wieder in helles Sonnenlicht getaucht. Mit seinem wertvollen Schwert in der Hand, schwitzend und außer Atem, erklärte der Monpa-Lama, der Hagel in den Wolken habe sich in Wasser verwandelt, ob er es herabregnen lassen solle? Er wirkte so angestrengt, als halte er den Regen in den Wolken mit seinem Schwert zurück.

»Wenn Sie dafür bürgen, dass es Regen ist«, sagte Fürst Maichi.

Da stieß der Monpa-Lama einen langen Pfiff aus, steckte sein Schwert in die Scheide, und der Lärm auf den Bergen verstummte.

Eine Windbö blies herüber, und die Wolke krümmte sich nicht länger wie ein Mensch mit Bauchschmerzen. Sie entspannte und öffnete sich, wurde noch größer, neigte sich zur Seite und goss große Mengen Regenwasser aus. Wir saßen in der Sonne und sahen zu. Der Monpa-Lama sank zu Boden, ließ sich den Helm abnehmen und ins Zelt helfen, um sich auszuruhen. Ich lief hin, um mir den Helm anzusehen, der bestimmt fünfzehn bis zwanzig Kilo wog, und fragte mich, woher er die Kraft nahm, mit ihm auf dem Kopf noch auf den Beinen zu sein und seine magischen Kräfte einzusetzen.

Als Fürst Maichi in das Ruhezelt des Monpa-Lama trat, waren einige Zauberer und ihre Schüler gerade dabei, dem Lama den Schweiß abzuwischen. »Sie schwitzen – und mein Sohn hatte bisher keine Ahnung, wie schwer der Helm ist.«

In diesem Augenblick war der Monpa-Lama sehr schwach. »Für mich wurde er auch erst leicht, als ich die Götter um Hilfe anrief«, sagte der Lama rau. Da schwollen die Stimmen der Sutras zitierenden Mönche des Jeeka Rinpoche an – die Mönche, die keine Zauberkräfte besaßen. Mir schien das sinnlos, denn der Hagel hatte sich bereits in Regen verwandelt und war heruntergekommen. »Ich nehme an, dass die Leute von Fürst Wangpo auch gerade aus den heiligen Büchern lesen und glauben, sie hätten gesiegt«, sagte der Monpa-Lama.

»Wir haben gewonnen«, sagte der Fürst.

Doch der Lama warnte, dies sei nur die erste Runde gewesen. Damit die Beschwörungen wirkten, sollten wir den Berg nicht verlassen und uns nicht in der Nähe von Frauen oder anderen unreinen Dingen aufhalten.

In der zweiten Runde schickten wir ihnen Hagel.

Auch bei dieser magischen Handlung ging es turbulent zu, aber ich langweilte mich entsetzlich. Denn da der Himmel klar war, als hätte man ihn sauber gewischt, konnte ich keinerlei Wetteränderung sehen. Drei Tage später erreichte uns die Nachricht, dass auf dem Territorium des Fürsten Wangpo hühnereigroße Hagelkörner heruntergekommen seien, die Ernte vernichtet und die Obstgärten überschwemmt hätten. Als Fürst des Südens unterhielt Wangpo kein Weideland, sondern war stolz auf Obstgärten mit tausenden von Bäumen. Nun hatte er sie durch die Fehde mit uns verloren. Aber da wir nicht wussten, wie viel und wo er Mohn angebaut hatte, hatten wir keine Vorstellung, wie es darum nun stand. Wir vermuteten gleichwohl, dass er komplett vernichtet war.

Vater ließ verlauten, sobald mein Bruder von den Chinesen zurückgekehrt sei, werde er Fürst Wangpo angreifen.

Als wir auf den Hügeln ein Mahl einnahmen, trug der Wind das Läuten von Bronzeglocken herüber. »Ratet, wer das ist«, sagte der Fürst. Niemand kam darauf. Der Monpa-Lama warf zehn weiße und zehn schwarze Kiesel auf das Schachbrett vor sich und seufzte. Er wisse nicht, wer da komme, sagte er, aber wer immer es sei, habe kein Glück, denn sein Schicksalsstein sei gerade auf ein böses Feld gefallen.

Als wir vor das Zelt traten, sahen wir hinter der Bergkuppe einen spitzen Schädel hervorkommen und dahinter die spitzen Ohren eines Esels. Wir hatten den Mann lange nicht gesehen; es hieß, er sei verrückt geworden.

Er kam direkt auf uns zu, eine dürre, schwache Gestalt, und auf dem Rücken seines Esels waren die abgenutzten Ecken eines Heiligen Buches zu sehen.

Der Fürst hob zum Gruß seinen Hut.

Der andere sagte grußlos: »Heute habe ich nicht vor, mit dem Fürsten zu sprechen, ich werde ihn nur bitten, sich nicht in die inneren Angelegenheiten von uns Buddhisten einzumischen.«

Der Fürst lachte: »Wie Sie wollen, Meister.« Doch natürlich fügte er noch einen Satz hinzu: »Lehrt der Meister denn nicht mehr die beste Religion der Welt?«

»Nein«, der junge Mönch schüttelte den Kopf. »Es ist nicht die Schuld des unzivilisierten Fürsten, dass er die süße Speise der Weisheit und Gnade nicht angenommen hat. Die in der Robe haben unsere Lehre zerstört.« Damit ging er zu Jeeka Rinpoche, die rechte Schulter frei, und setzte sich eine Hahnenkamm-Mütze auf den Kopf: Er lud zu einer gelehrten religiösen Debatte ein. In der Geschichte unserer Religion haben viele Mönche, die aus Indien nach Tibet kamen, die Gunst der Mächtigen errungen, indem sie solche Debatten gewannen. Die Debatte jetzt dauerte so lange, dass der Rinpoche ganz rot im Gesicht wurde. Er schien unterlegen, doch seine Jünger sagten, er habe gewonnen. Sie fügten hinzu, der arrogante Neuankömmling habe den Fürsten heftig angegriffen. Es solle auf der Welt am besten gar keine Fürsten geben, habe er gesagt, die Schwarzhaar-Tibeter hätten ohnehin nur die großartige Stadt Lhasa als Zentrum. Sie bräuchten kein Oberhaupt, das auch noch so vertraut mit den östlichen Barbaren war.

Fürst Maichi hatte aufmerksam zugehört. Nun sagte er: »Große Katastrophen werden über Sie kommen, Mann aus der Heiligen Stadt.«

Mit Tränen in den Augen sah der Besucher in den Himmel, als sehe er dort den Schatten seines ungerechten Schicksals. Er antwortete dem Fürsten nicht mehr. Nur ganz zum Schluss stellte er noch fest: »Auch wenn Sie mich töten, so sollen Sie wissen, dass ich in der Debatte siegreich war.«

Als der Mönch der neuen Sekte Wangpo Yeshi gefesselt wurde, schien der Rinpoche betroffen. Doch das war nur eine leise Regung seines Gewissens. Vater sagte später wiederholt, hätte Jeeka Rinpoche für den Mann um Gnade gebeten, so hätte er ihn freigelassen. Ob das stimmt, weiß niemand. An dem Tag aber war der Rinpoche zwar traurig, sagte aber nichts. Seitdem mochte ich ihn nicht mehr, weil ich fand, er sei gar kein wirklicher Rinpoche. Und wenn ein Rinpoche kein Rinpoche mehr ist, ist er gar nichts mehr. Wenn der Monpa-Lama kein Lama mehr ist, bleibt er doch ein Zaubermeister mit ganz besonderen Fähigkeiten. Er mag einfach die Bezeichnung »Lama«, das ist alles. Wie dem auch sei, der Monpa-Lama sagte noch zum Fürsten: »Sie sollten jetzt niemanden töten, erst recht niemanden, der eine Mönchsrobe trägt.«

Also ließ der Fürst den Mann, der alle Fürsten vom Erdboden hatte tilgen wollen, in den Kerker werfen.

Wir blieben auf dem Berg.

Der Monpa-Lama befragte das Orakel noch mehrfach, und jedes Mal war die Aussage, in der nächsten Runde werde Fürst Wangpo

Hand an ein Familienmitglied von Fürst Maichi legen. Der Fluch erreiche seine Wirkung, indem Geistern, die wegen böser Taten nicht wiedergeboren wurden, Unreines wie Menstruationsblut dargebracht würde. Der Monpa-Lama besprach mit dem Fürst, wenn alles nicht helfe, müsse jemand aus unserer Familie geopfert werden. Das kann nur ich sein, dachte ich, denn ein Idiot wäre der geringste Verlust. Als ich am Abend Kopfschmerzen bekam, vermutete ich, dass die Gegenseite mit ihren magischen Tricks begonnen hatte. Zu Vater sagte ich: »Sie haben sich den Richtigen ausgesucht, denn ich bin derjenige, der das Komplott aufgedeckt hat. Selbst wenn ihr mich nicht ausgesucht hättet, wären sie auf mich gekommen.«

Vater wärmte meine kalte Hand: »Wenn deine Mutter hier wäre, es würde ihr das Herz brechen.«

Der Monpa-Lama besprenkelte mich fieberhaft mit klarem, magisch besprochenem Wasser. Das sei ein Kristallschild, der verhindere, dass Geister in mich eindrängen, sagte er. Nach Mitternacht lösten sich die düsteren Nebel, die meinen Kopf zum Zerspringen hatten schmerzen lassen, endlich im Mondlicht auf.

»Welch ein Glück, dass mein Zauber nicht umsonst gewesen ist. Nun kann der Junge Herr ruhig schlafen«, sagte der Monpa-Lama.

Doch ich konnte nicht einschlafen und beobachtete durch das Fenster im Dach des Zeltes den zunehmenden Mond, der immer höher stieg, bis er zwischen all den funkelnden Sternen stand. Es wurde hell. Plötzlich sah ich meine Zukunft – wenn auch verschwommen – und glaubte, dass dieses Umwölkte, Unklare ein gutes Zeichen sei. Endlich schlief ich ein, und als ich aufwachte, hatte ich all das vergessen.

Am Morgen blickte ich auf die in Sonnenlicht getauchte Festung hinunter. Ich sah den silbrig schimmernden Fluss in Richtung Festung strömen, bis er an einem Hindernis aus roten Steinen plötzlich die Richtung änderte. Ich konnte in jedem Stockwerk die Menschen sich bewegen sehen, die nicht auf den Berg gegangen waren. Alles sah aus wie immer. Aber ich spürte, dass etwas geschehen würde.

Ich wollte mit niemandem darüber sprechen. Als Erster hatte ich gewusst, dass auf dem Gebiet eines anderen Mohn wuchs, und hätte in einem Zauber fast mein Leben verloren. Ich ging ins Zelt zurück und legte mich wieder hin, konnte jedoch nicht einschlafen. Ich hatte das Gefühl, durch alles, was geschehen war, gewachsen zu sein, ja das Durcheinander in meinem Kopf schien etwas erhellt worden zu sein. Ich ging hinaus. Meine Füße spürten den Tau auf dem Gras, ich sah den Esel des Wangpo Yeshi in aller Ruhe grasen. Jemand hatte vorgeschlagen, ihn zu töten und auf dem Opferaltar darzubringen. Ich löste seine Leine und gab ihm einen Klaps aufs Hinterteil. Das Tier ging gemächlich weiter den Berg hinauf und rupfte gelegentlich ein Büschel Gras aus. Ich erklärte öffentlich, dies sei ein freigelassenes Tier.

Vater fragte mich, ob ich den Esel oder seinen Besitzer lieber möge.

Schwierige Frage. Ich kniff die Augen zusammen und ließ meinen Blick über die sonnenbeschienenen Anhöhen schweifen. Wenn ich sagte, ich möge den Esel lieber, so deshalb, weil es folgsam war. Es gäbe dagegen keinen Grund dafür, den Lama vorzuziehen. Ich mochte ihn, obwohl er sich mir gegenüber nie besonders liebenswert verhalten hatte.

Vater sagte, wenn ich das Tier befreien wolle, müsse ich Jeeka Rinpoche aus den Heiligen Schriften lesen lassen und dem Tier ein rotes Tuch und ein Amulett umhängen, dann erst sei es wirklich frei.

»Der Esel hat sicher kein Interesse an einer Lesung des Rinpoche, zu schweigen vom Lama«, verkündete ich am Morgen allen auf dem Hügel. »Wisst ihr denn nicht, dass weder der Esel noch sein Herr eine besonders hohe Meinung vom Rinpoche haben?«

Mein Vater war so gutmütig gestimmt wie nie: »Wenn dir an dem Lama liegt, lasse ich ihn frei.«

»Gib ihm seine Heiligen Bücher zurück, er möchte lesen«, sagte ich.

Vater war nicht überzeugt: »Im Gefängnis hat niemand Lust, Bücher zu lesen.«

»Er schon.« Ja, in diesem Augenblick war mir, als sähe ich den Prediger der neuen Sekte im kahlen Kerkerraum sitzen, zur Untätigkeit verurteilt.

Vater lenkte ein: »Gut, dann schicke ich jemanden hin, um zu fragen, ob er Bücher haben möchte.«

Tatsächlich wünschte sich Wangpo Yeshi nichts sehnlicher, als

Bücher zu lesen. Er ließ dem Jungen Herrn, der diesen Wunsch erkannt hatte, seinen Dank übermitteln.

Vater sah mich mit einem tiefgründigen Blick an.

Was das Wetter betreffe, habe die andere Seite bereits verloren, sagte der Monpa-Lama. Wenn sie noch nicht aufgegeben hätten, würden sie nun gegen uns vorgehen. Wir sollten rein bleiben. Damit meinte er, dass Vater und ich nicht den Berg hinuntergehen und intimen Kontakt zu Frauen suchen sollten. Das war für Vater und mich kein Problem. Wenn mein Bruder da gewesen wäre, hätte es schlechter ausgesehen. Denn er schaffte es nicht, sich drei Tage lang von Frauen fern zu halten, sonst wäre ihm seine fröhlich-bunte Welt wie ein Haufen Hundescheiße erschienen. Doch er war glücklicherweise bei den Chinesen. In diesem Punkt stimmte der Monpa-Lama mit mir überein: »Das Wetter kann ich beeinflussen. Aber wenn es um Menschen geht, sind meine übernatürlichen Kräfte begrenzt. Gut, dass der Erste Junge Herr nicht hier ist, das macht es leichter.«

Aber ich wusste, dass schon jetzt etwas nicht stimmte. Das sagte ich dem Monpa-Lama, und er bestätigte, er habe ebenfalls eine Vorahnung. Also durchstreiften wir den gesamten Lagerplatz. Den wichtigen Menschen und Dingen ging es gut, den weniger wichtigen ebenfalls.

»Unten am Berg, die Festung«, sagte ich.

Von oben aus betrachtet wirkte die Festung solide und uneinnehmbar wie immer. Aber ich glaubte immer noch, dass etwas vorgefallen war.

Der Monpa-Lama formte seine Finger zu den merkwürdigsten Figuren. Irgendetwas verwirrte ihn. »Es ist tatsächlich etwas vorgefallen«, sagte er, »aber ich weiß nicht, wer betroffen ist. Es ist die Frau des Fürsten, aber nicht deine Mutter.«

»Vermutlich Yangzom, die Frau des Tratra-Führers?«, sagte ich.

Er antwortete: »Ich wollte, dass Sie es aussprechen, denn ich weiß nicht, wie ich sie nennen soll.«

»Dann sollte ich es sagen, weil ich ein Idiot bin?«

»So ungefähr«, erwiderte er.

Dann war es also die dritte Frau, Yangzom, der ein Unglück geschehen war.

Seit sie schwanger war, hatte sie das Zimmer des Fürsten mit Beschlag belegt und ließ ihn die Nächte bei seiner zweiten Frau verbringen. In diesem Punkt verhielt sie sich wie bellende Hunde bei der Treibjagd: Sie trieb die Beute auf das Gebiet anderer. Seither auch habe ich sie nicht mehr gesehen. Ich sah nur, dass die Diener am Morgen ihren kupfernen Nachttopf leerten und ihr anschließend auf silbernem Geschirr ihr Essen brachten. Gut ging es ihr nicht. Sie glaubte, dass jemand nach dem Leben des ungeborenen Kindes trachtete. Doch aus den Gerichten, die zu ihr hinein- und wieder herausgetragen wurden, schloss ich, dass ihr Appetit nicht gelitten hatte. Vielleicht war ihr Wunsch, das Kind zu schützen, so stark, dass sie glaubte, ihr Bauch sei der einzig sichere Ort für das Baby, und es länger dort hielt als gewöhnlich. Als die buddhistischen Meister der anderen Seite an jenem Abend einen Punkt fanden, für den Familie Maichi versäumt hatte, Verteidigungsmaßnahmen zu treffen, konnte sie die Geburt nicht länger aufhalten. Das Kind kam tot zur Welt, und die es gesehen hatten, sagten, es sei vollkommen schwarz gewesen, wie mit Eisenhut vergiftet.

Dies war der einzige Preis, den Familie Maichi in diesem merkwürdigen Krieg zahlen musste.

Das Kind war am Morgen zur Welt gekommen, und schon am Nachmittag war der Berg wie durch einen Wirbelwind leer gefegt. Da es nun einmal das Kind des Fürsten war, vollzogen Jeeka Rinpoche und seine Mönche im Tempel die Totenrituale, bevor der Leichnam drei Tage später im Wasser beigesetzt wurde.

Yangzom erschien bei uns, mit einem farbenprächtigen Tuch um den Kopf.

Alle fanden, sie sei hübscher denn je, doch die traumhafte Leichtigkeit, mit der sie die Beziehung zu Vater begonnen hatte, war aus ihrem Gesicht verschwunden. Sie stieg in einem langen Rock die Treppe empor, trat vor die zweite Frau hin und kniete nieder: »Herrin«, sagte sie, »ich grüße Euch ehrfürchtig.«

Mutter erwiderte: »Steh auf, deine Krankheit ist geheilt. Lass uns wie Schwestern miteinander sprechen.«

Yangzom machte einen Kotau und echote: »Schwester.«

Mutter half ihr auf die Beine und wiederholte: »Du bist geheilt.«

»Es war wie ein Traum, nur viel anstrengender.«

Erst von diesem Tag an war sie wirklich eine Frau des Fürsten. Am Abend sagte die zweite Frau zum Fürsten, er solle bei Yangzom schlafen. Doch der erwiderte: »Es macht keinen Spaß mehr, nun, da das lodernde Feuer erloschen ist.«

Mutter sagte später zu Yangzom: »Wir wollen nicht, dass er noch einmal so in Flammen aufgeht.«

Yangzom errötete wie ein junges Mädchen.

»Wenn er noch einmal Feuer fängt, so wird es weder um meinetwillen sein noch um deinetwillen.«

Fünftes Kapitel

18

Die Zunge

Ich spielte auf dem großen Platz vor der Festung Schach, eine besonders simple Variante mit nur sechs Figuren. Mit einem Zweig das Spielfeld in den Staub gezeichnet, sechs Steine zusammengesucht, schon konnte es losgehen. Es waren sehr einfache Regeln. Wenn du auf einer geraden Linie zwei Steine hast und dein Gegner nur einen, kannst du ihm den wegnehmen. Wer als Erster alle sechs Steine abgeben musste, hat verloren. So einfach, wie zwei Ameisen eine einzelne fertig machen oder zwei Menschen einen anderen ermorden können, aber es ist eine alte Wahrheit. So wie wir im Krieg der Fürsten immer fragen, mit wie vielen Leuten sie gekommen sind. Wenn sie in der Minderzahl sind, gehen wir in die Offensive und überwältigen sie. Sind es mehr, gehen wir in Deckung, holen Verstärkung und gehen erst dann zum Angriff über, um den Gegner zu besiegen. Aber bei dem Schachspiel jetzt hatte das Prinzip keinen Sinn mehr. In der zweiten Runde des Opiumkriegs setzte Familie Maichi wenig Streitkräfte ein und verließ sich auf neumodische Waffen, die wie ein Wirbelwind aus Feuer eine Straße der Verheerung durch das Gebiet von Fürst Wangpo schlugen. Die wenigen Opiumsamen, die Fürst Wangpo gestohlen hatte, verwandelten sich in Asche und stiegen in den Himmel auf.

Es war wieder Frühling.

Einen Augenblick, lassen Sie mich nachdenken, vielleicht war es doch nicht der nächste Frühling, sondern ein Frühling einige Jahre später, aber was macht das schon? Wenn der Fürst von etwas noch mehr besitzt als Silber, so ist es Zeit. Oft genug dehnt sie sich schier endlos. Wir stehen morgens auf und warten darauf, dass es wieder dunkel wird, und nach der Aussaat im Frühjahr beginnen wir, der Ernte im Herbst entgegenzusehen. Unser Territorium war so riesig, dass auch die Zeit uns endlos vorkam.

Ja, ein unendlich weiter Raum gibt einem das Gefühl von grenzenloser Zeit.

Und ja, dieser Raum und diese Zeit zusammengenommen, geben einem das Gefühl, die Grundfesten der Familie Maichi bestünden ewig und unerschütterlich.

Es war unwirklich, und von weitem schien es wie bewegte Traumbilder.

Doch lassen Sie mich zu diesem Frühjahr zurückkehren, als die Sonne schon eine Weile am Himmel stand. Es duftete nach Wasser. Die fernen, schneebedeckten Berge und die nahen, noch taufeuchten Wälder und Felder funkelten kräftig und klar in der Sonne.

Ich hatte mich lange Zeit in das Schachspiel mit sechs Steinen vertieft, bevor ich es endlich beherrschte.

Jeden Morgen stand ich in aller Frühe auf, frühstückte und ging dann zum Haupttor hinaus, um mich auf dem großen Platz im Schatten eines Walnussbaums niederzulassen. Jeden Morgen sah ich erst zur aufgehenden Sonne hin, bevor ich einen Zweig suchte, um ein Gitternetz für das Schachspiel in den feuchten Boden zu zeichnen. Dabei dachte ich an den aufregenden Angriff gegen Fürst Wangpo und an die Tage des Opiumkriegs. Die Diener gingen ihren Geschäften nach und kamen ständig an mir vorbei. Doch niemand hielt inne und sprach mich an: »Junger Herr, auf ein Spiel.« Es waren resignierte Gestalten, das sah man an ihren grauen Gesichtern und dem unsteten, ausweichenden Blick. Normalerweise spielten meine Diener mit mir. Sonam Tserang übernahm gern abendliche Aufträge und durfte deshalb morgens länger schlafen. Mit anderen Worten, ihm bedeutete es nichts, die Sonne aufgehen zu sehen. Er trat immer ungewaschen und mit dem strengen Geruch aus den Unterkünften der Dienerschaft vor mich hin. Aryi hingegen, der zukünftige Henker, stand früh auf, aß etwas und setzte sich auf dem Berg nieder, auf dem er wohnte, um den Sonnenaufgang zu beobachten. Erst wenn ich herausgekommen und das Schachbrett aufgezeichnet hatte, kam er langsam herunter.

Doch an diesem Tag war es anders.

Als ich das Schachbrett gemalt hatte, erschien keiner der Diener. Der Silberschmied, Ehemann von Dolma, ging vorbei. Er war schon vorübergegangen, als er kehrtmachte und sagte: »Junger Herr, lassen Sie uns spielen.«

Ich schüttete die Spielsteine aus und sagte: »Nimm die weißen, die Farbe des Silbers, denn du bist Silberschmied.« Dann überließ ich ihm den Anfang.

Er zog, hielt aber die entscheidende Stellung nicht. Ich stürmte vor, zog einmal links und einmal rechts und hatte im Nu gewonnen. Als die Steine zum zweiten Mal verteilt waren, sagte er plötzlich: »Meine Frau denkt oft an Sie.«

Ich sagte nichts. Ich war der Herr, es war ihre Pflicht, an mich zu denken. Aber natürlich schwieg ich nicht nur aus diesem Grund.

»Dolma hat nicht mit mir darüber gesprochen, aber ich weiß, dass sie an Sie denkt, sie träumt von Ihnen.«

Ich sagte nichts dazu, ermahnte ihn nur, er solle sie gut behandeln, schließlich habe sie bei uns gelernt. Wenn er sich anders verhielte, wäre es ein Gesichtsverlust für seine Herren. »Ich denke, ihr solltet Kinder bekommen«, sagte ich.

Er errötete: »Das soll ich Ihnen von ihr sagen. Sie wollte den Jungen Herrn wissen lassen, dass wir ein Kind erwarten.«

Warum sie mir das ausrichten ließ, war mir nicht klar – es konnte unmöglich der Abkomme des Jungen Herrn sein. Da mir nichts Rechtes einfiel, sagte ich zum Silberschmied: »Sag ihr, der Junge Herr möchte, dass sie zwei Söhne auf einmal bekommt.« Wenn das der Fall wäre, sagte ich zum Silberschmied, würde ich jedem Kind zweieinhalb Kilo Silber schenken, aus denen er zwei Amulette für langes Leben herstellen solle. Diese solle der Monpa-Lama ihnen anlässlich einer Lesung aus den Schriften umhängen.

»Der Junge Herr ist wirklich ein guter Mensch, kein Wunder, dass sie Sie so vermisst«, sagte der Silberschmied.

»Geh jetzt zu ihr«, sagte ich.

Inzwischen war der zukünftige Henker vom Berg heruntergekommen und hinter den Silberschmied getreten. Als der sich erhob, stieß er gegen Klein Aryi und wurde aschfahl. Bei uns erteilt der Fürst die Befehle, und der Henker führt sie aus. Dadurch verlieren manche ein Auge, andere eine Hand, die Dritten ihr Leben, aber in allen Fällen neigen die Menschen dazu, nicht den Fürsten dafür verantwortlich zu machen, sondern sie hassen dafür den Henker und haben große Angst vor ihm. Der Silberschmied war einem Henker noch nie so nahe gewesen und bekam einen gewaltigen Schreck. Er sah mich ängstlich an und fragte: »Was habe ich verbrochen, dass Sie den Henker holen?«

Ich fand die Situation sehr amüsant: »Du hast Angst, aber wovor? Es gibt keinen Grund dafür.«

Der Silberschmied gab nicht klein bei: »Ich fürchte mich nicht, schließlich habe ich nichts verbrochen.«

»Du hast nichts getan, und doch hast du Angst.«

Klein Aryi blickte vollkommen ausdruckslos und sagte ruhig: »In Wirklichkeit hast du keine Angst vor mir, sondern vor den Gesetzen des Fürsten.«

Der Silberschmied war immer noch bleich, doch nun lachte er wieder: »Da hast du wahrscheinlich Recht.«

»Gut, dann geh jetzt«, sagte ich.

Der Silberschmied machte sich auf den Weg.

Ich spielte Schach mit Klein Aryi. Er ließ mich überhaupt nicht zum Zug kommen, ich verlor in einem fort. Die Sonne stand inzwischen hoch am Himmel. Mir trat der Schweiß auf die Stirn. »Verdammt, Aryi, musst du Leibeigener mich unbedingt besiegen?«

Ich muss dazu sagen, dass Aryi ein intelligenter Bursche ist. Er sah mich an, ja er fixierte meine Augen, um zu sehen, ob ich wirklich wütend sei. Meine Laune war so gut wie das Wetter. Er sagte: »Du bist der Herr, ich gehorche dir. Darf ich trotzdem gewinnen?«

Ich ordnete die Steine zu einem neuen Spiel an: »Nur zu!«

»Morgen ist wieder eine Hinrichtung angesetzt.«

Ich erschrak. Normalerweise war ich immer im Bilde darüber, was in unserem Gebiet geschah, wer das Gesetz gebrochen hatte und welche Strafe verhängt wurde. Doch von dieser Sache hier wusste ich nichts. »Lass uns weiterspielen. Alle Bewohner unseres Territoriums könnt ihr sowieso nicht umbringen.«

»Ich weiß, dass du ihn magst«, sagte Klein Aryi. »Aber anders als die anderen, wirst du deshalb keinen Hass gegen mich und meinen Vater entwickeln, oder?«

Da wusste ich, um wen es ging.

»Möchtest du ihn sehen?«, fragte Klein Aryi.

Ich kann den Kleinen mit der ruhigen Stimme und dem bleichen Gesicht nicht hassen, dachte ich, schließlich hat die Familie Maichi ihn erst zu dem gemacht, was er ist. »Man kann nicht einfach ins Gefängnis gehen«, sagte ich.

Er hielt eine hölzerne Tafel mit einem Tigerkopf-Emblem in die Höhe. Der Tigerkopf war mit einem heißen Eisen in das Holz gebrannt und pechschwarz. Das war der Passierschein für das Gefängnis. Die Henker gingen vor der Hinrichtung zu den Verurteilten ins Gefängnis, um ihre Konstitution zu sehen und ihre geistige Verfassung einzuschätzen, damit alles reibungslos verlief. Solange der Fürst nicht ausdrücklich gesagt hatte, dass jemand leiden solle, machten die Henker ihre Arbeit gewissenhaft.

Als wir das Gefängnis betraten, saß der Mann, der uns eine neue Sekte hatte nahe bringen wollen, am Fenster und las. Der Wachmann schloss die Zelle auf. Ich vermutete, dass er sich ganz vertieft in seine Lektüre stellen und uns nicht beachten würde. Gebildete Leute machten das meist so.

Doch Wangpo Yeshi war anders. Als ich eintrat, legte er die Schriften weg und sagte: »Sieh nur, wer mich hier besucht.« Sein Gesicht wirkte ruhig, um seine Lippen spielte ein spöttisches Lächeln.

»Der Lama liest in den Schriften«, sagte ich.

Er erwiderte: »Ich studiere die Geschichte.« Jeeka Rinpoche hatte ihm vor einiger Zeit ein Buch gebracht, das ein verrückter Mönch geschrieben hatte. Es war hochinteressant. »Dank eures Rinpoche werde ich in Frieden sterben«, sagte er, »er wird meine Seele aufnehmen und als Schutzpatron im Tempel der Familie Maichi einsetzen.«

Ich hörte ihm nicht richtig zu. Stattdessen lauschte ich dem wilden Rauschen des Flusses draußen vor dem hohen Fenster, ein Geräusch, das ich sehr liebte. Der junge Lama sah mich lange konzentriert an, bevor er sagte: »Da mein Kopf noch auf dem Hals sitzt, nutze ich die Gelegenheit, Ihnen meinen Dank auszusprechen.«

Er wusste, dass ich veranlasst hatte, ihm die Heiligen Schriften zu bringen, und dass ich den Esel freigelassen hatte. Er machte mir keine Komplimente mehr und redete nicht schlecht über andere. Stattdessen schenkte er mir eine kleine Schriftrolle. Die Zeichen darauf hatte er mit Goldstaub aus Almosengaben geschrieben. Er betonte, dass keins der Schriftzeichen den Interessen der Fürstenfamilie zuwiderlaufe. Es war eine buddhistische Zitatensammlung, der jede Sekte Folge leistete. Als ich die Rolle zwischen meinen Fingern spürte, fühlte ich eine Flamme in meinem Herzen brennen. Ein solches Schriftstück, hieß es, war voll Weisheit und Erbarmen. Ich fragte den Mann, der seiner gesetzlichen Strafe entgegensah, ob in der Schrift tatsächlich von diesen Dingen die Rede sei.

Er bejahte.

Ich fragte, ob Mitglieder anderer Sekten, beispielsweise derer, zu der Jeeka Rinpoche zähle, dieselben Schriften läsen. Als er auch das bejahte, verstärkten sich meine Zweifel: »Warum hasst ihr euch dann?«

Ich denke, damit rührte ich an einen entscheidenden Punkt. Er schwieg lange, und ich hörte wieder den Fluss in seinem felsigen Bett unterhalb der Festung nach Osten tosen. Schließlich stieß Wangpo Yeshi einen langen Seufzer aus und sagte: »Es heißt immer, der Junge Herr sei ein Idiot, aber ich bin überzeugt, dass Sie sehr klug sind. Denn nur Idioten sind intelligent«, und er fuhr fort: »Bitte verzeihen Sie einem Todgeweihten diese Indiskretion.«

Ich wollte bestätigen, dass ich ihm verzeihe, fand das dann aber zu banal und schwieg. Dieser Mann wird sterben, dachte ich. Dann drang das Rauschen des Wassers wieder in mein Bewusstsein. Dennoch erinnerte ich später seine Worte, mit denen er etwa dies sagen wollte: Dass das Vorhaben, seinen Glauben bei uns zu verbreiten, gescheitert sei, habe ihm die Möglichkeit gegeben, über viele Dinge nachzudenken. Fragen, über die eigentlich kein Mönch nachdenken sollte, aber er habe sich nicht zurückhalten können. Und je länger er darüber nachgedacht habe, umso mehr sei sein Hass gegenüber anderen Sekten dahingeschwunden. Er müsse gleichwohl immer noch den Hass der Jünger anderer Sekten ihm gegenüber gewärtigen. »Wieso lehrt uns die Religion nicht Liebe, sondern Hass?«, fragte er zum Schluss.

Zurück auf dem großen Platz, das können Sie mir glauben, fühlte ich mich gleich viel wohler als im Kerker. Die langen Gänge, die feuchten, engen Wendeltreppen – nicht zum Aushalten.

»Morgen werde ich selbst Hand anlegen«, sagte Klein Aryi.

Ich fragte: »Hast du Angst vor dem ersten Mal?«

Er schüttelte den Kopf, und eine mädchenhafte Schamesröte stieg ihm in die bleichen Wangen. »Ein Henker fürchtet sich nicht. Nur wer keiner ist, hat Angst.«

Dieser Satz klang gut, richtig philosophisch, man könnte ihn in eine Zitatensammlung für Henker aufnehmen. An diesem Tag hatte ich in kurzer Zeit zwei interessante Sätze gehört. Den ersten im Gefängnis: Wieso lehrt uns die Religion nicht Liebe, sondern Hass? Und dann dieser von Klein Aryi. Ich fand beide sehr spannend und wert, niedergeschrieben zu werden. Aber leider sind im Lauf der Geschichte schon viele Sätze dieser Art in Flammen aufgegangen und zu Asche zerfallen.

Beim Abendessen nutzte ich die Gelegenheit, nachdem die Kerzen angezündet worden waren und bevor die Diener das Essen servierten, um Vater zu fragen: »Ist für morgen eine Hinrichtung angesetzt?«

Der Fürst bekam sicher einen Schreck. Er rülpste laut, und das tat er immer dann, wenn er zu viel gegessen oder sich erschrocken hatte. Er antwortete: »Ich habe es dir nicht gesagt, weil ich weiß, dass du ihn magst«, und weiter: »Und ich habe beschlossen, eine mildere Strafe zu verhängen, wenn du für ihn um Gnade bittest.«

Da das Essen kam, sagte ich nichts darauf.

Als Erstes kam Kartoffelbrei mit Butter, dazu Lammsteak und als Beilage Buchweizen- Dampfbrot mit Honig. Die Dinge wurden wie ein kleiner Berg vor uns aufgehäuft, den wir nach und nach abtrugen, und als die Reihe an Tharna war, rührte sie das Essen kaum an.

In der Nacht sagte ich zu Tharna: »Du musst mehr essen, sonst wird dein Hintern niemals größer.« Tharna brach in Tränen aus und beklagte sich schluchzend, ich mache mir nichts aus ihr. »Ich habe doch nur von deinem Hintern gesprochen«, verteidigte ich mich, »wie würdest du denn heulen, wenn ich von deinen Brüsten redete?« Sie weinte noch lauter, sodass Mutter hereinkam. Die Herrin gab ihr eine schallende Ohrfeige. Tharna verstummte sofort. Die Herrin befahl mir zu schlafen und ihr, vor dem Bett niederzuknien. Im Allgemeinen schenkten wir den Dienerinnen nicht allzu viel Beachtung, und ob sie wütend waren oder nicht, kümmerte uns nicht. Wenn sie weinten, ließen wir sie, und wenn es langweilig wurde, hörten sie von selbst wieder auf. Doch meine Mutter gehörte zu einem Volk, das den Angelegenheiten der Frauen mehr Beachtung schenkte. Als sie mit der Belehrung Tharnas begann, schlief ich ein. Im Schlaf schwitzte ich mich patschnass, weil ich träumte, dass ich das Messer gegen den an den Henkerpfahl gefesselten Wangpo Yeshi erhob. Mit einem markerschütternden Schrei fuhr ich hoch. Und sah, dass Tharna immer noch vor dem Bett kniete. Ich fragte sie, warum sie nicht ins Bett komme. Die Herrin habe ihr befohlen, damit zu warten, bis ich aufgewacht sei und sie erlöst habe. Also begnadigte ich sie. Sie kam ins Bett, ihr Körper eiskalt. Neigte sie ohnehin zu etwas tieferer Körpertemperatur, so war sie nun kalt wie ein Kieselstein im Flussbett. Doch wärmte ich sie schnell wieder auf.

Am nächsten Morgen fiel mir als Erstes ein, dass wir ihn heute töten würden. Nun erst bereute ich, gestern Abend die Gelegenheit nicht genutzt zu haben, um Gnade für ihn zu bitten. Nun war es zu spät.

Von der Spitze der Festung ertönte der lang gezogene Ruf aus dem Rinderhorn.

Aus den Dörfern im Flusstal strömten die Leute herbei. Ihr Leben war eintönig und eine einzige Plackerei; jede Hinrichtung stellte eine vergnügliche Abwechslung dar. Für den Fürsten wiederum war es wichtig, dass das Volk etwas vom Töten verstand und es hinnahm. So war jede Hinrichtung auch eine Lehre. Im Nu war der große Platz schwarz von Menschen. Sie redeten aufgeregt miteinander, husteten und spuckten den ganzen Platz voll. Der Gefangene wurde herausgebracht und an den Pfahl gefesselt.

Wangpo Yeshi sagte zum Fürsten: »Ich möchte nicht, dass der Rinpoche für mich betet.«

»Dann sprechen Sie selbst das Gebet«, antwortete der Fürst, »aber ich trachte nicht nach Ihrem Leben.«

Der Verwalter fiel ein: »Wieso mussten Sie mit Ihrer Zunge unsere seit Generationen überlieferte Religion angreifen?«

Der Erste Junge Herr verkündigte den endgültigen Beschluss des Fürsten: »Sie haben zwar viele verrückte Ideen in Ihrem Kopf, aber wir wollen für den Unsinn, den Sie verbreitet haben, nur Ihre Zunge zur Verantwortung ziehen.«

Da war dieser Mann zu uns gekommen, um von seiner großartigen Religion zu erzählen, und sollte dafür nun seine gewandte Zunge verlieren. Dem Tod hatte der Missionar gelassen entgegengesehen, doch dieser neue Beschluss trieb ihm den Schweiß auf die Stirn. Die gleichen glitzernden Schweißperlen standen Klein Aryi auf der Nase, der zum ersten Mal ein Urteil vollstrecken sollte. Die Menge war vollkommen still, als der Henker das geeignete Werkzeug aus seiner ledernen Tasche holte: ein schmales, genau wie der menschliche Mund gebogenes Messer. Es gibt verschieden große Münder und entsprechend verschieden große Messer. Klein Aryi nahm am Mund des Missionars mit mehreren Messern Maß, um das geeignete zu finden. Auf dem Platz war es so still, dass alle die Frage Wangpo Yeshis hörten: »Warum bist du gestern ins Gefängnis gekommen? Warum hast du bei der Gelegenheit nicht Maß genommen?«

Klein Aryi fürchtete sich bestimmt, es war schließlich sein erstes Mal. Und tatsächlich war sein Gesicht röter als sonst. Aber Angst hatte er nicht. Er erklärte: »Ich habe mir Ihren Hals angesehen, und nun hat der Herr Sie begnadigt und will nur Ihre Zunge.«

»Bleib mit deinen Händen lieber etwas weiter fort von meinem Mund«, warnte Wangpo Yeshi, »ich kann nicht garantieren, nicht zuzubeißen.«

»Es ist sinnlos, mich zu hassen«, sagte Klein Aryi.

Wangpo Yeshi seufzte: »Du hast Recht, ich sollte nicht so viel Hass in mir tragen.«

In diesem Augenblick trat der Alte Aryi von hinten herzu und schnürte den Verurteilten mit dem Hals am Pfahl fest. Wangpo Yeshi stand nun kerzengerade, seine Augen quollen hervor, und die Zunge hing ihm aus dem Mund. Klein Aryi arbeitete flink, er stand seinem

Vater und Lehrmeister in nichts nach. Das Messer blitzte auf, und die Zunge schnellte wie eine erschreckte Maus zwischen Mund und Hand heraus in die Höhe, als wolle sie in den Himmel springen, doch sie schaffte es nur auf Kopfhöhe und fiel dann auf die Erde. Fleischliche Dinge sind offenbar nicht in der Lage; so hoch aufzusteigen wie die Seele. Auf dem Boden war die Zunge im Nu mit Staub bedeckt, verlor Beweglichkeit, Farbe und Glanz. Jetzt erst hörten die Umstehenden den Schrei Wangpo Yeshis, ohne Zunge ein sinnloser, dumpfer Schrei. Es heißt, die Schwarzhaar-Tibeter seien aus der Verführung eines Menschen durch die Dämonin Luocha entstanden, und vielleicht hatte der erste Schrei des ersten Abkömmlings der Dämonin und des Vorfahren genauso geklungen: undeutlich – und wütend angesichts einer chaotischen, ordnungslosen Welt.

Klein Aryi legte das Messer zur Seite und flößte dem noch an den Pfahl gebundenen Wangpo Yeshi Medizin in den Mund. Sie wirkte sofort und brachte die Blutung zum Stillstand. Als der Alte Aryi von hinten die Fessel löste, glitt der Gequälte zu Boden und spuckte große Klumpen Blut. Klein Aryi hielt ihm die Zunge hin, um zu fragen, ob er sie als Andenken behalten wolle. Schmerzerfüllt blickte Wangpo Yeshi darauf und schüttelte langsam den Kopf. Da warf Klein Aryi sie mit einer schnellen Handbewegung fort. Kleine Rufe des Erschreckens gingen durch die Menge. Ein gelber Hund sprang behände in die Höhe und fing die Zunge im Flug. Doch verschlang er sie nicht wie ein erbeutetes Stück Fleisch, sondern fiel mit einem spitzen Aufjaulen schwer zu Boden wie von einer Kugel getroffen. Die Schaulustigen und erst recht Wangpo Yeshi starrten wie gebannt auf den Hund, der jämmerlich jaulte. Als Wangpo Yeshi sich über den Mund strich, bekam er mehrere große Blutklumpen zwischen die Finger, die nichts weiter unter Beweis stellten, als dass er so verletzlich war wie alle anderen auch. Der Hund spuckte die Zunge aus und trottete mit eingezogenem Schwanz davon. Die Umstehenden sprangen erschreckt zur Seite. Nun konnte der Missionar sich nicht mehr aufrecht halten, sein Kopf kippte zur Seite, und er verlor das Bewusstsein.

Es war vorbei.

Die Menge löste sich langsam auf, die Menschen gingen dorthin zurück, wo sie hergekommen waren.

19
Bücher

Der Missionar kehrte ins Gefängnis zurück, wo er bleiben würde, bis seine Wunden geheilt waren.

Auf diese Weise hatte Familie Maichi einen Leibeigenen mehr. Gemäß dem nicht sehr komplizierten Gesetz der Fürsten blieb einem begnadigten Todeskandidaten nichts anderes übrig, als Leibeigener zu werden. Nachdem wir die Lehre Wangpo Yeshis, die er für die überlegene hielt, nicht angenommen hatten, wurde er nun einem System unterworfen, das er für barbarisch hielt.

Klein Aryi versorgte jeden Tag die Wunde seines ersten Sträflings. Ich ging erst etwa zwei Wochen nach der Bestrafung wieder ins Gefängnis.

Nur am Morgen fielen ein paar Sonnenstrahlen in die Zelle. Als wir eintraten, stand Wangpo Yeshi vor dem kleinen viereckigen Himmelsausschnitt am Fenster. Als er die Tür hörte, drehte er sich um und lächelte mich sogar an. Es war schwer für ihn, ein sichtbares Lächeln zu Stande zu bringen, denn dabei schmerzte die Wunde. Ich hob die Hände: »In Ordnung, das ist nicht nötig.«

Zum ersten Mal hob ich wie Vater und Bruder beim Sprechen die Hände, und ich merkte, wie gut es tat: Es vermittelte den Eindruck unbegrenzter Macht. Ein gutes Gefühl. Wieder lächelte Wangpo Yeshi mir zu.

Ich mag den Mann, dachte ich, und fragte: »Brauchen Sie etwas?«

Er zog eine Miene, als wolle er sagen: »Was kann ich in diesem Zustand schon groß brauchen?«, oder vielleicht hieß es auch: »Ich möchte sprechen, geht das?«

Aber wenn ich jemandem etwas schenken will, bringt mich niemand so schnell davon ab: »Morgen«, sagte ich, »werde ich Ihnen Bücher bringen. Bücher, lieben Sie nicht Bücher?«

Er rutschte an der Steinmauer zu Boden und ließ den Kopf hängen.

Ich dachte eigentlich, er mochte Bücher. Aber wer weiß, welchen wunden Punkt ich berührt hatte. Er hob die Schultern und hielt den Kopf weiterhin gesenkt. Im Hinausgehen sagte Klein Aryi zu ihm: »Der Junge Herr meint es so gut mit Ihnen, wollen Sie sich nicht verabschieden? Wenn es mit dem Mund nicht geht, dann mit den Augen?«

Er hob den Kopf immer noch nicht, da müssen sehr schwere Dinge drin sein, dachte ich, vielleicht die Bücher, die er früher immer gelesen hat? Er tat mir Leid.

Ich bin zwar der Sohn des Fürsten, aber die Suche nach Büchern war trotzdem ganz schön schwierig.

Zunächst einmal konnte ich kein großes Aufheben darum machen, denn es war allgemein bekannt, dass der Fürst zwei Söhne hatte und dass nur der Kluge von beiden, der der neue Fürst werden würde, lesen konnte. Was den Idioten betraf, so kannte der von dreißig tibetischen Buchstaben gerade einmal vier oder fünf. Ich bat den Verwalter, einige Heilige Schriften für mich herauszusuchen, aber er fragte mich nur, ob ich Witze mache. In der Heiligen Halle zu suchen, war ausgeschlossen. Soweit ich wusste, gab es in der ganzen großen Festung außer in der Heiligen Halle nur noch im Zimmer des Fürsten ein paar Bücher. Genau gesagt waren das auch keine Bücher, sondern Niederschriften der Geschichtsschreiber über die ersten drei Maichi-Generationen. Ich sagte ja bereits, dass ein Geschichtsschreiber einst Dinge niederschrieb, die er nicht hätte notieren sollen, und dass es seitdem diese Diener unter der Sonne der Fürsten nicht mehr gab. Diese wenigen Bücher standen im Wandschrank in Vaters Zimmer. Seit der Schwangerschaft Yangzoms war er aus seinem irrsinnigen Liebesrausch erwacht und verbrachte nicht mehr viel Zeit in dem Raum. Nur wenn Mutter ihn nach oben schickte, ging er hinauf, kehrte in der nächsten Nacht aber schon zu seiner zweiten Frau zurück.

Als ich eintrat, saß Yangzom im Dunkeln und sang ein Lied. Ich wusste nicht, wie ich sie anreden sollte, denn seit sie zur Familie Maichi gehörte, hatte ich noch nie allein mit ihr gesprochen. »Du singst?«, fragte ich.

»Ja, Lieder aus der Heimat«, antwortete sie.

Ich bemerkte, dass sie einen anderen Akzent hatte als den, der bei uns gesprochen wurde. Es war der südliche, etwas undeutliche, bei dem Menschen des Nordens immer das Gefühl hatten, Wunder wie tiefsinnig sich da unterhalten wurde.

Ich sagte: »Ich habe im Süden gekämpft, dein Akzent ähnelt ihrem.«

»Wer sind ›sie‹«, fragte sie.

»Fürst Wangpo und seine Leute«, sagte ich.

Ihre Heimat liege noch weiter südlich, sagte sie. Dann fiel uns nichts mehr ein. Ich starrte den Wandschrank an, Yangzom starrte auf ihre Hände. Ich entdeckte das, was ich haben wollte, in gelbe Seide fest eingeschnürt, zwischen wichtigen und unwichtigen Dingen liegend. Aber ich traute mich nicht, einfach hinzugehen, die Schranktür zu öffnen und die frühe Geschichte unserer Familie herauszunehmen. Ich fand, der Raum sei voller Staub. »Hier sollte mal gründlich sauber gemacht werden«, sagte ich.

Sie erwiderte: »Die Diener kommen jeden Tag, aber keiner arbeitet richtig.«

Erneut Stille.

Wieder sah ich zum Wandschrank, sie auf ihre Hände. Plötzlich lachte sie und sagte: »Der Junge Herr will doch etwas?«

»Ich habe doch gar nichts gesagt, woher weißt du das?«

Wieder lachte sie: »Manchmal siehst du intelligenter als alle anderen aus, aber jetzt gerade schaust du drein wie ein Vollidiot. Deine Mutter ist eine kluge Frau, wie kommt es, dass du ihr Sohn bist?«

Mir war nicht klar, ob ich gerade wie ein intelligenter Mensch handelte oder wie ein Idiot. Ich hätte hier vor langer Zeit etwas vergessen, log ich. Auch Idioten können also lügen, sagte sie. Ich solle ihr zeigen, was ich haben wolle. Das wollte ich nicht, doch sie ging zum Schrank und zog das gelbe Stoffbündel heraus.

Mit dem gelben Seidenpaket in der Hand setzte sie sich vor mich hin und blies mir den Staub direkt ins Gesicht, sodass ich die Augen eine ganze Weile nicht aufbekam. »Oh, so ein Ärger, nun habe ich den Jungen Herrn fast blind gemacht«, damit beugte sie sich vor und leckte mir den Staub mit der Zunge von den Augen. Ich glaube, in diesem Augenblick verstand ich, wieso mein Vater ihr verfallen war. Ein feiner Orchideenduft umwehte ihren Körper. Ich wollte sie umarmen, doch sie hielt mich zurück: »Vergiss nicht, dass du mein Sohn bist.«

»Das bin ich nicht«, sagte ich. »Du duftest nach echten Blumen.«

»Das ist mir zum Verhängnis geworden«, antwortete sie. Von Geburt an habe sie diesen Duft gehabt. Dann drückte sie mir das Bündel in die Hand: »Geh, und lass dich nicht erwischen. Und erzähl mir nicht, dass darin nicht deine Familiengeschichte enthalten ist.«

Sobald ich das Zimmer verlassen hatte, verlor sich auch der Blumenduft. Und in der Sonne verschwand das eigenartige Gefühl, das ihre Zunge auf meinen Augen hinterlassen hatte.

Mit Klein Aryi ging ich ins Gefängnis.

Wangpo Yeshi saß unter dem kleinen Fenster und hielt sich mit beiden Händen den Kopf. Das Merkwürdige war, dass sein Haar in einer Nacht viel länger geworden zu sein schien. Klein Aryi zog die Medizin hervor. Wangpo Yeshi stieß kleine Schreie aus, als er den Mund öffnete, um uns zu zeigen, dass Blut und Medizin sich vom Zungenstumpf gelöst hatten, die Wunde war geschlossen, und es gab wieder eine Zunge, nicht vollständig zwar, aber eine Zunge. Klein Aryi lachte, steckte das Medizinfläschchen wieder ein und holte ein Glas Honig hervor. Mit einem kleinen Löffel gab er dem Gefolterten etwas davon auf die Zunge, worauf sich sofort ein zufriedener Ausdruck auf dessen Gesicht ausbreitete. »Schau«, sagte Klein Aryi, »er schmeckt wieder, die Wunde ist verheilt.«

»Kann er sprechen?«

»Nein«, antwortete Klein Aryi, »sprechen kann er nicht.«

»Dann erzähl mir nicht, seine Zunge sei wieder in Ordnung. Wenn das eine gesunde Zunge ist, lasse ich deinen Vater dir auch die Zunge abschneiden. Henker müssen sowieso nicht sprechen.«

Klein Aryi stand mit niedergeschlagenen Augen da und schwieg.

Ich holte die Bücher hervor und legte sie Wangpo Yeshi vor, der eben den Honig geschmeckt hatte.

Der glückliche Ausdruck auf seinem Gesicht verschwand, stattdessen runzelte er die Stirn. »Sehen Sie hinein«, sagte ich. Er wollte etwas sagen, doch kam ihm zu Bewusstsein, dass ihm etwas Entscheidendes dafür fehlte, und so sah er mich nur schmerzerfüllt an und schüttelte den Kopf.

»Öffnen Sie sie, es sind nicht die Bücher, die Sie meinen«, sagte ich.

Er hob den Kopf und sah mich zweifelnd an.

»Es sind nicht die Heiligen Bücher, die Ihnen Unglück gebracht haben, es ist die Geschichte der Maichis.«

Unmöglich, dass er wirklich keine Bücher mochte. Und richtig, seine Augen begannen zu glänzen, und er streckte die Hände nach den Büchern aus. Mir fielen seine langen, geschickten Finger auf. Er schlug das Paket auf und fand mehrere handgeschriebene Schriftrollen aus grobem Papier darin. Es hieß, dass Familie Maichi seinerzeit Hanf angebaut und selbst Papier hergestellt habe. Diese Kunst, erzählte man sich, ging auf dieselbe Quelle zurück wie das Opium, das uns reich gemacht hatte, beides kam von den Chinesen.

Als Klein Aryi am nächsten Tag aus dem Gefängnis zurückkehrte, sagte er, Wangpo Yeshi bitte den Jungen Herrn um Stift und Papier. Ich gab ihm beides.

Tags darauf schon brachte Klein Aryi einen langen Brief aus dem Gefängnis mit, der an den Fürst persönlich gerichtet war. Ich solle ihn aushändigen. Ich war nervös, wusste ich doch nicht, was darin geschrieben stand. Vater sagte: »Ich habe schon gehört, dass du oft ins Gefängnis gehst – ist das der Grund dafür?«

Da mir nichts einfiel, lachte ich nur blöde. Wenn man nicht mehr weiterweiß, ist blödes Lachen ein guter Ausweg.

Vater sagte: »Setz dich, dummer Sohn. Gerade erzähle ich jemandem, dass du kein Idiot bist, da benimmst du dich wieder wie einer.«

Während er den Brief las, änderte sein Gesichtsausdruck so häufig die Farbe wie der Himmel im Sommer. Als er geendet hatte, schwieg er. Ich stellte auch keine Fragen. Viele Tage später ließ er den Gefangenen holen. Als er das nachgewachsene Haar auf dem Mönchsschädel von Wangpo Yeshi sah, fragte er: »Sind Sie noch der Mensch, der auf meinem Territorium einen neuen Glauben verbreiten wollte?«

Wangpo Yeshi sagte nichts, weil er nicht sprechen konnte.

Der Fürst fuhr fort: »Manchmal habe ich gedacht, die Lehre dieses Mannes hat vielleicht doch ihre Vorteile, aber wenn sie zu gut ist, wie soll ich dann noch regieren? Hier im Grenzgebiet ist es anders als im Innern Tibets. Dort könnt ihr in einer Mönchsrobe regieren, das geht hier nicht. Sagen Sie, wenn Sie Fürst wären, würden Sie genauso handeln wie ich?«

Wangpo Yeshi lachte. Ohne Zunge klang das, als drücke ihm jemand die Kehle zu.

Da fiel dem Fürsten ein: »Verdammt, ich habe vergessen, dass du keine Zunge mehr hast!« Er befahl, dem Missionar Stift und Papier zu bringen, um sich ernsthaft mit ihm zu unterhalten.

»Du bist jetzt mein Leibeigener«, sagte der Fürst.

Wangpo Yeshi schrieb: »Hatten Sie schon einmal einen so gebildeten Leibeigenen?«

»Früher nicht«, erwiderte der Fürst, »die früheren Fürsten Maichi hatten so etwas nicht, nur ich. Die früheren Maichis waren nicht mächtig genug, ich bin der größte Fürst Maichi.«

Wangpo Yeshi schrieb: »Lieber sterbe ich, als Leibeigener zu sein.«

»Du sollst nicht sterben, ich werde dich für immer im Gefängnis einsperren.«

»Immer noch besser, als Leibeigener zu sein«, schrieb Wangpo Yeshi.

Der Fürst lachte: »Du gefällst mir. Sag, woher hast du das alles?«

Tatsächlich hatte Wangpo Yeshi in seinen Notizen nur eins geäußert: Er könne unser Geschichtsschreiber werden und die allzu lang unterbrochene Tradition wieder aufnehmen. Er habe die Geschichte früherer Fürsten gelesen und sie sehr interessant gefunden. Fürst Maichi hatte sich schon überlegt, da er der mächtigste Fürst in der Geschichte war, müsse er nachfolgenden Generationen mehr hinterlassen als Silber – damit sie ihn in Erinnerung behielten.

Er fragte: »Warum willst du das tun?«

»Weil es über kurz oder lang keine Fürsten mehr geben wird«, antwortete Wangpo Yeshi. »Ihre Nachbarn, egal welche, werden sie als Lokalkönige nicht mehr dulden. Zu schweigen davon, dass Sie selbst eine Fackel ins Stroh werfen.

»Was für eine Fackel?«

»Opium.«

»Du willst also, dass ich das Zeug nicht mehr anbaue?«, fragte der Fürst.

Wangpo Yeshi schrieb: »Wozu? Es ist ohnehin alles vorherbestimmt, und wenn Sie Mohn anbauen, wird das den Gang der Ereignisse nur beschleunigen, weiter nichts.«

Am Ende stimmte der Fürst zu, die für Generationen unterbrochene Tradition des Geschichtsschreibers wieder aufzunehmen. Doch um die Position des Schreibers stritten die beiden wieder endlos, bis der Fürst schließlich sagte: »Wenn Sie nicht mein Leibeigener werden, lasse ich Ihnen Ihren Willen, und Sie dürfen sterben.« Er befahl ihm, einen Kotau zu machen.

»Wenn es nur dieses eine Mal ist«, schrieb Wangpo Yeshi.

Der Fürst sagte: »Jedes Jahr um diese Zeit einmal.«

Der Mann ohne Zunge bewies den Weitblick, den ein Geschichtsschreiber haben sollte, als er die nächste Frage aufschrieb: »Was geschieht nach Ihrem Tod?«

Der Fürst lachte: »Meinen Sie nicht, dass ich Sie umbringen werde, bevor ich sterbe?«

Wangpo Yeshi schrieb noch einmal dieselbe Frage auf: »Was ist nach Ihrem Tod?«

Der Fürst zeigte auf meinen älteren Bruder: »Fragen Sie ihn, er wird dann Ihr Herr sein.«

Mein Bruder sagte: »Wenn es so weit ist, werde ich Sie zu keinem Kotau zwingen.«

Da wandte sich der Mann ohne Zunge mir zu. Ich wusste, dass er mir die gleiche Frage stellen würde, und hoffte, dass ich keinen Kotau von ihm erwartete, wenn ich Fürst wäre. »Frag mich nicht«, sagte ich. »Alle wissen, dass ich ein Idiot bin und niemals Fürst werde.«

Doch er blieb starrsinnig vor mir stehen, bis mein Bruder sagte: »Du bist doch wirklich ein Idiot, sag einfach Ja.«

»In Ordnung«, sagte ich. »Wenn ich Fürst werde, sind Sie ein freier Mann.« Das war meinem Bruder dann doch zu viel, aber ich sagte: »Das ist ohnehin nur Unsinn, ist doch egal, was ich sage.«

Jetzt erst machte Wangpo Yeshi einen Kotau vor meinem Vater.

Vater erteilte seinem neuen Leibeigenen den ersten Befehl: »Schreib alle Ereignisse des heutigen Tages auf.«

20

Was habe ich zu fürchten?

In diesen Jahren begann die Familie Maichi so manchen Krieg, um das alleinige Recht auf den Anbau von Mohn zu verteidigen.

Aus jedem dieser Kriege ging die Armee der Maichis mit ihren neuartigen Waffen siegreich hervor. Dennoch konnten wir am Ende nicht verhindern, dass andere Fürsten in den Besitz dessen kamen, was uns reich und mächtig gemacht hatte. Es vergingen nur wenige Jahre, und der rote Mohn breitete sich auf den Gebieten aller Fürsten aus wie ein Steppenbrand. Angesichts dessen dachte nicht nur ich, sondern auch Vater und mein Bruder, dass all die Kriege, die wir im Lauf der Zeit angefangen hatten, unnötig gewesen waren.

Wenn man fragte, wie die Fürsten an den Samen gekommen waren, antworteten sie bestimmt, der Wind habe ihn hergeblasen oder die Vögel hätten ihn im Gefieder getragen.

Zu dieser Zeit war der Sondergesandte Huang nicht mehr der Vertraute des Fürsten Maichi bei den Chinesen, nun war es Kommandant Jiang der Vereinigten Armee der Verteidigung.

Der Sondergesandte Huang war dagegen, dass die Vereinigte Armee mit der der Zentralregierung gemeinsam gegen die Roten kämpfte, und wurde zum Senator der Provinz gemacht, ein Posten ohne wirkliche Macht. Er hatte der Familie Maichi Glück gebracht, und er tat allen Leid.

Jiang war mehr breit als groß, mit je einer Pistole links und rechts am Gürtel, er liebte fettes Hammelfleisch und guten Schnaps. Fürst Maichi fragte ihn: »Schreiben Sie Gedichte?«

»Ich schreibe keine verdammten Hundedrecksgedichte«, polterte Jiang. »Selbst wenn ich mich bis obenhin voll gestopft und nichts zu tun habe, werde ich solche Hundescheiße nicht absondern!«

»Gut«, sagte Vater.

Doch Jiang war noch nicht fertig und fuhr fort: »Ihr würdet mich verachten, wenn ich Gedichte schriebe! Dann wäre ich kein Freund des Fürsten!«

Vater und mein Bruder riefen wie aus einem Mund: »Jiang ist unser Freund! Wir sind Jiangs Freunde!«

Verglichen mit dem Sondergesandten Huang hatten Vater und mein Bruder lieber mit diesem Jiang zu tun. Obwohl nicht ganz klar war, ob er zwar der Gegenspieler vom Sondergesandten, aber zugleich auch unser Feind war. Huang hatte dafür gearbeitet, nur einen Fürsten reich zu machen und die anderen klein zu halten. Jiang war dafür, dass alle Fürsten die Pflanze haben sollten, damit alle in den Besitz von Silber und Maschinengewehren kämen und sich blutige Schlachten lieferten. Seit Jiang da war, baute jeder Fürst Mohn an. Im selben Jahr gaben die Opiumpreise um mehr als die Hälfte nach. Und je billiger Opium wurde, umso größere Flächen wollten die Fürsten damit bepflanzen. So dauerte es nicht lang, und die Getreideernte im Herbst reichte nicht aus, das Volk im kommenden Jahr zu ernähren. Zum ersten Mal seit vielen Jahrzehnten verhungerten wieder Menschen auf dem Gebiet eines Fürsten. Fürst Maichi war vor lauter Wohlstand hochmütig geworden und tauschte bei den Chinesen wertloses Opium gegen Getreide ein. Da auf dem Gebiet der Chinesen die Roten gegen die Weißen Krieg führten, war Getreide alles andere als billig, und wegen der langen Transportwege wurde es geradezu astronomisch teuer.

Zu Beginn des Frühjahrs sandte die Familie Maichi Boten aus, die herausfinden sollten, was die anderen Fürsten aussäten.

Der Frühling erreichte zuerst den Süden, und die Fürsten dort blieben bei der Aussaat von Mohn. Fürst Maichi lachte, wusste aber immer noch nicht, ob er mehr Getreide oder mehr Mohn oder nur Getreide oder nur Mohn aussäen sollte. Es war keine leichte Entscheidung. Fürst Maichis Gebiet lag zwischen denen verschiedener anderer Fürsten. Zu den südlichen Gebieten kam der Frühling früher, zu denen im Norden später. Es war qualvoll, auf eine Entscheidung zur Aussaat zu warten. Für mein Gefühl war diese Zeit viel belastender, als die Kriege um den Mohn es je gewesen waren. Im Krieg hatten wir nie an unserem Sieg gezweifelt. Das war jetzt anders. Wenn der Norden nicht bald aussäte, würden wir die richtige Zeit verpassen, sodass wir den Weizen in der Regenzeit würden ernten müssen und der Mais Frost abbekäme. Das bedeutete einen kompletten Ernteausfall und wäre erheblich ärgerlicher, als das Gleiche anzubauen wie die anderen.

Unsere nördlichen Nachbarn waren auch nicht dumm und warteten ab, was Fürst Maichi aussäte. Wir mussten entscheiden. Mein Bruder war dafür, weiterhin vor allem Mohn anzubauen, Vater sagte weder Ja noch Nein und warf mir einen fragenden Blick zu. Irgendwann hatte er begonnen, mich um Rat zu fragen. Leise fragte ich Tharna neben mir.

Sie bestätigte: »Mohn.«

Da fiel mein Bruder ein: »Bist du schon so blöde, dass du deine Dienerin um Rat fragst?«

»Wieso sagst du denn das Gleiche wie sie?«, fragte ich.

Ich weiß nicht, seit wann mein Bruder mich nicht mehr so liebte wie früher. Jetzt knirschte er mit den Zähnen: »Idiot, deine Dienerin war es, die nachgeplappert hat.«

Das machte mich wirklich wütend, und ich sagte laut zu Vater: »Getreide, nur Getreide.« Mein Bruder sollte wissen, dass nicht alle Menschen auf der Welt ihm nach dem Mund redeten.

Überraschenderweise sagte Vater: »Das denke ich auch.«

Ich war überglücklich und lachte hämisch.

Mein Bruder stürmte aus dem Zimmer.

Aber die Entscheidung zu Gunsten von Getreide trug nicht zu Vaters Beruhigung bei. Wäre ich zu diesem Zeitpunkt Fürst gewesen, ich hätte mich heulend auf den Boden geworfen. Er fürchtete, dass die nördlichen Fürsten wie wir nur Getreide anbauten, sodass der Preis für Opium im kommenden Jahr steigen und die südlichen Fürsten, darunter Fürst Wangpo, sich ins Fäustchen lachen würden. Noch mehr fürchtete Vater, dass seine Erben ihn für diese Entscheidung verachten würden. Und das alles, weil er auf das Gerede eines Idioten gehört hatte. Er ging zur Herrin auf ihrem Opiumbett: »Dein Sohn macht mir Sorgen.«

»Er hat Recht, so wie ich damals Recht hatte, als ich dir riet, die Samen vom Sondergesandten Huang anzunehmen.« Die Dienerin erzählte mir, was die Herrin noch gesagt hatte: »Über deinen älteren Sohn solltest du dir den Kopf zerbrechen.«

Später erklärte ich Vater: »Keine Angst. Im Norden säen sie nicht aus Berechnung noch nicht aus, sondern weil der Winter plötzlich zurückgekommen ist.«

Wangpo Yeshi hatte mir das erzählt.

Vater sagte darauf nur: »Deine Freunde sind sehr loyal. Wir sind zwar Fürsten und Herrscher über das Land zu beiden Seiten des Flusses, aber trotzdem brauchen wir viele Freunde, Freunde aller Art. Wie ich sehe, hast du viele Freunde.«

»Mein Bruder sagt, das seien alles Diener, und lacht mich aus.«

Daraufhin erklärte Vater mir, ein Fürst könne niemals mit anderen Fürsten Freundschaft schließen. Daher sei es nie von Nachteil, treu ergebene Diener zu haben. Es war das erste Mal, dass Fürst Maichi in vollem Ernst mit seinem idiotischen Sohn sprach. Das erste Mal auch, dass er ihm die Hand auf die Schulter und nicht auf den Kopf legte.

Am Nachmittag dieses Tages kam die bestätigende Nachricht. Der strenge Frost im Norden hatte die Fürsten gezwungen, statt Getreide doch Mohn anzubauen, weil er schneller wuchs. Im Haus Maichi herrschte große Freude, außer bei zwei Menschen. Die dritte Frau, Yangzom, schien an nichts, was das Haus Maichi betraf, Interesse zu haben. Sie war offenbar nur da, um hin und wieder eine Nacht mit dem Fürsten zu verbringen. Daran hatten alle sich gewöhnt. Der andere war mein Bruder. Setzte er normalerweise alles daran, einen Sieg für Fürst Maichi zu erringen, so schien er über die heutige gute Nachricht aus dem Norden alles andere als erfreut. Denn sie zeigte, dass er, wenn es um Strategie, um Schlauheit ging, seinem idiotischen kleinen Bruder unterlegen war. Und da dies nicht zum ersten Mal geschah, stürzte die gute Nachricht ihn in tiefe Trauer. Einmal fasste ich mir ein Herz und sagte zu ihm: »Du hattest Recht, Bruder, das Mädchen ist strohdumm, sie wollte, dass ich Mohn sage, aber weil ich wusste, dass sie dumm ist, habe ich Getreide gesagt.« Es war nicht meine Absicht gewesen, meinen Bruder in noch größere Wut zu versetzen, wirklich nicht, ich muss unter Gehirnfieber oder so etwas gelitten haben.

Ich begann, die Kontrolle über mich zu verlieren.

Gute Nachrichten aus dem Norden brachten den Bruder in Rage. Früher hätte ich gedacht, das sei eben ein Fehler, wie ihn intelligente

Menschen gelegentlich machten, und hätte mein Idiotenleben friedlich weitergelebt. Doch jetzt war das anders. Als ich auf meinen geliebten großen Bruder zuging, wusste ich innerlich, dass es falsch war, das zu sagen, was ich sagen wollte. Aber ich tat es dennoch: »Sei nicht traurig. Denn wenn es gute Nachrichten gibt und du traurig bist, werden die Leute sagen, du seist kein Maichi.«

Mein Bruder gab mir eine schallende Ohrfeige, sodass ich hintenüber zu Boden stürzte. An diesem Tag fiel mir auf, dass mein Schmerzempfinden nicht sehr ausgeprägt war, ja, ich spürte schlicht keinen Schmerz. Ich hatte früher durchaus Schmerz empfunden, wenn ich hinfiel beispielsweise oder wenn früher Dolma und heute Tharna mich zwickten. Aber niemand hatte mich je geschlagen. Das heißt, niemand hatte mich hasserfüllt geschlagen. Ich will damit sagen, wer mich voller Hass schlägt, tut mir nicht weh.

An diesem Tag lief ich überall herum, um zu beweisen, dass niemand mir Schmerzen zufügen konnte, der mich hasserfüllt schlug.

Ich traf auf Vater.

»Warum?«, fragte er, »warum sollte ich dich schlagen? Und wieso sollte ich meinen eigenen Sohn schlagen?«

Den ganzen Tag fand ich niemanden, der bereit war, mich zu schlagen. Auf diese Weise machte ich mich, nachdem ich gerade gezeigt hatte, dass ich manchmal auch intelligent sein kann, neuerlich zum Gespött der Leute. Vater weigerte sich, mich zu schlagen, Mutter auch. Der Geschichtsschreiber Wangpo Yeshi schüttelte lächelnd den Kopf und schrieb etwas auf einen Zettel, das ich den Monpa-Lama bat, mir vorzulesen. »Ich habe meine Zunge verloren und möchte nicht noch meine Hände aufs Spiel setzen«, hieß es dort, »außerdem bin ich nicht der Henker.« Seine Sätze waren die Erleuchtung für mich.

Ich bat, bettelte und flehte, und als Klein Aryi schon mit erhobener Peitsche vor mir stand, tauchte hinter ihm der alte Henker auf, ebenfalls mit erhobener Peitsche. Ich dachte schon, der gequälte Schrei sei von mir, doch dann sah ich Klein Aryi sich den Kopf halten und am Boden winden. In diesem Augenblick stürzten mehrere Diener in den Raum. Der Fürst hatte sie geschickt, mich zu beschützen und herauszufinden, welcher Diener hier rebellierte und es wagte, die Würde eines Mächtigen anzutasten.

Sonst war Sonam Tserang mir absolut hörig, doch heute fehlte auch ihm der Mut. Ich wusste mir nicht mehr zu helfen, ging nochmals zu meinem Bruder und drückte ihm die Peitsche fest in die Hand. Er zitterte am ganzen Leib vor Wut. »Schlag nur zu«, sagte ich, »lass deiner Wut freien Lauf.« Und ich fügte hinzu: »Mutter sagt, ich werde ohnehin später unter deiner Macht stehen.«

Da schleuderte mein Bruder die Peitsche zu Boden, riss sich an den Haaren und brüllte: »Hau ab, du verfluchter falscher Idiot!«

Am Abend ging ich, die Neugier unbefriedigt, im Obstgarten spazieren.

Es gab eine Süßwasserquelle im Obstgarten, von der die Diener das Trinkwasser für die Festung holten. In der Nacht schleppten sie Wasserkrüge auf dem Rücken, bis zur Morgendämmerung. Hier traf ich meine frühere Dienerin Sangye Dolma. Sie grüßte mich ehrerbietig. Ich hieß sie den Krug abzusetzen und neben mir Platz zu nehmen. Es waren nicht mehr die duftenden, weichen, glänzenden Hände von früher. Sie begann leise zu weinen. Ich wollte den Arm um sie legen, doch sie sagte: »Ich bin nicht mehr der richtige Umgang für dich, ich werde den Jungen Herrn beschmutzen.«

»Ist es ein Sohn geworden?«, fragte ich.

Wieder begann Sangye Dolma zu weinen, ihr Kind war kurz nach der Geburt gestorben. Sie weinte, ihr Körper roch nach Küchenabwässern und nach Verdorbenem, unter schwachem Mondlicht, inmitten leichten Blumendufts.

In diesem Augenblick trat der Silberschmied aus dem Unterholz.

Seine Frau fragte ihn erschrocken, was er hier tue. Sie habe so lange für einen Krug Wasser gebraucht, dass er lieber nach dem Rechten habe sehen wollen, sagte er. Er drehte sich um und sah mir direkt ins Gesicht. Ich wusste, dass er mich hasste. Ich gab dem Silberschmied die Peitsche in die Hand. Es hatte sich herumgesprochen, dass der Idiot nun auch noch verrückt geworden war und den ganzen Tag jemanden suchte, der ihn schlagen sollte. Da der Silberschmied tagsüber im Garten gearbeitet hatte, wusste er es natürlich auch. »Ist der Junge Herr wirklich so verrückt, wie sie alle sagen?«, fragte er.

»Was meinst du denn?«, fragte ich.

Der Silberschmied lachte kühl, kniete nieder, machte einen Kotau, die Peitsche pfiff durch die Luft und sauste auf meinen Körper nieder. Ich wusste, wo die Peitsche mich getroffen hatte, spürte aber keinen Schmerz, der Mann hatte voller Hass zugeschlagen. Das leichte Kneifen seiner Frau dagegen hatte mir früher wehgetan. Das fliegende Peitschenende hatte viele Apfelblüten abgerissen. Ich lachte, unter schwachem Mondlicht, inmitten leichten Blumendufts. Der Silberschmied schnappte nach Luft, die Peitsche fiel zu Boden, und die beiden knieten vor mir nieder.

Das Wunder, das vor seinen Augen geschehen war, hatte den Silberschmied überwältigt: »Früher war meine Frau Ihre Dienerin, nun gehöre auch ich Ihnen, bin Teil Ihrer Herde.«

»Geht«, sagte ich. »Ich wünsche euch ein schönes Leben.«

Sie gingen. Beim Anblick des ziehenden Mondes hinter den dünnen Wolken fühlte ich mich traurig und leer. Das lag nicht am Mond, sondern an meinem Bruder. Für einen Jungen Herrn fürchtete ich mich vor nicht viel, nicht vor Hunger, nicht vor Kälte, erst recht nicht vor … Um es kurz zu machen, ich litt nicht unter den Ängsten, unter denen Menschen normalerweise leiden. Wenn es noch eine Angst gegeben hatte, so war es die vor Schmerz. Seit meiner Kindheit hatte nie jemand Hand an mich gelegt. Selbst wenn ich große Dummheiten machte, sagten sie nur: »Armer Idiot.« Doch die Angst war von Geburt an da gewesen. Heute nun war sie mit einem Mal fort, spurlos verschwunden. Ein verwirrendes Gefühl.

Ein Gefühl, das mir fast den Verstand raubte.

Ich fragte meine Dienerin Tharna: »Wovor sollte ich Angst haben?«

Sie sah mich mit einem noch verwirrteren Ausdruck an: »Ist es nicht ein großes Glück, überhaupt nichts zu fürchten?«

Aber ich blieb dabei: »Wovor sollte ich Angst haben?«

Da kicherte sie und sagte: »Der Junge Herr wird wieder blöde.«

Damit meinte sie wohl, dass der Junge Herr manchmal überhaupt nicht blöd ist, nur wenn es ihn überkommt. Dann machte ich es mit ihr. Währenddessen stellte ich mir vor, sie sei ein Vogel, der mich hoch und immer höher hob, und dann wieder war sie ein Pferd, das mich bis zum Horizont trug. Der Duft ihres Unterleibs machte mich schläfrig, und ich begann zu träumen.

Das soll nicht heißen, dass mein Gehirn früher im Schlaf nichts getan hat. Nein, denn dann hätte ich mich geschlagen. Was ich sagen will, ist, dass ich früher nicht richtig geträumt habe, keine vollständigen Träume. Nun begann ich, vollständige Träume zu träumen.

Mein häufigster Traum war ein Sturz ins Bodenlose. Im Traum zu fallen, ist einzigartig. Du fällst und fällst, immer weiter hinunter, bis du schließlich zu fliegen beginnst, weil in der Leere Wind aufkommt. Es ist nicht so, dass ich nie gestürzt wäre, als Kind aus dem Bett, später vom Pferd. Aber das ist etwas ganz anderes, als im Traum zu stürzen. Wenn du in Wirklichkeit fällst, kommst du gar nicht dazu, irgendetwas zu denken und bist schon am Boden. Der Schädel brummt, und du hast dir auf die Zunge gebissen. Im Traum ist das anders. Wenn du im Traum fällst, ist der erste Gedanke natürlich auch: Ich falle. Aber so oft du dir das auch sagst, den Boden hast du immer noch nicht erreicht. Und dann hast du das Gefühl, in der Leere zu schweben. Das Dumme ist, dass du waagrecht fällst, und so sehr du dich auch bemühst, dich aufzurichten, es geht nicht. Und was nicht geht, geht eben nicht. Wenn du es doch einmal schaffst, dich umzudrehen, rast die Erde pfeifend auf dich zu. Ich denke, der Mensch fürchtet nur wirkliche Dinge. Sonst wäre ich nicht schreiend aufgewacht. Die Hand einer Frau beruhigte mich. Es freute mich, endlich wieder vor etwas Angst haben zu können. Das macht das Leben erst interessant. Wissen Sie, was mir Angst machte?

Ich fürchtete, aus einem Traum zu erwachen, in dem ich geflogen war, obwohl ich in Wirklichkeit fiel. Wenn jemand Angst haben muss, um zu spüren, dass er lebt, so ist es das, was ich fürchte.

21

Der Intelligente und der Idiot

Im Herbst desselben Jahres ernteten wir Weizen und im Spätherbst Mais.

Zuvor hatte der Erste Junge Herr immer geunkt: »Abwarten, wir haben so spät gesät, dass es Frost geben wird, bevor der Mais reif ist.«

Das hatten auch der Fürst, ich und alle anderen befürchtet. Dadurch, dass wir auf Nachrichten aus dem Norden gewartet hatten, war die Aussaat um fast drei Wochen verzögert worden.

Ich sagte Vater, dass mein Bruder nicht Recht behalten würde.

Vater erwiderte: »Der Mann verflucht offenbar seine eigene Familie.«

In diesem Jahr war das Glück wiederum ganz auf der Seite des Fürsten Maichi. Der Herbst begann wärmer als im letzten, sodass auch der Frost später als sonst kam. Als der Mais so weit war, fiel ein wenig Reif. Und im Volksmund heißt es, dass Mais etwas Reif abbekommen muss, um seinen süßlichen Geschmack zu entfalten. Für das Volk, das kaum etwas anderes zu essen hatte, war dieser süßliche Geschmack sehr wichtig. Dann hatten sie das Gefühl, dass das Leben schön und der Fürst ihre Unterstützung wert war. Vater bat den Monpa-Lama, mithilfe seiner magischen Kräfte für Frost zu sorgen. Der Lama wandte ein, in den Bergen sei der Mais noch nicht überall reif. So kam es, dass der Himmel in den höheren Regionen, als der Mais reif wurde, sternenklar war und es vor Tagesanbruch fror. Es war der winterliche Bodenfrost, der es bei jedem Schritt knirschen ließ. Wir verfügten zwar über Speicher, doch waren die bereits voll, und so trugen endlose Schlangen von Trägern das Getreide zur Festung. Im Hof führte der humpelnde Verwalter Buch und ließ die Ladungen wiegen. Die Diener riefen und johlten laut, als ein übervoller Speicher nachgab und der Mais sich wie ein goldener Wasserfall nach unten ergoss.

»Über kurz oder lang wird all dies Getreide die ganze Festung verstopfen«, sagte mein Bruder. Aus irgendeinem Grund sprach er in letzter Zeit öfter in diesem Ton. Anfangs hatten wir vermutet, er sei der Mädchen wegen so großspurig.

Vater fragte: »Haben meine beiden Söhne vielleicht eine gute Idee?«

Mein Bruder schnaubte.

Vater sagte zu mir: »Du musst dich nicht zurückhalten, weil du denkst, du seist ein Idiot oder weil die Leute das behaupten.«

Also kam ich mit meinem erstaunlich einfachen Vorschlag heraus: Wir sollten ein Jahr lang auf die Grundsteuer verzichten. Kaum ausgesprochen, leuchteten die Augen des Verwalters auf, während Mutter mich besorgt anblickte. Vater schwieg lange. Das Herz schien mir zum Hals herausspringen zu wollen.

Vater drehte den Korallenring an seinem Finger und sagte: »Willst du nicht, dass die Maichis immer mächtiger werden?«

»Für einen Fürsten ist es genug«, sagte ich. »Ein Fürst ist ein Fürst und wird nie König werden.«

Der Geschichtsschreiber notierte diesen Satz, woraus ich schloss, dass er nicht falsch gewesen war. Die Familie Maichi war mächtig und griff immer wieder andere Fürsten an, um sie mit militärischer Gewalt zu bezwingen. Wenn dieser Prozess nicht auf der Stelle aufhörte, würde es früher oder später nur noch einen Fürsten geben. Das würde weder Lhasa noch Nanjing entgehen, und an beiden Orten würde man darüber nicht erfreut sein. Wenn die Maichis aber ihre jetzige Stärke hielten, würden andere Fürsten uns hassen, könnten aber nichts tun. Bei uns vertrat einzig mein Bruder die Ansicht, wir sollten Krieg führen. Denn nur im Krieg glaubte er, sich der Maichis würdig zu erweisen. Dabei hätte er wissen müssen, dass kein Fürst seine Position je durch Kriege errungen hatte. Zwar gibt es keinen Fürsten, der sich nicht einmal mit dem Titel »König« geschmückt hätte, doch niemand hielt sich ernsthaft für einen König. In den Tälern am Fuß der Schneeberge darf man nicht zu schwach erscheinen, denn sonst wird man von den Nachbarn ringsum aufgefressen, hier ein Stück weg, da ein Stück, bis nur noch das Skelett übrig ist. Dann, so sagt ein Sprichwort, findet man nicht einmal mehr den eigenen Mund, um Wasser zu trinken. Über all das schien mein Bruder nie nachgedacht zu haben. »Wir sollten die anderen Fürsten erledigen, bevor sie zu stark werden«, sagte er.

Darauf Vater: »Sie zu schlucken, ist leicht, aber was, wenn wir sie hinterher nicht verdauen können?«

Es hat in der Geschichte Fürsten gegeben, die ihre Nachbarn geschluckt haben, doch dann rückten die kaiserlichen Truppen Chinas ein, und der angreifende Fürst war hinterher nicht einmal mehr Herr über sein eigenes Gebiet. Weil die Straßen Richtung China so schlecht waren, vergaßen manche Fürsten mit der Zeit, woher sie ihren Titel überhaupt hatten, und wenn sie in Hitze gerieten, verloren sie jeden Sinn für Realität. Aus China, früher vom Kaiser und heute vom Präsidenten regiert, kamen nicht nur unser geliebter Tee, das Porzellan und die Seide. Mein Bruder war dort gewesen, doch schien ihm weder klar zu sein, dass wir ein Verteidigungsabschnitt unter der Führung eines Kommandeurs waren, noch woher unsere Feuerwaffen kamen.

Zum Glück verstand Vater mehr von der Welt, in der wir lebten.

Ihn verwirrten seine zwei Söhne. Der Kluge liebte Kriege und Frauen, hatte großes Interesse an Macht, besaß aber zu wenig Urteilsvermögen in großen politischen Fragen. Und sein im Alkoholrausch gezeugter idiotischer Sohn schien zuweilen intelligenter als alle anderen zusammen. Lange bevor andere Fürsten sich über ihre Nachfolge Gedanken machten, zogen düstere Wolken über sein Gesicht. Das Volk sagt immer, Fürst zu sein, sei großartig, aber wenn Sie mich fragen, so haben sie keine Ahnung, wie schwer das ist. Ich finde, es ist erheblich besser, zur Familie des Fürsten zu gehören, als selbst Fürst zu sein.

Erst recht, wenn du ein Idiot bist.

Ich zum Beispiel sagte manchmal einfach meine Meinung. Wenn ich falsch lag, so war es, als hätte ich nichts gesagt, ich war schließlich der Idiot. Lag ich aber richtig, begegneten mir alle voll Respekt. Allerdings hatte ich in keiner größeren Angelegenheit bisher falsch gelegen. Mutter sagte sogar einmal: »Sohn, ich sollte nicht so viel Opium rauchen, sondern lieber wach und bereit für deine Einfälle sein.«

Mir war es allerdings lieber, sie rauchte weiter Opium. Wir hatten ohnehin genug von dem Zeug, das wie Kuhmist aussieht. Aber wenn ich das sagte, würde ich sie bestimmt verletzen. Mutter sagte häufig: »Du hast mich verletzt.« Vater sagte dann: »Deine Gefühle liegen doch nicht in anderer Leute Hand. Niemand kann sie einfach verletzen.« Mein Bruder behauptete, Frauen sagten so etwas gerne. Er glaubte, weil er mit vielen Mädchen geschlafen hatte, verstünde er etwas von Frauen. Später, nachdem er ein, zwei Mal auf chinesischem Gebiet gewesen war, sagte er, die Chinesen redeten so. Er meinte wohl, auch von Chinesen viel zu verstehen.

Nachdem der Fürst das Volk für ein Jahr von der Grundsteuer befreit hatte, freuten die Menschen sich so sehr, dass sie zusammenlegten und ein Theaterensemble engagierten, das auf dem großen Platz vor der Festung während einiger Tage lebhafte Vorführungen gab. Der Erste Junge Herr, als ein Mann mit vielen Talenten, mischte sich unter das Theatervolk und ging seiner Darsteller-Leidenschaft nach.

In seiner Abwesenheit wurde eine weitere gewichtige Entscheidung getroffen.

»Die Theaterliebhaber sollen weiter die Aufführungen ansehen«, sagte Vater, »ich muss etwas mit euch besprechen.« Mit »euch« meinte er Mutter, mich und den humpelnden Verwalter. Während draußen Trommeln und Gongs dröhnten, teilte Vater uns seinen Entschluss mit, den alle für gut befanden. Nur der Erste Junge Herr wusste nichts von der guten Idee des Fürsten.

Schließlich waren die Vorführungen zu Ende.

Vater sagte meinem Bruder, er solle gemeinsam mit einem Führer zur Grenze im Süden aufbrechen. Er solle den Entschluss durchführen, den Vater während der Vorführungen getroffen hatte, nämlich ein Stück Land nahe der grenznahen großen Straße zu suchen und ein großes Gebäude darauf zu errichten, mit Wasser davor und rundherum viel Platz für Pferde. Mein Bruder fragte, wofür das Gebäude dienen solle. Der Fürst sagte: »Wenn du jetzt nicht draufkommst – wenn das Haus fertig ist, wird es dir klar sein.«

»Arbeite und denke«, fuhr er fort, »wie sonst willst du ein so großes Unternehmen führen?«

Als er zurückkehrte, um Bericht zu erstatten, war mein Bruder sichtlich dünner geworden. Er erzählte Vater, wie er seine Aufgabe erfüllt und was für ein schönes, imponierendes Gebäude er errichtet habe. Vater unterbrach ihn: »Das weiß ich alles, dass du einen guten Ort ausgewählt und dass du die Mädchen in Ruhe gelassen hast. Ich bin sehr zufrieden mit dir. Aber sag mir nun, ob du eine Antwort auf die Frage finden konntest.«

Ich schrie innerlich auf: Bruder!

»Ich weiß, dass die Regierung keine Kriege erlaubt, um andere Fürsten zu unterwerfen. Darum müssen wir freundschaftliche Beziehungen aufbauen, und das tun wir am besten, indem wir die Fürsten an der Grenze zur sommerlichen Jagd in unsere neue Residenz einladen.«

Der Fürst hegte keine größere Angst, als dass sein kluger Sohn die falsche Antwort geben würde. Aber nichts zu machen, die Antwort war nicht richtig.

So konnte der Fürst nur anbieten: »Geh nun nach Norden, errichte dort noch ein Gebäude und überlege noch einmal, wozu es gut sein könnte.«

Mein Bruder spielte bis Mitternacht auf seiner Flöte, und als wir am nächsten Morgen frühstückten, war er schon fort. Er tat mir Leid. Ich hatte ihm den Sinn des Gebäudes erklären wollen, aber nun war er nicht mehr da. In unserer Familie hätte ich eigentlich die Dinge tun sollen, die er liebte, und er hätte ein Auge auf das Tun und Lassen des Fürsten haben müssen. Es hat in der Zeit der Fürsten nie jemand daran gedacht, das Fach »Kunst des Regierens« zu unterrichten. Obwohl das ein schwerer Stoff ist und man nur bei Nachweis ganz besonderer Talente vom Unterricht befreit werden sollte. Mein Bruder hielt sich für einen solchen Menschen, wenngleich er es nicht war. Krieg führen ist eine Sache, Mädchen schöne Augen machen eine andere, aber Fürst zu sein, ein guter Fürst zumal, das ist noch einmal ganz etwas anderes.

Vater wartete schon vor der Zeit auf die Rückkehr meines Bruders. Jeden Tag stieg er auf einen Balkon unter den Arkaden und hielt Ausschau. Die winterliche Straße, die aus Richtung Norden kam, erstrahlte im Sonnenschein, gesäumt von kahlen Birken.

An diesem Tag stand er besonders früh auf seinem Posten, denn der Monpa-Lama hatte tags zuvor die Ankunft eines Gastes aus Richtung Norden angekündigt.

»Das wird mein Sohn sein«, sagte der Fürst.

Der Monpa-Lama erwiderte: »Es ist ein Familienmitglied, nicht aber der Erste Junge Herr.«

22

Die englische Dame

Mein Onkel und meine Schwester kamen zurück!

Der Onkel aus Kalkutta, Indien, und meine Schwester aus England. Meine Schwester war erst zum Onkel nach Indien gereist und dann mit ihm zusammen durch Tibet nach Hause gekommen.

Sie saßen ab, kamen ins Haus, wuschen sich und aßen etwas – und ich hatte die ganze Zeit noch nicht ein Wort mit ihnen gewechselt. Nur ansehen konnte ich sie sehr genau. Ich mochte das Gesicht meines Onkels. Es ähnelte dem meines Vaters, war nur noch runder, noch fleischiger, noch fröhlicher. Soweit ich das beurteilen konnte, gehörte er nicht zu der Sorte Mensch, die immer gewinnen muss. Leute, die immer gewinnen, sind nicht unbedingt klug, und um ehrlich zu sein, obwohl ich ein Idiot bin, mag ich kluge Leute. Sprechen wir über die intelligenten Leute in meiner Umgebung. Es gibt nicht viele davon, ich kann sie an einer Hand abzählen. Fürst Maichi, der Sondergesandte Huang, der zungenlose Geschichtsschreiber und nun noch dieser Onkel. Sehen Sie, da brauche ich gerade mal vier Finger, für den letzten weiß ich einfach niemanden. So lasse ich ihn ausgestreckt stehen, auch wenn er etwas eigensinnig wirkt.

Mein Onkel sagte zu mir: »Der Kleine spielt mit seinen Fingern?« Er winkte mich zu sich heran und steckte mir einen mit einem Edelstein besetzten Ring auf den abgespreizten Finger.

Mutter sagte: »Das ist zu gut für ihn, zu wertvoll, er wird das Geschenk wegwerfen, als sei es ein gewöhnlicher Stein.«

Der Onkel lachte: »Auch ein Edelstein ist ein Stein, soll er ihn doch wegwerfen.« Dann beugte er sich wieder zu mir herunter: »Du wirst mein Geschenk doch nicht wegwerfen, oder?«

»Ich weiß nicht, sie sagen immer, ich sei ein Idiot.«

»Wieso merke ich nichts davon?«

Vater antwortete: »Das wirst du schon noch sehen.«

Nun sprach auch meine Schwester mich an: »Komm her!«

Ich verstand sie nicht sofort und dachte schon, ich würde wieder blöde. Tatsächlich hatte es damit nichts zu tun – sie hatte vielmehr Schwierigkeiten, sich in ihrer Muttersprache auszudrücken. Ihre Zunge wollte nicht so recht, selbst wenn sie genau wusste, was sie sagen wollte. Undeutlich wiederholte sie: »Komm her zu mir.« Ich verstand sie nicht. Doch ihre ausgestreckte Hand bedeutete mir, zu ihr zu gehen. Ihre Briefe hatten immer einen warmen, zärtlichen Ton gehabt. Über mich hatte sie zum Beispiel geschrieben: »Ich habe meinen kleinen Bruder nie gesehen, er ist sicher niedlich.« Oder: »Erzählt mir nicht, dass er ein Idiot ist. Wenn er es doch ist, macht es natürlich nichts, in England gibt es gute Nervenärzte, die ihn heilen werden.« Mutter sagte dann, sie ist ein gutes Mädchen, sie will dich nach England holen. Nun war diese gute ältere Schwester also heimgekehrt, sprach unverständliche Worte und streckte mir die Hand entgegen. Als ich auf sie zuging, nahm sie aber nicht meine Hand, wie Onkel das getan hatte, sondern hielt mich mit einer Hand und ihrem eiskalten Blick auf Abstand. Obwohl es im Zimmer warm war, trug sie schneeweiße Handschuhe. Mein Onkel war es, der verstand, was sie wollte, und mir bedeutete, ich solle ihren Handrücken mit den Lippen berühren. Die Schwester lächelte, holte mehrere bunte Scheine aus ihrer Ledertasche, fächerte sie auf und gab sie mir in die Hand. Onkel sagte, ich solle mich bedanken: »Danke, *Madam.*«

»Ist *Madam* das englische Wort für Schwester?«, fragte ich.

»*Madam* ist die Herrin.«

Meine Schwester hatte einen englischen Adligen geheiratet. Daher war sie nun nicht mehr meine Schwester, sondern die *Madam,* die Herrin.

Die *Madam* hatte mir funkelnagelneue ausländische Geldscheine gegeben, Geldscheine aus all den Ländern, die sie auf ihrer Reise von England hierher durchquert hatte. Warum gibt sie mir nicht ein paar schöne Goldmünzen, dachte ich. Haben sie in England nicht so schöne Goldmünzen? In Wirklichkeit mag sie mich wohl nicht. Ich mochte sie auch nicht. Ich hatte sie immer kennen lernen wollen, denn ich hatte Fotos von ihr gesehen. Aber die Fotos hatte ich vor dem Hintergrund des Maichi-Territoriums bewundert, ja sie trugen die Atmosphäre der Festung, weil ich sie dort ansah. Doch als sie nun dort saß, strahlte sie etwas ganz anderes aus. Wir sagen häufig, Chinesen haben keinen Körpergeruch, oder wenn, so nur den von Wasser, also doch wieder keinen. Engländer haben einen Körpergeruch, ein wenig nach Hammel wie wir. Die, welche diesen Geruch nicht verbergen, sind Barbaren, so wie wir. Diejenigen, die ihn mit anderen Gerüchen überdecken, sind zivilisierte Leute, wie die Englände, oder wie meine aus England zurückgekehrte Schwester. Als sie mir die Scheine gab und meine Stirn mit den Lippen berührte, ging ein verwirrender Duft von ihrem Körper aus, so stark, dass ich mich fast übergeben musste. Sehen Sie nur, was dieses England aus meiner Schwester gemacht hat!

Vater hatte sie eine hohe, schwere Wollmütze mitgebracht, die auf dem Kopf wie ein umgedrehter Eimer aussah. Mutter bekam bunt schimmernde Perlen. Die Frau des Fürsten wusste, dass sie vollkommen wertlos waren. Den kleinsten Ring an ihrem Finger könnte sie gegen hunderte dieser Perlen eintauschen.

Der Onkel brachte uns seine Geschenke später in die Zimmer. Außer dem Fingerring bekam ich ein mit eingefassten Edelsteinen verziertes indisches Schwert. »Bitte verzeih mir«, sagte er, »du bekommst die wenigsten Geschenke von allen. Das ist immer das Schicksal des Zweiten Jungen Herrn.« Dann fragte er: »Freust du dich, einen Onkel zu haben, mein Kleiner?«

Ich sagte: »Ich mag meine Schwester nicht.«

»Und deinen Bruder?«

»Er hat mich früher gemocht, aber jetzt nicht mehr.«

Sie waren nicht in erster Linie zurückgekommen, um uns zu sehen.

Während ihrer Reise kämpften auf dem Gebiet der Chinesen die nationale Regierung und die Kommunisten gemeinsam gegen die

Japaner. Die Zentralregierung war von Peking, wohin unsere Vorfahren gereist waren, nach Nanjing, das wir überhaupt nicht kannten, verlegt worden. Da der Panchen auch dort hingegangen war, nahmen wir davon an, dass die Nationalregierung gut war. Der Große Gelehrte Tibets würde an keinen Ort gehen, an dem keine Tugenden herrschten. Mein Onkel war, als er Handel zwischen Indien und Tibet betrieb, häufig nach Shigatse gekommen, wo der bekannte Tashilunpo-Tempel des Panchen stand. Aus diesem Grund hatten seine Geschäfte ihn nun bis nach Nanjing geführt. Mein Onkel hatte der Nationalregierung sogar ein Flugzeug gestiftet, das in der Luft gegen Japan kämpfte. Später verlor die Nationalregierung Nanjing, das Flugzeug meines Onkels stürzte mit einem russischen Piloten am Steuer in den größten Fluss der Welt. Mein Onkel sagte dazu: »Meine Maschine und der Russe sind in den größten Fluss der Welt gefallen.« Als der Panchen nach Tibet zurückkehren wollte, arrangierte mein Onkel ein Treffen mit ihm, brachte Geld und Waren mit und nutzte dabei die Gelegenheit, seine Familie zu besuchen. Mir war klar, selbst wenn Vater ihm den Vorrang ließe, würde er nicht Fürst der Maichis werden wollen. Dennoch gab er uns einige Ratschläge:

Erstens, sagte er, müssten wir aus dem Kreislauf der ewigen Kriege ausbrechen und sollten keinen Mohn mehr anbauen.

Zweitens seien die Maichis stark wie nie zuvor und sollten es in dieser Hinsicht nicht übertreiben. Die Zeiten hätten sich geändert, es werde über kurz oder lang keine Fürsten mehr geben. Der schneebedeckte Teil im Westen werde eines Tages an England fallen, die Fürsten im Osten würden sich von selbst den Chinesen unterordnen.

Drittens, sagte er, sei es die beste aller Ideen, an der Grenze einen Markt zu errichten, denn sollten die Maichis weiter existieren, wären sie möglicherweise auf diesen Grenzhandel angewiesen.

Viertens habe er seine Nichte mitgebracht, um ihr eine Aussteuer zu beschaffen.

Vater fragte: »Als ich sie dir anvertraute, hast du da nicht für eine Mitgift gesorgt?«

»Wenn es um das Thema geht, können es ihr gar nicht genug reiche ›Väter‹ sein.«

»Sieh nur, wie du sie erzogen hast«, sagte Vater.

Der Onkel lächelte und schwieg.

Das Verhalten meiner Schwester stieß bei der ganzen Familie auf Widerwillen. Als sie erklärte, sie wolle in ihrem alten Zimmer wohnen, sagte der Verwalter, das Zimmer sei immer sauber gehalten und seit ihrer Abreise nicht verändert worden. Dennoch rümpfte sie die Nase und versprühte überall ihr Parfum.

Dann forderte sie von Vater: »Lass mir ein Radio bringen.«

Vater schnaubte, gab aber entsprechende Anweisungen. Der Onkel wunderte sich noch, dass sie über den ganzen weiten Weg Batterien mitgebracht hatte, da tönten auch schon absonderliche, quälende Geräusche aus ihrem Zimmer. Der Onkel sagte: »Spar dir das, hierher wurde noch nie etwas ausgestrahlt.«

»Dann habe ich in London später keine Gesprächsthemen«, sagte sie. »Wieso bin ich nur in einer so barbarischen Gegend zur Welt gekommen!«

Da wurde der Fürst wütend und tobte: »Bist du nicht gekommen, um deine Aussteuer zu holen? Dann nimm sie und verschwinde wieder in dein England!«

Als mein Bruder die Nachricht bekam, eilte er aus dem Norden zurück. Es klingt merkwürdig, aber er war der Einzige, der sich über den Besuch der Schwester freute und sich aufführte, als sei einzig diese englische Lady seine wirkliche Verwandte. Doch seine liebe Schwester sagte: »Du läufst herum und verführst diese Bauernmädchen? Das ist eines Edelmannes nicht würdig. Du solltest dich mit den Töchtern anderer Fürsten abgeben.« Mein Bruder lachte bitter. Sie wusste offenbar nicht, dass die nächsten Fürstentöchter viele Tagesritte weit entfernt waren. Man konnte nicht einfach hingehen, wenn einem bei Vollmond der Sinn danach stand.

Grimmig wandte er sich an mich: »Die Familie Maichi besteht nur aus merkwürdigen Gestalten.«

Eigentlich wollte ich ihm zustimmen, doch als mir einfiel, dass er damit auch mich meinte, ließ ich es bleiben.

Vater gab meiner Schwester zwei ganze Eselsladungen Silber, dazu Edelsteine. Aus Angst, dass etwas abhanden kommen könnte, gab sie nicht eher Ruhe, als bis man ihr alles aus den Lagerräumen im Keller nach oben in ihr Zimmer getragen hatte.

Vater fragte den Onkel: »Hat sie in England nicht genug?«

»Ihr könnt euch gar nicht vorstellen, wie gut es ihr geht«, erwiderte Onkel. »Sie will so viel Silber, weil sie weiß, dass sie nicht wiederkommen wird. Ein Leben in unvorstellbarem Reichtum möchte sie führen und deshalb jetzt so viel wie möglich mitnehmen.«

Vater sagte zu Mutter: »Himmel, ist sie mir unangenehm, dabei war sie ein so niedliches Kind ... Ich werde ihr noch etwas Gold geben.«

Mutter sagte: »Ach, nachdem Fürst Maichi einige Jahre lang Opium angebaut hat, hält er sich ohnehin für den Reichsten auf Erden.«

»Äußerlich kommt sie tatsächlich sehr nach ihrer Mutter«, sagte der Fürst.

»Sie soll abreisen, sobald sie das Gold hat.«

»Grämt euch nicht«, warf der Onkel ein. »Ich habe ihr noch viel mehr gegeben als ihr.«

Als meine Schwester das Gold hatte, sagte sie: »Ich denke, ich sollte mich auf den Weg machen. Ich muss zurück.«

»Möchte die *Madam* nicht noch etwas bleiben?«, fragte die Frau des Fürsten.

»Nein«, sagte meine Schwester. »Mein Mann ist schon zu lange allein, wer weiß, was da geschieht. Selbst wenn er ein englischer Gentleman ist.«

Bevor sie abreisten, machten mein Bruder und die Schwester einen Spaziergang, und ich ging mit dem Onkel los. Mein Bruder wurde immer wunderlicher. Er musste allen zeigen, wie sehr er diese Person mochte, die uns allen fremd war. Ich habe keine Ahnung, was die beiden besprachen, als sie unterwegs waren, und ich wollte es auch gar nicht wissen. Mein Spaziergang mit dem Onkel war sehr schön.

»Ich werde dich vermissen«, sagte er.

Ich fragte ihn noch einmal: »Bin ich wirklich ein Idiot?«

Onkel sah mich lange an und sagte schließlich: »Du bist ein ganz besonderer Junge.«

»Besonders?«

»Du bist anders als die meisten Menschen.«

»Ich mag sie nicht.«

»Verschwende nicht zu viele Gedanken daran«, sagte mein Onkel. »Sie wird nicht wiederkommen.«

»Kommst du auch nicht zurück?«

»Meinst du, ich werde ein Engländer? Oder ein Inder? Nein, ich komme zurück, spätestens um zu sterben. Ich möchte meine Augen unter diesem Himmel hier schließen.«

Am nächsten Tag machten sie sich auf den Weg. Meine Schwester hatte sich wie eine Engländerin in Weiß gekleidet. Ihren Hut zierte ein Schleier, den sie nicht einmal hob, als sie sich verabschiedete.

Meine Schwester wollte uns für immer verlassen, doch Vater sorgte sich noch um ihre Zukunft: »Ist das Silber in England etwas wert, kann sie es zu Geld machen?«, fragte er den Onkel.

»Oh ja«, erwiderte der Onkel. »Es ist auch in England sehr wertvoll.«

Meine Schwester besprach ihre Reiseroute mit dem Onkel. Ich hörte sie wieder und wieder fragen: »Können wir in einer chinesischen Sänfte reisen?«

»Wenn du es wünschst«, erwiderte der Onkel.

»Ich kann nicht glauben, dass ein paar Chinesen in schwarzer Kleidung ein kleines Haus auf ihren Schultern tragen können.«

»Es geht aber«, sagte mein Bruder, »ich habe schon in einer gesessen.«

Onkel mischte sich ein: »Darum mache ich mir keine Gedanken, die Wegelagerer sind das Problem.«

»Es heißt doch, Chinesen haben Angst vor Engländern«, sagte meine Schwester. »Ich habe einen englischen Pass.«

Unterdessen waren wir am Gebirgspass angelangt, an dem sich unsere Wege trennten und wir zusahen, wie sie weiterzogen. Meine Schwester blickte nicht einmal zurück, während der Onkel sich immer wieder umwandte und seine Mütze schwenkte.

Nachdem sie abgereist waren, verhielt mein Bruder sich wieder freundlicher mir gegenüber. Wenn er Fürst sei, sagte er, werde er mir oft Mädchen schicken.

Ich lachte töricht.

Er tätschelte mir den Kopf: »Solange du tust, was ich sage. Deine Tharna hat doch weder Hintern noch Busen. Ich werde dir ein Mädchen mit dickem Hintern und üppigen Brüsten schicken.«

»Das sehen wir dann, wenn du Fürst bist.«

»So sind richtige Frauen, ich werde dir echte Frauen schicken.«

»Wenn du wirklich Fürst bist.«

»Du sollst den Geschmack von echten Frauen kosten.«

Mir riss die Geduld: »Lieber Bruder, wenn du denn Fürst wirst!«

Sein Gesicht wechselte die Farbe, er schwieg. Doch ich fragte weiter: »Wie viele Frauen bekomme ich?«

»Verschwinde, du bist kein Idiot.«

»Du kannst nicht behaupten, ich sei kein Idiot.«

Da kam der Fürst und fragte, worum seine Söhne stritten. »Mein Bruder sagt, ich sei kein Idiot«, sagte ich.

»Himmel, wenn du kein Idiot bist, wer dann?«, fragte Vater.

»Diese Chinesin hat ihm beigebracht, den Idioten zu spielen«, vermutete der zukünftige Fürst.

Der Fürst seufzte und sprach leise: »Als ob es nicht genug wäre, einen idiotischen Sohn zu haben, wird jetzt auch noch der ältere Bruder verrückt?«

Mein Bruder senkte den Kopf und eilte davon. Das Gesicht des Fürsten umwölkte sich und wurde erst dann wieder heiterer, als ich ihm lauter idiotisches Zeug erzählte. »Mir wäre es auch lieber, du wärst kein Idiot, aber du bist nun mal einer«, sagte er.

Vater streichelte mir über den Kopf. Ganz tief in mir drin bewegte sich etwas heftig. Dieser tiefe, finstere Ort wurde plötzlich von einem Lichtstrahl erhellt, doch als ich mir alles genauer ansehen wollte, erlosch das Licht.

Sechstes Kapitel

23

Forts

Mitten durch das Territorium der Maichis verliefen sieben oder acht Straßen zu den Gebieten anderer Fürsten. Das heißt, die benachbarten Fürsten konnten uns nur über diese sieben oder acht Straßen erreichen.

Als der Frühling vor der Tür stand und noch bevor der Schnee ganz geschmolzen war, tummelten sich wieder Menschen auf all diesen Straßen. Sie suchten jedoch nicht wie früher Mohnsamen, sondern es waren Fürsten, die Silber und große Mengen Opium mitführten, um sie bei Fürst Maichi gegen Getreide einzutauschen.

Vater fragte meinen Bruder und mich, ob er es ihnen geben solle.

»Lass sie den doppelten Preis zahlen!«, platzte mein Bruder heraus.

Vater sah mich an, und da ich nichts sagen wollte, zwickte Mutter mich und flüsterte mir ins Ohr: »Nicht den doppelten, den doppelten des doppelten!«

»Die Herrin hat mich gekniffen«, sagte ich.

Mein Bruder und mein Vater warfen mir scharfe Blicke zu. Mir war das egal. Mutter wandte sich ab.

Der Erste Junge Herr wollte etwas zur Frau des Fürsten sagen, doch der Fürst kam ihm zuvor: »Den doppelten Preis? Den doppelten Preis, sagst du? Als ob es für den vierfachen Preis nicht schon praktisch verschenkt wäre! Ich werde warten, bis sie den zehnfachen Preis zu zahlen bereit sind. Das haben sie nun davon, dass sie um den Opiumsamen Krieg geführt und ihn gestohlen haben!«

Mein Bruder hatte schon wieder das Falsche gesagt. Er war zugleich verlegen und wütend. Ruckartig hob er den gesenkten Kopf und sagte: »Zehnfach? Du meinst das Zehnfache? Das ist unmöglich! Getreide ist und bleibt Getreide, es ist weder Gold noch Silber.«

Der Fürst fuhr sich durch den Bart, der ihm vor der Brust hing, und legte sich ein paar gelbliche Strähnen auf die Hand, um sie genauer zu betrachten. Dann seufzte er: »Ob das Doppelte oder das Zehnfache, das macht für mich keinen Unterschied. Seht her, ich bin alt. Mir liegt nur daran, meinen Nachfolger noch stärker zu machen.« Er murmelte eine Weile vor sich hin, bevor er einen Entschluss verkündete: »Genug davon. Jetzt möchte ich, dass du ins Grenzgebiet ziehst, und dein Bruder wird das Gleiche tun. Ihr werdet ausreichend Truppen und Pferde mitnehmen.« Der Fürst betonte, er habe diesen Entschluss zum Wohle der Zukunft der Maichis gefasst.

Er wandte sich seinem idiotischen Sohn zu und fragte: »Weißt du, warum ihr beide gehen sollt?«

»Wir sollen Truppen und Pferde mitnehmen«, sagte ich.

Vater hob die Stimme: »Ich will wissen, warum du Soldaten mitnehmen sollst.«

Ich überlegte und sagte dann: »Um mich mit meinem Bruder zu messen.«

Der Fürst sagte zur Herrin: »Gib ihm eine Ohrfeige, er versteht mich vollkommen falsch.«

Die Frau des Fürsten schlug mir ins Gesicht, nicht symbolisch, nein, es war eine kräftige Ohrfeige. Eine solche Frage hätte mein Bruder wunderbar beantworten können, aber der Fürst fragte ihn nicht. Und ich konnte auch nicht immer daherreden wie ein Idiot. Manchmal wollte ich auch ein besseres Bild abgeben. Der Fürst wollte ganz offensichtlich, dass seine Söhne rivalisierten, und er wollte insbesondere herausfinden, ob sein Idioten-Sohn das Zeug zum Fürsten hätte. Nachdem ich das erkannt hatte, sprach ich es mutig aus.

Da sagte die Herrin zum Fürsten: »Dein kleiner Sohn ist wirklich ein Idiot«, und gab mir noch eine Ohrfeige.

Mein Bruder sagte zu Mutter: »Herrin, wieso schlagen Sie ihn? Er bleibt so oder so ein Idiot.«

Mutter ging zum Fenster und sah in die Landschaft hinaus. Und ich? Ich sah in das Gesicht meines intelligenten Bruders, ein einfältiges Lächeln auf den Lippen.

Da brach mein Bruder in lautes Lachen aus. Obwohl gar nichts Komisches geschehen war, konnte er sich kaum halten vor Lachen. Manchmal ist auch er ziemlich blöde. Vater hatte ihn ins südliche Grenzgebiet geschickt, dann ins nördliche Grenzgebiet, wo er die ihm aufgetragenen Bauten errichtete, hinterher aber immer noch nicht verstand, wozu diese dienen sollten. Erst als auf dem Territorium der Maichis eine überreiche Ernte eingefahren wurde, erkannte er sie als Kornspeicher.

Vater schickte uns beide an die Grenze, um die Speicher wirkungsvoll zu verteidigen, so lange, bis jemand den zehnfachen Preis zu zahlen bereit war. Ich reiste in den Norden, mein Bruder in den Süden.

Zu den Fürsten, die Getreide kaufen wollten, sagte Vater: »Ich sagte euch doch, dass Opium nicht gut ist, aber ihr wolltet es ja unbedingt anbauen. Unser Getreide füllt nicht einmal die eigenen Speicher, und da wir im nächsten Jahr wieder Opium anbauen wollen, müssen wir Vorsorge treffen.« Die Fürsten knirschten mit den Zähnen, sie hassten den reich gewordenen Nachbarn und konnten doch nur mit leeren Händen abziehen.

Seit vielen Jahren schon hatte es im Gebiet der Fürsten keine Hungersnot mehr gegeben, und niemand hatte erwartet, dass sie ausgerechnet in einem Jahr mit für die Landwirtschaft besonders günstigen Witterungsbedingungen ausbrechen würde.

Als die Fürsten mit leeren Händen heimkehrten, begegneten sie auf dem Weg ganzen Heerscharen von Hungergestalten, die auf dem Weg zu uns waren. Wir sagten diesen Leuten: »Jeder Fürst muss für seine eigenen Leute sorgen, und die Vorräte in den Speichern von Fürst Maichi sind für sein Volk.« Die Leute, gespendeten Getreidebrei im Bauch und grollenden Hass gegen die eigenen Fürsten im Herzen, kehrten in ihre von Hungersnot geplagte Heimat zurück.

Meine Abreise rückte näher.

Ich beschloss, außer einer sehr gut ausgerüsteten Armee eine

Köchin mitzunehmen – unnötig zu sagen, dass meine Wahl auf Sangye Dolma fiel. Auch den zungenlosen Geschichtsschreiber hatte ich mitnehmen wollen, doch Vater war dagegen. »Wer von euch sich würdig erweist, einen solchen Mann im Gefolge zu haben«, sagte er zu seinen Söhnen, »dem werde ich ihn sofort überlassen.«

»Und wenn wir beide uns würdig erweisen?«, fragte ich. »Fürst Maichi hat nur einen Geschichtsschreiber.«

»Kein Problem. Dann schneiden wir noch einem stolzen Literaten die Zunge ab.« Vater seufzte: »Ich fürchte allerdings, dass am Ende keiner von euch es schafft.«

Ich bat Sonam Tserang, mit mir in die Küche zu gehen, um Sangye Dolma von meinem Entschluss zu unterrichten, sie ins nördliche Grenzgebiet mitzunehmen.

Das hatte sie nicht erwartet. Ich sah sie mit weit aufgerissenem Mund am großen Kupferkessel stehen, bestürzt an ihrer Schürze nestelnd. Zögernd murmelte sie: »Aber ... Junger Herr ... aber ...«

Als sie aus der Küche herauskam, war ihr Mann im Hof bei der Arbeit. Sonam Tserang übermittelte auch ihm meinen Entschluss. Er hatte noch nicht zu Ende gesprochen, da schlug der Silberschmied sich vor Schreck mit dem Hammer auf die Hand und wurde aschfahl. Er sah am Gebäude hoch, doch als sein Blick meinen traf, senkte er den Kopf wieder.

Zusammen mit Sonam Tserang suchte ich auch das Haus der Henkersfamilie auf.

Dort angekommen, fiel der alte Henker sofort auf die Knie, während Klein Aryi mit hängenden Armen dastand und sein mädchenhaft verschämtes Lachen aufgesetzt hatte. Ich forderte ihn auf, einen Satz Henkerswerkzeug einzupacken, um mit mir ins nördliche Grenzgebiet zu reisen. Als er rot anlief, dachte ich, er freue sich. Denn der Sohn des Henkers kann es kaum erwarten, richtiger Henker zu werden, so wie der Sohn des Fürsten es kaum erwarten kann, rechtmäßiger Fürst zu werden. Der alte Henker wurde ebenfalls rot, er wollte nicht, dass sein Sohn schon jetzt diese Messer benutzte. Ich hob die Hand, um ihn am Sprechen zu hindern, doch er sagte: »Junger Herr, ich will gar nichts sagen, ich habe nur einen Schluckauf, das geschieht öfter.«

»Habt ihr Werkzeug übrig?«

»Junger Herr, seit seiner Geburt steht für den Diener der Maichis ein Satz bereit. Nur …«

»Was ›nur‹?«

»Ihr Bruder, der zukünftige Fürst Maichi, wenn er davon erfährt, wird er zornig auf mich sein.«

Ich schwieg, drehte mich um und ging aus dem Hof des Henkers hinaus.

Als wir aufbrachen, führte Klein Aryi dann doch einen kompletten Satz Werkzeug mit.

Vater gab mir noch den humpelnden Verwalter an die Seite.

Mein Bruder ist klug, ihn brauchten nicht so viele Helfer zu begleiten. Er sagt oft, wenn er Fürst sei, werde es in der Festung bestimmt viel weniger Leute geben. Das bedeutete, unter seiner Führung würden viele Arbeit und Stellung verlieren. Er nahm nur ein paar Soldaten und einen hervorragenden Alkoholbrauer mit. Er fand es völlig normal, dass ich den Verwalter, den zukünftigen Henker und vor allem die Köchin mitnahm, mit der ich früher geschlafen hatte – schließlich war ich ein Idiot. Als er mitbekam, dass ich auch Tharna dabeihaben wollte, brach er in schallendes Gelächter aus. Er sagte: »Wo es Menschen gibt, gibt es auch Frauen, wieso willst du die Kleine mitnehmen? Habe ich eine einzige Frau dabei?«

»Aber sie ist doch meine Dienerin!«, antwortete ich töricht und löste den nächsten Lachanfall bei ihm aus.

»Ist ja gut, ist ja gut«, sagte ich zu Tharna, »hör auf zu weinen. Dann wartest du eben, bis ich wieder nach Hause komme.«

Auf dem Weg ins Grenzgebiet waren vor und hinter uns viele Menschen unterwegs, die auf der Suche nach Getreide zu uns gekommen waren und nun mit leeren Händen wieder heimkehrten. Als wir Rast machten, ließ ich ihnen von unseren Vorräten abgeben. Von da an nannten sie mich den gütigen Jungen Herrn. Der humpelnde Verwalter sagte: »Diese Leute werden schon bald wie die hungrigen Wölfe über uns herfallen.«

»Wirklich? Das werden sie tun?«, fragte ich.

Der Verwalter schüttelte den Kopf: »Wieso nur kann ich bei keinem der Jungen Herrn die Zukunft sehen?«

»Tatsächlich? Du kannst sie nicht sehen?«

»Aber wir sind bestimmt noch besser dran als der Erste Junge Herr«, sagte er, »das ist sicher. Denn ich werde Ihnen helfen.«

Sonam Tserang, der vor meinem Pferd ging, bestätigte: »Wir werden dir auch helfen.«

Die Peitsche des Verwalters sauste auf den Rücken des Jungen nieder.

Darüber musste ich so sehr lachen, dass ich fast vom Pferd fiel.

Der humpelnde Verwalter ermahnte mich: »Junger Herr, Sie sind zu gut zu Ihren Dienern, das ist nicht klug, ein Fürst tut so etwas nicht.«

»Wieso sollte ich wie der Fürst handeln?«, fragte ich. »Mein Bruder ist der zukünftige Fürst Maichi.«

»Wenn es tatsächlich so wäre, hätte der Fürst Sie nicht ins nördliche Grenzgebiet geschickt.« Als ich nicht antwortete, gab er seinem Pferd die Zügel, bis er neben mir ritt, und senkte die Stimme: »Junger Herr, Vorsicht ist gut, aber Sie müssen uns sagen, was Sie vorhaben. Ich möchte Ihnen helfen, aber dazu muss ich wissen, was Sie denken.«

Da schlug ich seinem Pferd mit der Peitsche so brutal aufs Hinterteil, dass es in die Luft sprang und den treu ergebenen Verwalter um ein Haar abgeworfen hätte. Als ich ein zweites Mal zuschlug, schoss das Tier wie ein Pfeil davon, eine Wolke gelben Straßenstaubes aufwirbelnd. Ich fasste meine Zügel fester, fiel zurück und fand mich im nächsten Augenblick in der Gruppe der Diener wieder. Auf dem Weg war meine frühere Dienerin mir bisher immer ausgewichen. Sie trug einen Kochtopf mit trockenem Holz zum Anzünden des Feuers auf dem Rücken, und ihr Gesicht war mit einer dicken Schicht Küchenfett bedeckt. Mit einem Wort, die Dolma, die mich seinerzeit die Sache von Mann und Frau gelehrt hatte, war nicht wiederzuerkennen. Ihre Erscheinung führte mir die Vergänglichkeit des Lebens vor Augen und machte mich unendlich traurig. Ich rief einen Diener, der ihr den Topf abnehmen und ihr am Fluss den Schmutz vom Gesicht waschen sollte. Sie ging mit kleinen Trippelschritten vor meinem Pferd her. Wir schwiegen. Ich wusste selbst nicht, was ich wollte, mit ihr schlafen wollte ich nicht noch einmal, aber was ich stattdessen tun wollte, das sagte mir mein dummes Gehirn nicht. In diesem Augenblick fingen die Schultern Dolmas heftig an zu beben. Sie weinte. »Bereust du, den Silberschmied geheiratet zu haben?«, fragte ich.

Dolma nickte und schüttelte dann den Kopf.

»Hab keine Angst.«

Dann sagte Dolma etwas, das mich aus ihrem Mund sehr überraschte: »Junger Herr, es heißt, Sie könnten neuer Fürst werden. Dann werden Sie es bitte schnell!«

Ihre Traurigkeit überschwemmte mein Herz. Dolma wollte, dass ich Fürst wurde, um sie aus ihrer Stellung als Leibeigene zu befreien. In diesem Moment dachte ich, dass ich tatsächlich Fürst werden sollte.

»Du warst noch nicht an der Grenze«, sagte ich. »Schau erst einmal, wie es dort ist, und kehr dann zu deinem Silberschmied zurück.«

Sie fiel auf der staubigen Straße vor mir auf die Knie und beugte ihre Stirn in den Dreck. Sehen Sie nur, wie müßig es ist, Erinnerungen an alte Tage wiederbeleben zu wollen. Sehen Sie nur, was aus dem Mädchen geworden ist, das sich einst an meiner Seite so peinlich sauber hielt. Ich trieb das Pferd an und preschte nach vorn. Alle hinter mir wurden in den Staub eingehüllt, den die Hufe meines Tieres aufwirbelten.

Der Frühling rückte voran. Es war, als zögen wir auf unserem Weg ins Herz dieser Jahreszeit. An der Grenze empfing uns die üppige Azaleenblüte. Doch uns begegneten immer mehr Hungernde, deren Gesichter die Farbe von hellgrünem Frühlingsgras und wirbelnd grünem Wasser annahmen.

Mein Bruder hatte ein solides Vorratshaus gebaut. Damit will ich sagen, es würde im Falle eines Krieges ein solides Fort abgeben.

Natürlich darf ich Ihnen auch nicht verschweigen, dass mein Bruder keinerlei Erfindungsgeist gezeigt hatte. Kaum vorstellbar, dass ein so intelligenter zukünftiger Fürst, zu dem sich so viele Mädchen hingezogen fühlen, dermaßen wenig Fantasie besitzt. Als wir an der Grenze anlangten und das solide Bauwerk meines Bruders vor uns auftauchte, sagte der humpelnde Verwalter: »Himmel, noch eine Festung Maichi!«

Es war eine ziemlich genaue Kopie.

Ein dreistöckiges Gebäude umschloss den Hof, aus feinem gelbem

Lehm gebaut. Große Fenster und Türen öffneten nach innen, Schießscharten nach außen hin. Im Keller gab es Speicherräume, in den oberen beiden Stockwerken befanden sich die Wohnräume, die bei einem Angriff blitzschnell in Verteidigungsstände verwandelt werden konnten, ja man konnte sogar vom Bett aus schießen. Mein armer Bruder, hätte er in der Zeit gelebt, da die Grenzen zwischen den Fürstentümern noch nicht klar gezogen waren, er wäre ein Held gewesen. Doch soweit ich weiß, hatte er an der Grenze keine Festung bauen sollen.

Vater wurde sichtlich älter und sagte oft: »Was haben die Zeiten sich geändert!« Noch öfter allerdings fragte er verwirrt: »Haben die Zeiten sich wirklich so sehr geändert?«

Mein Bruder, unfähig, die Qual zu verstehen, die die eigene Verwirrtheit für Vater bedeutete, antwortete lässig: »Die Zeiten ändern sich immer, aber so stark, wie wir Maichis sind, kann uns das nichts anhaben.«

Vater wusste, wenn es tatsächlich gravierende Veränderungen gab und ein Fürst sich ihnen nicht anpasste, waren die Folgen vollkommen unabsehbar, selbst wenn er der stärkste Fürst aller Zeiten war. Daher wandte er sein besorgtes Gesicht seinem idiotischen Sohn zu. Ich spürte die Qualen, die er ausstand und die sich im selben Augenblick auch auf meinem Gesicht spiegelten. Als der Fürst den eigenen Schmerz im Gesicht seines idiotischen Sohnes wiederfand, schienen Vater und Sohn für ihn zu einer Person zu verschmelzen.

Wenn er vom Wandel der Zeiten sprach, so meinte Vater damit, dass sich viele Dinge in seinem Territorium veränderten. Die Vorfahren hatten die zentrale Festung zur soliden Burg ausgebaut, doch hieß das nicht, dass wir heute die Getreidespeicher an der Grenze auch zu Burgwehren ausbauen mussten. Selbstverständlich würden wir weiterhin Kriege mit anderen Fürsten führen, und die mit Gewehren und Kanonen geführten hatten wir bereits gewonnen. In diesem Frühjahr würden wir mit Weizen kämpfen. Und für diesen Krieg brauchten wir keine große Burgwehr.

Wir zogen in das Fort ein.

In einem Jahr des Hungers wateten wir durch Berge von Getreide, unterhielten uns und schliefen darin. Der Duft von Weizen und Mais erfüllte die dunklen Speicher, stieg auf und drang in unsere Träume ein. Auf den frühlingshaften Feldern strichen Hungernde mit grünlichen Gesichtern umher. Viele der vom Tod Gezeichneten konnten sich eine üppige Mahlzeit nicht einmal mehr vorstellen, während wir sozusagen auf den Vorräten schliefen. Die Diener wussten das und waren stolz, Leibeigene der Maichis zu sein.

24

Weizen

Ich muss Ihnen von unseren Nachbarn erzählen.

Vor über hundert Jahren war Fürst Lha Shopa sehr stark, und mächtige Fürsten tyrannisieren gern die Schwächeren. Er hatte seinerzeit eine Tochter gezwungen, den damaligen Fürsten Maichi zu heiraten, sodass Fürst Lha Shopa ein Onkel von Fürst Maichi wurde. Später unterwarf unser gemeinsamer Nachbar Rongong beide. Fürst Maichi nutzte die Gelegenheit, Fürst Lha Shopa seine Nichte als dritte Frau zu geben und so wiederum dessen Onkel zu werden.

An der Grenze angekommen, erwartete ich daher, unsere Verwandten zu sehen.

Aber Fürst Lha Shopa enttäuschte mich.

Die Hungernden mit ihren grasgrünen Gesichtern zogen jeden Tag ihre Kreise um unser bis zum Dach mit Weizen gefülltes Fort. Ein Kreis, noch ein Kreis, ein dritter Kreis, ein vierter Kreis, ein fünfter und sechster Kreis – mir wurde schwindlig davon. Wenn sie auf diese Weise die Festung erobern wollten, das wäre absolut lächerlich. Aber wie diese Leute ihre Kreise zogen, ohne auszuruhen, erst eine Gruppe, nach zwei Tagen die zweite Gruppe für weitere drei Tage, es machte einen wütend beim Zusehen. Doch unser früherer Onkel und späterer Neffe zeigte sich nicht. Seine Leute starben wie die Fliegen, sie drehten ihre Kreise, drehten und drehten Kreise, stürzten und standen nie wieder auf. Vielleicht wollte Fürst Lha Shopa auf diese Weise an unser Mitgefühl appellieren und hoffte auf Gnade. Aber eine solche Überlegung wäre eines Fürsten nicht würdig gewesen. In dieser Gegend baut kein Fürst auf die Gnade eines anderen. Nur das arme Volk konnte auf einen so naiven Gedanken kommen.

Der Frühling setzte sich täglich mehr durch. Eines Tages rief ich die Köchin Dolma zu mir und befahl, sie solle mithilfe von Dienern zehn große Pfannen im Hof aufbauen, um darin Weizen zu rösten. Das Feuer brannte schnell hoch, der Wind fachte es an, die Flammen leckten von unten an den Pfannen und brachten die Körner zum Platzen. Als der Verwalter mich verständnislos ansah, erklärte ich: »Es geht mir nicht nur um das Geräusch.«

»Stimmt«, sagte der Verwalter. »Wenn es darum ginge, könnten wir auch ein Maschinengewehr abfeuern und damit zugleich die Leute da draußen vertreiben.«

Der Verwalter war ein wirklich kluger Mann, er schnupperte und sagte: »Ein herrlicher Duft!« Dann schlug er sich mit der Hand vor die Stirn: »Junger Herr, wollen Sie die hungrigen Menschen da draußen umbringen?« Er fasste mich an der Hand und nahm mich zu einem der vier Türme mit. Sie waren fünf Stockwerke hoch, und man hatte dort einen herrlichen Panoramablick. Die Hungernden zogen immer noch ihre Kreise, der Duft schien sie noch nicht erreicht zu haben. Der Verwalter sagte: »Das war eine gute Idee, nur nicht nervös werden.«

»Ich bin aber nervös«, erwiderte ich.

Dolma, die alles überwachte, sah zu uns herüber. Es schien ihr wehzutun, so viel Weizen zu verbrennen. Als ich ihr zuwinkte, verstand sie sofort – die meisten Menschen um mich herum wussten immer, was ich meinte. Sie winkte zurück, und die Diener kippten noch mehr Weizen in die heißen Pfannen. Von hier oben aus betrachtet war sie zwar immer noch nicht wieder die Frau, mit der ich geschlafen hatte, aber auch nicht mehr die niedere Köchin.

Feuer ist wirklich etwas Tolles. Nicht nur röstete es den Weizen, es setzte seinen Duft auch um ein Vielfaches intensiver frei und ließ ihn kurz vor dem endgültigen Ende des Weizenkorns seine volle Blüte entfalten. Der betörende Geruch stieg aus der Mitte des Forts empor und wurde vom Wind in die Felder draußen geweht. Die hungernden Menschen reckten die gierig bebenden Nasenflügel in den Himmel, sie schwankten und taumelten. Haben Sie schon einmal hunderte und tausende von betrunkenen Männern, Frauen, Alten und Kindern gesehen? Wahrscheinlich nicht. Es war bewegend, wie diese vielen Menschen gleichzeitig in den Himmel sahen, dabei stolperten und wankten, weil sie nicht auf den Weg achteten. Schließlich wurden ihre Schritte langsamer, sie drehten sich um sich selbst, rund herum, blieben einen Augenblick stehen und fielen dann um.

Der intensive Weizengeruch hatte ihnen die Besinnung geraubt.

Ich habe mit eigenen Augen gesehen, dass Weizen eine stärkere Kraft hat als Gewehrkugeln.

Nun begriff ich, wieso Vater glaubte, der Preis für Weizen würde um das Zehnfache steigen.

Ich befahl, das Tor des Forts zu öffnen.

Ich weiß nicht, wo mein Bruder den Schmied gefunden hatte, der so solide Tore baute: schier uneinnehmbar, wenn es geschlossen war, dabei aber leicht zu öffnen. Die Räder unter den Torflügeln grollten wie Donner, wenn das Tor geöffnet wurde. Die Diener schwärmten aus, um vor jeden am Boden Liegenden eine Hand voll gerösteten, duftenden Weizen hinzulegen. Die Sonne ging unter, als sie damit fertig waren. Im Abendwind kamen die Darniederliegenden wieder zu sich und entdeckten den vom Himmel gefallenen Weizen vor sich. Sie aßen ihn auf und kamen so weit zu Kräften, dass sie sich aufrappelten und im warmen Licht der Abendsonne einer nach dem anderen den Fluss durchquerten, um dann langsam hinter dem Bergrücken meinen Blicken zu entschwinden.

Hinter mir hüstelte der Verwalter – sicher nicht, weil er eine Erkältung hatte. »Was wollen Sie mir sagen?«, fragte ich.

»Wenn nicht Sie es wären, sondern der Erste Junge Herr, würde ich es nicht sagen.«

Ich wusste, dass er es ehrlich meinte. Dennoch fragte ich: »Weil ich ein Idiot bin?«

Der Verwalter hustete wieder: »Ich will ehrlich sein, vielleicht sind Sie ein Idiot, vielleicht der intelligenteste Mensch der Welt. Wie auch immer, ich bin Ihr Diener.«

Ich wollte hören, der Junge Herr sei in der Tat intelligent, doch das sagte er nicht. Ich war enttäuscht, offenbar war ich wirklich ein Idiot. Doch zugleich bestätigte er mir seine Treue, das tröstete mich. »Nun«, sagte ich, »erzählen Sie, woran Sie gerade gedacht haben.«

»Morgen, spätestens übermorgen, werden Gäste kommen.«

»Dann richten Sie alles zu ihrem Empfang her.«

»Die beste Vorbereitung wird darin bestehen, sie glauben zu lassen, wir hätten nichts vorbereitet.«

Ich lachte.

Da ich nun wusste, dass Fürst Lha Shopa kommen würde, ging ich mit einer großen Gruppe von Leuten und ausgestattet mit modernen, Furcht einflößenden Waffen zum Jagen in die Berge. An diesem Tag näherte sich unser Verwandter, Fürst Lha Shopa, in dichtem Gewehrfeuer der Grenze. Von einem Hügel aus sahen wir ihn und sein Gefolge Richtung Fort ziehen und schossen dabei so lange in die Luft, bis sie durch das Tor getreten waren. Es bestand keine Notwendigkeit, sofort hinzuzueilen. Ich ließ die Diener Feuer machen und Kaninchen für das Mittagessen braten.

Dann legte ich mich zwischen den blühenden Azaleen hin. Von den alten Jägern hatte ich gelernt, die Mütze so aufs Gesicht zu legen, dass sie das grelle Sonnenlicht abfing. Ich hatte mich nur hinlegen wollen und nicht vorgehabt, wirklich einzuschlafen. Nun warteten die anderen mit dem Essen, bis ich aufwachte. Hinterher waren wir so voll, dass alle erschöpft auf dem Rasenteppich saßen und niemand sofort aufbrechen wollte. Als uns Hirten von einer benachbarten Weide Käse schickten, konnten wir erst recht nicht mehr aufstehen.

Was für eine herrliche Jahreszeit für alle, die sich satt essen konnten!

Sanfter Wind strich über das Land. Strahlend weiße Tupfer von Erdbeerblüten breiteten sich vor uns aus und ließen den wenigen Löwenzahn dazwischen noch gelber erscheinen. Aus den schier zum Überlaufen grünen Wäldern drangen die Rufe eines Kuckucks. Einmal, noch einmal, ein drittes Mal. Einmal heller als das andere, einmal lang gezogener als das andere. Unsere Leute lagen im Gras und lauschten dem Kuckuck, denn es war ein gutes Omen. Alle glaubten, dass vom ersten Ruf des Kuckucks in einem Jahr bis zum ersten Ruf im darauf folgenden Jahr die Situation so bleiben würde, wie sie war. Und unsere Lage konnte im Augenblick nicht besser sein! Am Fuß des Berges stierten die Leute mit weit aufgerissenen Augen auf unsere vollen Kornspeicher. Und oben auf dem Berg jagten wir mit Waffen, die noch in keinem Krieg eingesetzt worden waren, Kaninchen, aßen sie, tranken herrlichen Jogurt, legten uns wieder ins Gras und lauschten dem Kuckuck.

Es war wundervoll.

»Wundervoll!«, rief ich.

Daraufhin knieten erst der Verwalter und dann alle anderen vor mir nieder.

Sie waren davon überzeugt, dass ich vom Glück bevorzugt sei. Und indem sie vor mir knieten, versicherten sie mich ihrer unbedingten Treue. Ich winkte: »Steht auf.« Damit hatte ich ihr Treuegelübde angenommen. Das Niederknien war Teil einer Zeremonie, die alles, aber auch alles veränderte. Doch es war besser, das nicht auszusprechen. So bedeutete ich mit der Hand und sagte: »Gehen wir hinunter!«

Sie sprangen jubelnd in ihre Sättel und ritten bergab.

Die Gäste werden über unsere majestätische Armee staunen, dachte ich.

Ich war zufrieden mit dem, was Dolma getan hatte.

Vor jedem Gast hatte sie einen Berg Essen aufgetürmt, der drei Mägen gesprengt hätte. Und die Gäste schienen sich nicht geziert zu haben. Nur ganz und gar voll gegessene Menschen, Leute, in deren Magen kein Krümel mehr hineinpasst, haben einen dermaßen dümmlichen Ausdruck im Gesicht.

Dolma sagte: »Die werden drei Tage lang keinen Hunger mehr bekommen.«

»Gut gemacht«, sagte ich.

Dolma errötete, und ich wollte ihr sagen, dass ich sie eines Tages aus ihrer Leibeigenschaft befreien würde, doch dann fand ich es sinnlos und schwieg. Der Verwalter ging um mich herum in das Zimmer der Gäste. Als Dolma bemerkte, dass ich sie beobachtete, lief sie nochmals rot an. Sie röstete Weizen, um die Gäste erneut vorbildlich zu bewirten, und in diesem Augenblick strahlte sie wieder das Selbstvertrauen vergangener Tage aus. »Junger Herr«, sagte sie, »sehen Sie mich nicht so an wie früher, ich bin nicht mehr die Dolma von damals, ich bin eine alte Frau.«

Sie kicherte – Frauen wirken mitunter etwas blöde, wenn sie lachen. Ich dachte, ihr etwas mitteilen zu müssen, aber was? Ich würde nie wieder mit ihr ins Bett gehen können, aber genauso wenig konnte ich es bei der Anerkennung belassen, heute habe sie genau nach meinen Vorstellungen gehandelt. In diesem Dilemma kam der Verwalter mit einem schweren, dicken Gast herzu, der ein Bein nachzog, sodass seine Stiefel über den Boden schleiften.

»Das ist Lha Shopa«, flüsterte Dolma mir ins Ohr.

Es hieß, Fürst Lha Shopa sei Anfang vierzig, doch wirkte er älter als mein Vater. Vielleicht lag es an seiner Leibesfülle, dass er selbst beim Gehen zu ebener Erde mächtig ins Schnaufen kam. In der Hand hielt er ein Tuch, mit dem er sich unablässig den Schweiß aus dem Gesicht wischte. Ein Mann, der bei jedem Schritt nach Luft schnappt und sich den Schweiß trocknet, macht sich lächerlich.

Mir war zum Lachen zu Mute, also lachte ich.

Im Blick des Verwalters las ich, dass ich genau zum richtigen Zeitpunkt lachte. Denn so musste ich unseren ungebetenen Gast nicht grüßen.

Mit rauer, belegter Stimme sagte Fürst Lha Shopa: »Himmel, ist der, der da lacht, mein Neffe?« Er erinnerte sich noch an unsere verwandtschaftlichen Beziehungen von einst. Erstaunlich schnell stand der schwerfällige Mann plötzlich vor mir, schüttelte mich wie einen Schlafenden an den Schultern und sagte mit tränenerstickter Stimme: »Maichi-Neffe, ich bin dein Onkel Lha Shopa!«

Statt einer Antwort sah ich in den atemberaubenden Sonnenuntergang.

Nicht dass mich der Sonnenuntergang interessiert hätte, ich wollte nur nicht *ihn* ansehen. Immer wenn ich etwas nicht sehen will, schaue ich in den Himmel.

Fürst Lha Shopa wandte sich an den Verwalter: »Dann sind die Geschichten über meinen Neffen also wahr.«

»Sehen Sie es ihm an?«, fragte der Verwalter.

»Mein armer Neffe«, sagte Fürst Lha Shopa zu mir. »Erkennst du mich? Ich bin dein Onkel Lha Shopa.«

Da machte ich den Mund auf – als er es am wenigsten erwartete. Er hatte angenommen, dass sein idiotischer Neffe einem Fremden gegenüber schweigt, doch ich sagte: »Wir haben sehr viel Weizen geröstet.«

Sein Schweißtuch fiel zu Boden.

Ich fuhr fort: »Das Volk von Lha Shopa hatte nichts zu essen, da habe ich Weizen für sie geröstet, und sie sind nach Hause zurückgekehrt. Hätte ich das nicht getan, wären sie hungrig geblieben, weil die Körner zu Boden gefallen wären und zu sprießen begonnen hätten.« Der intensive Duft des gerösteten Weizens lag noch über dem Fort. Viele Vögel waren von überall her angezogen worden, tummelten sich nahebei und verabschiedeten in der Dämmerung mit fröhlichem Singen das letzte Licht des Tages.

Ich ging nach oben in mein Zimmer.

Von dort aus hörte ich, wie der Verwalter sich von Fürst Lha Shopa zur Nacht verabschiedete. Fürst Lha Shopa, der gedacht hatte, leichtes Spiel mit dem Idioten der Maichis zu haben, stotterte: »Aber unsere Angelegenheit, wir haben sie noch nicht besprochen.«

»Hat der Junge Herr nicht gerade von Weizen gesprochen?«, fragte der Verwalter. »Er weiß, dass Sie nicht nur zum Verwandtenbesuch hier sind. Stehen Sie morgen zeitig auf und warten Sie auf ihn.«

Ich befahl meinen beiden Dienern: »Sagt Dolma, sie solle morgen früh genug aufstehen, um die vielen Vögel zu füttern.« Damit ging ich ins Bett und schlief sofort ein.

Am nächsten Morgen wurde ich von so vielen Vogelstimmen geweckt, wie wir sie noch nie gehabt hatten.

Um die Wahrheit zu sagen, mit meinem Gehirn stimmte wirklich etwas nicht. In letzter Zeit wusste ich nach dem Aufwachen nie, wo ich war. Ich schlug die Augen auf, sah die gewundene Maserung im Holz gleich Wellen auf dem Wasser, sah den feinen Staub in den Lichtstrahlen tanzen, die die Sonne durchs Fenster hereinwarf, und stellte mir die Frage: »Wo bin ich?« Dann erst spürte ich den Geschmack der gestrigen Mahlzeit im Mund und antwortete mir: Ich bin daundda. Wenn ich das geklärt hatte, war es Zeit, aufzustehen. Es machte mir nichts aus, als Idiot verschrien zu sein, aber von dieser echten Absonderlichkeit sollte möglichst niemand etwas wissen.

Daher führte ich immer leise Selbstgespräche, und nur, wenn es nicht zu vermeiden war, fragte ich laut nach. Das war nicht immer so gewesen. Früher wusste ich beim Aufwachen sofort, wo ich war, unter welchem Dach, in welchem Bett. Damals war ich in vieler Hinsicht noch nicht so schlau wie heute, und daher wohl hatte ich diese Macke nicht. Überhaupt nicht. So gesehen ist meine Schwachsinnigkeit nicht weniger geworden, sondern hat sich verlagert: hier weniger, dort dafür mehr.

Ich wollte nicht, dass die Leute merkten, wie genau meine ursprüngliche Idiotie sich in Klugheit gewandelt hatte, und noch weniger wollte ich, dass sie meine derzeitigen Schwachpunkte kannten. Der Zustand hat sich letzthin noch verschärft. Meistens genügte es, wenn ich mir eine Frage stellte, doch zuweilen brauchte ich zwei, um zu mir zu kommen.

»Wer bin ich?«, konnte die zweite Frage lauten.

Es war eine Qual, sich diese Frage zu stellen, nachdem man sich im Traum verloren hatte.

Immerhin, an diesem Tag genügte die erste Frage.

Leise antwortete ich mir: »Du bist an der nördlichen Grenze des Maichi-Territoriums.«

Als ich hinaustrat, stand die Sonne schon hoch am Himmel, und Fürst Lha Shopa wartete mit seinen Dienern im unteren Stockwerk auf mich. Dolma dirigierte die Diener, die im Hof in den großen Pfannen noch mehr Weizen rösteten. Ganze Vogelschwärme kreisten in der Luft. Ich rief Dolma, die sofort innehielt und jemanden mit einer besonders großen Schale gerösteten und aufgesprungenen Weizens zu mir schickte. Auch die Diener hatten die Hände voll mit den Körnern, und sowie ich die Samen mit großzügigen Handbewegungen ausstreute, taten sie es mir nach. Im Nu füllten scharenweise Vögel den geräumigen Hof. Dolma öffnete das schwere Tor und ging, nach allen Seiten Weizen streuend, mit der Dienerschaft im Gefolge hinaus.

Bei diesem Anblick blieb unseren Gästen der Mund offen stehen.

»Die Vögel auf dem Territorium von Fürst Lha Shopa sind vom Hungertod bedroht, teilt großzügig aus«, sagte ich und gab meinen Korb Klein Aryi. Als der meist totenblasse Junge in großen Schwüngen Weizen verstreute, bekamen seine Wangen einen rosigen Schimmer.

Ich lud die Gäste zum gemeinsamen Frühstück.

Fürst Lha Shopa sprach nicht mehr von mir als seinem Neffen. »Wir sind verwandt«, sagte er. »Fürst Maichi ist der Onkel von Lha Shopa.«

Ich lachte laut, worüber sie sich freuten.

Dann kamen wir auf das Thema Getreide zu sprechen.

Sobald es um Getreide ging, wurde der Zweite Junge Herr wieder töricht und sagte: »In den Speichern der Maichis liegt kein Korn, sondern Silber, das genauso schwer wiegt.«

Überrascht hielt Fürst Lha Shopa mitten im Schnaufen inne: »Aber Weizen wird doch nicht mit Silber aufgewogen, oder?«

»Vielleicht doch.«

»Auf der ganzen Welt gibt es kein so teures Getreide, ihr werdet es nicht verkaufen können«, sagte Fürst Lha Shopa entschieden.

»Wir wollen alles verkaufen«, sagte ich. »Der große Fürst Maichi hat die Speicher wohlweislich vor eurer Haustür errichten lassen – damit die Hungernden nicht noch eine weite Reise machen müssen.«

Fürst Lha Shopa versuchte, geduldig mit dem Idioten zu sprechen: »Korn ist Korn und kein Silber. Wenn es zu lange liegt, schimmelt es. Es ist sinnlos, derartige Mengen zu speichern.«

»Dann lassen wir das Getreide verschimmeln, und eure Leute verhungern.«

Unserem Nachbarn platzte der Kragen: »Es werden im schlimmsten Fall Menschen aus der Bevölkerung sterben, aber bestimmt kein Angehöriger der Fürstenfamilie.«

Ich schwieg.

»Warten wirs ab«, sagte Fürst Lha Shopa provozierend. »Die Weizenkörner in der Erde treiben schon aus, in spätestens drei Monaten fahren wir die erste Ernte ein.«

Der Verwalter setzte nach: »Dann tun Sie das am besten, bevor Ihr Volk verhungert ist.«

»Hat Fürst Lha Shopa etwa Hexenmeister, die Mohn- in Weizensamen verwandeln?«, fragte ich.

Fürst Lha Shopa erstickte fast an seinem Schweiß.

Wir behandelten Lha Shopa sehr gastfreundlich und brachten ihn dann an die Grenze. Immer wenn wir Gäste auf dem Heimweg begleiteten, achteten wir peinlich darauf, die Grenze nicht zu überschreiten. Ich hatte unseren Nachbarn garantiert, dass wir ihre Grenzen niemals verletzen würden. Beim Abschied sagte ich zu meinem Onkel oder Neffen Fürst Lha Shopa: »Du wirst zurückkehren.«

Er schnappte nach Luft, doch brachte er den stolzen Satz nicht heraus, nein, er sagte nicht: »Nein, niemals.«

Er atmete noch ein paar Mal schwer, schwieg und trieb das Pferd ins Tal hinunter.

Wir sahen ihnen nach, bis sie in den tiefgrünen Bergen jenseits der Grenze verschwunden waren.

25

Fürstinnen

Fürst Lha Shopa war wenige Tage fort, da erschien Fürstin Rongong.

Auch Fürstin Rongong gehörte zu unseren nördlichen Nachbarn, westlich von Fürst Lha Shopa.

Der Name Rongong ist mit einem interessanten Phänomen untrennbar verbunden. Wir alle wissen, dass ein Fürst bis zu einem gewissen Grad ein Kaiser ist, ein lokaler Monarch. Jeder Fürst hatte mehr als eine Frau, aber kein Fürst schien je viele Kinder gehabt zu haben. Im Gegenteil, mancher Fürst heiratete eine Frau nach der anderen, ohne dass sich ein Sohn als potenzieller Thronfolger einstellte. Jede Fürstenfamilie hatte schon vor diesem bedrohlichen Problem gestanden. Auch das Haus Rongong blieb nicht verschont. Seit vielen Generationen gab es, unabhängig davon, wie viele Frauen ein Fürst nahm und wie fleißig er im Bett war, am Ende immer nur einen Sohn. Sie waren deswegen schon in den Westen nach Lhasa und in den Osten zum Berg Emei gereist, doch ohne Erfolg. Zum Schluss wurde nicht einmal mehr ein Sohn geboren.

So kam es, dass eine kluge, tapfere Fürstin die Familie führte.

Anfangs war das nur eine Übergangslösung. Ihre erste Amtshandlung sollte darin bestehen, einen Mann zu finden und, nachdem sie einen Sohn geboren hatte, ihr Amt wieder abzugeben. Zu dieser Zeit nutzte jeder Fürst mit mehr als einem Sohn diese Gelegenheit, einen davon gut unterzubringen.

Doch weder der ersten Fürstin Rongong noch ihren Nachfolgerinnen gelang es, mit ihren Ehemännern einen männlichen Nachkommen zu zeugen. Diejenige, die mich besuchte, hieß es, sei Fürstin in der vierten Generation. Sie soll im Bett atemberaubend gewesen sein. Ihr erster Mann starb nach drei Jahren an Tuberkulose. Der zweite lebte immerhin acht Jahre und hinterließ eine Tochter. Danach suchte sie keinen Mann mehr. Die Fürsten waren aufgebracht, Rongong könne nicht auf ewig von Frauen geführt werden. Sie drohten mit Krieg, sodass der Fürstin nichts anderes übrig blieb, als einen Mann zu nehmen, den sie ausgesucht hatten. Er war stark wie ein Bulle.

»Jetzt wird sie bestimmt einen Sohn bekommen«, frohlockten sie.

Doch es dauerte nicht lange, da hieß es, der Mann sei gestorben.

Von dieser Fürstin erzählte man, dass sie gern mit höher gestellten Führern, Armeeoffizieren und sogar mit Lamas das Bett teilte und auch sonst das unbeschwerte Leben einer Kaiserin führte. Das machte sie in meinen Augen zu einem intelligenten Menschen. Doch auch sie hatte ausschließlich Mohn angebaut und ihr Volk dadurch in einem Jahr ohne Naturkatastrophe in eine Hungersnot gestürzt.

Fürstin Rongong kam, als ich es kaum noch erwarten konnte.

Meine Leute entdeckten die Prozession, sobald sie am Horizont zwischen zierlichen Zypressen überhaupt zu erkennen war.

Ich verbrachte den ganzen Nachmittag auf dem Aussichtsturm, doch die Fürstin mit ihrem Gefolge hielt an, bevor sie uns erreichte, in herrlicher Landschaft auf grünem Rasen zwischen Zypressen und gewundenen Bächen und kümmerte sich nicht um meinen Wunsch, sie aus der Nähe zu sehen. Sie sattelten ihre Pferde ab und ließen sie grasen. Dann stieg blauer Dunst aus der Wiese auf – sie wollten sich wohl satt essen, bevor sie die Grenze überquerten.

»Und da heißt es, weibliche Fürsten seien weniger schlimm als männliche«, sagte ich zum Verwalter.

Der Verwalter beruhigte mich: »Sie können schlecht Getreide für ein ganzes Jahr mit sich führen und dort überwintern.« Da hatte er wohl Recht. Ich ging essen. Auch danach regte sich nichts auf der Straße. Da hielt ich es nicht mehr aus und kletterte noch einmal auf den Turm. Sie hatten doch tatsächlich mehrere Zelte im Kreis aufgeschlagen, als wollten sie dort übernachten. Ich wurde wütend und sagte zum Verwalter: »Sie kriegt kein Gramm Getreide von uns!«

Der Verwalter lachte: »Hatte der Junge Herr vor, ihnen etwas zu geben?«

Da ich wusste, dass ich in dieser Nacht schlecht schlafen würde, wollte ich eine Frau. Sonam Tserang sagte: »Aber wir haben kein hübsches Mädchen für dich!«

»Ich will eine«, sagte ich nur.

Da überlegten sie sich etwas, warteten, bis ich eingeschlafen war, und drängten ein Mädchen, das sie für nicht besonders hübsch hielten, zu mir ins Bett. Sie fauchte und brüllte wie ein Leopard, als sie sich auf mich schwang. Ich genoss diese ganz besonderen Freuden und fragte mich, ob Fürstin Rongong sich genauso wild aufführte, wenn sie mit einem Mann schlief. Ich wollte Licht machen, um zu sehen, ob die Frau, die schnaubte wie eine Mähre, so männlich wirkte, wie man es Fürstin Rongong nachsagte. Doch als ich erwachte, fiel bereits das Morgenlicht aufs Bett. Bevor ich mir die Frage stellen konnte, kam Klein Aryi ins Zimmer gestürzt: »Sie kommt, Junger Herr, sie kommt!«

Ich hörte in den oberen Stockwerken aufgeregte Schritte – offenbar war nicht nur ich angesichts der bevorstehenden Ankunft der Fürstin so aufgeregt. Ich zog mich an, wusch mir das Gesicht, und als ich hinaustrat, sah ich vier Pferde auf unser Fort zutrotten: ein rotes, ein weißes und zwei schwarze, jedes mit einer Reiterin auf dem Rücken.

Die auf dem roten Pferd musste die Fürstin sein. Sie wirkte ein bisschen wie ein Mann, was sie nur noch schöner, noch mehr wie einen Fürsten erscheinen ließ. Sie schwang sich als Erste aus dem Sattel. Es folgten die beiden bewaffneten, in Rot gekleideten Dienerinnen auf den schwarzen Pferden. Eine hielt die Zügel des Schimmels, die andere kniete nieder. Die Reiterin hob ihren Schleier.

»Himmel!«, entfuhr es mir unwillkürlich.

Himmel, was für eine schöne Frau!

Mir war nie klar gewesen, wie eine schöne Frau aussieht – nun wusste ich es!

Ich stolperte im völlig ebenen Flur und wäre ohne Geländer in die Tiefe gestürzt, der feenhaften Schönheit direkt vor die Füße. Schmunzelnd tuschelte der Verwalter mir ins Ohr: »Schauen Sie, Junger Herr, diese Frau macht den Mann entweder hundert Mal intelligenter oder zum Idioten.«

Meine Füße gingen wie von selbst die Treppe hinunter, Schritt für Schritt, ohne dass es mir bewusst war. Ich starrte das märchenhaft schöne Mädchen auf dem Pferd an. Nun stieg sie über den Rücken der Magd ab.

Irgendwie war ich unten angekommen. Ich wollte mir das Mädchen genauer ansehen, doch seine Mutter – die Fürstin – stand vor mir und versperrte mit ihrem breiten Kreuz die Sicht. Ich hatte vollkommen vergessen, dass sie die berühmte Fürstin war, und sagte: »Sie stehen im Weg, ich kann das schöne Mädchen nicht sehen.«

Erst als der Verwalter hinter mir hustete, kam ich wieder zu mir. Der Fürstin war klar, dass sie den Idioten-Sohn von Fürst Maichi und seiner chinesischen Frau vor sich hatte. Sie lächelte, als sie die Mauser-Pistole, die sie am Arm trug, einer ihrer Dienerinnen in Rot gab. Dann verbeugte sie sich leicht vor mir und sagte: »Der Zweite Junge Herr ist genau so, wie ich ihn mir vorgestellt habe.«

Egal, ob das nun die vorgeschriebene Zeremonie zur Aufnahme der Beziehungen zwischen zwei Fürstenhäusern war, mir gefiel es, denn es war ungezwungen und schien genau so, wie zwei Fürsten einander begegnen sollten.

Der Zweite Junge Herr des Hauses Maichi lachte: »Es heißt immer, die Fürstin sei wie ein Mann, dabei ist sie durch und durch Frau.«

»Lassen die Maichis ihre Gäste immer im Hof stehen?«, fragte die Fürstin.

Da rief der Verwalter: »Grüßt die Gäste!«

Vom oberen Stockwerk aus wurde mit großem Geschick ein langer roter Teppich ausgerollt, der genau vor den Füßen der Gäste endete. Unsere Diener hatten in den letzten Jahren, da mit wachsender Macht des Hauses Maichi der Besucherstrom nicht abreißen wollte, die Zeremonie zum Willkommen von Gästen perfektionieren können. »Gehen wir hinauf«, sagte ich.

Wir stiegen die Treppe mit dem roten Teppich empor. Ich bemühte mich, hinter der Fürstin zurückzubleiben, um einen weiteren Blick auf ihre schöne Tochter zu werfen, doch ihre Dienerin nahm meinen Arm und sagte: »Nicht stolpern, Junger Herr.« Damit lotste sie mich wieder neben die Fürstin.

Als die Diener Wein und Tee servierten, wandte der Verwalter sich an die Gäste: »Der Junge Herr war nicht erfreut, als Sie gestern direkt vor unseren Toren geblieben sind, statt hereinzukommen.«

»Wie ich sehe, gibt der Junge Herr sich aber auch ungern mit Nichtigkeiten ab«, erwiderte die Fürstin.

Auch wenn mir ihre selbstgerechte Art missfiel, beschwichtigte ich: »Die Maichis bereiten Gästen gern einen würdigen Empfang.«

Die Fürstin lächelte: »Das Fürstenhaus Rongong besteht nur aus Frauen, und Frauen putzen sich heraus, bevor sie andere Menschen treffen. Ich, meine Tochter, selbst die Dienerinnen haben sich geschminkt.«

Jetzt erst schenkte ihre Tochter mir ein Lächeln. Kein schmeichlerisches, um Gunst buhlendes Lächeln, sondern das einer Frau, die um ihre Schönheit weiß. Das Lächeln ihrer Mutter war das einer Frau, die weiß, dass es unter dem Himmel nur eine einzige Fürstin gibt. Das Lächeln beider Frauen zeigte mir, dass sie glaubten, es mit einem törichten jungen Mann zu tun zu haben.

Mit erhobener Stimme wandte ich mich an den Verwalter: »Lass die Gäste über die anstehenden Fragen sprechen.«

»Reden wir also zuerst über das Wichtigste«, bestätigte der Verwalter.

Fürstin Rongong wollte auf keinen Fall als Bittstellerin dastehen und hob an: »Meine Tochter …«

Ich unterbrach sie: »Reden wir über Weizen.«

Die Fürstin errötete unter ihrer dunklen Haut. »Ich möchte Ihnen meine Tochter vorstellen«, sagte sie.

»Ich habe Ihnen meinen Verwalter und mich selbst vorgestellt«, sagte ich. »Sie haben nichts dergleichen getan. Nun ist der Zeitpunkt des Vorstellens vorüber, und ich bitte Sie, mit meinem Verwalter die Frage des Getreides zu klären.«

Damit stand ich auf und verließ mit meinen beiden Dienern den Raum. Die Fürstin würde noch bereuen, dass sie auf mich herabgesehen hatte. Sie hatte den Fehler vieler intelligenter Leute gemacht: einen Idioten zu unterschätzen. In diesem Fall war eine Geringschätzung des Idioten der Maichis gleichbedeutend mit einer Geringschätzung von Weizen. Hinter mir hörte ich den Verwalter zur Fürstin sagen: »Der Junge Herr ist Ihnen gegenüber besonders entgegenkommend, er hat sofort den roten Teppich ausrollen lassen und gleich das Gespräch über Weizen angefangen. Fürst Lha Shopa hat er drei Tage auf Verhandlungen warten lassen und ihn nach drei weiteren Tagen wissen lassen, dass er ihm den Weizen nicht zum gewöhnlichen Preis verkaufen werde.«

»Er ist ein guter Verwalter«, sagte ich auf dem Weg in mein Zimmer zu meinen Dienern.

Doch sie begriffen nicht, was ich mit diesem Stoßseufzer sagen wollte. Daher wandte ich mich direkt an Klein Aryi: »Wirst du ein guter Henker sein?«

Der Gedanke, dass er später Menschen töten würde, machte ihn verlegen.

Dafür platzte Sonam Tserang heraus: »Ich werde dein Truppenführer, der beste Truppenführer überhaupt.«

»Aber du bist ein Leibeigener«, wandte ich ein, »noch nie ist ein Leibeigener Truppenführer geworden.«

Doch er ließ sich nicht entmutigen: »Ich werde große Verdienste erwerben und vom Fürsten den Status eines freien Menschen erbitten, dann noch ein paar Meriten, und ich bin Truppenführer.«

Damit waren wir wieder bei der gleichen Frage: Wer würde Fürst sein, der die Macht über Leben oder Tod in Händen hielt?

»Wenn ihr mir folgt, werdet ihr gar nichts erreichen«, sagte ich.

Sie lachten, und ich fiel ein. Wir bogen uns vor Lachen, bis Sonam Tserang sich wieder aufrichtete und sagte: »Junger Herr, das Mädchen ist wunderschön!«

Oh ja, ein so hübsches Mädchen gab es wahrscheinlich in hundert Jahren nur ein Mal. Ich bereute sogar ein wenig, dass ich der Fürstin gerade verwehrt hatte, sie mir vorzustellen. Aber ich hatte den Raum verlassen und konnte schlecht wieder zurückgehen, ohne rot zu werden.

Da kam der Verwalter in mein Zimmer und sagte: »Die Fürstin wollte Sie mit ihrer schönen Tochter manipulieren, das war ihr Plan, aber Sie sind nicht darauf hereingefallen. Keine Frage, Junger Herr, Sie sind kein gewöhnlicher Mann, und ich werde alles tun, was Sie verlangen.«

»Ich habe schon bereut, hinausgegangen zu sein«, stöhnte ich. »Sowie die Tür hinter mir zugefallen war, ging mir das Mädchen nicht mehr aus dem Kopf.«

Der Verwalter nickte: »Ja, wenn den Jungen Herrn eine solche Schönheit nicht anrührte, wäre er vielleicht wirklich der Idiot, den sie immer in ihm sehen wollen.«

»Ich werde mich bemühen, in meinem Zimmer zu bleiben, reden Sie mit ihnen«, brachte ich heraus.

Der Verwalter sah meine jämmerliche Gestalt: »Junger Herr, der Fürst wird nicht gleich wütend sein, wenn Sie einmal einen Fehler machen.«

Ich sagte: »Geh.«

Er ging, jedoch nicht ohne mir ein Mädchen schicken zu lassen. Doch wenn die Tochter des Hauses Rongong eine Blume ist, so war diese hier nicht einmal das Blatt an einem Baum. Ich jagte sie fort, doch es kam sofort die Nächste. Der Verwalter wollte mir einen zeitweiligen Ersatz für das verführerische Mädchen verschaffen, doch er irrte sich, keine würde jene Frau ersetzen können. Und ich wollte auch nicht nur mit ihr ins Bett. Ich wollte mich mit ihr unterhalten. Ich hatte die Vorstellung, dass bei einem Gespräch mit ihr mein Gehirn vielleicht klar werden würde und der Zweite Junge Herr der Maichis kein Idiot mehr wäre.

26

Dolma

An diesem Abend brachte die Aufmerksamkeit des Verwalters mich in Rage. Er schickte sogar Diener aus, um ein Mädchen für mich zu finden. Es muss ungefähr Mitternacht gewesen sein, als es mir endlich gelang, das Bild der Rongong-Tochter vor meinen Augen zu verscheuchen und in leichten Schlaf zu fallen. Da schreckte ich durch das Hufgetrappel eines galoppierenden Pferdes hoch.

Sonam Tserang und Klein Aryi standen an meinem Bett. Ich knirschte vor Wut mit den Zähnen und befahl Klein Aryi: »Geh, töte diesen Reiter und hack dem Pferd alle vier Beine ab.«

Sonam Tserang grinste: »Unmöglich, es ist ein Diener des Verwalters, der dem Jungen Herrn ein Mädchen für die Nacht bringt.«

Wieder stand ein Mädchen vor mir, von dem ich nur den Unterleib sah, weil ich nicht einmal Lust hatte, den Kopf zu heben: »Ich will sie nicht. Wer sie ausgesucht hat, soll sie haben.«

Als die Diener das Mädchen hinausführten, wehte frischer Wiesenduft zu mir herüber. Ich rief das Mädchen zurück, sah ihr immer noch nicht ins Gesicht und hielt ihr Hemd an meine Nase. Es stimmte, der Duft nach frischem Gras war von ihr ausgegangen. »Bist du vom Weideland?«, fragte ich.

»So ist es, Junger Herr«, antwortete sie.

Aus ihrem Mund kam der schwache, herrliche Duft von Wiesenblumen. Ich befahl den Dienern, sich zurückzuziehen, damit ich mich mit dem Mädchen unterhalten konnte. Als wir allein waren, sagte ich zu ihr: »Ich bin krank.«

Sie lächelte.

Viele Mädchen weinten in einem solchen Augenblick – und obwohl es ihnen im Bett gefiel, taten sie alles nur widerwillig. Ich sagte: »Ich mag dich, Mädchen von der Weide.«

»Der Junge Herr hat mich noch nicht genau angesehen.«

»Lösch das Licht und erzähl mir Geschichten von der Weide.«

Als es dunkel war, ließ ich mich in den Geruch des Weidelandes und zarten Blumenduft einhüllen.

Am nächsten Tag überließ ich unsere Gäste dem Verwalter und begleitete das Mädchen der vorigen Nacht zu ihrem Weideland.

An der heißen Quelle hatte man ein Zelt für mich errichtet. Ich legte mich in das warme Wasser, sah in die ziehenden Wolken und vergaß darüber ganz die Tochter der Fürstin. Das Mädchen von der Weide kam mit vielen Köstlichkeiten zum Bad, und als sie meinen nackten Körper im Wasser sah, sagte sie: »Kommen Sie und essen Sie schnell, Junger Herr, ich kann die Fliegen nicht mehr lange abwehren.«

Sie war kräftig und breit gebaut, wie damals Dolma. Wer hätte gedacht, dass die Weideländer eine zweite Dolma für mich bereithielten, am ganzen Körper duftend nach frischer Wiese und Blumen. »Heißt du Dolma?«, fragte ich.

»Nein«, erwiderte sie. »Ich heiße nicht Dolma.«

»Dolma!« Vor vielen Jahren hatte ich morgens beim Aufwachen nach ihrer Hand gegriffen. Und so rief ich die Köchin Sangye Dolma, die gerade mit der Beköstigung meines Gefolges beschäftigt war: »Dolma, hier ist eine, die genauso heißt wie du!«

Das Mädchen von der Weide begriff sofort, als sie Sangye Dolma sah: »Ich will nicht Köchin im Fort sein«, sagte sie, »ich will auf der Weide bleiben. Hier gehöre ich hin.«

Ich antwortete: »In Ordnung, du wirst nicht Köchin, du bleibst auf der Weide und heiratest den Mann, den du liebst. Aber jetzt heißt du Dolma.«

Sie streifte ihre Kleider ab, kam ins Wasser und lag mit mir auf dem weichen Sand. »Das Wasser wird den Duft von deinem Körper abwaschen«, sagte ich.

Sie rollte sich in meinem Arm zusammen und schluchzte. »Was immer geschieht, soll bald geschehen«, sagte sie. Ich nahm sie unter mich und rief: »Dolma! Dolma!« Das erregte uns. Sie wusste, dass ich zwei Personen zugleich rief, meine Lehrerin und sie. Ja, auch ihr Körper glich dem der Dienerin Dolma haargenau. Ich war inzwischen erwachsen und wurde nicht mehr vom kräftigen Körper einer Dolma verschluckt, sondern raste auf einem prächtigen Rennpferd dahin. Reiter auf schnellen Pferden rufen immer laut, und so schrie ich, während ihr Körper erschauerte wie aufgewühltes Wasser. Die Köchin Dolma folgte meinem Ruf in Erwartung von Befehlen, stand plötzlich am aufgewühlten Becken und sah sich selbst in jungen Jahren, wie wir uns liebten. Ich schrie immer noch: »Dolma! Dolma!« Als das Pferd am Ziel anlangte, war dort eine hohe Klippe, ich flog in die Höhe und landete unsanft in der Tiefe. Nach langer Zeit erwachte ich inmitten eines summenden Bienenschwarms und war überrascht, die Köchin Dolma neben mir knien zu sehen.

»Was machst du denn hier?«

Sie sagte: »Herr, Sie haben meinen Namen gerufen, und da bin ich hergekommen, falls es etwas gibt.«

Ich ließ sie dort knien, zog mich an und sagte zu der neuen Dolma: »Sie war damals genau wie du.«

Ja, ihre Brüste, ihr Hintern, ihre Beine, der Duft an den geheimen Stellen ihres Körpers, alles war wie bei der Dolma von damals.

Ich wandte mich noch einmal an die inzwischen alt gewordene Dolma: »Sie ist genau wie du in jungen Jahren.«

Sie weinte, immer noch kniend: »Herr, ich wollte euch nicht zusehen!«

Ich lachte: »Was macht das schon?«

»Von Rechts wegen müssten mir die Augen entfernt werden«, sagte sie. »Aber ich möchte nicht blind sein. Wenn es so weit ist, soll Aryi mich töten.«

Ich sagte zu meiner Lehrerin in den Dingen zwischen Mann und Frau: »Steh auf und wasch dich in Ruhe.«

»Ich werde mich gründlich waschen, um dem Tod mit Würde entgegenzutreten«, sagte sie.

Die Köchin war bereit zu sterben.

Im Wasser der heißen Quellen stimmte sie ein Lied an, das sie früher oft an meiner Seite gesungen hatte, nie jedoch so inbrünstig wie jetzt. Mit gescheiteltem, nassem Haar ließ sie sich so weit ins Wasser sinken, dass ihre nach wie vor straffen Brüste auf der Oberfläche zu schwimmen schienen. Dabei sang sie wie besessen. Zuvor hatte sie Blütenblätter auf das Wasser gestreut, und so schien die noch nicht mit dem Silberschmied Chödak verheiratete Sangye Dolma, die noch nicht Köchin war, aufzuerstehen. Sie schenkte mir ein strahlendes Lächeln. Ich sagte: »Keine Angst, ich vergebe dir und werde dich nicht töten.«

Da verschwand das Strahlen mit einem Schlag von ihrem Gesicht, sie entstieg dem Wasser, legte eine Hand über die Stelle zwischen ihren Beinen, setzte sich hin und weinte. Ich wusste, dass ich etwas Dummes getan hatte. Natürlich musste ich sie begnadigen, doch hätte ich warten müssen, bis sie sich fertig gewaschen und zu Ende gesungen hatte. Sie vermochte nur im Angesicht des Todes, weit weg von dem Mann, den sie unter ihrem Stand geheiratet hatte, für kurze Zeit vergangene, romantische Zeiten wiederzubeleben. Und ich, ich hatte die einzige Romanze, die diese Köchin in ihrem Leben gehabt hatte, zerstört. Ich hätte sie sich zu Ende waschen, in die Realität zurückkehren und auf den Knien den Tod erflehen lassen müssen, bevor ich hätte sagen dürfen: »Ich begnadige dich.«

Dann hätte sie gewusst, dass der Junge Herr die alte Liebe nicht vergessen, dass sie ihm nicht umsonst gedient hatte. Aber ich hatte den Zeitpunkt verpatzt. So saß sie tropfend vor mir, weinte und sagte: »Ich hasse Sie, dies ist schrecklicher als der Tod.«

Ich erstarrte und wusste nicht, wohin mit meinen Händen.

»Lassen Sie mich sterben!«

»Nein«, sagte ich, »nein!«

Sie riss ganze Grasbüschel mitsamt der Erde aus und schmierte damit auf ihrem Körper herum. Es versetzte mir einen Stich, zu sehen, wie sie wieder zur Köchin wurde. Im Wasser waren ihre Brüste erregt gewesen, nun hingen sie schlaff herunter, und ich musste an die Hände des Silberschmieds denken. Jetzt verhielt sie sich falsch, denn nach ein, zwei Heulkrämpfen hätte sie sich wieder anziehen müssen. »Lass mich sterben!«, rief sie erneut.

Ich trat etwas zur Seite und hörte Dolma zu Dolma sagen: »Beruhige dich, der Junge Herr hat schon genug Sorgen, bereite du ihm nicht auch noch Kopfzerbrechen!«

Die Köchin musste zur Besinnung gekommen sein, denn hinter mir wurde es augenblicklich still. Doch zu spät, unsere Bindung und meine Sorge um sie waren an diesem Tag wie die Saite einer Laute angezupft worden und gerissen. Im Lauf eines Lebens muss man sich immer wieder von Menschen und Dingen trennen. In Ordnung, Dienerin Dolma, ich werde mir nicht mehr den Kopf über dich zerbrechen, geh in deine Küche, geh zu deinem Silberschmied! Das waren meine Gedanken, als ich in die Steppe hinausging. Meine beiden Diener und die Dolma von der Weide folgten in großem Abstand. Als ich müde wurde, legte ich mich nieder und sah den ziehenden Wolken nach, bevor ich umkehrte. So weitläufig die Ebene war, ich ging genau zwischen den dreien hindurch. Sonam Tserang wich zu langsam aus und fing sich eine schallende Ohrfeige. Zu Dolma sagte der Geschlagene: »Es ist vorbei, er ist wieder guter Laune.«

Ich blieb stehen und wandte mich zu ihnen um: »Wenn ich dich noch einmal schlage, geht es mir noch besser.«

Die beiden Diener holten auf, hockten sich links und rechts neben mir nieder, und ich ließ mich auf beider Schultern nieder. Die Leute kamen aus den Zelten gelaufen. Man erzählt sich, als der erste König der Schneestadt vom Himmel auf die Erde kam, sei er auf den Schultern zweier Menschen zum Thron getragen worden. Alle knieten vor mir nieder. Dabei wusste ich nicht einmal, dass ein Mann, der Schultern als Wagen benutzt hatte, der erste König gewesen war. Als ich all die Menschen in Reih und Glied dort knien sah, vermutete ich, mein Vater oder ein noch höherer Würdenträger sei gekommen. Ich wandte mich um, sah aber nur eine staubige Straße, die schnurgerade die Steppe durchtrennte, und einige Wolken am Ende der Straße, dort, wo Himmel und Erde zusammentrafen.

In den Tiefen eines Ozeans aus grünem Gras wühlte der Wind immer neue Wellen auf.

Siebtes Kapitel

27

Schicksal und Liebe

Mit ihrer schönen Tochter im Schlepptau folgte Fürstin Rongong uns zu den Weideflächen.

Als sie eintrafen, hatte ich gerade einen Traum, einen besonders lauten Traum. Es war der Lärm von Blumen in der Nähe des Wassers, die zur vollen Blüte gelangen. Ein, zwei Mal wachte ich fast auf, als ich undeutlich Stimmen hörte: »Lass ihn schlafen. Als Sohn eines mächtigen Fürsten hat der Junge Herr ein anstrengendes Leben.«

Selbst ein mächtiger Fürst zu sein, ist noch anstrengender, dachte ich verschwommen.

Als ich ungefähr um Mitternacht einen Wind gehen hörte, fragte ich unsicher: »Stürmt es?«

»Nein, es ist das Wasser.«

»Es heißt, wenn man nachts das Wasser hört, wird es ein klarer Tag«, sagte ich.

»Das stimmt, der Junge Herr ist sehr klug«, hörte ich eine fremd klingende Stimme sagen.

In dieser Nacht schlief ich gut. Deshalb mochte ich am Morgen nach dem Aufwachen nicht sofort die Augen öffnen. Ich verliere morgens leicht die Orientierung, weiß nicht, wo ich bin. Wenn ich die Augen voreilig aufschlage, fegen die Strahlen der Morgensonne mein

Gehirn leer wie einen Weinkrug, in dem nichts als ein Wohlklang steckt. Ich begann mich zu bewegen, suchte einen Körperteil nach dem anderen auf, kehrte zur Mitte zurück, näherte mich vorsichtig dem Gehirn und fragte: »Wo bin ich? Wer bin ich?«

Der Zweite Junge Herr von Fürst Maichi, der, der nicht ganz klar im Kopf ist.

In diesem Augenblick berührte mich eine stark duftende, vorsichtige Hand. »Ist der Junge Herr wach?«, wurde ich gefragt.

Ich antwortete ohne zu überlegen: »Ja.«

Da rief die Stimme laut: »Der Junge Herr ist aufgewacht!«

Ich spürte zwei, drei weitere betörend duftende Personen mich umringen, von denen eine mich Ehrfurcht gebietend anwies: »Wenn Sie wach sind, so öffnen Sie die Augen.«

Wenn ich die Augen öffne, muss ich normalerweise erst einmal irgendetwas bewegungslos fixieren, bevor mir klar wird, wo ich mich befinde. In der Vergangenheit wurde ich ein, zwei Mal abrupt geweckt und wusste anschließend den ganzen Tag nicht, an welchem Ort und in welcher Zeit ich mich befand. Auch jetzt schlug ich die Augen auf und kam nicht dazu, über die für mich entscheidende Frage meiner Stellung in der Welt nachzudenken, als die Leute um mich herum schon lachten und plapperten: »Sie sagen immer, der Sohn von Fürst Maichi sei ein Idiot, dabei weiß er sich sehr gut zu verstecken und das Leben zu genießen.«

Eine Hand rüttelte an meiner Schulter: »Steh auf, ich muss etwas mit dir besprechen.«

Bevor ich der Aufforderung nachkommen konnte, zerrten schon etliche Hände an mir herum. Ich sah mich inmitten einer Gruppe rufender und lachender Mädchen, ein splitternackter Mann, dessen Ding zwischen den Beinen stolz aufgerichtet war. Die Arme vieler Frauen streckten sich nach mir aus und waren im Nu dabei, mich anzukleiden. Nun wusste ich wirklich nicht mehr, wo ich war. Das Zelt war mir zwar vertraut, doch auf meinem Platz saß die Fürstin. Viele Hände schoben mich vor sie hin.

Ich fragte: »Wo bin ich?«

Sie lachte. Dann sagte sie nicht zu mir, sondern zu den Mägden, die mich zogen und schoben: »Wenn *ich* in der Frühe mit lauter Fremden um mich herum erwachte, wüsste ich auch nicht, wo ich bin.« Die Frauen kicherten. Es war das Einzige, was ihnen in einer Situation blieb, die auch für mich sehr merkwürdig war.

»Lacht ihr nur«, sagte ich, »davon weiß ich immer noch nicht, wo wir sind.«

Statt einer Antwort fragte die Fürstin: »Erkennen Sie mich nicht?«

Ich sie nicht erkennen? Dennoch schüttelte ich den Kopf.

Sie knirschte mit den Zähnen, wirbelte die Peitsche durch die Luft und riss ein Loch in das Zeltdach. »Und meine Leute?«, fragte ich. »Wo sind sie hin?«

»Ihre Leute?«

»Sonam Tserang, Aryi, Dolma.«

»Dolma, Sie meinen das Mädchen, das bei Ihnen geschlafen hat?«

Ich nickte: »Sie heißt wie die Köchin, die Frau des Silberschmieds.«

Die Fürstin lachte: »Schauen Sie meine Mädchen hier an.«

Sie waren sehr schön, und so fragte ich: »Wollen Sie sie mir alle geben?«

»Wenn Sie mir Ihr Ohr leihen – vielleicht. Aber vielleicht sollten wir erst essen.«

Auch unter den Dienern, die das Essen hereinbrachten, war nicht einer von meinen Leuten. Als ich zu essen begann, stellte ich fest, dass die Speisen nicht von Dolma zubereitet worden waren. Während die Fürstin den Mund voll hatte, zermarterte ich mir das Gehirn: Wo war ich, und wo waren meine Leute? Aber ich kam zu keinem Ergebnis. So hielt ich mir den Kopf und fiel einfach um – und landete im Schoß eines der Mädchen. Die Fürstin brachte das nicht aus der Fassung, sie sagte: »Wenn Sie so dran sind, werden wir die Sache leicht regeln können.«

Ich umklammerte meinen Kopf mit den Händen und sagte zu dem Mädchen: »Mein Kopf explodiert.«

Die duftenden Hände des Mädchens massierten mir die Schläfen. Die Fürstin war satt und fragte mich: »Können Sie sich hinsetzen?«

Ich richtete mich auf.

»Gut, so können wir reden«, sagte sie. »Ist Ihnen klar, dass ich Sie in der Hand habe?«

»Nein.«

»Das wissen Sie nicht?«

»Wo bin ich?«

»Stellen Sie sich nicht dumm, ich weiß, dass Sie kein Idiot sind. Mir ist nur noch nicht klar, ob der Zweite Junge Herr von Fürst Maichi doch nicht blöde ist oder ob Sie gar nicht der Zweite Junge Herr sind.«

Mit aller gebotenen Ernsthaftigkeit sagte ich, wenn sie mir nicht verrate, wo ich sei, werde ich mich an nichts, rein gar nichts erinnern.

»Gut«, sagte sie, »Sie sind hierher zu den Weiden gekommen, um mir aus dem Weg zu gehen, nicht wahr?«

Ich schlug mir mit aller Kraft gegen die Stirn, bis mein Gehirn sich füllte und alles wieder da war, ja ich erinnerte mich an alles. »Gestern habe ich geschlafen«, sagte ich.

Die Fürstin lächelte kühl: »Was ist das für ein Unsinn, gestern haben Sie geschlafen, heute sind Sie aufgewacht.«

Im Lauf des sich entwickelnden Gesprächs wurde mir klar, dass die Fürstin mich entführt hatte. Vom Verwalter hatte sie nicht ein Getreidekorn erhalten, er hatte gesagt, das sei Angelegenheit des Fürsten, er könne darüber nicht entscheiden.

Sie schlug vor: »Machen wir einen Spaziergang?«

Ich stimmte zu.

Meine Leute wurden von bewaffneten Dienerinnen bewacht. Sehen Sie, das ist der Unterschied zwischen Herr und Diener. Selbst in einer solchen Situation wird der Junge Herr von einem Schwarm hübscher Mädchen verwöhnt. Als ich an meinen armen Dienern vorüberging, sah ich an ihren Gesichtern, dass sie Hunger hatten. »Sie haben Hunger«, sagte ich zur Fürstin.

»Meine Leute haben mehr Hunger als sie«, sagte die Fürstin.

»Geben Sie ihnen etwas zu essen.«

»Wenn wir uns geeinigt haben, bekommen sie etwas.«

»Wenn sie nichts bekommen, wird es kein Gespräch geben.«

Die Fürstin sagte: »Kräftemessen mit einem Idioten?«

Sie ließ den Leuten etwas zu essen bringen. Meine Diener sahen mich an wie Hunde, die ihr Herrchen sehen. Ich drehte mit der Fürstin eine Runde, und als wir ins Zelt zurückkehrten, räusperte sie sich, sodass ich wusste, sie wollte zur Sache kommen. Doch ich ergriff zuerst das Wort: »Wann brechen wir auf?«

Sie blickte erschreckt drein und fragte, wohin ich gehen wolle.

»Ins Gefängnis der Rongongs«, sagte ich.

Sie lachte: »Das also fürchten Sie! Dabei hatte ich so etwas nie vor, niemals, ich möchte nur Getreide von Ihnen bekommen. Sehen Sie, durch meine Dummheit muss das Volk hungern. Leihen Sie mir Getreide. Mehr wollte ich nie, aber Sie haben mich gemieden.«

Die Sonne stand hoch am Himmel, es war schwül und stickig im Zelt. Ich litt unter der Hitze, und der Fürstin schien es noch schlechter zu gehen. Ich sagte, Fürst Lha Shopa habe bei seinem Besuch gleich gesagt, dass es ihm um Getreide gehe, sie aber habe sich überhaupt nicht geäußert. »Sie scheinen gekommen zu sein, um mir Ihre wunderschöne Tochter vorzustellen.«

Sie unterbrach mich: »Aber Fürst Lha Shopa hat trotzdem nicht bekommen, was er wollte.«

»Wir haben uns gestritten. Er sagte, er sei mein Onkel mütterlicherseits, und ich sagte, ich sei sein Onkel väterlicherseits, darüber konnten wir uns nicht einigen.«

Sie musste lachen: »Jaja, er hat verwandtschaftliche Beziehungen von vor Generationen im Kopf.«

»Er hat kein Geld, und mein Vater hat gesagt, das Getreide der Familie Maichi sei in diesem Jahr mindestens das Zehnfache des üblichen Preises wert.«

Die Fürstin schrie auf: »Das Zehnfache! Ich sage doch, ich will es nur leihen, *nur leihen,* ich habe keine fünfzig Gramm Silber! Hören Sie, *keine fünfzig Gramm!*«

Ich lächelte: »Es ist stickig hier drin, ich möchte hinaus.«

Was blieb ihr anderes übrig, als wieder aufzustehen und mit mir hinauszugehen. Ich betrachtete sie als meine persönliche Magd. Ihr riss schließlich der Geduldsfaden: »Ich bin noch nie so mit einem Idioten spazieren gegangen, mir reichts, ich will nicht mehr.«

Inzwischen waren wir bei den heißen Quellen angelangt. Ich zog mich aus, glitt ins Becken und ließ mich vom Wasser tragen. Die Fürstin tat, als habe sie noch nie einen nackten Mann gesehen, und kehrte mir den Rücken zu. »Haben Sie viel Silber dabei?«, fragte ich ihren Rücken.

»Wollen Sie so ein ernstes Gespräch mit mir führen?«

»Vater hat gesagt, dass wir nur für ein Zehnfaches des gewöhnlichen Preises verkaufen. Er weiß, dass Sie nichts als Opium angebaut haben, darum ließ er Getreidespeicher in der Nähe der Grenze zu Ihnen bauen. Anderenfalls, sagt er, würdet ihr das Getreide schon auf dem Heimweg aufessen.«

Die Fürstin wandte sich mir zu, einen verzweifelten Ausdruck im Gesicht, und befahl ihren Dienern zu gehen, bevor sie unter Tränen sprach: »Ich möchte Getreide leihen, denn ich habe kein Silber, wirklich nicht. Warum setzen Sie mich so unter Druck? Alle wissen, dass es bei Rongongs nur noch Frauen gibt, und schlagen uns keine Bitte aus. Warum verweigern Sie einer armen Frau Ihre Hilfe?«

»Niemand auf der Welt würde einen Idioten quälen. Warum tut eine Frau es?«

»Ich bin alt, eine alte Frau.«

Die Fürstin rief zwei Mägde herbei und fragte mich, ob sie hübsch genug seien. Ich nickte, und sie befahl ihnen, zu mir ins Wasser zu steigen. Doch ich schüttelte den Kopf. »Himmel«, sagte sie, »was wollen Sie denn noch? Ich habe nichts mehr!«

Ich grinste töricht: »Doch, Sie haben noch eine Tochter, nicht wahr?«

»Aber Sie sind ein Idiot!«

Ich sagte nichts mehr, atmete tief ein und glitt mit dem Kopf unter Wasser. Seit meiner Kindheit trieb ich dieses Spiel am Fluss, wieder und wieder, und hielt es inzwischen lange unter Wasser aus. Ich sank hinab und tauchte erst nach einiger Zeit wieder auf. Die Fürstin tat, als habe sie nichts gesehen. Ich blieb bei meinem Lieblingsspiel: versinken, auftauchen, wieder absinken, wieder auftauchen. Dabei prustete ich durch die Nase wie ein außer Atem geratenes Pferd. Das warme Wasser war weich und geschmeidig. Mit meinen Bewegungen wühlte ich eine Schwefelwolke auf, unerträglich für die Menschen oben am Ufer. Über dem Spiel vergaß ich, worüber ich mit der Fürstin gerade gesprochen hatte. Frauen sind eben doch nur Frauen, sie konnten sich mit dem Wasser nicht messen. Wäre der Schreiber hier, ich hätte ihn dieses Gefühl niederschreiben lassen. So würde ich es nachtragen lassen, wenn ich es nach meiner Rückkehr noch in Erinnerung hätte: Am soundsovielten des Jahres soundso hatte der Zweite Junge Herr an demunddem Ort dasunddas Gefühl und so fort. Ich war überzeugt, dass der zungenlose Geschichtsschreiber meinen Eindrücken einen viel tieferen Sinn verleihen würde, als ich es vermochte. Oder er würde mich mit seinem nach dem Verlust der Zunge geschärften Blick und ironischem Grinsen fragen: »Was soll das bedeuten?« Aber ich wollte dennoch, dass er es niederschrieb. Darüber dachte ich nach, während ich im Wasser versank und mich wieder nach oben tragen ließ. Jedes Mal drang Wasser in meine Ohren ein, sodass es darin donnerte und polterte.

Die Fürstin wurde wütend, nahm ihre Korallenhalskette ab und schlug mir damit auf den Kopf. Ich bekam eine Beule auf der Stirn. Da tauchte ich auf und sagte: »Wenn Fürst Maichi erfährt, dass Sie seinen idiotischen Sohn geschlagen haben, werden Sie auch zum zehnfachen Preis kein Getreide bekommen.«

Als ihr die gravierenden Folgen ihres Tuns klar wurden, stöhnte sie: »Junger Herr, kommen Sie heraus, wir gehen zu meiner Tochter.«

Gleich würde ich dem schönsten Mädchen der Welt vorgestellt werden! Dem Zweiten Jungen Herrn von Fürst Maichi hüpfte das Herz. Einmal und noch einmal schlug es so heftig gegen die Rippen, dass es schmerzte. Doch was für ein glückseliger Schmerz!

Vor einem besonders schönen Zelt angelangt, setzte die Fürstin einen ernsten Gesichtsausdruck auf und fragte: »Hat sich der Junge Herr gut überlegt, ob er meine Tochter wirklich sehen will?«

»Warum nicht?«

»Männer sind alle gleich, ob kluge Köpfe oder Idioten.« Die Fürstin sah mir tief in die Augen: »Über unglückliche Menschen, die etwas bekommen, das ihnen nicht zusteht, wird großes Unheil hereinbrechen, und ein Mädchen wie Tharna ist nicht für jeden gut.«

»Tharna?«

»Ja, so heißt meine Tochter.«

Mich überlief es heiß. Ich hatte hier eine Dolma getroffen, die noch schöner war als die von früher, und jetzt tauchte ein Mädchen auf, das denselben Namen trug wie meine persönliche Magd. Ich ließ den Dienern nicht einmal Zeit, den Türvorhang hochzuheben, sondern stürmte los. Ich verwickelte mich in dem Stoff, je mehr ich zappelte und kämpfte, desto fester. Als ich endlich doch frei kam, stand ich töricht grinsend mit dem zerfetzten Vorhang in der Hand vor Tharna. In diesem Augenblick schienen selbst meine Fingernägel zu brennen, zu schweigen von meinem Herz und den Augen. Es schien, als habe ein Schrei, der bei der Trennung von Himmel und Erde ausgestoßen worden und seither lange Zeit umhergeschwirrt war, hier, in diesem Augenblick, in diesem unvergleichlich schönen Mädchen, endlich seine Antwort erhalten. Nun saß sie aufrecht vor mir am hinteren Ende des Zeltes, mit einem strahlenden Lächeln, das zwischen den roten Lippen weiße Zähne sehen ließ. Ihre Kleidung diente nicht der Verhüllung ihres Körpers, sie ließ vielmehr ahnen, was sie verbarg. Ich konnte nicht an mich halten: »Du bist es«, rief ich, »du bist es wirklich!« Das erste Mal klang hoch und freudig, beim zweiten Mal verließen mich die Kräfte, und ich drohte zusammenzusinken. Doch riss ich mich zusammen und blieb stehen.

Die Schönheit des Mädchens traf den Idioten des Fürsten Maichi mitten ins Herz.

Tharna blickte erschreckt drein und fragte ihre Mutter unsicher: »Bist du hergekommen, um diesen Mann zu treffen, Ama?«

Die Fürstin nickte ernst: »Und nun besucht er dich, geliebte Tochter.«

Tharna flüsterte: »Ich verstehe.«

Dann schloss sie die Augen, ein Anblick, bei dem ich eigentlich hätte von Mitgefühl überschwemmt werden müssen. Und richtig, Bedauern ergriff mich. Aber das war Tharnas Schicksal, das Schicksal, ihrem Mann zu begegnen. Als sie die Augen schloss, bebten ihre Wimpern, die so lang und geschwungen waren wie ein Regenbogen, und ich war verloren.

Selbst in meinen Knochen brodelte es, als ich rief: »Tharna!«

Und sie antwortete!

In ihren Augenwinkeln schimmerten Tränen, doch als sie mich wieder anschaute, lächelte sie. Und sagte: »Sie wissen meinen Namen, verraten Sie mir auch den Ihren?«

»Tharna, ich bin der Idiot der Familie Maichi.«

Ich höre sie lachen! Ich sehe sie lachen! »Sind Sie ein richtiger Idiot?«, fragte sie.

»Ja, das bin ich.«

Sie legte eine Hand in meine, weich und kühl, und fragte: »Haben Sie zugesagt?«

»Was zugesagt?«

»Meiner Mutter Getreide zu leihen.«

»Ja.«

Weil mein Gehirn am Siedepunkt angelangt war, blubberte und zischte, kannte ich den Unterschied zwischen Zustimmung und Ablehnung ohnehin nicht mehr. Ihre Hand war kühl wie Jade. Auf meine Zustimmung hin gab sie mir auch ihre zweite Hand. Sie strahlte mich an und sagte endlich zu ihrer Mutter: »Lass uns allein.«

Die Fürstin zog sich mit den Dienerinnen zurück.

Nun waren nur noch Tharna und ich im Zelt.

Zwischen zwei Teppichen wuchsen kleine gelbe Blumen, und da ich nicht wagte, Tharna anzusehen, fixierte ich mit einem Auge die Blumen, mit dem anderen unsere Hände. Da begann sie plötzlich zu weinen: »Sie passen nicht zu mir, Sie haben mich nicht verdient.«

Ich wusste, dass es so war, und wagte ihr nicht in die Augen zu sehen.

Ein, zwei Schluchzer, dann lehnte sie sich gegen mich und sagte: »Ich werde mich nicht in Sie verlieben, Sie werden mein Herz nie erobern, und ich werde keine treu ergebene Frau sein. Aber jetzt gehöre ich Ihnen, nehmen Sie mich in den Arm.«

Ich war zugleich freudetrunken und tieftraurig und schloss sie fest in meine Arme, so fest, als hielte ich mein eigenes Schicksal in Händen. In diesem Augenblick begriff ich plötzlich, wie unvollkommen die Welt aus der Sicht eines Idioten war. Es war mit allen Dingen gleich: Solange du sie nicht haben willst, behalten sie ihre Vollkommenheit und Echtheit, doch sowie du sie in Händen hältst, wirst du feststellen, dass du sie nicht ganz und gar erhalten hast. Dennoch schätzte ich mich glücklich, eine Schönheit in den Armen zu halten, sah ihr in die Augen, drückte meine Lippen auf die ihren, war der glücklichste Mensch der Welt. »Sie haben mir den Verstand geraubt, ich bringe kein Wort heraus.«

Tharna musste lachen: »Den Verstand geraubt? Welchen Verstand? Sind Sie nicht der weit herum bekannte Idiot?« Sie hob die Hand, um mich daran zu hindern, sie weiter zu küssen, und sagte zu sich: »Wer weiß, vielleicht sind Sie ein besonders interessanter Mann.«

Ich wollte sie küssen. Als ich meine Hand nach ihrer Brust ausstreckte, stand sie auf, ordnete ihre Kleidung und sagte: »Auf, wir wollen das Getreide holen.«

In diesem Augenblick dröhnte nicht nur mein Kopf vor Liebe, auch meine Adern, meine Knochen vibrierten, ich folgte ihr taumelnd. Wir hatten so etwas wie eine Beziehung, aber was für eine das war, konnte ich nicht sagen. Die Fürstin ließ meine Leute laufen. Dann zogen wir in Richtung des Forts – zu den Getreidespeichern an der Grenze. Tharna und ich bildeten mit den Pferden die Spitze, dann folgten die Fürstin, ihre Mägde und meine Diener.

Bei diesem Anblick blieb dem Verwalter der Mund offen stehen.

Als ich ihn anwies, die Speicher zu öffnen, staunte er noch mehr. Er nahm mich zur Seite und sagte: »Aber Junger Herr, Sie wissen, was der Fürst befohlen hat.«

»Mach die Speicher auf!«

In meinen Augen muss es gelodert haben, denn der Verwalter, der aufgrund seiner bedingungslosen Treue dem Fürsten gegenüber glaubte, auf bestimmten Dingen beharren zu können, er schwieg. Er nahm die Schlüssel von seinem Gürtel und warf sie Sonam Tserang zu. Als ich mich abwandte, hörte ich ihn jemandem zuflüstern: »Letztlich ist er genau wie sein intelligenter Bruder, in Gegenwart von Frauen verliert er die Orientierung.« Der Verwalter war ein gutmütiger alter Mann. Als er Sonam Tserang hinuntergehen, die Speicher öffnen und einen Sack nach dem anderen den Lasttieren der Rongongs aufladen sah, sagte er zu mir: »Armer Junger Herr, Sie wissen nicht, was Sie getan haben, nicht wahr?«

»Ich habe die schönste Frau der Welt bekommen.«

»Sie haben nicht damit gerechnet, Getreide zu erhalten, und zu wenige Tiere dabei.«

Sie ließen auch die Reitpferde mit Weizen beladen. Auf diese Weise verfügten sie über dreißig Tiere und leerten einen Getreidespeicher nicht einmal zu einem Viertel. Und von diesen Speichern hatten wir fünfundzwanzig Stück, alle randvoll. Die Fürstin kam zu uns, um zu sagen, dass ihre Tochter mit zurückreisen werde, man warte auf den

Heiratsantrag von Fürst Maichi. »Der Bote soll möglichst bald kommen«, fügte sie hinzu. Bevor sie mit mehr Lasttieren um weiteres Getreide kämen, wollte sie damit sagen.

Als die Karawane sich in der Ferne verlor, war auch meine Tharna weit fort.

Der Verwalter fragte: »Wieso ist die schöne Frau fortgegangen?« Dabei blickte er so befremdet drein, dass ich verstand, worauf er hinauswollte. Er glaubte, ich sei auf den Trick mit der schönen Frau hereingefallen. Auch ich bereute, Tharna gehen gelassen zu haben. Was, wenn sie nicht zurückkam? Was wäre mir all das verfluchte Getreide dann? Nichts, wirklich gar nichts. In mir herrschte Leere. Umso mehr, als es in der Nacht von den Höhen herunterwehte. Ich konnte einer Frau wegen nicht schlafen.

Mein Herz, nun spüre ich dich, zur Hälfte mit Schmerz, zur anderen Hälfte mit Sehnsucht gefüllt.

28

Verlobung

Fürst Maichi machte eine Inspektionsreise zur Grenze.

Im Süden war er bereits gewesen. Dort war mein Bruder mit unserem alten Kontrahenten Fürst Wangpo aneinander geraten. Der hatte dieselben alten Tricks drauf, hatte in einem Überraschungsangriff Weizen und Mais erbeuten wollen und war stattdessen in einen Hinterhalt meines Bruders geraten. Im Krieg hatte mein Bruder immer Oberwasser. Ein Sohn Fürst Wangpos verlor sein Leben, dem Fürsten selbst wurden Stolperdrähte zum Verhängnis, und er brach sich ein Bein. Vater sagte: »Bei deinem Bruder läuft es gut. Und hier?«

Bei diesen Worten fiel der Verwalter auf die Knie.

Fürst Maichi sagte: »Offenbar nicht so gut.«

Der Verwalter berichtete, wie wir Fürst Lha Shopa abserviert hatten und wie billig die Fürstin an ihr Getreide gekommen war. Das Gesicht meines Vaters umwölkte sich, er blickte mich scharf an und sagte zum Verwalter: »Du hast keinen Fehler gemacht, steh auf.«

Der Verwalter erhob sich.

Wieder warf Vater mir einen Blick zu. Seit es bei uns den zungenlosen Schreiber gibt, verständigen wir uns oft mit Blicken. Dann seufzte Vater und spuckte aus, was ihm auf der Seele lag. »Gut, das Verhalten des Zweiten Jungen Herrn beweist, dass er wirklich nicht ganz klar im Kopf ist, und ich muss mir nicht mehr den Kopf darüber zerbrechen, welcher meiner Söhne mich als Fürst beerben soll.«

Der Verwalter zog sich zurück, und ich sagte zu Vater: »Nun kann Mutter nichts sagen.«

Meine Worte erschreckten ihn, und er antwortete erst nach einer langen Pause: »Ich weiß wirklich nicht, was mit dir los ist.«

»Ich weiß, dass ich nicht Fürst werde.«

Vater machte mir keine Vorhaltungen, weil ich Getreide verschenkt hatte, sondern fragte: »Wie ist die Tochter der Rongongs?«

»Ich liebe sie, bitte überbring möglichst schnell den Antrag.«

»Du hast Glück, mein Sohn, wirst nie Fürst Maichi werden, dafür aber Fürst Rongong. Denn sie haben keine Söhne, und so kann der Schwiegersohn Fürst werden.« Er lachte: »Erst wenn du etwas klüger geworden bist natürlich.«

Ich wusste nicht, ob ich klug genug war, aber ich wusste, dass ich genug liebte, ich würde Tharna niemals vergessen.

Mein geliebter Vater sagte: »Sag mir, was Liebe ist.«

»Wenn es in den Knochen brodelt.«

Das war eine idiotische Erklärung, aber mein kluger Vater verstand sie und lachte: »Die Blasen werden sich zerstreuen.«

»Es kommen immer wieder neue.«

»Gut, Sohn, wenn sie dir wirklich ihre Tochter gibt, werde ich ihr mehr Weizen schicken. Ich lasse sofort einen Brief überbringen.«

Bevor der Bote sich auf den Weg machte, fragte Vater noch einmal nach: »Sind die Mägde der Fürstin schöner als unsere?«

Das bestätigte ich nachdrücklich.

Vater sagte: »Hat die Fürstin dir auch nicht eine Magd als Tochter untergejubelt?«

Ich sagte, ob sie die Tochter der Fürstin sei oder nicht, sie heiße Tharna, und ich liebe sie.

Vater änderte den Auftrag des Boten. Nun sollte er keinen Brief überbringen, sondern herausfinden, ob Tharna die Tochter der Fürstin sei oder nicht. Alle waren überzeugt, dass ich in eine Falle getappt sei und die Fürstin Rongong mir mit einer niederen Magd den Kopf verdreht hatte. Mich kümmerte das alles nicht, denn ich liebte Tharna. Ihre Schönheit war so rein, dass es keine Rolle spielte, ob sie die Tochter der Fürstin oder eine Magd war. Ich stieg jeden Tag auf den Turm und hielt nach dem Boten Ausschau. Allein trotzte ich dem Wind und wusste, dass ich meine geringe Chance, Fürst Maichi zu werden, verspielt hatte. Der Himmel über mir war weit, tiefblau und vollkommen wolkenlos. Die Erde unten dehnte sich in schier endlosem Grün. Im Süden lagen Gebirgszug hinter Gebirgszug, im Norden weite Steppen. Alles war voller Menschen, hungernden Untertanen der Fürsten Lha Shopa und Rongong, die sich in der Gegend herumtrieben und denen nach der Ankunft meines Vaters niemand mehr etwas zu essen gab. Sie lungerten gleichwohl weiterhin in der Nähe der befestigten Getreidespeicher herum, füllten ihre Mägen, wenn sie es nicht mehr aushielten, mit Flusswasser, um anschließend wieder in der Gegend herumzugeistern.

Eines Tages donnerte und blitzte es plötzlich, ich stand auf dem Turm und taumelte im Wind. Als ein Blitz vom Himmel herunterfuhr, sah ich etwas, das ich aber nicht genau erkennen konnte. Ich rief nach meinem Vater und ließ ihm sagen, dass gleich etwas Großes geschehen werde. Vater wurde von zwei Dienern den Turm hochgetragen und rief seinem idiotischen Sohn ins Ohr: »Was für eine verfluchte große Sache? Wenn dich der Blitz träfe, das wäre eine große Sache!«

Der Wind riss ihm die Worte von den Lippen, und ich musste mich anders hinstellen, um sein Gebrüll zu verstehen

Es würde etwas geschehen. Mein Herz wollte mir aus dem Leib springen. Ich rief Vater zu: »Du musst den Schreiber herholen! Er sollte jetzt hier sein!«

Der Blitz fuhr in einen anderen Turm, ein Feuerball leuchtete auf, der Turm stürzte ein und verwandelte sich in einen regennassen

Lehmhaufen mit verkohlten Holzbalken und einem toten Wachmann darauf.

So sehr der idiotische Sohn sich wehrte, der Fürst ließ ihn vom Turm herunterzerren. Jetzt war er ernsthaft wütend: »Sieh nur, das ist die große Sache, von der du gesprochen hast, willst du, dass ich mit dir sterbe?«

Er gab mir eine Ohrfeige. Da es schmerzte, wusste ich, dass er mich liebte. Denn wer mich hasst, kann mir keine Schmerzen zufügen. Es tat so weh, dass ich zu Boden fiel. Der Verwalter hielt den rasenden Fürsten auf. Es goss wie aus Kannen, doch der Donner ließ nach. Oder nein, er ließ nicht nach, sondern rollte wie ein riesiges Rad polternd in die Ferne. Ich wollte einfach hier liegen und an meinen Tränen ersticken. Doch dann sah ich, dass alle die Ohren spitzten. Und richtig – Hufgetrappel. Nicht von einem Pferd, auch nicht von hundert, sondern von vielleicht zwanzig, dreißig Tieren. Vater sah mich an und wusste, dass mein Gefühl mich nicht getrogen hatte. Er befahl seinen Leuten, zu den Waffen zu greifen. Ich sprang auf und rief begeistert: »Tharna kommt zurück!«

Schon erklang lautes Klopfen am Tor.

Es wurde geöffnet, und die Fürstin drängte mit einem ganzen Schwarm von Leuten herein. Ich rannte hinunter. Alle außer Tharna saßen ab, sie waren durch und durch nass. Ich hatte nur Augen für Tharna, die tropfnass auf ihrem Pferd saß, als trage sie das Regenwasser der ganzen Welt am Körper. Als sei sie die Regengöttin.

Ich hob sie vom Pferd.

Tharna legte mir die Arme um den Hals und ließ sich fallen. Sie war so kalt, dass mein Körper allein nicht ausreichte, sie aufzuwärmen, es waren noch Feuer nötig und Schnaps, um sie langsam wieder zu beleben.

Wir hatten nicht genug Frauenkleidung zum Wechseln. Die Fürstin, kreidebleich im Gesicht, wagte einen Scherz: »Wie? Und ich dachte, Fürst Maichi sei wohlhabend!«

Fürst Maichi lächelte und führte die Männer hinaus. Er schloss die Tür höchstpersönlich und rief: »Trocknen Sie Ihre Kleider, dann reden wir.«

Normalerweise ist das Treffen zweier Fürsten ein hochgradig und bis ins kleinste Detail ritualisiertes Ereignis, so sehr, dass beide die Distanz zueinander deutlich spüren. In diesem Fall kam der Regen gerade recht. Eine durchnässte Fürstin nahm der Situation die Schwere, es herrschte sofort eine vertraute Atmosphäre. Die Fürstin drinnen, der Fürst draußen, und durch das Fenster warfen sie einander Scherze zu. Ich schwieg, lauschte in dem Geprassel des Regens aber, wie die Frauen die nasse Kleidung auszogen, hüstelten und leise kreischten. Ich wusste, dass Tharna sich ausgezogen hatte, auf einem Bärenfell saß und sich von der Wärme des Feuers umschmeicheln ließ. Das Dumme war nur, dass mein Kopf schon wieder vernebelt war und ich mir nicht einmal mehr vorzustellen vermochte, wie ein schönes nacktes Mädchen aussah. Vater tätschelte mir den Kopf, und wir gingen in ein anderes warmes Zimmer.

»Das habt ihr sehr schön gemacht«, sagte der Fürst und blickte in die untergehende Sonne.

Der Verwalter und ich sahen uns an, wir wussten nicht, was er meinte.

Der Fürst löste seinen Blick vom regenverhangenen Abendrot und sah mich an: »Das hast du sehr schön gemacht, ich denke, du wirst die begehrte Schönheit bekommen.«

Der Verwalter vermutete: »Das ist nicht alles, was der Herr uns sagen möchte, oder?«

»Nein«, bestätigte der Fürst, »das ist nicht alles. Irgendetwas ist ihnen unterwegs passiert, und egal, was es war, die Fürstin und ihre Leute sind auf unsere Hilfe angewiesen. Aber was ist geschehen?«

Der Verwalter hatte schon den Mund zur Antwort geöffnet, doch als der Fürst den Finger hob, verstand er und sagte etwas anderes: »Der Junge Herr wird es wissen, vielleicht sind sie sogar ihm in die Falle gegangen.«

Mein Kopf war immer noch damit beschäftigt, sich Tharnas nackten Körper vorzustellen. Als Vater seinen fragenden Blick auf mich richtete, wusste ich, dass er eine Antwort erwartete, und so sprach ich aus, was mir gerade durch den Kopf ging: »Letztes Mal hat die Fürstin drei Mal täglich die Kleidung gewechselt, und heute muss sie sich nackt am Feuer wärmen, weil sie nichts dabeihat.« Ich fragte: »Wer hat ihre Kleidung geraubt?« Die Frage rumorte in meinem Kopf, aber ich kam zu keinem Schluss. Sie schien gleichwohl der entscheidende Hinweis für Fürst und Verwalter zu sein.

»Natürlich, geraubt!«, sagte Vater. »Sie sind überfallen worden!«

»Sie haben genug Leute und Waffen«, fiel der Verwalter ein, »ein einzelner Wegelagerer käme da nicht weit. Natürlich! Lha Shopa!«

»Lha Shopa wird sich wundern!« Vater tätschelte mir den Kopf. »Das Getreide wird mehr als das Zehnfache kosten.«

Um ehrlich zu sein, ich verstand nicht genau, wovon sie sprachen. Vater klatschte in die Hände und ließ Wein bringen. Wir drei leerten jeder eine große Schale. Vater lachte laut und warf seine zum Fenster hinaus, wo sie in tausend Stücke zersprang. Mich schien der Wein regelrecht unter Feuer zu setzen.

Irgendwann hörte der Regen auf, und es blieb ein strahlendes Abendleuchten. Diesen Tag mit seinem prächtigen Sonnenuntergang nach dem Gewittersturm wollte ich mir merken.

Vater und ich kehrten vom Alkohol beschwingt zu den Frauen zurück, die sich gerade wieder angezogen hatten. Wein, Feuer sowie trockene, warme Kleider und ein schmackhaftes Mahl hatten die angsterfüllte und fassungslose Fürstin beruhigt, und nun wollte sie wieder einen Abstand zwischen sich selbst und uns schaffen. Doch sie scheiterte.

Als die Fürstin das Begrüßungsritual nachholen wollte, sagte Vater: »Nicht nötig, wir kennen uns bereits, sehen Sie, Ihr Haar ist noch nicht einmal trocken, Sie sollten am Feuer sitzen bleiben.« Mit einem einschmeichelnden Lächeln tat sie wie geheißen. Sie hatte ihre Fürstenwürde vergeblich zurückzugewinnen versucht. Fürst Maichi konnte zufrieden mit sich sein, doch war er noch lange nicht fertig, schon gar nicht, da er eine Frau vor sich hatte. »Lha Shopa hat seinem Ruf keinen Gefallen getan, als er Ihnen nicht einmal die Kleidung zum Wechseln gelassen hat.«

Die Fürstin erschrak. Fürst Maichi hatte Recht! Sie waren unterwegs von Fürst Lha Shopa angegriffen worden, und das Getreide, das ich ihnen geschenkt hatte, war in die Hände eines anderen gefallen. Fürstin Rongong versuchte Haltung zu wahren, doch sie konnte die Tränen nicht zurückhalten.

»Keine Angst, die Maichis sorgen für Gerechtigkeit«, sagte Vater.

Die Fürstin wandte sich ab und wischte die Tränen fort. Damit hatte sie sich in eine ungünstige Position gebracht. Und dabei hatte ich noch nicht einmal von der Entführung erzählt. Dann würde ihre Situation noch aussichtsloser sein. Tharna sah mich an und ging hinaus.

Ich folgte ihr, und hinter meinem Rücken hörte ich unterdrücktes Lachen.

Wie klar und rein die Luft nach einem Regen ist! Der Mond ging auf und schimmerte auf den Wellen des Flusses. Der silberne Glanz auf dem Wasser schien auf mein Herz und meine Liebe. Tharna küsste mich.

Das machte mich noch dümmer, und ich sagte: »Was für ein schöner Mond!«

Tharna lachte silberhell: »Die wesentlichen Dinge sind noch nicht ausgehandelt, da kommst du mit dem Mond!«

»Wie strahlend der Fluss leuchtet!«, setzte ich hinzu.

Ihre Stimme wurde weich: »Willst du, dass ich böse werde?«

»Mein Vater wird offiziell um deine Hand bitten«, sagte ich und wollte sie küssen. Sie ließ Berührungen von den Beinen bis zur Brust zu, aber meinen Mund wehrte sie ab: »Du wirst es deinem Vater nicht erzählen, oder?«

Ich wusste natürlich, was sie meinte. »Ich sagte nur, dass ich dich beim Weideland kennen gelernt habe.

Sie sank in meine Arme. Ich wollte sie in mein Zimmer tragen, doch sie sagte, sie wolle zu ihrer Mutter. So hielt ich sie lange im Arm, eingehüllt in das Licht des Mondes.

Als die Rede auf den Überfall kam, stiegen Tharna Tränen in die Augen.

Ich empfand Wut und Schmerz. »Haben sie euch Frauen etwas getan?«, fragte ich.

Tharna verstand, dass ich von Vergewaltigung sprach. Sie vergrub ihr Gesicht in den Händen, scharrte mit den Füßen und sagte leise, sie und die Fürstin seien mit ihren Wachen geflohen. Ich hatte nicht vorgehabt, um jeden Preis eine Jungfrau zu heiraten, das ist bei uns nicht so wichtig. Da ich es dennoch wissen wollte, sagte Tharna: »Wieso fragst du?«

»Ich weiß es nicht.«

Dass sie auf halber Strecke überfallen worden waren, hatte mit mir nichts zu tun. Aber Vater und der Verwalter glaubten, ich hätte der Fürstin eine Falle stellen wollen, als ich ihr das Getreide überließ. Der Fürst fragte den Verwalter immer wieder, auf wessen Initiative hin wir den Weizen herausgerückt hätten, und der Verwalter nannte immer wieder den Jungen Herrn. Daher fragte Vater mich, wie wir nun weiter verfahren sollten. »Tun, was getan werden muss«, sagte ich laut, denn ich war wütend. Das Protokoll der Fürsten erlaubte mir, mit der schönen Tharna zusammen zu sein, nicht jedoch, wie bei einer niederen Magd, mit ihr das Bett zu teilen, nicht vor der Eheschließung. Daher mein ungeduldiges »Tun, was getan werden muss«.

Vater applaudierte und lachte laut.

Er und die Fürstin hatten uns an der Grenze verlobt. Eigentlich gehörte zu einer Verlobung von Fürstenkindern eine aufwändige Zeremonie. Doch es war eine außergewöhnliche Zeit und ein noch außergewöhnlicherer Ort, das machte alles einfacher. Meine Verlobung bestand einfach in einem Festgelage für alle. Alle aßen und aßen und aßen lauter gute Dinge. Sangye Dolma in der Küche dirigierte die Diener und brachte mir am Ende höchstpersönlich einen großen Teller mit verschiedenen Leckereien. »Herzlichen Glückwunsch«, sagte sie leise.

Nach dem Essen wurden wir getrennt und sollten uns erst bei der Hochzeit wieder sehen. Wir tauschten Ringe aus, Halsketten und Jadesteine vom Gürtel. Am Abend, ich vermisste Tharna und konnte nicht einschlafen, hörte ich leise Schritte die Treppe heraufkommen. Dann hörte ich Fürst Maichi sagen: »Es passiert nicht oft, dass zwei Fürsten das machen.«

Die Fürstin lachte: »Sie sind doch noch nicht alt!«

»Es geht.«

»Jung aber auch nicht unbedingt.«

Obwohl der Verwalter Mutter und Tochter eigene Zimmer angeboten hatte, teilten die Fürstin und Tharna einen Raum. Solange die Fürstin beschäftigt ist, dachte ich, kann ich mir die einmalige Gelegenheit schlecht entgehen lassen. Ich schlich hinunter, schlüpfte ins Bett – doch da war keine Spur von Tharna. Da erst wurde mir klar, dass sie sie nach dem Verlobungsbankett fortgebracht hatten, in ihre Festung. Sie wurde von Maichi-Wachen mit geschulterten Maschinengewehren eskortiert, die die großen Mengen Getreide verteidigen sollten, die sie mitführten. Die Männer Lha Shopas konnten mit einer gehörigen Abfuhr rechnen, wenn sie sich zeigten.

Ich fragte Vater, was das solle.

»Hast du nicht gesagt: ›Tun, was getan werden muss‹?«, fragte er gekränkt zurück. Faszinierend! Wirklich faszinierend! Als wäre ich Fürst Maichi und er der idiotische Sohn.

»Gut, in Ordnung«, sagte ich.

Fürst Maichi erklärte seinem Sohn, dass die Fürstin hier geblieben sei, um Verwirrung zu stiften, dass das aber nichts nütze, wenn sie sich nur innerhalb des Forts aufhalte. Ich weiß, dass mein Vater die Weite der Felder liebt, daher schlug ich vor: »Reitet aus, dann werden die Leute von Lha Shopa euch schon sehen.«

Die beiden machten sich in Begleitung von Wachen auf den Weg. Ich wusste nicht, ob Vater eine Strategie verfolgte oder einfach seinen Spaß mit der Fürstin haben wollte. Ich kletterte wieder auf den Turm. Nachdem es in der Nacht geregnet hatte, war der Himmel nun klar, man sah weit ins Land. Die Hungernden wussten genau, dass sie nur von ihrem eigenen Fürsten Gaben erwarten durften, nicht von uns, und doch kamen sie immer wieder zu dem Ort, an dem so viel Getreide gelagert wurde. Wenn sie wieder fortzogen, taumelten und schwankten einige der hoffnungslosen Gestalten, aber niemand starb vor den Toren des Forts. Ich hätte es nicht ausgehalten, wenn das geschehen wäre. Doch diese Leute kehrten von selbst um, sobald sie mit eigenen Augen den Ort gesehen hatten, an dem es angeblich so viel Getreide gab. Sie kamen her wie an einen heiligen Platz, scheuten keine Mühen, warfen einen Blick auf diesen Ort kurz vor dem Paradies, nur um wieder dorthin zurückzukehren, wo sie hergekommen waren, an einen staubigen Ort, an dem Hunger herrschte. Verglichen mit diesen Menschen waren die Leute der Maichis Auserwählte des Himmels, die geliebten Kinder Buddhas.

Über den blauen Bergen hingegen kreisten immer mehr Aasgeier, dort waren sicher viele Menschen gestorben.

Ich kannte die Berge im Frühling, das anschwellende Wasser, die

Blüte der wilden Kirschen. Die Menschen starben auf dem Heimweg unter diesen Bäumen, und, wer weiß, vielleicht wies der Duft der Blüten ihnen ja den Weg ins Paradies. Denn da ihre Herren ihnen nicht in den Himmel helfen konnten, hatten sie allen Grund, die Blumen um Hilfe zu bitten.

Vater gab seinem Pferd die Sporen und führte die Fürstin durch die benommenen Menschen. Am Fluss, in dessen ruhigem Wasser sie sich spiegelten, hielten sie inne. Doch sie sahen nicht auf den Fluss, sondern blickten weit in die Ferne.

Sie nahmen jeden Tag den gleichen Weg.

Ich sah ihnen jeden Tag vom Turm aus nach, und die Hoffnung in mir wurde immer größer, sie möchten immer weiter ziehen, geradewegs in die blauen Berge auf das Territorium von Fürst Lha Shopa. Dort würden sie getötet werden. Das war mein Wunschtraum, dass sie in den Bergen von Fürst Lha Shopa ermordet würden. Anfangs amüsierte mich dieser Gedanke noch, aber später verselbstständigte er sich, ließ sich nicht mehr unterdrücken, sodass ich Schuldgefühle bekam. Und dies umso mehr, als Klein Aryi mir lautlos wie ein Hund ständig auf den Fersen war.

Darum sagte ich zu Vater: »Geht nicht mehr hinaus.«

Vater sah die Frau, die jede Nacht bei ihm schlief, triumphierend an, als wollte er sagen: »Habe ich es nicht gesagt? Mein Sohn ...«

Sie hatten ohnehin nicht mehr vorgehabt hinauszugehen.

In diesen Jahren meinte das Schicksal es gut mit uns und mit mir. Zufällig hatte ich etwas gesagt, was genau Vaters Stimmung spiegelte. Ich lächelte. Und das wirkt bei einem minderbemittelten Menschen immer unergründlich und tiefsinnig.

29

Es geht los

In dieser Nacht schlief ich sehr gut. Sonst musste ich abends immer noch lange an Tharna denken – nicht so diesmal. Mein erster Gedanke nach dem Erwachen galt ebenfalls immer Tharna, doch heute kam ich gar nicht dazu, weil menschliche Stimmen und Pferdewiehern mich hochfahren ließen.

Wieder wurden Lasttiere der Rongongs mit Weizen beladen. Nicht lange, und die Pferdekarawane entschwand mit der Fürstin unseren Blicken. Vater wirkte erschöpft und legte sich hin.

Vor dem Einschlafen sagte er: »Ruf mich, wenn es losgeht.«

Ich fragte nicht, was losgehen solle. Für mich war es ohnehin das Beste, einfach still abzuwarten. Mein Bruder feierte an der Grenze im Süden seine Triumphe. Er hatte sich darauf verlegt, das Volk des Gegners mit Getreide über die Grenze zu locken und die Menschen dann zu seinen eigenen Leuten zu machen. Das hieß, wenn unser Vater sterben würde, hätte er ein größeres Volk und mehr Grund denn je. Wir hingegen verschenkten Unmengen von Weizen an Fürstin Rongong. Deshalb sagte mein Bruder: »Die beiden haben sich von den Frauen der Rongongs einwickeln lassen, sie werden sich eines Tages in die Festung setzen und alle herumkommandieren.«

Mein Bruder hatte das zu seinen Vertrauten gesagt, aber die Äußerung machte schnell die Runde. Vater schwieg dazu. Erst als er mit mir allein war, fragte er: »Ist dein Bruder klug oder versteht er es nur, geschickt den Klugen zu spielen?«

Ich schwieg.

Um ehrlich zu sein, ich konnte dabei keinen Unterschied erkennen. Da er wusste, dass er intelligent war, wollte er doch bestimmt, dass alle es wüssten. Die Frage war dieselbe wie die, ob ich nun ein Idiot sei oder nur vortäusche, einer zu sein. Vater sagte: »Dein Bruder weiß wahrscheinlich nicht, dass du deine Sache sogar besser gemacht hast als er. ›Tun, was getan werden muss‹, wie wahr. Ich lege mich hin. Weck mich, wenn es losgeht.«

Ich wusste immer noch nicht, was losgehen sollte, und starrte einfach in die Gegend.

Die Gegend sah immer gleich grün aus, als gäbe es keinen Wandel der Jahreszeiten und der Sommer dauere schon zwei-, dreihundert Jahre an. Da begann ich zu gähnen. Ich hatte den Mund noch nicht wieder zugeklappt, da fingen meine beiden Diener auch an zu gähnen. Ich wollte ihnen einen Tritt versetzen, war aber zu träge. Mich interessierte einzig, was um Himmels willen beginnen würde. Doch ich kam zu keinem Ergebnis, und so machte ich es wie Vater und brüllte: »Hier wird nicht gegähnt! Ruft mich, wenn es losgeht.«

»Jawohl, Junger Herr!«, sagten sie.

»Was soll losgehen?«

»Etwas geht los, Junger Herr.«

Von ihnen bekam ich auch keine Antwort. Später wurde ich ganz wirr im Kopf. Es war, als hätte ich etwas gesehen, konnte aber nichts Genaues erkennen. Als ich die Augen aufschlug, wusste ich, dass ich geschlafen hatte, ich war an das Geländer der Veranda gelehnt einfach eingeschlafen. Dann öffnete ich die Augen noch einmal und sah, dass dem tiefen Blau des Himmels eine Spur hellen Graus fehlte. Wolkenfetzen rasten vom Wind getrieben schneller über den Himmel, als eine Schlange am Fuß einer Wand entlanggleitet. Es war bereits Nachmittag, ich musste eine ganze Weile im Stehen geschlafen haben. »Hat es begonnen?«, fragte ich.

Doch die beiden Diener waren längst entschlüpft.

Als niemand antwortete, geriet ich in Panik. Da hörte ich Schritte hinter mir und wusste sofort: Das ist Fürst Maichi, mein Vater. »Du hast es gut. Ich habe im Bett kein Auge zugetan, und du schläfst im Stehen«, sagte er.

Also fragte ich ihn: »Ist es schon losgegangen?«

Vater schüttelte den Kopf und sagte unsicher: »Es ist eigentlich an der Zeit, denn der Weg ist nicht sehr weit, sie müssten schon da sein.« Er wies auf die fernen Berge, in denen so viele Menschen hungers gestorben waren.

Da war mir ziemlich klar, was losgehen sollte, und ich gähnte herzhaft.

»Geh schlafen. Ich wecke dich, wenn es so weit ist«, sagte Vater.

Ich ging in mein Zimmer und legte mich ins Bett. Zum Einschlafen steckte ich meinen Kopf ganz unter die Bettdecke, es war mir egal, wenn er die ganze Nacht zugedeckt blieb. Und selbst wenn es mich störte, konnte ich nichts tun. Ich war gerade in die Dunkelheit eingetaucht, als Lärm mich aufschreckte. Lärm wie grelles Licht, das alles erleuchtete. Ich schob die Decke zur Seite, stürmte aus dem Zimmer und schrie: »Es geht los! Es geht los!«

Das Fort lag im letzten, warmen Licht der Abendsonne, die Menschen frönten dem Nichtstun und schienen das Leben in vollen Zügen zu genießen. Meine beiden Diener spielten Schach – die einzigen Menschen auf der ganzen Welt, die sich nie aus der Ruhe bringen ließen, egal, was ich tat. Bei meinem Geschrei hob Klein Aryi nicht einmal den Kopf, während Sonam Tserang mir einmal dümmlich zugrinste und sich sofort wieder dem Spiel widmete.

Was mich überraschte, war, dass der Fürst und sein Verwalter in der Sonne im Schneidersitz auf dem Boden saßen und ebenfalls Schach spielten. Mein Gebrüll schien sie nicht zu beeindrucken. Ich vermutete, dass sie einfach so taten, als hätten sie nichts gehört, um mir eine Peinlichkeit zu ersparen. Denn alle wussten, dass heute etwas geschehen würde, ja sie warteten darauf, und selbst wenn jemand es nur zu sich selbst gesagt hätte, wäre es den gespitzten Ohren rundum nicht entgangen, wie dann erst mein Geschrei: »Es geht los!«

In den Augen meines Vaters wandelte ich mich gerade vom Idioten zu einem Mann, dessen große Weisheit sich hinter seiner Tölpelei verbarg. Doch mein blödes Geschrei ließ ihn wieder zweifeln. Die Bediensteten blickten um sich, um herauszufinden, woher die Stimme kam, sie hielten sich ihre verfluchten Hände vor die Augen, um die Sonne abzuschirmen. Vater und der Verwalter indes blieben reglos sitzen.

Mein Schrei verebbte unter der Abendsonne, die die Dinge in ihrem Licht erstrahlen ließ, so weit das Auge reichte.

Mir war nicht zu helfen, ich war ein unheilbarer Idiot. Dann bin ich eben ein Idiot! Sollen sie sich doch alle, Fürst, Verwalter, Dienerschaft, Männer und Frauen, heimlich über mich amüsieren, mich bespucken und auslachen, Ha-ha, der Idiot! Sagt es doch! Idiot. Verflucht, der Idiot wird singen. Also sang ich nach der Weise von *König Bende ist tot:*

Es geht los, es geht los,
was geplant ist, geht nicht los,
was nicht geplant ist, das geht los.
Es geht los!
Es geht los!

Um meine Wut und Enttäuschung zu verbergen, schlenderte ich demonstrativ singend die Veranda auf und ab und traktierte das Geländer mit dem Fuß. Wenn ich so weitermachte, würde der Idiot der Maichis seiner eigenen Blödheit wegen noch zu weinen beginnen.

Doch einen Moment später waren die Tränen vergessen.

Denn es ging genau in dem Augenblick los, da ich sang. Nur hörte ich es nicht, weil ich mit meiner Enttäuschung beschäftigt war. Ich sang und sang und sah die Schachspieler ihre Figuren hochwerfen und die Dienerschaft unten hin und her rennen. Ich sang weiter, sah mir das Durcheinander unten an und dachte bei mir, diese Leute glauben tatsächlich, ich könnte mich vor Trauer in die Tiefe stürzen. Vater kam herbeigerannt, winkte und wies mit dem Finger in die Ferne. Da hörte ich es auch, heftiges Gewehrfeuer kam aus der Richtung, in die er gezeigt hatte.

Ich hörte auf zu singen.

Vater rief dem Verwalter zu: »Er hat es vorausgesehen, er wusste es vor uns allen! Er ist der klügste Idiot der Welt!«

Der Verwalter rief zurück: »Es lebe das Haus Maichi! Er kann in die Zukunft sehen!«

Sie kamen angelaufen und wollten mit mir sprechen. Aber mir fiel nichts ein – vielleicht hatte ich mich mit dem Singen gerade verausgabt. Ich sagte: »Ich bin müde und möchte schlafen.«

Sie folgten mir bis in mein Zimmer. Gewehrfeuer klang von den fernen Bergen herüber. Nur Gewehrfeuer aus den Waffen der Maichis hörte sich so lebhaft und fröhlich an. Ich legte mich hin. »Seien Sie beruhigt, Junger Herr«, sagte der Verwalter, »niemand leistet den Waffen der Maichis Widerstand.«

Ich sagte: »Geht hinaus und erledigt sie.«

Fürst Maichi hatte in den Bergen einen Hinterhalt legen lassen, in dem seine Leute auf Fürst Lha Shopa warteten, wenn er das Getreide der Fürstin stehlen wollte. Das Rätsel war gelöst, ich wollte schlafen. Wie die Welt sein würde, wenn ich morgen aufstand, wollte ich gar nicht wissen.

Ich ... wollte ... nur ... schlafen ...

Unsere beiden Nachbarn im Norden bekämpften sich.

Sobald bei uns ein Krieg ausbrach, gab es bestimmt unermüdliche Fürsten, die nicht tatenlos zusehen wollten, sondern hin und her eilten, um zu vermitteln.

Der Krieg, der hier um Weizen geführt wurde, galt als von Fürst Maichi ausgelöst. Als Sendboten zu uns kamen, sagte Vater ungeduldig: »Ihr wollt doch auch unseren Weizen, also haltet euch raus.«

Der idiotische Sohn der Maichis sagte: »Wenn ihr nicht dieses dreckige Opium, sondern Weizen zu bieten hättet, könntet ihr sagen, was ihr wollt.«

Der Verwalter bewirtete die ungebetenen Gäste mit einem reichen Weinbankett.

Was sollten sie da noch sagen? Ihnen fiel selbst nichts mehr ein.

Nachdem sie fort waren, wollte auch Vater in seine Festung heimkehren. Bevor er ging, ermahnte er mich: »Lass sie Krieg führen.« Das war eine klare, unmissverständliche Aussage.

Ich sagte: »In Ordnung, lassen wir sie Krieg führen.«

Der Fürst tätschelte mir die Schulter und machte sich mit seinen Wachen auf den Weg.

Als er schon weit hinausgeritten war und die Pferde zu galoppieren anfingen, zwang er den Kopf seines Tieres in die Höhe und rief mir zu: »Tun, was getan werden muss!«

»Wieso kommt mir das bekannt vor?«, fragte ich.

Sonam Tserang erwiderte: »Das haben Sie zu ihm gesagt.«

Ich fragte den hinkenden Verwalter: »Habe ich das gesagt?«

»Es scheint so.« Immer wenn die Beziehung zwischen meinem Vater und mir ins Spiel kam, redete der Verwalter ein wenig um den heißen Brei herum. Ich nahm es ihm nicht übel. Er hatte viel für mich getan. Jetzt zum Beispiel, da Vater und ich uns einig waren, dass getan wurde, was getan werden musste, befahl ich, Tiere und Menschen der Rongongs mit Getreide zu versorgen für einen Überraschungsangriff gegen die Truppen Lha Shopas. Der Fürstin schickte ich Maschinengewehre und Handgranaten. Ich hatte entschieden, wer diesen Krieg gewinnen würde, bevor er überhaupt angefangen hatte.

30

Neue Untertanen

Die Fürstin den Sieg davontragen lassen, das war es, was getan werden musste, also tat ich es.

Anschließend lag noch etwas anderes an.

Ich hatte bereits gesagt, dass mein Bruder an der Grenze kein Fort hatte errichten sollen. Die Festung der Maichis war zwar auch ein Fort, aber sie war in einer Zeit gebaut worden, als wir häufig angegriffen wurden und keine Maschinengewehre und Handgranaten hatten. Die Zeiten hatten sich geändert, sogar das Glück fand neue Wege, und die Maichis mussten nicht mehr ständig in Angst vor einem Angriff leben, selbst an der Grenze nicht. Nun war es so weit, dass andere uns fürchteten. Wenn andere Krieg führten, wollte ich eingreifen und frühzeitig die Entscheidung über Sieg oder Niederlage treffen. Unsere nördlichen Nachbarn wussten nicht, dass Sieger und Verlierer ihres Kriegs längst feststanden. Es war gar nicht schwierig, ich brauchte nur, wenn die Leute der Fürstin kamen, ihre Lasttiere mit Weizen, Gewehren und Munition beladen zu lassen. Wenn die Aussichten gut waren, war es auch die Stimmung, in solchen Zeiten wurde selbst ein Idiot intelligenter als sonst und jede seiner Handlungen zum Geniestreich.

Gut, zurück zu dem, was ich eigentlich tun wollte.

Ich ließ die Köchin Sangye Dolma am Flussufer fünf riesige Pfannen in einer Reihe aufbauen. Sie wurden mit Weizen gefüllt, etwas Salz und gereifte Butter dazu, darunter Feuer entfacht, und schon trug der Wind den betörenden Duft in weite Ferne. Wieder gab ich den Hungernden das Signal einer Speisung. Es dauerte keinen halben Tag, da waren sie, die eine Weile verschwunden waren, wieder da. Sie wollten sich am nahe gelegenen Flussufer einfach hinlegen, als mache schon der Duft von echtem Weizen sie glücklich. Aber Sangye Dolma fuchtelte mit ihrem Löffel herum und rief: »Wer sich hinlegt, kriegt nichts ab! Auf auf!«

Sie rappelten sich auf und wateten wie Schlafwandler durch den Fluss.

Jeder erhielt von Dolma eine Kelle in Butter gegarten Weizen.

Nun kostete Dolma etwas vom Geschmack der Macht, und es schien ihr zu gefallen, denn auch völlig erschöpft und schweißgebadet mochte sie die Almosenkelle nicht aus der Hand legen. Dieses wunderbare Gefühl würde sie als Köchin in der Festung im Leben nicht erfahren. Nur bei mir hatte sie Gelegenheit, vor einer erwartungsvoll auf ihre Hände starrenden, hungrigen Menge so die Kelle zu schwingen.

»Jeder eine Kelle voll, nicht mehr und nicht weniger!«, rief sie unermüdlich. »Wer eine zweite Portion will, muss dafür arbeiten. Für unseren gütigen, großzügigen Jungen Herrn!«

Nachdem sie den Weizen gegessen hatten, arbeiteten die Leute Lha Shopas für mich.

Der Verwalter leitete nach meinen Vorstellungen die Arbeiten zum Abriss von einer der vier Mauern, die das Fort umschlossen.

Ich wollte die nach Osten weisenden Räume abreißen lassen, damit die Strahlen der aufgehenden Sonne uns ungehindert erreichen konnten. Zugleich würde der nach einer Seite offene Hof unmittelbar in die Weite der Felder übergehen. Der hinkende Verwalter wollte aus den Rohziegeln des Abrisses anderswo eine Mauer bauen, doch ich war dagegen. Es war nicht nötig. Ich hatte einen Eindruck von der Zukunft bekommen, einer Zukunft, in der es keinen Unterschied machte, ob wir am Eingang eine Mauer stehen hatten oder nicht. Ich fragte ihn: »Haben Sie die Zukunft gesehen?«

»Ja«, antwortete er.

»Gut, dann sagen Sie, was Sie gesehen haben.«

»Wir löschen Angreifer bereits in den Feldern aus, eine attackierende Kavallerie beispielsweise.«

Ich musste lachen. Es stimmte, mit Maschinengewehren könnten wir Leute, die einen Angriff planten – und sei es Kavallerie –, zurückschlagen und wie Schafe abschlachten. Doch daran dachte ich gar nicht. Opium hatte Fürst Maichi reich gemacht und ihm zu Maschinengewehren verholfen. Opium hatte über andere Fürsten großes Unglück gebracht. Es war alles eine Frage des Zeitpunkts. Warum also sollten wir uns in einem an vier Seiten ummauerten Fort selbst einschließen? Innerhalb von vier, fünf Tagen hatte das Fort eine Seite weniger und war damit kein Fort mehr, sondern ein großes Haus, ein imposantes Gebäude. Dolma fragte, ob sie weiter kochen solle, und ich bejahte. Weitere fünf Tage lang schleppten die Hungernden die abgerissenen Rohziegel und Steine zum Fluss und warfen sie hinein. Die Erde weichte auf, sodass das klare Wasser viele Tage lang schlammig trüb war. Schließlich hatten die Rohziegel sich aufgelöst, nur Steine blieben übrig und schimmerten am Grund, sie ließen die Gischt hoch aufspritzen und wühlten kräftige Strudel auf. Ja, seit Steine im Fluss waren, war aus dem Flüsschen ein richtiger Fluss geworden. An diesem Tag sagte ich mir, dass das Flusswasser unbedingt klar sein sollte.

Doch bevor ich noch den Fluss begutachten konnte, jagte etwas, das vor meinen Augen stattfand, mir einen gehörigen Schrecken ein.

Der zu den Feldern hin offene Hof war schwarz von hungernden Menschen, die an dem Abrissunternehmen beteiligt gewesen waren. Nach getaner Arbeit hatten sie unter Anweisung Dolmas die riesigen Töpfe, in denen ihr Essen gekocht worden war, vom Flussufer zurückgebracht. Dann waren sie fortgegangen, und ich hatte nicht damit gerechnet, sie wieder zu sehen. Wenige Tage später waren sie zurück und hatten ihre Familien gleich mitgebracht. Sie standen im Hof und auch noch draußen auf dem Gras zum Fluss hinunter. Als ich hinaustrat, kniete die Menge nieder.

Ich hatte noch nie eine so große Menschenmenge gesehen. So viele Leute setzen einen, auch wenn sie gar nichts tun, gehörig unter Druck.

Der Verwalter fragte, was wir tun sollten.

Ich sagte, ich wisse es auch nicht.

Da waren sie nun, weit verstreut, ein großer schwarzer Fleck. Wenn ich nicht da war, saßen oder standen sie herum, sobald ich mich zeigte, knieten sie nieder. Nun bereute ich, dass ich sie die Mauer hatte einreißen lassen. Ein Tag verging, dann noch einer, und sie waren immer noch da, hatten nichts gegessen. Wenn sie Hunger bekamen, gingen sie zum Fluss und tranken Wasser. Menschen trinken normalerweise wenig. Pferde und Kühe dagegen stecken den ganzen Kopf hinein, bis sie fast ersticken, ihr Bauch anschwillt und es darin rumpelt und hin und her schwappt. Dann erst haben sie genug. Jetzt tranken die Menschen hier wie Rinder und Pferde. Noch im Traum hörte ich ihr halb ersticktes Nach-Luft-Schnappen, wenn sie sich verschluckt hatten, hörte das Rumpeln in ihrem Bauch. Sie wollten mich gutmütigen Menschen vermutlich nicht stören, sonst hätten sie sich beim Gehen nicht behutsam die Bäuche gehalten. Am dritten Tag schließlich legten sich einige am Ufer bäuchlings auf die Erde, steckten den Kopf ins Wasser – und standen nicht mehr auf. Sie steckten im knietiefen, seichten Wasser und rührten sich nicht mehr. Nach einigen Stunden waren sie aufgedunsen wie mit Luft gefüllte Beutel und trieben an der Oberfläche. Die, die nicht im Wasser starben, wurden von den anderen dorthin getragen und dem Fluss übergeben, der sie dem Himmel entgegenbrachte.

Schauen Sie nur, was die Untertanen Lha Shopas für brave Leute sind. Selbst in einer so verzweifelten Lage jammerten sie mit keiner Silbe, sondern setzten alle Hoffnung in einen gutwilligen Menschen, der nicht einmal ihr Herr war.

Der gutwillige Mensch war ich.

In drei Tagen war mir nicht ein Getreidekorn durch die Finger gerieselt, und doch kamen keine Klagen. Da ich nicht ihr Herr war, hätten sie sich auch schlecht bei mir beschweren können. Anfangs hatten Gebete in der Luft geschwirrt, doch nun war es still geworden, sie starben einer nach dem anderen. In der dritten Nacht bekam ich Albträume. Am Morgen des vierten Tages wusste ich, noch bevor ich die Augen aufschlug, dass sie noch da waren, mit Tau in den Haaren. Die Stille, die von einer großen Menschenmenge ausgeht, ist anders als gewöhnliche Stille, es geht ein gewaltiger Druck von ihr aus.

»Ich halts nicht mehr aus! Ich halts nicht mehr aus!«, rief ich.

Da ich immer gut aß, hatte ich eine kräftige Stimme. Mein Ruf wurde durch den dünnen Morgennebel in weite Ferne getragen. Als die Sonne über den Horizont stieg und die Nebel zerstreute, hoben die Hungernden ihre Köpfe, die sie tief zwischen den Knien vergraben hatten. Ja, die Geduld dieser Menschen und die Kraft ihrer Hoffnungslosigkeit, die größer war als alle Kraft der Welt, sie überwältigten mich. Ich konnte nicht aufstehen. Stöhnend befahl ich: »Kocht etwas, kocht, kocht Essen ... Gebt ihnen satt zu essen, sie sollen reden und weinen und tun, was sie wollen.«

Der Verwalter, Dolma, meine beiden persönlichen Diener und weitere Bedienstete hatten hinter meinem Rücken längst alles vorbereitet und nur auf meinen Befehl gewartet, um das Holz und Stroh unter den Töpfen neu zu entzünden.

Meine Leute schrien begeistert, als die Feuer wieder brannten, doch von den Hungernden war nichts zu hören. Auch nicht, als mit der Essensverteilung begonnen wurde. Ich konnte nicht sagen, ob ich solche Untertanen mochte oder Angst vor ihnen hatte.

Also rief ich erneut: »Sagt ihnen, es gibt nur diese Mahlzeit, nur diese eine, danach sind sie kräftig genug, um sich auf den Weg zu machen, sagt ihnen, sie sollen heimkehren!«

Meine Leute sagten es den Hungernden.

Dolma weinte, als sie mit ihnen sprach: »Macht unseren gutmütigen Herrn nicht wütend, geht zu eurem Herrn, zu eurem eigenen Herrn, hat der Himmel uns nicht allen einen eigenen Herrn gegeben?«

Ihre Führer hatten es auch nicht leicht.

Als Tiere und Menschen der Rongongs satt waren, verfolgten sie die Armee Lha Shopas und schlugen sie vernichtend. Man kann sagen, dass ich im Norden Leute gefunden hatte, die an Stelle des Fürsten Maichi Krieg führten. Mein Bruder war fähiger als ich, daher hatte er im sehr viel heißeren und unwegsameren gebirgigen Süden höchstpersönlich feindliche Stellungen erstürmt.

Inzwischen glaubten die Leute immer häufiger, dass mein Bruder zwar intelligenter, das Glück aber stets auf der Seite des kleinen Idioten war. Ich selbst hatte ebenfalls den Eindruck, dass das Glück mir wie ein Schatten folgte. Ein, zwei Mal hatte ich das deutliche Gefühl, dieses geheimnisvolle Ding sei mir unmittelbar auf den Fersen, drehte mich um und trat danach, um dann festzustellen, dass es nur so etwas wie ein Schatten war, kein Hund. Einen Hund kann man davonjagen, einen Schatten nicht.

Klein Aryi wollte wissen, wonach ich trete.

Nach einem Schatten, sagte ich.

Er lachte und sagte, kein Schatten. Dann erstrahlte das blasse Gesicht des jungen Henkers. Ich wusste, was er sagen wollte. Als Henker brachte er der Unterwelt ein ganz besonderes Interesse entgegen. Deshalb sagte er mit vor Aufregung leuchtendem Gesicht: »Einen Geist verjagen Sie nicht mit Fußtritten, sondern indem Sie spucken.« Hinter mir wollte er zeigen, wie das aussähe: »So ...«

Doch bevor er spucken konnte, haute ich ihm eine runter: »Wenn ich selbst hinter mich spuckte, würde ich dich bitten, mir den Mund mit einem rot glühenden Eisen zu versiegeln, zu schweigen von euch Leibeigenen!« Wenn ich tatsächlich vom Glück verfolgt war, wieso sollte ich es dann verjagen?

Das Strahlen auf dem Gesicht Klein Aryis erlosch.

»Geh hinunter und greif dir eine Suppenkelle«, sagte ich. Auch der ärmste Wicht in meinem Gefolge kostete heute vom süßen Geschmack des Almosengebens. Die geben können, sind in dieser Welt die Glücklichen. Jeder durfte einmal eine Suppenkelle halten, um das Gefühl des Gebens zu erleben. Ich hörte sie innerlich mein Loblied anstimmen. Die gesättigte Menge verharrte weiterhin auf dem freien Feld. »Es ist genug, sag ihnen, sie sollen gehen, weg!«, schrie ich den lächelnd heranhumpelnden Verwalter an.

Der beobachtete, wie der letzte Mann den letzten Löffel Weizenbrei zu sich nahm, und kam mit zufriedenem Gesichtsausdruck die Treppe herauf. »Sie werden sofort gehen, sie haben es versprochen«, sagte er.

In diesem Moment kam Bewegung in die Menge. Die Menschen sagten zwar nichts, doch hatten sie wieder genug Kraft in den Füßen, um hörbar aufzutreten. Die Schritte vieler Einzelner zusammen schienen die Erde erbeben zu lassen. Der riesige Zug wirbelte eine große Staubwolke auf. Als sie sich wieder gelegt hatte, waren die Menschen bereits am anderen Ufer angelangt.

Ich konnte einen tiefen Seufzer nicht zurückhalten.

Doch auf dem Feld jenseits des Flusses hielten sie wieder an. Die Männer ließen Frauen und Kinder zurück, um sich ohne sie zu besprechen. Wozu diese Versammlung? Wollten sie uns nun, da sie satt gegessen waren, angreifen? Wenn, dann würden sie es hoffentlich bald tun. Denn zwischen Sonnenuntergang und Schlafenszeit war sowieso nie etwas los. Wenn sie uns also angreifen wollten, dann sofort, damit der Kampf zur Schlafenszeit zu Ende wäre. Auf diese Weise könnte eine Situation, der kein Fürst jemals ausgesetzt gewesen war, bereinigt werden. Himmel, es musste doch einen Fürsten geben, dem so etwas schon einmal passiert war. Die Männer ließen sich nieder und blieben lange sitzen. Dann entstand Unruhe unter ihnen. Ich konnte nichts Genaues erkennen, nur das Zentrum des Durcheinanders war wie ein kleiner Wirbel, der sich einen Moment später wieder beruhigt hatte. Ein paar Männer standen auf und wateten durch den Fluss zu uns herüber. Die Menge stand auf und blickte ihnen nach.

Es dauerte eine Weile, bis sie das Feld überquert hatten.

Sie knieten vor mir nieder. Diese Leute hatten alle Führer Fürst Lha Shopas sowie jeden Herrn von jeder einzelnen Festung getötet und legten mir ihre Köpfe zu Füßen. »Warum tun Sie das?«, fragte ich.

Fürst Lha Shopa habe seine Barmherzigkeit eingebüßt und Scharfsinn wie auch Hochherzigkeit verloren, die ihn immer befähigt hatten, Umstände und Zeitpunkt richtig einzuschätzen. Deshalb habe das Volk entschieden, sich von ihm zu trennen. Fürst Maichi werde in Zukunft ein noch größeres Territorium mit noch mehr Menschen kontrollieren, das war Schicksal, und das war, was sie wünschten.

Ich rief Klein Aryi, um ihn den Leuten vorzustellen, die sich uns unterworfen hatten. Es hatten bei weitem nicht alle Fürstenhäuser ihre eigene Henkersfamilie, oder die, die eine gehabt hatten, waren nicht von langer Dauer gewesen. Die Männer maßen den bleichgesichtigen Mann mit den langen Armen und Beinen genau. »Wer war der Anführer beim Töten eurer Herren?«, fragte ich.

Wieder knieten sie nieder, klarsichtige, mutige Männer, die gemeinsam die Verantwortung übernahmen. Sie waren mir ans Herz gewachsen: »Steht auf, ich werde keinen von euch töten lassen, ihr seid so viele, dass der Henker gar nicht wüsste, mit wem er beginnen sollte.«

Sie lachten.

So liefen einige Tausend Menschen von Fürst Lha Shopa zu uns Maichis über. Das Territorium des Fürsten Lha Shopa wurde seiner weit verzweigten Schluchten wegen zuweilen mit einem Baum verglichen. Ein anschwellender Fluss wusch das immer größeres Tal aus, das war der Stamm, die Mündung mit donnernden Wassermassen die Wurzel. Am Oberlauf eine Vielzahl kleiner Nebenarme, das waren die Äste. Der Verwalter suchte mir am Abend eine Landkarte heraus, die ich mir unter einer Lampe lange ansah, bevor ich aus all den gewundenen Linien die Form eines Baumes herauslesen konnte. Nun hatte ich zwei dicke Äste aus dem Baum herausgehauen. Ich ernannte die Leute vor mir zu neuen Führern und Herren der Festungen. Sie wollten, dass ich ihnen einen Führer gäbe, doch sie bekämen von mir nur Weizen, erklärte ich, keine Anführer.

»Ihr seid in erster Linie eure eigenen Führer. Dann erst bin ich auch euer Herr«, sagte ich.

Am nächsten Tag gab es viel zu tun. Ich teilte genug Getreide aus, damit sie die Hungersnot überstanden, dazu Saatgut für das darauf folgende Jahr. Sie blieben über Nacht. Die Geretteten entfachten ein Lagerfeuer auf dem breiten Uferstreifen. Dem Tod gerade noch entronnen, entwickelten sie beispiellose Dankbarkeit: Wenn ich aus der Ferne nur winkte, gingen ihre Jubelrufe wie ein Frühlingsgewitter über mir nieder. Sobald ich hinüberging, knieten viele Tausend Menschen auf einmal nieder, sodass ich von riesigen Staubwolken verschluckt wurde. Ich konnte nicht glauben, dass diese Menschen von einem Moment zum nächsten meine Untertanen geworden sein sollten. Wirklich nicht. Als der Staub sich hob, standen meine beiden Diener links und rechts dicht neben mir. Sie fürchteten, jemand könnte Hand an mich legen. Doch ich schob sie von mir. Es war unnötig. Wir waren so wenige und sie so viele, wenn sie uns wirklich hätten auffressen wollen, hätte jeder von ihnen nicht einmal einen Happen abbekommen. Aber danach stand ihnen gar nicht der Sinn. Denn sie hatten sich uns wirklich unterworfen. Das Schicksal meinte es gut mit mir, und das hieß, dass der Himmel mich behütete, der Gott des Schicksals auf meiner Seite war und niemand mir etwas anhaben konnte.

Ich wollte etwas sagen, verschluckte mich aber an dem Staub, den sie aufgewirbelt hatten. Es war ihr Schicksal, die Stimme ihres neuen Herrn nicht zu hören. Auf einen Wink von mir erhoben die Knienden sich. Ob Alt oder Jung, alle hatten sie Dreck an der Stirn. Dass sie ihren Herrn im Stich gelassen hatten, hieß nicht, dass sie gar keinen Führer mehr wollten, auf den Gedanken wären sie nie gekommen, und wenn jemand ihnen das einzureden versuchte, so würden sie diese Idee müde lächelnd beiseite schieben. Sehen Sie nur die benommenen Gesichter im Schein des Feuers, ihre leuchtenden und lebhaften Augen, die mich ansahen, als sei ihnen ein Geist erschienen. Als ich fortging, blickten sie mir nach wie einem Gott, der in den Himmel aufsteigt.

Am nächsten Morgen waren sie fort. Das weite Flussufer lag verlassen da. Nach so vielen Tagen des Trubels erfüllte die plötzliche Ruhe mich auch mit Leere. Im Innern bewegte mich eine Frage, die ich gleichwohl nicht aussprach. Denn alle Probleme, um die ich mich sorgte, beschäftigten auch andere Leute, also sollten sie sie auch ansprechen. Und richtig, beim Frühstück sagte der Verwalter: »Nicht dass Fürst Lha Shopa diese Leute geschickt hat, um Weizen zu ergaunern, dann würden wir uns zum Gespött des Herrn machen.«

Sonam Tserang erwiderte: »Wenn Sie dem Zweiten Jungen Herrn nicht vertrauen, halten Sie sich an den Ersten, wir bleiben hier.«

»Wer bist du, dass du es wagst, so mit mir zu reden?«, fragte der Verwalter, hob die Hand, schlug aber nicht zu, als er meinen Gesichtsausdruck sah. Sonam Tserang grinste triumphierend.

Da sagte der Verwalter zu Klein Aryi: »Gib ihm zwei Ohrfeigen.«

Klein Aryi schlug seinen Kumpel zwei Mal, ganz offensichtlich jedoch nur sehr leicht. Daher musste der Verwalter selbst Hand anlegen und den Henker bestrafen. Ja, wenn andere Fehler machten, sorgte der Henker für die Bestrafung, und wenn der Henker einen Fehler machte, hatte der Herr oder der, der ihn vertrat, einzuschreiten. Der Verwalter schlug zu, dass seine Hand schmerzte. Sonam Tserang grinste und ich auch, doch dann wechselte mein Gesichtsausdruck, und ich rief Klein Aryi zu: »Schlag ihn!«

Nun bestrafte Klein Aryi sein Opfer ernsthaft, und so klein und mager er war, schlug er den kräftigen Sonam Tserang doch zu Boden.

Alle lachten. Dann bat ich den Verwalter, einen Brief an Fürst Maichi zu schreiben, um ihm mitzuteilen, dass sein Territorium größer geworden sei und er im Norden einige Tausend Untergebene hinzugewonnen habe. Der Verwalter wollte mit dem Versenden des Briefes warten, doch da er wusste, dass ich bisher immer Recht behalten hatte, brachte er ihn auf den Weg. Die Lage an der nördlichen Grenze war sehr gut. Die Fürstin hatte mit meiner Unterstützung Fürst Lha Shopa gründlich aus dem Feld geschlagen.

»Was kann Fürst Lha Shopa noch machen?«, fragte ich den Verwalter.

»Fürst Lha Shopa? Ich denke, er könnte allenfalls noch einmal herkommen.«

Als vor meinem geistigen Auge das Bild des dicken Lha Shopa erschien, der sich mit einem Handtuch pausenlos den Schweiß abwischte, musste ich lachen.

Achtes Kapitel

31

Grenzmarkt

Fürst Lha Shopa kam tatsächlich wieder.

Als er sah, dass die ehemals hermetisch abgeriegelte Festung sich in ein offenes imposantes Gebäude verwandelt hatte, glaubte er zunächst, er habe sich verirrt.

Diesmal sagte er nicht, er sei mein Onkel.

Auch wenn es zwar kein Eingangstor mehr gab, ritt er dorthin, wo das Tor früher gewesen war, und wälzte sich dort vom Pferd. Wenn ich sage »wälzen«, so möchte ich ihn nicht verunglimpfen. Aber Fürst Lha Shopa war einfach zu fett, er war so dick, dass er das Bein nicht mehr anheben konnte, um vom Pferd herunterzukommen. Wenn man mit Haltung absteigen will, muss man ein Bein bis zu einer bestimmten Höhe anheben. Der üppige Speck hatte den einstigen Helden zu Pferde seine Kraft und Würde gekostet. Fürst Lha Shopa beugte sich zu einer Seite, bis sein Hintern in die Luft ragte und rutschte dann mithilfe der Schwerkraft in die Arme der wartenden Knechte.

Mit Mühe kam er zu mir herüber, ich hörte ihn schon von weitem nach Luft ringen. Er musste sich erkältet haben, denn er räusperte sich, bevor er sprach: »Klügster und gutherzigster Sohn des Fürsten Maichi, Ihr Neffe Lha Shopa möchte Euch besuchen.«

»Ich habe meinen Leuten versprochen, dass Lha Shopa ihnen wertvolle Geschenke mitbringen werde.«

»Oh ja, oh ja, ich habe sie dabei.«

Mit zitternden Händen nestelte er irgendwelche Dinge aus seiner Tasche und drückte sie mir in die Hand. Ich ließ den Verwalter ein Päckchen nach dem anderen öffnen, und sie entpuppten sich als dicke, alte Dokumente sowie Kupfersiegel. Nachdem seine Anhänger desertiert waren, blieb Fürst Lha Shopa nichts anderes übrig, als ihnen, die bei mir Unterschlupf gesucht hatten, ihre rechtmäßigen Unterlagen und Siegel zu bringen und so die neue Situation zu akzeptieren. Sie waren in vergangenen Dynastien von früheren Kaisern verliehen worden, und mit ihrer Übergabe erst gehörte mir das Gebiet wirklich.

Mir lag etwas auf der Zunge, das ich nicht aussprach, weil es ohnehin jemand anderes tun würde. Und richtig, der Verwalter sagte: »Unser Junger Herr sagte Ihnen, Sie müssten den zehnfachen Preis für den Weizen zahlen, aber Sie wollten ja nicht hören. Nun haben Sie mehr als das Zehnfache gezahlt.«

Fürst Lha Shopa nickte immer wieder und fragte: »Und nun, bekommen wir nun Weizen?« Die Lasttiere seien bis obenhin mit Silber beladen.

Ich sagte: »So viel Silber brauchen Sie nicht, ich verkaufe Ihnen den Weizen zum üblichen Preis.«

Er hatte damit gerechnet, dass ich ihm den Handel verweigern würde. Da ich es nicht tat, stand dem verzweifelten Mann das Wasser in den Augen, und mit zitternder Stimme sagte er: »Himmel, die Maichis haben ihren Neffen das Fürchten gelehrt.«

»Eine Lehre schadet niemandem.«

Aus der Sicht des Siegers hatte das Haus Maichi einen noch höheren Preis bezahlt.

Denn wenn sie uns das mit dem Opiumanbau nicht nachgemacht hätten, wäre das ganze Theater nie passiert. Als ich mir das klar machte, kam mir die Galle erst richtig hoch, und ich sagte: »Unser Weizenpreis ist für alle gleich, drei Mal so hoch wie der normale, das gilt auch für Euch.«

»Aber gerade sagtet Ihr, wir bräuchten nur …«

Doch angesichts meines eisigen Blicks unterbrach er sich und fuhr mit Mitleid erregendem Lächeln fort: »Ich sage nichts mehr. Wenn Onkel Maichi seine Meinung noch einmal ändert, breche ich zusammen.«

Der Verwalter sagte: »Nachdem das geklärt ist, können Sie gern in Ihr Gästezimmer gehen, wo wir Speisen und Getränke angerichtet haben.«

Am nächsten Morgen wurden die Lasttiere von Fürst Lha Shopa mit Weizen beladen, und ich verlangte auch nicht den dreifachen Preis von ihm. Zum Abschied sagte er: »Da Sie meinen Leuten zu essen geben, sorgen Sie bitte auch dafür, dass ihnen nichts mehr geschieht.«

Ich wusste, was er meinte, und gab seinem Pferd einen Klaps, das sofort davongaloppierte. »Kommen Sie wieder, wenn der Weizen alle ist!«, rief ich hinter ihm her. »Die Maichis haben kein Fort an der Grenze errichtet, sondern einen Markt.« Ja, wir hatten kein Fort, sondern einen Grenzmarkt. Am breiten Ufer zu beiden Seiten des Flusses hatten Händler begonnen, ihre Stände aufzubauen und Zelte zu errichten.

Der Verwalter meinte: »Mal sehen, was die Fürstin sagt.«

Ich hieß ihn, ihr einen entsprechenden Brief zu schreiben.

Sie antwortete nicht sofort, denn erstens hatten ihre Leute genug zu essen, und zweitens war Fürst Lha Shopa geschlagen. Endlich kam ein Brief von ihr, in dem sie sagte, die Aussteuer ihrer Tochter sei noch nicht fertig, da sie wie ein Mann in den Krieg habe ziehen müssen. Dann fragte sie noch: »Mein zukünftiger Schwiegersohn möge mir sagen, ob Fürstin Rongong einen Mann beauftragen soll, die Angelegenheiten einer Frau zu erledigen, die Aussteuer vorbereiten etwa?«

Nachdem sie den Weizen der Maichis aß und unter dem Schutz der Maschinengewehre der Maichis eine kleine Schlacht gewonnen hatten, gebärdete die Fürstin sich wie eine erregte Stute, die ihren Schwanz hebt.

Sie war eine kluge Frau, aber nicht klug genug, denn sie hätte wissen müssen, dass die Welt sich veränderte. Da sich neue Dinge entwickelten, mussten alte Gesetzmäßigkeiten sich ändern. Aber das sehen die meisten Menschen nicht. Sie tun mir wirklich Leid. Auch der Fürstin galt mein volles Mitgefühl. Sie hatte tatsächlich genau das gesagt, was ich erhofft hatte. Als Tharna hier gewesen war, hatte sie mir den Kopf verdreht, doch inzwischen konnte ich mir nicht einmal mehr ein Bild von ihrem Äußeren machen. Das bedeutete nichts anderes, als dass die beste Waffe der Fürstin ihre Wirkungskraft eingebüßt hatte. Darum machten ihre Worte mich richtig froh. Innerhalb von nur zwei Tagen waren alle Maschinengewehrschützen und Handgranatenwerfer, die ich ihr geliehen hatte, zurück. Die Fürstin ließ hinter ihnen herjagen, doch die Verfolger blieben im munteren Maschinengewehrfeuer liegen. Für einen stolzen Menschen ist es schwer, Fehler zuzugeben, erst recht, wenn dieser Mensch eine Frau ist.

Sie wusste nicht, dass Fürst Lha Shopa ebenfalls Weizen von uns bekommen hatte.

Er ließ an jeder Mühle auf dem Weg anhalten und etwas Weizen abladen, sodass nichts mehr übrig war, als er in der Mitte seines Territoriums angekommen war. Also machte die Karawane sich wieder auf den Weg zur Grenze. Er erinnerte sich an meine Worte vom Grenzmarkt im Norden und brachte Knechte mit, die am Flussufer Zelte aufschlugen und Waren aus ihrem Gebiet gegen unser Getreide tauschten.

Nachdem die Armee von Fürst Lha Shopa sich mit Weizen gestärkt hatte, kehrte ihre Kampfmoral zurück. Und ohne Maschinengewehre einer solchermaßen wiederbelebten Armee gegenüberzustehen, war bedenklich. Die Armee von Fürstin Rongong war es schon nicht mehr gewöhnt, ohne den Schutz dieser Waffen zu kämpfen. Sie zog sich schnell bis hinter die Linie zurück, an der die Kämpfe begonnen hatten.

Fürst Lha Shopa kehrte nicht in sein Gebiet zurück, sondern ließ sich beim Grenzmarkt nieder. Oft lud er mich auf ein Glas in sein Zelt am Flussufer ein. Bei gutem Wetter war es eine Wohltat, mit Blick auf das weite Grenzgebiet am Flussufer etwas zu trinken.

Fürst Lha Shopa und ich begannen regelmäßig Handel zu treiben.

Er zahlte nicht nur mit Silber, sondern auch mit medizinischen Kräutern, Pelzen und Qualitätspferden. Mein Verwalter sagte, diese Dinge würden bei den Chinesen eine Menge Geld bringen. Und so stellte er eine große Pferdekarawane zusammen und transportierte die Waren in chinesisches Gebiet, verkaufte sie und kehrte mit noch größeren Mengen Getreide zurück. Nicht lange, und der Grenzhandel im Norden blühte. Immer mehr Fürsten schlugen am Flussufer ihre Zelte auf. Sie brachten die verschiedensten Dinge mit und brauchten nichts als Getreide. So viel Getreide die Maichis auch hatten, es war begrenzt. Wir lebten nahe dem Gebiet der Chinesen, eine schwierige Lage, solange sie stark waren. Deshalb hatte Fürst Maichi auch nie besonders mächtig werden können. Dann brach bei den Chinesen die Revolution aus, es gab Krieg, und nun war das Glück auf Seiten Fürst Maichis, er kam an Mohnsamen heran. Sie machten ihn reich und stürzten andere in bittere Armut. Wir tauschten die Dinge, die wir für unseren Weizen bekamen, bei den Chinesen gegen mehr Weizen und tauschten diesen neuerlich gegen andere Waren ein. Mit diesem Ringtausch ließ sich ein erklecklicher Gewinn erzielen. Der Verwalter rechnete aus, dass wir auch ohne Getreideknappheit in einem durchschnittlichen Jahr durch den Handel unser Kapital verdoppeln oder verdreifachen konnten.

In der Geschichte der Fürsten war ich der Erste, der aus einem Verteidigungsfort einen Grenzmarkt gemacht hatte. Als mir das bewusst wurde, musste ich an unseren zungenlosen Geschichtsschreiber denken. Er wüsste sicher, was ein solcher Neubeginn zu bedeuten hatte. Alle hier sagten: »Das hat es noch nie gegeben, das hat es noch nie gegeben.« Mehr brachten sie nicht heraus. Dem Geschichtsschreiber wäre dazu sicher Tiefsinnigeres eingefallen.

32

Nachrichten aus dem Süden

Ich war unruhig.

Was war das für eine Zeit, in der jemand wie ich für alle denkt? Das war nicht normal. Doch das Unnormale erschöpfte sich nicht darin, dass ein Idiot für alle dachte. Worin das Unnormale dann bestand, wusste ich allerdings auch nicht. Viele Nächte lag ich im Bett, suchte nach einer Lösung und vergaß darüber sogar die Frau neben mir. Es war diesmal ein Mädchen, das von den Deserteuren der Festung Fürst Lha Shopas geschickt worden war. Ich kreiste um ein Problem, das gar nicht meins hätte sein müssen. Daher hatte das Mädchen schon etliche Nächte neben mir verbracht, ohne dass ich überhaupt ihren Namen erfragt hätte. Nicht weil es mich nicht interessierte, sondern weil ich einfach nicht daran dachte. Zum Glück war das Mädchen geduldig und brauste nicht auf. Sie war als Dank für all die Menschen gekommen, die knapp dem Tod entronnen waren. In was für einer Welt leben wir nur?, musste ich immer wieder denken.

Eines Morgens begehrte ich sie plötzlich. Sonst war ich nach dem Aufwachen ganz verloren und stellte mir Fragen wie: Wo bin ich? Wer bin ich? Doch nicht an diesem Morgen. An diesem Morgen kamen mir die Fragen gar nicht in den Sinn, stattdessen rüttelte ich das wie eine junge Stute duftende Mädchen neben mir wach und fragte sie: »Wer bist du?«

Sie öffnete langsam die Augen, und angesichts ihres verwirrten Blicks vermutete ich, dass sie im Augenblick selbst nicht wusste, wer sie war. Schamröte überzog ihr Gesicht, im gleichen Ton wie ihre steifen rosa Brustwarzen. Als ich es ihr lächelnd sagte, wurde sie noch röter und schloss mich in ihre Arme, presste ihren festen Körper gegen meinen.

»Weißt du, wer ich bin?«, fragte ich.

»Ein gutmütiger Idiot, haben sie gesagt, ein kluger Idiot – wenn überhaupt ein Idiot.«

Sehen Sie, man hat sich schon eine Meinung über mich gebildet. Ich sagte: »Lassen wir die anderen, was für ein Mensch bin ich in deinen Augen?«

Das Mädchen lachte: »Ein Idiot, der kein Mädchen will.«

Dieser Satz weckte mein Verlangen. Das Mädchen zappelte, stöhnte und wand sich wie ein kleines Kalb, bedeckte mein Gesicht mit ihrer vollen Brust, verströmte einen intensiven Duft nach Milch. Doch sie öffnete mir ihre dunkle, feuchte Höhle nicht. Dort wollte ich hinein, aber wenn auch ihr ganzer Körper vor mir ausgebreitet lag wie ein Kuhfell, so presste sie doch die Beine zusammen, damit ich nicht hineinkäme. Als sie das Tor zur Höhle schließlich doch freigab, explodierte ich sofort.

Sie lachte: »Als hättest du lange keine Frau mehr gehabt.«

Es stimmte, es war das erste Mal seit langem.

Plötzlich musste ich denken, dass mein älterer Bruder, der im Süden Krieg führte, bestimmt nicht so lange keine Frau anfassen würde. Wenn jemand ihm sagte, dass sein kleiner Bruder zwei, drei Nächte neben einer Frau gelegen hatte, bevor er es mit ihr tat, würde er laut lachen: »Er ist wirklich ein Idiot!«

Aber das war auch das Einzige, worüber er lachen konnte. Schließlich erreichte uns die Nachricht aus dem Süden, dass seine Armee geschlagen worden war. Er stieß mit seinen Truppen ständig weiter auf das Gebiet von Fürst Wangpo vor, doch da der Gegner Auseinandersetzungen mit dem vorrückenden Angreifer einfach vermied, waren das nur scheinbare Siege. Wohin er auch kam, waren weder lebende Kühe noch Schafe zu sehen, ganz zu schweigen von Menschen oder gar von Gold oder Silber. Der Erste Junge Herr der Maichis, der zukünftige Fürst, besaß die stärksten und modernsten Waffen, fand aber niemanden, gegen die er sie hätte richten können. Die wenigen Menschen, auf die er stieß, waren entweder schon verhungert oder zu geschwächt, um noch gegen ihr Schicksal zu kämpfen. Seine Soldaten schnitten diesen Gestalten die Ohren ab, um Trophäen vorweisen zu können. Der Ruf des grausamen Ersten Jungen Herrn begann die Runde zu machen. Er war zu weit auf feindliches Gebiet vorgedrungen, sah auf dem Vormarsch nie Feinde, die ihn gleichwohl ständig überfielen und Gefangene machten oder Waffen raubten. Auf diese Weise hatte er innerhalb weniger Monate Fürst Wangpos Truppen mit erstklassigen Waffen ausgerüstet. Und so eroberte Fürst Wangpo mit Waffen, die mein Bruder ihm geschenkt hatte, sein kaum beschütztes Fort im Süden. Bis mein Bruder ihnen Einhalt gebot, war mehr als die Hälfte des Getreides futsch. Als er zum Angriff übergehen wollte, verbot Vater es ihm.

»Du hast ihnen Waffen und Getreide gegeben, alles Dinge, die sie nicht hatten und dringend benötigten«, sagte Fürst Maichi zu seinem

Nachfolger. »Sobald du erfährst, an was es ihnen noch fehlt, kannst du wieder angreifen.«

Mein Bruder wurde krank.

Vater befahl ihm, sich auszukurieren.

So verweilte mein Bruder in der Grenzfestung, pflegte sich und wartete auf den nächsten Angriff.

Der gerade inthronisierte Fürst Wangpo aber machte einen weiten Umweg, um auf meinem neuen Grenzmarkt Handel zu treiben.

Sehen Sie, nur mir ist es zu verdanken, dass Frieden einkehrte in diesem riesigen Gebiet. Selbst in den entlegensten Gegenden, in denen niemand je von Fürsten gehört hatte, wusste man von mir. Ich hatte dem Wort »Idiot« innerhalb kurzer Zeit einen neuen, weiter gefassten Sinn verliehen. Meinetwegen war es gleichbedeutend mit Schicksal, Glück und Bestimmung geworden.

Nur zwischen den Fürsten Lha Shopa und Rongong gab es noch sporadische Gefechte, aber auch die würden bald aufhören. Ohne es zu wollen, hatte ich Fürstin Rongong geholfen, das Problem ein für alle Mal zu lösen. Ich sah sie als meine Schwiegermutter an, doch sie schien mich nicht als Schwiegersohn akzeptieren zu wollen. Ohne meine Unterstützung hätte die Fürstin Angriffen nicht lange standgehalten. Sie schrieb einen Brief und sagte, sie brauche die Hilfe ihres zukünftigen Schwiegersohns. Ich schwieg, nachdem der Verwalter ihn vorgelesen hatte. Er antwortete für mich: »Unser Junger Herr ist nicht ganz richtig im Kopf, er versteht nicht, warum er Ihr Schwiegersohn ist.«

In ihrer Antwort zeigte die Fürstin bittere Reue und sagte, ihr zukünftiger Schwiegersohn sei gleichzeitig der zukünftige Fürst Rongong.

Der Verwalter lachte, ich nicht. Da ich mich gerade langweilte, begann ich Tharna zu vermissen, und der Verwalter schrieb wiederum an die Fürstin: »Der Junge Herr sagt, er könne sich schon gar nicht mehr erinnern, wie Tharna überhaupt aussehe.«

In einer außergewöhnlichen Zeit, in der ein Idiot das Schicksal vieler kluger Leute bestimmen konnte, bestand die Fürstin nicht länger auf dem Protokoll und auf der Einhaltung irgendwelcher Hochzeitszeremonien, sondern schickte mir Tharna einfach so.

Als mir eines Morgens ihre Ankunft gemeldet wurde, war ich gerade mit dem Mädchen im Bett, deren Gesicht so rot war wie ihre Brustwarzen. Ich meine, nicht dass wir es gerade taten, das nicht. Das machten wir zurzeit abends schon genug. Sonam Tserang stellte sich ans Bett und hüstelte laut. Ich erwachte, öffnete ein Auge und sah seinen Mund sich bewegen, da ich aber nicht hörte, was er sagte, unterbrach ich ihn verschlafen: »Gut, gut.«

Wäre Tharna tatsächlich in diesem Augenblick hereingeplatzt, wäre das recht unerfreulich gewesen. Zum Glück war der Verwalter längst auf und brachte Tharna, als Sonam Tserang ihr gerade mein wirres Gestammel überbringen wollte, in ein anderes Zimmer. Ich weckte das Mädchen neben mir auf. Sie drehte sich um, seufzte und schlief weiter. Ich wurde langsam nervös. Glücklicherweise hatte sie sich jedoch nur umgedreht, um langsam aufzuwachen. Sie kicherte: »Wo bin ich?«

Ich sagte es ihr und fragte: »Wer bin ich?«

Sie antwortete wahrheitsgemäß.

In diesem Augenblick kam Sonam Tserang mit düsterer Miene herein und sagte: »Ihre Verlobte wird ungeduldig.«

»Wer?«

»Tharna!«

Ich hüpfte wie ein Frosch aus dem Bett und wäre um ein Haar nackt aus dem Zimmer gelaufen. Sonam Tserang traute sich nicht zu lachen, doch das Mädchen in meinem Bett hatte weniger Skrupel. Sie kicherte, selbst noch nackt, und half mir auf dem Bett kniend beim Anziehen. Das Lachen ging in Weinen über, sodass ihr dicke Tränen auf die Brust tropften.

Tharna werde meine Frau, sagte ich, sie sei die Tochter von Fürstin Rongong. Da hörte sie auf zu weinen.

Ich sagte ihr noch, die Tränen hingen an ihrer Brust wie Tautropfen am Apfel. Darüber musste sie lachen.

Als ich Tharna sah, traf mich ihre Schönheit mit der Macht der Kugel aus einem Gewehrlauf und verletzte durch die Haut meine Adern, durch die Augen mein Herz. Man konnte leicht einen echten Idioten aus mir machen, es reichte, mir eine wirklich schöne Frau vorzusetzen.

Wenn man zum Idioten wird, spannt die Gesichtshaut. Einen Idioten erkennt man an seinem Lächeln. Denn wenn er lacht, gehorchen ihm seine Gesichtsmuskeln nicht mehr, weshalb er sie anspannt, als sei er zu Eis erstarrt. Man sieht alle Zähne, aber nicht das kleinste Strahlen.

Tharna sprach zuerst: »Hast du mich noch nicht erwartet?«

Nein, bestätigte ich. Sobald ich sprach, kam Leben in meine Gesichtsmuskeln, und sobald mein Gesicht auflebte, tat es auch mein Gehirn.

Dennoch wusste ich nicht, was ich tun sollte. Sonst war ich mit Frauen ohne Austausch von Höflichkeitsfloskeln direkt ins Bett gegangen. Selbst wenn ich Gefühle für sie entwickelte, schlief ich erst ein paar Mal mit ihnen, bevor ich mich frei fühlte, sie zu äußern. Bei meiner zukünftigen Frau Tharna war das anders, aber wie genau es sein sollte, das wusste ich nicht. Gut, dass ich den hinkenden Verwalter hatte, der die entscheidenden Dinge für mich bedachte. »Lasst sie hereinkommen, Junger Herr«, flüsterte er mir ins Ohr.

Ich vertraute dem Verwalter, winkte huldvoll, und Diener traten ein, die Perlen und Juwelen vor Tharna niederlegten. Ich war nun Geschäftsmann und Schätze wie diese nichts Besonders mehr für mich, also winkte ich immer weiter. Immer mehr Diener legten Tharna wertvolle Gegenstände aus den Gebieten verschiedener Fürsten und der Chinesen zu Füßen. Ich hörte nicht auf zu winken, denn ich dachte, Tharnas gelassene Miene würde sich schließlich doch noch in Staunen verwandeln, doch sie kicherte nur: »Ich werde all diese Dinge niemals brauchen, und wenn ich noch so lange lebe. Ich habe Hunger.«

Nun begannen die Diener, zwischen der Küche unten und dem Gästezimmer oben hin- und herzueilen. Was für einen guten Verwalter ich doch hatte! Unmittelbar nach Tharnas Ankunft stellte er all diese Geschenke für sie bereit. Auch meine Köchin war die beste der Welt und bereitete eine solche Fülle vorzüglicher Speisen, dass Tharna wiederum zu kichern begann: »Ich bringe nichts hinunter. So viele gute Dinge, da werde ich vom Hinsehen satt.«

Ich winkte, und die Diener räumten die gedeckte Tafel wieder ab. Plötzlich stellte ich mir vor, dass sie beim nächsten Wink die Geschenke Tharnas auch alle wieder wegtragen würden. Der Gedanke nahm kaum Gestalt an, da winkte ich schon ein weiteres Mal. Diesmal zogen sich alle Bediensteten, angefangen vom Verwalter, zurück. Nur die beiden rot gewandeten Begleiterinnen Tharnas blieben.

»Geht auch hinunter«, sagte sie.

In dem großen Raum blieben nur sie und ich übrig. Ich wusste nicht, was ich sagen sollte, und sie schwieg ebenfalls. Es war sehr hell einerseits, weil die Sonne schien, andererseits durch den Juwelenberg vor ihr. Sie seufzte und sagte: »Setz dich.«

Ich setzte mich neben sie.

Sie seufzte noch einmal, dass mir schier das Herz brach. Es würde mich umbringen, wenn sie immerzu nur seufzte. Zum Glück tat sie es nur zwei Mal, beugte sich dann zur Seite und schmiegte sich in meine Arme. Dann trafen sich unsere Lippen. Diesmal war ich es, der seufzte, und zwar wie jemand, der nach langer, beschwerlicher Reise endlich sein Ziel erreicht hat.

Obwohl ihre Lippen kalt waren, fand ich nun die Sprache wieder.

Ich sagte zu dem Mädchen in meinen Armen: »Bei deinen eiskalten Lippen werde ich Erfrierungen davontragen.«

»Du musst meiner Mutter helfen«, sagte sie. »So habt ihr es vereinbart. Schick deine Maschinengewehrschützen wieder hin.«

»Du bist nur deswegen zu mir gekommen, nicht wahr?«, sagte ich.

Sie zögerte und nickte dann, Tränen in den Augen.

Dumpfer Schmerz breitete sich in mir aus. Ich ging auf den Flur hinaus und blickte zu den fernen blauen Bergen hinüber. Sie wurden hinter dem Morgendunst allmählich sichtbar und spiegelten den Schmerz in mir. Verglichen mit der Trauer über etwas, das du nicht bekommst, ist die Trauer über etwas, das du bekommst, eine unermessliche. Der Verwalter, der vor der Tür wartete, seufzte bei meinem Anblick tief. Als er näher kam, sah ich ihm an, dass er mich fragen wollte, ob sie mir zu Willen sei. »Bleib, wo du bist«, sagte ich. »Sieh dir die morgendlichen Berge an.«

Die unvergleichlich schöne Tharna hatte mich tief verletzt.

Ich stand auf der Galerie oben und sah in die Ferne.

Meine Dienerschaft stand unten und beobachtete mich.

In der Sonne löste sich der Schleier nach und nach auf und gab den

Blick auf die Berge frei. Jetzt war da nichts mehr zu sehen. Im Zimmer war es so ruhig, als gäbe es hier kein schönes Mädchen inmitten von Juwelen. Da ich hinausgegangen war, musste ich wohl oder übel auch wieder zurückgehen.

Das einfallende Sonnenlicht schien auf die Kostbarkeiten, deren weicher Glanz auf Tharna fiel und sie noch schöner machte. Ich wollte diese Vollkommenheit nicht zerstören und sagte nur: »Deine Magd soll die Sachen einpacken.«

Die Dienerin kam herein. »Ich bin hier nicht zu Hause«, sagte sie, »wie soll ich sie verpacken?«

Ich ließ zwei große Koffer holen. Dann schlug ich mit der Peitsche gegen meine Stiefel und sagte: »Auf, gehen wir zu Fürst Lha Shopa und retten wir deine Mutter, retten wir Fürstin Rongong.«

Ich hörte nicht auf, gegen meine Stiefel zu schlagen, und drehte mich nicht zu Tharna um, die mir folgte. Als wir unten bei den Tieren anlangten, sagte Sonam Tserang: »Der Junge Herr hat den Lack auf seinen Stiefeln zerkratzt.«

Der Verwalter gab ihm eine Ohrfeige: »Dem Jungen Herrn ist nicht wohl, wen interessieren da ein Paar Stiefel? Geh und hol neue!«

Der Befehl des Verwalters wanderte von Mund zu Mund zum Schuster, der mit brandneuen Stiefeln strahlend aus seiner Werkstatt gerannt kam. Seit es den Grenzmarkt gab, hatte er eine Menge Geschäfte unter der Hand gemacht. Die Stiefel waren nicht die schönsten, aber sehr solide. Es gab keine besseren für die Händler, die weite Strecken zurücklegen mussten.

Die Schuhe des Schusters dagegen schlappten bei jedem Schritt, weil die Sohlen sich lösten.

Er kniete neben meinem Pferd nieder, zog mir meine Stiefel aus und die neuen an, erst auf der einen, dann auf der anderen Seite.

Als er fertig war, fragte ich: »Sieh dich selbst an, hast du keine vernünftigen Stiefel? Soll ich mein Gesicht vor den vielen Durchreisenden verlieren?«

Der Mann wischte mit seinen schwarzen Händen über die Lederschürze und lachte laut. Am Abend zuvor hatte es ein Kunde besonders eilig mit Stiefeln gehabt, sodass der Schuster ihm seine eigenen gegeben und die abgetragenen des anderen angezogen hatte.

Ich klopfte ihm leicht mit meiner Peitsche auf den Kopf und gab ihm die zerkratzten Stiefel, die er mir gerade ausgezogen hatte.

Wir durchwateten den Fluss zu Pferde und ritten bis zum Zelt von Fürst Lha Shopa.

Bevor ich noch den Vorhang heben konnte, stand Fürst Lha Shopa schon vor uns. Er war so fett und trug so viele Kleiderschichten, dass er aus dem Zelt herauszurollen schien. Als er Tharna sah, war er wie vom Donner gerührt.

Ich wage die Behauptung, dass der Dickwanst nicht einmal im Traum je ein so schönes Mädchen gesehen hatte.

Tharna war an die Reaktion gewöhnt, die sie bei anderen auslöste, und kicherte auf ihrem Pferd. Oh Himmel, der du diesem Mädchen eine so schöne Gestalt und dazu eine so bezaubernde Stimme geschenkt hast!

Fürst Lha Shopa wusste bei ihrem Gekicher nicht, wohin mit sich. Er errötete und sagte zu mir: »Ein so schönes Mädchen muss entweder eine Fee oder ein Dämon sein!«

»Sie ist die die zukünftige Fürstin Rongong!«, sagte ich.

Wieder verlor Fürst Lha Shopa die Fassung.

Ich knuffte Tharna mit dem Peitschenstiel in die Seite: »Tharna, das ist Fürst Lha Shopa!«

Sie versuchte, ihr Lachen zu unterdrücken, und rülpste laut. Es klang wie eine Zustimmung: »Ah!«

»Sagen Sie, ist sie eine Fee oder ein Dämon?«, wiederholte Fürst Lha Shopa an meinem Ohr.

Als wir uns im Zelt auf den vielen übereinander liegenden Teppichen niederließen, antwortete ich: »Weder noch, sie ist meine Verlobte.«

Fürst Lha Shopa lachte wieder: »Sie sind dazu bestimmt, Fürst zu werden, und da im Haus Maichi kein Platz für Sie ist, springt Haus Rongong ein.«

Ich lachte ebenfalls. »Aber Tharna sagt, dass Ihre Truppen ihr Gebiet schon fast vollständig besetzt halten. Wo kann ich denn noch hin, oder werde ich etwa der nächste Fürst Lha Shopa?«

Fürst Lha Shopa verstand. Das Gebiet des Hauses Rongong samt der Bevölkerung, das war ein gewaltiger Braten, von dem er schon ein großes Stück herausgebissen hatte. Nun musste er wohl oder übel seine Zähne lösen und es wieder ausspucken. »Sie sind dick genug«, sagte ich grinsend. »Wenn Sie noch mehr in sich hineinstopfen, werden Sie platzen.«

Seine Augen wurden rot, und er nickte: »In Ordnung, ich befehle meinen Soldaten den Rückzug.« Sehen Sie nur, welche Autorität meine Worte besitzen, seit ich den Grenzmarkt eröffnet und unter meiner Kontrolle habe. Lha Shopa fuhr fort: »Nun, da ich so umfangreiche Zusagen gemacht habe, lassen Sie uns das mit Wein begießen.«

»Danke, Tee ist mir lieber«, sagte ich.

Als wir zusammen aßen, sagte Fürst Lha Shopa zu Tharna: »Wissen Sie, wer der größte Gewinner hier ist? Nicht Sie, auch nicht ich, er ist es.«

Mir lag etwas auf der Zunge, aber ich hatte heißen Tee im Mund, und als ich ihn hinuntergeschluckt hatte, wollte ich nichts mehr sagen.

Als wir aus dem Zelt heraustraten, fragte Tharna mich: »Ist der Dickwanst wirklich Fürst Lha Shopa?«

Ich lachte laut heraus und schlug meinem Pferd kräftig auf die Hinterbacke. Es galoppierte mit mir einem Hügel zu. Es war faszinierend, ich brauchte nur einmal die Peitsche zu erheben, und schon raste mein Pferd der nächsten Erhebung zu. Soweit ich weiß, ist es ungewöhnlich, dass ein Pferd über weite Felder auf den nächsten Hügel zugaloppiert und erst dort zum Stehen kommt. Diesmal ging es durch Flüsse und Felder und an dem Marktplatz vorbei, den ich eingerichtet hatte. Tharnas Pferd, ebenfalls ein gutes Tier, folgte mir auf die Erhebung. Der Wind trug ihr Lachen weit fort, das wie das Gurren einer Turteltaube klang, die bei Frühlingsbeginn ihre Eier in die Büsche legt.

Es war ein fröhliches Lachen.

Also vermochte ich die Frau, die ich liebte, froh zu stimmen.

Sie kam auf mich zugeritten, und die rote Kordel am Stiel ihrer Peitsche wirbelte im Wind. »Bist du wirklich die neue Fürstin Rongong?«, rief ich ihr zu.

Tharna lachte herzhaft: »Nein, das bin ich nicht!«

Als sie zu mir herüberstürmte, sprang ich im Sattel hoch, zu ihr hinüber und packte sie. Sie stieß einen markerschütternden Schrei aus, als die Pferde unter uns weggaloppierten. Tharna umarmte mich, und einen Moment schwebten wir in der Luft. Dann fielen wir herunter, nicht sehr schnell offenbar, denn immerhin blieb mir genug Zeit, mich in der Luft so zu drehen, dass ich zuerst aufschlug. Dann erst kam meine schöne Tharna, deren Augen und Zähne ich selbst jetzt funkeln sah.

Himmel, wie weich das Gras im Sommer ist!

Unten angekommen, berührten sich unsere Lippen sofort. Jetzt wollten wir uns küssen. Ich schloss die Augen und spürte ein heißes, helles Feuer zwischen unseren Lippen glühen, das uns wohlig stöhnen machte.

Nach einer Weile trennten wir uns und lagen auf dem Rücken im Gras, über uns weiße Wolken am Himmel.

Tharna murmelte: »Eigentlich habe ich dich nicht geliebt, aber als ich dich den Hügel hinaufgaloppieren sah, habe ich mich doch verliebt.«

Sie küsste mich wieder.

Ich lag im frischen Wind auf dem Hügel, blickte in die zerzausten Wolken und hatte das Gefühl, am Grund eines Wirbels im Ozean zu liegen.

Ich gestand Tharna, wie sehr ich sie liebte.

Sie bedeckte meine Augen mit gelben Blütenblättern, die so weich wie junges Hirschgeweih waren, und sagte: »Es gibt niemanden, der sich nicht in mich verliebt, wenn er mich sieht.«

»Aber ich bin nur ein Idiot.«

»Gibt es überhaupt Idioten wie dich? Ich habe Angst, dass du absonderlich bist, ich fürchte mich.«

33

Familienfehde

Die Hungersnot war noch nicht vorüber.

Auch wenn die meisten Fürsten glaubten, ihr Territorium sei das Zentrum der Welt und das Zentrum der Welt stehe unter der besonderen Gnade des Himmels, wurden sie genauso häufig von Naturkatastrophen, Krieg, Leid und Seuchen heimgesucht wie die Gebiete ohne Fürst. Und nun sogar eine Hungersnot ohne Naturkatastrophe. Offenbar wurden die Territorien der Fürsten durch eine geheimnisvolle Kraft an den Rand der Welt gedrängt.

Die Leute glaubten, dass die Hungersnot im Herbst vorüber sein würde.

Doch das war nur früher so gewesen. Früher hatte es im Herbst genug Feldfrüchte gegeben, um sich daran satt zu essen: Mais, Weizen, Kartoffeln, Puffbohnen und Erbsen. Wer im Frühjahr und Sommer nicht gestorben war, brauchte keine Angst mehr um sein Leben zu haben. Doch diesmal standen auf den meisten Feldern der meisten Fürsten keine Feldfrüchte zur Ernte, sondern der Mohn wiegte sich in voller Blüte im Wind. Einige Fürsten, darunter Lha Shopa, waren inzwischen aus ihrer Verblendung erwacht, zerstörten den Mohn und pflanzten, auch wenn die Zeit schon vorüber war, Wasserrüben und verschiedene Bohnen, die normalerweise als Viehfutter dienten. So konnten sie zumindest auf eine Ernte hoffen, die ihr Volk beruhigen würde.

Ich fragte Fürst Lha Shopa, ob es der Wahrheit entspreche, dass er geweint habe, als er den Mohn an den Wurzeln herausriss.

Statt einer Antwort erzählte er, dass andere Fürsten ihn ausgelacht hätten, als er die Pflanzen ausriss, und nun, da die chinesische Regierung mit dem Krieg gegen die Japaner beschäftigt war und Opium verboten hatte, ihrerseits über den zunehmend verlustreichen Mohnanbau jammerten.

Das Haus Maichi sah einer weiteren reichen Ernte entgegen, Mais und Weizen türmten sich auf den Trockenplätzen zu kleinen Bergen auf. Dem Volk des Hauses Maichi ging es gut, doch wusste es nicht, woher sein Glück kam. Der Himmel war so blau wie eh und je, das Wasser des Flusses strömte wie immer in tanzenden Wellen talab nach Südosten.

Ich hatte ein wenig Heimweh. Hier gab es für mich nichts zu tun, denn der Verwalter erledigte alles, und was ihm zu viel war, übernahm Sangye Dolma für ihn. »Sangye Dolma ist eine tüchtige Frau«, sagte der Verwalter zu mir.

»Du bist auch sehr fähig«, sagte ich. »Aber du bist natürlich auch ein Mann.«

Es dauerte nicht lang, und er sagte wiederum: »Sangye Dolma ist sehr gut.«

»Das bist du auch«, sagte ich.

Was er sagen wollte, war, dass er gern mit Sangye Dolma das Bett teilen würde, und die Köchin Dolma erwiderte seinen Wunsch nach der langen Trennung von ihrem Mann, dem Silberschmied. Ich beobachtete sie und sah, dass sie ihren Silberschmied nicht mehr wie zu Anfang vermisste. Der Verwalter sagte: »Ich werde alt, meine Beine wollen nicht mehr so wie früher.« Als sei er nicht ohnehin ein Krüppel, als seien seine Beine bisher völlig in Ordnung gewesen.

Ich wusste, was er sagen wollte, und forderte ihn auf: »Such dir einen Gehilfen.«

»Ich habe schon jemanden«, erwiderte er.

»Sag ihr, sie soll ihre Sache gut machen«, sagte ich.

Der Verwalter ernannte Sangye Dolma offiziell zu seiner Assistentin. Nachdem er mehr als zwei Jahrzehnte Verwalter gewesen war, benahm er sich nun auch wie einer. An einer Silberkette hängte er sich eine Schnupftabakflasche um den Hals, und immer wenn er über ein Problem nachdachte, nahm er eine Prise. Ebenso, wenn er einen Befehl erteilt hatte. Wie er schnupfte und mit puterrotem Kopf lautstark nieste, das war eines Verwalters würdig. Als ich ihm das sagte, nahm er den zierlichen Hals der umgedrehten Tabakflasche in die Hand, hielt den Fingernagel vor die Öffnung und klopfte etwas Tabak heraus. Kaum hatte ich zu Ende gesprochen, führte er den Fingernagel mit dem Tabakberg darauf zur Nase, schnupfte lange, hielt dann die Luft an und nieste kräftig. Auf diese Weise drückte er sich vor einer Antwort.

An der Grenze im Norden erzielten wir mit Weizen einen zehnfachen Gewinn. Und, wichtiger als das, ich hatte das Territorium der Maichis vergrößert. Und noch wichtiger, ich hatte eine außergewöhnliche Schönheit zur Frau bekommen und würde der neue Fürst Rongong sein, wenn meine Schwiegermutter starb. Das war natürlich nicht ungefährlich. Denn alle Männer, die in der Vergangenheit Fürst von Rongong hatten werden wollen, waren ums Leben gekommen.

Ich fürchtete mich jedoch nicht.

Das sagte ich Tharna.

Sie fragte: »Hast du wirklich keine Angst?«

»Ich habe lediglich Angst, dich nicht zu bekommen.«

»Aber du hast mich doch schon«, sagte sie.

Ja, wenn auf einer Frau liegen, ihre Brust anfassen und das eigene Ding in ihren Bauch stecken, dass es blutet, wenn das hieß, eine Frau zu besitzen, dann gehörte Tharna mir. Doch das ist nicht alles an einer Frau und schon gar nicht für immer. Dank Tharna verstand ich, was »alles« und was »ewig« war. So sagte ich zu ihr: »Du hast mich verletzt. Du hast meine Gefühle verletzt.«

Tharna lachte: »Wenn ich das nicht könnte, wäre ich nicht auf der Welt.«

Mir kam ein boshafter Gedanke: Wenn sie tot wäre, hätte ich meinen Frieden. »Wenn du stirbst, wirst du in mir weiterleben«, sagte ich.

Tharna ließ sich in meine Arme sinken und sagte: »Du Idiot, was bringt es mir, in deinem Herzen zu leben?« Sie begann zu weinen. »Genügt es dir nicht, dass ich in deinen Augen lebe? Nun soll ich auch noch in deinem Herzen sein!«

»Lass uns spazieren gehen«, sagte ich.

Ich liebte sie, wusste aber manchmal nicht weiter mit ihr. Dann sagte ich jedes Mal: »Lass uns spazieren gehen.« Meistens wollte sie daraufhin zu Hause bleiben, was mir Gelegenheit gab, allein meine Runde zu drehen. Ich sah nach, was der Verwalter und seine Assistentin taten oder was Fürst Lha Shopa unternahm, beobachtete, was für Händler gekommen und welche Geschäfte neu auf dem Markt waren. Fürst Maichi hatte das Fort an der Grenze im Süden geschlossen und alles Getreide zu mir geschickt. Von hier wurde es in alle Richtungen transportiert, und wir bekamen dafür Dinge von überall her.

Diesmal sagte Tharna: »In Ordnung, gehen wir.«

Wir gingen die Treppe hinunter. So ist das mit schönen Mädchen, eben noch geweint, zeigen sie im nächsten Moment das strahlendste Gesicht.

Unten hatten die beiden Diener unsere Pferde schon gesattelt.

Wir saßen auf und machten uns auf den Weg, gefolgt von Sonam Tserang und Klein Aryi. »Schau deine beiden Schatten an, sie kennen dich genau«, sagte Tharna.

»Sie sind die Loyalsten der Welt«, sagte ich.

Tharna wandte ein: »Aber sie machen nichts her.«

Sehen Sie, es gibt Menschen, die sich für klug, schön und anständig halten – und doch setzen sie Äußerlichkeiten über Loyalität. An diesem Tag sagte Tharna, die auch ohne offizielle Hochzeit schon meine Frau war, noch zu mir: »Dein Verwalter ist ein Krüppel und nimmt sich eine Köchin zur Geliebten«, und fügte boshaft hinzu: »Wieso gibt es nicht einen einzigen ansehnlichen Menschen an deiner Seite?«

»Ich habe dich, das reicht«, sagte ich.

Wir waren diese Art von Gesprächen gewöhnt, so verliefen sie immer. Meistens waren es auch nicht besonders ernsthafte Gespräche. Im Bett wusste ich, wie ich mit ihr umgehen musste, doch sobald wir aufstanden und uns anzogen, wurde ich unsicher. Sie war klug, die Initiative sollte bei ihr liegen. Aber sie wusste auch nicht recht, wie sie mit mir umgehen sollte. So respektvoll wie andere Frauen mit ihren Männern – aber ihrer war ein Idiot. Also ihn ganz und gar wie einen Idioten behandeln – aber er war immerhin ihr Mann und kein gewöhnlicher Idiot. Ich war zwar ein Idiot, wusste aber, dass ein Mann sich einer Frau nicht anbiedern durfte – umso mehr, als ich mir klar machte, wie wir zusammengekommen waren und dass wir ohne vorhergehende Zeremonie das Bett teilten. Deshalb begannen wir immer, wenn wir aufstanden und uns anzogen, mit Sticheleien, in denen keiner dem anderen etwas schuldig blieb.

Es ist jedoch auf Dauer unerträglich, ständig von einer Frau verletzt zu werden.

Wir kamen an den kleinen Fluss. Das Wasser war sauber, unsere Spiegelbilder klar zu erkennen. Was für schöne Pferde, eins rot, eines weiß! Und wie jung und schön erst die Reiter auf dem Rücken der Pferde!

An diesem Tag am Fluss sah ich mir mein Spiegelbild zum ersten Mal ernsthaft an und stellte fest, was für einen prächtigen Zweiten Jungen Herrn Fürst Maichi hätte – wenn ich klar im Kopf wäre. Ich hatte rabenschwarzes, gewelltes Haar, eine breite, feste Stirn und eine hohe, entschlossene Nase, und wenn die Augen noch klarer und weniger schlafwandlerisch geblickt hätten, wäre es noch besser gewesen. Aber auch so war ich sehr zufrieden mit mir.

Plötzlich sagte ich zu Tharna: »Wenn du mich nicht liebst, dann geh. Such dir deinen Traummann, ich werde das Getreide von deiner Mutter nicht zurückfordern.«

Tharna erschrak zu Tode.

Sie biss sich auf die Lippen, starrte auf ihr Spiegelbild und schwieg. Ich sagte »Hü!« zu meinem Pferd, woraufhin es die Böschung hinunterging und im Wasser das Spiegelbild zertrampelte. Tharna, hat noch niemand so etwas zu dir gesagt? Ich durchquerte den Fluss. Da sie keine Magd dabeihatte, glitt sie ohne Hilfe vom Pferd und setzte sich wie benommen ans Ufer.

Auf der anderen Seite angekommen, wusste ich nicht wohin. So ließ ich das Pferd einfach über den Markt laufen. Tharna hatte mich vollkommen verwirrt.

Die Zelte auf dem Markt waren immer weniger geworden und nach und nach durch Häuser aus Lehmziegeln und mit flachen Dächern ersetzt worden. Darinnen türmten sich Gegenstände aus allen Winkeln des Maichi-Territoriums und jede Menge vollkommen wertlose Dinge. Zwischen den Gebäuden verlief ein langer, schmaler Weg. Das Gras darauf war längst zertrampelt, Regen hatte die Erde aufgeweicht. Es war ein klarer Tag, Staub lag in der Luft, von weit her war der Lärm der Menschen zu hören. Diese Szene war nur mir zu verdanken! Deshalb erstarrten die Menschen bei meinem Anblick in ihren Bewegungen, selbst das Gefeilsche erstarb ihnen auf der Zunge und saß auf tanzenden Fingern in den weiten Ärmeln der Händler fest. Als sie den Begründer des ersten festen Marktes vorüberreiten sahen, konnte niemand so recht begreifen, wie ein Idiot den Grundstein für derartige Neuerungen gelegt haben konnte. Ich ritt in Staub und Stimmengewirr, zwischen Waren und Ziegelhäusern einher, doch in mir herrschte Leere. Meistens war mein Inneres bis zum Bersten gefüllt. Doch nicht so jetzt. Fürst Lha Shopa saß vor einem der Gebäude und sah mir stumm zu. Ich mag zehn Mal hin- und hergeritten sein, bevor er auf mich zukam und das Pferd anhielt.

Er warf einen Blick hinter mich und fragte: »Hat der Junge Herr seinen persönlichen Diener gewechselt?«

»Vielleicht will er mein persönlicher Diener werden«, sagte ich.

Heute war mir ein Mensch wie ein Schatten auf den Markt gefolgt, war mit mir die Straße auf und ab gegangen. Er wollte, dass ich um seine Existenz wusste, zeigte mir aber sein Gesicht nicht. So verhielt sich nur ein Intimfeind. Er wollte mich wissen lassen, der Gegner des Fürsten Maichi ist da. Ich hatte meine beiden Diener und Tharna am Fluss zurückgelassen, als hätte ich auf ihn gewartet. Wenn ich in der Vergangenheit an die Feinde meines Vaters oder eines anderen Familienmitglieds gedacht hatte, die sich an meiner Person rächen wollten, hatte mich das mit Angst erfüllt. Nun, da der Feind vor mir stand, fürchtete ich mich kein bisschen.

Ich fragte Fürst Lha Shopa nach den Geschäften, und er sagte, sie liefen ganz ordentlich. Plötzlich drehte ich mich um, um das Gesicht des Mannes zu sehen, sah aber nur eine Mütze mit breitem Schirm. An der Hüfte trug der Mann links und rechts je ein Schwert, das linke länger mit zweischneidiger Klinge, das rechte kürzer und mit einfacher Klinge.

Fürst Lha Shopa lachte, dass die Augen hinter seinen Fleischfalten verschwanden. »Hat der Junge Herr auch Feinde?«

»Wenn Sie mich nicht hassen, habe ich, glaube ich, keine Feinde.«

»Also bezahlen Sie für Ihren Vater!«

»Oder für meinen Bruder.«

Fürst Lha Shopa strich sich über das fleischige Kinn, und zwei kräftige Diener bauten sich links und rechts von ihm auf. »Sollen wir uns den Kerl vorknöpfen?«, fragte er.

Ich überlegte. »Nein«, sagte ich dann.

In diesem Augenblick strich etwas kühl und sanft über meinen Nacken. Es war das Gefühl von einer Messerschneide auf meiner Haut. Ich griff in die Zügel und ritt zum Fluss zurück. Im Wasser wandte ich mich um und sah den Gegner mir folgen. Er war nicht groß, reichte mir wahrscheinlich nicht bis zum Hals. Er kam rasch näher, und dann sagte ich plötzlich: »Ich sitze zu hoch für dich, soll ich absteigen?«

Sowie ich den Mund aufmachte, wich er zurück und fiel rücklings zu Boden, zog das kurze Schwert und schwenkte es derart, dass der Glanz auf seinen Körper fiel. Da er seine Mütze verloren hatte, erkannte ich endlich, wen ich vor mir hatte.

»Steh auf, ich kenne deinen Vater«, sagte ich.

Sein Vater Dorje Tsering hatte für das Haus Maichi damals den Tratra-Führer ermordet und war anschließend selbst von den Maichis beseitigt worden.

Er machte eine Rolle rückwärts, stand auf und schwieg.

»Hatte Dorje Tsering nicht zwei Söhne?«

Er kam auf mich zu, in jeder Hand ein blitzendes Schwert. Da kam der durchdringende Schrei von jenseits des Flusses. Tharna war noch dort. Ich drehte mich in ihre Richtung um, als der Rächer auf mich zukam. Er stellte sich auf die Zehenspitzen und drückte mir sein zweischneidiges Schwert an die Kehle. Das kühle Metall war angenehm auf der nackten Haut. Ich musste mir den Mörder unbedingt genau ansehen. Wenn er mich umbringen wollte, müsste er mich eigentlich in sein Gesicht schauen lassen, sonst wäre er kein guter Mörder. Doch er drückte mir die Schwertspitze so gegen die Kehle, dass ich gezwungen war, nach oben zu blicken. Vielleicht dachte er, ich hätte den Himmel noch nie richtig betrachtet. Ich sah also in den Himmel und wartete, dass er etwas sagte. Ich dachte, er müsse etwas sagen. Doch er schwieg. Aber wenn er nicht einmal ein, zwei Sätze sagte, war er kein richtiger Rächer. In diesem Augenblick wurde die Haut um die Schwertspitze herum heiß, das Schwert schien sich in eine flackernde Flamme zu verwandeln, und ich glaubte, nun sei alles zu Ende. Aber er winkte mir immer noch nicht, vom Pferd zu steigen.

Ich hörte mich lachen: »Lass mich absteigen, es ist unbequem so.«

Da machte der Gegner endlich den Mund auf: »Pah! Ihr feinen Leute habt selbst im Tod nichts als eure Bequemlichkeit im Kopf.«

Da ich nun doch noch seine Stimme gehört hatte, sagte ich: »So eine tiefe Stimme klingt wirklich wie die eines Mörders.«

»Es ist meine Stimme«, sagte er.

Doch da klang sie schon nicht mehr so tief. Vielleicht war das seine normale Stimme, und Hass hatte sie so tief und gepresst klingen lassen. Offenbar war sein Hass auf mich nicht groß genug, sodass er sich schon beim zweiten Satz entspannte.

»Wie heißt du?«

»Dorje Norpu, Fürst Maichi hat meinen Vater Dorje Tsering im Mohnfeld wie einen Hund zu Tode geprügelt, und meine Mutter hat sich verbrannt.«

»Ich möchte sehen, ob du Dorje Tsering gleichst.«

Er ließ mich absteigen. Meine Füße hatten kaum die Erde berührt, da setzte er mir schon wieder die Klinge an die Kehle. Diesmal sah ich sein Gesicht. Er sah weder aus wie sein Vater noch wie ein Mörder. Ein Stich seines Messers, und niemand bräuchte sich mehr Sorgen um mich zu machen, niemand müsste mehr hassen. Mein Bruder müsste nicht mehr auf der Hut sein, und Tharna müsste sich nicht mehr erniedrigen, indem sie bei einem Idioten blieb.

Doch der Mörder ließ das Messer sinken: »Wozu Sie töten ... Wenn ich jemanden umbringen will, dann Ihren Vater und ihren Bruder. Sie waren damals noch genauso klein wie ich. Außerdem schade ich meinem Ruf, wenn ich einen Idioten umbringe.«

»Was werden Sie also tun?«, fragte ich.

»Sagen Sie Ihrem Vater und ihrem Bruder, der Rächer ist da.«

»Sagen Sie es ihnen selbst, ich tue es nicht.«

Ich hatte noch nicht zu Ende gesprochen, da war er verschwunden.

Jetzt erst erstarrte ich. Der Himmel, die Wolken, der Wind, die Vögel, alles war noch da. Dann sah ich auf die Erde, den lehmigen Boden, das Gras, die Blumen, meine Füße zwischen den Blumen, alles ebenfalls noch da, und unzählige Käfer wuselten geschäftig umher. Ich sah zum Wasser hinüber, sah die schäumende Gischt, sah Tharna in den Wellen. Tharna watet durch den Fluss, dachte ich. Da trat sie auch schon aus dem Wasser vor mich hin: »Idiot, Blut! Sieh nur, Blut!«

Ich hatte kein Blut gesehen. Ich sah nur das Wasser ruhig werden, nachdem sie ans Ufer getreten war. Tharna nahm meine Hand, hielt sie mir vor die Augen und sagte: »Idiot, schau doch, Blut!«

Auf der Hand war in der Tat Blut zu sehen, aber Tharna übertrieb, für die paar Tropfen brauchte man nicht ein solches Geschrei zu machen.

»Wessen Blut ist das?«, fragte ich.

»Deins!«

Ich fragte weiter: »Wessen Hand ist das?«

»Es ist deine Hand!« Sie presste ihr Gesicht an meines und schrie: »Er hat dich beinah umgebracht!«

Ja, es war meine Hand. Er hatte mich beinahe umgebracht, nicht umgekehrt, aber wie kam das Blut auf meine Hand? Ich ließ den Arm herunterhängen und sah ein dünnes Rinnsal aus Blut wie einen Käfer langsam aus dem weiten Ärmel kriechen. Ich zog meinen Arm aus dem Ärmel, folgte der Spur bis zu ihrem Ausgangspunkt und sah, dass das Blut aus meinem Hals floss. Der Feind der Maichis, Dorje Norpu, hatte mich verletzt, als er sein Messer zurückzog. Ich wusch mir im Fluss Hals und Arm, bis kein Blut mehr floss.

Es ärgerte mich, dass das Blut die Farbe des Wassers kein bisschen veränderte.

Tharna war völlig durcheinander und wusste nicht, was sie tun sollte.

Sie zog meinen Kopf an ihre Brust. Ich fand zwischen ihren vollen Brüsten einen Spalt zum Atmen. Tharna drückte mich lange an sich und fragte schließlich: »Warum wollte er dich umbringen?«

»Du hast geweint«, sagte ich. »Du liebst mich.«

»Ich weiß nicht, ob ich dich liebe«, antwortete sie. »Aber ich weiß, dass meine Mutter keinen Weizen angebaut hat und dass ich einen Idioten zum Mann bekommen habe.« Sie holte tief Luft und hielt mein Gesicht wie das eines Kindes in den Händen: »Ist er auch hinter dem Weizen her?«

Ich schüttelte den Kopf.

Sie drang schmeichelnd in mich: »Komm, sag es mir.«

»Nein«, sagte ich.

»Sag es mir.«

»Nein.«

»Sag es mir!« Diesmal erhob sie ihre Stimme, um mich zu erschrecken.

Sie behandelte mich wirklich wie ein Kind. Sie hatte mich des Weizens wegen geheiratet, nicht aus Liebe. Doch das machte nichts, weil sie so schön war und weil ich sie liebte. Aber ich duldete nicht, dass sie mich so behandelte. Wenn selbst ein erbitterter Feind mir nichts anhaben konnte, was sollte sie mir dann antun? Ich gab ihr eine schallende Ohrfeige. Die Schönheit stieß einen spitzen Schrei aus und sah mich völlig verschreckt an. Ich wusste nicht, was tun.

Zum Glück hatten meine Leute aus der Entfernung alles beobachtet. Als sie herbeigeeilt kamen, sahen sie vom Feind keine Spur, dafür mich, der seine Frau schlug. Der humpelnde Verwalter hielt mich zurück. Unter all den Leuten war er der Einzige, der die Situation sofort erfasste. »War er da?«, fragte er mich.

Ich nickte.

Meine Leute stürzten sich auf die neu erbaute Straße und rannten sie mit großem Geschrei mehrmals auf und ab. Aber da sie den Mörder nicht kannten, konnten sie ihn auch schlecht fangen. Da fiel mir ein Mann ins Auge, der Dorje Norpu sehr ähnlich sah, nur war er etwas größer und schlanker. Er war schon längere Zeit hier und betrieb eine kleine Schänke. Vor der Tür brodelte und dampfte es den ganzen Tag in einem russischen Samowar, drinnen kochten in einem Topf Fleischstücke, und an der Wand standen große Krüge mit Spirituosen. Es war die erste Schänke auf dem Gebiet von Fürst Maichi, daher sollte ich sie erwähnen. Die Leute sagen immer, Geschichte bestehe aus einer Folge von ersten Malen und ersten Dingen. Früher nahm man immer etwas zu essen mit, und wenn es weiter fort ging, hatte man einen großen Topf dabei, um morgens Tee und abends Nudelsuppe zu kochen. Deshalb wurden in der neuen Schänke bisher nur Tee, Fleisch und Alkohol angeboten. Während meine Leute die Straße auf und ab liefen, setzte ich mich in die Schänke. Der Wirt goss mir eine Schale Wein ein und stellte sie vor mich hin. Er kam mir so bekannt vor, dass ich ihn darauf ansprach. Er lächelte gleichgültig. Ich trank den Wein aus.

»Guter Wein«, sagte ich, »aber ich habe kein Silber dabei.«

Der Wirt schwieg und schenkte mir aus dem Krug in seinem Arm nach.

Ich verschluckte mich und erstickte fast. Als ich wieder zu Atem kam, sagte ich nochmals: »Ich glaube, ich habe Sie schon einmal gesehen.«

»Nein, das haben Sie nicht.«

»Ich sage nicht, dass ich Sie gesehen habe, ich habe Ihr *Gesicht* schon einmal gesehen.«

»Ich weiß, was Sie meinen«, sagte er. Er blieb mit dem Krug vor mir stehen, und als ich meine Schale geleert hatte, füllte er sie wieder.

Nach mehreren Schalen war ich etwas beschwipst. Ich sagte: »Die da draußen haben das Gesicht des Mörders nie gesehen und wollen ihn doch fangen«, und lachte laut.

Der Wirt schwieg immer noch und schenkte nach. Bald war ich betrunken und wusste nicht einmal mehr, wann der Verwalter hereingekommen war. Ich fragte ihn, wieso er mit den anderen herumrenne. »Um den Mörder zu fangen«, sagte er. Ich musste herzlich lachen. Der Verwalter beachtete mich nicht, zahlte mit einigen Silberstücken meine Rechnung und ging wieder hinaus. In der Tür drehte er sich noch einmal zu mir um: »Und wenn ich diese Straße auf den Kopf stelle, wenn ich sie umkremple wie einen Darm, um Wurst daraus zu machen – ich werde ihn finden.«

Als der Verwalter davonhumpelte, sah er nach nichts aus, doch auf seinem Pferd wirkte er sehr imposant.

Ich sagte zum Wirt: »Die werden ihn nicht finden.«

Er nickte: »Nein, das werden sie nicht. Denn er ist schon nicht mehr hier.«

»Wo wollte er hin?«

»Zu Fürst Maichi.«

Ich sah ihn noch einmal genauer an, und selbst durch den Alkoholnebel konnte ich es erkennen: »Ihr Gesicht ist das des Mannes, der mich töten wollte.«

Der Wirt lachte. Es war ein trauriges, verlegenes Lachen. »Er ist mein Bruder. Er sagte, er wolle Sie töten, hat es dann aber doch nicht getan. Ich habe zu ihm gesagt, Fürst Maichi sei der Feind.«

Ich fragte, ob er Gift in den Wein gemischt habe. Er verneinte und meinte, erst wenn mein Vater und mein Bruder nicht mehr da seien, werde er mich töten. Ob er mich töten werde, wenn sein Bruder nicht zurückkehre? Er schenkte mir noch einmal ein: »Auch dann nicht. Ich würde versuchen, sie umzubringen. Erst wenn beide tot sind, und das nicht durch meine Hand, werde ich Sie töten.«

An diesem Tag schwor ich dem Feind unserer Familie, dass ich vorgeben würde, ihn nicht zu kennen, solange er die Regeln der Rache einhielt.

Am Abend war Tharna, die ich geschlagen hatte, so leidenschaftlich wie nie. Sie sagte: »Überleg mal, ein Rächer trachtet dir nach dem Leben, ein Mörder will dich umbringen, du hast einen Feind.«

»Ja, ich habe einen Gegner«, sagte ich, »ich bin einem Mörder begegnet.«

Ich denke, ich war gut an dem Abend. Sonst hätte sie unter mir nicht so geschrien und gekreischt. »Halt mich fest!«, schrie sie, »tu mir weh! Ich möchte nicht mehr existieren! Ich möchte nicht mehr da sein!«

Anschließend war sie nicht mehr da und ich auch nicht. Wir waren federleichte Wolken geworden, die in den Himmel flogen.

Am Morgen wachte sie zuerst auf. Sie stützte sich mit einer Hand auf das Kopfkissen und musterte mich. Und ich fragte sie, ja ich musste sie fragen: »Wer bin ich? Wo bin ich?«

Sie beantwortete beide Fragen nacheinander und kicherte: »Im Schlaf wirkst du überhaupt nicht wie ein Idiot, erst wenn du aufwachst.«

Dazu konnte ich nichts sagen, denn ich weiß nicht, wie ich im Schlaf aussehe.

Ein Bote von zu Hause traf ein und sagte, mein Bruder sei heimgekehrt, ich solle auch kommen.

Der Verwalter sagte zu, alle Reisevorbereitungen zu treffen, daher überließ ich ihm die bewaffneten Diener. Sangye Dolma wollte ebenfalls zurück, und ich fragte sie: »Vermisst du den Silberschmied?«

»Er ist mein Ehemann«, antwortete sie.

»Komm mit, sieh dich um und kehre dann zum Verwalter zurück, er braucht eine Assistentin.«

Dolma schwieg, ihr war anzusehen, dass sie nicht wusste, ob sie zurückkehren sollte. Sie wusste nicht, ob sie Ehefrau des Silberschmieds oder Assistentin des Verwalters sein sollte. Ich wollte kein weiteres

Wort darüber verlieren. Das war Angelegenheit des Verwalters, und da er nun mit Dolma schlief, hatte es mit mir nichts mehr zu tun.

Nach so langer Zeit in der Fremde musste ich allen Geschenke mitbringen. Vater, Mutter und Bruder verstanden sich von selbst, aber auch für diese Yangzom packte ich Ohrringe aus Edelsteinen ein und natürlich etwas für die Dienerin Tharna. Erst als der Verwalter mich wegen der Geschenke in einen Lagerraum nach dem anderen hineinführte, wurde mir bewusst, wie reich ich eigentlich war. Es dauerte drei Tage, bis alle Geschenke, Silberdollars und Silberbarren in Kisten verpackt waren. Am letzten Tag wollte ich spazieren gehen und wanderte über die Straße. Ich hatte über den Vorbereitungen den Familienfeind der Maichis fast vergessen. Nun betrat ich seine Schänke, warf eine Münze auf den Tisch und sagte: »Wein.«

Der Wirt brachte den Krug.

Ich trank zwei Schalen Wein, er schwieg. Erst als ich gehen wollte, sagte er: »Es gibt noch nichts Neues von meinem Bruder.«

Ich blieb stehen, für den Moment sprachlos. Dann tröstete ich ihn: »Vielleicht weiß er nicht, ob er Hand an den jetzigen oder den künftigen Fürsten Maichi legen soll.«

»Ja, vielleicht«, murmelte der Wirt.

»Es mag schwierig sein, aber da ist nichts zu machen. Als ihr damals weggelaufen seid, habt ihr einen Eid abgelegt. Er muss töten, mindestens einen.«

Der Wirt fragte: »Aber warum lässt eine Mutter ihre Söhne einen solchen Schwur ablegen?«

Das war eine auf den ersten Blick einfache, letztlich aber hoch komplizierte Frage. Ich wusste keine Antwort. Aber ich freute mich, vor meinem Feind so gelassen zu wirken. »Morgen werde ich zurückkehren«, sagte ich.

»Werden Sie ihn sehen?«

»Ihren Bruder?«

»Ja.«

»Mir wäre es lieber, wenn nicht.«

34
Heimkehr

Auf dem Heimweg legten wir ein beachtliches Tempo vor. Die Diener wollten es so, nicht ich. Und da ich kein tyrannischer Herr bin, verlangte ich nicht von ihnen, langsamer zu werden.

Dabei ist es normalerweise so, dass jemand, der erfolgreiche Geschäfte abgeschlossen hat, in aller Ruhe heimkehrt, weil er weiß, dass er freudig erwartet wird.

Am Morgen des vierten Tages sahen wir vom letzten Gebirgspass aus in der Ferne die Festung Fürst Maichis liegen.

Verstreute Zypressen ließen das Flussufer weit und leer erscheinen. Der Wind strich über die dahinter gelegenen Weizenfelder, aus denen sich die Festung als einsame Insel erhob wie aus einem Ozean. Die Pferde galoppierten den Berg hinunter, Silber und Edelsteine auf dem Rücken, tönende Kupferglocken um den Hals, die das Tal mit ihrem Klang erfüllten. Noch lag die Festung verschlafen im fernen Dunst. Als wir einige kleinere Forts passierten, schlossen sich die Bewohner unter Leitung ihrer Führer an und jubelten uns zu.

Der Tross hinter mir wurde immer länger, die Jubelrufe immer lauter, sodass jeder in der Festung aus dem Mittagsschlaf gerissen wurde.

Obwohl Fürst Maichi wusste, dass sein Sohn zurückkehrte, schien er unruhig zu werden angesichts einer solchen Menge von Reitern, die das Tal hinunter auf die Festung zukamen. Wir sahen bewaffnete Diener in aller Eile zum Wachtturm laufen.

Tharna lachte: »Sie haben Angst.«

Ich lachte ebenfalls.

Als unbedeutender Idiot hatte ich die Festung einst verlassen und konnte sie nun in Angst und Schrecken versetzen. Inzwischen waren wir nahe genug, dass sie uns als ihre eigenen Leute erkennen konnten, doch der Fürst ließ in seiner Wachsamkeit nicht nach. Ich schien sie tatsächlich in Furcht zu versetzen, Furcht, dass ich die Festung angreifen könnte. »Wieso tut dein Vater das?«, fragte Tharna.

»Nicht mein Vater, mein Bruder tut das«, antwortete ich.

Ja, in der Hast und dem Durcheinander konnte ich meinen Bruder förmlich riechen. Nach der vernichtenden Niederlage im Süden war er kleinlaut geworden. Tharna wandte sich in honigsüßem Ton an mich: »Selbst dein Vater ist vor dir auf der Hut, er scheint dich schon als Teil des Hauses Rongong zu sehen.«

Wir waren bei der Festung angelangt, die hinter ihren dicken Steinmauern immer noch Finsternis und Schweigen barg.

Sangye Dolma sprengte die Stille, indem sie die Satteltasche auf einem der Lasttiere aufriss und ihr Süßigkeiten entnahm, die aus China stammten. Sie warf sie mit vollen Händen in die Luft, die großzügige Almosengeberin von der Gnade des Zweiten Jungen Herrn Maichi hatte sich in ihre Rolle hineingefunden. Meine beiden Diener halfen ihr dabei. Diese Süßigkeiten waren früher eine Seltenheit gewesen, die man selbst in der Fürstenfamilie nicht häufig bekam. Erst seit ich an der Grenze im Norden Handel trieb, waren diese Dinge keine Rarität mehr.

Bonbons hagelten auf die Menge herunter, die Menschen schwenkten das bunte Einwickelpapier und teilten mit den Süßigkeiten den Geschmack meines großen Erfolgs an der Grenze im Norden. Auf dem weiten Platz vor der Festung standen ich und die schöne Tharna inmitten einer jubelnden Menschenmenge. Die Hunde an der Eisenkette bellten wild. »Heißen die Maichis so ihre Schwiegertochter willkommen?«, fragte Tharna.

»So begrüßen kluge Leute einen Idioten!«, sagte ich laut.

Sie sagte noch etwas, doch es ging genau wie das wütende Gebell der Hunde im Gejohle der Menge unter. Trotz des donnernden Begrüßungsgeschreis hörte ich das Quietschen des schweren Eingangstores zur Festung, als es sich öffnete. Die Menschen verstummten augenblicklich. Der Fürst und seine Frau traten durch das Tor. Ihnen folgte eine Menge von Frauen, darunter Yangzom und die andere Tharna. Mein Bruder war nicht dabei. Er hielt mit seinen Dienern im Turm Wache.

Ihnen war die Zeit offenbar nicht wohlgesinnt gewesen. Vaters Gesicht sah aus wie eine Rübe mit Raureif darauf. Mutters Lippen waren ganz trocken. Nur Yangzom wirkte immer noch wie eine Schlafwandlerin und war so schön wie eh und je. Die Dienerin Tharna sah richtig blöde aus, wie sie da zwischen den anderen Mägden stand, meine schöne Frau anstarrte und an ihren Fingernägeln kaute.

Die Frau des Fürsten brach das Eis, indem sie vortrat und mich auf die Stirn küsste. Es fühlte sich wie die Berührung vertrockneter Blätter an. Sie seufzte und ging weiter zu Tharna, umarmte sie und sagte: »Ich weiß, du bist meine Tochter, lass dich genau ansehen. Lass die Männer sich nun um ihre Angelegenheiten kümmern, ich werde in Ruhe meine schöne Tochter anschauen.«

Der Fürst lachte und rief der Menge zu: »Seht her, mein Sohn ist zurückgekehrt! Er hat große Reichtümer angehäuft! Und er hat die schönste Frau mitgebracht!«

Die Menge jubelte mir zu.

Ich hatte das Gefühl, es waren diese Glückwünsche und Jubelrufe, nicht die eigenen Füße, die uns in die Festung hineintrugen. Im Hof wandte ich mich an Vater: »Und mein Bruder?«

»Ist im Wachtturm. Er befürchtet, der Feind werde uns angreifen.«

»Kein Wunder, nachdem er im Süden geschlagen wurde.«

»Behaupte nicht, dass er wegen seiner Niederlage nun Angst hat.«

»Das hast du gesagt.«

»Wie ich sehe, bist du genesen«, sagte Vater.

In diesem Augenblick sah ich die Gestalt meines Bruders, der von oben auf uns herunterblickte. Ich winkte, um ihm zu zeigen, dass ich ihn gesehen hatte. Nun konnte er sich nicht mehr verstecken und kam herunter. Auf der Treppe sahen die Brüder sich wieder.

Er musterte mich genau.

Vor ihm stand der bekannte Idiot, der gleichwohl Dinge zu Stande gebracht hatte, zu denen ein intelligenter Mensch nicht fähig gewesen wäre. Um ehrlich zu sein, mein Bruder ist kein besonders egoistischer Mensch, der um jeden Preis Fürst werden wollte. Ich meine, wenn sein kleiner Bruder kein Idiot gewesen wäre, hätte er womöglich ihm den Rang des Fürsten überlassen. Die Ereignisse an der Grenze im Süden waren sehr lehrreich gewesen, dabei hatte er gar keine Lust, sein Gehirn übermäßig zu strapazieren. Aber sein kleiner Bruder war nun einmal ein Idiot, so lagen eben die Dinge. Obwohl er ein Verlierer war, tätschelte er mir gönnerhaft die Schulter. Dann glitt sein Blick über mich hinweg zu Tharna. »Schau«, sagte er, »du kannst eine schöne Frau nicht von einer hässlichen unterscheiden und hast doch eine solche Schönheit mitgebracht. Unter den vielen Frauen, die ich hatte, sah keine so gut aus wie sie.«

»Ihre Mägde sind allesamt Schönheiten«, sagte ich.

So trafen also mein Bruder und ich uns wieder. Es war nicht so, wie ich es mir vorgestellt hatte – aber immerhin, wir trafen uns.

Ich winkte in den Hof hinunter, wo Sangye Dolma die Diener anleitete, die vielen Kisten voll Silber abzuladen. Als ich sie die Kisten öffnen ließ, ertönten laute Rufe des Erstaunens aus der Menge. Es gab viel Silber in der Festung Maichi, aber die meisten Leute – Führer, Festungsherren, Volk und Leibeigene – hatten noch nie so viel Silber auf einmal gesehen.

Als wir in den Speiseraum gingen, hörten wir unten das große Tor zu den unterirdischen Lagerräumen sich donnernd öffnen. Im Speisesaal flüsterte Tharna mir ins Ohr: »Wieso ist alles genau wie im Haus Rongong?«

Mutter hatte sie gehört und sagte: »Alle Fürsten gleichen sich.«

»Aber an der Grenze ist alles anders«, wandte Tharna ein.

»Weil dein Mann nicht Fürst ist«, sagte die Frau des Fürsten.

»Er kann Fürst werden«, meinte Tharna.

Mutter sagte: »Ich bin froh, dass du so denkst. Aber es stimmt mich traurig, dass er uns verlassen und zu euch gehen wird.«

Damit endete ihr Gespräch.

Auf eine neue Anweisung von mir traten meine beiden Diener und die zwei wunderschönen Mägde Tharnas ein und legten vor jeden Anwesenden ein großzügiges Geschenk. Die Juwelen funkelten, und niemand schien zu glauben, dass ich diese Dinge aus dem öden Norden mitgebracht hatte. Ich sagte: »In Zukunft sind dem Wohlstand keine Grenzen gesetzt ...« Die zweite Hälfte des Satzes sprach ich nicht aus: ... falls ihr mich nicht wie einen Idioten behandelt.

Inzwischen huschten die Mägde leise raschelnd auf ihre Plätze und knieten hinter uns nieder. Die Tochter eines Stallburschen, Tharna, kniete hinter mir und der Fürstentochter Tharna. Ich spürte sie zittern und konnte nicht verstehen, wie ich mit ihr hatte schlafen können. Richtig, damals wusste ich nicht, wie ein schönes Mädchen aussieht, und sie hatten mir irgendeine ins Bett gelegt. Tharna beäugte die Magd aus den Augenwinkeln und sagte zu mir: »Schau, ich habe dich wirklich nicht wie einen unheilbaren Idioten behandelt. Aber für deine Familie bist und bleibst du ein Vollidiot, das sieht man daran, was für eine Frau sie dir an die Seite geben.« Dann gab sie der Magd Tharna eine echte Perlenkette in die Hand und sagte mit erhobener Stimme, damit alle es hören konnten: »Ich habe gehört, dass wir den gleichen Namen tragen, *Tharna,* das geht in Zukunft nicht mehr.«

Mit einer Stimme, die wie das Summen einer Mücke klang, piepste die Dienerin Tharna: »Jawohl.«

Und ich hörte sie hinzufügen: »Kann die Herrin mir einen Namen geben?«

Tharna lachte: »Mein Mann hat Glück, er hat lauter kluge Köpfe um sich herum.«

Die inzwischen namenlose Dienerin wiederholte in ihrer mückengleichen Stimme: »Bitte geben Sie mir einen Namen, Herrin.«

Tharna wandte ihr strahlendes Gesicht Fürst Maichi zu: »Vater« – zum ersten Mal richtete sie das Wort an ihn und bestätigte die verwandtschaftliche Beziehung –, »Vater, bitte gib unserer Dienerin einen Namen.«

»Ermy Gyami«, sagte Vater.

Das also war der neue Name der Tochter des Stallburschen, ein Name, der eigentlich gar keiner war, bedeutete er doch so viel wie »namenlos«. Alle lachten, auch Ermy Gyami.

In diesem Augenblick sprach mein Bruder zum ersten Mal meine Frau an. »Sobald eine schöne Frau erscheint, verlieren andere ihren Namen«, kicherte er, »wirklich interessant.«

Tharna lachte auch: »Schönheit ist offensichtlich. Es verhält sich damit wie mit klugen Leuten, die die Zukunft von Menschen, die für Idioten gehalten werden, verbauen.«

Darüber konnte mein Bruder nicht lachen. »So ist das Leben.«

»Das weiß doch jeder«, sagte Tharna, »so wie es nur Gewinner-Fürsten gibt, keine Verlierer.«

»Fürstin Rongong wurde besiegt, nicht Fürst Maichi.«

»Stimmt, der Bruder ist in der Tat ein kluger Mann«, sagte Tharna. »Jeder Fürst wünscht sich, ihn als Gegner zu haben.«

Die Runde ging an Tharna.

Als man sich zerstreute, hielt mein Bruder mich am Arm fest: »Diese Frau ist dein Untergang.«

»Halt den Mund«, sagte Vater. »Den Untergang bereitet man sich höchstens selbst.«

Mein Bruder ging. Doch als mein Vater und ich allein waren, wusste er nicht, wie anfangen.

»Warum hast du mich zurückgerufen?«, fragte ich.

»Deine Mutter hat dich vermisst.«

»Der Rächer des Hauses Maichi ist da«, sagte ich. »Es sind zwei Brüder, die dich und den Bruder töten wollen, nicht mich, mich haben sie nur zum Weintrinken eingeladen. Mich wollen sie nicht ermorden.«

»Vermutlich wissen sie nicht, was sie mit dir anfangen sollen. Ich würde sie wirklich zu gern fragen, ob es daran liegt, dass man dich einen Idioten nennt.«

»Weiß mein Vater auch nicht, was er mit mir anfangen soll?«

»Bist du nun ein intelligenter Mensch oder ein Idiot?«

»Ich weiß es nicht.«

So spielte sich meine Heimkehr ab. So behandelten sie jemanden, der sich um den Ruf des Hauses Maichi verdient gemacht hatte.

Drinnen besprach Mutter endlos langweiligen Weiberkram mit Tharna.

Am Abend meiner Heimkehr lehnte ich allein an der Balustrade und sah in die Abenddämmerung, in der gerade der Mond aufging.

In voller Größe wanderte er durch die dünne Wolkenschicht empor.

Irgendwo in der Festung spielte eine Frau auf ihrer Maultrommel eine traurige, einsame und verlorene Melodie.

Neuntes Kapitel

35

Wunder

Ich drehte eine Runde in der Festung.

Sonam Tserang, Aryi und Sangye Dolma standen umringt von der Dienerschaft und wirkten so stolz, als seien sie keine Leibeigenen mehr.

Der alte Henker verbeugte sich tief vor mir: »Junger Herr, mit Ihnen hat mein Sohn eine Zukunft.«

Die Mutter von Sonam Tserang berührte meine Stiefel mit der Stirn und sagte unter Tränen: »Ich denke genauso, Junger Herr.« Wenn ich nicht weitergegangen wäre, hätte die alte Frau meine Schuhe noch mit Rotz und Tränen besudelt.

Auf dem Platz vor der Festung wurde ich mit Jubelrufen begrüßt. Doch heute hatte ich nicht vor, Süßigkeiten zu verteilen. In diesem Augenblick sah ich den Geschichtsschreiber. In der Zeit meiner Abwesenheit war er es gewesen, den ich am meisten vermisst hatte, nicht meine Familie. Nun saß Wangpo Yeshi am Rand des Platzes im Schatten eines Walnussbaums und lächelte mir zu. Ich sah ihm an, dass ich ihm ebenfalls gefehlt hatte. Mit den Augen bedeutete er mir: »Gut gemacht!«

Ich ging zu ihm und fragte: »Haben sie Ihnen erzählt, was mir widerfahren ist?«

»Bestimmte Dinge machen sofort die Runde.«

»Haben Sie alles aufgeschrieben? Steht alles in den Büchern?«

Er nickte ernst. Heute sah er besser aus als im Gefängnis und in seinen ersten Tagen als Geschichtsschreiber.

Ich zog ein Geschenk aus der Vordertasche meines Gewandes und legte es vor ihn hin. Es war eine rechteckige Ledertasche, wie sie die Soldaten der Chinesen bei sich zu tragen pflegen. Ich hatte genau hingesehen und beobachtet, dass sie Hefte, Stifte und ihre Brille darin verstauten. Dieses Geschenk hatte ich durch einen meiner Händler von den Chinesen kommen lassen. In der Tasche befanden sich eine kristallgeschliffene Brille, ein Füllfederhalter sowie einige Hefte in Plastikeinband.

Normalerweise lehnten die Lamas solche meisterhaft gefertigten, weltlichen Gegenstände ab, weil sie vom buddhistischen Weg und von Gedanken über die tiefen Zusammenhänge des Lebens ablenkten. Aber der Geschichtsschreiber war kein fanatischer Missionar mehr. Wir saßen uns gegenüber, ein Tintenfass in der Mitte, und wussten beide nicht, wie man Tinte in den Füller bekam. Bei so viel hoher technischer Raffinesse wurde auch der weise Wangpo Yeshi zum Idioten.

Er lachte. »Früher hätte ich mich so ausgeklügelten Dingen verweigert«, sagten seine Augen.

»Und jetzt wollen Sie, dass es funktioniert.«

Er nickte.

Am Ende war es die Frau des Fürsten, die herauskam und Tinte in den Füller pumpte. Als sie ging, küsste Mutter mich und sagte lächelnd zum Schreiber: »Mein Sohn hat uns allen wertvolle Dinge mitgebracht. Ihnen hat er einen amerikanischen Füller überreicht – nutzen Sie ihn!«

Wangpo Yeshi schrieb eine Zeile. Es waren blaue Schriftzeichen, dabei hatten wir bislang nur schwarze gesehen! Als der Schreiber die himmelblau beschriebene Zeile sah, zitterten seine Lippen.

Und plötzlich hörte ich etwas.

Ja, aus dem Mund des Zungenlosen drang ein Laut!

Und es war nicht nur ein Laut – er sprach! Er sprach!

Zwar undeutlich und schwer verständlich, aber es war eindeutig, er sprach. Nicht nur ich, er selbst hörte es auch, ein Ausdruck des

Erstaunens breitete sich auf seinem Gesicht aus, und er zeigte auf seinen Mund, während die Augen mich fragten: »Bin ich es, der da spricht? Spreche ich?«

Ich sagte: »Ja! Ja! Sagen Sie es noch einmal!«

Er nickte und sagte Silbe für Silbe, undeutlich, unklar, aber eindeutig zu verstehen: »Die ... Zei ... chen ... se ... hen ... gut ... aus ...«

Ich brüllte ihm ins Ohr: »Sie sagten, die Zeichen sähen gut aus!«

Der Schreiber nickte: »... Ihr ... Stift ... meine Hand ... die Zeichen ... sehen ... gut aus.«

»Himmel, Sie sprechen.«

»... Ich ... spreche ...?«

»Sie sprechen!«

»Ich ... spreche?«

»Sie sprechen!«

»Wirklich?«

»Wirklich!«

Das Gesicht Wangpo Yeshis verzerrte sich vor Freude. Er wollte die Zunge herausstrecken, um sie anzusehen. Doch wie sollte der verbliebene Stumpf bis zu den Lippen reichen! Da er seine Zunge nicht sehen konnte, kamen ihm die Tränen und traten ihm verstohlen aus den Augenwinkeln. Ich rief der Menge zu: »Der Zungenlose spricht!«

Die Nachricht machte auf dem Platz blitzschnell die Runde.

»Der Zungenlose spricht!«

»Der Zungenlose spricht?«

»Er spricht!«

»Er spricht?«

»Er spricht!«

»Der Geschichtsschreiber spricht!«

»Der Zungenlose spricht!«

Die Menschen gaben die Nachricht nach hinten weiter, während sie nach vorn zu uns hindrängten. Es war ein Wunder. Die erregte Menge schien selbst Teil dieses Wunders zu werden, so sehr glühten ihre Gesichter und funkelten die Augen. Jeeka Rinpoche kam auch, sobald er davon hörte. Wir hatten ihn viele Jahre nicht gesehen, er war alt, der rote Glanz aus seinem Gesicht verschwunden, und er ging auf einen schönen Stock gestützt.

Ob aus Freude oder Furcht, Wangpo Yeshi zitterte, und Schweiß trat ihm auf die Stirn. Ja, im Territorium Fürst Maichis war ein Wunder geschehen. Der Zungenlose sprach! Die Familie des Fürsten mischte sich unter die Menge, und da niemand wusste, ob ein Wunder Glück oder Unheil verhieß, wirkten alle sehr angespannt. Immer wenn etwas außer der Reihe geschah, trat jemand hervor und deutete es, und so wartete man auch jetzt darauf.

Jeeka Rinpoche trat aus der Menge und kam zu mir. Er sagte zu Fürst Maichi und zu der Menge: »Dies ist ein Zeichen des Wohlwollens der Götter! Der Zweite Junge Herr hat es mitgebracht! Wo er hingeht, dort lassen die Götter Wunder geschehen!«

Aus seinem Mund klang es, als sei ich derjenige, der die Zunge verloren und wieder zu sprechen begonnen hätte.

Bei den Worten des Rinpoche entspannten sich die Gesichtszüge der Maichis sofort. Es schien, als wollte die ganze Familie außer meinem Bruder mir gegenüber, dem Wundervollbringer, etwas zum Ausdruck bringen. Sie kamen auf mich zu. Vater blickte ernst, und sein Schritt war langsam, sodass ich ganz ungeduldig wurde.

Doch noch bevor er mir gegenüberstand, hatten mich zwei kräftige Männer auf ihre Schultern gehoben, und plötzlich schwebte ich über den Köpfen der Menge, ohrenbetäubendes Gejohle um mich her. Hoch über dem Meer aus Köpfen trieb ich im Sturm der Jubelrufe. Als die beiden Männer unter mir zu laufen begannen, flogen die Gesichter an mir vorbei, darunter die der Familie Maichi, doch flogen sie dahin wie Laub und waren im nächsten Moment wieder Teil des wogenden Meeres. Dennoch erkannte ich das verstörte Gesicht meines Vaters, sah Mutters Tränen und das Strahlen Tharnas. Und ich sah den Mann, der ohne Zunge sprechen konnte, allein außerhalb des Wirbels am Rand des Platzes unter einem Walnussbaum stehen und mit dessen Schatten verschmelzen.

Die aufgeregte Menge wogte um mich herum und brach schließlich wie Fluten durch einen Damm auf die weiten Weizenfelder aus. Die Sonne überschwemmte das reife Korn mit Wellen goldener Strahlen, und die Menge riss mich mit in das schimmernde Meer hinaus.

Ich hatte keine Angst, wunderte mich aber, weshalb sie wie von Sinnen vor Freude waren.

Reifer Weizen wurde von hunderten trampelnder Füße in die Höhe geschleudert und zerkratzte mein Gesicht. Ich schrie laut auf, doch sie rannten wie verrückt weiter, bis es nicht mehr Weizenkörner waren, die mein Gesicht verletzten, sondern glühende Funken der Erregung. Doch auch die Weizenfelder Fürst Maichis waren endlich, und so prallte die Menschenmenge schließlich gegen die aufragenden Berge mit ihren ausgedehnten Azaleenwäldern und schwappte ein paar Mal dagegen, bevor sie zur Ruhe kam und leise grollend ihre Kraft verlor.

Als ich nach hinten sah, waren die weiten Felder verschwunden, und jenseits des niedergetrampelten Weizens ragte die mächtige Festung Maichi empor. Sie wirkte einsam, als wisse sie nicht, was sie mit sich anfangen solle. Eine unerklärliche Trauer ergriff mich. Die Woge aus Leibeigenen und Volk, auf der ich hierher gelangt war, hatte die anderen Mitglieder der Familie Maichi dort zurückgelassen. Sie standen noch immer wie benommen auf dem großen Platz und hatten offenbar nicht begriffen, was geschehen war. Selbst ich wusste nicht recht, woran ich war. Aber ich wusste, dass etwas Entscheidendes geschehen war. Etwas, das einen breiten Graben zwischen ihnen und mir aufgerissen hatte. Es war so schnell gegangen, dass ich keine Zeit gehabt hatte, darüber nachzudenken, aber es würde schwer sein, den Graben wieder zu schließen. Die Menschen schienen sich verausgabt zu haben, sie sanken kraftlos ins Gras. Sie wussten wohl selbst nicht, warum sie so gehandelt hatten. Wenn es auf der Welt Wunder gibt, dann nicht für das einfache Volk. Diese Raserei ist wie Schlafen mit einer Frau – der Höhepunkt ist zugleich das Ende. Erregung, Begeisterung, wie wahnsinnig rennen, am Ende kraftlos daliegen wie ein Klumpen regennasser Schlamm.

Meine beiden Diener waren schweißüberströmt, sperrten den Mund auf wie zwei gestrandete Fische und grinsten so blöde, wie ich es häufig tat.

Die Sonne brannte immer gnadenloser, die Menschen standen nacheinander auf und gingen fort. Am Mittag waren nur noch ich, Sonam Tserang und Klein Aryi übrig.

Wir brachen zur Festung auf.

Der Weg über die Felder war so weit, dass ich richtig ins Schwitzen kam.

Der Platz war wie leer gefegt. Nur Wangpo Yeshi saß noch dort, wo ich am Morgen mit ihm gesprochen hatte. In der Festung war es totenstill. Ich wünschte wirklich, jemand würde herauskommen und sich umsehen oder zumindest ein Geräusch machen. Die kräftige Herbstsonne tauchte die steinernen Mauern in so grelles Licht, dass sie wie aus Eisen gegossen wirkten. Als die Sonne im Zenit stand, krochen unsere Schatten verstohlen um unsere Füße herum.

Wangpo Yeshi sah mich mit ständig wechselndem Gesichtsausdruck an.

Seit er keine Zunge mehr hatte, war seine Mimik immer reicher geworden. In diesem Augenblick spiegelte sein Gesicht alle vier Jahreszeiten mit Regen, Sturm, Donner und Blitz.

Er sagte nichts mehr, sondern sprach wie früher mit den Augen: »So ist der Junge Herr also zurückgekehrt?«

»Ja.« Eigentlich hatte ich sagen wollen, dass die Leute mich wie auf einer Flutwelle fortgespült hatten und dann einfach verschwunden waren. Doch ich sagte nichts, denn die Bedeutung all dessen und das, was ich wirklich sagen wollte, hätte ich ohnehin nicht ausdrücken können. Die Flutwelle war ein Bild, doch ein Bild wofür? Ein Bild ist sinnlos, wenn es nur ein Bild ist.

»Ist Ihnen nicht bewusst, dass ein Wunder geschehen ist?«

»Sie können sprechen.«

»Sie sind wirklich ein Idiot, Junger Herr.«

»Manchmal schon.«

»Das Wunder hat Sie wie Wasser fortgespült.«

»Die Menschen waren wie Wasser.«

»Haben Sie Kraft verspürt?«

»Große Kraft, überwältigend.«

»Weil sie keine Richtung hatte.«

»Richtung?«

»Sie haben ihnen keine Richtung gewiesen.«

»Meine Füße waren nicht am Boden, und im Kopf war mir schwindlig.«

»Sie schwebten über ihnen, und sie erwarten Führung von oben.«

Ich glaubte zu verstehen. »Was habe ich falsch gemacht?«

»Möchten Sie wirklich nicht Fürst werden?«

»Lassen Sie mich überlegen. Möchte ich Fürst werden?«

»Fürst Maichi, meine ich.«

Der Zweite Junge Herr der Maichis stand in der sengenden Mittagshitze und grübelte und grübelte. Aus der Festung war immer noch kein Laut zu hören. Am Ende brüllte ich laut gegen die Mauern: »Ja, ich will!«

Der Ruf verhallte im sengenden Licht.

Wangpo Yeshi stand auf und sagte: »... Wunder ... gibt ... es ... nie ... zwei Mal!«

Jetzt verstand ich. Ein Wink von mir hätte genügt, und die Flutwelle hätte jedes Hindernis auf meinem Weg zum Fürsten hinweggefegt. Diese Festung hier vor mir, sie hinderte mich, und wenn ich nur gewollt hätte, wäre sie einfach fortgespült worden. Aber ich war ein Idiot und hatte die Menschen nicht gelenkt, sodass sie ihre gewaltigen Kräfte in den weiten Feldern vergeudeten und die letzte Welle in den Azaleenwäldern am Fuß der Berge brach.

Ich schleppte mich in mein Zimmer, und immer noch kam niemand zu meiner Begrüßung heraus, nicht einmal meine Frau. Ich setzte mich aufs Bett und hörte meine Stiefel nacheinander zu Boden fallen. Das Geräusch hallte in meinem Ohr und im Herzen wider. War es ein Wunder oder eine Flut?, fragte ich mich. Dann dröhnte mir die Flut im Ohr, und ich schlief ein.

In der Abenddämmerung erwachte ich.

»Wo bin ich?«, fragte ich.

»Ich weiß auch nicht, wo du bist.« Das war Tharnas Stimme.

»Wer bin ich?«

»Du bist ein Idiot, ein kompletter Vollidiot.« Das war Mutters Stimme.

Die beiden Frauen standen mit gesenktem Kopf neben meinem Bett und wollten mir nicht in die Augen sehen. Mir stand der Sinn auch nicht danach. Grenzenlose Trauer erfüllte mich.

Tharna verstand meine Frage und sagte: »Weißt du nun, wo du bist?«

»Zu Hause«, sagte ich.

»Weißt du, wer du bist?«

»Ich bin ein Idiot, der Idiot des Hauses Maichi.« Als der Satz heraus war, begann ich zu weinen. Ich hörte die Tränen heruntertropfen, hörte mein Gestammel: »Nur ruhig, ich weiß, man muss Ruhe bewahren, aber alles geht so schnell.«

Mutter sagte: »Ihr zwei solltet ins Grenzgebiet zurückkehren, dort scheint ihr hinzugehören.« Sie fügte hinzu, wenn es den jetzigen Fürsten nicht mehr gebe, werde sie zum Sohn überlaufen. Da sie wusste, dass mir eine schlaflose Nacht bevorstand, füllte sie noch Öl in die Lampe, bevor sie ging. Meine Frau brach in Tränen aus. Nicht, dass ich noch nie eine Frau hätte weinen sehen, aber es hat mich noch nie so traurig gemacht. An diesem Abend schien die Zeit stillzustehen. Es war das erste Mal, dass ich dies so deutlich erlebte. Tharna weinte sich in den Schlaf und schluchzte auch im Traum weiter. Ihr Schmerz erregte mich, doch blieb ich still neben der Lampe sitzen, bis die Hitze in meinem Körper wieder nachließ und mir kalt wurde. Als Tharna erwachte, blickte sie mich erst zärtlich an: »Idiot, hast du die ganze Zeit so dagesessen?«

»Ja.«

»Frierst du nicht?«

»Doch.«

Da erst wurde sie ganz und gar wach, erinnerte sich an die Ereignisse des vorangegangenen Tages und kuschelte sich wieder in die Decke. Ihre Augen wurden kalt, und die Tränen flossen. Nicht lange, und sie schlief wieder ein. Ich wollte mich noch nicht hinlegen, weil ich ohnehin nicht hätte einschlafen können, und ging hinaus. In Vaters Zimmer brannte Licht. Die Festung war vollkommen still, aber bestimmt ging irgendwo etwas vor. Am Tag hatte es einen Zeitpunkt gegeben, an dem ich die Dinge hätte lenken können. Aber jetzt, in der Nacht, war das anders. Jetzt trafen andere die Entscheidungen.

Langsam zog der Mond über den Himmel, langsam wurden Dinge entschieden, langsam verging die Zeit. Wer sagt, dass ich ein Idiot bin? Ich spürte den Lauf der Zeit. Hat ein Idiot ein Gespür für die Zeit?

Zurück im Zimmer, ging das Öl in der Lampe zur Neige. Der Mond schien zum Fenster herein.

Später ging auch er unter. Ich saß im Dunkeln und wollte über etwas nachdenken, über den kommenden Tag zum Beispiel und was ich dann tun würde. Doch mir fiel nichts ein. Der hinkende Verwalter hatte einmal gesagt, wenn man über etwas nachdenke, halte man Zwiesprache mit sich selbst. Aber mir fiel es schwer, lautlos zu sprechen. Wie sollte das gehen? Hieß das, dass ich noch nie ernsthaft über etwas nachgedacht hatte? Doch, das hatte ich. Aber dann hatte ich mir nicht eigens vorgenommen, über dies und das nachzudenken. Sobald ich das tat und leise Selbstgespräche führte, war mein Gehirn vollkommen leer. Ich saß im Dunkeln und lauschte den ruhigen Atemzügen Tharnas, die ab und zu durch ein Schluchzen unterbrochen wurden. Dann wurde das Dunkel dünner.

Zum ersten Mal in meinem Leben sah ich dem Kommen des Tages zu.

Tharna war wach, tat aber, als schliefe sie noch fest. Ich saß immer noch da. Dann kam Mutter herein, das Gesicht grau, als habe sie auch nicht geschlafen. »Mein Sohn, geh zurück an die Grenze«, sagte sie noch einmal, »oder zu Tharna nach Hause. Nimm all deine Sachen mit.«

Wenn jemand mit mir sprach, konnte ich sofort wieder klar denken: »Ich will die Sachen nicht mehr.«

Als Tharna aufstand, schienen ihre Brüste nicht ihr zu gehören, sondern wirkten wie aufgesetzte Bronzestücke. Die bronzenen Tauben in unserem Wandschrank im Speisezimmer schimmerten genauso. Sie zog ein Satingewand an, über das sich das Morgenlicht ergoss. Andere Frauen wurden vom Sonnenlicht angestrahlt, nur über sie floss es hinweg. Sogar die von Sorgen geplagte Frau des Fürsten sagte: »Es gibt keine schönere Frau auf der Welt als deine.«

Tharna antwortete nicht direkt, sondern sagte zu ihrem eigenen Bild im Spiegel: »So wie mein Mann ist, wird ihm möglicherweise eines Tages sogar seine Frau geraubt.«

Die Frau des Fürsten seufzte.

Tharna lachte: »Dann bist du wirklich ein bemitleidenswerter Idiot.«

36

Der Fürst dankt ab

Im Hause Maichi wurden viele Dinge beim Frühstück entschieden. Doch an diesem Morgen war die Stimmung beim Frühstück angespannt. Alle stopften sich den Mund voll, als ginge es um einen Wettbewerb im Vielessen.

Nur mein Bruder sah mit klaren, leuchtenden Augen um sich und besonders zu Vater und meiner Frau hin. Kurz bevor die Tafel aufgehoben wurde, rülpste die Frau des Fürsten.

Der Fürst sagte: »Wenn es etwas gibt, dann sprich.«

Die Frau des Fürsten setzte sich aufrecht hin: »Der Idiot und seine Frau wollen zurückkehren.«

»Zurückkehren? Ist ihr Zuhause nicht hier? Sicher, sicher, ich weiß, was du meinst. Aber sie müssen wissen, dass das Grenzgebiet nicht ihnen gehört. Mein Territorium ist nicht zweigeteilt, und der Fürst ist der Herrscher über alles.«

Ich sagte: »Lass mich im Auftrag des Herrschers den Handel dort überwachen.«

Da ergriff mein Bruder, der Erbe des Fürstenthrons der Maichis und ihr intelligenter Sohn, das Wort. Er wandte sich nicht an mich, sondern an meine Frau: »Was tut ihr dort? Ist es lustig?«

Tharna kicherte und antwortete: »Machst du alles immer nur aus Spaß?«

»Manchmal …«, sagte mein Bruder. Es war platte Anmache.

Vater sah mich an, aber ich schwieg. Da wandte er sich an Tharna: »Willst du auch fortgehen?«

Tharna sah meinen Bruder an und erwiderte: »Das ist mir egal.«

Da sagte der Fürst zu seiner Frau: »Lass die Kinder noch ein wenig hier bleiben.«

Immer noch saßen alle da und machten keine Anstalten aufzustehen. Der Fürst hüstelte ausführlich, hob den Kopf und sagte: »Das wars.«

Da standen wir auf.

Als ich Tharna fragte, ob sie mit mir spazieren gehen wolle, sagte sie: »Meinst du, es passiert noch etwas? Gegenüber meiner Mutter bist du mit so viel Nachdruck aufgetreten, was ist jetzt los?«

»Ja, was ist los?«, fragte ich.

Sie kicherte: »Jetzt bist du am Ende.«

Ich trat aus der Festung hinaus auf den vollkommen ausgestorbenen Platz. Normalerweise war hier immer jemand, aber heute schien er wie leer gefegt.

Ich traf den alten Henker. Obwohl ich nichts sagte, fiel er auf die Knie und bat: »Junger Herr, bitte lassen Sie meinen Sohn frei, er soll nicht wieder mit Ihnen gehen. In Zukunft ist er der Henker Ihres Bruders, nicht der Ihre.« Ich wollte ihm eine runterhauen, unterließ es aber und ging fort. Kurz darauf traf ich seinen Sohn und sagte zu ihm: »Dein Vater meint, ich solle dich nicht mehr beschäftigen.«

»Alle sagen, dass Sie nicht das Zeug zum Fürst haben.«

»Hau ab«, sagte ich.

Doch er blieb mit seinen langen Aryi-Armen stehen und beobachtete mich, wie ich langsam fortging und dabei mit einem Stock auf Büsche und Sträucher am Wegesrand einschlug.

Ich ging zu Sangye Dolma und ihrem Silberschmied. Der Schmied roch nach Brennofen, sie nach Abwaschwasser. Das sagte ich ihr. Dolma gestand mir unter Tränen: »Als ich zurückkehrte, habe ich zum Silberschmied gesagt, wir hätten unvergleichliche Tage zusammen erlebt, aber ... aber ... Junger Herr!« Ihr brach die Stimme, sie wandte sich um und lief fort. Ich hörte den Silberschmied zu ihr sagen: »Aber dein Junger Herr ist nun einmal ein Idiot.«

Ich sah die beiden an und fühlte eine große Leere in mir. In diesem Augenblick sprach jemand aus, was ich dachte: »Ich werde den Silberschmied töten.« Ich weiß nicht, wann Sonam Tserang hinter mich getreten war. »Ich werde diese Leute für Sie töten«, sagte er, »den Silberschmied und danach den Ersten Jungen Herrn.«

»Aber ich werde sowieso nie Fürst werden«, wandte ich ein. »Niemals.«

»Dann will ich sie erst recht umbringen.«

»Sie werden dich ebenfalls töten.«

»Sollen sie doch.«

»Und mich werden sie auch umbringen. Weil sie annehmen werden, dass du in meinem Auftrag gemordet hast.«

Sonam Tserang rief mit weit aufgerissenen Augen: »Junger Herr! Dann sind Sie nicht nur ein Idiot, sondern haben auch noch Angst vor dem Tod? Wenn Sie schon nicht Fürst werden können, sollen sie Sie doch töten!«

Ich wollte ihm sagen, dass ich mich fühlte, als sei ich schon niedergestochen worden. Ich hatte immer angenommen, es sei allein meine Sache, ob ich Fürst würde oder nicht, aber nun wurde mir klar, dass es auch mit den anderen zu tun hatte. Doch jetzt war es ohnehin zu spät, etwas zu sagen. Ich ging einmal um die Festung herum, bevor ich zum Platz zurückkehrte. Wangpo Yeshi saß wieder im Schatten des Walnussbaums. Er schien vollkommen unbeeindruckt von den Ereignissen des Vortages, sein Gesicht so ausdrucksstark wie immer. Ich setzte mich zu ihm und sagte: »Sie glauben, dass ich nicht Fürst werde.«

Er schwieg.

»Ich möchte Fürst werden!«

»Ich weiß.«

»Mir ist jetzt erst klar, wie sehr ich es mir wünsche.«

»Ich weiß.«

»Kann ich es noch schaffen?«

»Ich weiß nicht.«

Das oben Stehende waren die Dinge, die ich am Tag nach den besagten Ereignissen tat.

Zum Frühstück des darauf folgenden Tages erschien der Fürst als Letzter. Als er sah, dass alle auf ihn warteten, hielt er sich ein Auge zu und sagte: »Wartet nicht auf mich, esst! Ich glaube, ich bin krank.

Wir begannen zu essen.

Ich nahm meine Schale etwas langsamer auf als die anderen, was er mit einem grimmigen Blick quittierte. Ich vermutete, dass etwas mit seinen Augen nicht stimmte, doch ein solches Funkeln konnte nur aus gesunden Augen kommen. Sofort hob er seine Hand wieder vor die Augen. Er wollte mir bedeuten, dass ich mich nicht zu fürchten brauche, aber davon war ich ohnehin weit entfernt. »Vaters Auge ist in Ordnung«, sagte ich.

»Wer sagt, dass es nicht so ist?«

»Deine Hand, denn wenn Menschen krank sind, legen sie ihre Hände auf die wunde Stelle.«

Für einen Moment sah es aus, als wolle er explodieren, doch dann beherrschte er sich. Er nahm die Hand vom Auge, musterte mich von oben bis unten und sagte: »Letzten Endes bist du eben doch ein Idiot.« Dann legte er seine Hände in die seiner Frau, vielleicht um sich davon abzuhalten, sein Auge erneut zu verdecken. Der Blick, mit dem er sie ansah, war weniger der des Ehemanns als der des Sohnes, der seine Mutter ansieht. »Soll ich den Geschichtsschreiber holen lassen?«, fragte er.

»Wenn du dich entschieden hast, ja.«

Als der Schreiber eintrat, lösten sich Tränen aus den Augen meiner Mutter und tropften hörbar auf den Boden. Die Frau des Fürsten sagte zum Schreiber: »Notieren Sie, was der Fürst zu sagen hat.«

Der Geschichtsschreiber schlug das Heft auf, das ich ihm geschenkt hatte, befeuchtete den Füller mit den Lippen, und als alle ihre Essschälchen abgesetzt hatten, sah der Fürst einen nach dem anderen prüfend an und begann dann leise murmelnd zu sprechen: »Ich bin krank und alt und habe mich jahrelang für das Haus Maichi aufgerieben. Ja, ich bin müde und habe keine paar Jahre mehr zu leben.«

Wie kann ein Mensch sich über Nacht derart verändern, dachte ich. Laut fragte ich: »Wie kann Vater so plötzlich müde, alt und krank werden? Und dann auch noch alles auf einmal?«

Der Fürst hob die Hand und sagte: »Lass mich ausreden. Wärest du nicht ein solcher Idiot und dein Bruder so klug, ich wäre nicht so schnell alt, müde und krank geworden. Euer Vater hat unzählige schlaflose Nächte hinter sich.« Der Fürst ließ den Kopf hängen, bedeckte seine Augen mit den Händen und sprach sehr schnell, so als fürchte er, nach einer Unterbrechung nicht mehr die Energie zu haben, seine Rede fortzusetzen.

Seine Stimme war leise, doch sie dröhnte in unseren Ohren.

»Um es kurz zu machen, ich möchte den Thron des Fürsten zu Lebzeiten frei machen für den gesetzlich bestimmten Erben, meinen Erstgeborenen Tamding Gömbo.«

Der Fürst hatte angekündigt abzudanken!

Aus Gründen, die allen bekannt seien, wie auch aus persönlichen Gründen, sagte er, werde er den Thron des Fürsten für seinen klugen Sohn frei machen. Da stand der Fürst, allein, redete und redete, und hob langsam den Kopf. Tatsächlich sprach er im Wesentlichen mit sich selbst – der Fürst, der abdanken wollte, sprach mit dem, der gern im Amt geblieben wäre. Ein Mensch ist zuweilen in zwei Teile gespalten, von denen der eine dies will, der andere jenes. Genauso können im Kopf eines Menschen zwei Stimmen sprechen. Der Fürst unterdrückte mithilfe der einen die andere Stimme in seinem Kopf. Letzten Endes sei die Entscheidung, seinen älteren Sohn zum Nachfolger zu machen, die einzig richtige. Weil er der erstgeborene sei, nicht der zweite. Und weil er klug sei, kein Idiot.

Fürst Maichi wollte seinen kleinen Sohn trösten, er sagte: »Außerdem wird der jüngere Sohn Maichi Fürst Rongong werden.«

Tharna fragte: »Bei wem es nicht zum Fürsten Maichi reicht, der wird demnach Fürst Rongong?«

Dazu fiel Fürst Maichi nichts ein.

Zu aller Überraschung mischte sich der Geschichtsschreiber, der vor wenigen Tagen erst sprechen gelernt hatte, ins Gespräch: »Der Fürst hat Recht, der ältere Sohn muss Fürst werden. Aber der Fürst hat auch Unrecht. Kein Ereignis von Bedeutung beweist, dass der Zweite Junge Herr ein Idiot ist, und kein bedeutendes Ereignis stellt unter Beweis, dass der Erste Junge Herr klug ist.«

Die Frau des Fürsten starrte den Geschichtsschreiber mit offenem Mund an.

Der Fürst sagte: »Das ist allgemein bekannt.«

»Vor einiger Zeit haben Sie mich noch niederschreiben lassen, dass Ihr idiotischer Sohn kein Idiot sei«, sagte der Geschichtsschreiber, »und dass er Dinge tue, auf die ein kluger Mensch kaum kommen würde.«

Der Fürst erhob seine Stimme: »Alle sagen, dass er ein Idiot sei.«

»Aber er ist intelligenter als all diese Klugen!«

Der Fürst grinste verächtlich: »In deinem Mund wächst wieder eine Zunge? Du kannst wieder sprechen? Wenn du nicht aufpasst, wirst du deine neue Zunge verlieren.«

»Wenn Sie bereit sind, einen guten Fürsten zu verlieren, tut es mir um meine Zunge auch nicht Leid.«

»Ich will dein Leben.«

»Bitte sehr. Trotzdem sehe ich, dass die Grundfesten der Maichis durch Ihre Dummheit ins Wanken geraten.«

Da schrie der Fürst: »Was gehen dich unsere Angelegenheiten an!«

»Haben Sie mich nicht zum Geschichtsschreiber gemacht? Der Geschichtsschreiber selbst ist die Geschichte, *die Geschichte!*«

»Hören Sie auf«, sagte ich, »halten Sie einfach fest, was Sie gesehen haben, das ist doch Geschichte, oder?«

Der Geschichtsschreiber lief rot an und brüllte in meine Richtung: »Wissen Sie denn, was Geschichte ist? Geschichte muss klarstellen, was richtig und was falsch ist, das ist Geschichte.«

»Sie haben nur noch Ihre halbe Zunge«, warf mein Bruder ein, der bald der rechtmäßige Fürst sein würde. »Wenn ich Fürst bin, brauche ich auch einen Geschichtsschreiber, der über alles, was ich tue, Buch führt. Aber wenn Sie nichts Besseres zu tun haben, als mich daran zu erinnern, dass Sie nur noch die Hälfte Ihrer Zunge besitzen, haben Sie bald gar keine mehr.«

Der Geschichtsschreiber musterte erst meinen Bruder, dann den Fürsten, und ihm wurde klar, dass er seine Zunge erneut verlieren würde. Dann warf er auch mir einen Blick zu. Doch darin lag keinerlei Schuldzuweisung. Das Gesicht des Schreibers wurde weißer als Papier, und als er zu mir sprach, klang seine Stimme rau und heiser: »Junger Herr, sind Sie es, der mehr verliert oder ich?«

»Das sind Sie. Es gibt niemanden sonst, der zwei Mal stumm wurde.«

»Erst recht gibt es niemanden«, sagte er, »den alle für einen Idioten halten und der, als alle ihn zum Fürst machen wollen, durch die Dummheit seines Vaters um diese Gelegenheit gebracht wird.«

Mir fehlten die Worte.

»Natürlich«, fuhr er fort, »wären Sie es auch nur durch die Dummheit eines klugen Menschen geworden. Durch die Dummheit Ihres Bruders.«

Während wir noch sprachen, wartete der Henker schon unten. Da ich nicht mit ansehen wollte, wie er ein zweites Mal bestraft wurde, verabschiedete ich mich oben von ihm. Zu meiner schönen Frau sagte er mit einer Stimme, die alle hören konnten: »Herrin, sorgen Sie sich nicht um Ihren Mann, und geben Sie die Hoffnung nicht auf. Leute, die sich für klug halten, machen irgendwann Fehler.«

Dabei war er schon auf dem Weg nach unten. Er sagte noch etwas, doch eine Windbö riss ihm die Worte von den Lippen, sodass wir sie nicht hörten. Mein Bruder ging mit ihm hinunter, und als der Wind sich gelegt hatte, hörten wir ihn sagen: »Sie können auch den Tod wählen.«

Der Geschichtsschreiber blieb auf der Treppe stehen und wandte sich dem eine Stufe über ihm stehenden, erfolgstrunkenen Manne zu: »Ich will leben. Ich möchte Sie mit eigenen Augen sterben sehen.«

»Ich verurteile Sie jetzt zum Tod.«

»Sind Sie jetzt schon Fürst Maichi? Der Fürst hat seine Absicht bekundet, auf den Thron zu verzichten, aber er hat es noch nicht getan.«

»In Ordnung, erst Ihre Zunge, und sobald ich Fürst bin, Ihr Leben.«

»Wenn es so weit ist, wollen Sie sicher nicht nur mich hinrichten, nicht wahr?«

»Richtig.«

»Sagen Sie mir, wen Sie hinrichten werden. Ich bin Ihr Geschichtsschreiber, Herr.«

»Sie werden es rechtzeitig erfahren.«

»Ihren jüngeren Bruder?«

»Er will sich nicht damit abfinden, dass er ein Idiot ist.«

»Die Frau des Fürsten?«

»Sie wird schon noch dahinter kommen, wer der Klügere ist.«

»Was ist mit der Frau Ihres Bruders?«

Da lachte mein Bruder: »Sie ist eine verflucht schöne Frau, schöner als jedes verruchte Weibsbild. Erst gestern habe ich von ihr geträumt.«

Der Geschichtsschreiber lächelte: »Sie intelligenter Mensch tun nichts Unerwartetes.«

»Sprechen Sie nur, wenn die Strafe dadurch für Sie leichter erträglich wird.

Da hörten wir den freundlichen, kultivierten Schreiber zum ersten Mal fluchen: »Verdammt, ich habe tatsächlich ein wenig Angst.«

Das waren die letzten Worte, die wir auf dieser Welt von ihm hörten.

Da Tharna den Henker noch nie bei der Arbeit gesehen hatte, auch nicht beim Abschneiden einer Zunge, ging sie hinunter. Die Frau des Fürsten sagte zu ihrem Mann: »Du hast noch nie einen anderen Fürsten ein Urteil vollstrecken sehen, willst du nicht hingehen?«

Der Fürst schüttelte mit einem gequälten Gesichtsausdruck den Kopf. Er wollte, dass alle wussten, welch heldenhafte Qual derjenige ertrug, der dem Thron entsagte.

Die Fürstin verstand die Botschaft nicht: »Wenn du nicht gehst – ich gehe. Ich habe noch nie einen nicht rechtmäßigen Fürsten seine offiziellen Ämter wahrnehmen sehen.« Sie ging die Treppe hinunter.

Damit war der Raum oben leer.

Als der Fürst seinem idiotischen Sohn ins Gesicht sah, wirkte er noch gequälter. Und obwohl ich zehn Mal, ja hundert Mal mehr litt als er, war meiner steinernen Miene nichts davon anzusehen. Wieder hob ich den Kopf, um in den Himmel zu blicken. Der Wind jagte weiße Wolken über das kleine azurblaue Quadrat im Fensterrahmen. Da ich nicht mit dem abdankenden Fürsten in einem Raum verweilen wollte, wandte ich mich zum Gehen. Ich hatte schon einen Fuß über die Schwelle gesetzt, da sagte Vater plötzlich: »Möchtest du nicht bei deinem Vater bleiben, mein Sohn?«

»Ich kann die Wolken am Himmel nicht sehen«, sagte ich.

»Komm zurück und setz dich zu mir.«

»Ich möchte hinaus. Draußen am Himmel sind Wolken, und ich möchte sie sehen.«

Dem Fürsten blieb nichts anderes übrig, als das Zimmer zu verlassen und auf einem der vielen Arkadengänge der Festung mit mir den ziehenden Wolken nachzusehen. Auf dem Platz draußen war es nicht so laut wie sonst bei der Vollstreckung eines Urteils. Die glühende Hitze legte sich wie ein gleißend goldener Deckel auf die Menschen. Die Menge unter dem Deckel gab keinen Mucks von sich.

»Es ist so still«, sagte der Fürst.

»Als gäbe es keine Maichis auf der Welt.«

»Hasst du mich?«

»Ich hasse dich.«

»Hasst du dich dafür, dass du ein Idiot bist?«

»Ich bin kein Idiot.«

»Du siehst aber so aus!«

»Du bist idiotischer als ich, und er ist noch dümmer als du!«

Vater begann zu schwanken: »Mir ist schwindlig, ich kann nicht mehr stehen.«

»Fall ruhig hinunter, mit einem neuen Fürsten gibt es keine Verwendung mehr für dich.«

»Himmel, du gewissenloser Kerl, bist du mein Sohn oder nicht?«

»Und du? Bist du mein Vater?«

Er stand wieder sicher, seufzte und sagte: »Eigentlich wollte ich es nicht tun, aber wenn ich dir den Thron ließe, würde dein Bruder mit Sicherheit einen Krieg beginnen. Du hast dich hundert Mal klüger verhalten als er, aber wer garantiert mir, dass du immer so klug bist? Wer garantiert mir, dass du kein Idiot bist?«

Er sprach in einem so rührenden Ton, dass ich etwas sagen wollte. Aber mir fiel nichts Passendes ein.

Da erschien plötzlich eine dunkle Wolke am Himmel, die die Sonne verdeckte. Im selben Augenblick stöhnte die Menge auf dem Platz auf, dass die ganze Festung zu beben schien.

Ich hatte noch nie so viele Menschen auf einmal bei einer Urteilsvollstreckung stöhnen hören. Der Fürst vermutlich auch nicht, denn er bekam Angst. Er hat es sich anders überlegt, dachte ich. Als ich die Treppe hinunterging, folgte er mir und wartete darauf, dass ich ihm auseinander setzte, ob ich ein kluger Mensch oder ein Idiot sei. Ich drehte mich um und lachte ihn an – ein befriedigendes Gefühl. Er musste das Lächeln zu würdigen wissen. Dann sprach er wieder, drei Stufen höher stehend als sein idiotischer Sohn, mit bewegter Stimme: »Ich weiß, dass du mich eines Tages verstehen wirst. Du hast den Seufzer der Menschen gehört, der die Erde zum Beben zu bringen schien. Sie haben dich wie die Verrückten hochgehoben, sind losgerannt und haben Weizenfelder niedergetrampelt, dass ich es mit der Angst zu tun bekommen habe, ich hatte wirklich Angst. Auch deine Mutter hatte Angst. An jenem Tag habe ich beschlossen, meinen

Thron zu Lebzeiten an deinen Bruder abzutreten. Ich wollte ihn sicher an der Macht sehen und dich unter ihm ein ruhiges Leben führen.«

Da kam mir plötzlich ein Gedanke, begleitet von einem stechenden Schmerz auf der Zunge. Ich wusste, dass der Geschichtsschreiber seine Zunge inzwischen ein zweites Mal verloren hatte und dass der Schmerz von ihm herrührte. Deshalb sagte ich: »Ich möchte auch nicht mehr sprechen.«

Der Satz war kaum heraus, da verschwand der Schmerz von meiner Zunge.

37

Ich schweige

Ich beschloss von einem Moment zum nächsten, nicht mehr zu sprechen.

Mein Freund Wangpo Yeshi hatte ein zweites Mal, und das hieß endgültig, seine Zunge verloren. Und das meinetwegen. Selbst wenn ein Wunder geschähe – Wangpo Yeshi würde kein drittes Mal den Mund auftun und zu sprechen beginnen. Diesmal hatte der Henker seine Zunge mitsamt der Wurzel herausgetrennt. Als ich auf den Platz hinaustrat, verzogen sich die dunklen Wolken gerade, die Sonne schien wieder. Der Geschichtsschreiber lag mit einem Blut stillenden Mittel im Mund, einem Familienrezept der Aryis, reglos im Schatten des Walnussbaums und sah in den Himmel. Aus der Nähe sah ich, dass er schwitzte, und rückte ihn ein wenig in Richtung des Baumschattens zurecht. Ich sagte: »Es ist gut zu schweigen, ich möchte auch nicht mehr sprechen.«

Er sah mich an, und aus seinen Augenwinkeln traten zwei große Tränen. Ich streckte einen Finger danach aus, um den salzigen Geschmack auf der Zunge zu kosten.

Die beiden Aryis räumten ihre Geräte zusammen. Auf der anderen Seite des Platzes standen mein Bruder und meine Frau im Schatten der steinernen Festungsmauer und unterhielten sich. Der Erste Junge Herr schlug mit der Peitsche immer wieder kräftig gegen den Hanf, der am Fuß der Mauer blühte. Auch Tharna wirkte unruhig und rieb ohne Unterlass ihre Hände. Tauschten sie sich darüber aus, wie es war, jemanden seine Zunge verlieren zu sehen? Da ich nicht mehr reden wollte, mischte ich mich nicht in das Gespräch ein. Die Frau des Fürsten schien sich dafür zu interessieren und ging zu ihnen hinüber. Doch noch bevor sie sie erreicht hatte, gingen die beiden jeder für sich nach oben. Meine Frau drehte sich nicht einmal nach mir um, als sie ins Haus trat. Das tat dafür meine Mutter – in der gleichen Weise, in der ich Wangpo Yeshi anblickte.

In diesem Augenblick sah ich ein Gesicht verstohlen um eine Ecke der Mauer spähen. Ich hatte das Gefühl, in dem Gesicht etwas zu erkennen. Ja, ich wusste sofort, dass dieser Mensch sehr lange mit niemandem mehr gesprochen, nicht einmal stumme Zwiesprache mit sich selbst gehalten hatte. Als das Gesicht ein weiteres Mal herüberblickte, entdeckte ich den Hass unter der Einsamkeit. Da fiel mir schlagartig ein, um wen es sich handelte: Es war der Feind der Maichis, der seinen toten Vater rächen wollte. Er hatte sich auf den Weg gemacht, als ich noch an der Grenze war, und erschien aus irgendeinem Grund erst jetzt hier. Bevor Mutter ins Haus ging, drehte sie sich nochmals nach mir um. Doch da ich beschlossen hatte zu schweigen, brauchte ich ihr auch nicht vom Eintreffen des Mörders zu berichten – zumal er es auf Frauen ohnehin nicht abgesehen hatte.

Ich saß im Schatten des Walnussbaums, sah die Nachmittagssonne in der Festung immer längere Schatten werfen und blickte in die leuchtende Herbstlandschaft hinaus. Anfangs hatte Wangpo Yeshi neben mir gesessen, dann hatten die Henker ihn mitgenommen. Als schließlich die Sonne unterging, erhob sich ein heulender Wind, Vögel kreisten auf dem Heimweg in der Luft und schlugen mit den Flügeln wie mit Stofffetzen. Zeit fürs Abendessen. Ich ging direkt zum Speisesaal.

Alle waren bereits versammelt und lächelten mich freundlich an. Vermutlich deshalb, weil ich nun wieder ein harmloser Idiot war. Sie wetteiferten, ein Gespräch mit mir zu beginnen, doch ich sagte kein Wort. Mein Bruder sprach zwar mit mir, während seine Augen auf Tharna an meiner Seite ruhten: »Wenn mein kleiner Bruder weiterhin schweigt, wird selbst Tharna ihn für einen Idioten halten.« Und zur unvergleichlich schönen Schwägerin sagte er: »Idioten behalten ihren Missmut für sich, nicht wie wir, die wir sagen, was wir denken.«

In Tharnas Augen loderte grünes Feuer, das ich auf meinen selbstgerechten Bruder gerichtet glaubte, doch dann sagte sie zu mir: »Nun wirst du wohl nicht mehr behaupten, kein Idiot zu sein, was?«

Ich ließ alles Geschehene Revue passieren, konnte mich jedoch nicht erinnern, behauptet zu haben, ich sei kein Idiot. Aber ich hatte nun einmal beschlossen zu schweigen.

Vater mischte sich ein: »Er möchte nicht sprechen, drängt ihn nicht, er ist auch ein Maichi, der für die Familie tat, was keiner von uns je geschafft hat. Es schmerzt mich, ihn heute so zu sehen.«

Später, als alle aufstanden und gingen, blieb ich sitzen.

Auch Vater war zurückgeblieben. »Meine Frau ist ohne ein Wort zu mir aufgestanden. Deine Frau ist ohne ein Wort zu dir aufgestanden.«

Ich schwieg.

Vater sagte: »Ich weiß, dass du zurück an die Grenze willst, aber ich kann dich nicht gehen lassen. Denn wenn du tatsächlich ein Idiot bist, so kannst du dort nichts ausrichten, und wenn du kein Idiot bist, umso schlimmer, weil die Brüder Maichi dann mit den besten Waffen gegeneinander kämpfen würden.«

Ich sagte nichts.

»Der hinkende Verwalter hat Leute hergesandt, um dich abzuholen«, erklärte Vater. »Aber ich habe sie fortgeschickt. Ich wage nicht, dir alles zu übertragen. Du hast viel erreicht, aber wer weiß, ob du wirklich durch und durch klug bist. Lieber glaube ich an ein Wunder und dass die Götter dir geholfen haben, aber ich kann mich in wichtigen Entscheidungen nicht auf Wunder verlassen.«

Ich ging hinaus und ließ ihn allein im Esszimmer zurück, wo er den Kopf tief in seine Arme vergrub.

In unserem Zimmer kämmte sich meine schöne Frau vor dem Spiegel ihre langen Haare, die im Lampenlicht schwach glänzten. Ich bemühte mich, nicht im Spiegel neben ihrem hübschen Gesicht zu erscheinen.

Sie lächelte ihrem Spiegelbild zu und seufzte. Ich legte mich leise hin. Später sagte sie zu mir: »Du warst den ganzen Tag nicht an meiner Seite.«

Der Wind heulte um die dicken Außenmauern und wirbelte Laub und trockenes Gras durch die Luft.

»Kaum zu glauben, dass ein Mann eine schöne Frau wie mich den ganzen Tag allein lässt.«

Der Wind strich über den Fluss und wärmte ihn auf. Sobald aber die Gischt aus dem warmen Wasser aufspritzte, wurde sie kalt. So kühlte das Wasser von Tag zu Tag weiter ab, bis die Schaumkronen eines Tages als Wasser hochspritzten und in Form von Eis wieder herunterfielen. Dann war der Winter da.

»Ich habe mich mit deinem Bruder unterhalten. Er ist ein interessanter Mann, auch wenn er eine verlorene Schlacht geschlagen hat.«

Tharna drehte und wendete sich immer noch vor dem Spiegel. Ich lag auf dem Bett und dachte über den kommenden Winter nach. Die Felder waren abgeerntet, schwarze Krähen mit roten Schnäbeln und weiße Tauben fanden sich zusammen, drehten Kreise und zogen rufend und kreischend über den Himmel. Trotzdem ist der Winter eine ruhige Zeit, denn der Fluss mit seinem lebhaften Strömen und Schäumen liegt unter einer dicken Eisdecke.

Tharna lächelte und sagte: »Ich hätte nicht gedacht, dass du wirklich aufhörst zu sprechen.«

Schließlich kehrte sie dem Spiegel den Rücken und setzte sich zu mir aufs Bett: »Himmel, ein Idiot, der nicht mehr spricht, wohin soll das führen?«

In diesem Augenblick klopfte es an die Tür, Tharna strich ihre Kleidung glatt und setzte sich wieder vor den Spiegel.

Mein Bruder kam herein und setzte sich auf den Bettrand. Er saß mit dem Rücken zu mir, Tharna mit dem Rücken zu uns beiden, und mein Bruder sagte zu der Frau im Spiegel: »Ich will nach meinem Bruder sehen.«

So begannen sie ein Gespräch im Spiegel.

Tharna sagte: »Du verschwendest deine Zeit, er spricht nicht mehr.«

»Willst du, dass er nicht spricht, oder möchte er es so?«

»Was haben die Maichi-Männer nur alle für verrückte Ideen?«

»Ich bin anders als er.«

Sie haben sicher noch eine Weile so weiter geredet, während ich in leichten Schlaf hinüberglitt, und als ich wieder aufwachte, verabschiedeten sie sich gerade. Tharna sah immer noch in den Spiegel und kehrte dem Ersten Jungen Herrn den Rücken zu. Der Erste Junge Herr war schon an der Tür, als er sich noch einmal umwandte: »Ich werde häufig nach meinem Bruder sehen. Ich habe ihn sehr geliebt, als wir noch Kinder waren. Später wollte er Fürst werden und hatte begonnen, mich zu hassen. Trotzdem will ich nach ihm sehen.«

Tharna löste die Zöpfe auf, die sie aus ihrem gescheitelten Haar geflochten hatte.

Durchs Fenster sagte er noch: »Schlaf jetzt. Hab keine Angst, in einer so großen Festung findet sich bestimmt jemand, der mit einer so schönen Frau spricht.«

Tharna lachte.

Mein Bruder auf der anderen Seite des Fensters lachte ebenfalls. »Mein kleiner Bruder ist wirklich ein Idiot. Es kann auf der ganzen Welt unmöglich eine schönere Frau als dich geben, und er spricht nicht mit dir.«

Er ging davon, und nachdem Tharna das Licht ausgeblasen hatte, schien der Mond ins Zimmer. Die Herbstnächte waren schon recht kalt, doch Tharna schreckte das nicht. Sie stand neben dem Bett, zog sich langsam aus, blieb noch einen Moment stehen, und erst als die Schritte draußen ganz verklungen waren, legte sie sich hin. »Ich weiß, dass du noch nicht schläfst, mein Idiot«, sagte sie. »Du musst nicht so tun.«

Ich lag reglos da.

Sie lachte: »Erst wenn du morgen Früh auch nicht redest, glaube ich dir, dass du nicht mehr sprichst.«

Am nächsten Morgen erwachte ich später als sonst. Als ich die Augen aufschlug, hatte Tharna schon aufgeräumt und sich angezogen, sie war ganz in Rot gekleidet und saß in den Sonnenstrahlen, die durch die Tür hereinfielen. Wie wunderschön sie war, sie saß dort wie eine Blume, die nur im Traum aufblüht! Als sie sah, dass ich aufgewacht war, kam sie herüber, beugte sich zu mir herunter und sagte: »Ich habe gewartet, bis du aufwachst. Sie sagen, die Frau muss immer warten, bis der Mann erwacht. Außerdem hast du doch deine üblichen Fragen, oder? Wenn nicht, siehst du erst recht wie ein Idiot aus.«

Auch als diese schöne Frau sich zu mir herabbeugte, hielt ich meinen Mund fest geschlossen.

»Wenn du weiterhin schweigst, wirst du ein richtiger Vollidiot, ein Idiot, der nicht weiß, wer und wo er ist – also sprich doch!«

Nachdem ich so lange geschlafen hatte und nicht mehr gesprochen hatte, begann mein Mund zu stinken. Als ich ihn zum ersten Mal öffnete, hielt Tharna sich die Nase zu und ging hinaus. Wie ein sterbendes Tier riss ich den Mund auf und atmete stoßweise die schlechte Luft aus. Erst danach dachte ich über meine alten Probleme nach: Wer bin ich? Wo bin ich? Im Bett liegend grübelte und grübelte ich und starrte in die staubige Zimmerecke mit den rußigen Spinnweben, bis sie in mein Gehirn einzudringen schienen.

Den ganzen Tag lief ich mit einem verträumten Lächeln umher, immer auf der Suche nach einem Ort, der mich daran erinnerte, wo ich war. Doch alles um mich her wirkte vertraut und fremd zugleich, ja wie aus einer anderen Welt. Die Festung des Fürsten, ein mächtiges Bauwerk, wirkte aus der Ferne ein wenig zur Seite geneigt, aus der Nähe schienen schon die Steine des Fundaments zu bröckeln. Ich dachte an die Geschichte des weisen Onkel Tömba. Der hatte eines Tages an einem heiligen Ort mit einem Mönch einen Spaß machen wollen und ihn aufgefordert, den Fahnenmast in der Mitte des Platzes zu umarmen, damit er stehen bliebe. Der Mönch glaubte zwar nicht, dass der Mast umfallen könnte, umklammerte ihn aber dennoch. Es war ein hoher Mast, der kluge Mönch umarmte ihn und blickte an ihm entlang in die Tiefen des Himmels, wo die Wolken dahinschwebten, als seien es Fahnen. Am Ende begann der Fahnenmast, sich zu bewegen, und der Mönch setzte alle körperliche und geistige Kraft ein, um ihn zu stabilisieren. Er wäre vor Erschöpfung unter dem Mast zusammengebrochen, wenn nicht die Wolken weitergezogen wären und damit zeigten, dass der Mast sicher stand. Jetzt sah ich in den Himmel und hatte das Gefühl, die Festungsmauer stürze auf mich herunter. Doch ich versuchte nicht, sie zu halten, denn ich war nicht intelligent, sondern ein Idiot. Die Wolken am Himmel zogen dahin, die Mauern drohten einzustürzen, aber am Ende passierte rein gar nichts. Da lachte ich laut in den Himmel hinauf.

Der Feind der Maichis, der Mann, der an der Grenze Hand an mich hatte legen wollen, streckte plötzlich seinen Kopf hinter der Mauer hervor. Sein verschwörerischer Gesichtsausdruck verwirrte mich noch mehr. Ganz langsam kam er herüber, setzte sich neben mich und hob sein Gewand hoch, um mir Schwert und Messer zu zeigen, mit denen er mich bedroht hatte. »Ich werde deinen Vater und deinen Bruder töten«, sagte er.

Ich lachte.

Der Rächer knirschte mit den Zähnen und war im nächsten Moment verschwunden.

Mutter holte mich in ihr Zimmer und blies mir Opiumrauch ins Gesicht. Da klarte mein umnebeltes Gehirn etwas auf. Mutter rollten Tränen über die Wangen, als sie sagte: »Keine Angst, du bist bei deiner Mutter, mein Idiot.«

Sie blies erneut Opiumrauch über mich hin. Opium ist ein wundersamer Stoff, denn im nächsten Moment war ich eingeschlafen – und konnte im Traum fliegen. Als ich erwachte, war es wieder Morgen. Mutter sagte: »Wenn du mit niemandem sonst sprechen willst, dann rede mit mir, mein Sohn.«

Ich lachte einfältig.

Die Frau des Fürsten weinte: »Wenn du nicht mit ihnen sprechen möchtest, sprich doch wenigstens mit mir, ich bin deine Mutter.«

Ich zog mich an und ging aus dem Zimmer. Mutter saß hinter mir auf dem Boden und hielt sich die Brust. Da spürte auch ich Schmerz in der Brust, stellte mich aufrecht hin und wartete, dass er vorüberging. Es gibt keinen Schmerz, der nicht irgendwann aufhört, und so war es auch mit diesem. Wie ein spitzer Pfeil drang er in meine Brust ein, verharrte einen Augenblick bei meinem pochenden Herzen und trat am Rücken wieder aus wie ein davonfliegender Vogel. Ich ging ein Stockwerk tiefer, bog um eine Ecke und war vor meinem Zimmer. Meine beiden Diener waren hinter mich getreten, und als sie plötzlich etwas sagten, sprang ich vor Schreck in die Höhe. Bei meiner Landung auf dem Boden hätte ich beinah meinen eigenen Schatten zertreten.

Sonam Tserang sagte: »Warum schläft der Junge Herr nicht mit Tharna? Gestern war der Erste Junge Herr bei ihr, und sie hat gesungen.«

Aryi reckte einen Finger in die Höhe: »Psst!«

Im Zimmer hörten wir Tharna aufstehen und ihren seidenen Umhang anlegen, hörten die Seide über ihre Haut gleiten, hörten ihre nackten Füße über den Boden tappen. Als der elfenbeinerne Kamm durch ihr Haar fuhr, erhob Tharna wieder ihre Stimme. Ich hatte sie nie zuvor singen gehört.

Ich nahm meine beiden Diener mit nach unten, wir blieben jedoch nicht auf dem Platz, sondern gingen weiter zum Haus des Henkers am Hang. Der angenehme Duft nach Heilkräutern in ihrem Garten half meinem Kopf, etwas klarer zu werden. Mir fiel ein, dass ich schon einmal hier gewesen war. Ich erinnerte mich, dass wir die Kammer mit der Kleidung der Toten besichtigt hatten. Als wir unter diesem einsamen Raum standen, holten die beiden Diener eine Leiter. Aryi sagte, er komme oft hierher und habe mit vielen Kleidungsstücken Freundschaft geschlossen.

Sonam Tserang lachte. Seine Stimme war in letzter Zeit rauer geworden, sie krächzte wie ein Nachtvogel in einem großen Wald. »Stimmt denn auch mit deinem Kopf etwas nicht, wie beim Jungen Herrn?«, fragte er. »Wie kann man Freundschaft mit Kleidung schließen?«

Aryi geriet in Wut, und statt mit seiner üblicherweise zögerlichen Stimme konstatierte er entschieden: »Ich bin genauso wenig verrückt wie der Junge Herr. Das hier ist keine gewöhnliche Kleidung, es sind Stücke, die die Verurteilten zurückgelassen haben, ihre Seelen wohnen darin!«

Sonam Tserang streckte eine Hand aus, um die Kleidung zu befühlen, hielt jedoch mitten in der Bewegung inne. Er atmete schwer.

Aryi lachte: »Du hast Angst.«

Als Sonam Tserang dann doch nach einem purpurnen Umhang griff, wirbelte er dicke Staubwolken auf. So viel Staub auf einem einzigen Umhang! Wir krümmten uns in heftigen Hustenanfällen, während die Kleidungsstücke mit ihren blutigen Kragen tatsächlich in Bewegung gerieten, als wohnten Seelen darin. Aryi sagte: »Sie beschweren sich, dass ich Fremde mitgebracht habe, gehen wir.«

Wir traten aus dem staubigen Raum ins Sonnenlicht hinaus. Sonam Tserang hielt den Umhang noch in der Hand, ein wirklich prächtiges Stück, ich kann mich nicht erinnern, je ein so reines Purpurrot gesehen zu haben. Das Kleidungsstück wirkte wie tags zuvor fertig gestellt, so frisch und unverbraucht. Aber bevor wir uns noch die Farbe hatten einprägen können, veränderte sie sich unter der Sonneneinstrahlung, verblasste und verwandelte sich vor unseren Augen in ein anderes Rot. Es wurde eine noch fantastischere Farbe, ähnlich den Blutspuren von einst. Mich überkam die Lust, den Umhang anzuziehen, und selbst Aryis inständige Bitten konnten mich nicht davon abhalten. Sobald ich ihn trug, fühlte ich mich wie in einer engen Umklammerung gefangen. Trotzdem wollte ich den Umhang nicht mehr ausziehen. Aryi kochte eilig ein paar Kräuter, gab sie mir zu trinken, und das Gefühl der Enge verschwand. Mein Körper und der Umhang waren eins geworden.

Auch der Umhang wollte nicht sprechen, oder, besser gesagt, ich erfüllte sein Bedürfnis, erneut in der Welt herumzulaufen, und er entsprach meinem Wunsch nach Stille.

Alles vor meinen Augen war jetzt in die unterschiedlichsten Rottöne getaucht. Der Fluss, die Berge, die Festung, die Bäume, alles schien mit einem purpurnen Schleier überzogen, einer Farbe, die nach verblassendem, altem Blut aussah.

In der Festung lag die Frau des Fürsten auf dem Opiumbett und sagte: »Was für ein merkwürdiger Umhang! Wann hast du ihn nähen lassen?«

Als Tharna mich sah, schwand alles Leben in ihrem Gesicht wie Nebel, wenn die Sonne herauskommt. Sie wollte, dass ich etwas anderes anzog, und durchwühlte einen riesigen Schrank. Doch auf allem, was sie herauszog, trampelte ich nur herum. Schließlich saß sie auf dem riesigen Stoß Kleidung, den sie aus dem Schrank gezerrt hatte, und sah so unansehnlich aus wie ein sonnengebleichter Stein aus dem Flussbett. »Ich halte das nicht mehr aus, ich halte das nicht mehr aus«, wiederholte sie unablässig und rannte aus dem Zimmer.

Ich saß in dem purpurnen Gewand in meinem Zimmer und starrte die Mitte einer goldenen Blume an, die in den Teppich eingewoben war, als ich bemerkte, wie Tharna den menschenleeren Flur hinunterging und in das Zimmer des Ersten Jungen Herrn trat. Der saß wie ich mit untergeschlagenen Beinen da, als die schöne Frau seines kleinen Bruders in sein Zimmer gestolpert kam und geradewegs in seine Arme wankte. Da sie offenbar einfach das Gleichgewicht verloren hatte, versetzte sie dem zukünftigen Fürsten mit dem Ellbogen einen Stoß, sodass er Nasenbluten bekam. Der zukünftige Fürst war zwar ein Romantiker, hatte sich den Beginn seiner Affäre mit der schönsten Frau der Welt aber sicher anders vorgestellt.

»Du hast mich blutig geschlagen.«

»Halt mich fest, ganz fest. Mach mir keine Angst.«

Da hielt der zukünftige Fürst sie fest, und das Blut aus seiner Nase tropfte auf ihr Gesicht. Doch das kümmerte Tharna nicht. Der zukünftige Fürst sagte: »Deinetwegen blute ich.«

»Du blutest? Du blutest wirklich. Das heißt, du bist ein echter Mensch, ich habe keine Angst mehr.«

»Wer ist denn kein echter Mensch?«

»Dein kleiner Bruder.«

»Er ist eben ein Idiot.«

»Er macht einem Angst.«

»Fürchte dich nicht.«

»Halt mich ganz fest.«

Auch der Fürst saß in seinem Zimmer. Er dachte in diesen Tagen darüber nach, wann er den Thron offiziell an seinen Sohn, den geschlagenen Krieger, übergeben sollte. Wenn er zu viel gegrübelt hatte, betrank er sich bis zur Besinnungslosigkeit. Da wurde er plötzlich von einem unerwünschten Verlangen gepackt. Er war in diesen Tagen meist allein gewesen, niemand, der ihn besucht hätte. Und so ging er mit diesem schier unwiderstehlichen Ausbruch von Verlangen, vielleicht dem letzten in seinem Leben, zum Zimmer der Herrin. Diese lag auf ihrem Opiumbett, blies Rauchkringel in die Luft und lächelte ihn aus einem wie aus Papier geschnittenen Gesicht an. Dem alten Fürst sackten die Beine weg, er fiel vor dem Opiumbett auf die Knie. Da die Herrin glaubte, er habe seine Meinung geändert, sagte sie: »Bereust du es?«

Der alte Fürst hob das Gewand der Herrin hoch und stieß einen bestialischen Laut aus. Dieser Schrei und der Alkoholgeruch aus seinem Mund weckten schmerzhafte Erinnerungen in ihr, sie stieß den Alten von sich: »Verschwinde, du Bestie! So hast du mir diesen Sohn gemacht!«

Gequält von seiner Begierde brachte der Fürst kein Wort mehr heraus und ging zum Zimmer Yangzoms. Yangzom meditierte und atmete gerade in immer tiefer, immer länger werdenden Zügen, als der Fürst hereinplatzte.

In diesem Augenblick lag meine Frau unter meinem Bruder.

Wieder wurde ich von Schmerz ergriffen. Wie ein Pfeil durchbohrte er meine Brust, hielt am Herzen kurz inne, um dann wie ein Vogel am Rücken wieder auszutreten und zwitschernd davonzufliegen.

Zwei Paare zerrten am helllichten Tag aneinander, dass die Festung schwankte. Als ich die Augen schloss, bewegte sich mein Körper im Rhythmus dieses Schwankens. Das Schwanken wurde stärker, als in der Ferne dumpfes Donnergrollen ertönte. Ich saß da und schwankte anfangs wie ein Baum hin und her, um dann wie Weizen im Sieb auf und ab zu hüpfen.

Als das Schütteln aufhörte, stürzten Sangye Dolma und ihr Silberschmied herein. Der Silberschmied fackelte nicht lang, warf mich schwungvoll über seine Schulter und lief mit mir auf den Platz hinaus. Vater und die dritte Frau, mein Bruder und meine Frau, sie alle rannten vor aller Augen und im Wesentlichen nackt aus ihren Zimmern. Als wollten sie in aller Öffentlichkeit erklären, dass ihr rasendes Verhalten das Erdbeben ausgelöst habe. »Ahhh!«, rief die Menge auf dem Platz – wie das Grollen in der Erde kurz vor dem Beben, tief und verhalten, doch von einer unnachgiebigen Stärke zeugend.

Den beiden Paaren wurde ihre Nacktheit jetzt erst bewusst. Sie blieben wie angewurzelt auf dem Treppenabsatz stehen. Dem Fürsten machte es am wenigsten aus, er war mit seiner dritten Frau zusammen, doch für meinen Bruder war es anders, bei ihm war die wunderschöne Frau seines jüngeren Bruders. Sie zögerten noch, unentschlossen, ob sie um ihr Leben laufen oder in die Zimmer zurückkehren und sich anziehen sollten, da erhob sich ein neuerliches, noch stärkeres Beben im tiefen Innern der Erde.

Alles begann zu schwanken, Staub wirbelte auf, und die beiden Paare wurden zu Boden geworfen. Wie ein gewaltiger Wasserfall stürzte der hohe Wachtturm der Festung an einer Ecke dröhnend in sich zusammen. Steine und Holz fielen wie ein zerbrochener Traum in die Tiefe. Der Lehm, der Steine und Holz zusammengehalten hatte, zerfiel zu Erde und stieg als Staubsäule wieder in den Himmel. Auf dem Boden liegend beobachteten die Menschen das Schauspiel. Sie haben bestimmt das Gefühl, mit dem Rauch und Staub etwas von der Familie Maichi im Himmel verschwinden zu sehen, dachte ich. Als der Staub sich gesetzt hatte, ragte der Turm mit einer fehlenden Ecke immer noch in den blauen Himmel und zeigte seine rauchgeschwärzte Innenwand, die sicher bei der nächsten Erschütterung einstürzen würde.

Doch das Beben war in die Ferne gezogen.

Die Staubwolken hatten sich gesetzt.

Fürst Maichi und der Erste Junge Herr standen wieder sorgfältig gekleidet vor uns, von den Frauen keine Spur. Die beiden traten vor die am Boden liegende Menge hin und sagten: »Steht auf, das Beben ist vorüber.«

Mein Bruder half mir auf die Beine und sagte: »Sieh dich an, immer steckst du mit den Dienern zusammen, ganz staubig bist du!« Er wischte dem idiotischen kleinen Bruder mit einem seidenen Tuch das Gesicht ab und zeigte mir das Ergebnis: Ja, das Tuch war schwarz vor Staub.

Der idiotische Bruder hob die Hand und gab ihm eine Ohrfeige.

Auf dem Gesicht des intelligenten Mannes zeichnete sich nach und nach der rote Abdruck einer Hand ab. Er sog scharf die Luft ein, hielt sich die schmerzende Wange und sagte: »Gerade hatte ich noch Mitleid mit dir, Idiot, weil deine Frau dir untreu ist. Aber jetzt freue ich mich, ja, ich bin froh, es mit deiner Frau gemacht zu haben!«

Er wollte seinen kleinen Bruder verletzen, der kurz zuvor noch seine größte Bedrohung gewesen war. Eine solche Verletzung kann den klügsten Menschen in den Wahnsinn treiben, zu schweigen von mir. Doch heute war alles anders. Heute trug ich ein purpurnes Gewand, und das gab mir die Kraft, den Wahnsinnigen links liegen zu lassen und hinaufzugehen. Ich betrat mein Zimmer, wo Tharna wieder vor dem Spiegel saß, doch ohne diesen verträumten, weltentrückten Gesichtsausdruck wie vor dem Beben. Sie schauderte: »Was für eine kalte Brise!«

Ich hörte mich sprechen: »Verschwinde aus meinem Zimmer, du bist nicht mehr meine Frau. Hau ab und geh zu ihm!«

Tharna drehte sich um, und ich freute mich über den Schreck in ihrem Gesicht. Doch sie versuchte, gleichmütig auszusehen, und sagte lächelnd: »Wieso trägst du immer noch diesen merkwürdigen Umhang, lass mich dir etwas anderes anziehen.«

»Raus hier.«

Da begann sie zu weinen: »Zieh diesen Umhang aus, er macht mir Angst.«

»Und als du mit dem Bruder deines Mannes geschlafen hast, hattest du keine Angst?«

Sie ließ sich aufs Bett fallen, beobachtete mich mit einem Auge und weinte mit dem anderen. Das gefiel mir nicht; sie sollte mit beiden Augen weinen. »Schreib deiner Mutter einen Brief«, sagte ich, »und sag ihr, was es für ein Gefühl ist, bei einem Erdbeben nackt vor allen Leuten dazustehen.«

Sie liebte mich zwar nicht, hatte aber auch nicht den Mut, zum Ersten Jungen Herrn zu laufen und mit ihm zu leben. Und selbst wenn sie sich getraut hätte, wäre der Erste Junge Herr vermutlich zu feige gewesen. Als ich nach dem Geschichtsschreiber schickte, begann sie endlich mit beiden Augen zu weinen. »Du bist gemein«, sagte sie. »Kaum sprichst du wieder, sind es so grausame Dinge!«

Ja, ich sprach wieder! Und ich sagte Dinge, die ich nie zuvor gesagt hatte. Wie froh ich darüber war!

Zehntes Kapitel

38

Der Mörder

Als Tharna ins Bett kommen wollte, stieß ich sie mit dem Fuß fort.

Daraufhin rollte sie sich wie eine Katze auf dem Teppich zusammen, warf mir einen besonders mitleiderregenden Blick zu und sagte: »Ich möchte über nichts mehr nachdenken. Ich möchte überhaupt nicht mehr denken, ich will schlafen.«

Doch sie schlief nicht. Und der Beinah-Fürst der Maichis kam auch nicht, um seine Geliebte zu sehen. Aus der Heiligen Halle im oberen Stockwerk drang das verhaltene Gesumm der Lamas, die aus den Schriften lasen, wie das Strömen eines düsteren Flusses. Die Klänge von rindsledernen Trommeln und kupfernen Rasseln schwollen an und verebbten wieder, als seien es immer neue Schaumkronen auf den Wellen des Flusses. Die Mönche bekamen zu tun, sobald in diesem Land etwas geschah. Passierten keine Katastrophen, so gäbe es keine Geistlichen. Doch sie brauchten sich keine Gedanken um ihre Existenzgrundlage zu machen, denn irgendetwas Unerfreuliches würde immer geschehen.

Ich sagte zu Tharna: »Schlaf jetzt. Die Fürsten haben heute Abend zu tun, sie werden nicht kommen.«

Tharna rollte sich wieder auf dem Teppich zusammen und hob nur den Kopf, sodass sie aussah wie eine Schlange. Diese hübsche

Schlange sagte zu mir: »Warum musstest du eine Frau verletzen, eine schöne Frau?« Dabei wirkte sie so rührend rein, dass selbst ich versucht war, sie für unschuldig zu halten. Wenn ich noch länger mit ihr sprach, würde ich derjenige sein, der einen Fehler gemacht hatte, nicht sie.

Es war ein Fehler gewesen, wieder zu sprechen. Im Schweigen hatte ich noch eine gewisse Kraft ausgestrahlt, doch im Gespräch mit diesen intelligenten Leuten zog ich den Kürzeren. Das hatte ich gerade noch rechtzeitig begriffen, zog mir die Decke über den Kopf und sagte nichts mehr. Im Schlaf schien mir nach einer Weile, ich träumte, Fürst zu sein. Dann wieder sah ich das Erdbeben. Die gesamte Festung zitterte und bebte unter kräftigen Erdstößen, war in riesige Staubwolken eingehüllt, und als diese sich allmählich verzogen – war sie verschwunden. Ich wachte schweißgebadet auf und musste austreten. Früher hatte ein Diener mir einen kupfernen Nachttopf gereicht, doch seit ich mit der wunderschönen Tochter der Fürstin Rongong das Lager teilte, pinkelte ich nicht mehr im Zimmer. Sie wollte, dass ich zur Toilette ging. Und wirklich, es war gar nicht so schlecht, mitten in der Nacht aufzustehen, draußen eine Runde zu drehen, ein Geräusch wie Regen zu erzeugen und dabei Mond und Sterne zu betrachten. Selbst in Nächten ohne Mond und Sterne drang vom Fluss ein schwacher Schimmer herüber. Doch von dem Tag an, als der Fürst dem Thron entsagte, ging ich nicht mehr nach draußen zur Toilette. Ich war ein Idiot und musste mich nicht an die Regeln der klugen Leute halten. Auch in dieser Nacht verließ ich das Zimmer, stellte mich auf den Flur und pinkelte durch das Geländer hindurch. Erst nach einer ganzen Weile war vom Steinboden unten ein Geräusch zu hören, als applaudiere jemand. Während ich meine Hose schon wieder hochzog, plätscherte es unten immer noch. Ich kehrte nicht sofort ins Zimmer zurück, sondern wanderte in der ruhigen, menschenleeren Nacht durch alle Stockwerke.

Es war nicht, dass ich gehen wollte, vielmehr trieb mein purpurnes Gewand mich voran. Wieder sah ich den Mörder. Er hielt sich schon seit vielen Tagen in der Nähe der Festung auf. Jetzt stand er vor dem Fenster des Fürsten. Meine Schritte erschreckten ihn, und sein panikartiges Davonlaufen ließ den Fürsten hochfahren. Mit einer Pistole stürzte der aus seinem Zimmer und schoss dem Fliehenden hinterher. Als er mich in der Nähe stehen sah, hob er die Waffe erneut und richtete sie gegen mich. Ich blieb reglos stehen, spielte seine Zielscheibe. Welche Überraschung, als er plötzlich einen angsterfüllten Schrei ausstieß und zu Boden stürzte. In vielen Fenstern ging das Licht an. Die Menschen kamen aus ihren Zimmern, und auch der Erste Junge Herr kam mit einem Gewehr in der Hand angerannt. Nachdem man ihm aufgeholfen hatte, stand der Fürst zitternd da und zeigte auf mich. Ich dachte, jetzt wollten er und der kluge Sohn mich umbringen. Doch mein Bruder schien mich gar nicht zu sehen. Immer mehr Menschen drängten aus ihren Zimmern und umringten den verschreckten Fürsten bald ganz und gar.

Aber machen wir es kurz.

Wegen des purpurnen Gewandes hatte Vater in mir einen auf seinen Befehl hin Getöteten gesehen. Das Gewand aus dem Haus des Henkers hatte aus mir einen Mann gemacht, der schon viele Jahre tot war, einen Geist. Die meisten Verbrecher hatten sich vor der Hinrichtung dem Gesetz des Fürsten unterworfen, nicht jedoch derjenige in diesem purpurnen Gewand. Seine Seele wurde nicht wiedergeboren, sondern verweilte eigensinnig auf dem Grund und Boden der Maichis und wartete auf ihre Stunde. Und sie hatte Glück. Der Idioten-Sohn der Familie verhalf ihr zu ihrer Chance, einer sehr guten Chance. Fürst Maichi sah nicht mich, sondern jemanden, der durch seine Hand gestorben war. Es machte ihm keine Angst, jemanden zum Tode zu verurteilen und sterben zu sehen. Aber jemanden, der schon viele Jahre tot war, plötzlich im Mondlicht vor sich zu sehen, traf ihn ins Mark.

Als die Unruhe sich gelegt hatte, gingen alle wieder zu Bett.

Tharna war wirklich eine außergewöhnliche Frau. Der Lärm auf dem Flur lockte sie nicht etwa aus dem Zimmer hinaus, vielmehr nutzte sie den Moment meiner Abwesenheit, wieder ins Bett zu gehen. Nun war es an mir zu entscheiden, ob ich mich zu ihr legte oder nicht. Als Tharna mein Zögern sah, sagte sie: »Es ist in Ordnung. Komm.«

Also ging ich, als sei wirklich alles in Ordnung, ebenfalls ins Bett und legte mich neben sie.

Die Nacht war schon beinahe vorüber.

Wenn man am Morgen die Familie treffen wollte, musste man in den Speisesaal gehen. Vater trug einen seidenen Verband um den Kopf, er hatte sich in der Nacht verletzt. Zu seinem klugen Sohn sagte er: »Überleg mal, wie können so viele merkwürdige Dinge auf einmal geschehen?«

Der Erste Junge Herr schwieg, er war mit den Speisen vor sich beschäftigt.

Da sprach der Fürst seine beiden Frauen an: »Habe ich einen Fehler gemacht?«

Yangzom sagte sowieso nie etwas.

Mutter überlegte und sprach dann: »Das weiß ich nicht. Aber du solltest deinem Sohn sagen, dass er als Fürst nicht einfach tun kann, was er will.«

Da Tharna sofort begriff, dass es um sie und meinen Bruder ging, blieb ihr der Bissen im Halse stecken. Sie hatte nicht damit gerechnet, dass bei den Maichis so offen über Familienangelegenheiten gesprochen wurde. »Bitte, Herrin«, sagte sie zu meiner Mutter.

»Ich habe bereits einen Fluch über dich gesprochen. Nun wollen wir sehen, ob du das Zeug zur Frau des neuen Fürsten hast«, sagte Mutter und fragte mich: »Möchtest du etwas unternehmen, mein Sohn?«

Ich schüttelte den Kopf.

Vater stöhnte: »Hört auf damit. Ich bin alt und werde jeden Tag älter. Wollt ihr, dass ich sterbe, bevor ich abtrete?«

Mein Bruder lachte: »Wenn es das ist, was du fürchtest, dann gib die Macht frühzeitig an mich ab.«

»Wieso sehe ich Tote?«

»Vielleicht, weil sie dich mögen«, sagte mein Bruder.

Ich sagte zu Vater: »Du hast mich gesehen.«

Er lächelte mich verlegen an: »Machst du dich über mich lustig, weil ich nicht einmal mehr dich erkenne?«

Es ist auf die Dauer müßig, sich mit diesen Leuten, die sich für ach so klug halten, zu unterhalten. Ich stand auf und zog vor den Augen des Fürsten mein purpurnes Gewand zurecht, doch er tat, als habe er nichts gesehen. Zu den Dienern sagte er: »Helft mir in mein Zimmer, ich will mich zurückziehen.«

»Merken Sie sich diesen Tag, der Fürst wird nicht mehr herauskommen«, sagte der Geschichtsschreiber mir mit seinen Augen, als alle sich zerstreut hatten.

»Sie haben sich schnell erholt«, sagte ich.

Sein Gesicht war noch von Schmerz gezeichnet, doch seine Augen sagten: »Sie können jetzt nicht gehen. Es ist eine Zeit, in der Großes geschehen wird.« Er nahm Heft und Füller, die ich ihm geschenkt hatte, auf und sah mich von der Tür aus noch einmal an: »Vergessen Sie nicht, heute ist ein denkwürdiger Tag.«

Der Geschichtsschreiber behielt Recht, von diesem Tag an verließ der Fürst sein Zimmer nicht mehr. Als Wangpo Yeshi noch seine Zunge hatte, fragte ich ihn einmal, was Geschichte sei. Er sagte, Geschichte sei das Wissen, aus dem Gestern auf das Heute und Morgen schließen zu können. Ob das nicht das Wissen der Lamas sei, fragte ich. Geschichte habe weder mit Weissagung noch mit göttlichem Segen zu tun, erwiderte er. Ich glaubte ihm. Der Fürst kam tatsächlich nicht mehr aus seinem Zimmer. Tagsüber schlief er, während nachts unentwegt Licht in seinem Zimmer brannte und die Mägde pausenlos ein- und ausgingen. Die beiden Herrinnen besuchten ihn ab und zu, während ich niemals zu ihm ging und sein Nachfolger ebenso wenig. Manchmal, wenn ich nachts gepinkelt hatte und die Mägde hin- und herlaufen sah, dachte ich, Vater müsse krank sein. Eine merkwürdige Krankheit, bei der er Unmengen von Wasser brauchte und die Mägde pausenlos zwischen der Küche unten und seinem Zimmer unterwegs waren, um eine Schüssel heißes Wasser nach der anderen zu holen. Das Wasser kühlte rasch ab und wurde dann sofort ausgeschüttet. So brach das Geräusch von schüsselweise über mehrere Stockwerke herunterstürzendem Wasser die Stille der Nächte.

Es war mir eine Befriedigung zu sehen, dass meine untreue Frau sich vor dem Lärm fürchtete. Selbst im Schlaf begann sie zu zittern, wenn eine Ladung kaltes Wasser auf den Boden klatschte. Dann sagte ich ihr immer, sie brauche keine Angst zu haben. Sie erwiderte: »Ich und Angst? Ich fürchte überhaupt nichts.«

»Ich weiß nicht, wovor du Angst hast, aber ich weiß, *dass* du Angst hast.«

»Du Idiot«, schimpfte sie, gab ihrer Stimme jedoch irgendwie einen liebreizenden Klang.

Als ich zum Pinkeln hinausging, trug ich immer noch das Gewand des zum Tode Verurteilten und Hingerichteten. Wenn Sie mich fragen, wieso ich so daran hing – ich vermute, es lag daran, dass ich gerade selbst das entsetzliche Gefühl hatte, in die Hände von Henkern gefallen zu sein.

Nachdem ich mich an das laute Ausschütten ganzer Wasserschüsseln durch die Mägde gewöhnt hatte, war mein In-die-Tiefe-Pissen nichts Besonderes mehr. So vergingen die Tage, und der Frühling stand vor der Tür. Wieder einmal stand ich in der Nacht auf und sah die Milchstraße wie einen gerade erwachenden riesigen Drachen, der sich ganz langsam drehte. Der Drache verändert je nach Jahreszeit seine Position. Doch ist die Bewegung der Milchstraße so subtil, dass man innerhalb von ein, zwei Tagen keine Veränderung sieht. Ich pinkelte, konnte aber nichts hören und fragte mich, ob ich tatsächlich Wasser gelassen hatte. Und solange ich das nicht wusste, konnte ich nicht beruhigt wieder ins Bett gehen.

Die mächtige Festung warf ihre Schatten in den nächtlichen Hof, sodass ich wie ein Hund über den Boden kriechen musste, um den Harngeruch aufzuspüren. Doch anders als ein Hund, der umherschnüffelt, um die Duftmarke eines anderen aufzuspüren, suchte ich meinen eigenen Urin. Endlich fand ich ihn. Ich hatte gepinkelt, doch war das Geräusch im geschäftigen Wasserausschütten der Mägde für den kranken Fürsten untergegangen. Ich atmete erleichtert auf, richtete mich auf und wollte wieder hochgehen. In diesem Augenblick stürzte eine Ladung Wasser vom Himmel herab auf meinen Kopf. Ich hatte das Gefühl, etwas Warmes werfe mich zu Boden. Dann hörte ich das atemberaubende Aufklatschen.

Ich schrie auf. Aus dem Zimmer des Fürsten rannten gleich mehrere Leute die Treppe herunter, während in meinem Zimmer selbst das Licht, das vorher noch gebrannt hatte, gelöscht worden war und sich in der Finsternis nichts regte. Vielleicht war meine untreue Frau wieder zum Ersten Jungen Herrn gegangen.

Die Diener brachten mich ins Zimmer des Fürsten und zogen mir das purpurne Gewand aus, das ich immer noch trug. Ich war nicht in der Lage, Widerstand zu leisten, denn der Stoff war von einer feinen Eisschicht überzogen. Zu meiner Überraschung kam Tharna herein.

»Ich habe dich unten gesucht«, sagte sie. »Was hast du gemacht?«

Ich schnüffelte mit der Nase wie ein Hund und sagte: »Gepinkelt.«

Alle lachten.

Bis auf Tharna. Sie hob das Gewand auf und warf es zum Fenster hinaus. Mir war, als hörte ich den Mann im Angesicht des Todes verzweifelt schreien, als sähe ich die Seele eines Menschen wie eine Fahne, ähnlich jenem purpurnen Umhang, in dieser strengen Winternacht im eisigen Wind wehen. Tharna sagte zu den Anwesenden im Zimmer: »Anfangs war er nicht so verrückt, dieser Umhang hat ihn wahnsinnig gemacht.«

Da überschwemmte noch einmal die Liebe zu ihr mein Herz, ja, ich wusste von Anfang an, dass sie von einer Schönheit war, die ihresgleichen sucht, und dass ich ihr jeden Fehltritt verzeihen würde, wenn sie nur bereit war, sich zu ändern.

Plötzlich sprach der Fürst: »Ich bin froh, euch so zu sehen.«

Stellen Sie sich vor, seit jenem Frühstück hatte ich ihn nicht mehr gesehen. Er hatte noch nicht zu Gunsten meines Bruders abgedankt, er war nicht altersschwach, und erst recht litt er an keiner unheilbaren Krankheit. Sicher, er war alt, sein Haar grau, aber das war auch alles. Sein Gesicht wirkte aufgedunsen und blass. Früher hatte er die Miene eines fest entschlossenen Mannes getragen, jetzt glich sie eher der einer alten Frau. Sicher war nur, dass er krank war, oder besser gesagt, dass er sich einbildete, er sei krank, indem er sich von oben bis unten in heiße Umschläge hatte einwickeln lassen. Er war fast vollkommen nackt, dafür aber über und über in heiße Handtücher gepackt, und er dampfte am ganzen Körper.

Vater sprach mit einer Stimme zu mir, die sich wie die eines Schwerkranken anhörte: »Komm her, setz dich zu deinem Vater.«

Ich tat es und stellte fest, dass sich sein Bett verändert hatte. Früher war das Bett des Fürsten ziemlich hoch gewesen, doch die Beine waren abgesägt worden, außerdem stand es nicht mehr in einer Ecke, sondern in der Mitte des Zimmers.

Als Vater den Arm hob, fielen zwei, drei Handtücher zu Boden. Er legte mir seine kraftlose Hand auf den Kopf: »Ich habe es dir schwer gemacht, mein Sohn.« Dann winkte er Tharna herbei, die vor ihm niederkniete. »Wann immer ihr an die Grenze zurückwollt, geht nur, es ist euer Ort. Ich überreiche euch die Region mit zehn Festungen als Hochzeitsgeschenk.« Vater wollte mir das Versprechen abnehmen, dass ich nach seinem Tod den neuen Fürsten Maichi nicht angreifen würde.

»Und wenn er uns angreift?«, fragte Tharna.

Vater nahm das heiße Handtuch von seiner Stirn: »Dann werden wir sehen, ob mein kleiner Sohn wirklich ein Idiot ist.«

Und zu Tharna: »Und welchen meiner Söhne du wirklich liebst.«

Tharna senkte den Kopf.

Vater lachte und sagte zu mir: »Die Schönheit deiner Frau ist auf der Welt einzigartig.« Er nieste herzhaft. Die Handtücher waren während unseres Gesprächs kalt geworden. Als Tharna und ich uns zurückzogen, umringten ihn die Mägde. Er winkte, als wir zur Tür hinausgingen. Zurück in unserem Zimmer, lagen wir im Bett und lauschten wieder dem lauten, aufwühlenden Klatschen des herabstürzenden Wassers.

Tharna schmiegte sich in meinen Arm und sagte: »Endlich hast du dieses seltsame Ding ausgezogen.«

Richtig, das purpurne Gewand war fort, und ich konnte mich einer traurigen, nachdenklichen Stimmung nicht erwehren.

Tharna sagte: »Du hasst mich nicht, oder?«

Das tat ich nicht. Ich weiß nicht, ob es daran lag, dass ich den besessenen Umhang nicht mehr trug. Der verrückte Sohn des Fürsten und seine Frau Tharna hatten schon lange keine Zärtlichkeiten mehr ausgetauscht. Darum genügte, sie im Arm zu halten, um mein Gefühl der Leere zu zerstreuen. Ich wollte Tharna. Und mit der Wucht und Kraft aller Liebe und allen Hasses nahm ich sie. Keinerlei schlechtes Gewissen drückte diese Frau angesichts ihrer Fehltritte, sie stieß entzückte Schreie aus, und nachdem sie befriedigt war, rollte sie sich zum Schlafen in meinem Arm zusammen. Als hätte sie sich nie in einem Augenblick, in dem ich besonders verletzbar war, in die Arme eines anderen gestürzt – und dieser andere war auch noch mein Bruder und Gegenspieler gewesen. Sie schlief ein, ihr Atem ging ruhig.

Ich grübelte, um herauszufinden, was es mit Frauen auf sich hatte, doch mir hämmerte der Schädel, es ging nichts mehr hinein. Schließlich schüttelte ich Tharna: »Schläfst du?«

Sie lachte: »Nein.«

»Wann fahren wir zurück?«

»Bevor Fürst Maichi seine Meinung ändert.«

»Willst du wirklich mit mir zurückkehren?«

»Du bist tatsächlich ein Idiot. Ich bin doch deine Frau, oder? Wolltest du mich nicht unbedingt heiraten?«

»Aber ... du ... und ...«

»Ich und dein Bruder, nicht wahr?«

»Richtig.« Es fiel mir schwer zu sprechen.

Sie lachte wieder und fragte naiv: »Bin ich denn nicht die schönste Frau der Welt? Männer fliegen auf mich, und es wird immer einen geben, der mein Herz anrührt.«

Was sollte ich bei so viel naiver Offenherzigkeit noch sagen!

»Ich liebe dich schließlich immer noch!«, fügte sie hinzu.

Was sollte ich sagen, wenn eine schöne Frau mit dem zukünftigen Fürsten geschlafen hatte und mich immer noch liebte!

»Bist du gar nicht müde? Ich will jetzt schlafen«, sagte Tharna.

Sie drehte sich um und schlief ein. Auch ich schloss die Augen – und sah das purpurne Gewand. Es war plötzlich da und verschwand auch nicht, als ich die Augen wieder öffnete. Ich sah, wie es von Tharna aus dem Fenster geworfen wurde und sich draußen wie eine Fahne entfaltete. Das Gewand war vollkommen nass und fror sofort, als es sich öffnete. Es (er? sie?) stürzte stocksteif in die Tiefe. Unten wartete jemand. Oder anders gesagt, unten stand gerade jemand, dem das Gewand auf den Kopf fiel, und je mehr derjenige zappelte und es loszuwerden suchte, umso mehr setzte es sich fest.

Als ich das Gesicht sah, erkannte ich es.

Es war der Attentäter.

Da er nun schon einige Monate bei der Festung Maichi war und noch nicht zugeschlagen hatte, fehlte es ihm wohl an Mut.

Ich sah dieses Gesicht, gezeichnet von Hass, Wut und der bitteren Kälte, es war bleicher als der Mond und verletzlicher als eine Wunde.

Als das Gewand aus dem Fenster nach unten segelte, stand er dort, starrte in die spärlichen Lichtstreifen, die aus dem Fenster des Fürsten drangen, und klapperte vor Kälte mit den Zähnen. Es war so kalt, dass er ein Kleidungsstück, das einfach angeflogen kam, nicht ausschlagen konnte. Zumal noch der Wille eines anderen darin steckte. Ja, ich sehe viele Dinge, auch wenn sie nicht genau vor meiner Nase passieren.

Das Gewand war zwar steif gefroren, als es herunterflog, doch am Körper des Rächers Dorje Norpu wurde es sofort weich, und die Eiskruste darauf schmolz. Er war kein guter Attentäter. Es hatte ihm nicht an Gelegenheiten gefehlt, er hatte vielmehr endlos überlegt, warum er jemanden töten solle, und war dadurch wie gelähmt gewesen. Doch das war jetzt anders. Das purpurne Gewand half ihm, seinen Hass auf die Maichis zu verdoppeln. Es war eine bitterkalte Nacht, die auch Schwert und Scheide mit Eis überzog. Er stand am Fuß der schier unbezwingbaren Festungsmauer der Maichis und zog das Schwert mit einem so kalten, metallischen Klirren aus der Scheide, dass einem schier die Knochen gefroren. Der Attentäter ging hinauf und bewegte sich so, wie ich es erhofft hatte, das Schwert kalt glänzend. Seine Wahl war auch meine Wahl, ich als Mörder hätte denselben Weg genommen. Da der Fürst ohnehin sterben würde, musste das Ziel der Mann sein, der seine Stelle einnehmen wollte. Der Rächer trat vor seine Tür, stieß den Riegel mit der Spitze seines Schwerts zurück, sodass sie mit einem Kreischen wie von einer erschreckten Frau aufsprang. Im Zimmer war kein Licht, der Mörder trat über die Schwelle in die Finsternis und blieb reglos stehen, bis seine Augen sich an die Dunkelheit gewöhnt hatten. Langsam konnte er etwas Helles erkennen, ja, es war das Gesicht des Ersten Jungen Herrn der Maichis. Der Hass des purpurnen Gewands richtete sich nicht gegen dieses, sondern gegen ein anderes Gesicht, es wollte fort aus diesem Raum. Der Rächer wusste nichts davon, er spürte nur, wie er von einer geheimnisvollen Kraft hinausgezogen wurde. Er sammelte seine Kräfte, hob das Schwert – wenn er es jetzt nicht tat, würde er vielleicht niemals den Mut aufbringen, das Werk zu vollenden. Er fühlte nicht genügend Hass, doch es war auf diesem Flecken Erde Gesetz, dass ein Mann wie er seinen Verwandten rächen musste. Weit fort von hier, auf der Flucht, war er voller Hass gewesen. Doch als er und sein Bruder zurückkehrten und erfuhren, dass ihr Vater gestorben war, weil er seinen eigenen Herrn verraten hatte, da war ihr Hass dahingeschmolzen. Doch er musste das Racheschwert gegen das Haus Maichi erheben, sodass der kalte Glanz der Vergeltung auf ihre von panischer Angst gezeichneten Gesichter fiel. Ja, Rache hieß nicht nur zu töten, sondern auch, die Getöteten zuvor wissen zu lassen, wer der Rächer war.

Doch heute reichte die Zeit nicht, den Ersten Jungen Herrn der Maichis zu wecken und ihm zu sagen, wessen Sohn Rache suche. Als das Gewand ihn schon zum alten Fürsten ziehen wollte, fuhr das Schwert des Mörders auf die schattenhafte Gestalt im Bett nieder.

Der Schlafende gab ein undeutliches Grunzen von sich.

Mit dem weichen Zischen des Schwerts verschwand der Hass aus dem purpurnen Gewand. Es war der erste Mord für den Rächer Dorje Norpu, ihm war das weiche Geräusch des Schwerts im Körper seines Opfers neu. Er stand in der Dunkelheit, nahm den Geruch von Blut wahr, der sich überall verbreitete, da seufzte sein Opfer noch einmal im Schlaf.

Der Mörder rannte hinaus, das Schwert in seiner Hand glänzte nicht länger, sondern starrte von Blut. Der Mann stürzte so panisch die Treppen hinunter, dass sein Mantel hinter ihm herflatterte. In der Festung war es so ruhig, als seien alle ermordet worden. Nur der verrückte Sohn der Familie lag im Bett und brüllte: »Mord! Der Attentäter war da!«

Tharna schreckte hoch, wollte mir den Mund zuhalten, doch ich biss ihr in die Hand und brüllte weiter: »Mord! Der Mörder Dorje Norpu war da!«

Wer behauptete, von meinem Gebrüll nicht aufgewacht zu sein, der log. Nacheinander gingen in allen Zimmern die Lichter an, doch als die Bewohner feststellten, dass ich es war, der geschrien hatte, legten sie sich wieder hin, und die Lichter wurden gelöscht. Tharna sagte wütend: »Na gut, es reicht wohl nicht, einen Idioten zum Mann zu haben, er muss auch noch wahnsinnig sein!«

Tharna war keine gute Geliebte. Der Erste Junge Herr der Maichis hatte gerade ein Schwert in den Bauch gerammt bekommen, und es schien sie völlig kalt zu lassen. Ich sagte: »Der Kerl hat meinem Bruder ein Schwert in den Bauch gestoßen.«

»Himmel, wie sehr du ihn hasst. Es war nicht er, der dir deine Frau wegnehmen wollte, deine Frau ist zu ihm gegangen. Hast du nicht selbst gesagt, dass Frauen auf ihn fliegen?«

»Er hat ihm in den Bauch gestochen«, wiederholte ich. »Und er blutet nicht nur, er kackt sich auch in die Hosen.«

Sie drehte sich um und ignorierte mich.

Der Mörder war inzwischen aus der Festung hinausgelaufen, zündete eine Fackel an und schrie auf den Platz hinaus, wie er hieß, dass sein Vater mit Namen Sowieso durch die Hand von Fürst Maichi gestorben und dass er gekommen sei, um Rache zu üben. »Seht her!«, schrie er. »Das ist mein Gesicht, ich bin gekommen, um ihn zu rächen!«

Diesmal stürzten alle aus ihren Zimmern und sahen nach unten, wo der Mann sein Gesicht mit der Fackel erleuchtete. Dann warf er sie zu Boden, und man hörte in der Dunkelheit Hufgetrappel, das sich schnell entfernte.

Erst als die Fackel langsam erlosch, rief der Fürst zur Verfolgung. Ich sagte: »Zu spät, ihr kriegt ihn nicht mehr. Rettet lieber den Verletzten, er ist noch nicht tot.«

»Wer?«, fragte der Fürst voller Angst.

Ich lachte: »Nicht du, sondern dein Erstgeborener. Der Attentäter hat ihn in den Bauch gestochen, dass Blut und Kot ins Bett fließen.«

»Warum hat er nicht mich getötet?«, fragte der Fürst. Es war eine unnötige Frage, die ich auch nicht beantwortete. Er tat es selbst: »Stimmt, ich bin zu alt, als dass mich noch jemand umbringen wollte.«

»Das denkt er auch.«

Vater sagte: »Woher weißt du Idiot, was andere Leute denken?«

»Du machst ihm Angst«, flüsterte Tharna neben mir.

»Ich weiß es, weil ich ein Idiot bin«, antwortete ich.

Gestützt auf seine Leute, ging der Fürst ins Zimmer seines Nachfolgers. Die Szenerie, die sich ihm bot, entsprach meiner Beschreibung: Das Zimmer des Ersten Jungen Herrn war erfüllt vom Geruch nach Blut und Kot. Sein Darm war einfach ausgelaufen. Die Augen geschlossen, bedeckte er die Wunde mit einer Hand und brummte verschlafen. Dieses Brummen vermittelte den Eindruck, es sei ein sehr angenehmes Gefühl, abgestochen zu werden. Viele riefen ihm seinen Namen direkt ins Ohr, doch er antwortete nicht.

Der Blick des Fürsten glitt suchend durchs Zimmer, bis er schließlich an meiner Frau hängen blieb. »Vater möchte, dass du ihn ansprichst«, sagte ich zu Tharna.

Vater sagte: »Ja, vielleicht kannst du ihn aufwecken.«

Tharna wurde rot und sah mich an. Mir dröhnte der Schädel, doch ich murmelte etwas davon, wie wichtig es sei, Menschen zu retten. Tharna rief ihn an: »Wenn du mich hörst, öffne die Augen.« Doch er hielt sie weiterhin fest geschlossen, keine Spur von Öffnen. Der Monpa-Lama konnte nur Krankheiten heilen, die für das Auge unsichtbar waren, bei einer so verheerenden Wunde jedoch war er machtlos. Man musste den Henker rufen, um die Wunde vorläufig zu schließen. Die beiden Henker stopften den Darm in den Bauch zurück, und sowie sie eine bis zum Rand mit einem Heilmittel gefüllte Schale umgekehrt auf die Wunde gestülpt und mit einer Binde befestigt hatten, hörte mein Bruder auf zu brummen. Der Alte Aryi wischte sich den Schweiß von der Stirn und sagte: »Der Erste Junge Herr hat keine Schmerzen mehr, die Medizin wirkt.«

»Gut«, sagte Fürst Maichi.

Es wurde hell. Mein Bruder fiel in tiefen Schlaf, einen kindlichen Ausdruck auf seinem blutleeren Gesicht.

Der Fürst fragte die Henker, ob sie ihn heilen könnten.

Der Alte Aryi antwortete: »Wenn er keinen Kot verloren hätte, dann schon.«

Klein Aryi erläuterte schlicht: »Mein Vater meint, dass der große Junge Herr durch seine eigenen Exkremente vergiftet werden kann.« Das Gesicht des Fürsten wurde noch bleicher als das meines Bruders. Er winkte in den Raum hinein und sagte: »Ihr könnt gehen.« Einer nach dem anderen verließ den Raum. Als Klein Aryi mich mit einem aufgeregten Funkeln in den Augen ansah, wusste ich, dass er sich für mich freute. Tharna klammerte sich mit einer Hand an mich – was in ihr vorging, wusste ich ebenfalls. Ja, wenn mein Bruder starb, würde ich der rechtmäßige neue Fürst Maichi werden. Ich wusste nicht, ob ich für mich froh oder für meinen Bruder traurig sein sollte. Ich ging zwei- bis dreimal täglich in sein Zimmer, sah ihn aber nie im Wachzustand.

Der Frühling kam in diesem Jahr schnell. Wenige Tage nachdem der Wind sich gedreht hatte, wurden die Weiden am Fluss grün. Weitere zwei, drei Tage später standen die wilden Walnussbäume an den Berghängen und an den Wassergräben in voller Blüte.

Der Staub in der Luft wurde innerhalb weniger Tage von wohlriechender Feuchtigkeit geschluckt.

Während mein Bruder täglich an Gewicht verlor, gewann Vater wieder Lebensgeister zurück und trug nicht mehr die ganze Nacht heiße Kompressen. »Schau«, sagte er, »erst im Tod werde ich die schwere Last von meinen Schultern nehmen können.« Das klang so, als habe er nur einen Sohn, und dieser beginne noch vor seinem Tod zu stinken. Anfangs konnten die Henker den Gestank aus dem Bauch meines Bruders noch mittels ihrer Medikamente – stark riechender Kräuter – unterdrücken. Doch bald half das nicht mehr. Die Mischung beider Gerüche war unerträglich, kein Mensch hielt ihr stand, die Frauen übergaben sich, nur Vater und ich konnten etwas länger im Raum verweilen – ich noch länger als Vater. Eines Tages, Vater hatte den Raum gerade verlassen, fächelten die Diener ihm den wohlriechenden Rauch von Wacholder zu. Davon musste Vater husten. In diesem Augenblick sah ich die Augenlider meines Bruders zittern. Er war am Ende doch noch aufgewacht und öffnete langsam die Augen: »Lebe ich noch?«, fragte er.

Ich sagte: »Du bist noch in deinem eigenen Bett.«

»Was ist mit mir?«

»Der Attentäter, das Schwert, das Schwert des Feindes der Maichis.«

Er stöhnte, tastete nach der umgedrehten Holzschale auf seiner Wunde und lächelte schwach: »Kein guter Schwertführer.«

Er schenkte mir ein dünnes Lächeln, doch ich wusste nicht, was ich tun sollte, und meinte nur: »Ich sage ihnen, dass du aufgewacht bist.«

Alle kamen wieder herein, doch die Frauen mussten sich immer noch übergeben, sodass der Erste Junge Herr schamhaft errötete und fragte: »Bin ich es, der so stinkt?«

Der Fürst hielt die Hand seines Sohnes und wollte unbedingt bei ihm bleiben, hielt es jedoch nicht aus. Er gab sich einen Stoß und sagte: »Du wirst nicht überleben, mein Sohn, leide nicht so lang und geh einfach.« Tränen liefen ihm übers Gesicht.

Der Sohn sah seinen Vater voll Mitgefühl an: »Wenn du etwas früher abgedankt hättest, wäre ich wenigstens ein paar Tage Fürst gewesen. Aber du hast es nicht über dich gebracht, dabei war Fürst zu sein mein sehnlichster Wunsch.«

»Ich überlasse dir auf der Stelle den Thron.«

Mein Bruder bewegte den Kopf: »Aber ich habe keine Kraft mehr dafür. Ich werde sterben.« Damit schloss mein Bruder wieder die Augen, und so sehr Vater ihn auch rief, er regte sich nicht mehr. Der Fürst ging hinaus und weinte. Da öffnete mein Bruder noch einmal die Augen und sagte zu mir: »Du kannst warten, du bist nicht so ungeduldig wie ich. Weißt du, vor dir habe ich die größte Angst, deshalb habe ich auch mit deiner Frau geschlafen. Nun brauche ich keine Angst mehr zu haben.« Und er fügte hinzu: »Weißt du noch, wie sehr ich dich früher geliebt habe, Idiot?« Es stimmte. In diesem Augenblick lebte die Vergangenheit wieder auf.

Ich sagte: »Ich habe dich auch geliebt.«

»Das freut mich wirklich«, sagte er und verlor das Bewusstsein.

Der Erste Junge Herr der Maichis wachte nicht wieder auf. Ein paar Tage später ging er in aller Stille, als wir schliefen.

Alle weinten, doch niemandes Tränen waren so aufrichtig wie meine. Unsere Gefühle aus der frühesten Kindheit mochten inzwischen erloschen sein, doch seine letzten Worte rührten mich. Auch Tharna weinte. In der Nacht schmiegte sie sich eng an mich und rollte sich in meinem Arm zusammen. Das tat sie nicht, weil sie mich liebte, so viel wusste ich, vielmehr fürchtete sie den Geist des verstorbenen Maichis, und das hieß, dass sie meinen Bruder nicht so sehr geliebt hatte wie ich.

Mutter trocknete ihre Tränen und sagte: »Ich bin sehr traurig, aber nun muss ich mir wenigstens keine Sorgen mehr um meinen verrückten Sohn machen.«

Vater erlangte seine Lebenskraft wieder.

Um die Bestattung seines Sohnes kümmerte er sich höchstpersönlich. Sein Haar leuchtete weiß wie die schneebedeckten Berge, sein Gesicht rot im Schein des Feuers bei der Verbrennung des Leichnams seines Sohnes. Das Feuer brannte den ganzen Morgen. Am Mittag wurde die abgekühlte Asche in eine Urne gefüllt, und die Mönche überführten sie unter Trommeln und Blasmusik in den Tempel. Mit der Asche würden im Tempel weitere Riten vollzogen, und erst wenn

Jeeka Rinpoche verkündete, dass die Seele des Toten Frieden gefunden habe, würde man sie beisetzen. Ja, die Knochen eines einst lebenden Menschen in der Urne kühlten zum Singsang der Mönche aus dem Buch der Reinkarnation langsam ab. Die rote Farbe wich jedoch nicht mehr aus dem Gesicht des Fürsten. Zu Jeeka Rinpoche sagte er: »Tun Sie das Ihre, um die Seelen der Verstorbenen zu retten. Ich muss mich um die Lebenden kümmern. Es ist Zeit zu pflanzen, und ich werde mich um das Frühjahrsgeschäft kümmern.«

39

Richtung Norden

In diesem Jahr wurden bei den Maichis ein Drittel der Felder mit Opium bepflanzt, zwei Drittel mit Getreide. Die anderen Fürsten hielten es genauso. Nach einer beispiellosen Hungersnot wussten nun alle, was zu tun war.

Ich blieb noch ein Jahr zu Hause, bis die Asche meines Bruders auf dem Familienfriedhof der Maichis beigesetzt worden war.

Vater entwickelte eine größere Begeisterung für seine Aufgaben als Fürst denn je zuvor. Er war alt, Frauen interessierten ihn nicht länger, er rauchte kein Opium mehr und trank nur noch selten. Er senkte sogar die Grundsteuer, denn in der Festung gab es so viel Silber, dass die Lagerräume nicht ausreichten. Fürst Maichi war so mächtig wie nie, niemand würde es mehr wagen, sich gegen uns zu erheben. Das Volk lebte und arbeitete in nie da gewesenem Frieden, und niemals waren Bevölkerung und Leibeigene so stolz gewesen, im Gebiet eines bestimmten Fürsten zu leben. Als ich Vater einmal fragte, ob er den hinkenden Verwalter nicht von der Grenze zurückrufen wolle, antwortete er ohne Zögern: »Nein, er bleibt dort. Sowie er zurück ist, habe ich nichts mehr zu tun.«

Wir tranken gerade Tee. Anschließend sagte Vater noch: »Wer sagt eigentlich etwas gegen meinen idiotischen Sohn? Bei ihm kann ich sagen, was ich denke. Vor deinem verstorbenen Bruder musste ich mich hüten zu sagen, was ich dachte.«

»Stimmt, vor mir brauchst du dich nicht in Acht zu nehmen.«

Plötzlich blickte der Fürst besorgt drein. »Wegen dir mache ich mir Gedanken, was nach meinem Tod geschehen wird«, sagte er und fuhr fort: »Fürst Maichi ist unglaublich reich und mächtig, hat aber keinen viel versprechenden Thronfolger.«

»Woher willst du wissen, dass mein Mann kein viel versprechender Nachfolger ist?«, fragte Tharna.

Der Gesichtsausdruck des Fürsten änderte sich, als er sagte: »Lassen wir ihn zunächst das Erbe von Fürstin Rongong antreten und dann sehen, ob er auch das Zeug zum Amt von Fürst Maichi hat.«

Tharna sagte: »Du willst also abwarten, wer zuerst stirbt, meine Mutter oder du.«

»Mein Sohn«, sagte Vater zu mir, »wenn du nicht einmal deine Frau im Griff hast, wie willst du dann ein ganzes Volk regieren?«

Ich überlegte und erwiderte dann: »Ich bitte den Fürsten, ihn verlassen zu dürfen. Ich möchte zur Grenze reisen.«

»Aber vergiss unsere Abmachung nicht«, sagte Vater. »Das Grenzgebiet habe ich dir geliehen. Sobald die Fürstin gestorben ist, gibst du es mir zurück.«

Die Frau des Fürsten lachte: »Hörst du, Fürst Maichi ist unsterblich, er will gemeinsam mit dem Silber in den Lagerhallen zehntausend Jahre alt werden.«

»Ich habe das Gefühl, ich werde immer kräftiger«, sagte der Fürst.

»Wenn das bekannt wird«, sagte Tharna, »wird der Attentäter zurückkehren. Beim letzten Mal hat er dich nur deshalb verschont, weil es aussah, als ob du ohnehin bald sterben würdest.«

Der Fürst erwartete unsere baldige Abreise. Er erlaubte mir, dieselben Leute wie beim letzten Mal mitzunehmen. Mit meinen Dienern Sonam Tserang und Aryi gab es kein Problem, doch Sangye Dolma schien ihren Silberschmied nicht verlassen zu wollen. Ich ließ ihn rufen und schlug ihm vor, ebenfalls mitzukommen. Er lehnte ab. Der Fürst habe eine Menge Schmiede zur Weiterverarbeitung der Silbervorräte eingeladen und ihm die leitende Position versprochen. Dann müssten sie sich eben trennen, sagte ich, denn ich wolle nicht, dass Dolma ewig Köchin bleibe. Als ich Dolma dazu befragte, weinte sie und sagte nichts. Aber ich wusste, dass sie nicht Köchin bleiben wollte. Am Tag der Abreise beobachtete ich zufrieden, dass Dolma sogar Schmuck angelegt hatte. Ich befahl Aryi, ihr ein schwarzes Pferd zu geben. Außerdem gab Vater mir noch den Geschichtsschreiber mit.

Als sich unser langer Zug in Bewegung setzte, blickte ich zurück und hatte plötzlich das Gefühl, das imposante Gebäude werde nicht mehr lange dort stehen. Der Wind trug die Stimme der Frau des Fürsten hinter uns her, aber es war unmöglich zu verstehen, was sie rief. Ich fragte den Geschichtsschreiber, wenn der Fürst nicht stürbe, ob seine Frau dann auch ewig leben würde?

Der Schreiber fragte mit den Augen zurück: »Wie könnte es unsterbliches Fleisch und Blut geben, Junger Herr?«

Wir wussten, dass Seelen immer wieder geboren werden. Wenn wir von Tod sprechen, so meinen wir den Körper der gegenwärtigen Inkarnation. Wer weiß schon über frühere und zukünftige Leben Bescheid? »Wie kommt der Fürst darauf, dass er nicht sterben wird?«, fragte ich den Geschichtsschreiber.

»Macht«, antworteten seine Augen.

Sehen Sie, sobald ich den Geschichtsschreiber dabeihabe, bin ich ein intelligenter Bursche. Der Geschichtsschreiber verfasste unterwegs ein Gedicht, das er mir widmete. Es ging so:

Über deinem Mund ein Halfter,
An den Mundwinkeln Narben;
Auf deinem Rücken ein Sattel,
Auf dem Sattel Lasten;
Jemand singt dir ein Lied,
Singt über die Wunden in deinem Herzen.
Jemand singt dir ein Lied,
Singt über die Sonne in deinem Herzen.

Der hinkende Verwalter kam uns auf halber Strecke entgegen und empfing mich mit dem Zeremoniell, das normalerweise dem Fürsten vorbehalten war.

»Lassen Sie sich ansehen, der Junge Herr war fast zwei Jahre fort.«
»Ja, es war tatsächlich sehr lang.«
»Geht es Euch gut?«
»Ich habe Sangye Dolma mitgebracht.«
Der Verwalter blickte ein wenig eifersüchtig, als er sagte: »Der Junge Herr ist ein guter Mensch. Hauptsache, Sie sind wieder da, und es geht allen gut.«
Tharna sagte: »Was meint er damit? Alles ist so, wie es war, als wir gegangen sind.«
Der Verwalter lachte: »Keine Sorge, Herrin, der Junge Herr wird Fürst werden.«
In dieser Nacht, die wir am Wegesrand in Zelten verbrachten, schien der Mond strahlend hell. Als Tharna eingeschlafen war, ging ich hinaus. Hinter einem Felsen blitzte das Bajonett der Wache auf. Ich ging am Zelt des Verwalters vorbei, hustete einmal und entfernte mich wieder. Nicht lange, und eine Gestalt schlüpfte aus dem Zelt des Verwalters, um in die andere Richtung zu gehen. Von hinten sah sie aus wie Sangye Dolma. Als sie den Silberschmied geheiratet hatte, war ich traurig gewesen, doch das war vorüber. Sie und der Verwalter gehörten zu den Menschen, die ich mochte, sollten sie ruhig zusammen sein.
Der Verwalter trat vor mich hin: »Ich habe die Stimme des Jungen Herrn erkannt.«
»Ich bin aufgestanden, um den Mond anzusehen.«
Wir befanden uns auf einer Hochebene im Norden, hier war der Mond größer als bei der Festung Maichi. Er schien zum Greifen nahe, wie er so im murmelnden Bach schaukelte. Die Stimme des Verwalters schien vom Mond zu kommen, als er sagte: »Bei jeder Nachricht, die von der Festung Maichi kam, fürchtete ich, Sie könnten nicht zurückkehren.«
Ich musste ihm nicht ins Gesicht sehen, um zu wissen, dass er die Wahrheit sagte. Im Übrigen würde niemand in einer Nacht, in der das Mondlicht wie Wasser über die Erde fließt, Lügen erzählen. »Ich bin zurückgekehrt«, sagte ich.
Ich war zurückgekehrt, jedoch mit einem dumpfen Schmerz in mir. Meine Frau hatte mich betrogen, und mein Bruder, der auch mein

Gegenspieler war, lebte nicht mehr. Der alte Fürst saß sicher auf seinem Thron und fand umso mehr Geschmack daran, je länger er lebte. Ich setzte meine Hoffnung in die Frau des Fürsten, sie hatte immer gewollt, dass ich Fürst werde, doch nach dem Tod meines Bruders war sie sehr wechselhaft geworden. Sie sagte, mein Vater werde keine neue Frau nehmen, ich brauche mir keine Sorgen zu machen, so sei es für alle am besten. Aber ich sah keinen Vorteil. Am Tag unserer Abreise sagte sie, sie habe nichts dagegen, dass ich Fürst werde, doch ihr missfalle, dass damit Tharna die neue Frau des Fürsten werde. Sie selbst habe diese Position schon so viele Jahre inne, sie habe sich daran gewöhnt.

Der Verwalter holte mich aus meinen Gedanken.

»Sag, was du auf dem Herzen hast«, ermunterte ich ihn.

Jetzt nestelte er einen Brief aus seiner Tasche hervor, der von Tharnas Mutter, der Fürstin Rongong, war. Da ich nicht lesen kann, sagte der Verwalter mir, sie entbinde Tochter und Schwiegersohn darin von der Pflicht, möglichst schnell zu ihr zu kommen. Dann sagte er noch: »Seien Sie nicht verletzt, Junger Herr.«

»Erst wenn sie tot sind, wird es mir wehtun«, sagte ich. Damit nahm ich den Brief der Fürstin Rongong und ging ins Zelt. Diesmal würde ich mich an der Grenze niederlassen. Ich sah in den Mond und dachte an meinen Onkel, der in einem weit entfernten Land lebte. Heute vermisste ich ihn so sehr, als sei er mein einziger Verwandter.

»Ich lege mich wieder schlafen«, sagte der Verwalter hinter mir.

»Hmm«, hörte ich mich antworten. Der Verwalter schien durch die Strahlen des Mondes zu waten, als er fortging.

Als ich den Vorhang am Zelt anhob, fiel das Mondlicht auf Tharna. Sie lächelte das besonders rührende, strahlende Lächeln von jemandem, der gerade aus einem Traum erwacht ist. Sobald ich den Vorhang sinken ließ, verschwand ihr Strahlen wieder in der Dunkelheit. Doch ihre fröhliche Stimme war auch im Dunkeln zu hören: »Hast du Mädchen gesucht?«

Ich schüttelte den Kopf, und das Briefpapier raschelte in meiner Hand.

»Du musst sprechen, Idiot, ich weiß zwar, dass du den Kopf schüttelst, aber weißt du, dass man das im Dunkeln nicht sieht?«

Ich hob den Vorhang wieder hoch, sodass sie mich sehen konnte. Tharna lachte in die Nacht mit dem geschmeidigen Mondlicht hinein: »Du bist ein seltsamer Mensch.«

Wieder winkte ich mit dem Briefpapier in der Hand. Tharna, die lesen konnte, sagte: »Mach Licht an.«

Im Schein der Lampe stellte sie fest: »Er ist von Mutter.«

Ich legte mich hin und deckte mich zu. Sie las den Brief durch und schwieg. »Sie will uns auch nicht bei sich haben«, sagte ich.

»Sie sagt, wir sollen uns keine Sorgen um sie machen.«

»Wenn sich jemand um den Fürst sorgt, so um die Position, nicht um die Person.«

Tharna fuhr fort: »Meine Mutter sagt, ich sei eine Maichi und wir sollen uns keine Gedanken mehr um das Haus Rongong machen.« Die Fürstin sagte in ihrem Brief, bei den Maichis sei so viel geschehen, damit hätten wir genug zu tun. Wir müssten dem alten Fürsten seine Last tragen helfen, da er außerdem um seinen Sohn trauere. Ich sei zwar ein Idiot, aber ein außergewöhnlicher, einer, der ab und zu sehr kluge Dinge tue. Sie schrieb: »Ich habe gehört, dass ihr wieder in den Norden reisen wollt, statt in der Festung des Fürsten zu verweilen. Was wollt ihr an der Grenze?« Ganz am Schluss schrieb meine Schwiegermutter: »Macht euch meinetwegen nicht zu viele Gedanken, die Hungersnot ist vorbei.«

Tharna hatte angenommen, sie sei für immer der Augenstern der Fürstin, die liebreizende Tochter, und ihr standen die Tränen in den Augen: »Mutter, willst du deine Tochter nicht mehr?«

Das Papier raschelte in ihren Händen, als sie den Brief nochmals lesen wollte. Doch das Öl in der Lampe war aufgebraucht, und der schwere Geruch nach Talg breitete sich in der Dunkelheit aus. Tharna schmiegte sich in meine Arme: »Wohin wirst du mich führen, Idiot?«

»An unseren eigenen Ort.«

»Wirst du zulassen, dass der schönsten Herrin der Welt Leid widerfährt?«

»Du wirst die Frau des Fürsten.«

»Du wirst mir doch keinen Schmerz zufügen? Ich bin das schönste Mädchen der Welt – und hast du mich jemals singen gehört?«

Natürlich hatte ich das. Und ihr Lied klang mir jetzt wieder in den Ohren. Wir taten, was wir sehr lange nicht mehr getan hatten. Anschließend, sie kreiste mit dem Finger auf meiner Brust, fragte ich, ob sie schon eine Antwort an die Fürstin verfasst habe. Eine Träne fiel auf meine Brust, verbrannte mich und machte mich zittern. »Es hat dich verletzt, dass ich mit deinem Bruder geschlafen habe, nicht wahr?«, sagte sie.

Eine solche Frage hatte ich ihr nicht zugetraut. Sogar ein Idiot wie ich hätte diese Frage nicht gestellt, um andere Leute nicht an ihren Schmerz zu erinnern. Damals hätte ich meinen Bruder umbringen können. Dann hatte der Rächer mithilfe einer purpurnen Robe das Problem gelöst und dazu beigetragen, dass dieser leichtfertige Geselle erbärmlich zu stinken begann. Der Gedanke daran vermittelte mir das Gefühl, ich hätte ihn höchstselbst umgebracht. Doch das war nur ein Gefühl, Schuldgefühle sind immer tief im Herzen verborgen. Ich hörte mich mit kalter Stimme sagen: »Nur gut, dass du nicht so übel stinkst wie er.«

»Mein Körper duftet, riech mal, ich brauche nicht einmal Parfum.«

Ich schnupperte.

»Idiot. Pass auf, dass mir kein anderer Mann mehr verfällt.«

Ich weiß, dass schöne Frauen immer die Aufmerksamkeit von Männern erregen. Wenn einer ihr Gewalt antäte, würde ich sie mit aller Kraft zu schützen suchen. Wenn sie aber aus freiem Willen zu jemandem ins Bett ging, war nichts zu machen.

Wahrscheinlich erriet sie meine Gedanken, als sie weiter mit dem Finger über meine Brust fuhr und wie nebenbei sagte: »Gut, nicht böse sein. An der Grenze soll der Verwalter ein Mädchen für dich suchen. Wir zwei sind inzwischen sowieso untrennbar miteinander verbunden.«

Dass ihr das jetzt erst klar wurde, verstimmte mich.

Wieder unterwegs, musste ich unentwegt an diesen Satz denken. Der Verwalter sagte, ich solle froh sein, dass eine schöne Frau wie sie so denke. Das stimmte wohl. Immer wenn ich etwas im Kopf geklärt habe, gehe ich beschwingt weiter.

Ich war wieder an der Grenze!

Mir lag daran, dem Geschichtsschreiber ein angemessenes Zimmer zu geben. »In meiner Nähe, ruhig, sodass Sie nachdenken können, mit guter Luft und hell«, sagte ich, »wäre das in Ordnung?« Er nickte mit Nachdruck, und sein Gesicht glühte. Er war wohl seit dem ersten Abschneiden seiner Zunge nicht mehr so erregt gewesen. Er hatte nicht geglaubt, dass an der Grenze statt einer Festung ein offenes Gebäude stand. Und noch weniger hatte er geglaubt, dass es hier einen riesigen, lebendigen Markt gab, auf dem alle Reichtümer der Welt versammelt waren. Als jemand, der Geschichte aufschrieb, hatte er in der Festung notiert, dass der Fürst dem Thron entsagen wollte und es dann doch nicht tat, hatte vom Zwist der Brüder um die Thronfolge geschrieben, über den Mord am Nachfolger, und alles war ihm vorgekommen wie eine Wiederholung der Geschichte. Nun an der Grenze dagegen sah er vollkommen neue, nie da gewesene Dinge. Seine Augen glänzten bei der Aussicht, das alles niederschreiben zu können. Ich selbst führte ihn über den quirligen Markt. Ich zeigte ihm die Schänke des Attentäters, ein Ort, mit dem ich sehr vertraut war. Der Wirt lachte mich an, als sei ich nicht zwei Jahre fort gewesen, sondern hätte mich gestern erst bei ihm besoffen. Ich fragte ihn, ob sein kleiner Bruder zurückgekehrt sei. Er sah den Geschichtsschreiber an. Ich erklärte ihm, dass der Mann keine Zunge habe. Er sagte, wer so etwas tue, verstecke sich immer, sonst sei er kein rechter Attentäter, jedes Gewerbe folge seinen Gesetzen.

Straßen sind wundervoll. Wir saßen in der Schänke und sahen all diese Leute vorüberreiten oder -gehen, es war ein einziges Hin und Her, die Luft war staubgeschwängert, und obwohl ich meinen Wein mit der Hand abdecken musste, um ihn zu schützen, schmeckte er herrlich. Ich sprach gerade mit dem Wirt, als meine beiden Diener hereinkamen, um zu melden, dass der Verwalter mich suche. Ich ließ jedem eine Schale Wein bringen und sagte, sie sollten sich Zeit damit lassen.

40

Ein weit gereister Gast

Wenn man der Straße nach Norden folgte, kam man zum Fluss, wo der Verwalter eine schöne Holzbrücke errichtet hatte. Auf der anderen Seite endete sie genau an meinem offenen Hof. Der Verwalter wartete schon: »Raten Sie, wer heute mit uns zu Abend essen wird!«

Ich kam nicht darauf. Der Verwalter lachte und führte uns zum Speisesaal. Sangye Dolma stand in schöner neuer Kleidung am Eingang, um uns zu begrüßen. »In Ordnung, ich bin zwar nicht Fürst geworden«, sagte ich, »aber dafür wurdest du befördert.«

Sie hob ihren Rock, um vor mir niederzuknien, doch ich hinderte sie daran. »Der Verwalter hat mich raten lassen, wer heute mit uns zu Abend isst.«

Sie lachte und flüsterte mir ins Ohr: »Beachten Sie ihn nicht, Junger Herr, wenn Sie es nicht erraten, sind Sie kein Idiot, und wenn Sie draufkommen, sind sie kein intelligenter Mann.«

Himmel, es war ein alter Freund der Maichis, der Sondergesandte Huang Chumin, der auf einmal vor mir stand!

Er hatte immer noch das gleiche schmale Gesicht von früher, in dem ein paar jämmerliche gelbe Bartsträhnen standen, nur die Augen schienen ruhiger als früher. Ich sagte zu dem weit gereisten Gast: »Ihre Augen wirken nicht mehr so angestrengt wie früher.«

Er antwortete ohne Umschweife: »Ich muss mir auch nicht mehr für andere den Kopf zerbrechen.«

Ich fragte nach Kommandant Jiang. Er erzählte, Kommandant Jiang sei weit fort beim Kampf mit den roten Chinesen in einem Fluss ertrunken.

»Und er hat nicht gestunken?«

Huang Chumin sah mich erstaunt an, er wusste nicht, warum ich eine solche Frage stellte. Vielleicht hatte er endlich begriffen, dass er mit einem Idioten redete, als er lachte und sagte: »Auf dem Schlachtfeld und an heißen Tagen stinkt es immer. Wenn der Mensch tot ist, besteht er nur noch aus Fleisch, wie ein Hund oder eine Kuh.«

Nun erst ließen Gast und Gastgeber sich nieder.

Ich saß am Kopfende und klatschte in die Hände, Sangye Dolma gab das Klatschen weiter, und dann traten die Mägde eine nach der anderen ein.

Vor jedem von uns lag eine rechteckige, zinnoberrote Holzplatte mit eingelegten Mustern aus indischen Früchten in den seltsamsten Formen und riesigen Blumen. Auf den Holzplatten war chinesische Porzellanware und Silber aus eigener Herstellung arrangiert. Die Weinbecher waren aus blutrotem ceylonesischem Achat. Nach drei Bechern Wein fragte ich Huang Chumin, was er uns diesmal mitgebracht habe. Denn vor vielen Jahren hatte er dem Haus Maichi moderne Feuerwaffen und Opium gebracht. Von jeher waren die Chinesen nie zu uns gekommen, ohne uns entweder etwas zu bringen oder wegzunehmen.

»Ich habe nur mich selbst mitgebracht, ich suche Zuflucht beim Jungen Herrn«, sagte Huang Chumin gelassen, der in seiner Heimat nicht hatte bleiben können. Ich fragte, ob er zu den roten Chinesen zähle. Er schüttelte den Kopf, gab dann aber zu: »Quasi ein Verwandter der Roten.«

Ich sagte: »Die Chinesen sind doch alle gleich. Ich jedenfalls sehe keinen Unterschied zwischen Roten und Weißen.«

»Das ist Sache der Chinesen.«

»Wir haben hier ein Zimmer für Sie.«

Er tippte sich an den Kopf, seine kleinen Augen glänzten: »Vielleicht ist hier etwas drin, was dem Jungen Herrn nutzt.«

»Ich unterhalte mich nicht gern mittels Übersetzer.«

»Ich beginne heute, eure Sprache zu erlernen«, sagte er, »höchstens ein halbes Jahr, und wir brauchen keinen Dolmetscher mehr.«

»Was ist mit Frauen? Ich habe nicht vor, Ihnen eine zu geben.«

»Ich bin alt.«

»Sie dürfen keine Gedichte schreiben.«

»Ich muss mich nicht in Szene setzen.«

»Das hat mir an Ihnen sowieso nie gefallen. Ich werde Ihnen hundert Silberstücke im Monat geben.«

Nun war es an ihm, sich zu offenbaren: »Ich will Ihr Silber nicht. Ich bin zwar alt, weiß aber immer noch, wie ich an das Geld komme, das ich brauche.«

So kam es, dass Huang Chumin bei mir einzog. Ich habe ihn nie gefragt, weshalb er nicht bei Fürst Maichi, sondern bei mir Zuflucht gesucht hatte. Darauf hätte er vielleicht nichts zu sagen gewusst, und da ich andere nicht gerne zwinge, auf eine schwierige Frage zu antworten, habe ich nicht gefragt. Als ich an diesem Tag in der Schänke des Rächers etwas trank, sagte der Wirt plötzlich, tags zuvor sei sein Bruder vorbeigekommen. Als ich fragte, wo der Mörder sei, und der Wirt mich schweigend ansah, wusste ich, dass sein Bruder im Hinterzimmer war. Ich bräuchte nur den Vorhang zurückzuziehen und würde ihn bestimmt mit einer Schale Wein unter dem kleinen Fenster sitzen sehen. »Er sollte lieber gehen, denn Gesetz ist Gesetz, und ich werde es nicht verletzen.«

»Mein Bruder hat Sie einmal verschont, verschonen Sie ihn auch«, sagte er.

Er wollte mich überreden, dem Gesetz nicht zu folgen. Wenn ein Mensch in diese Welt kommt, wird er feststellen, dass andere schon eine ganze Reihe Regeln aufgestellt haben. Es gibt Regeln in Form von Fesseln und solche in Form von Gewehren, wie das Gesetz der Rache. Fürst Maichi hatte ihren Vater benutzt und ihn getötet, da war es ein ehernes Gesetz, Rache zu üben. Der Bruder des Wirts hatte mich am Flussufer nur deshalb verschont, weil ich nicht Fürst Maichi war. Mich zu töten, wäre eine Verletzung des Gesetzes der Rache gewesen, und er hätte sich dem Hohn und Spott der Menschen ausgesetzt.

»Er hat mich nicht getötet, weil er es nicht durfte. Ich werde ihn töten, weil er meinen Bruder umgebracht hat«, sagte ich. »Wenn ich ihn sehe und nicht töte, wird alle Welt mich auslachen.«

Der Wirt ermahnte mich, ich müsse seinem Bruder dankbar sein, weil er mir zu der Gelegenheit verholfen habe, Fürst zu werden. Ich erinnerte ihn daran, dass sie nicht getötet hatten, damit ich Fürst werden könne. »Ich weiß nicht, wie es mit Ihnen ist«, fuhr ich fort. »Ihr Bruder ist ein feiger Mörder, ich will ihn nicht sehen.«

Drinnen klappte ein Fenster, dann war Hufgetrappel zu hören, das sich rasch entfernte. Der Wirt sagte: »Nun ist er fort. Ich habe hier eine Bleibe eingerichtet, damit er, wenn das Unvermeidliche getan ist, eine Zuflucht hat. Jetzt haben Sie ihn heimatlos gemacht.«

Ich lachte: »So wollen es die Regeln.«

»Ich habe angenommen, dass Sie sich nicht an Gesetze halten«, sagte er. »Aber wir alle haben uns geirrt.«

Wir saßen am Tisch, in den frühere Gäste alle möglichen Dinge eingeritzt hatten: geheimnisvolle Symbole und Schwüre, Hände, einen Vogel, den Kopf von einer Seite der Silbermünze und sogar so etwas wie einen Mund. Ich interpretierte es als Schamlippen, der Wirt als Wunde. Tatsächlich sagte er, ich habe ihn verletzt. Als er zum dritten Mal behauptete, es handle sich um eine Wunde, landete meine Faust in seinem Gesicht. Als er sich vom Boden aufrappelte, staubbedeckt, sprühten seine Augen Funken.

In diesem Augenblick kam Huang Chumin herein, ließ sich großtuerisch nieder und bestellte Wein. Dann sagte er, seine persönlichen Leibwachen sollten meiner Truppe eingegliedert werden.

»Ich will aber nichts von Ihnen.«

»Muss ich mich hier denn selbst um meine Sicherheit kümmern?«

Sehen Sie, Huang Chumin ist wirklich das, was man intelligent nennt. Kaum in eine heikle Situation geraten, legte er sein Schicksal ganz und gar in meine Hände. Er war vernünftig genug, um zu wissen, dass seine wenigen Leibwächter nichts würden ausrichten können, wenn jemand ihm ernsthaft etwas antun wollte. Er übergab uns einfach seine Leibwache, und schon musste er sich um sich selbst keine Gedanken mehr machen. Ich war es nun, der das tat. Der einzige Nachteil für ihn bestand darin, dass er in der Öffentlichkeit ohne Leibwachen nicht mehr so großartig wirkte wie zuvor. Aber was zählte das schon, wenn er sich dafür nicht auf Schritt und Tritt umdrehen und immer mit gespitzten Ohren schlafen musste. Er trank seine Schale aus und lachte ausgelassen, ein paar Tropfen Wein im gelblich braunen Bart. Er solle immer hierher kommen, wenn er Wein trinken wolle, sagte ich. Er fragte, ob er nun kein freier Mann mehr sei, da ihm sogar vorgeschrieben würde, wo er Wein trinken solle. Er müsse hier nicht zahlen, erklärte ich. Ob ich dem Laden die Steuern erlassen habe, wollte er wissen. »Nein«, sagte der Wirt, »ich schreibe alles auf, und der Junge Herr zahlt später.«

»Sind Sie sein Freund?«, fragte Huang Chumin. »Der Junge Herr hat eigenartige Freunde.«

»Ich weiß auch nicht«, sagte der Wirt. »Vielleicht hängt es damit zusammen, dass mein Bruder ein Mörder ist.«

Huang Chumin verschluckte sich an seinem Wein, sein gelbes Gesicht wurde bleich.

Er torkelte, als ich mit ihm hinausging. Erst als ich ihm erklärte, dass sein Bruder einen Mord in seiner Familie gerächt hatte, beruhigte er sich langsam. Ich hatte das Gefühl, der Wein stieg mir zu Kopf, als uns auf der Brücke der Wind um die Ohren blies. Huang Chumin ließ zu, dass ich mich auf seine Schulter stützte. »Ist sein Bruder wirklich ein Mörder?«, fragte er mich.

»Das weiß ich mit Sicherheit«, erwiderte ich. »Ich weiß nur nicht, was Sie eigentlich tun.«

Er dachte nach und sagte dann: »Das weiß ich inzwischen selbst nicht mehr. Ich könnte Ihr »Shiye« sein.« Er verwendete den chinesischen Begriff »Shiye«, Berater. In meinem Idiotenhirn summte es wie in einem Bienenstock, und ich fragte: »Und was bin ich dann?«

Er überlegte. »Jetzt sind Sie überhaupt niemand, aber vielleicht können Sie werden, wer immer Sie wollen!«, brüllte er mir ins Ohr.

Ja, wenn man der Sohn des Fürsten ist, nicht aber der Thronfolger, dann ist man ein Niemand. Nach dem Tod meines Bruders hatte Vater keine Anstalten gemacht, mich zum Thronfolger zu ernennen. Meine Schwiegermutter hatte geschrieben, ich solle sie nicht besuchen. Sie meinte, nachdem ein solches Unglück über die Familie Maichi gekommen sei, könne sie ihr nicht den letzten Sohn nehmen, um ihn zu ihrem eigenen Thronfolger zu machen. Doch der Verwalter deutete an, dass ich am Ende Fürst zweier Familien werden könnte. Jetzt erwähnte auch Huang Chumin diese Möglichkeit.

Natürlich sagten sie mir, dass ich alles geduldig abwarten müsse.

»In Ordnung«, sagte ich, »warten wir ab. Ich habe Zeit.«

So verging die Zeit, Frühlingsblumen und Herbstmonde kamen und gingen. Der Verwalter und mein Berater kümmerten sich um die Geschäfte und den Markt, meine beiden Diener und Sangye Dolma um alles andere. Auf diese Weise war der Idiot der Familie Maichi einige Jahre später der reichste Mann der Gegend. Das jedenfalls behauptete der Verwalter mit den Rechnungsbüchern in der Hand.

»Sogar reicher als mein Vater?«, fragte ich.

»Ja«, sagte er. »Der Junge Herr weiß, dass Opium längst nichts mehr wert ist. Und der Handel auf unserem Markt blüht.«

An diesem Tag machte ich einen Ausritt mit Tharna und erzählte ihr unterwegs davon. Seit wir wieder an der Grenze waren, hatte sie nichts mehr mit anderen Männern gehabt. Das gefiel mir.

»Und du bist wirklich der Reichste unter den Fürsten?«, fragte sie.

»Ja«, erwiderte ich.

»Das glaube ich nicht«, meinte sie. »Sieh dich doch um, wer hinter dir ist.«

Ich drehte mich um und sah meine nächsten Gefolgsleute an. Tharna sah nach oben und sagte: »Himmel, sieh, in wessen Hände du diese Welt gelegt hast.« Ich wusste, dass sie so etwas nur sagte, wenn sie glücklich war.

Ja, sehen Sie, mein Verwalter ist ein Krüppel, mein Berater ein alter Mann mit gelblich braunem Bart, und meine beiden Diener – vielleicht weil sie schon zu lange bei mir sind – zeigen jeder immer den gleichen Gesichtsausdruck. Klein Aryi blickt verschämt, Sonam Tserang grimmig.

Der Letztere war inzwischen zum Chef-Steuereintreiber avanciert, und er liebte die Uniformen, die er und seine Leute dabei trugen. Dolma oblag die Führung aller Mägde und Küchenmädchen, sie hatte zugenommen. Da Männer für Frauen ihres Alters nicht mehr so wichtig waren, hatte sie den Silberschmied schon fast vergessen und offenbar ebenso die Tatsache, dass sie einmal meine persönliche Magd gewesen war.

Tharna fragte: »Wieso ist Sangye Dolma nie schwanger geworden? Sie war mit dir zusammen, mit dem Silberschmied und mit dem Verwalter.«

Darauf wusste ich keine Antwort. Darum fragte ich zurück, warum sie mir denn kein Kind geschenkt habe.

Sie sei sich nicht sicher, ob es sich lohne, mir ein Kind zu schenken: »Was, wenn du wirklich ein Idiot bist, soll ich dann auch einen kleinen Idioten zur Welt bringen?«

Meine Frau hatte sich noch nicht endgültig damit abgefunden, dass ich ein Idiot bin. »Ich bin ein Idiot«, sagte ich. »Dein Bauch wird für immer leer bleiben.«

»Wenn ich sicher bin, dass du ein Idiot bist«, sagte sie, »werde ich mir jemanden suchen, der mir ein Mädchen schenkt.«

Ich glaube nicht, dass eine Frau beschließen kann, schwanger zu werden oder nicht. Tharna zeigte mir rosa Tabletten, die angeblich aus Indien waren. In Indien hat es schon immer viele geheimnisvolle Dinge gegeben, und die Engländer haben dem noch einiges hinzugefügt. Darum muss immer, wenn etwas neu für uns ist, nur jemand sagen, es komme aus Indien, und wir werden es glauben. Selbst den Mohn sollen die Engländer vor hundert Jahren von Indien nach China gebracht haben, meinte mein Berater Huang. Darum glaubte ich, dass die rosa Tabletten es Tharna erlaubten, ein Kind von dem Mann zu bekommen, von dem sie es wollte, ungefähr so wie wir entscheiden können, wer uns das Essen kochen soll. Tharna und ich hatten uns nie etwas verheimlicht, was mir sehr gefiel, und ich bewunderte ihre Art, unsere Ehe klug zu lenken und den richtigen Augenblick für eine Diskussion abzuwarten.

Mit dem Wind im Rücken galoppierten wir eine beträchtliche Strecke, um schließlich auf einem kleinen Hügel stehen zu bleiben. Zu unseren Füßen lag majestätisch die leicht gewellte Landschaft der Hochebene. Falken glitten vollkommen bewegungslos mit weit ausgebreiteten Schwingen hoch über den Himmel. In diesem Augenblick wurden alle Dinge entrückt, und was sich normalerweise schmerzhaft ins Herz brannte, wurde zu glühenden Geschossen, die sonst lebensgefährlich waren, jetzt jedoch nur Streifspuren hinterließen. »Was haben wir da nur für Sachen besprochen!«, sagte meine Frau.

Mit diesem Panorama vor Augen tolerierte ich alles. »Was solls!«, sagte ich.

Tharna lachte und zeigte ihre weißen Zähne. »Wenn wir zurück sind, wird es dir wehtun.«

Diese Frau wusste wirklich alles!

Es stimmte, wenn ich in der Nacht im Zimmer wach lag, würde das Gesagte mir Schmerzen bereiten. Doch jetzt, da der Wind am Himmel die Wolken zu immer neuen Formationen zusammenschob und auf der Erde sanft über das Gras strich, verloren die Worte an Bedeutung. Wir sprachen noch viel, doch wurde alles mit dem Wind fortgetragen, sodass nicht einmal ein Schatten davon in mir übrig blieb.

Plötzlich griff Tharna in die Zügel und galoppierte davon. Sie musste austreten. Sonam Tserang schloss zu mir auf. Er war in den letzten Jahren zu einem stattlichen Mann mit Stiernacken und großem Adamsapfel geworden. Er ließ seinen Blick in die Ferne schweifen und sagte: »Eines Tages werde ich den Dämon umbringen.« Die braune Uniform des Steuereintreibers ließ sein Gesicht noch düsterer und ernster erscheinen. »Keine Sorge, Junger Herr«, fuhr er fort. »Wenn sie sich wirklich wie eine Hure aufführt, werde ich sie töten.«

»Wenn du meine Frau tötest«, sagte ich, »werde ich dich töten.«

Er sagte nichts, denn wie so oft nahm er die Worte seines Herrn nicht recht ernst. Sonam Tserang war ein gefährlicher Mann. Der Verwalter und mein Berater sagten, ein solcher Mensch komme nur bei einem Herrn wie mir zu einem bedeutenden Amt. Was für ein Herr ich denn sei, fragte ich sie. Der Berater strich sich über den gelblich braunen Bart, musterte mich von Kopf bis Fuß, nickte und schüttelte dann den Kopf. Der Verwalter sagte, wenn Sonam Tserang tue, was man ihm sage, sei er ganz friedlich. Der Herr sei eben nicht der Fürst, fuhr er fort, deshalb musste er nicht befürchten, des Verrats bezichtigt zu werden.

Tharna kam zurück.

An diesem Tag sah ich wohl, wenn auch verschwommen, eine glorreiche Zukunft voraus. Mit hoch erhobener Peitsche und im wilden Galopp führte ich unsere kleine Gruppe über die weiten Felder, dass die Vögel erschreckt aufflatterten. Wir ließen einen Hügel nach dem anderen hinter uns, und hinter jeder Kuppe breitete sich eine noch atemberaubendere Landschaft vor uns aus.

Später am Tag erhielt ich einen Brief aus einer Chongqing genannten Stadt in China, einen Brief von meinem Onkel. Damals war er gekommen, um für die arme Frau des englischen Adligen eine Aussteuer zu besorgen, vor allem aber, um den Panchen zurück nach Tibet zu geleiten. Doch der Meister war auf dem Weg ins Nirwana eingegangen, und so kam es, dass mein Onkel ins Land der Chinesen zurückgekehrt war.

Der Brief kam in zwei Fassungen, auf Chinesisch und Tibetisch. Inhaltlich unterschieden sie sich nicht, auf diese Weise gebe es keine Missverständnisse, schrieb mein Onkel. Er wusste von meinem großen Erfolg an der Grenze im Norden, wusste von der großen Finanzkraft, die ich inzwischen hatte, und wollte, dass ich ihm Silber lieh. Da die Japaner kurz vor der Niederlage stünden, werde noch einmal alles mobilisiert, um sie endgültig zu schlagen. Die Gebete des Panchen seien erhört worden, doch müssten alle noch einmal die Zähne zusammenbeißen, um diesen grausamsten Teufel der Welt zu besiegen. Wenn der Krieg vorbei sei, schrieb er, werde er nach Indien zurückkehren und mit seinen Edelsteinen alle Schulden begleichen. Dann werde alles mir gehören, denn er werde den Namen der englischen Dame im Testament gegen meinen austauschen. Dann schrieb er noch, wenn sein Neffe das Geld als Gabe eines Einzelnen an den Staat behandle, werde er sehr stolz auf Familie Maichi sein.

Ich ließ Pferde beladen, damit sie Silber in die vom Onkel benannte Stadt Chongqing brächten.

Doch Berater Huang riet von diesem Aufwand ab. Wenn wir auf die Dauer Handel treiben wollten, sei es zu umständlich, Silber hin- und herzuschicken. Besser sei es, so etwas wie ein Bankhaus einzurichten. Das taten wir, Berater Huang schrieb etwas auf ein Blatt Papier, meine Leute stempelten das rote Siegel des Bankhauses darauf, schickten das Blatt nach Chengdu, und Berater Huang behauptete, dafür bekomme mein Onkel überall hunderttausend Silberdollar. Später schrieb mein Onkel tatsächlich, er habe das Geld erhalten. Von da an nahmen unsere Leute nie wieder Berge von Silber mit, wenn sie Handel treiben wollten. Ebenso brachten die Chinesen nur noch die Notiz eines mit unserem in Verbindung stehenden Bankhauses mit. Berater Huang wurde Direktor unseres Bankhauses.

Der Geschichtsschreiber sagte, das sei ein epochales Ereignis.

»Ist alles, was noch nie da war, epochal?«, fragte ich.

»Epochale Ereignisse sind es von selbst.«

»Was Sie sagen, klingt für mein Gehirn aber nicht epochal.«

Mein Geschichtsschreiber lachte. Er war in den letzten Jahren immer ruhiger geworden und kümmerte sich nur noch darum, das aufzuschreiben, was vor seinen Augen geschah. Wenn er nichts zu tun hatte, saß er mit einer Schale honiggesüßten Weines in der Sonne und nippte daran. Seit die Zypressen, die wir im Hof gepflanzt hatten, groß geworden waren, setzte er sich in ihren Schatten statt auf die Veranda.

Dort saß er und sagte: »Die Zeit vergeht langsam, Junger Herr.«

»Ja«, bestätigte ich, »sie kriecht förmlich dahin.«

Der Verwalter hörte meinen Stoßseufzer und sagte: »Was redet der Junge Herr da! Die Zeit vergeht heute viel schneller als in der Vergangenheit. Es sind so viele unvorstellbare Dinge passiert, darüber wären früher mindestens fünfhundert Jahre ins Land gegangen, verstehen Sie? Junger Herr, fünfhundert Jahre sind vielleicht immer noch zu niedrig gegriffen, und da behaupten Sie, dass die Zeit zu langsam vergeht?«

Der Geschichtsschreiber stimmte auch ihm zu.

Da mir die Worte fehlten und ich nichts tun konnte, ging ich auf einen Wein in die Schänke.

Obwohl der Wirt und ich uns inzwischen recht vertraut waren, kannte ich nicht einmal seinen Namen. Erst kürzlich hatte ich zu ihm gesagt, wir beide verhielten uns nicht wie unversöhnliche Feinde. Er meinte dazu, er und sein Bruder seien mit Fürst Maichi verfeindet, nicht mit dem Jungen Herrn, der den blühenden Grenzhandel ins Leben gerufen, ein Bankhaus gegründet habe und Steuern eintreibe.

»Es wird der Tag kommen, da ich Fürst bin«, sagte ich.

Er lachte: »Dann werden Sie unser Feind sein, aber bis dahin ist noch viel Zeit.«

Die Menschen in dieser Gegend schieben bevorstehende Ereignisse gern in weite Ferne. Ich fragte ihn, ob er nicht das Gefühl habe, die Zeit vergehe immer schneller.

Der Wirt lachte: »Sieh an, der Junge Herr fängt an, sich um die Zeit Gedanken zu machen.« Das sagte er so spöttisch, dass ich ihm meinen Wein ins Gesicht schüttete. Er setzte sich und erstarrte. Er wollte etwas sagen, doch blieben die Worte stecken, als hindere ihn etwas am Sprechen. Schließlich wischte er sich den Wein aus dem Gesicht und sagte: »Ja, die Zeit vergeht schneller als früher, fast, als treibe jemand sie mit der Peitsche an.«

41

Schnell und langsam

Die Tage an der Grenze vergingen sorglos und unbekümmert.

Nun lebte ich schon so viele Jahre an ein und demselben Ort. Jeden Morgen nach dem Erwachen sah ich die gleiche Zimmerdecke, ja ich musste die Augen nicht einmal öffnen, um jede Maserung im Holz vor mir zu sehen. Draußen vor dem Fenster immer die gleichen geschwungenen Landschaftslinien. Tausende von Sonnenaufgängen, tausende von Sonnenuntergängen, und jeden Tag erwachte ich in den gleichen Lichtstrahlen, die durchs Fenster einfielen. Die beiden Fragen aber, die mich über Jahre täglich quälten, hatten aufgehört zu existieren.

Ich weiß nicht, ob es zwei oder drei Jahre her ist.

An jenem Morgen stützte Tharna sich mit einer Hand auf ihrem Kopfkissen ab und sah mich forschend an. Als sie sah, dass ich wach war, beugte sie sich noch tiefer über mich und senkte ihren fragenden Blick in meine Augen. Ihre Brüste streiften mein Gesicht, und ihr strenger weiblicher Geruch stach in meiner Nase. Sie starrte mich an, als könne sie auf diese Weise in mich hineinsehen. Ich nahm gleichwohl nur ihren intensiven Körpergeruch wahr. So viele Jahre schlief sie nun schon in einem Bett mit mir, doch diesen aufregenden Geruch, den ihr Körper im Morgenlicht ausstrahlte, hatte ich noch nie wahrgenommen. Sie brauchte kein Parfum, um gut zu duften. Normalerweise, wenn sie viel Parfum verwendete, schien sie mir zu stinken wie andere Frauen.

Tharnas Körpergeruch machte mich schwindlig und benommen, ich rang plötzlich nach Atem, als schnüre mir jemand die Luft ab. Tharna lachte, rote Wolken huschten über ihr Gesicht, und ihr Arm schlängelte sich von meiner Brust aus abwärts über den Bauch zum festen, heißen kleinen Bruder, der ihre Hand zu verbrennen schien. »Ah!«, sie erschauerte und glühte ebenfalls. Tharna war eine sehr gute Reiterin. Jetzt schwang sie sich so behände auf mich, als besteige sie ein Pferd, federte wie im rasenden Galopp auf und nieder und flog mit mir dem fernen Horizont zu.

Keine Ahnung, was da an mir vorüberflog – farbenfrohe Landschaften oder bunte Blasen. Ich hörte mich wie ein wildes Pferd wiehern.

Auch die Reiterin stieß laute Schreie aus.

Schließlich stürzten Pferd und Reiter, aneinander geklebt mit Schweiß. Bienen stießen immer wieder von außen gegen das Fenster.

Tharnas Lippen bewegten sich an meiner Wange: »Wir haben deine Fragen vergessen.«

»Ich weiß, wo ich bin«, sagte ich, »und ich weiß auch, wer ich bin.«

Tharna setzte sich abrupt auf, ihr Gesicht und ihre Brüste im Morgenlicht glühend. »Und wer bist du?«, fragte sie laut.

Ich sprang aus dem Bett, stellte mich auf den Teppich und antwortete mit erhobener Stimme.

»Wo bist du?«

»In der Warteposition auf das Amt des Fürsten!«

Tharna hüpfte mit der Decke über den Schultern zu mir auf den Teppich, wo wir uns splitterfasernackt umarmten und lange liegen blieben. An diesem Morgen versprach sie mir, die Tabletten, die verhindern sollten, dass sie schwanger wurde, nicht mehr zu nehmen. »Was, wenn ich wirklich ein Idiot bin?«, fragte ich, und es war mir bitter ernst.

»Keine Angst«, sagte sie. »Kein Idiot der Welt hat zwei Fürstenämter auf einmal in Aussicht.«

Von jeher habe ich die Menschen um mich herum klüger eingeschätzt als mich selbst, erst recht die schöne Tharna. Wenn Intelligenz die höchste Auszeichnung eines Menschen ist, würde ich sie ohne Zögern als intelligentesten Menschen der Welt bezeichnen. Doch darum ging es mir nicht und genauso wenig um die fantastische Zweisamkeit eines Ehepaares im langsamen Dahinströmen der Zeit. Ich hatte den aufreizenden Duft einer Frau in der Nase, und es fiel mir schwer, geradeheraus zu sagen, was ich meinte. Es war wie mit den Schwänen, die ich am See hatte auffliegen sehen: Sie wollen hoch hinauf in den Himmel gelangen, doch ihre schweren Körper ziehen sie in die falsche Richtung, sie müssen wild mit den Flügeln schlagen und verzweifelt mit den Füßen rudern, bevor sie endlich abheben.

Was ich sagen will, ist, dass ich eines Tages merkte, wie langsam die Zeit in dieser Gegend verging.

Ich hatte das dringende Bedürfnis, mit anderen darüber zu sprechen – wahrscheinlich deshalb, weil ich selten genug irgendetwas bemerke. Der Geschichtsschreiber, Berater Huang und der hinkende Verwalter waren meine bevorzugten Gesprächspartner, wobei mir der Geschichtsschreiber am liebsten war. Gerade legte die Zeit wieder an Tempo zu. Nach den Diskussionen war ich mit dem Schreiber einer Meinung. Er glaubte, das Tempo der Zeit werde nicht durch eine schnellere Gangart der Sonne am Himmel hervorgerufen. Denn wenn man die Zeit zwischen Sonnenaufgang und Sonnenuntergang messe, stelle man fest, dass der Zeitfluss sich nicht ändere. Messe man die Zeit aber an Ereignissen, so sei das etwas anderes. Je mehr passiere, sagte der Geschichtsschreiber, umso schneller vergehe die Zeit. Dann sitze der Mensch wie auf dem Rücken eines Rennpferdes, bis ihm ganz schwindlig werde.

In dem Jahr, in dem Familie Maichi Opium anbaute, waren mir zum ersten Mal Dinge klar geworden, und inzwischen war ich an die ungeregelte Abfolge absurder Ereignisse gewöhnt. In den Jahren nach dem Tod meine Bruders geschah auf den Gebieten der Fürsten nichts weiter – nur ich trieb an der Grenze Steuern ein und eröffnete ein Bankhaus. Nach der Raserei des Opiumanbaus und der längsten und ausgedehntesten Hungersnot – einer äußerst angstvollen Zeit – entspannte sich das Land wie eine Frau nach der Entbindung und fiel gleichsam in einen tiefen, dunklen Schlaf. Die Fürsten verkrochen sich in ihren Festungen wie Bären zum Winterschlaf und traten nicht mehr öffentlich in Erscheinung.

So viel Kommen und Gehen es an der Grenze auch gab, keiner der Fürsten zeigte sich. Dabei hätten sie viel von uns lernen können, doch vermutlich fürchteten sie sich, weil sie im Gefolge Fürst Maichis Opium angebaut und damit gründlich Schiffbruch erlitten hatten. Nach der Hungersnot versteckten sie sich und wollten nichts mehr mit uns zu tun haben.

Doch darüber machte ich mir keine Sorgen, verhießen meine Diener mir doch eine glorreiche Zukunft: Eines Tages würde ich zugleich Fürst Maichi und Fürst Rongong sein. Ich hätte es klug eingefädelt, die einzige Tochter der Fürstin Rongong zu ehelichen, sagten sie, und das Schicksal habe es so gewollt, dass der Rächer meinen Bruder töte. Am meisten freute mich, dass mein Onkel häufig Briefe schrieb. Und ich sandte ihm über meine Bank einen Scheck nach dem anderen.

Mein Onkel schickte mir zwei Fotos.

Eines zeigte ihn mit dem verstorbenen Panchen. Das andere zeigte ihn, als er meinen ersten Scheck erhielt, im Kreis mehrerer Generäle der weißen Chinesen. Er stand auf einem weiten Stück nackter Erde mit riesigen Geräten im Rücken. Berater Huang erklärte mir, das seien Flugzeuge, eiserne Vögel, die aus der Luft auf Menschen schießen könnten. Ich fragte Berater Huang, wie viele Flugzeuge man für hunderttausend Silberdollar kaufen könne. Einen Flügel, antwortete er. Sofort gab ich Anweisung, weitere hunderttausend hinzuschicken, mir gefiel der Gedanke, zwei eiserne Flügel am chinesischen Himmel zu besitzen. Mein Onkel schrieb, so wie früher der chinesische Kaiser auch unser Kaiser gewesen sei, sei die chinesische Regierung heute auch unsere Regierung. Berater Huang sagte, sobald wir den Krieg gewonnen hätten, werde das Land wieder erstarken.

Ich fragte ihn, ob wir es möglich machen könnten, dass der Onkel mich ebenfalls sehe.

Wir müssten einfach einen Fotoapparat kaufen, sagte er. Die Zeit, in der wir auf ihn warteten, verging wiederum sehr langsam. Ein Tag war länger als sonst drei. Als der Fotoapparat endlich kam, organisierte Berater Huang noch einen Fotografen. Seitdem rasten die Tage wieder dahin. Wir fotografierten immer und überall, waren regelrecht verrückt danach. Da der Fotograf nicht lange bie uns bleiben wollte, befahl ich Aryi, die Kunst von ihm zu erlernen. Der Henker war der einzige Künstler unter meinen Dienern, wenn er das Fotografieren nicht lernte, wer dann? Der Geschichtsschreiber hatte ebenfalls Interesse, doch ich lehnte ab. Das sei auch Geschichte, sagte er. Das sah ich anders. Es war eine Fertigkeit, nichts weiter, und er hatte seine Hände für das Halten von Stiften.

Lassen Sie mich noch etwas Amüsantes erzählen.

Eines Tages kam Aryi wild schreiend und mit schreckverzerrtem Gesicht aus der Dunkelkammer gerannt.

Sonam Tserang fragte, ob der Fotograf ihm an die Wäsche gegangen sei. Der hatte noch nie Interesse für eine Frau gezeigt, weshalb man munkelte, er sei eher dem männlichen Geschlecht zugetan. Aus irgendwelchen Gründen erregte Aryi immer das Interesse von Männern, die auf Männer standen. Doch ein solches Erlebnis hätte nicht diesen markerschütternden Schrei ausgelöst – wilder als der einer Frau, die einem Mann begegnet, den sie zurückgewiesen hat. An diesem Tag hatte er eine ganz andere Begegnung gehabt. Er kam aus der Kammer geschossen und rief: »Geister! Gespenster! Sie kommen aus dem Papier, das der Meister ins Wasser gelegt hat!«

Berater Huang lachte schallend. Das seien keine Gespenster, sagte er, sondern Bilder, die aus den Negativen entwickelt würden. Später sah ich mir das selbst an und stellte fest, dass es in der Tat merkwürdig ist, die Bilder in dem besonderen Licht der Dunkelkammer langsam entstehen zu sehen – nicht aber Furcht einflößend und erschreckend. Doch mein zukünftiger Henker machte sich schier in die Hosen vor Angst und wurde schon als Feigling verspottet. Dabei waren seine Hände bei der Ausübung seines Berufes immer vollkommen ruhig. Später, als Aryi alles beherrschte, verließ der Fotograf uns. Von da an machte Aryi die Arbeit allein, nur unterstützt von einem Assistenten, den er mit in die Dunkelkammer nahm.

Unser erstes Foto schickte ich an den Onkel in Chongqing.

Ich weiß nicht, welches Jahr wir hatten, jedenfalls war es ein ganz besonders heißer Sommer. Mein Onkel lud mich in einem Brief für die etwas kühleren Tage im Herbst zu sich ein. Berater Huang sagte, der Krieg gegen Japan sei bald gewonnen, und dann werde das Land wieder geeint und stark sein. Denn in den Jahrzehnten ohne Kaiser waren unsere Fürsten sich gleichsam heimatlos vorgekommen – das werde sich bald ändern. Der Verwalter sagte, mein Onkel wolle, dass ich ein paar hohe Beamte kennen lerne. Der Krieg hatte sie ganz in unsere Nähe geführt, und wenn er vorbei sei, würde ich eine lange Reise auf mich nehmen müssen, um diese Leute zu treffen. Der Geschichtsschreiber sagte, was die beiden meinten, ergäbe zusammengenommen das, was mein Onkel sagte.

Während ich auf den Herbst wartete, verging die Zeit wieder langsamer.

Tharnas Begeisterung für die Fotografie blieb ungebrochen, und zusammen mit ihren häufigen Besuchen beim Schneider hielt sie sie so beschäftigt, dass wenig Zeit für mich blieb.

Die Leute meinten schon, der Junge Herr werde wieder verrückt, weil ich immer starr zum Horizont blickte. Sie wussten nicht, dass ich als Erster den Herbst sehen wollte, auf den ersten Reif wartete und darauf, dass die Bäume ihren golden schimmernden Mantel um die Schultern legten. Dann würde ich mich auf den Weg machen.

Ein Bote brachte einen Brief von Fürst Maichi. Wir hatten nichts voneinander gehört, seit ich die Festung verlassen hatte. Der Brief des Fürsten war sehr kurz, er wollte wissen, was ich an der Grenze tat. Ich antwortete ihm, und alle rieten mir, die bevorstehende Reise zum Onkel nach Chongqing nicht zu erwähnen, sondern nur von der Sache mit dem Fotografieren zu erzählen. Da sein Brief sehr knapp gehalten war, konnte auch ich mich kurz fassen. Seine Antwort ließ nicht lange auf sich warten. Meine Mutter habe Sehnsucht nach mir, schrieb er und wollte wissen, warum der Sohn des Fürsten seinen Vater an einer so neumodischen Angelegenheit nicht teilhaben lasse.

»Er soll zum Teufel gehen«, sagte Tharna. Es war allgemein bekannt, wie eigensinnig sie war.

Doch war ich nicht ihrer Meinung und ließ den Brief zunächst einmal zu Ende lesen. Der Fürst sagte darin viel langweiliges, uninteressantes Zeug. Am Ende fragte er, ob ich nicht zur Festung zurückkehren könne, um die Herrin zu fotografieren. »Bei der Gelegenheit«, so hieß es im Brief, »bei der Gelegenheit können wir Zukünftiges besprechen. Ich glaube wirklich, ich werde alt.«

Er hatte sich schon einmal alt gefühlt, dann aber wieder erholt.

Daher beschloss ich, nicht selbst zu ihm zu fahren, sondern schickte Aryi mit seiner Fotoausrüstung hin.

Nachdem er dort ein paar Tage fotografiert hatte, sagte der Fürst bei seiner Abreise nochmals, dass er sich alt fühle, seine Kraft und Weisheit verliere. Da erst sagte Aryi: »Herr, der Junge Herr lässt fragen, ob Sie wieder jung werden, wenn er stürbe.«

Bald kehrte Aryi mit dem Fotoapparat und diesem verschämten Gesichtsausdruck zurück.

Er brachte einen hasserfüllten Brief des Fürsten mit. Darin schrieb er, wenn ich zurückgekehrt wäre, hätte er die Zukunft von Fürst Maichi mit mir besprochen, doch da ich nicht darauf reagiert habe, sei klar, dass ich es sei, dem die Zukunft der Maichis egal sei, nicht er. Am gleichen Tag erhielt ich noch einen Brief, und zwar nicht von meinem Onkel, sondern von einem chinesischen General.

Darin wurde mir mitgeteilt, dass mein Onkel, ein großer tibetischer Patriot, in einem Boot von japanischen Bomben getroffen worden und vermisst sei.

Die Chinesen sind uns doch recht ähnlich, dachte ich. Da es als grob und ungeschickt angesehen wird, etwas Unerfreuliches ohne Umschweife zu benennen, wird gern eine etwas schonendere Art der Mitteilung gewählt. Sie sagten nicht, dass mein Onkel einen Volltreffer abbekommen habe und sie nicht einmal seine Leiche gefunden hätten, sondern verwendeten den harmloser klingenden Ausdruck »vermisst«.

Vielleicht war das der Grund dafür, dass ich keinen übergroßen Schmerz empfand. »Er hat sich selbst eine Wasserbestattung bereitet«, sagte ich zu meinen Dienern.

»Seien Sie nicht zu traurig.«

»Nun müssen wir nicht nach Chongqing.«

»Wir haben keine Ahnung, wen der Onkel uns vorstellen wollte.«

»Der General, der den Brief geschrieben hat, hat uns nicht eingeladen.«

»Ich möchte ihnen kein Silber mehr für den Kauf von Flugzeugen schicken.«

Ein paar Tage später kapitulierten die Japaner.

Es hieß, dass die kleinwüchsigen Japaner ihre Niederlage auf einem Schiff eingestanden. Etwas später begannen die roten Chinesen und die weißen Chinesen gegeneinander zu kämpfen. Das Gesicht Berater Huangs wurde noch gelber, er begann zu husten und spuckte ab und zu Blut. Das sei keine Krankheit, sagte er, sondern liege an seiner großen Liebe zum Land. Ich wusste nicht, ob das stimmte, aber ich wusste um den Schmerz, einen Menschen zu verlieren. Wenn ich gelegentlich ein Foto meines Onkels ansah, brannten meine Augen, die Tränen liefen mir herunter, und ich rief: »Onkel!« Mein Inneres schien zu verbrennen.

Er antwortete nie, sondern starrte mich mit dem Blick eines reichen Mannes an. Er war nie wieder in Indien gewesen. Eigentlich hatte er dort seinen letzten Willen ändern und mir alle Edelsteine, die bei der Bank von England in Kalkutta lagerten, vermachen wollen. Tharna hatte ein, zwei Mal gesagt, sie habe von diesen Edelsteinen geträumt. Doch nun lagen die Dinge anders, und alles fiel, wie im ursprünglichen Testament vorgesehen, an die Frau des verarmten englischen Adligen.

Darum bereute meine Frau, nicht rechtzeitig nach Chongqing gefahren zu sein.

Wir waren aufgrund der hohen Temperaturen in China nicht frühzeitig abgereist. Ein Vorfahr der Maichis war nämlich auf einer Reise nach Nanjing am Hitzschlag gestorben. Daher reisten alle Fürsten, die eine Audienz beim Kaiser wünschten, im Herbst ab und kehrten im Frühjahr zurück, um die tödliche Sommerhitze zu vermeiden. Aber gut, lassen wir das. Was ich sagen möchte, ist, dass die Zeit nach dem Tod des Onkels wieder zu rasen begann. Ein Ereignis jagte das nächste, ja Zeit und Geschehnisse überstürzten sich, als wollten sie nie wieder langsamer werden.

Elftes Kapitel

42

Über die Zukunft

Im Lauf des Winters versank ich immer tiefer in Schmerz über den Verlust meines Onkels, weinte oft und wurde regelrecht schwermütig.

Meine Eltern überschütteten mich in ihren Briefen weiterhin mit Vorwürfen, sodass jemand, der die Einzelheiten nicht kannte, glauben konnte, der verrückte Sohn habe die beiden Alten in ihrer burgartigen Festung sitzen gelassen. Dabei hatten sie mich gezwungen fortzugehen.

Ich lag auf dem Bett, sah aus dem Fenster in den Himmel und musste wieder an meinen Onkel denken, bis die Tränen liefen. Plötzlich sah ich ihn. Er sagte, seine Seele sei dem Fluss gefolgt und in einem weiten Ozean angekommen, und dass er nun bei hellem Mondschein gehen könne, wohin er wolle. Ich fragte, ob ihm Flügel gewachsen seien, wie die Flugzeuge sie hätten. Die Seele brauche keine Flügel, um zu reisen, antwortete er. Ich solle nicht so traurig sein, fügte er hinzu. Seit Bestehen der Fürsten Maichi sei noch niemand so glücklich gewesen wie er. Da verschwand die Trauer aus meinem Herzen.

Der herrliche Sommer kam, und wenn ich wieder an meinen Onkel dachte, war da keine Trauer mehr, sondern ich stellte mir vor, wie das Meer wohl sein mochte.

Tharna wollte ein Kind, und wir waren schon lange deswegen zugange. Anfangs hatte sie Unmengen dieser indischen rosa Tabletten genommen, um nur ja keinen Idioten-Sohn zu bekommen, und nun machte sie sich Sorgen, *weil* sie keinen Sohn von mir bekam. Unsere Spielchen im Bett machten keinen Spaß mehr. Sie versuchte immer, mich herumzukriegen, je weniger ich wollte, desto nachdrücklicher. Wenn ich ihr ungeduldiges, ängstliches Gesicht nur sah, verlor ich das Interesse. Doch sie umgarnte mich wie eine listige Schlange. Es war nicht, dass sie mich mehr liebte als früher, gar nicht, sie hatte ja am eigenen Leib erfahren, dass ich kein besonders idiotischer Idiot war. Sie wollte nur mein Kind in sich tragen. Ihre Ungeduld und Unruhe brannten sie regelrecht aus, sie war trocken und rau, es war kein angenehmer Aufenthaltsort mehr, eher die karge Berghöhle eines Asketen. Eines Tages ging sie mit mir hinaus ins Freie, und um mein Interesse zu wecken, führte sie einen aufregenden Bauchtanz vor, an dessen Ende sie alle Kleidung von sich warf. Ich tat, was ich tun sollte, doch sie war innen ganz trocken, und bevor noch das Leben aus mir herausspritzte, zog ich mich wieder zurück. Ich sagte ihr, dass die Aufregung und die indischen Pillen sie ausgetrocknet hätten.

Weinend sammelte sie ihre Kleidung wieder ein und zog sich achtlos an.

Eine schöne Frau, die weint und nachlässig gekleidet ist, weckt Mitleid und Liebe. Ich spürte zwar noch die Hitze zwischen meinen Beinen, dennoch nahm ich ihr Gesicht zwischen meine Hände und sagte: »Tharna, es ist nicht deine Schuld. Versuch es mit einem anderen Mann.«

Obwohl zerzaustes Haar ihr ins Gesicht fiel, sah ich ihre Augen aufblitzen. Sie saß einen Augenblick wie erstarrt, bevor sie vorsichtig fragte: »Idiot, das wird dich verletzen.«

Ich befühlte meine Brust, doch das Gefühl von damals, als sie mit meinem Bruder geschlafen hatte, war nicht mehr da. Da pfiff ich den Pferden, und wir machten uns auf den Weg. Ich habe gehört, dass es das Leben verkürzt, wenn man mit einer Frau schläft, die nicht feucht wird. Ob das stimmt, weiß ich nicht, aber ich weiß, dass sie mich ziemlich auslaugte.

»Warum willst du einen Sohn?«, fragte ich. »Sieh dir meine Eltern an. Sie wären froh, wenn sie keinen männlichen Nachkommen hätten.«

Tharna erwiderte: »Das liegt daran, dass sie alt sind und bald sterben werden. Sie fürchten, dass ihnen der Thron noch zu Lebzeiten entrissen wird.«

Wir schwiegen eine Weile und lauschten dem gleichmäßigen Trappeln der Hufe. Dann fragte Tharna noch einmal, ob mein Angebot mir nicht wehgetan habe. Nicht so wie damals, als sie es mit meinem Bruder gemacht habe, sagte ich.

Tharna weinte zum Steinerweichen, lange und heftig. Das weiche, zarte Geräusch ließ die Pferde langsamer werden. Eine Wolke von Bienen und Libellen folgte uns – vielleicht gemahnte Tharnas Schluchzen an die Geräusche ihrer Kameraden.

Als wir ins Dorf kamen, zerstreuten sich die kleinen Wesen in unserem Rücken und kehrten in die Wiesen zurück, aus denen sie gekommen waren.

Ja, die Leute nannten den Markt jetzt »Stadt«. Es war ein Stadt mit nur einer Straße und bestand im Winter aus gemauerten Gebäuden, im Sommer kamen an beiden Enden Zelte hinzu, sodass die Straße länger wurde. Normalerweise war sie sehr staubig, doch nachdem es an den Tagen zuvor immer wieder geregnet hatte, war sie jetzt eine spiegelglatte Rutschbahn aus Lehm, auf der sich die Hufe wie umgedrehte Essschälchen abdrückten. Die Menschen auf der Straße verbeugten sich vor mir. Tharna sagte: »Mein Idiot, du liebst mich nicht mehr.«

Sie sagte das, als habe sie mich schon immer geliebt und nicht ich sie, das war typisch Frau: Du kannst nicht erwarten, dass sie die Dinge nicht verkehrt herum drehen, wenn es ihnen gerade passt.

Mit einem Blick auf die Abdrücke der Hufe sagte ich: »Möchtest du nicht einen Sohn von mir? Ich kann dir keinen schenken, ich kann dir keinen Idioten-Sohn schenken.« Sehen Sie, ich sage nicht unbedingt, was ich denke, das ist typisch Mann. Aber da ich schließlich ein Idiot bin, fügte ich hinzu: »Man sagt, wer es mit einer Frau macht, die unten nicht feucht wird, wird früh sterben.«

Als Tharna mich ansah, traten ihr wieder Tränen in die Augen und machten ihre langen, schwarzen Wimpern feucht. Sie versetzte ihrem Pferd einen Peitschenhieb und galoppierte nach Hause. Da spürte ich einen scharfen Schmerz in mir.

Tharna ließ mich nicht ein, und nachdem ich lange gegen ihre Tür gehämmert hatte, sagte sie schließlich, ich solle anderswo schlafen. Der Verwalter und Sangye Dolma meinten, wenn ich noch etwas mehr Lärm machte, werde sie bestimmt öffnen. Doch das tat ich nicht, sondern wies Sangye Dolma an, mir ein anderes Zimmer zurechtzumachen. Wir waren schließlich keine arme Familie ohne zusätzliche Räume und Bettzeug. Das Zimmer war schnell fertig und alles darin funkelnagelneu: Silberbesteck, Teppich, Bett mit seidenem Bettzeug darauf, ein Weihrauchgefäß, Bilder – alles glänzte. Als Sangye Dolma sah, dass ich etwas hilflos war, zündete sie ein indisches Räucherstäbchen an. Der vertraute Duft verdrängte zwar die Fremdartigkeit all der neuen Gegenstände ein wenig, aber ich fühlte mich immer noch deplatziert.

Sangye Dolma seufzte: »Der junge Herr ist noch wie früher!«

Wieso sollte ich anders als früher sein?

Dolma warnte, wenn ich allein in einer fremden Umgebung schlafe, werde ich am Morgen wieder nicht wissen, wo ich mich befinde, sie werde ein Mädchen für mich suchen. Das wollte ich nicht. Sie fragte mich, was ich denn tun würde, wenn am Morgen niemand mir meine Fragen beantworte. Sie solle gehen, sagte ich. »Das ist sehr wichtig, der Junge Herr soll nicht wieder idiotisch werden«, sagte sie.

Ich wolle einfach nur kein Mädchen, sagte ich.

»Himmel«, sagte sie, »was hat dieser wunderschöne Dämon nur aus unserem Jungen Herrn gemacht!«

Sie rief Verwalter und Berater her. Wir einigten uns auf einen Kompromiss. Es solle keine Frau kommen, sondern meine zwei Diener würden auf dem Teppich übernachten, jederzeit bereit, meine Befehle entgegenzunehmen. Am Abend strich der Berater sich lächelnd durch den Bart, während der Verwalter die beiden warnte, wenn es dem Jungen Herrn an irgendetwas fehle, würden sie mit dem Leben dafür bezahlen. Er sprach mit ihnen wie mit kleinen Kindern, dabei waren sie längst erwachsen. Ich wusste nicht, wie alt sie waren, ich wusste ja nicht einmal, wie alt ich selbst inzwischen war. Aber wir alle waren erwachsen. Zu der Ermahnung des Verwalters lachte Sonam Tserang dröhnend, und Aryi sagte: »Ich bin selbst der Henker, und Sie drohen mir mit dem Leben?«

Der Verwalter lachte ebenfalls: »Das soll ich nicht selbst können?«

»Das widerspräche den Gesetzen der Maichis«, sagte Sonam Tserang.

»Außerdem gibt es noch einen Alten Aryi, oder?«, meinte der Verwalter.

Die beiden taten in Anwesenheit Dritter immer so, als stünden sie über den Dingen. Am Abend wollten sie wach bleiben und abwarten, bis ich schliefe, bevor sie sich selbst hinlegten. Doch dann konnte ihr Hals den Kopf nicht mehr halten, und am Ende war ich derjenige, der wachte. Ich hörte ihrem donnernden Schnarchen zu und machte mir Sorgen, ob ich am nächsten Morgen wohl die altbekannten Probleme haben würde, nicht zu wissen, wer und wo ich war. Die beiden Diener lagen in ihren Kleidern auf dem Teppich, und so legte auch ich mich angezogen hin. Als ich am nächsten Morgen erwachte, standen die beiden sauber gekleidet vor mir und sagten laut: »Junger Herr, stellen Sie uns Ihre Fragen!«

Aber ich musste sie enttäuschen. Ich wusste, wer und wo ich war.

Ich hatte von meinem Vater, dem Fürsten Maichi, geträumt.

Nach dem Mittagessen kehrte ich in mein Zimmer zurück, um mich hinzulegen. Ich war kaum eingeschlafen, da hörte ich Schritte auf der Treppe. Das wird doch nicht der sein, von dem ich geträumt habe, dachte ich. Als der Lärm nachließ, öffnete sich knarzend meine Zimmertür. Es wurde kurz hell und einen Moment später wieder dunkel. Die breite Gestalt des Fürsten füllte den Türrahmen, sodass kein Licht mehr einfiel. Also war der Mann aus meinem Traum tatsächlich erschienen. »Vater, tritt bitte von der Tür weg«, sagte ich, »sonst wird mein Tag zur Nacht.«

Als er krächzend lachte, hörte man, dass in seinem Hals Schleim festsaß. Er kam zu mir herüber, und an seinem Gang merkte ich, wie sehr er zugenommen hatte – nicht lange, und er würde nicht mehr allein gehen können.

Die Herrin drängelte sich vor ihn, trat ans Bett, beugte sich über mich und drückte mir einen Kuss auf die Stirn. So wie meine Frau unten trocken war, hatte meine Mutter inzwischen spröde, trockene Lippen. Große Tränen fielen auf mein Gesicht herunter. »Du hast die Ama sicher sehr vermisst«, sagte sie.

Meine Augen wurden ebenfalls feucht.

»Freust du dich, dass deine Eltern dich besuchen kommen?«, fragte sie.

Ich sprang aus dem Bett und schloss die magere alte Frau fest in meine Arme. Der alte Fürst zog uns auseinander und sagte: »Mein Sohn, ich bin in die Sommerresidenz der Maichis gekommen, um hier die warme Jahreszeit zu verbringen!«

Der Fürst bezeichnete mein eigenes Gebiet, in dem ich seit vielen Jahren Handel trieb, als seine Sommerresidenz! Das machte meine Diener wütend – wollte der Fürst mich erneut fortjagen? Sonam Tserang zeterte, er werde den alten Kerl für mich töten. Tharna pflichtete bei, wenn ihr Mann auch hier nichts zu tun habe, bleibe ihr nichts anderes übrig, als zu ihrer Mutter zu gehen.

Der Fürst freute sich, als er sah, dass seine Ankunft den Frieden störte, als habe man einen Stein in einen stillen See geworfen.

Zu mir sagte er: »Du bist mein Sohn, du bist die Zukunft der Maichis.« Damit erkannte er mich als offiziellen Thronfolger an.

Als die Diener das hörten, beruhigten sie sich.

Doch ich hatte nach wie vor nichts zu tun und ging fort, um Wein zu trinken.

Der Wirt sagte, sein Bruder sei der Armee beigetreten. Er habe in einem Brief erzählt, sie würden sich jeden Augenblick in Bewegung setzen, um die Roten zu schlagen. Die Brüder waren in ihrer Zeit als Landstreicher an vielen Orten der Chinesen und anderer Völker gewesen. Er prahlte, sie beherrschten mindestens drei Sprachen sehr gut und sechs bis sieben einigermaßen. »Was für eine Verschwendung«, sagte ich.

»Ich habe manches Mal gedacht, wenn Sie kein Maichi wären, könnten mein Bruder und ich einiges mit Ihnen machen. Ich weiß nicht, ob mein Bruder zurückkehren wird. Ihm liegt gar nichts daran, Rache zu üben, er will aufrecht und in Ehre töten, deshalb ist er zur Armee gegangen.« Und der Wirt fuhr fort: »Jetzt ist es meine Aufgabe, den Fürsten zu töten.«

Ich sagte ihm, dass der Fürst hergekommen sei.

»Gut, dann lassen Sie mich ihn töten. Ein für alle Mal.« Er wirkte traurig, als er das sagte, und ich fragte ihn nach dem Grund dafür.

»Ich werde Ihren Vater töten«, antwortete er, »und dann töten Sie mich.«

»Und wenn ich Sie nicht umbringe?«

»Dann werde ich Sie töten, denn dann sind Sie Fürst Maichi.«

Der Wirt wollte, dass ich den Fürsten auf ein Gläschen in die Schänke brachte.

»So schnell wollen Sie reinen Tisch machen?«

»Ich möchte mir erst aus der Nähe ansehen, wer meinen Vater umgebracht hat.«

Aber ich wusste, dass er reinen Tisch machen wollte.

Einige Tage später, als Fürst Maichi und seine beiden Frauen genug von Aryis Fotokünsten hatten, nahm ich ihn mit ins Städtchen, um zu sehen, wie Sonam Tserang Steuern eintrieb und wie Leute für ein Stück Papier von Berater Huang und seiner Bank Silber bekamen. Dann betraten wir die Schänke. Der Wirt stellte eine Schale tiefdunklen Wein vor den Fürsten hin, von dem ich wusste, dass er ihn nicht führte. Deshalb ließ ich eine tote Fliege hineinfallen, und der Fürst bat, ihm eine neue Schale zu füllen. Als der Wirt das tat, schüttete ich ihm den Inhalt der ersten Schale über die Füße. Er verätzte seine Lederstiefel.

Vater stand auf und ging.

Der Wirt hielt sich stöhnend den Fuß, der vom vergifteten Wein regelrecht verbrannt war. »Fürchtet der Junge Herr, dass ich ihn auch gleich töte, wenn ich den Fürsten vergiftet habe?«

»Ich fürchte, dass ich Sie gleich töten werde. Und Sie haben nicht einmal einen Sohn, der Sie rächen könnte! Sie sollten rasch eine Frau finden und Ihren eigenen Rächer zeugen.«

Er lachte: »Das hieße, das Problem nicht ein für alle Mal zu lösen, und darum geht es mir. Das habe ich gesagt, ein für alle Mal.« Dann fragte er: »Wissen Sie, wie sehr mein Bruder und ich für die Verfehlungen unseres Vaters gelitten haben? Deshalb werde ich keinen Sohn zeugen, der das Gleiche durchmacht.«

Er begann mir Leid zu tun.

Als ich ging, sagte er noch: »So zwingt der Junge Herr mich, Sie hinter dem Rücken Ihres Vaters zu töten.«

Ich drehte mich nicht mehr um und dachte, das sagt er nur so dahin. Wenn sein Bruder nicht das Gewand des zu Unrecht Hingerichteten getragen hätte, wäre er nicht in der Lage gewesen, meinen Bruder zu töten. Früher haben Rächer sich bestimmt nicht so viele Gedanken gemacht, wenn sie zu einem Rachefeldzug ansetzten. Wenn es heute heißt, die Zeiten und ihre Moral hätten sich geändert, so ist dies der beste Beweis dafür.

Kurz bevor ich am Abend einschlief, kam Vater herein und sagte, heute habe sein Sohn ihm das Leben gerettet. Sobald es morgen hell sei, werde er den Mann töten lassen und die Schänke in Brand setzen, auch wenn darin nicht viel zu verbrennen sei. Ich argumentierte und erklärte, wieso das unnötig sei.

Der Fürst überlegte und sagte dann: »So wie du mir den Thron entreißen könntest, es aber nicht tust – es ist dasselbe, nicht wahr?«

Er hatte Recht. Es konnte mich zwar nichts davon abhalten, den Thron des Fürsten Maichi zu besteigen, aber ich hatte nicht vor, ihn zum Abdanken zu zwingen.

»Dein Bruder hätte es getan«, sagte Vater.

Doch mein Bruder war getötet worden. Ich wollte meinen Vater nicht bloßstellen, indem ich sagte, dass er seinerzeit nicht wirklich hatte abdanken wollen. Ich sagte nur: »Wir sind von unterschiedlichen Müttern geboren.«

»In Ordnung«, sagte Vater, »ich höre auf dich und werde ihn nicht töten. Schließlich herrschst du hier.«

»Es ist die Sommerresidenz des Fürsten Maichi, und wenn du es wünschst, suche ich mir einen anderen Ort.«

Vater griff nach meinem Handgelenk, plötzlich ganz gerührt: »Weißt du, weshalb ich hergekommen bin, mein Sohn? Ich weiß, dass ich nicht mehr lange zu leben habe. Kehre mit mir zurück, sobald der Herbst da ist, und wenn ich sterbe, wirst du Fürst Maichi sein.«

Ich wollte etwas sagen, doch er hielt mir den Mund zu: »Sag nicht, dass du nicht Fürst werden willst oder dass du ein Idiot bist.« Während Vater sich mit mir unterhielt, sang Tharna in ihrem Zimmer, und ihre Stimme trug weit durch die Nacht. Vater hörte zu und fragte plötzlich: »Was wirst du tun, wenn du Fürst bist?«

Ich zermarterte mir das Hirn, doch vergeblich, mir wollte einfach nicht einfallen, was zu tun sei, wenn ich Fürst wäre. Ja, ich hatte immer Fürst werden wollen, wusste aber gar nicht, was ich dann tun würde. Ich dachte ernsthaft darüber nach, was ich davon hätte, wenn ich Fürst wäre. Silber? Frauen? Viel Land? Mehr Diener? Das alles konnte ich jetzt schon ohne viel Anstrengung haben. Macht? Ja, Macht. Nicht, dass ich jetzt keine Macht hatte. Außerdem bedeutete mehr Macht auch nur noch mehr Silber, Frauen, Land und Lakaien. Es war für mich nicht attraktiv, Fürst zu werden. Das Merkwürdige war nur, dass ich trotzdem gern Fürst sein wollte. Fürst zu sein, barg bestimmt mir bisher völlig unbekannte Vorteile, dachte ich, warum sonst wäre ich so erpicht darauf?

Vater sagte: »Die Vorteile sind die dir bekannten, und darüber hinaus kannst du nicht mehr ruhig schlafen, weil du dich vor deinem eigenen Sohn hüten musst.«

»Das schreckt mich nicht.«

»Warum nicht?«

»Weil ich nie einen Sohn haben werde.«

»Nein? Woher willst du das wissen?«

Ich wollte ihm erklären, dass Tharna unten trocken sei und keinen Sohn bekommen werde, doch ich hörte mich sagen: »Weil dein Sohn der letzte Fürst Maichi ist.«

Vater erschrak.

Ich setzte noch einen obendrauf: »Über kurz oder lang wird es überhaupt keine Fürsten mehr geben.«

Dann sagte ich noch eine Menge Dinge, an die ich mich aber nicht mehr erinnere. In unserer Gegend heften sich Geister, die keine Idole haben, häufig an Menschen und sagen Zukünftiges voraus. Das sind Wahrsagegeister. Diese Geister galten zu Lebzeiten als Querdenker oder Rebellen, Menschen wie Wangpo Yeshi, deren Seelen nach dem Tod nicht wissen wohin und die dann zu Propheten werden. Ich wusste nicht, ob ich gerade selbst sprach oder ein solcher Geist.

Fürst Maichi kniete vor mir nieder und sagte: »Bitte sag mir, was für ein Prophet aus dir spricht.«

»Es ist kein Geist«, sagte ich. »Dein Sohn spricht zu dir.«

Vater richtete sich auf, und ich klopfte ihm die Knie ab, als seien sie staubig. Dabei war es vollkommen sauber im Zimmer. In aller Frühe hatte eine Magd mit einem Ochsenschwanz-Staubwedel alles sorgfältig gefegt. Dennoch klopfte ich ihm den nicht existierenden Staub von den Knien. Es funktionierte, und ein Lächeln löste den verärgerten Gesichtsausdruck des Fürsten ab. Er seufzte: »Ich bin nicht sicher, ob du nun ein Idiot bist oder nicht, aber ich bin sicher, dass du gerade Unsinn erzählt hast.«

Dabei hatte ich klar und deutlich das Ende gesehen: Es gab all die rivalisierenden Fürsten nicht mehr. Ihre Festungen stürzten ein, über den Trümmern stieg eine pilzförmige Wolke aus Staub und Rauch auf, und nachdem sie sich verzogen hatte, war auf der Erde nichts mehr übrig, gar nichts.

Fürst Maichi sagte, sein Sohn rede Unsinn. In Wirklichkeit glaubte er mir sehr wohl, wollte es aber nicht zugeben. Dann sagte er noch, Jeeka Rinpoche habe geweissagt, die vorherbestimmte Stunde seines Todes werde in diesem Winter kommen.

»Lass den Rinpoche das Orakel nochmals befragen, denn wenn es bald ohnehin keine Fürsten mehr gibt, musst du nur ein bisschen später sterben, und dein Abdanken erübrigt sich.«

Vater fragte ernst: »Was glaubst du, wie viele Jahre es bis dahin noch sind?«

»Ein Dutzend vielleicht.«

Vater seufzte: »Vier oder fünf Jahre könnte ich es vielleicht hinauszögern, aber zehn oder mehr sind zu viel.« Vier, fünf Jahre vielleicht, dachte ich. Doch egal wie lange, an dem Tag sah ich das Ende kommen, ja ich fühlte es mehr, als ich es sah. Ich spürte, dass es in der Welt der Zukunft nicht nur keinen Fürsten Maichi, sondern überhaupt keine Fürsten mehr geben würde.

Vor der Zeit der Fürsten hatte es Stammeshäuptlinge gegeben, die alle verschwunden waren, sobald die Fürsten an die Macht kamen. Was aber nach den Fürsten kommen würde, hatte ich nicht gesehen. Ich sah, wie die Fürstenfestungen in Schutt und Asche fielen und dass da nichts mehr war als Staub, der sich gesetzt hatte. Ja, da war nichts mehr, buchstäblich gar nichts. Ich sah nicht einmal die Fußspur eines

Vogels oder sonst eines Tieres im Dreck. Eine Staubschicht bedeckte die Erde wie eine zerknitterte Seidendecke. Alle in meiner Umgebung verschlossen die Augen davor und kümmerten sich nur um ihre eigenen Angelegenheiten. Nur mein chinesischer Berater und der zungenlose Geschichtsschreiber sahen gedankenverloren in den Himmel und dachten an etwas, das mit dem Alltag nichts zu tun hatte, dachten an die Zukunft. Ich erzählte ihnen von meinem Gefühl.

Der Geschichtsschreiber sagte, alles werde einmal verschwinden. Er sah nur mein ausdrucksloses Gesicht und die ziehenden Wolken am Himmel.

Berater Huang sprach mit geschlossenen Augen: »So schnell? Das geht schneller, als ich vorausgesehen habe.« Dann schlug er seine leeren Augen auf, strich sich durch den spärlichen gelben Bart und sagte, anfangs habe China das Land in Lehen unterteilt und diese an Fürsten gegeben. Die Fürsten hätten vernichtet werden sollen, sobald China weiter erstarkte. Doch es wurde schwächer, und die Fürsten konnten noch hundert, zweihundert Jahre weitermachen. In den leeren Augen des Beraters Huang funkelte es. »Der Junge Herr meint«, sagte er, »gute zehn Jahre, und das Land wird wieder erstarken?«

»Vielleicht nicht einmal zehn Jahre«, sagte ich.

»Werde ich mit meinen alten Knochen das noch erleben?«, fragte der Berater.

Ich hatte keine Lust zu antworten. Stattdessen fragte ich, wieso es in einem starken Land keine Fürsten geben könne. Er sagte, er habe den Sohn von Fürst Maichi nie für einen Idioten gehalten, doch in dieser Sache sei der klügste Mann des Landes nur mehr ein Trottel. Denn kein Fürst wolle ernsthaft wissen, was ein Staat und was eine Nation sei. Ich überlegte. Vielleicht hatte er Recht, denn so viele Fürsten ich auch getroffen hatte, keiner sprach jemals über diese Fragen.

Alles, was wir wussten, war, dass ein Fürst Herrscher der Berge ist.

Der Berater sagte, ein geeintes, starkes Land könne nur einen König haben. Dieser König würde anderen entschieden verbieten, sich ebenfalls König zu nennen, auch wenn sie König über ein noch so kleines Territorium wären. Er sagte: »Der Junge Herr braucht keine Veränderung zu fürchten, denn Sie leben schon nicht mehr im Zeitalter der Fürsten.«

Ich glaubte ihm nicht, denn ich wusste, wie viele Fürsten um mich herum waren. Noch lebte ich im Zeitalter der Fürsten – schließlich wartete ich selbst darauf, den Thron zu besteigen.

Vor allen Dingen aber sah ich die Fürsten nur verschwinden, ich sah keine Zukunft.

Niemand freut sich, wenn er seine Zukunft nicht klar vor sich sieht.

43

Sie werden alt

Tatsächlich glaubten viele meiner Voraussage, dass die Fürsten keine Zukunft mehr hatten.

Das lag nicht daran, dass die Prophezeiung aus meinem Mund kam, sondern eher daran, dass der Geschichtsschreiber und der Berater mir zustimmten.

Der Erste, der dieser Überzeugung folgte, war Fürst Maichi.

Selbst wenn er den Zweifler spielte, so erklärte der Schreiber mir, dass der Fürst felsenfest an rätselhafte Prophezeiungen glaubte. Und so sagte er eines Tages: »Mir ist klar geworden, dass du ein Unsterblicher und kein Idiot bist, denn sonst wärst du gar nicht erst geboren worden.« Fürst Maichi war jetzt fest davon überzeugt, dass ich mit der Aufgabe auf die Erde gekommen war, dieses Zeitalter zu beenden.

Vater seufzte und lamentierte in dieser Zeit viel. Der Mensch ist schon ein seltsames Wesen, Vater wusste genau, dass nichts von dem, was die Fürsten ausmachte, auf lange Sicht Bestand haben würde, und doch ertrug er kaum den Gedanken, nicht bis zuletzt auf dem Thron sitzen zu können. Er starrte mich an und sagte: »Wie konnte ich nur einen solchen Sohn großziehen?«

Gute Frage. Ich stellte die Gegenfrage: Wieso hatte er einen Idioten gezeugt?

Der inzwischen etwas schwerfällige alte Herr brüllte mich an: »Wieso siehst du nicht die Gegenwart, sondern nur die Zukunft?«

Die Frau des Fürsten, die ihm diesen Idioten-Sohn geboren hatte, war zwar auch nicht mehr so hübsch wie einst, wirkte verglichen mit dem rasch alternden Fürsten aber erheblich jünger. Zu ihrem Mann, der ihr Vater hätte sein können, sagte sie: »So wie du ihn unter Druck setzt, was soll mein Sohn denn anderes sehen als die Zukunft?

Ich hörte mich sagen: »Verehrter Fürst, nimm deine Frau, deine Diener und deine Familienwache, gleich morgen, und kehre in die Festung zurück.« Dies sei nicht die Sommerresidenz des Fürsten, sagte ich ihm, dieser Ort gehöre zu einer Zukunft, die niemand klar sehen könne. Wenn es bald keine Festungen mehr gebe, werde dies hier etwas Neues werden, ein Ort, der in die neue Ära ohne Fürsten gehöre und der immer größer, immer schöner werde.

Fürst Maichi war sprachlos.

Natürlich konnte ich ihn nicht von heute auf morgen fortjagen. Ich hatte bereits Einladungen geschrieben und Eilboten ausgeschickt, um die benachbarten Fürsten einzuladen. Ich nannte es »die letzte Feier der Fürsten«. Die Einladungen lauteten entsprechend: »Ich erlaube mir, Fürst Soundso nach dortunddort zur letzten Feier der Fürsten einzuladen.« Erstaunlich genug, dass keiner der Angesprochenen sich durch die Formulierung »letzte« bedroht fühlte und alle sich sofort auf den Weg machten.

Meine Schwiegermutter traf als Erste ein. Sie war immer noch jung und hatte immer noch vier hübsche Mägde im Gefolge, die auf der einen Seite ein langes Schwert, auf der anderen ein kurzes Gewehr trugen. Wie es das Protokoll wollte, ließ ich den Teppich bis vor ihre Füße ausrollen und kam mit ihrer Tochter herunter, um sie zu empfangen. Sie saß ab, rief den Namen ihrer Tochter und ging mit ihr die Treppe hinauf, ohne mich eines Blickes zu würdigen. Kurz darauf war von oben das herzzerreißende Weinen meiner Frau zu hören. Fürst Maichi wurde sehr wütend und wollte, dass ich meine Schwiegermutter davonjage. »Dann«, sagte er, »bist du Fürst Rongong, und niemand steht dir mehr im Weg.«

Ich selbst sei derjenige, der mir im Weg stehe, sagte ich.

Er seufzte tief, auf das Amt des Fürsten zu warten, sei alles, was ich könne. Als hätte ich in all den Jahren nur dumm herumgesessen und weder das Territorium erweitert noch in dieser öden Grenzregion eine lebendige Stadt errichtet, die nicht zum Zeitalter der Fürsten gehörte.

Als wir beim Essen saßen, verebbte das Schluchzen oben allmählich. Die Fürstin machte keine Anstalten herunterzukommen. Ich wies Dolma an, ihr mithilfe ihrer vielen Mägde ein reichhaltiges Mahl nach oben zu bringen. Drei Tage lang verlautete nur dies von ihr, dass wir uns sorgfältig um ihr Pferd kümmern sollten. Die Dienerin, die diese Nachricht überbrachte, berichtete, für welche Unmengen von Silber ihre Herrin das Pferd den Mongolen abgekauft habe.

Ich blinzelte in die Sonne und ließ dieses mongolische Pferd vorführen.

Meine beiden Diener wussten sofort, was ich vorhatte, und nahmen das entsprechende Gerät zur Hand. Dann zerrissen Schüsse die Luft, und das mongolische Pferd der Fürstin brach zusammen. Die Patronenhülsen rollten scheppernd die Treppe hinunter. Der Verwalter ließ ein Vielfaches des Werts des Pferdes in Silber zur Fürstin hinaufbringen.

Als die Dienerin, die Botin gespielt hatte, zu Tode erschrak, streichelte Sonam Tserang ihre Hand und sagte: »Wenn ich deine gefühllose Fürstin töte, wird der Junge Herr dich bestimmt mir geben.«

Die Magd starrte ihn an.

»Wenn es so weit ist«, sagte ich zu ihr, »wirst du dich glücklich schätzen, dass mein Steuereintreiber dich will.«

Sie fiel vor mir auf die Knie.

Ich schickte sie fort und rief laut hinter ihr her, dass alle im Raum es hören konnten: »Sag deiner Fürstin, sie solle sich keine Gedanken machen. Wenn sie abreist, bekommt sie ein noch besseres Pferd!«

Das war nicht geplant gewesen, aber es funktionierte.

Beim Abendessen brachte Tharna die Fürstin mit herunter. Sie ließ sich immer noch nicht dazu herab, das Wort an mich zu richten, sprach jedoch mit dem Fürsten und der Herrin. Tharna sah mich unentwegt an, zunächst verstohlen, dann ganz ungeniert. Ihr Blick sollte provozierend wirken, aber dahinter verbarg sich nackte Angst.

Nach dem Essen winkte die Fürstin ihrer Magd, die daraufhin diejenige Dienerin hereinbrachte, auf die Sonam Tserang ein Auge geworfen hatte. Sie hatten sie ausgepeitscht. Die Fürstin zeigte mir ihr strahlendstes Lächeln und sagte: »Dieses kleine Trampeltier hat meine Worte falsch überbracht, ich werde sie töten.«

»Ich weiß nicht, was die Dienerin falsch weitergegeben haben soll«, sagte ich. »Sie sagte, ich solle Ihr Pferd füttern. Hätte sie etwa sagen müssen, ich solle es verhungern lassen?«

Da knirschte die Fürstin wütend mit den Zähnen und hieß drei andere Mägde ihre Kollegin hinausbringen und erschießen.

Mein Steuereintreiber Sonam Tserang stürzte herein, kniete vor mir nieder und wollte auch auf meine Aufforderung hin nicht aufstehen. »Der Junge Herr weiß, was ich will«, sagte er.

»Dieses Mädchen ist die Verlobte meines Steuereintreibers«, sagte ich zu meiner Schwiegermutter.

Die Fürstin lächelte kühl: »Steuereintreiber? Was ist denn ein Steuereintreiber?« Bei mir hier an der Grenze gebe es viele Dinge, die sie nicht verstünde, sagte sie, und die sie nicht möge.

Es müssten nicht alle die Dinge und die Welt mögen, die hier im Entstehen begriffen seien, sagte ich.

»Egal, was für ein Scheißamt, Amt ist Amt«, die Fürstin wandte sich an den Fürsten, mit dem sie einst das Bett geteilt hatte. »Ihr Sohn versteht nichts von Gesetzen. Das kleine Trampeltier ist eine Dienerin, eine Leibeigene.«

Diese Feststellung gefiel dem Fürsten nicht.

Die Fürstin tat alles, um mit mir aneinander zu geraten. Ich hatte sie zum letzten Treffen der Fürsten eingeladen, aber sie musste wieder mich aufs Korn nehmen. Die Fürsten hatten sich in den letzten Jahren sehr in Sicherheit gewiegt, vielleicht glaubten sie gar, ihr goldenes Zeitalter sei gerade erst angebrochen. Jetzt wollte ich es der Fürstin, die mithilfe meines Weizens die Hungersnot überstanden und ihre Position behauptet hatte, einmal zeigen. Ich sagte, dass alle um mich herum mit Ausnahme Tharnas, die als Tochter einer Fürstin zum Adel zähle, von niederem Stand seien. Ich rief die Assistentin des Verwalters, Sangye Dolma, herbei, den Henker und Fotografen Aryi und erläuterte die Herkunft meiner persönlichen Magd, der Tochter eines Stallburschen. Sie lächelten die Fürsten an, als gehörten sie zu ihnen.

Die Fürstin kochte vor Wut und fragte die Magd: »Willst du diesen Menschen wirklich?«

Die Dienerin nickte.

»Und wenn ich dir alle Fehler nachsehe …«, versuchte die Fürstin es weiter.

Die Dienerin trat entschlossen an die Seite Sonam Tserangs und unterbrach die Fürstin: »Ich habe keinen Fehler gemacht.«

Aryi hob die Kamera, es gab ein lautes Klicken und einen blendenden Lichtschein, meine Schwiegermutter zuckte zusammen, und ihr erschrecktes Gesicht war von dem Apparat eingefangen worden. Da kündigte sie an, dass sie am nächsten Tag abreisen werde.

Es würden noch weitere Fürsten erwartet, wandte ich ein.

»Eigentlich wollte ich noch einmal mit Ihnen plaudern«, sagte sie zu Fürst Maichi, »aber Sie sind alt und lustlos. Dann warte ich eben noch auf die anderen Fürsten und amüsiere mich mit ihnen.« Man hätte glauben können, diese Fürsten seien alte Freunde von ihr.

Dabei sind die Fürsten auf ihrem Thron sehr einsam.

Sie schwimmen in Silber, aber denken Tag und Nacht daran, dass es ihnen gestohlen wird. Sie haben Frauen, aber die guten wollen ihre Männer manipulieren, und die schlechten können in dem fetten Körper neben sich kein Verlangen mehr wecken. Am Ende sind die Fürsten alt, und das, was ihr Selbstvertrauen ausmacht, ist längst gestorben. Fürst Maichi, in dicke Fleischrollen verpackt, starrte Fürstin Rongong, mit der er einst die Freuden des Liebeslagers geteilt hatte, hilflos an.

Es wurde Nacht. Die Fürstin schien älter als am Morgen, und meinen Eltern erging es nicht anders. Am Morgen machten sie sich zurecht und waren, wichtiger noch, voller Energie, doch am Nachmittag setzte sich Staub auf ihren Gesichtern ab, dazu die Müdigkeit des Alters – ihr wahres Gesicht kam zum Vorschein.

Die Fürsten Maichi und Rongong erwarteten die Ankunft der übrigen Fürsten. Ihre Diener hatten ihnen oben auf dem Dach in der Sonne eine Matte hingelegt, auf der sie saßen und suchend in die Ferne blickten. Die Frau des Fürsten rauchte in ihrem Zimmer Opium. Sie hatte einmal gesagt, dass in ihrer Heimat China viele wegen dieser kleinen Leidenschaft Haus und Hof verloren hatten.

Aber bei den Maichis musste man nicht fürchten, wegen ein paar Zügen an einer Opiumpfeife als Leiche auf der Straße zu enden, darum wollte sie ihrem Schicksal dankbar sein und es genießen. Ich hieß Berater Huang, zu ihr zu gehen, damit die beiden in ihrer Sprache über ihre Heimat plaudern konnten.

Wenn das Wetter gut war, erhob sich mittags immer ein Wind am Fluss.

Er wehte zur Sommerresidenz von Fürst Maichi hin. Die Diener standen auf, um mit ihren Körpern dagegen abzuschirmen. Jeden Tag trafen neue Gäste ein. Es kamen fast alle Fürsten, darunter auch Lha Shopa. Er war ein Verwandter der Maichis und hatte während der Hungersnot, als ich diesen Ort aufbaute, mehrere Jahre hier gelebt. Meiner Meinung nach ist er unter allen Fürsten der beste Geschäftsmann. Als sein Gefolge am Horizont erschien, gingen alle vor ihm eingetroffenen Fürsten die Treppe hinunter. Da der rote Teppich von den vielen Gästen bereits arg mitgenommen aussah, ließ ich einen neuen bringen. Fürst Lha Shopa durchquerte den zur Mittagszeit verschlafenen Ort und kam über die Holzbrücke. Er war noch dicker geworden, sodass wir zuerst nur etwas Unförmiges auf dem Rücken eines Pferdes sahen. Aus der Nähe erst erkannte ich zwischen dem sackartigen Körper und dem breitkrempigen Wollhut das liebenswürdige Gesicht meines Freundes.

Sehen Sie, da stehen so viele Fürsten vor ihm, und er hebt gerade einmal seinen Hut. Und obwohl ich ihm damals ein beachtliches Stück Land entrissen hatte, saß er ab, um mich fest in die Arme zu schließen, wir legten Stirn und Wangen aneinander und rieben unsere Nasen, und alle hörten ihn mit pfeifend krächzender Stimme sagen: »Oh, mein Freund, mein Freund.«

Fürst Lha Shopa konnte nicht mehr gehen.

Berater Huang ließ einen schönen Stuhl kommen, auf dem Diener Fürst Lha Shopa nach oben trugen. Auch vom Stuhl aus hielt er meine Hand fest umschlossen und sagte: »Sehen Sie nur, meine Hüfte erlaubt mir noch zu reiten, und mit meiner Hand kann ich immer noch Freunde festhalten.«

Wenn es nach mir ginge, sollte er Vorbild für alle Fürsten werden.

Schließlich kam noch ein sehr junger Fürst an, den niemand

kannte – der neue Fürst Wangpo. Er war an der Grenze im Süden aufgebrochen, hatte einen Umweg gemacht und darum länger gebraucht als alle anderen. Der kürzeste Weg hätte ihn durch das Territorium Fürst Maichis geführt, und dazu fehlte ihm der Mut. Als mein Vater das hörte, brach er in lautes Gelächter aus, das bald in kräftigen Husten überging. Fürst Wangpo beachtete ihn nicht, denn er fand, das sei der Gegenspieler seines Vaters gewesen, nicht seiner.

Zu mir sagte er: »Ich bin überzeugt, dass wir uns etwas zu sagen haben.«

Ich schenkte ihm Wein ein, um ihm zu bedeuten, er möge weitersprechen.

»Lassen Sie uns den Hass in der Erde begraben statt in unseren Mägen«, fuhr er fort.

Der Verwalter fragte, ob er ein Anliegen habe.

Fürst Wangpo lachte und bat um ein Stück Land im Ort, er wolle Geschäfte machen. Fürst Maichi schüttelte beharrlich den Kopf, doch ich kam der Bitte Wangpos nach. Er sagte zu, pünktlich Steuern zu zahlen. »Was soll ich mit so viel Geld?«, fragte ich. »Als China noch gegen die Japaner kämpfte, hätte ich wie mein Onkel Flugzeuge gekauft. Aber die Japaner haben verloren, was also soll ich mit so viel Geld?«

Jemand fragte: »Führen die Chinesen jetzt nicht gegeneinander Krieg?«

»Berater Huang sagt, das sei der letzte Krieg Chinas«, sagte ich.

Die Fürsten fragten Berater Huang, ob die Roten oder die Weißen gewinnen würden.

Berater Huang antwortete: »Egal wer gewinnt, die Fürsten werden dann nicht mehr sein, was sie heute sind: Herrscher, die sich über alles erhaben wähnen.«

Die Fürsten fragten weiter: »Sie meinen also, selbst wenn wir uns alle zusammentun, können wir einen einzigen Chinesen-Herrscher nicht schlagen?«

Berater Huang lachte herzlich und sagte zu seiner Landsmännin, der Frau des Fürsten: »Haben Sie gehört, Herrin, was diese Leute für Hirngespinste haben?«

Die Fürsten wollten sich damit nicht zufrieden geben, und die

Fürstin zog ihr Schwert, um es gegen Berater Huang zu richten. Doch die Fürsten hielten sie zurück. »Gibt es unter euch noch einen richtigen Mann? Sie sind anscheinend ausgestorben!«, schrie die Fürstin.

44

Die Fürsten

Die Fürsten saßen jeden Tag beieinander und unterhielten sich.

Eines Tages fragte der Verwalter mich, wieso ich diese Leute eigentlich eingeladen habe.

Jetzt erst dachte ich selbst darüber nach. Hatte ich sie nur eingeladen, damit Freund und Feind sich vor ihrem Tod noch einmal sähen? Wenn ja, so würde niemand glauben, dass es einen so gutmütigen Menschen auf der Welt gäbe, auch wenn dieser Mensch ein Idiot wäre, der mitunter auch recht kluge Dinge tun kann. Wenn die Antwort Nein war, wusste ich allerdings selbst nicht mehr, wozu ich die Leute eingeladen hatte.

Also fragte ich die Menschen in meiner Umgebung, aber jeder sagte etwas anderes.

Tharna lächelte kühl und sagte, ich hätte mich nur vor den Frauen des Hauses Rongong in Szene setzen wollen.

Sie irrte sich.

Berater Huang antwortete mit einer Gegenfrage: »Wissen Sie, Junger Herr, warum ich jetzt da bin, wo ich bin? Wie Sie bin ich jemand, der sich für sehr klug hält, sonst stünde ich nicht hier.« Meine Frage weckte schmerzhafte Erinnerungen in ihm. Er zitierte einen Sinnspruch: »Mancher hat eine Familie, zu der er nicht zurückkann, mancher ein Land, dem er nicht dienen kann.« Er hatte seine Zukunft gesehen. Egal, ob die roten oder die weißen Chinesen gewinnen würden, für ihn würde es keinen Anlass zu Freudengeheul geben. »Das wird für mich keine Rolle spielen«, sagte er. Er war gegen den Krieg zwischen Roten und Weißen, aber sie kämpften nun einmal. Wenn die Weißen die Oberhand behalten würden, wäre er ein Roter, und wenn die Roten siegten, wusste er selbst nicht mehr, was er eigentlich für sie getan hatte. Ich war überrascht, wie unsicher er war. Ob mein Onkel zu Lebzeiten die Roten oder die Weißen unterstützt habe, wollte ich wissen.

»Die Weißen.«

»Gut, dann bin ich auch auf ihrer Seite.«

»Das klingt vernünftig, aber ich fürchte, es ist die falsche Wahl«, sagte er.

Ein kalter Schauer lief mir über den Rücken, doch davon durfte im strahlenden Sonnenschein keiner etwas merken.

Der Berater wandte ein: »Legen Sie sich nicht verfrüht fest. Sie sind noch jung, da ist es, anders als bei mir, nicht egal, wenn Sie sich für die falsche Seite entscheiden. Sie haben noch viel vor sich!«

Aber mein Entschluss stand fest. Ich mochte den Onkel und wollte auf seiner Seite sein.

Ich suchte den Geschichtsschreiber auf, der gerade etwas niederschrieb. Als er meine Frage gehört hatte, hob er langsam den Kopf, und ich konnte in seinen Augen lesen. Er war ein Mystiker, und ich wusste, dass er mir keine vernunftgelenkte Antwort geben würde. In seinen Augen stand der Satz: »Das Schicksal lässt sich nicht erklären.«

Sonam Tserang war ungehalten darüber, dass ich ihn nicht gefragt hatte, und kam selbst zu mir: »Haben Sie diese Leute am Ende eingeladen, um sie umzubringen?«

»Nein«, antwortete ich entschieden.

Er fragte nach: »Hatten Sie das wirklich nicht vor?«

»Nein«, wiederholte ich, doch meine Stimme wurde schon unsicher.

Hätte Sonam weiter insistiert, vielleicht hätte ich tatsächlich Befehl gegeben, die Fürsten zu töten. Doch er schnaubte nur und sagte nichts mehr. Sonam Tserang ließ seine Wut lieber an den ihm untergebenen Steuergehilfen aus. Mein Steuereintreiber war ein jähzorniger Mann. Er hatte immer den Wunsch gehabt zu töten und seinen Freund Aryi beneidet, der von Geburt an zum Töten bestimmt war. Er hatte einmal geäußert, Aryi sei zum Henker geboren, und er halte es für ungerecht, dass jeder von Geburt an für eine bestimmte Tätigkeit vorgesehen sei und für keine andere. Als er gefragt wurde, ob es genauso ungerecht sei, dass ein Fürst schon als solcher geboren werde, wagte er nichts mehr zu sagen. Der Verwalter schlug sogar vor, ihn umzubringen. Doch ich vertraute seiner Loyalität und tat es nicht. Die heutigen Ereignisse gaben mir Recht. Als ich ihn enttäuscht von dannen ziehen sah, war ich ernsthaft in Versuchung, einen Fürsten herauszugreifen und Sonam Tserang seine Leidenschaft fürs Töten an ihm ausprobieren zu lassen.

Nach diesem Intermezzo fragte ich niemanden mehr, wieso ich die Fürsten wohl eingeladen hatte.

Als ich eines Tages mit meinen Gästen trank, wollte jeder der Fürsten mit mir anstoßen – bis auf Fürst Maichi und Fürstin Rongong. Nach zwei Runden wartete ich nicht mehr auf die anderen, sondern bediente mich selbst und trank allein. Die mir am nächsten stehenden Fürsten Lha Shopa und Wangpo drängten mich aufzuhören, ich sei bereits betrunken. Vater sagte: »Lassen Sie ihn trinken, bei meinem Sohn macht es keinen Unterschied, ob er besoffen ist oder nicht.«

Damit zeigte er, wer hier der wahre Herr war.

Doch war das nur seine Auffassung, nicht die Sicht der anderen. Die Fürstin war die Einzige, die seine Äußerung mit einem anerkennenden Lächeln quittierte.

Tatsächlich hatten die beiden selbst schon etwas zu viel getrunken. Die Fürstin sagte: »Sein Sohn ist ein Idiot und meine Tochter eine seltene Schönheit, und er nähert sich ihr kaum. Sagen Sie selbst, ist er ein Idiot oder nicht?« Sie hielt sich die Weinschale vors Gesicht und fasste Fürst Wangpo am Arm: »Soll ich sie Ihnen zur Frau geben?«

Sie packte seine Hand fest an und fragte: »Haben Sie meine Tochter überhaupt schon gesehen?«

»Lassen Sie mich los«, sagte Fürst Wangpo. »Ich habe Ihre Tochter gesehen, sie ist in der Tat ungewöhnlich schön.«

»Warum wollen Sie sie dann nicht? Sie können sie heiraten oder, wenn Sie das nicht wollen, nur das Bett mit ihr teilen.« Die Fürstin sprach leichthin und sah Fürst Wangpo wie auch Fürst Maichi an. »Jeder weiß, dass ich Männer mag«, fuhr sie fort. »Meine Tochter ist da nicht anders.«

Mein neuer Freund, Fürst Wangpo, sagte in leicht verändertem Tonfall: »Bitte, so lassen Sie mich doch los, bevor mein Freund es sieht.«

Ich lag auf einem Teppich, den Kopf in den Schoß einer Magd gebettet, und sah in den Himmel. Mein neuer Freund würde mich also betrügen. Aber das bereitete mir weniger Schmerz, als dass es mir Angst machte, Angst, dass die Dinge aufhören könnten, sich zu entwickeln. Ich hoffte, dass etwas geschehen würde. Wenn so viele Fürsten sich versammelten, geschah immer etwas.

Fürst Wangpo atmete schwer.

In Ordnung, sagte ich zu mir, verrate mich, mein neuer Freund. Der Himmel tat offenbar sein Möglichstes, meinem Wunsch nachzukommen, sonst wäre Tharna nicht genau in diesem Augenblick, ein Lied singend, auf der Veranda erschienen. Ihr lang gezogenes Vibrato schwebte zwischen den weißen Wolken am blauen Himmel dahin. Ich weiß nicht, ob sie für die Menschen oder für die Felder sang. Aber ich wusste, wie anmutig sie in diesem Augenblick aussah. Ihre schiere Existenz war eine Versuchung. Ein Weiser sagte einmal, eine solche Frau sei entweder ein Abgrund oder Gift. Das gilt natürlich für Menschen, die sich genauso guter Gesundheit und klaren Verstandes erfreuen wie der Weise – und ich bin eine Ausnahme. Ich fürchtete keinen Verrat, sondern dachte nur, ob wohl jemand stolpern und in diesen Abgrund stürzen, ob jemand mit zurückgelegtem Kopf das honigsüße Gift trinken würde. Ich sah verstohlen zu Fürst Wangpo hinüber und erkannte auf seinem Gesicht die Furcht eines Menschen, der vor dem Abgrund steht oder das Gift vor sich sieht.

Und nun führte ihn jemand – meine Schwiegermutter.

»Die dort singt, ist meine schöne Tochter«, sagte sie. »Dieser Idiot teilt nicht einmal das Zimmer mit ihr, geschweige denn das Bett.«

Ich hätte ihnen gern gesagt, dass die sprudelnde Quelle dieser Frau versiegt war. Aber ich verschloss meinen Mund.

»Warum tut mein Freund das?«, sagte Fürst Wangpo mehr zu sich selbst.

»Ihr Freund? Ich weiß nicht, wieso ein imponierender Fürst wie Sie ihn zum Freund haben sollte. Er ist kein Fürst, er ist ein Idiot.« Die

Stimme der Fürstin klang reizend wie die einer jungen Frau und besaß allein durch diesen Klang Überzeugungskraft, egal was sie sagte. In diesem Fall waren auch die Worte selbst verführerisch: »Wenn ich sterbe, gehört mein Thron ihrem Ehemann. Ich kann nicht schlafen, wenn ich mir vorstelle, dass dieser Idiot der neue Fürst Rongong wird. Durch die vielen schlaflosen Nächte werde ich schneller alt, mein Gesicht ist voller Falten, und kein Mann interessiert sich mehr für mich. Aber Sie sind noch so jung und frisch wie der erwachende Morgen.«

Ich wollte ihrer Unterhaltung folgen, schlief aber im wärmenden Sonnenlicht ein.

Es war Nachmittag, als ich wieder erwachte.

Die Fürstin grinste süffisant: »Sind wir Fürsten nicht deine Gäste? Und du schläfst einfach?«

Ich wollte mich zuerst entschuldigen, sagte dann aber: »Wieso kehren Sie nicht auf Ihr Territorium zurück und bringen alle um, die in Ihrer Anwesenheit schlafen?«

»Nun seht euch an, wie dieser Idiot mit seiner Schwiegermutter umspringt«, sagte die Fürstin. »Er weiß weder, wie schön seine Frau ist, noch dass man die Schwiegermutter mit Respekt behandelt.« Sie mimte die Aufwieglerin und sagte zu den Fürsten: »Er will mich zurückschicken, aber ich gehe nicht zurück. Er hat mich eingeladen. Er muss ein Anliegen haben, denn wenn er keines hat, ist es fast ein Verbrechen, Fürsten einzuladen, die zu Hause für Land und Volk Verantwortung tragen.«

Da hoben die Fürsten ihre vom Wein schweren Köpfe.

Fürst Wangpo wich meinem Blick aus.

Es war Fürst Lha Shopa, der das Wort ergriff: »Ich habe als Fürst nichts zu tun, und ich glaube, es geht allen Fürsten so.«

Die Fürsten lachten und sagten, er sei seines Amtes nicht würdig und solle es an einen Besseren abgeben.

Fürst Lha Shopa war das weder peinlich, noch wurde er wütend. Seit er das Amt des Fürsten bekleide, habe er tatsächlich nichts getan. »Worüber zerbrechen wir uns eigentlich den Kopf? Unser Machtbereich wurde von den Vorfahren abgesteckt, um Saat und Ernte kümmert sich das Volk, und im Herbst tragen sie ganz von selbst ihre

Abgaben in die Festung – auch diese Gesetze wurden schon von früheren Fürsten erlassen. Sie haben alle Regeln und Bestimmungen festgelegt. Darum haben Fürsten heute nichts zu tun.«

Jemand wandte ein, Fürst Maichi habe doch sehr wohl etwas getan, indem er nämlich Opium anpflanzte.

Fürst Lha Shopa schüttelte seinen runden Kopf und sagte: »Ach, Opium, das ist keine gute Sache.« Er schüttelte den Kopf noch einmal in meine Richtung und wiederholte: »Wirklich, Opium ist eine üble Geschichte.« Zur Fürstin sagte er: »Durch Opium haben wir viele gute Dinge verloren.«

»Ich habe nichts verloren«, sagte die Fürstin.

Fürst Lha Shopa lachte: »Ich habe Land verloren und Sie Ihre Tochter.«

»Meine Tochter hat geheiratet«, widersprach die Fürstin.

»Wie auch immer«, sagte Fürst Lha Shopa. »Es ist allgemein bekannt, dass Schönheit die beste Waffe einer Fürstin ist.«

Fürstin Rongong seufzte, sagte aber nichts.

Fürst Lha Shopa fuhr fort: »Jedenfalls habe ich wie Sie alle einmal meinen Kopf benutzt, und in der Folge starben viele Menschen, und ich verlor eine Menge Land.«

Ich sagte: »Ich möchte wissen, was Sie vorhaben, statt nur über die Vergangenheit zu reden.«

Die Fürsten wollten, dass ich einen Moment fortging, damit sie sich besprechen könnten. Ich überlegte, und da ich nicht wusste, was ich tun sollte, sollten sie es ruhig selbst entscheiden. »Vorsicht«, sagte ich. »Fürsten machen offenbar leicht Fehler.« Dann ging ich hinunter und machte einen Spaziergang mit dem Geschichtsschreiber. Ich erzählte ihm, was sich gerade abgespielt hatte. Denn ich fand, dass all diese Dinge wert waren, niedergeschrieben zu werden.

Er stimmte mir zu, und seine Augen sagten: »In der ersten Zeit der Fürsten hatte alles, was sie taten, Hand und Fuß, doch nun ist das, was sie beschließen, entweder falsch oder sinnlos.«

Ich blieb so lange wie möglich weg. Doch als ich zurückkam, hatten die Fürsten immer noch keine Entscheidung getroffen. Einige wollten handeln, die anderen nichts tun. Und die etwas tun wollten, waren sich uneins darüber, was genau sie tun sollten. Die, die nichts tun wollten, sagten: »Zu Hause gibt es nichts zu tun, und hier ist eine Menge los, bleiben wir noch eine Weile.«

Die sonst so friedlichen, ernsten Augen Fürst Wangpos glänzten aufgeregt: Er war entschlossen, etwas zu unternehmen.

Ich schickte nach einem Theaterensemble und ließ eine Bühne aufbauen.

Dann ließ ich auf der Wiese Zelte aufschlagen und davor Maschinengewehre, einfache Gewehre, Maschinenpistolen und einfache Pistolen in Stellung bringen – wem danach war, der konnte ein wenig schießen.

Aber ich wusste immer noch nicht, warum ich diese Leute eingeladen hatte.

Ich zerbrach mir den Kopf darüber, aber so sehr ich auch nachdachte, mir fiel kein Grund ein, und so hörte ich schließlich auf, darüber nachzudenken.

Und meine schöne Frau sang wieder mit ihrer wunderbar süßen Stimme.

45

Syphilis

Meine Gäste beschwerten sich, dass ich ihnen nichts zu tun gab.

Ich wollte ihnen sagen, dass es unnötig sei, nach etwas zu suchen – wenn es so weit sei, werde von allein etwas geschehen. Man müsse nur gut im Warten sein, weiter nichts. Aber ich schwieg.

Endlich kamen meine Leute mit einem Theaterensemble zurück.

Ich muss sagen, es war eine merkwürdige Truppe, weder tibetisch noch chinesisch. Die Schauspieler waren Mädchen verschiedener Nationalitäten. Nachdem ich ihnen eine große Bühne hatte hinstellen lassen, wunderte ich mich, als ihr Repertoire nach drei Tagen erschöpft war. Daraufhin ließen sie kleine Hunde auf der Bühne im

Kreis laufen und Blumen unter ihren Röcken hervorholen. Das ging drei Tage so. Dann sagte die Leiterin der Truppe, in diesen unruhigen Zeiten hätten sie und die Mädchen keinen Zufluchtsort, ob sie sich nicht in unserem friedlichen Städtchen niederlassen könnten. Ich schlug ihre Bitte nicht aus, ließ am Ende der Straße ein Zelt für sie aufschlagen und zugleich am anderen Ende ein gemauertes Haus hochziehen. Die Leiterin der Truppe überwachte die Bauarbeiten selbst. Es ging sehr schnell, in zehn Tagen stand der Rohbau. Es war ein großes Gebäude, unten eine große Halle, dann führte eine breite Treppe nach oben in einen langen, dunklen Flur, an dessen Seiten sich jeweils kleine Zimmer befanden. Die Mädchen streiften den ganzen Tag umher, ihr silberhelles Lachen füllte die Straßen. Da ihre Kleidung weit davon entfernt war, den Körper zu bedecken, schlug ich vor, ihnen etwas nähen zu lassen. Die Leiterin, deren Blüte vorüber war, lachte herzlich: »Ach, ich liebe diesen verträumten Ort, und ich mag Sie, den törichten Kerl, der die Welt erst noch kennen lernen muss.«

Wir saßen gerade in dem großen Zelt, und nun küsste die Chefin mich auch noch, und zwar nicht irgendwohin, sondern auf den Mund! Ich sprang auf, also ob sie mich verbrannt hätte.

Die Mädchen wollten sich ausschütten vor Lachen. Eine von ihnen mit besonders großen Augen und dunklen Brauen lachte, bis sie mir erschöpft in die Arme sank.

Die Chefin schickte sie fort und erklärte mir, sie sei nicht sauber. Soweit ich sehen konnte, war die Haut über ihrer Brust rein und weiß und ihr exponierter Nabel rosa – wenn das nicht sauber war, wüsste ich nicht, wer oder was es war. Das Mädchen ging nicht gleich fort, sondern ließ ihren Arm um meinen Hals liegen und drückte mir dann ihre vollen Lippen auf den Mund, dass ich schier erstickte.

Die Chefin gab mir eine andere, eine, die sie für sauber hielt. Als sie auf mich zukam, kicherten die anderen Mädchen albern. Die Chefin holte Silbermünzen aus meiner Tasche und sagte: »Das ist der Preis, alle meine Mädchen haben ihren Preis.«

Von den Silbermünzen, die sie herausgekramt hatte, zählte sie fünf ab und stopfte den Rest zurück. Vier legte sie in eine zinnoberrote, golden bemalte Schachtel, und eine gab sie den übrigen Mädchen. »Ich gebe einen aus«, sagte sie. »Kauft euch etwas zu naschen.«

Die Mädchen strahlten und schwärmten aus wie aufgescheuchte Bienen.

Die Leiterin befestigte den Schlüssel der Geldschachtel an ihrem Gürtel und sagte: »Der Schreiner verlegt gerade den Boden, ich sehe mal nach dem Rechten. Wenn der Junge Herr möchte, kann er den Mädchen etwas für ihre Kosmetika geben.«

Von der Baustelle wehte der leicht alkoholische Duft nach Kiefernholz herüber und verstärkte die Attraktivität des Mädchens in meinen Armen.

Meine Männlichkeit schien etwas im Schilde zu führen, aber mein Körper war so träge wie das Wetter.

Das Mädchen war entzückend, sie zog mich aus und sagte, ich solle mich hinlegen, mich nicht bewegen und ihr alles überlassen. Sie war sehr geschickt, und ohne mich gerührt zu haben, fühlte ich mich rundum richtig gut. Anschließend lagen wir unbekleidet nebeneinander und unterhielten uns. Da wurde mir klar, dass sie überhaupt kein Theaterensemble waren, sondern Geschäfte mit ihren Körpern machten – und ich war ihr erster Kunde hier. Ich fragte, ob sie den Fürsten helfen könnten, deren alte Körper ihrer Sehnsucht nach Mädchen nicht mehr gerecht wurden. Sie bejahte. »Gut«, sagte ich. »Die Männer schwimmen in Silber, ab heute sind sie eure Kunden!«

In dieser Nacht amüsierten die Fürsten sich mit Frauen, denen sie dafür Geld bezahlten.

Tags darauf, als die Herren sich wieder versammelten, wirkten sie kräftiger und munterer als sonst. Jemand fragte mich sogar, warum unsere eigenen Mädchen nicht zu so etwas in der Lage seien.

Die Fürstin schlief allein, hatte schwarze Ringe um die Augen und fuhr meinen Vater an: »Sehen Sie sich Ihre Familie an – der Vater kommt mit Opium an, sein Sohn der Idiot schleppt solche Weiber ins Haus.«

»Und Sie?«, fragte Fürst Maichi, »was haben Sie uns mitgebracht?«

»Frauen sind doch alle gleich«, sagte die Fürstin.

»Halten Sie den Mund«, protestierten die Fürsten. »Jede Frau ist einzigartig.«

Nur Fürst Wangpo schwieg. Die singende Frau im oberen Stockwerk war zu sehen, aber unerreichbar, während die Mädchen in dem großen Zelt unglaublich real und schön zugleich waren.

Plötzlich schienen die Fürsten zu begreifen: »Deshalb hat der Junge Herr uns eingeladen: Damit wir uns mit diesen Schönheiten vergnügen.«

Berater Huang sagte, die Mädchen hießen Prostituierte, und das große Zelt sei ein Bordell.

»Für den Jungen Herrn habe ich zwei bestimmte Mädchen«, sagte die Leiterin des Bordells zu mir. »Die anderen sind nichts für Sie.«

»Warum?«

»Sie sind nicht sauber, sie sind krank.«

»Was für eine Krankheit haben Sie?«

»Eine, die das Ding des Mannes abfaulen lässt.«

Ich konnte mir nicht vorstellen, wie mein Ding verfaulen sollte. Die Chefin rief zwei Mädchen herein und ließ sie ihre Röcke hochheben. Himmel, eine hatte dort kein Tor mehr, es war eine düstere Höhle, und bei der anderen sah es aus wie ein Pilz und stank wie ein verwesendes Rind.

Als ich mir an diesem Abend ins Gedächtnis rief, wie jemand sich an diesen Stellen verändern kann, verließ mich das Interesse an Frauen gründlich, und ich blieb allein zu Hause, während die Fürsten ins Bordell gingen. Da ich nicht schlafen konnte, suchte ich Berater Huang auf. Ich fragte, welche Krankheit die Prostituierten hätten.

»Syphilis«, antwortete er.

»Syphilis?«

»Junger Herr«, sagte der Berater, »das Opium habe ich eingeschleppt, die Syphilis nicht.«

Aus seiner Erregung schloss ich, dass mit Syphilis nicht zu spaßen war.

»Wenn es das hier schon gibt, dann weiß ich nicht, was noch kommen soll.«

»Die Fürsten haben keine Angst«, sagte ich. »Seit das Bordell fertig ist, wollen sie überhaupt nicht mehr weg.«

In dem Bordell hatte jedes Mädchen ein eigenes Zimmer im oberen

Stockwerk. Die Halle unten war abends prächtig illuminiert. Oben wehten die Parfums der Mädchen durch den Gang, unten herrschten der Geruch nach Alkohol, gekochtem Rindfleisch und Erbsen vor. In der Mitte der Halle stand ein großer, golden glänzender Trichter, daneben ein Grammofon, das den ganzen Tag Musik spielte.

Der Berater sagte: »Lassen Sie sie gewähren. Ihre Zeit ist vorüber, lassen Sie sie Glück erfahren und Syphilis bekommen. Wir werden uns um unsere eigenen Angelegenheiten kümmern.«

Dann erzählte er mir noch ein paar Geschichten über Syphilis, und als er geendet hatte, musste ich lachen: »Jetzt ist mir für mindestens drei Tage gründlich der Appetit vergangen.«

»Geld kann für die Menschen eine schreckliche Sache sein, schlimmer noch ist Opium, und Opium ist nichts im Vergleich zu Syphilis. Aber darüber wollte ich mit Ihnen nicht sprechen.«

»Worüber denn?«, wollte ich wissen.

Mit erhobener Stimme verkündete er: »Sie sind hier, Junger Herr.«

»Wer?«

»*Sie!* Sie sind da!«

Damit meinte er die Chinesen. Ich lachte, denn es hörte sich an, als sei weder er selbst Chinese noch die vielen Chinesen in der Stadt, noch einige der Prostituierten im Bordell, ja es hörte sich an, als hätte ich noch nie im Leben Chinesen gesehen. Dabei war meine eigene Mutter Chinesin!

Aber er blickte ernst drein, als er erklärte: »Ich meine die Chinesen einer bestimmten Farbe.«

Da verstand ich. Die nichtfarbigen Chinesen an diesem Ort waren hier, um Geld zu verdienen als Geschäftsleute oder um hier zu leben, so wie der Berater. Doch mit den Farbigen war das etwas anderes. Sie wollten unserem Gebiet ihre Farbe verleihen. Das wollten die Weißen, und von den Roten hieß es erst recht, dass sie, hätten sie erst den Krieg gewonnen, jedes Fleckchen Erde in ihre angebetete Farbe tauchen würden. Wir wussten, dass auf ihrem Gebiet brutale Schlachten stattfanden, in denen das Unterste zuoberst gekehrt wurde. Denn jeder Handlungsreisende brachte Zeitungen aus China mit, weil mein kluger Berater Zeitungen ungefähr so sehr liebte wie Opium. Ohne Zeitung war er rastlos und mürrisch, mit Zeitung brach er in lautes Klagen und Seufzen aus. »Der Krieg wird immer schlimmer, immer schlimmer«, wiederholte er pausenlos.

Berater Huang war einst Provinzsenator gewesen und dann degradiert worden, weil er gegen die Bekämpfung der Roten gewesen war. Doch mit ihrem Sieg jetzt war er auch nicht glücklich. Inzwischen war es Tagesgespräch in den Straßen, dass die Chinesen kommen würden. Berater Huang sagte, dass meistens einträfe, woran das Volk glaube. Selbst wenn es keinen Sinn zu ergeben scheine, wirkte es wie eine Beschwörung, wenn so viele Menschen immer wieder das Gleiche sagten – als eröffneten sie dem Himmel ihre Wünsche.

Berater Huang hatte immer gesagt, die farbigen Chinesen hielten sich gegenseitig in auswegloser Umklammerung fest, doch plötzlich rief er: »Sie kommen!«

»Wollen sie mich sehen?«, fragte ich.

Der Berater lachte, das sei echtes Herrendenken, meinte er.

»Gut, sollen sie kommen«, sagte ich, »mal sehen, welche Farbe uns besser gefällt.«

Der Berater lachte immer noch: »Der Junge Herr spricht wie eine Frau, die Seide für ein Kleid aussucht.« Diese Leute seien unauffällig gekommen und wollten niemanden sehen, sagte er. Sie wollten nicht einmal, dass man erführe, sie seien farbige Chinesen.

Woher er das wisse, fragte ich.

»Ich bin Ihr Berater, ich muss es ja wohl wissen, oder?«, sagte er. Er merkte, dass mir sein Ton missfiel, und lenkte ein: »Vergessen Sie nicht, dass Ihr Berater früher auch eine Farbe hatte. Darum erkenne ich sie auf den ersten Blick.« Ich fragte, was die Leute vorhätten. Der Berater schlug vor, mich zunächst auszuruhen, denn jetzt hätten sie gar nichts vor. Sie würden nichts Verbotenes tun und noch vorsichtiger sein als die anderen Leute im Ort. Sie wollten sich einfach nur umsehen.

Ich zog mich zurück.

Vor dem Einschlafen ging es mir noch durch den Kopf: Syphilis. Und: *sie*. Als ich an sie dachte, beschloss ich, morgen nach dem Aufstehen auf die Straße hinauszugehen und zu prüfen, ob ich farbige Chinesen erkannte.

Ich erwachte spät und mit einem Gefühl der Leere, so als fehlte mir etwas. Ich wusste zwar nicht, was mir fehlte, hatte aber das sichere Gefühl, *dass* etwas fehlte. Ich fragte meine Diener, und sie sahen überall nach, prüften den Schmuck, den ich trug, die kostbaren Dinge im Flur – aber es fehlte nichts.

Sonam Tserang war es, der sagte: »Die Herrin singt heute nicht.«

Ja, sonst saß Tharna immer nach Sonnenaufgang an dem verzierten Geländer oben und sang. Ich hatte kürzlich schon das Gefühl gehabt, dass die Zeit schnell und immer schneller verging. Überlegen Sie mal, was in letzter Zeit alles geschehen ist! Die Fürsten kamen, die Syphilis kam, farbige Chinesen kamen. Erst als meine Frau verführerische Lieder für Fürst Wangpo sang, spürte ich die Zeit wieder langsamer vergehen, so quälend langsam wie früher.

Heute, da sie nicht sang, wurde mir schwindlig vom rasanten Tempo der Zeit.

Die Fürsten waren noch nicht vom Bordell zurückgekehrt. Diener begleiteten mich hinaus, und die Fürstin, die keinen Ort hatte, an dem sie ihre Kunst hätte vorführen können, sah mir missgünstig und siegesgewiss zugleich nach. Es war still ringsum, doch mein Herz hämmerte, als säße ich auf einem galoppierenden Pferd, und der Wind pfeife mir um die Ohren. Dann erinnerte ich mich an das Gespräch mit Berater Huang vom Abend zuvor und ging mit den Dienern die Straße hoch. Ich wollte sehen, ob ich die farbigen Chinesen, die in die Stadt eingesickert waren, erkannte.

Da traten die Fürsten aus dem Bordell – sie wollten sich schlafen legen – und kamen geradewegs auf uns zu. In dem großen neuen Gebäude stand die Zeit Kopf. Nachdem die Männer sich die ganze Nacht zu Musik und den Düften von Alkohol und Fleisch amüsiert hatten, schleppten sie sich nun träge heimwärts, um sich auszuruhen. Beim Anblick ihrer schlaffen Körper dachte ich, dass etwas geschehen sein müsse. Wir begegneten ihnen auf der Brücke. Ich sah, dass viele rote Nasen hatten, und dachte, ja, sie haben sich mit Syphilis angesteckt.

Ich lachte.

Lachte, weil sie keine Ahnung hatten, was die Mädchen mitgebracht hatten.

Zwölftes Kapitel

46

Farbige Menschen

Ich sah mir unbekannte Chinesen, konnte aber nicht sagen, welche davon farbig waren. Zwei Verkäufer in einem neuen Geschäft erkannte ich trotz ihrer tibetischen Kleidung als Chinesen. In meiner Stammkneipe fragte der Wirt mich, was ich auf der Straße suche. Ich sagte es ihm, und er meinte: »Glauben Sie, dass sie sich die Farbe ins Gesicht malen? Sie tragen sie im Herzen!«

»Dann kann ich sie unmöglich erkennen.« Ich setzte mich und trank etwas, scherzte sogar, wenn sein Bruder jetzt da wäre, hätte er in diesen Tagen Rache an Fürst Maichi geübt. »Wenn denn unbedingt Rache geübt werden muss, dann ist jetzt die beste Gelegenheit.«

Der Wirt seufzte, er wisse selbst nicht, wo sein Bruder sich gerade aufhalte.

»Warum tun Sie es dann nicht selbst?«, fragte ich.

»Wenn ich sicher sein kann, dass mein Bruder tot ist oder nicht weitermachen will, werde ich es tun, das ist die Vereinbarung zwischen uns.«

Eine weitere Abmachung der beiden jagte mir einen kalten Schauer über den Rücken: Falls Fürst Maichi starb, bevor sie noch Hand an ihn legen konnten, wäre der nächste Fürst Maichi – ich – das Ziel ihrer Vergeltung, denn erst mit dem Mord an einem echten Fürsten Maichi würde die Schuld getilgt sein.

Das versetzte mich derart in Angst und Schrecken, dass ich mir sogar überlegte, ihnen beim Mord an Fürst Maichi zu helfen. Der Wirt lachte: »Sie sind wirklich ein Idiot, mein Freund, wieso bringen Sie nicht einfach meinen Bruder und mich um?«

Stimmt, darauf war ich noch gar nicht gekommen.

Der Wirt fügte hinzu: »Dann müssen Sie sich auch keine Gedanken mehr darüber machen, wann ich Sie wohl umbringe.« Er brachte mich zur Tür: »Der Junge Herr hat viel zu tun. Kehren Sie zurück und machen Sie sich an Ihre Arbeit.«

Während unseres Gesprächs war die Leiterin des Bordells dazugekommen, um mich einzuladen. Schon aus weiter Ferne wehten angenehm wärmend das Lachen der Mädchen, die quäkende Musik aus dem Grammofon und der Duft von Fleisch und Erbsen herüber. Ich setzte mich in die große Halle unten, wollte aber nichts essen und hatte auch kein Interesse an dem Mädchen auf meinem Schoß. Ich glaubte, den Geruch von Syphilis in der Luft wahrzunehmen. Mit einem sauberen Mädchen auf dem Schoß lauschte ich den Geschichten der Chefin über amüsante Episoden der Fürsten in diesem Hause. Selbst die Mädchen begannen zu kichern, wenn lächerliche Geschichten erzählt wurden, die sie am eigenen Leib erlebt hatten, an denen ich jedoch absolut nichts Lachhaftes finden konnte.

Als ich der Chefin meine Frage nach den farbigen Chinesen stellte, lachte sie: »Farbe oder nicht, rot oder weiß, das macht bei mir hier keinen Unterschied. Pah! Männer sind alle gleich, egal von welcher Farbe, mit Ausnahme des Jungen Herrn.«

»Was ist mit dem Jungen Herrn?«

Sie pulte mit den Fingern einen Rest Fleisch zwischen den Zähnen hervor und schnippte ihn auf den Boden. »Der Junge Herr wirkt wie ein Idiot, ist aber keiner, ich weiß auch nicht.« Es klang so, als habe sie schon Menschen aller Farben gesehen. Pah! Eine Frau, die Syphilis verbreitete!

Ich spuckte verächtlich aus und verließ das Haus der Laster.

Ein einsamer kleiner Wirbelwind kam aus weiter Ferne herübergeweht, spielte mit Staub, Papier und trockenem Gras in der Luft und verursachte ein flatterndes Geräusch wie von wehenden Fahnen. Die Leute spuckten ihn an und rannten fort. Denn es hieß, im Wirbelwind steckten Geister und menschlicher Speichel verjage sie, davor würden sie fliehen. Doch der Wirbelwind wurde immer stärker, bis ein paar Mädchen aus dem großen Haus angelaufen kamen, der Wind ihre Röcke hob und die Syphilis-Blume zwischen ihren Beinen sichtbar machte – erst dann legte er sich. Ich fühlte mich leer, vielleicht weil ich keine farbigen Chinesen gefunden hatte.

Als ich noch versuchte herauszufinden, wo der Wirbelwind sich verbarg, fanden die Diener mich.

Meine Frau war davongelaufen, mit Fürst Wangpo abgehauen.

Sonam Tserang leitete einen großen Suchtrupp zu Pferde und brach auf, noch bevor ich es befehlen konnte. Ihr Aufbruch war wie ein neuerlicher Wirbelwind. Drei Tage ritten sie nach Süden, ohne eine Spur von Fürst Wangpo oder meiner Frau zu finden. Nachdem Sonam Tserang unverrichteter Dinge zurückkehrte, ließ er im Hof den Hinrichtungspfahl aufrichten und befahl Aryi, ihn daran zu fesseln. Ich war nicht traurig, kam aber auch nicht aus dem Bett, und sobald ich die Augen schloss, erschien das wunderschöne Antlitz Tharnas vor mir. Da zerriss unten im Hof das scharfe Pfeifen der Peitsche die Luft. Die Magd, die einst auch Tharna geheißen hatte, nutzte die Gelegenheit und kam zu mir. Sie hatte nun viele Jahre bei den Dienerinnen verbracht und war mir zunehmend fremd geworden. Jetzt sprach sie wieder mit ihrer mückenhaften Stimme und umkreiste mein Bett. Der Herr solle nicht verzweifeln, sagte sie, und nicht immer den Namen Tharna verfluchen. Ich wollte dieser Frau mit den kleinen Armen und Beinen, die fortgesetzt giftige Worte ausstieß, eine Ohrfeige geben, hielt mich jedoch zurück. »Hau ab«, sagte ich. »Oder ich gebe dich dem Schuster, der auf einem Auge blind ist.«

Die Magd kniete nieder: »Ich flehe Sie an, ich möchte keinen Leibeigenen gebären.«

»Dann geh hinaus!«, sagte ich.

»Geben Sie mir keinen Mann«, sagte sie. »Ich gehöre nur Ihnen, und selbst wenn Sie mich nicht wollen, so bleibt es in meiner Erinnerung doch so.«

Ihre Worte berührten mich, doch bevor ich etwas sagen konnte, hatte sie die Tür hinter sich geschlossen und kehrte zu den Quartieren der Dienerinnen zurück.

Unten begann Sonam Tserang unter den Peitschenhieben schließlich doch zu schreien.

Das gab mir meine Kraft zurück, ich ging hinunter und gebot Aryi Einhalt.

Es war das erste Mal, dass er jemanden für mich bestraft hatte, und ich hätte nie gedacht, dass Sonam Tserang der Erste sein würde. Als die Fesseln gelockert wurden, rutschte er am Pfahl nach unten und fiel zu Boden. Die Fürsten standen dabei und bewunderten die ausgezeichneten Peitschkünste des Maichi-Henkers. Fürstin Rongong wollte etwas sagen, doch nachdem sie meine Augen und Aryis Hände mit der Peitsche gesehen hatte, schluckte sie es hinunter. Fürst Maichi erging es ähnlich. Nun war unter den Fürsten nur noch Lha Shopa mein richtiger Freund. Er wollte etwas sagen, doch ich ließ ihn nicht zu Wort kommen, weil es zu nichts geführt hätte. Ich sagte zu den Fürsten: »Da Sie mich fragten, wozu ich Sie eingeladen habe – Sie sollten sehen, wie ich von einer Frau der Rongongs betrogen werde.« Ich sagte, wer morgen abreisen wolle, solle das tun, ein Geschenk von mir hätten sie bereits.

Sie breiteten ratlos ihre leeren Hände aus, um zu demonstrieren, dass sie nichts hätten. Sie wussten nicht, dass mein Geschenk »Syphilis« hieß.

Bevor die Fürsten aufbrachen, kamen sie einer nach dem anderen an, um sich vom Herrn mit dem gebrochenen Herzen zu verabschieden. Fürst Lha Shopa sagte: »Sie war es, die Mutter, sie hat ihre Tochter angestiftet, Fürst Wangpo zu verführen. Lassen Sie sie nicht so leicht davonkommen!«

Als die Fürsten sich nach und nach auf den Weg machten, kehrte völlig überraschend Tharna zurück. Sie saß schwankend auf ihrem Pferd, das Gesicht grau von Staub, als sei es Asche nach einem verheerenden Feuer. »Für den Rest meines Lebens gehöre ich dir, ich bin zurückgekehrt«, sagte sie. Damals, als sie mit dem Ersten Jungen Herrn Maichi geschlafen hatte, war es genauso gewesen. Ich wollte etwas sagen, doch dann sah ich ihr nur sprachlos hinterher, als sie ruhig die Treppe hinaufging. Die Fürsten beobachteten mich, und ich beobachtete Tharna. In diesem Augenblick hätte ihre Mutter auf keinen Fall erscheinen dürfen, doch genau das tat die alte Frau, sie kam heraus, um ihre schöne Tochter zu begrüßen. Fürstin Rongong sah, dass aller Glanz im Gesicht ihrer Tochter erloschen war, wie von einem großen Feuer vernichtet. Selbst mir tat der bloße Anblick weh. Als Tharna den Kopf hob und ihre Mutter sah, brach sie in Tränen aus. Sie setzte sich auf die Treppe und begann laut und verzweifelt zu heulen.

Anfangs blickte die Fürstin noch mitfühlend drein, doch dann richtete sie ihren krummen Rücken auf, bespuckte die geliebte Tochter vor aller Augen, hielt sich mit der Hand die Hüfte und ging die Treppe hinunter. Sie baute sich vor mir auf und sagte: »Dieses nutzlose Mädchen ist keine Rongong mehr! Geh hinauf und beruhige sie, du Idiot, ich will mich verabschieden.«

Frauenlogik ist etwas anders – als habe sie durch diesen Satz mit dem allen hier nichts mehr zu tun! Das kam mir falsch vor, ich wusste aber nicht, warum. Oben rief Vater, ich solle die Frau nicht ziehen lassen. Keuchend kam Fürst Maichi die Treppe herunter und japste: »Sie sagt, du kannst doch nicht Fürst Rongong werden! Nein, du wirst später nicht Fürst Rongong!«

»Später?«, fragte sein idiotischer Sohn. »Wie sollte ich wohl Fürst Maichi und Fürst Rongong werden?«

Die Fürsten lachten.

Fürst Maichi war fast besinnungslos vor Wut. Hätten seine Diener ihn nicht gehalten, er wäre umgekippt. Die Frau des Fürsten kam die Treppe herunter und brüllte ihren Sohn an: »Dann wirst du eben erst Fürst Rongong und danach Fürst Maichi!«

Die Fürstin lachte und sagte zur Frau des Fürsten: »Meinen Sie, Ihr Mann, dieser alte Schwächling, wird mich überleben?« Damit spuckte sie noch einmal verächtlich vor ihrer Tochter aus und ging in ihr Zimmer, um zu packen.

Die Fürsten zerstreuten sich nach und nach, einige machten sich sofort auf den Weg, andere wollten noch eine letzte Nacht im Bordell verbringen.

Der Wind trug Tharnas Geheul herüber, so wie er es früher mit ihrem Gesang getan hatte.

Die Augen des Geschichtsschreibers sagten: »Das Spiel ist aus.«

Berater Huang wurde in seinem Zimmer von der Wut gepackt.

Er war wütend ob der Ankunft seiner farbigen Landsleute. Er hatte seine Stellung verloren, weil er dagegen gewesen war, dass die Weißen die Roten bekämpften, aber ihm wäre immer noch lieber gewesen, wenn letztlich die Weißen gesiegt hätten. Denn wenn sie in diesem Gebiet die Oberhand gewannen, meinte er, hätte er noch eine Chance zu überleben. Wenn aber die Roten kämen, sei schwer zu sagen, was geschehen werde. Da ich die Weißen schon früher durch den Kauf von Flugzeugen unterstützt hatte, war ich mit Berater Huang schnell einer Meinung: Wenn das Eindringen von Chinesen, und insbesondere farbiger Chinesen, schon unvermeidlich war, dann sollten die Weißen kommen.

Fürst Wangpo hatte Tharna mit den Flammen der Begierde verbrannt und dann einfach fallen lassen.

Wenn die anderen etwas wollten, wollte ich es auch, und wenn sie etwas nicht wollten, wollte ich es auch nicht. So verhielt es sich auch mit Frauen. Selbst wenn sie die schönste Frau der Welt war und ich wahrscheinlich nie wieder einer solchen Schönheit begegnen würde.

Soll sie allein in ihrem Zimmer vor sich hin altern.

Als Fürstin Rongong sich von mir verabschiedete, fragte ich: »Möchten Sie Ihre Tochter nicht mitnehmen?«

»Nein!«, sagte sie.

»Fürst Wangpo hat Ihre Tochter einfach weggeworfen.«

»Sie ist in erster Linie Ihre Frau«, sagte sie.

»Sie wird in ihrem Zimmer verwelken und langsam sterben«, sagte ich.

Der Verwalter mischte sich ein: »Fragen wir Fürstin Rongong, ob sie etwas zu sagen hat.«

»Ich möchte«, sagte Fürstin Rongong, »dass Sie mir vor allen Fürsten versprechen, mich auf dem Weg nicht verfolgen und umbringen zu lassen.« Alle hatten es gehört.

Sonam Tserang, Aryi und die Frau des Fürsten schüttelten heftig den Kopf in meine Richtung, ich sollte auf keinen Fall der Bitte dieser Frau entsprechen. Doch die Fürsten wollten, dass ich genau das tue. Sie wussten, wenn Fürstin Rongong in Frieden heimkehren konnte, bestand auch für sie keine Gefahr. Also blieb mir nichts anderes übrig, als zur Fürstin zu sagen: »In Ordnung. Sie können sich ganz beruhigt auf den Weg machen.«

Nachdem sie fort war, sagte ich zu den übrigen geladenen Gästen: »Auch Sie können unbesorgt abreisen.«

Am nächsten Tag waren alle Gäste fort.

Fürst Maichi und seine Frau gingen als Letzte. Beim Abschied hatte meine Mutter rote Augen, während Vater und Sohn die Worte fehlten. Mutter beugte sich vom Pferd herunter, um meine Stirn zu küssen, und sagte mir leise ins Ohr: »Geduld, mein Sohn, ich werde dich noch als Fürsten erleben.«

Zu spät, wollte ich sagen, die Zeit hat sich schon wieder beschleunigt und wird immer schneller. Aber ich bekam nichts heraus als: »Ich werde dich vermissen, Ama.«

Da begann sie zu weinen.

Dann nahm Mutter die Zügel, und das Pferd setzte sich in Bewegung. Von all den Pferden des Zuges hörte ich nichts, doch der Hufschlag des Tieres meiner Mutter schien direkt in mein Herz zu treffen. Ich griff ihr in die Zügel: »Ama, die farbigen Chinesen kommen!«

Sie zügelte das Pferd und blieb stehen, sagte aber nichts. Dann nahm sie die Zügel wieder auf und zog weiter.

Als ihr Idioten-Sohn wieder hinter ihr herlief, beugte sie sich tief herunter, sodass ich sie warnen konnte, nicht mit Fürst Maichi zu schlafen, er habe Syphilis. Sie schien zu wissen, wovon ich sprach. Auch wenn es Syphilis auf dem Territorium der Maichis noch nicht gab, so kam meine Mutter aus einer Gegend, in der die Krankheit längst bekannt war.

Der Verwalter fragte: »Wieso hat der Junge Herr die Sache mit dem Thron nicht erwähnt?«

»Es sind nur noch ein paar Tage«, fügte Berater Huang hinzu.

Sonam Tserang bat um die Erlaubnis, Fürstin Rongong verfolgen und töten zu dürfen, dieses Schlitzohr – er wusste genau, dass ich sie nicht erteilen würde, und war im Grunde auf meine Zustimmung aus, Fürst Wangpo nachzujagen. Auf diese Weise hatte ich keine Wahl, als einzuwilligen. Meine einzige Einschränkung war, dass er ihn nur tötete, wenn er noch unterwegs, nicht aber, wenn er bereits zurück in seiner Festung war. Sollte er das tun, warnte ich, werde ich nach seiner Rückkehr Aryi befehlen, sein jämmerliches Leben zu beenden.

Ohne viele Worte machte er sich mit zwei Pistolen auf den Weg. Er hätte sich zumindest noch einmal nach uns umdrehen können, doch das tat er nicht. Ich war derjenige, der ihm nachsah, bis er außer Sichtweite war. Ich zählte die Tage, die nach seiner Abreise vergingen, das heißt, mein Leben rechnete sich nach den Tagen der Abwesenheit Sonam Tserangs. Als jemand nach zehn Tagen Sonam Tserang als Steuereintreiber ersetzen wollte, rief ich Aryi und ließ den Mann auspeitschen. Der Bestrafte gehörte eigentlich zu Sonam Tserangs Leuten, doch nun hing ihm seine braune Steuereintreiber-Uniform in Fetzen am Körper. Ich ließ den Verwalter im Namensregister nachschlagen und stellte fest, dass der Mann sogar ein Freier war. Ich machte ihn zum Leibeigenen und würde ihn wieder befreien, wenn Sonam Tserang unbeschadet wiederkäme. Da ich nicht Fürst war, konnte nur mein Vater darüber bestimmen, wie viele Freie und Leibeigene es gab. In diesem speziellen Fall tauschte ich den Status zweier Menschen lediglich gegeneinander aus, dagegen würde mein Vater nicht viel einzuwenden haben, wenn er es wüsste.

Am Tag zwölf kam Sangye Dolmas Silberschmied. Seine Frau war bei den heißen Quellen im Weideland auf der Suche nach dem Mädchen, das ihre Namensbase war. Denn an meiner Seite gab es nur die beiden Tharnas, von denen eine mich betrogen hatte, die andere mein Interesse nicht wecken konnte.

Der Silberschmied suchte mich auf, doch ich sagte ihm, dass ich keine Verwendung für ihn hätte.

In solchen Situationen wusste der Verwalter immer genau, was ich meinte, und so sagte er zum Silberschmied: »Sangye Dolma ist hier die Chefin aller Dienerinnen, das ist eine Nummer zu groß für dich.«

Der Silberschmied brüllte, er liebe seine Frau.

»Kehren Sie zurück«, sagte der Verwalter, »wenn der Fürst es gut mit dir meint, erklärt er dich zum freien Mann.«

Der Silberschmied hätte mich anflehen und bitten können, denn ich saß während des Gesprächs daneben. Doch er zeigte sein stolzes Grinsen und sagte: »Der Fürst wird mir den Rang verleihen.« Damit schulterte er seine Werkzeugtasche, und erst als er schon fast zur Tür hinaus war, drehte er sich noch einmal zu mir um: »Junger Herr, wenn ich wiederkomme, müssen Sie mich für meine Arbeiten bezahlen.«

Damit wollte er sagen, wenn er zurückkäme, wäre er der Richtige für Sangye Dolma, ein freier Mann. »In Ordnung«, sagte ich, »ich werde dir den zweifachen Lohn zahlen.«

Dann ging der Silberschmied, und seiner Gestalt waren Einsamkeit und Schmerz anzusehen. Ich erinnerte mich, dass er die Freiheit seinerzeit für Sangye Dolma aufgegeben hatte. Als ich ihm nachsah, durchlebte ich noch einmal, wie er damals die Aufmerksamkeit meiner persönlichen Magd erregt hatte, schmeckte die Bitterkeit im Mund und spürte den Schmerz in meinem Herzen. Nun ging er zurück, um wiederum für Sangye Dolma seinen Status als freier Mann zurückzuerbitten. Ich hatte das Gefühl, es sah ziemlich hoffnungslos für ihn aus.

Die Enttäuschung war vorauszusehen. Aber die Menschen sind alle gleich, Silberschmiede, Fürsten und Leibeigene, alle wollen sie irgendetwas tun und denken überhaupt nicht darüber nach, ob es Aussicht auf Erfolg hat. Der Geschichtsschreiber Wangpo Yeshi hatte den Standpunkt, dass sowieso alles sinnlos sei. Dennoch wollte er gemütlich dasitzen und nachdenken. Als der Silberschmied schon eine Weile fort war, schickte ich Aryi auf einem schnellen Pferd hinterher, um ihn zurückzuholen. Als der Silberschmied den Henker hinter ihm herjagen sah, dachte er, es gehe ihm an den Kragen, und wischte sich auf dem Rückweg pausenlos den Schweiß von der Stirn. Doch Aryi brachte ihn ins Bordell. Dort kippte er fast um, als ihm zu der ohrenbetäubenden Musik Geruchsschwaden von gegrilltem Fleisch und Erbsensuppe mit Knochen entgegenschlugen. Die Mädchen brachten ihn in den ersten Stock, wo er im Bett zwei große Teller voll vertilgte. Noch während er auf dem Bauch eines Mädchens sein Werk vollbrachte, musste er pausenlos aufstoßen – er hatte einfach zu viel gegessen.

Sangye Dolma kehrte mit leeren Händen vom Weideland zurück, das Mädchen war an einen weit entfernten Ort verheiratet worden. Als ich meiner früheren Dienerin gegenübersaß, herrschte peinliche Stille. Sie fragte leise, ob ich der Vergangenheit nachtrauere. Ich seufzte, wollte nicht sprechen. Sie sagte, ich sei ein sehr anhänglicher Herr. Ich erzählte ihr, dass der Silberschmied da gewesen sei. Nun war es an ihr zu seufzen. Ich wusste, dass sie den Silberschmied liebte, aber sie bekleidete jetzt ein Amt und wusste, sobald ich Fürst wäre, würde ihr Leibeigenen-Status aufgehoben, und als sie sich das klar machte, fiel sie in tiefes Schweigen.

Als Aryi hereinkam und berichtete, der Silberschmied habe im Bordell auf einer Frau gelegen und gerülpst, weinte Sangye Dolma und sagte: »Ich danke dem Jungen Herrn, dass er dem Silberschmied dieses Glück verschafft hat.«

Die Chefin des Bordells hielt den Silberschmied zurück: »Du da, hier sind viel Silberarbeiten zu machen.«

Jeder, der aus dem Bordell kam, berichtete nun, dass es dort täglich mehr feine Silbergeräte gebe. Wieder brach Sangye Dolma in Tränen aus. Von da an wollte sie nicht mehr mit dem Verwalter schlafen, aber zum Silberschmied ging sie auch nicht. So endete die Liebe zwischen der Dienerin und dem Silberschmied.

Sonam Tserang war schon einen Monat fort, ohne dass wir Nachricht von ihm hatten. Eines Tages blickte ich die Straße nach Süden hinunter, als Tharna neben mich trat und hinter ihr Tharna. Was ich meine, ist, hinter der Tochter der Fürstin kam die Tochter des Stallburschen, oder auch: Meine Frau, gefolgt von meiner persönlichen Dienerin, trat neben mich. Die untreue Ehefrau hatte gerade Opium geraucht, sie wirkte schlaff, doch in ihren Augen lag ein wahnsinniger Glanz. Ihr Körper schwankte in einem Windstoß, und ich stützte sie. Ihre Hand war so kalt, als sei sie im eisigen Wind aufgewachsen. »Der Rächer wird nicht zurückkehren«, sagte sie.

Ich merke mir nicht alles, sonst wäre ich kein Idiot, sondern ein intelligenter Mensch. Aber gerade behandelte sie mich wie einen klugen Menschen und rief mir Vergangenes ins Gedächtnis. Ich ließ sie stehen und ging hinunter. Unten rief ich nach Tharna, worauf die Tochter des Stallburschen herunterkam und die Tochter der Fürstin oben allein ließ. Da oben stand sie hinter dem Geländer mit Blumenornamenten, und der Wind griff in ihre Kleider, als wolle er sie in die Luft heben. Bei einer solchen Schönheit hätte es niemanden gewundert, wäre sie davongeflogen, die Leute hätten geglaubt, sie sei ein

Geist. Doch sie flog nicht, sondern blieb einsam stehen, und da wirkte ihr Körper noch kälter.

In dieser Nacht träumte ich, dass Tharna sich in eine Skulptur aus Jade verwandelt hatte, die im Mondschein funkelte.

Am nächsten Morgen war der Boden mit Eiskristallen bedeckt. Es war der erste Frost in diesem Jahr, der Winter stand vor der Tür.

Sonam Tserang kehrte endlich zurück, er hatte eine Hand verloren und eine Pistole.

Fürst Wangpo war, lange bevor sein Verfolger ihn eingeholt hatte, in seine Festung zurückgekehrt. Sonam Tserang lauerte ihm auf, um zuzuschlagen, sobald er die Festung verließ. Doch Fürst Wangpo ging nicht aus, er blieb in der Festung. Später erfuhr Sonam Tserang, dass eine merkwürdige Krankheit Fürst Wangpo ans Bett fessle. Die Syphilis, die er sich im Bordell zugezogen hatte, brach aus, sein Mannesding faulte ab. So stolzierte Sonam Tserang in die Festung der Wangpos hinein und feuerte eine Salve in die Luft. Sofort wurde er von den Männern Fürst Wangpos ergriffen, die ihm eine Hand abhackten. Fürst Wangpo kam, um ihn zu sehen. Er hatte eine gesunde Gesichtsfarbe, nichts gemahnte an einen Kranken. Doch Sonam Tserang sah, dass er keine großen Schritte machte, so als klemme ihm etwas zwischen den Beinen, das nicht herunterfallen dürfe. Sonam Tserang betrachtete seine abgehackte Hand am Boden, die allmählich die Farbe änderte, sah die Gestalt Fürst Wangpos an – und musste lachen.

Fürst Wangpo lachte ebenfalls. Dabei wurde er bleich und sagte: »Sehen Sie nur, Frauen, was Frauen aus uns machen!«

Sonam Tserang sagte: »Wenn mein Herr Sie hören würde, müsste er lachen.«

»Kehren Sie zurück und erzählen Sie es ihm«, sagte Fürst Wangpo.

Sonam Tserang erwiderte: »Ich habe nicht um Schonung gebeten.«

Fürst Wangpo übergab ihm einen Brief: »Betrachten Sie sich als Boten statt als Mörder.« So kam es, dass Sonam Tserang einen Brief von Fürst Wangpo mitbrachte. Kurz vor der Abreise Sonam Tserangs ließ Fürst Wangpo einen winzigen Grabhügel für die abgehackte Hand errichten. Sonam Tserang stattete ihm noch einen Besuch ab.

Fürst Wangpo schrieb: »Frauen, Frauen, Ihre Frauen haben mich vernichtet.« Er beklagte, die Frauen im Bordell meines Städtchens hätten seinen Körper zerstört, die Frau seines Freundes seinen Geist.

Viele Fürsten verfluchten den Ort, schrieb er.

Sie glaubten, dieses Städtchen habe sie krank gemacht und lasse sie verfaulen. Hat man je gesehen, dass Menschen bei lebendigem Leib verfaulen? Früher haben sie erst nach dem Tod, wenn die Seele den Körper verlassen hatte, zu verrotten begonnen, doch nun verfaulen sie schon zu Lebzeiten an der Stelle, die für den Fortbestand der Sippe wichtig und für eigene Freuden zuständig ist.

Ich fragte den Geschichtsschreiber, ob das Städtchen tatsächlich zu verfluchen sei. Bei weitem nicht alle, die hierher gekommen seien, verfaulten anschließend, antwortete er. Das geschehe nur bei Menschen, die nicht recht zu dem Ort passten.

Der frühere Mönch und heutige Schreiber Wangpo Yeshi sagte, dass immer neue Dinge wüchsen, wo Altes verrotte.

47

Toiletten

Die roten Chinesen besiegten die Weißen, und die unterlegenen Weißen suchten in Scharen bei uns Zuflucht.

Anfangs unterschätzten sie uns. Auf ihre Gewehre gestützt verlangten sie nach Getreide und Fleisch. Beides gab ich ihnen. Einmal gesättigt, wollten sie Wein und Frauen, und mit beidem konnten wir dienen. Aber sie hatten kein Geld, und so kamen sie zu mir und baten um Silber. Nun wurde ihnen klar, dass wir seit vielen Jahren bewaffnet waren, und am Ende blieb ihnen nichts anderes übrig, als ihre Waffen gegen mein Silber zu tauschen, um für das Silber Frauen und Wein zu bekommen. Grüppchenweise drängten sie ins Bordell, diese Brutstätte der Syphilis. Sie lärmten und brüllten auf dem Weg dorthin und hinterließen ihre großen Fußabdrücke im Schnee. Selbst die hungrigen Hunde fanden dann kein sauberes Fleckchen Schnee mehr, auf dem sie ihren blumengleichen Pfotenabdruck hinterlassen konnten. Berater Huang mit seinem Umhang aus Fuchsfell sagte: »Ihnen ist zu kalt zum Schlafen.«

Das nahm ich auch an, denn durch die Zelte der Männer pfiff der Wind. Da Berater Huang so sehr seufzte, schickte ich beim nächsten Schnee Wein hinüber.

So oft die Männer auch ins Bordell gingen, sie steckten sich nicht mit Syphilis an. Ich hörte, dass sie Medikamente dagegen besäßen, und ein Offizier schickte mir auf Anfrage etwas davon herüber. Aber ich litt nicht an der Krankheit. Wann immer ich hinging, gab die Chefin mir ein sauberes Mädchen. Also teilte ich die Medizin durch zwei und gab eine Hälfte Tharna, die sich bei Fürst Wangpo angesteckt hatte. Da auch Fürst Maichi an der Krankheit litt, ließ ich ihm den anderen Teil schicken. Sein Idioten-Sohn wollte nicht, dass er auf dem Bett verfaulte und stank.

Das rührte meinen Vater zutiefst. In einem Brief schrieb er von der Einsamkeit des Winters und bat mich: »Komm her, mein Sohn, und lass uns ein fröhliches Neujahrsfest feiern, so wie in deinem Grenzgebiet.«

Ich hörte mich um, und alle wollten hinfahren. Sonam Tserang mit nur noch einer Hand vermisste seine Mutter. Als ich Aryi fragte, ob er seinen Vater den Henker vermisse, schüttelte er erst den Kopf und nickte dann. »Ja«, sagte ich, »ich denke auch oft an den Fürsten und seine Frau.« Sangye Dolma leitete mehrere Diener an zu packen.

In meinen Augen ist es an allen Orten gleich. Das heißt nicht, dass ich die Einsamkeit nicht kenne, aber ich erlebe sie selten. »Sagen sie nicht immer, dass Sie ein Idiot sind?«, sagte der Geschichtsschreiber. »Das ist der Vorteil des Idioten: Vieles, das normale Menschen trifft, lässt sie kalt.« Vielleicht hat er Recht, dachte ich.

Und nun fuhren wir zurück.

Am Tag der Abreise schneite es heftig, so heftig wie nie zuvor, die Schneeflocken stürzten wie ein dichter Schwarm Vögel vom Himmel herunter. Zur Mittagszeit hatte der Schnee die Zelte der geflohenen Weißen Chinesen unter sich begraben. Sie zogen die Köpfe ein und kamen mit ihren Waffen im Arm auf unser großes, warmes Haus zu.

Wenn wir sie jetzt nicht einließen, würden sie wirklich einen Kampf auf Leben und Tod führen, ja sie würden einfach erfrieren. Ich winkte den Dienern, ihnen die Waffen abzunehmen und sie oben unterzubringen. Einige Soldaten hielten nicht mehr durch und fielen vornüber in den Schnee, als sei es ihnen unangenehm, uns wiederum zur Last zu fallen. Einige der Gestürzten konnten gerettet werden, andere nicht.

Ich befahl Sangye Dolma, den Soldaten etwas zu essen zuzubereiten.

In diesem Augenblick begriffen alle – auch ich –, dass wir nicht würden abreisen können. Die Soldaten wohnten in einem Teil des Gebäudes, wir im anderen. Und im Keller befanden sich über Jahre angesammelte Vorräte an Silber und Wertgegenständen, die in falsche Hände fallen würden, sobald wir fortgingen, in die Hände der weißen Chinesen.

Zum Glück kamen wir mit unseren ungebetenen Gästen gut zurecht. Der Offizier mit seiner großen Mütze lächelte mir vom anderen Ende des Flurs freundlich zu. Die Soldaten verneigten sich und riefen mich wie die Diener »Junger Herr«. Ich stellte ihnen Getreide, Fleisch, Öl und Salz zur Verfügung. Wenn sie aber Wein und Mädchen aus dem Ort vermissten, so mussten sie sich dies selbst besorgen.

Alle waren darauf bedacht, einen Abstand zu wahren, bei dem sie sich sicher fühlten.

Aus dieser sicheren Distanz grüßten wir einander und lächelten, kamen uns aber nie zu nah. Abstand ist zwingend nötig, wenn Menschen zusammenleben, die sich überhaupt nicht kennen. Das gilt nur für einen Ort nicht, einen Ort, an dem es keine Entfernung mehr gibt: die Toilette. Wir gehören zu denen mit langen Gewändern, bei denen man auf der Toilette nicht viel sieht, aber die Chinesen, die kurze Kleidung tragen, bei denen ist das anders, sie mussten selbst im kalten Winter ihren Hintern entblößen. Meine Soldaten lachten die Chinesen mit ihren weißen Hinterteilen aus.

Wahrscheinlich muss ich, um Ihnen zu erzählen, was dann geschah, erst über Toiletten sprechen.

Da ist zunächst die Lage der Toilette. Berater Huang sagte, ich habe das Gebäude wie ein chinesisches Schriftzeichen gebaut, und er riss ein Blatt aus dem Heft des Geschichtsschreibers und schrieb das Zeichen auf. Tatsächlich, das Zeichen entsprach dem Grundriss des Gebäudes: 凹. Die offene Seite wies auf das Städtchen, und in dem einen Flügel lebten die Chinesen, im anderen wir. Und im unteren Teil des Zeichens befinden sich die Toiletten.

Ich habe Geschichten gehört, in denen Chinesen und Tibeter verglichen werden. In einer stehlen ein Chinese und ein Tibeter zusammen Gold und werden gefangen. Als ihre Mägen geöffnet werden, ist der des Tibeters halb voll mit Ochsenhaar, der des Chinesen mit Eisenspänen. Die Tibeter essen Fleisch und waschen es nie ganz sauber, sodass sie immer Ochsen- und Ziegenhaar mitessen. Chinesen essen viel Gemüse, und ob Blätter, Wurzeln oder Sprossen, alles wird in der eisernen Pfanne zubereitet und mit einem eisernen Heber gewendet, sodass sich in ihrem Magen nicht eben wenig Metall sammelt.

Wenn es um Magengeschichten geht, erreichen wir ein Unentschieden. Genau genommen sind es auch keine Geschichten, sondern Gegensätze. Genau so verhält es sich mit Toiletten. Wir wissen, dass Chinesen schon die Briten für unzivilisiert halten, ganz zu schweigen von den Tibetern. »Barbaren«, so nennen sie uns. Aber wir haben auch unseren Stolz, beispielsweise in Hinsicht auf Toiletten. Meine Schwester im fernen England weiß zu berichten, dass Engländer Chinesen verachten – und das der chinesischen Toiletten wegen. Meine chinesische Mutter sagte ebenfalls, wenn man sie fragte, was ihr auf dem Territorium des Fürsten am meisten gefalle, so seien es erstens das Silber und dann die Toiletten.

Ich war nie auf dem Gebiet der Chinesen und weiß nicht, wie ihre Toiletten aussehen, darum kann ich nur unsere beschreiben. Sie sind am hinteren Teil des Hauses angebracht, dort, wo es keine Fenster gibt. In einer Geschichte wird erzählt, dass ein kaiserlicher Beamter aus China die Toiletten einst für Vogelhäuschen der buddhistischen Tibeter gehalten habe. Denn nur Vogelkästen sind hoch oben an der Mauer angebracht, und in der Nähe hoher Gebäude ziehen immer ganze Schwärme rotschnabliger Krähen und Tauben ihre Kreise. In der Geschichte heißt es weiter, dem Beamten seien wir sympathisch gewesen, und zurück bei Hofe war er voll des Lobes für die Fürsten.

Ja, Tibeter, die in diesen hohen Häusern wohnen, bauen die Toiletten oben an die Rückseite des Gebäudes.

Wir und unsere Gäste bewohnten je einen Flügel des Gebäudes, die Toiletten waren im Mittelteil. So wurde dieser Ort in diesem besonderen Winter zur häufig frequentierten Begegnungsstätte. Die chinesischen Soldaten entblößten ihr Hinterteil in dem Holzverschlag, der außen am Gebäude angebracht und im Winter dem kalten Wind schutzlos ausgesetzt war. Die Männer zitterten, was unsere Leute hartnäckig als Furcht interpretierten. Ich versuchte ihnen klar zu machen, dass die Chinesen auf der Toilette vor Kälte und vor Höhenangst zitterten.

Berater Huang sagte: »Es schadet Ihnen nicht, wenn sie glauben, dass die anderen schwach sind.«

Also ließ ich sie ihr Gegenüber weiterhin auslachen.

Ich hatte meine eigene Toilette. Um dorthin zu gelangen, musste man ein Zimmer durchqueren, wo in einer kupfernen Schale Tag und Nacht ein Holzkohlenfeuer brannte. Wenn ich eintrat, stiegen Rauchwolken aus dem Weihrauchofen zu den Dachbalken auf. Zwei Frauen in mittleren Jahren versahen dort abwechselnd ihren Dienst. Wenn ich von der Toilette kam, setzte ich mich ans Feuer, und dann hüllten sie mich von Kopf bis Fuß in den Weihrauchduft ein. Ich ließ Berater Huang den höchsten Offizier der geschlagenen Truppe einladen, die Toilette mit mir zu teilen. Die Einladung war kaum hinaus, da erschien er ebendort. Ich ließ ihn am Ofen Platz nehmen und hieß die Dienerin Feuer machen und den Raum mit Wohlgerüchen füllen. Ich wusste nicht, was ich sagen sollte, und so fing er an: Wir sollten dem bevorstehenden Angriff der Kommunistischen Partei gemeinsam widerstehen. Die Kommunistische Partei sei ein Haufen von Habenichtsen, und von den Fürsten werde nichts übrig sein, wenn sie kämen, schon gar nicht von so einem reichen und gut bewaffneten Mann wie mir. »Bilden wir eine Allianz gegen sie!« Der Offizier wirkte aufrichtig. Als es darum ging, was die Kommunisten mit Reichen machten, wurden seine Augen rot, er sprang auf die Füße, packte meine Schulter und schüttelte kräftig meine Hand.

Ich glaubte alles, was er sagte.

Mir war klar, dass der Offizier lebenswichtige Dinge mit mir besprach, aber ich konnte mein verfluchtes Gedärm nicht mehr beherrschen. Ich befreite mich aus seinem Griff und stürzte zur Toilette. In diesem Augenblick blies ein Windstoß von unten herauf, und der Offizier hielt sich gegen die Gerüche ein seidenes Tuch vor die Nase. Als ich fertig war, räucherten die Frauen mich vollständig ein. Auf dem Gesicht des Offiziers zeichnete sich ein angewiderter Gesichtsausdruck ab, als stinke ich immer so. Vorher waren wir beide wohlhabend gewesen, doch nach dem Geschäft schlug die Stimmung um, und ich war ein stinkender Barbar. Ja, wie konnte der Offizier derart wichtige Fragen auf der Toilette diskutieren?

Zu Berater Huang sagte ich später: »Verdammt! Sollen die Chinesen sich doch gegenseitig bekriegen.«

Berater Huang seufzte tief. Er hatte gehofft, dass ich ein Bündnis mit den Weißen eingehen würde. »Ich fürchte«, sagte er, »auch ich werde mich vom Jungen Herrn trennen.«

»Dann gehen Sie doch«, sagte ich, »Sie haben nie vergessen, dass Sie ein verdammter Chinese sind. Gehen Sie, mit wem Sie wollen.«

Ich kann nicht sagen, dass der Gestank auf der Toilette der einzige Grund für das Scheitern einer Koalition zwischen den Weißen und mir war, aber ganz sicher war es ein gewichtiger.

Endlich wurde es Frühling.

Meine Leute sagten, die Chinesen zitterten nicht mehr auf der Toilette. Das lag einmal daran, dass der Wind wärmer wurde, zum anderen hatten sie sich daran gewöhnt, ihre Notdurft in schwindelnder Höhe zu verrichten. Eines Tages traf ich den höchsten Offizier auf der Toilette wieder. Ich wusste nicht, was ich sagen sollte, doch er fing an: »Der Frühling ist da.«

»Ja«, erwiderte ich, »der Frühling ist da.«

Dann verstummten wir.

Jetzt im Frühling begann die Volksbefreiungsarmee, mithilfe von Sprengstoff breite Schneisen für Wagen und Geschütze zu schlagen, um den Vorstoß in die Territorien der Fürsten vorzubereiten. Einige Fürsten wollten gegen die Kommunisten kämpfen, andere sich ergeben. Mein Freund Lha Shopa gehörte zu Letzteren. Wie ich hörte, ließ er sich von einem Verbindungsmann bei den Kommunisten eine Uniform der Volksbefreiungsarmee besorgen sowie eine Ernennungsurkunde, die ihn zum Kommandeur machte. Fürstin Rongong versetzte ihre Reichtümer, um Waffen und Sprengstoff zu kaufen und den Kommunisten einen guten Kampf zu liefern. Gerüchte wollten wissen, dass die Frau jünger geworden sei. Am interessantesten war Fürst Wangpo. Er sagte, er wisse weder, wer oder was die Kommunisten seien, noch, was sie mit ihm vorhätten. Er wisse nur, dass er auf keinen Fall gemeinsame Sache mit Fürst Maichi machen könne. Das bedeutete, wenn ich gegen die Kommunisten kämpfte, würde er sich ergeben, und wenn ich mich ergab, würde er kämpfen.

Verwalter und Berater rieten mir dringend, ein letztes Mal mit den Weißen zu verhandeln. Berater Huang sagte: »Wenn Sie kämpfen wollen, so fassen Sie sich ein Herz und tun es mit ihnen zusammen, wenn nicht, dann ist es warm genug, um sie draußen wohnen zu lassen.«

»Aber besprechen Sie das nicht auf der Toilette«, sagte der Verwalter.

Ich grinste: »Nein, das wäre bestimmt nicht gut.«

Alle lachten.

Der Verwalter fragte Berater Huang allen Ernstes, ob das, was bei den Chinesen aus dem Hintern komme, nicht stinke. »Doch«, sagte Berater Huang. Ob die Exkremente der Chinesen oder der Tibeter stärker röchen, wollte der Verwalter noch wissen. Das war eine schwere Frage, doch Berater Huang blieb ganz ruhig und fasste sie als Scherz auf. »Da muss der Verwalter den Jungen Herrn fragen«, lachte er, »er war mit Chinesen zusammen auf der Toilette.«

Wieder mussten wir lachen.

Ich hatte entschieden, mit den Weißen Koalitionsverhandlungen zu führen. Aber dann geschah etwas, das dieses Vorhaben zur leeren Hoffnung verkommen ließ. An diesem Abend saß ich mit dem zungenlosen Geschichtsschreiber zusammen, schweigend, denn die jüngsten Ereignisse überstiegen seinen Wissenshorizont. Es war mir gleichwohl zur Gewohnheit geworden, ihn vor wichtigen Ereignissen an meine Seite zu rufen. Die Lampe knackte und knisterte, und der Schreiber schien so verwirrt wie ratlos. Da kam Sonam Tserang mit verschwörerischer und zugleich triumphierender Miene herein. Durch den Windstoß, den sein Eintreten verursachte, flackerte die Flamme heftig hin und her. »Geschafft!«, verkündete er laut.

Er hatte in diesen Tagen oft zu mir gesagt, ich solle ein Auge auf Tharna haben.

Ich fand, sie hatte nicht mehr viel mit mir zu tun, außer dass sie in meinem Haus wohnte, von meinem Tisch aß und Kleidung trug, die ich ihr gegeben hatte. Wenn Sonam Tserang fand, das habe mit mir zu tun, so war das die Sicht eines Dieners, der glaubte, sobald ich jemandem etwas gebe, hätte ich eine Beziehung zu ihm oder ihr. Die Kommunisten standen vor der Tür, und er war auf eine Frau fixiert.

Sonam Tserang war es peinlich, Fürst Wangpo nicht umgebracht zu haben. Dafür hatte er jetzt endlich eine Handhabe gegen Tharna. Er hatte einen Offizier der Weißen aus ihrem Zimmer kommen sehen, Hilfe herbeigerufen, dem Mann seine Pistole abgenommen und ihn unten von Aryi an den Henkerpfahl fesseln lassen. Er zerrte mich zur Tür hinaus, doch ich konnte den Hof nicht einsehen, hörte nur das Pfeifen der Peitsche in der Luft und die entsetzlichen Schreie des Opfers. Hunde in der Nähe und dann weiter fort bellten wie verrückt.

Tharna hatte sich wieder mit einem Mann zusammengetan.

Später, als der Mond aufging, hallte das Heulen der Hunde in seinem Schein wider.

48

Kanonendonner

Die weißen Chinesen reisten ab.

Sie brachen mitten in der Nacht auf, ohne sich zu verabschieden.

Am nächsten Morgen sah ich nur noch einen, den sie mir dagelassen hatten: den an den Hinrichtungspfahl Gefesselten – und ihm steckte das kurze Schwert seiner eigenen Leute in der Brust. Sie hatten ihre Räume blitzsauber hinterlassen, was darauf hindeutete, dass sie nicht in Eile gewesen waren. Berater Huang war mit den Weißen gegangen. In seinem Zimmer lag auf einem Haufen sauber gestapelter Zeitungen ein Brief an mich, auf Chinesisch, was niemand von uns lesen konnte. Das Feuer im Weihrauchgefäß brannte noch. Auch meine Frau war mitgegangen, doch war sie offenbar ziemlich durcheinander gewesen. Decken, Vorhänge und Unmengen von Seidenstickereien lagen zerschnitten am Boden, und da Fenster und Türen offen standen, fuhr der Wind hinein, sodass die Stofffetzen wie Schmetterlinge im Zimmer umherflogen. Das golden metallische Schimmern der kunstvoll gewirkten Stoffe war wie der Hass und der Widerwille dieser Frau.

Wieder war es Sonam Tserang, der die Verfolgung aufnehmen wollte.

Der Verwalter lachte und fragte, in welcher Richtung er denn suchen wolle, und der Gefragte schüttelte ahnungslos den Kopf. Er mochte ein treuer Gefolgsmann sein, doch das hier war nun wirklich sehr dumm. Mir ging es gerade nicht besonders gut, ich trat nach ihm und sagte, er solle abhauen.

Aber er zeigte mir sein treuherzigstes Lächeln, zog ein Schwert, fuchtelte damit herum und rannte die Treppe hinunter. Er holte ein Pferd, schwang sich in den Sattel und galoppierte davon, eine dicke Staubwolke über den trockenen Frühlingsboden hinter sich herziehend.

Der Verwalter sagte: »Lassen Sie ihn ziehen.«

Als die gelbe Staubwolke sich allmählich auflöste, erfüllte mich plötzlich tiefe Trauer. »Wird er zurückkehren?«, fragte ich.

Aryi standen die Tränen in den Augen, doch er sagte mit der ihm eigenen Scheu: »Lassen Sie mich ihm helfen, Junger Herr.«

»Wenn er nicht stirbt, wird er zurückkehren«, sagte der Verwalter.

Ich fragte den Geschichtsschreiber, ob Sonam Tserang zurückkehren werde.

Er schüttelte entschieden den Kopf, der Mann sei fest entschlossen, für seinen Herrn zu sterben. An diesem Tag tigerte ich oben auf und ab und haderte mit mir, weil ich Sonam Tserang nicht schon längst die Freiheit wiedergegeben hatte. Am Ende war es wieder meine frühere Magd Sangye Dolma, die meine Hände nahm und ihre Stirn an meine lehnte. »Junger Herr«, sagte sie, »Sie sind ein guter

Mensch. Lassen Sie diese merkwürdigen Gedanken nicht zu, Sonam Tserang ist Ihr Diener, und er wird diesen Kerl für Sie töten.«

Mir liefen die Tränen übers Gesicht.

Dolma legte ihren Kopf an meine Brust und weinte: »Junger Herr, Sie sind ein guter Mensch, hätte ich Ihnen doch nur die ganze Zeit gedient.«

Ich hob den Kopf und sah zur Sonne, die gerade besonders hell zu strahlen schien. Wie lange war doch das Herz des Idioten nicht mehr derart gerührt worden. Ich hörte mich zu Dolma, meiner ersten Frau, sagen: »Gehen Sie. Gehen Sie, und holen Sie den Silberschmied her, ich werde Sie beide zu freien Menschen machen.«

Ihr Weinen schlug in Lachen um: »Mein Idiot, der alte Herr hat Sie noch nicht zum Fürsten ernannt!« Dolma trocknete ihre Tränen, als schon wieder neue liefen: »Junger Herr, der Silberschmied ist zu den roten Chinesen übergelaufen.«

Ich ließ Aryi rufen und sagte, er solle sich mit einigen Leuten auf den Weg machen, um zu sehen, wie es dem Fürsten gehe.

Zum ersten Mal blickte Aryi nicht scheu, als er sagte: »Was soll das für einen Sinn haben, die Volksbefreiungsarmee wird jeden Augenblick hier sein. Selbst wenn er Ihnen den Thron überlässt, es nützt nichts.«

»Doch, das tut es«, sagte ich, »ich möchte allen Dienern die Freiheit schenken.«

Kaum hatte ich das gesagt, kamen die Leibeigenen unter den Dienern in Bewegung, die einen richteten Aryi seinen Reiseproviant, andere packten seine Sachen, wieder andere sattelten sein Pferd. Selbst wenn Aryi gewollt hätte, jetzt konnte er unmöglich hier bleiben. Bevor die Volksbefreiungsarmee, die sich die Befreiung der Geknechteten auf die Fahnen geschrieben hatte, überhaupt eintraf, waren unsere Leute schon frei.

Nachdem der Verwalter ihn auf den Weg gebracht hatte, sagte er zu mir: »Nun wird die Kommunistische Partei nichts zu tun haben, wenn sie kommt.«

»Werden sie umkehren, wenn sie das hören?«, fragte ich.

»Reden Sie keinen Unsinn«, mahnte der Verwalter.

Bevor die Kommunisten kamen, wusste zwar niemand recht, wer oder was das überhaupt war, aber alle hielten sie für unbesiegbar. Die

Fürsten, die sich fürs Kämpfen entschieden, taten es denn auch mit dem Mut der Verzweiflung und wissend um ihren Untergang. Und ich hatte mich noch nicht festgelegt, was den Verwalter ganz nervös machte. »Nur Ruhe«, sagte ich, »jeder Entschluss wird früher oder später getroffen.«

Der Verwalter lachte: »Ja, ich bin jedes Mal ganz krank vor Aufregung, und am Ende haben Sie doch Recht.«

Ich wollte die Rückkehr meiner beiden Diener abwarten, bevor ich mich entschied. Also trank ich Wein und ging schlafen.

Eines Nachts erwachte ich von etwas, das sich an meinen Beinen bewegte. Es war die Magd Tharna mit den kleinen Händen und Füßen, die dort weinte. Ich hatte längst das Interesse an ihr verloren, dennoch forderte ich sie auf, sich neben mich zu legen, um zu reden. »Wenn Aryi zurück ist, bist du frei«, sagte ich.

Sie hörte auf zu weinen, sagte aber nichts.

»Wenn es so weit ist, werde ich dir eine großzügige Aussteuer geben.«

Da schluchzte die Tochter des Stallburschen wieder heftig auf.

»Weine nicht.«

»Die Herrin hat ihr Schmuckkästchen nicht mitgenommen.«

Ich sagte, sie könne es haben, schließlich trage auch sie diesen verfluchten Namen. Sie hörte auf zu weinen, und dann küsste die kleine Schlampe meine Füße. Wenn sie mich früher am ganzen Körper geküsst hatte, fühlte ich mich stets wohl und schrie wie ein glückliches Tier. Nun war sie ihrer Namensbase und Herrin lange auf Schritt und Tritt gefolgt und hatte unter ihrem schlechten Einfluss gestanden. Eine Volksweisheit will wissen, dass manche Frauen wie Gift sind, und wenn das so war, so haftete der Tochter des Stallburschen etwas von diesem Gift an. Während ich diese Gedanken wälzte, schnarchte sie zu meinen Füßen schon friedlich.

Als ich am Morgen erwachte, war sie fort – sie machte nie viel Lärm, wenn sie etwas tat, niemals. Seit jenem Tag habe ich Tharna, die Tochter des Stallburschen, nicht mehr gesehen. Nachdem die Tochter der Fürstin gegangen war, schloss die Tochter des Stallburschen sich in einem Zimmer im oberen Stockwerk ein, das golden bemalte Schmuckkästchen fest im Arm. Da war die Tharna, die mit den Weißen gezogen war, doch die noblere von beiden. Selbst wenn sie denselben Namen trugen und denselben Mann gehabt hatten, so waren die Tochter des Stallburschen und die Tochter des Fürsten doch immer sehr verschieden gewesen. Die Tochter der Fürstin hatte im kritischen Augenblick Schmuck im Wert von Zigtausenden zurückgelassen, um mit den Weißen zu gehen, während die Tochter des Stallburschen das Schmuckkästchen nicht aus den Händen ließ und in ihrem Zimmer bereits Lebensmittel und Wasser gehortet hatte – sie war nicht erst seit gestern scharf auf Perlen und Juwelen.

Aber genug davon, lassen wir diese Frau unseren Blicken entschwinden.

Wir hörten das ferne Dröhnen von Detonationen.

Wie ein Frühlingsgewitter klang es aus Richtung Norden, der Grenze zum Gebiet der Rongongs, wo die Volksbefreiungsarmee Sprengungen für eine Bergstraße durchführte. Andere behaupteten, die Weißen kämpften an der Seite der Rongongs gegen die roten Chinesen.

Sonam Tserang kehrte zurück, mein treuer Gefolgsmann war wieder einmal gescheitert. Und diesmal hatte er nicht nur eine Hand, sondern sein Leben verloren. Seine Brust war mit einer Maschinenpistole regelrecht durchsiebt worden. Sie hatten meinen Diener getötet, den Steuereintreiber unseres Städtchens, hatten ihn mit dem Gesicht nach oben auf sein Pferd geschnallt und so nach Hause geschickt, denn das Pferd kannte den Weg. Aasgeier hatten sein Gesicht zur Unkenntlichkeit zerhackt.

Viele weinten.

Gut, dachte ich mir, wenn Fürstin Rongong und die Weißen so etwas machen, werde ich zu den Kommunisten überlaufen, sobald sie kommen.

Sonam Tserang war kaum beerdigt, da waren im Osten, also der Richtung des Fürsten Maichi, erneut Detonationen zu hören – ob Sprengungen für den Straßenbau oder Kanonendonner, war nicht zu unterscheiden. Nun tönte es aus Norden und Osten wie Frühlingsgewitter. Der Himmel war klar und voller Sterne, schillernd wie ein juwelenbesetzter Umhang aus Seide. Der Feind der Maichis, mein Freund aus der Schänke, kam mich besuchen. Mit einem Krug Wein trat er ein, bevor die Diener ihn noch melden konnten. Ich ließ das Fenster schließen, um nicht länger in den Himmel zu starren. Als der Diener Licht machte, sah ich, dass die Nase meines Besuchers rot leuchtete und merkwürdiges Zeug herauslief. »Sie haben auch Syphilis«, sagte ich.

Er lachte: »Keine Sorge, Junger Herr, mein Bruder sagt, er könne mich heilen.«

»Ihr Bruder? Der feige Mörder? Ist er nicht weggelaufen?«

»Er ist wieder da«, erklärte der Wirt ruhig.

»Hat er Fürst Maichi getötet? Dann wäre die Sache zwischen unseren Familien erledigt.«

In diesem Augenblick kam sein Bruder plötzlich lachend herein wie der Geist eines zu Unrecht Getöteten, sodass ich heftig zusammenfuhr. »In einer solchen Zeit«, sagte er, »spielt die Sache zwischen unseren Familien keine Rolle mehr.«

Ich wusste nicht, was »eine solche Zeit« für eine Zeit war und wieso die Sache zwischen unseren Familien plötzlich unwichtig sein sollte.

Der frühere Rächer lachte wieder und sagte: »Ich habe Ihren Vater nicht getötet und habe auch nicht vor, Sie umzubringen.«

Sein älterer Bruder hatte keinen Sinn für Kunstpausen und fragte: »Wozu bist du dann zurückgekehrt?«

Nun erzählte der ehemalige Rächer uns alles. Auf der Flucht hatte er sich den weißen Chinesen angeschlossen, war später von den Roten gefangen genommen worden und zu ihrer Armee übergelaufen. Er nannte sich einen »roten Tibeter«. Stolz verkündete er, Rot sei die unter Tibetern am wenigsten vertretene Farbe, werde sich aber in nächster Zeit wie ein Steppenbrand ausbreiten und die Territorien aller Fürsten entsprechend färben. Er war als Kundschafter der Roten Armee gekommen. Er trat vor mich hin und sagte: »Was zählt da noch die Fehde zwischen unseren Familien? Wenn unsere Armee da ist, dann kommt die Abrechnung mit allen Fürsten.« Und er setzte noch einmal nach: »Die Endabrechnung mit allen Fürsten!«

Der Verwalter kam herein und sagte unterwürfig schmeichelnd: »Aber unser Junger Herr ist nicht Fürst.«

»Nicht Fürst? Er ist der Fürst aller Fürsten!«

Seit dieser rote Tibeter da gewesen war, lief niemand mehr zu den roten Chinesen über. Obwohl allen klar war, dass Widerstand gegen die roten Chinesen nicht gut ausgehen würde, kämpften sie bis zum Letzten, und die Geschlagenen zogen Richtung Westen, der Gegend von Wangpo Yeshis Sekte, die sich als die reinste betrachtete. Die Fürsten hatten immer mehr dem weltlichen Reich im Osten zugeneigt, weniger dem Reich der Götter im Westen. Jetzt aber blieb ihnen nichts anderes übrig, als nach Westen zu ziehen. Obwohl die Fürsten nicht glaubten, dass der Heilige Palast im Westen sie vor Schaden bewahren würde, beschlossen sie, diese Richtung einzuschlagen.

Ich sagte zum Geschichtsschreiber: »Wir werden ebenfalls in Ihre Gegend fliehen.«

Seine Augen antworteten: »Dorthin hätten Sie längst gehen sollen, aber Sie wollten ja immer Richtung Osten.«

»Werden Ihre Götter Gnade über uns walten lassen?«, fragte ich.

»Sie haben ihre Strafe bereits bekommen.«

»Himmel«, sagte der Verwalter, »nach so vielen Jahren sind Sie immer noch mehr Mönch als Geschichtsschreiber.«

»Falsch, ich bin ein gewissenhafter Geschichtsschreiber und halte alles, was auf dem Gebiet des Fürsten geschieht, für die Nachwelt fest, angefangen mit dem Tag, an dem ich gekommen bin.« Alles existierte in zwei Ausfertigungen, eine versteckte er in einer Berghöhle, wo man sie später vielleicht finden würde, die andere trug den Vermerk: »Ich hoffe, dass die, die meinen Leichnam finden, lesen können«, und er trug sie stets bei sich.

Ich war zwar kein Fürst, wollte aber dennoch Richtung Westen fliehen.

Die Detonationen bei Fürstin Rongong im Norden nahmen langsam ab, während sie im Osten, auf dem Gebiet Fürst Maichis, täglich heftiger wurden. Es hieß, seine chinesische Frau habe ihn zum Widerstand angestiftet, andere Gerüchte wollten wissen, dass die weißen Chinesen Fürst Maichi unterworfen und gezwungen hatten, an ihrer Seite gegen die Roten zu kämpfen – in jedem Fall hatten Chinesen ihn angestiftet, gegen Chinesen zu kämpfen.

Wir verließen das Städtchen an einem dunstigen Morgen. Der Verwalter wollte ein Feuer legen, doch ich hielt ihn zurück. Dann sah ich in den Gesichtern der anderen, dass sie dasselbe tun wollten: Den Markt, das Bankhaus, die Geschäfte und Warenlager, die Almosenküche und das bunt bemalte Bordell, sie wollten alles niederbrennen. All das hatte ich, der Idiot, aufgebaut und war damit im guten Recht, es auch niederzubrennen. Aber ich tat es nicht. Ich schloss die Augen und befahl dem Diener, seine Fackel auf den Boden zu werfen. Der aufsteigende Qualm trieb mir die Tränen in die Augen.

Der Verwalter schlug vor, den roten Tibeter zu töten. Ich stimmte zu, denn er hatte mich in den Widerstand gegen die roten Chinesen getrieben.

Einige Männer stürmten zu Pferde ins Städtchen, und scharfe Schüsse hallten durch den Nebel. Ich stand auf einem Hügel, zügelte mein Pferd und wollte einen letzten Blick auf das werfen, was ich aufgebaut hatte. Doch der Nebel verschluckte alles, sodass ich nicht sehen konnte, wie das Städtchen inzwischen aussah. Wieder ertönte Gewehrfeuer, und einige Pferde kamen aus dem Nebel herausgeschossen. Sie hatten den roten Tibeter nicht gefunden. Als ich das Pferd antrieb und losritt, hörte ich hinter mir Frauen weinen. Es waren Mägde im Gefolge Sangye Dolmas, die offenbar nicht begriffen hatten, dass wir auf der Flucht waren, denn sie trugen farbenfrohe Festtagskleidung. Nur meine persönliche Magd Tharna fehlte. Sangye Dolma sagte, sie sitze mit dem wertvollen Schatzkästchen im Arm da und weigere sich, herunterzukommen.

Um nach Westen zu gelangen, musste man zunächst nach Süden in die Berge vorstoßen, um dort den gewundenen Wegen durch die Täler zu folgen. Erst am Fuß der hohen, schneebedeckten Berge gab es einen Weg nach Westen. Es war der Weg in die Heilige Stadt, der nun von den Schritten derer widerhallte, die Haus und Hof verließen und ihr Heil in der Flucht suchten.

Wir befanden uns auf der Grenze der Territorien von Fürst Lha Shopa und Fürst Maichi, als aus Südosten Geschützfeuer näher kam. Es schien, als mache mein alter Vater doch gemeinsame Sache mit den roten Chinesen.

Als ich das heftige Gewehrfeuer hörte, wurde ich plötzlich von lange nicht da gewesenen, warmen Gefühlen für meinen Vater ergriffen. Schon seit langem hatte ich geglaubt, meinen Vater und sogar meine Mutter nicht mehr zu lieben. Doch nun merkte ich, wie sehr sie mir am Herzen lagen. Ich konnte sie nicht inmitten des Geschützdonners zurücklassen und selbst nach Westen ziehen. Ich ließ Geschichtsschreiber, Verwalter und die Frauen warten und zog mit den Soldaten in Richtung der Festung Maichi. Auf dem Gebirgspass wandte ich mich um und sah zu den Menschen, die ich zurückließ, und den weißen Zelten im tiefgrünen Tal hinunter. Die Frauen winkten unermüdlich. Da packte mich plötzlich Angst – Angst, dass ich diese Menschen zum letzten Mal sah.

Drei Tage lang folgten wir der Straße Richtung Osten.

Die Armee der roten Chinesen stand schon kurz vor der Festung. Zwischen den Bäumen am Fuß der Berge hatten sie die rote Fahne gehisst. Da sie die Hauptstraße mit ihren Maschinengewehren blockierten, stießen wir im Schutz der Dunkelheit zur Festung vor. Die Soldaten im Innern waren auf alles vorbereitet, einige von ihnen waren Tibeter, die meisten aber weiße Chinesen. Oben bewegten sich die Lebenden, im Hof lagen die Toten. Der erbitterte Kampf dauerte nun schon mehr als zehn Tage an. Ich stürmte in das Zimmer des Fürsten, und dann stand mein Vater vor mir, Fürst Maichi. Bart und Kopfhaar mochten weißer geworden sein, doch schien er nicht älter als zuvor. Nur in seinen Augen schimmerte der Wahnsinn. Er fasste mich am Arm – mit erstaunlich kraftvollem Griff. Ich bin ein Idiot, und mein Gehirn arbeitet langsam, aber in den drei Tagen unserer Reise hatte ich mir das Wiedersehen mit meinem Vater mehr als einmal vorgestellt. Ich hatte gedacht, dass Tränen über unsere Gesichter und unsere Herzen fließen würden, aber ich hatte falsch gedacht. Mit fester, klarer Stimme sagte Vater: »Sieh einer an, wer da kommt! Mein idiotischer Sohn!«

Auch ich bemühte mich, die Stimme zu erheben: »Ich bin gekommen, Vater und Mutter abzuholen!«

Doch Fürst Maichi sagte, er gehe nirgendwohin, er sei alt und werde bald sterben. Er habe immer gedacht, er werde ohne großes Aufheben sterben, und nun habe sich eine so aufregende Situation ergeben. »Für einen Fürsten, einen Adligen, geziemt es sich, in der Hitze des Gefechts zu gehen.« Er klopfte mir auf die Schulter: »Nur dass mein Idioten-Sohn nicht Fürst werden wird.« Dann brüllte er: »Ich bin der letzte Fürst Maichi!«

Das rief Mutter herbei. Mit einem Lächeln betrat sie das Zimmer, eilte auf mich zu, nahm mich in den Arm und flüsterte mir ins Ohr: »Ich hatte nicht geglaubt, meinen Sohn noch einmal zu sehen.«

Ihre Tränen liefen mir über Ohr und Hals. Sie wolle an der Seite des Fürsten sterben, verkündete sie fest.

An diesem Abend griff die Volksbefreiungsarmee nicht an. Vater sagte, normalerweise kämpften sie Tag und Nacht, ohne Pause. »Die roten Chinesen sind nicht blöd, sie wissen sicher, dass Vater und Sohn ihr Wiedersehen feiern.«

Dann lud er zwei Soldaten der weißen Chinesen ein, mit uns anzustoßen.

Der Fürst lobte sie als tapfere Kämpfer. Die beiden Männer schlugen vor, Frauen und alle, die nicht länger kämpfen wollten, hinauszuschaffen, solange die Rote Armee nicht angriff. Doch Vater sagte, sobald jemand die Festung verlasse, gebe es Maschinengewehrsalven. Daher sprachen wir weiter dem Wein zu. Es war eine mondlose Nacht. In der Ferne hatten die roten Chinesen offene Feuer entfacht, deren Funken sich wie Fahnen gegen den nächtlichen Himmel abhoben.

Als ich hinausging, um mir das Schauspiel anzusehen, trat Aryi vor mich hin. Ich las in seinem Gesicht, dass der alte Henker gestorben war. Doch statt darüber zu sprechen, fragte er, ob Sonam Tserang wieder da sei. Ich berichtete ihm, dass ein toter Sonam Tserang mit offener Brust zurückgekehrt sei.

Leise sagte er: »Das habe ich mir gedacht.« Und er fuhr fort: »Nachdem es nun keine Verwendung mehr für den Henker gibt, möchte ich auch sterben.«

Dann entschwand er meinen Blicken wie ein Geist.

Um Mitternacht ging der Mond auf. Ein Soldat spießte mit dem Bajonett eine weiße Fahne auf und ging auf die Stellungen der roten Chinesen zu. Sobald er das Gebäude verließ, ertönte gegenüber Maschinengewehrfeuer, und er stürzte vornüber zu Boden. Das Gewehrfeuer wurde eingestellt, und er stand wieder auf, um seinen Weg mit hochgereckter weißer Fahne fortzusetzen. Wieder wurde geschossen, und die Kugeln wirbelten um ihn herum Staub auf. Als sie die weiße Fahne in seiner Hand erkannten, stellte die Gegenseite das Feuer ein. Später in der Nacht kehrte er zurück. Die Volksbefreiungsarmee stimmte zu, alle, die keinen Widerstand mehr leisten wollten, aus der Festung ziehen zu lassen, ohne sie zu beschießen.

Der mutige Mann sagte, es seien gerechte und freundliche Menschen, und seufzte: »Nur schade, dass sie andere Ziele haben.«

Als Erste gingen Soldaten der Weißen Armee mit hoch erhobenen Armen auf die Stellung der Gegenseite zu. Diejenigen Untergebenen des Fürsten, die Angst vor dem Tod hatten, wandten sich nach Westen, wohin die Chinesen noch nicht vorgestoßen waren. Vater wollte, dass ich gehe, doch ein Blick auf Mutter verriet mir, dass sie nicht einverstanden war, und daher wollte ich auch bleiben. Allen war klar, dass dies für die, die in der Festung blieben, die letzte Nacht in ihrem Leben sein würde. Wir begannen wieder Wein zu trinken. Der Frühling stand vor der Tür, und ein feuchter Wind vertrieb den Geruch von Pulverrauch in der Luft. Aus den Speichern im Keller drang langsam ein süßlich-fauliger Geruch empor und umwehte die schläfrigen Menschen. Die Chinesen konnten den Geruch nicht einordnen und schnupperten mit zitternden Nasenflügeln. Wir Maichis wussten, dass es sich um ein Gemisch der Ausdünstungen von Getreide, Silber und Opium handelte. Der vertraute Duft schläferte mich ein.

Die restliche Nacht verbrachte ich träumend und sah Bruchstücke von Bildern aus meinem Leben an mir vorbeiziehen. Ich erwachte, als die Sonne mir ins Gesicht schien, und stellte fest, dass ich in meinem früheren Zimmer schlief, in dem Bett, das in der Kindheit meines gewesen war. Hier hatte ich an jenem verschneiten Morgen zum ersten Mal die Hand in den Schoß der Magd Sangye Dolma gelegt. Hier hatte ich an jenem verschneiten Morgen die Drosseln draußen vor dem Fenster singen gehört, und der Körper einer Dienerin hatte das bisschen Weisheit geweckt, das im Gehirn eines Idioten schlummerte. Meine Erinnerung setzt an diesem Morgen, in diesem Zimmer, in diesem Bett ein. Ich war damals dreizehn Jahre alt – mein Leben begann, als ich dreizehn war – und ich wusste nicht, wie alt ich jetzt war. Dreißig? Vierzig? Oder fünfzig? Die Jahre waren wie im Flug vergangen. Ich trat ans Fenster, sah den Nebel sich langsam verziehen, hörte das helle Singen der Vögel. Es schien, als habe die Zeit sich nicht bewegt, als sei das Leben an jenem Morgen vor vielen, vielen Jahren stehen geblieben.

Ich hörte Drosseln, Rotkehlchen, kleine, grünschnäblige Bergspatzen.

Plötzlich schreckten die Vögel aus den Bäumen und dem Gras auf. Sie kreisten am Himmel, kreischten, wollten sich nicht mehr setzen und flogen schließlich fort. Alles war ruhig, doch wir spürten die Gefahr in unmittelbarer Nähe. Die Menschen in der riesigen Festung griffen nach den Waffen und liefen los, um jedes Fenster zu besetzen, durch das geschossen werden konnte.

Allein die Frau des Fürsten blieb ruhig. Sie befahl ihren Dienern, auf dem kleinen irdenen Kocher Tee zu bereiten, und stellte eine Opiumtablette nach der anderen her. Sie wusch sich mit Milch, besprengte sich mit Parfum und legte sich in einem rosa Gewand aufs Opiumbett. »Mein Sohn«, sagte sie, »setz dich und steh nicht wie ein Idiot herum.«

Ich setzte mich linkisch. Meine Hand mit dem Gewehr war schweißnass.

»Lass dich genau ansehen. Von deinem Vater habe ich mich schon verabschiedet.« Der Tee auf dem Öfchen kochte blubbernd. »Du kennst mein Schicksal, Sohn, nicht wahr?«

Ich bejahte.

»Von allen, die heute sterben werden, hatte ich das beste Leben«, seufzte die Frau des Fürsten. Sie sei als Chinesin geboren, doch jetzt Tibeterin geworden. Sie schnupperte an ihrem Körper und nahm den Geruch einer Tibeterin wahr. Am glücklichsten war sie darüber, von einer niederen Person in den Adel aufgestiegen zu sein. Ich solle mich herunterbeugen, damit sie mir ins Ohr tuscheln konnte: »Ich habe es sogar von einer niederen Person zur Frau des Fürsten geschafft, bin eine anständige Person geworden.«

Mutter spuckte ihr Geheimnis aus, das sie all die Jahre gehütet hatte: Sie war Prostituierte gewesen. Als sie das sagte, musste ich an das bunt bemalte Gebäude in unserem Städtchen denken, hörte das kratzende Grammofon seine Musik spielen, und der Duft von gegrilltem Fleisch und gekochten Erbsen stieg mir in die Nase. Doch der

Frau des Fürsten haftete kein solcher Geruch an. Sie ließ die Magd in der Teekanne Wein aufwärmen und spülte damit mehrere Opiumtabletten hinunter. Während auf ihr Geheiß ein zweiter Becher Wein aufgewärmt wurde, sollte ich mich erneut vorbeugen, sie küsste mich auf die Stirn und sagte leise: »Nun muss ich mir keine Gedanken mehr darüber machen, ob mein Sohn ein Idiot ist oder nicht.«

Dann schluckte sie noch ein paar Opiumtabletten, streckte sich auf ihrem prachtvollen Opiumbett aus und sagte zu sich: »Früher hatte ich nie genug Geld, wenn ich Opium haben wollte, aber bei den Maichis musste ich mir darum nie Gedanken machen. Ich habe es gut getroffen.« Damit schloss sie die Augen und schlief ein. Die Magd schob mich aus dem Zimmer hinaus. Ich wollte mich noch einmal umdrehen, als schrille Schreie die Stille des Morgens zerrissen.

Nach einem mehrere Tage währenden Angriff ließ der Gegner diejenigen ziehen, die Angst hatten zu sterben – äußerstes Zeichen ihres Großmuts. Nun hieß es kämpfen, doch diesmal wollten sie ihre Soldaten nicht in die Gewehrsalven schicken. Ich dachte, wir würden Mann gegen Mann mit Schwertern und Gewehren kämpfen, doch sie machten kurzen Prozess und setzten ihre schwere Artillerie gegen uns ein.

Die erste Granate landete auf dem Platz vor der Festung und riss ein riesiges Loch in den Boden. Der Henkerpfahl wurde herausgerissen und in hohem Bogen in die Felder geschleudert. Die nächste landete hinter der Festung. Danach machte der Gegner eine kurze Pause. Fürst Maichi winkte mir, und ich lief zu ihm, um an seiner Seite die nächste Granate zu erwarten – doch sie kam nicht. Das gab mir Gelegenheit, Vater zu erzählen, dass Mutter Wein und Opium nehme.

Vater sagte: »Mein Idiot, Mutter nimmt sich selbst das Leben.« Fürst Maichi vergoss keine Träne, sondern lächelte nur verzerrt und sagte mit rauer Stimme: »Nun, dann muss sie sich keine Gedanken mehr darüber machen, dass der Staub ihre Kleidung verdirbt.«

Da erst begriff ich, dass Mutter Selbstmord beging.

Einer der weißen Chinesen warf seine Waffe fort und setzte sich auf den Boden. Ich dachte, er habe Angst, doch er sagte: »Es hat keinen Sinn mehr, sie setzen Kanonen ein, und die nächste Granate wird genau über unseren Köpfen einschlagen.« Doch die meisten klammerten sich noch an ihre Gewehre. In der Luft war wieder das Pfeifen von Granaten zu hören, nicht nur eine diesmal, sondern eine ganze Salve, die auf die Maichi-Festung zugeflogen kam. Die Festung erzitterte unter ihrem Einschlag. Explosionen überall, Feuerschein, Qualm, Rauch und Staub erfüllten die Luft. Ich hätte nicht gedacht, dass man vor seinem Tod die Welt nicht mehr sieht. Aber wir sahen tatsächlich nichts mehr, gar nichts. Die gewaltige, steinerne Festung Fürst Maichis brach unter schweren Explosionen schließlich in sich zusammen und nahm uns mit. Das Hinunterfallen war köstlich – ich hatte das Gefühl zu fliegen.

49

Festung im Staub

Ich dachte, der Idioten-Sohn des Fürsten Maichi sei nun im Himmel – wie sonst hätte ich diese unendlich vielen, strahlend hellen Sterne sehen können. Aber das Gewicht meines Körpers zeigte mir, dass ich noch lebte. Ich kroch aus den Gesteinsbrocken hervor, Staub im Mund und in der Kehle.

Vornübergebeugt stand ich in den Ruinen und hustete mir die Seele aus dem Leib.

Das Husten verlor sich in den weiten Feldern. Früher wurde hier jedes Geräusch von den mächtigen Mauern der Festung aufgefangen und zurückgeworfen. Nun verschwand der Laut in der Ferne, sobald er meinem Mund entschlüpft war. Auch sonst war nichts weiter zu hören, so sehr ich auch die Ohren spitzte. Die, die gefeuert hatten, waren offenbar fort. Familie Maichi und alle, die sich nicht hatten ergeben wollen, waren unter den Trümmern begraben.

Ich nutzte das Sternenlicht und ging los, Richtung Westen, wo ich hergekommen war. Nach kurzer Wegstrecke stolperte ich über etwas und stürzte. Als ich aufstand, spürte ich eine kalte Gewehrmündung gegen meinen Kopf gepresst. Ich hörte mich rufen: »Peng!«, dann wurde mir schwarz vor Augen, ich starb erneut.

Als es hell wurde, erwachte ich. Die dritte Frau von Fürst Maichi, Yangzom, weinte an meiner Seite, und als sie sah, dass ich die Augen aufschlug, jammerte sie: »Der Fürst und die Herrin sind tot.« In diesem Augenblick ging im Osten leuchtend rot die Sonne eines neuen Tages auf.

Wie ich rappelte sie sich aus den Steintrümmern auf – nur um im Lager der Volksbefreiungsarmee zu landen.

Die roten Chinesen freuten sich, zwei Mitglieder der Familie Maichi gefangen genommen zu haben. Sie untersuchten uns, ob wir verletzt waren, und schickten einen roten Tibeter, der mit uns sprechen sollte. So gnadenlos sie auch gefeuert hatten, so zuvorkommend behandelten sie uns jetzt. Der rote Tibeter redete auf uns ein, doch ich hatte keine Lust, mich zu unterhalten. Zum Schluss sagte er zu meiner Überraschung, solange ich die Volksregierung anerkenne, spreche nichts dagegen, Fürst Maichis Thron zu übernehmen.

Da wurde ich plötzlich gesprächig: »Ihr roten Chinesen wollt die Fürsten gar nicht auslöschen?«

Er lachte: »Bis zu ihrer Eliminierung können Sie noch das Amt bekleiden.«

Der rote Tibeter sagte noch viele Dinge, von denen ich einige verstand, andere nicht. Im Grunde lief alles auf das Gleiche hinaus: Es werde später einen Unterschied machen, ob ich Fürst gewesen sei – und wenn auch nur für einen Tag – oder nicht. »Das ist es doch, was Sie meinen, oder?«, fragte ich.

Er grinste breit: »Also haben Sie es doch noch begriffen.«

Die Armee brach wieder auf.

Man nahm die Geschütze von den Pferden, ließ Soldaten sie schultern und setzte mich und Yangzom auf die Tiere. Die Armee zog auf gewundenen Wegen Richtung Westen. Als wir die Berge überquerten, drehte ich mich um und warf einen Blick auf den Ort meiner Kindheit, sah auf die Festung von Fürst Maichi, wo außer dem zusammengestürzten Gebäude nichts auf einen Kampf hindeutete. Der Frühling färbte Bäume und Felder grün, und inmitten dieses Grüns lag die Festung als ein großer Steinhaufen. Dessen unterer

Teil lag in seinem eigenen Schatten, während die Spitze in der Sonne golden schimmerte. Bei dem Anblick kamen mir die Tränen. Ein kleiner Wirbelwind erhob sich über den Steinen, nahm eine Menge Staub auf und drehte sich über den Trümmern. An klaren Tagen konnte man diese Wirbelwinde in der heißen Mittagssonne über den kleinen Flusstälern im Gebiet der Fürsten beobachten. Sie erhoben sich plötzlich und wirbelten Staub, trockenes Laub und Gras durch die Luft.

Heute, glaubte ich, stiegen die Seelen des Fürsten und der Herrin zum Himmel auf.

Der Wirbelwind stieg höher und höher, bis er sich schließlich verflüchtigte. Die unsichtbaren Dinge darin wanderten in den Himmel hinauf, der sichtbare Staub fiel wieder herunter und legte sich auf die Steine. Doch Staub bleibt Staub, und so rieselte er schließlich in die Lücken zwischen den Steinen hinein. Was blieb, war die Sonne, die ruhig auf die Trümmer schien. Die Tränen in meinen Augen verstärkten ihr Strahlen, und im Innern rief ich nach meiner Familie: Mutter! Vater!

Und ich rief auch: Aryi!

Ich fühlte einen nie da gewesenen Schmerz.

Als die Armee mich über den Bergrücken drängte, war alles meinen Blicken entzogen.

Alle, die ich zurückgelassen hatte, warteten noch dort, und das linderte meinen Schmerz. Aus weiter Ferne schon erspähte ich die weißen Zelte. Auch sie hatten die Rote Armee bereits gesehen. Ich weiß nicht, wer es war, der Schüsse abfeuerte, als die Armee noch in den Bergen war. Zwei Soldaten vor mir fielen mit einem dumpfen Stöhnen vornüber zu Boden, und Blut sickerte ihnen aus dem Rücken. Zum Glück feuerte nur einer. Die einsamen Schüsse hallten im tiefen Tal wieder, und unser Trupp blieb einen Moment wie angewurzelt stehen, bis er sich langsam wieder in Bewegung setzte. Der Verwalter hatte geschossen. Er stand mit seinem Gewehr auf einem umgestürzten Baum, ganz in Heldenpose, doch mit einem unsicheren Lachen im Gesicht. Bevor ich ihn erreichte, hatten sie ihn schon mit einem Gewehrkolben zu Fall gebracht und fesselten ihn. Als ich an den Zelten vorbeiritt, glitten die Gesichter an mir vorüber. Sie starrten mich an, und sowie ich vorüber war, hörte ich sie weinen. Im Nu war das ganze Tal erfüllt von herzzerreißendem Weinen.

Das missfiel der Roten Armee. Denn egal wohin sie kamen, sie wurden überall mit großer Freude begrüßt. Die Roten waren eine Armee der Armen, und da die meisten Menschen auf der Welt arm waren, begrüßten sie begeistert die Tatsache, dass sie endlich ihre eigene Armee hatten. Doch die Leibeigenen sperrten nur ihre unendlich blöden Münder auf und weinten um ihren Herrn.

Wir zogen weiter Richtung Grenze.

Nach zwei Tagen lag das Städtchen wieder vor uns. Die lange, schmale Straße, die normalerweise in Staubwolken eingehüllt war, lag jetzt so ruhig da wie der Fluss nahebei. Als die Armee die Straße hinunterging, wurde sie hinter vernagelten Geschäften beobachtet, ja selbst das Bordell war so ruhig wie nie zuvor, die Fenster zur Straße mit rosa Vorhängen verhängt.

Mehrere Offiziere der Volksbefreiungsarmee wohnten in meinem großen Haus, von wo aus sie die ganze Stadt überblickten. Sie sagten, ich hätte den Kopf für neue Ideen, ich werde immer mit der Zeit gehen.

Ich sagte: »Ich werde sterben.«

»Nein«, sagten sie, »jemand wie Sie hält mit der Zeit Schritt.«

Aber ich fand, der Tod und ob man mit der Zeit Schritt hält oder nicht, haben nichts miteinander zu tun.

Ich könne ein guter Freund der Kommunisten werden, meinten sie. »Sie haben hier viel gebaut, und wir sind gekommen, um überall so schöne Städte wie diese zu errichten.« Der ranghöchste Offizier klopfte mir auf die Schulter: »Ohne Opium und Bordell natürlich, Ihre Stadt muss reformiert werden, *Sie* müssen reformiert werden.«

Ich lachte.

Der Offizier schüttelte mir enthusiastisch Hand: »Sie können Fürst Maichi werden, und wenn die Revolution sich ausbreitet und es keine Fürsten mehr gibt, werden Sie unser bester Freund sein.«

Doch dann würde ich schon nicht mehr leben. Ich hatte den Geist Fürst Maichis als Wirbelwind in den Himmel aufsteigen sehen, nur der übrig gebliebene Staub war zur Erde zurückgekehrt. Meine Zeit würde kommen. Nachdem ich ein Leben lang ein Idiot gewesen war, wusste ich nun, dass das nicht zutraf. Ich war auch kein intelligenter

Mensch, ich war einfach ein Wanderer, der zu einer Zeit, da das Ende der Fürsten kurz bevorstand, in diesen wundersamen Landstrich gekommen war.

Ja, der Himmel hatte mich sehen lassen, hören lassen, hatte mich in die Welt gestellt und zugleich allem entsagen lassen. Allein aus diesem Grund hatte der Himmel mich wie einen Idioten aussehen lassen.

Der Geschichtsschreiber saß in seinem Zimmer, und seine Feder flog nur so über das Papier. Der Bodhi-Baum, den der Zungenlose einst eigenhändig im Hof gepflanzt hatte, ragte schon über zwei Stockwerke in die Höhe. Sollte ich nochmals zurückkehren, so wäre der Baum womöglich das Einzige, was ich erkennen würde, dachte ich.

Aus dem Norden erreichte uns die Nachricht vom Untergang der Fürstin Rongong.

Die Nachricht wühlte mich nicht besonders auf, denn Fürst Maichi war genauso unter Schutt und Asche begraben. Eines Tages, als die roten Chinesen mir Nachrichten von allen anderen Fürsten auf einmal überbrachten und von mir wissen wollten, was meiner Meinung nach Fürst Lha Shopa getan habe, antwortete ich: »Mein Freund wird sich ergeben haben.«

»Richtig«, sagte der freundliche Offizier. »Er ist den anderen Fürsten mit gutem Beispiel vorangegangen.«

Ich vermutete eher, Fürst Lha Shopa wusste, dass er ein schwacher, kleiner Fürst war, deshalb hatte er sich ergeben. Ich hatte ihn seinerzeit ohne viel Anstrengung in die Knie gezwungen, während Fürst Wangpo wieder und wieder und unter Lebensgefahr Widerstand geleistet hatte. Das Erstaunliche war, dass auch er sich ergeben hatte. Allerdings machte er sich dadurch lächerlich, dass er glaubte, das System der Fürsten werde weiterhin bestehen, und noch rasch Ländereien anderer Fürsten besetzt hatte, darunter Gebiete von Fürst Maichi, den es gar nicht mehr gab.

Als ich das hörte, musste ich lachen: »Dann wäre es immer noch realistischer gewesen, sich Tharna zu schnappen.«

Die roten Chinesen stimmten mir zu.

»Sie meinen die bildschöne Tharna?«, fragte einer der Offiziere.

Sehen Sie nur, wie weit sich die Schönheit meiner Frau schon herumgesprochen hat, sogar die naiven roten Chinesen wissen von ihr!

»Ja, diese Schönheit ist meine untreue Ehefrau.« Da mussten auch die sonst so ernsthaften Männer lachen.

Wenn Tharna wusste, dass Fürst Wangpo sich ergeben hatte, suchte sie möglicherweise bei ihm Schutz und frischte nebenbei ihre alte Liebe auf – jetzt gab es nichts mehr, das sie hinderte. Es trafen ununterbrochen siegreiche Truppen vom Gebiet der Fürstin Rongong im Norden ein und vereinigten sich in meinem Städtchen mit denen, die im Südwesten Fürst Maichi bezwungen hatten. Nun gab es keine feindlichen Fürsten mehr. Fürstin Rongong hatte erbitterten Widerstand geleistet, nur wenige ihrer Leute fielen dem Gegner lebend in die Hände. Sie wurden mit auf dem Rücken gefesselten Händen hergeführt. Unter ihnen entdeckte ich Berater Huang und Tharna.

»Das ist meine Frau«, erklärte ich den Soldaten.

Sie gaben sie mir zurück, konnten aber nicht glauben, dass so eine berühmte Schönheit aussah. Nachdem ich Sangye Dolma angewiesen hatte, Tharna Staub, Blut und die Spuren ihrer Tränen aus dem Gesicht zu waschen und farbige Kleider anzuziehen, waren die Soldaten geblendet von dem Anblick, der sich ihnen bot. Nun waren wir wieder zusammen, Mann und Frau. Wir standen neben den Offizieren mit ihren lauten Stimmen und den Pistolen am Gürtel und sahen die Truppe an uns vorbei in die Stadt einziehen. Die, die Fürst Maichi besiegt hatten, sangen laut und begrüßten die Neuankömmlinge in Reih und Glied. Die Stadt wirkte in diesem Frühling verlassen, junges grünes Gras wuchs auf der Hauptstraße. Die Truppen fuhren bis vor die Tore der Stadt, sangen laut, und in ihren gelben Uniformen trampelten die Soldaten alles Grün nieder, sodass sich die frühlingshafte Stadt herbstlich färbte.

Ich wollte Berater Huang retten.

Sowie ich etwas gesagt hatte, fragte der Offizier der Volksbefreiungsarmee lachend: »Warum?«

»Er ist mein Berater.«

»Nein«, erwiderte der Offizier. »Diese Leute sind die echten Feinde des Volkes.«

Berater Huang wurde am Flussufer erschossen. Als ich ihn sah, hatte die Kugel ihm die obere Hälfte des Kopfes weggerissen und nur seinen offenen, mit Sand gefüllten Mund übrig gelassen. Neben ihm lagen die Leichen einiger weißer Chinesen.

Am Abend schlief Tharna bei mir und fragte, wann ich mich ergeben habe. Als ich ihr erzählte, dass ich ihnen einfach in die Hände gefallen sei, schüttete sie sich aus vor Lachen, ja sie lachte, bis ihr die Tränen über die Wangen liefen und auf mein Gesicht tropften. »Idiot«, sagte sie, »jedes Mal bringst du mich dazu, dir wehzutun, und dann finde ich dich umso anziehender.«

Ihre ehrlichen Worte rührten mich, doch blieb ich stocksteif liegen. Sie fragte, ob ich wirklich keine Angst vor dem Tod habe. Als ich antworten wollte, legte sie mir ihren Finger auf den Mund: »Überleg gut, bevor du antwortest.«

Ich dachte nach, überlegte und grübelte und kam zu dem Schluss, dass ich tatsächlich keine Angst hatte.

Da flüsterte sie mir ins Ohr: »Himmel, ich liebe dich wieder.« Ihr Körper wurde heiß. In dieser Nacht wollte ich sie, war ganz verrückt nach ihr. Als ich sie hinterher fragte, ob sie Syphilis habe, gackerte sie: »Idiot, habe ich dich nicht dasselbe gefragt?«

»Du hast mich nur gefragt, ob ich Angst vor dem Tod habe.«

»Wenn du den Tod nicht fürchtest, musst du dann Angst vor Syphilis haben?«, fragte meine schöne Frau.

Wir lachten beide. Ich fragte Tharna, ob sie wisse, wann sie sterben werde. Sie wusste es nicht. Als sie mir die gleiche Frage stellte, antwortete ich: »Morgen.«

Wir schwiegen, und dann lachten wir wieder.

Inzwischen fiel die Morgensonne schon durch das Fenstergitter auf unser Bett. »Warten wir damit, bis wir das nächste Mal aufwachen«, sagte sie. »Schlafen wir noch ein bisschen.«

Wir drehten einander den Rücken zu, wickelten uns fest in die Decke und schliefen ein. Ich träumte nicht einmal, und als ich erwachte, war es schon Mittag.

Ich trat aus dem Zimmer, lehnte mich über das Verandageländer, betrachtete die immer intensiveren Farben des Frühlings – und erspähte den Rächer der Familie Maichi, den Wirt, der mit einem

Krug Wein im Arm durch die Stadt auf das Fort zukam. Offenbar musste ich nicht bis morgen warten. »Tharna«, sagte ich. »Geh aufs Dach und sieh nach, was die Leute in der Stadt tun.«

»Idiot«, antwortete sie, »wieso hast du immer so seltsame Bitten an mich? Aber da deine Stimme nie so zärtlich geklungen hat wie jetzt, werde ich hinaufsteigen und für dich Ausschau halten.«

Ich hatte mich kaum in meinem Zimmer hingesetzt, als ich jemanden an der Tür hörte.

Mein Schicksal klopfte an.

Es war ein ruhiges Klopfen – es schien, als pflege mein Kneipenfreund die behutsamen Umgangsformen von vor dem Eintreffen der Roten Armee, statt durch die plötzliche Wandlung seines Bruders vom Rächer zum roten Tibeter überheblich zu werden. Obwohl die Tür nur angelehnt war, klopfte er hartnäckig an und trat erst ein, als ich ihn dazu aufforderte. Er trug den Krug Wein im Arm, die freie Hand steckte unter dem langen Gewand. »Junger Herr, ich bringe Ihnen Wein«, sagte er.

»Stellen Sie ihn hin«, antwortete ich. »Sie kommen nicht, um mir Wein zu bringen, sondern um mich zu töten.«

Da ließ er den Krug los, der am Boden zerschellte.

Sofort breitete sich der Geruch von Alkohol im Zimmer aus – ein guter Wein! Ich sagte: »Ihr Bruder ist roter Tibeter, und weil rote Tibeter nicht einfach Leute umbringen können, obliegt die Aufgabe der Rache Ihnen.«

Er räusperte sich: »Es war mein bester Wein, ich wollte Sie auf ein Glas einladen.«

»Dazu bleibt keine Zeit«, sagte ich. »Meine Frau kommt gleich zurück, Sie müssen handeln.«

Da zog er die andere Hand unter seinem Gewand hervor, in der er ein blitzendes Messer hielt. Schweißperlen traten ihm auf die weiße Stirn, als er auf mich zukam.

»Warten Sie«, sagte ich und legte mich ins Bett: »So, jetzt.«

Als er das Messer hob, sagte ich nochmals: »Warten Sie.«

Er fragte, was ich vorhabe, und ich wollte sagen, wie gut der Wein rieche, doch stattdessen kam eine Frage aus meinem Mund: »Wie heißen Sie? Wie ist Ihr Familienname?«

Ja, ich wusste zwar, dass die Brüder Feinde der Maichis waren, hatte aber ihren Namen vergessen. Meine Frage verletzte ihn zutiefst. Wenn er zuvor keinen Hass gegen mich gehegt hatte, so loderte er nun lebhaft in seinen Augen auf. Der intensive Alkoholgeruch im Zimmer machte mich schläfrig. Da drang das Messer, das scharfe Messer, wie ein Stück Eis in meinen Bauch ein. Es schmerzte nicht, war nur kalt, eine Kälte, die sich schnell in Wärme verwandelte. Ich hörte mein Blut auf den Boden tropfen, hörte meinen Kneipenfreund sich mit rauer Stimme von mir verabschieden.

Jetzt in den Himmel, ihr Götter, die ihr mich auf die Erde geschickt habt! Mein Körper spaltete sich langsam in zwei Teile, einen trockenen, der nach oben stieg, während der blutgetränkte Teil in die Tiefe sank. Da hörte ich meine Frau die Treppe herunterkommen und wollte ihren Namen rufen, doch ich brachte keinen Ton heraus.

Oh Himmel, wenn die Seele tatsächlich wiedergeboren wird, dann lasst mich beim nächsten Mal wieder hierher kommen, ich liebe dieses wunderschöne Stück Erde! Ihr Götter, meine Seele hat sich endlich aus dem blutenden Körper befreit und steigt empor, auf zur strahlenden Sonne, wo sie sich auflöst. Alles wird weiß, und dann ist da nichts mehr.

Das Blut sammelt sich am Boden zu einer großen Pfütze, und während ich im Bett erkalte, nimmt es langsam die Farbe der Nacht an.

Worterklärungen

Mein Dank gilt allen, die mir bei der Schreibweise und Bedeutung von tibetischen Namen und Orten im vorliegenden Roman geholfen haben, in erster Linie Diana Altner, Leipzig. *Die Übersetzerin*

Ama Mutter

Chödak Anhänger/Beschützer des Dharmas in der buddhistischen Lehre

Dadu Fluss in Osttibet (tibetischer Name: Gyelrong Gyelmo Ngülchu)

Gelugpa Gelbmützenschule des tibetischen Buddhismus, Oberhaupt ist der Dalai-Lama

Gesar Held in einem tibetischen Epos

Geshe »Tugendangehöriger«, hoher Mönchsgrad

Gyagar »weiße Weltgegend«, Indien

Gyaling oboenartiges Instrument, vorwiegend von Mönchen bei religiösen Zeremonien benutzt

Gyalka Sieg, Triumph

Gyanag »schwarze Weltgegend«, China

Katag Zeremonienschal

Lhasa »Ort der Götter«

Mondron-Ling-Kloster östlich von Lhasa gelegen

Monpa Name eines Volkes im Südosten Tibets, heute Teil von Arunachal Pradesh in Indien

Nyingmapa älteste Schule des tibetischen Buddhismus, auch Bezeichnung eines Anhängers dieser Schule

Onkel Tömba tibetisch Aku Tömba (»aku« = Onkel väterlicherseits): einer der populärsten Helden der tibetischen Folklore, ähnlich Till Eulenspiegel

Panchen »Großer Gelehrter«, hochrangiger Mönch bzw. Panchen; der Panchen ist nach dem Dalai-Lama die zweitwichtigste Figur der tibetischen Kultur, Religion und Politik. »Pan« kommt von Sanskrit »Pandita« = Gelehrter, »-chen« heißt tibetisch »groß«. Die Bezeichnung Panchen-Lama ist in Tibet unbekannt.

Rinpoche »Lebender Buddha«, Bezeichnung für einen wiedergeborenen Priester hohen Ranges

Shigatse Hauptstadt der tibetischen Provinz Tsang

Tashilunpo Kloster und Sitz des Panchen in Shigatse, wörtlich »Segensburg«

Tsampa geröstete Gerste, zu Mehl gemahlen, eines der Hauptnahrungsmittel der Tibeter

Tsongkhapa Begründer der Gelugpa

Wangpo Höchster, Chef, Fürst

Alai

Alai wurde 1959 in der Nähe von Markang (Nord-Sichuan) geboren. Nach Abschluss seiner Ausbildung 1980 arbeitete er kurze Zeit als Lehrer, begann jedoch schon bald, Gedichte und Erzählungen zu veröffentlichen, mit denen er rasch Anerkennung fand. 1989 wurde er zusammen mit drei Mitarbeitern beauftragt, die religiöse Situation im Bezirk Aba, zu dem Markang gehört, zu erforschen, d.h. welche religiöse Schulen existieren noch, wann kamen diese nach Aba, welche Veränderungen durchliefen sie seither. Bei diesen Studien kam er mit der Bevölkerung und mit Mönchen ins Gespräch und konnte auch Material für seine literarische Arbeit sammeln. Eine Zeit lang war er Chefredakteur der Literaturzeitschrift *Neues Grasland,* die in Aba herausgegeben wird. 1996, nachdem er seinen ersten Roman *Roter Mohn* abgeschlossen hatte, zog er nach Chengdu, wo er Chefredakteur von *Science Fiction World* wurde, Chinas größtem Science-Fiction-Magazin. Schauplatz seiner Erzählungen und seines Romans ist das tibetische Grenzland östlich der Autonomen Region Tibet. Alai schreibt chinesisch, da während der Kulturrevolution Tibetisch in den Schulen nicht gelehrt wurde.

Roter Mohn wurde von vielen Verlagen in China wegen der heiklen politischen Thematik abgelehnt. 1998 schließlich konnte der Roman doch noch veröffentlicht werden, und zwar im renommierten Literaturverlag des Volkes in Peking. Er hatte in China großen Erfolg und wurde 2000 mit dem Mao-Dun-Preis, dem wichtigsten chinesischen Literaturpreis, ausgezeichnet. Die Hauptfigur in *Roter Mohn* geht auf eine von Alais frühen Kurzgeschichten zurück, die von Onkel Tömba handelt, einem der populärsten Helden der tibetischen Folklore. Für Alai repräsentiert diese Figur die Sehnsüchte und Traditionen der Tibeter.

In deutscher Übersetzung sind bisher die beiden Erzählungen »Steppenwind« und »Pilze« erschienen, in: Alice Grünfelder (Hg.): *An den Lederriemen geknotete Seele. Erzähler aus Tibet.* Zürich: Unionsverlag, 1997.

Die Übersetzerin

Karin Hasselblatt, Jahrgang 1963, studierte von 1982–89 Chinesisch und Japanisch an Universitäten in Berlin und Bonn. Dem schloss sich 1990 bis 1992 ein weiterführendes Studium in Peking, VR China, als Stipendiatin des DAAD an. Unter anderem übersetzte sie Werke der Autorinnen und Auroren Xiao Hong, Wang Anyi, Mo Yan und Wei Hui. Der von ihr übersetzte Titel *Leben!Leben!Leben!* von Feng Jicai wurde 1994 mit der »Blauen Brillenschlange« ausgezeichnet. Von 2000 bis 2002 war sie kommissarische Geschäftsführerin des Richard-Wilhelm-Übersetzungszentrum an der Ruhr-Universität Bochum. Heute lebt Karin Hasselblatt als freie Übersetzerin und Lektorin in Berlin.

Asien im Unionsverlag

Alice Grünfelder (Hg.) *An den Lederriemen geknotete Seele – Erzähler aus Tibet*
Die Neuentdeckung einer uralten Zivilisation und einer jungen Literatur. »Die Autoren setzen auf Ironie, Magie, provozierende Verfremdung und durchbrechen Zeit- und Erzählebenen.« *Dresdner Nachrichten*

Alice Grünfelder (Hg.) *Himalaya – Menschen und Mythen*
Erzählungen aus den Ländern des Himalaya berichten jenseits aller verklärenden Nostalgie von der ungebrochener Anziehungskraft der Gipfel und vom Leben in den abgelegenen Bergregionen.

Lu Xun *Applaus*
Mit Lu Xun begann die moderne chinesische Literatur, und bis heute ist er ihre prägende Leitfigur geblieben: ein Erzähler und Denker von stupender Aktualität, in dessen Werk Melancholie und Militanz, Ironie und Trauer verschmelzen.

Zhang Jie *Abschied von der Mutter*
Mit unerbittlicher Ehrlichkeit erzählt Zhang Jie über ihre Unfähigkeit, von der todkranken Mutter Abschied zu nehmen. Durch Krieg, Hunger und die Wirren der Revolution stützten sich Mutter und Tochter gegenseitig in den Härten eines Alltags ohne Ehemann und Vater.

Galsan Tschinag *Tau und Gras*
Tschinag erzählt hier die Geschichten, die der Stoff seiner Kindheit sind und die sich in seine Erinnerung eingegraben haben. Geträumte Wirklichkeit und als Realität erlebte Märchen verbinden sich und münden in einen Gesang an den Altai.

Pramoedya Ananta Toer *Spur der Schritte*
»Seit Jahren werbe ich für diesen indonesischen Autor. Seine Bücher eröffnen uns das nach wie vor verschlossene Inselreich.« *Günter Grass*

Mochtar Lubis *Dämmerung in Jakarta*
Mochtar Lubis entwirft in kräftigen Bildern das Panorama einer Großstadt – die Welt der Kaufleute, Beamten, Politiker, Schurken, der debattierenden Intellektuellen und der ewig zu kurz Kommenden.

Duong Thu Huong *Roman ohne Namen*
Der Krieg in Vietnam geht seinem Ende zu, doch statt der Hoffnung wachsen Zweifel und Bitterkeit. »Ein Klassiker der Literatur gegen den Krieg.« *The Times Literary Supplement*